叶舟作品

# 敦煌本纪

叶舟 著

上卷

（全新修订版）

The Records of
Dunhuang

图书在版编目（CIP）数据

敦煌本纪 / 叶舟著. — 杭州：浙江文艺出版社，2025.3. — ISBN 978-7-5339-7884-6

Ⅰ. I247.5

中国国家版本馆 CIP 数据核字第 20255B3J98 号

策划统筹　曹元勇
责任编辑　易肖奇　苏牧晴　王希铭
营销编辑　耿德加　胡凤凡
责任印制　吴春娟　睢静静
装帧设计　@Mlimt_Design
数字编辑　姜梦冉　诸婧琦

# 敦煌本纪

叶舟　著

出版发行　浙江文艺出版社
地　　址　杭州市环城北路 177 号
邮　　编　310003
电　　话　0571-85176953（总编办）
　　　　　0571-85152727（市场部）
印　　刷　上海盛通时代印刷有限公司
开　　本　685 毫米 × 965 毫米　1/16
字　　数　1120 千字
印　　张　78.25
插　　页　9
版　　次　2025 年 3 月第 1 版
印　　次　2025 年 3 月第 1 次印刷
书　　号　ISBN 978-7-5339-7884-6
定　　价　208.00 元（全三卷）

版权所有　侵权必究

# 敦煌本纪

天留下了日月，
草留下了根；
人留下了子孙，
佛留下了经。

——《敦煌民谣》

# 目 录

**怀想** / 0001

## 上 卷

卷一 / 0005

卷二 / 0025

卷三 / 0045

卷四 / 0066

卷五 / 0089

卷六 / 0111

卷七 / 0132

卷八 / 0156

卷九 / 0177

卷十 / 0199

卷十一 / 0223

卷十二 / 0252

卷十三 / 0279

卷十四 / 0306

卷十五 / 0335

卷十六 / 0365

卷十七 / 0393

## 中 卷

卷十八 / 0421

卷十九 / 0454

卷二十 / 0490

卷二十一 / 0517

卷二十二 / 0550

卷二十三 / 0577

卷二十四 / 0611

卷二十五 / 0631

卷二十六 / 0667

卷二十七 / 0696

卷二十八 / 0724

卷二十九 / 0752

卷三十 / 0778

## 下 卷

卷三十一 / 0813

卷三十二 / 0848

卷三十三 / 0881

卷三十四 / 0922

卷三十五 / 0950

卷三十六 / 0988

卷三十七 / 1019

卷三十八 / 1045

卷三十九 / 1081

卷四十 / 1111

卷四十一 / 1138

卷四十二 / 1168

卷四十三 / 1194

卷四十四 / 1211

卷四十五 / 1234

# 怀 想

那时候　月亮还朴素　像一块
古老的银子　不吭不响　静待黄昏

那时候的野兽　还有牙齿　微小的
暴力　只用于守住疆土　丰衣足食

那时候　天空麇集了凤凰和鲲鹏
让书生们泪流不止　写光了世上的纸

那时候的大地　只长一种香草
名曰君子　有的人入史　有的凋零

那时候　铁马秋风　河西一带的
炊烟饱满　仿如一匹广阔的丝绸

那时候的汉家宫阙　少年刘彻
白衣胜雪　刚刚打开了一卷羊皮地图

那时候　黄河安澜　却也白发三千
一匹伺伏的鲸鱼　用脊梁拱起了祁连

那时候还有关公与秦琼　亦有忠义

和然诺　事了拂衣去　一般不露痕迹

那时候　没有磨石　刀子一直闪光
拳头上可站人　胳膊上能跑马

那时候的路不长　足够走完一生
谁摸见了地平线　谁就在春天称王

——作者的诗

# 上 卷

(卷一至卷十七)

# 卷一

这一门人天罡地煞,披着血衣,在河西走廊一带迎风顶罪,忠勇热烈,攒足了声名。前后六辈子爷孙,一共捐出了七颗脑袋,满腔子的血,至今仍未淌尽。

清仁宗嘉庆二十四年,一个猎户在三危山迷失,误入了一座世外山坳,惊见几户人家过着桃源生计,耕读有序,一切如素。彼时承平日久,天下归一,但令人骇然的是这几十口子人皆是前朝衣袍,不知有汉,无论魏晋,嘴里也塞满了旧时的辞藻。这猎户前世里一定是狗日的畜生胎,一时间见猎心喜,连滚带爬地摸出了这一带的旱山与干滩,半夜里去叩衙报官。敦煌县衙也不敢有丝毫的懈怠,先后派出了一支马班,三支步班,外加一队民丁,首尾蝉联,星夜前往三危山以南予以拿惩。罪囚归案后,案由方真相大白,却原来是百年前凉州的一庄子人为躲避战祸,一步一步地迁移此地,与世无争。当时虽说塞防稳固,龙恩浩荡,但毕竟西路上人员复杂,各揣目的,朝廷遂颁旨下来,将这些人阖门处斩,杀一儆百。这当口,索门郡和索门友两兄弟抱打不平,联络了沙州城内的豪门强族,具书陈情,哀恳县衙开释这些无罪之人。不承想,敦煌县令亦是一个畜生胎,设计捕杀了索氏兄弟,并悬首城门,剩余之人留待秋后的大典。也许是天老爷开了眼,来自京城的大赦令一路颠簸,终于在问斩之前抵达了这一角孤悬之地,打开了牢门,解枷卸具,释放了这一门老小,并在阳关左近的南湖一带割地划水,专门成立了一座野人坊,安置下了他们,促其早日回心归顺,成为天朝良民。这一庄子人也不薄情,刻意将最好的一块田地箍建为墓地,号称义园,葬埋下了两位恩人的骨殖,代代供奉，香烟不绝。至于那一位猎户，据说拿了赏金之后花天酒地，在吐鲁番寻花问柳时被乱贼盯上了，落了个尸骨无存的报应下场。对现在的索敞这一辈人来讲，先祖索氏兄弟的这一腔子热血，当属他们头顶上猎猎声名的最初绽放。

第三颗头颅捐在了凉州。

凉州城以南百里之外的祁连山深处，有一座古旧石窟，名曰天梯山。窟如蜂巢，上下密布，供奉着佛祖和各色神祇，有求必应，因果灵验，在河西一带显赫异常。武威知县左军，江西新建县人，举人出身，一向体恤百姓，颇有肝胆，官声甚好。左军惧内，又是一介招女婿，视外母如生母，膝下孝敬了许多年，一直供养到了古稀之岁。偏巧，那一年清明刚过，万物复苏，花草遍山，这外母从冬烘中醒来，忽然回光返照，腿脚灵便得像兔子一般，提出要去天梯山朝庙，给观音娘娘供三炷高香。左军也不敢慢待，忙安排了一队轿乘，让夫人和家中女眷照应着，一路吹吹打打地往山里进发。献了净水，供完香火，磕毕了头，这外母忽然瞥见离地三丈之高的崖壁上，有一眼锦绣石窟，佛光放射，煞是喜兴，便提出要去拜望一下，否则心有不甘。事实上，那是一座尚未完工的家窟，崖壁下架设着木梯，泥工和瓦工们正在做最后的修补，上下吆喝声不断，场面混乱。再说了，按当地的习俗，家窟一律不对外，外姓人概莫能入。尤其是禁绝女人，恐有不洁之物侵入，亵渎了神灵，由此带来疾病与灾祸。女儿劝止未果，便站在崖壁下唤来了施工的班头，如实相告，言母亲大人绝对不进窟子，只在门外瞭看一下，遂了她的愿望即可。班头立时明白了，崖下这位华贵的老妇人乃是县令的岳母，招惹不得，又见老太太满头白雪，慈眉善目，恍若一尊甜瓜似的菩萨，便破例答应了。班头是个守规矩的人，怕男女授受不亲，叫来了自己十六岁的儿子，站在梯子顶上搭手接应。老太太养尊处优惯了，心宽体胖，有三个磨盘那么沉，趴在梯子上呼哧呼哧的，下面的县令夫人和丫鬟们抬臀提腿，终于将其拱了上去。快摸到窟口上时，少年人伸出了手，捉住了老太太的腕子，打算将其拉上来。岂料，就在攀缘的过程中，这老太太的手主动滑脱了，整个身子犹如一只塞满了粮食的麻袋，从梯子上闪了下来，越过女儿和丫鬟们的头顶，重重地摔在了地上，血溅当场，立时一命呜呼了。夫人见母亲惨烈毙命，也当即昏厥了过去，吓坏了天梯山下的香客们。噩讯很快传报到了武威县衙，左军昏了脑袋，不问缘由，马上派出了一队衙役，将那个无辜的少年人锁拿到了凉州城，打入了死牢，打算一命偿一命。左军的突然变脸，惊动了河西四郡的所有乡绅和百姓，一时间谣诼纷起，人心惶惶，顿感将有更大的天祸降临，天老爷肯定磨亮了手中的镰刀，来收一茬无辜人的性命。没别的原因，原因只在于大家笃信，那些开窟造像的工匠身上有恩义，肩膀上站着菩萨，头顶上罩着佛光，都是佛祖脚下的子孙，一指头也动不得，遑论还要砍头。左军在凉州为官多年，也不是不明白这一浅显的道理，但左军被悲楚攫住了，况且身边又有一个蛇蝎心肠的夫人，天天以绝食相逼，嚷喊着要为母复仇。左军立意要杀掉这个少年人，用一张羔子皮去抹掉那一张衰朽的老皮子身上的血，绝不退让。

恰在这时，从沙州城里站出来一个汉子，姓索名奎，扬言要去凉州城里赴死，替那个少年人赎命。这还不算，索奎亲自挑中了一个日子，声称要在那一日的午时三刻，必将身上的一腔子血洒在县衙门上，不早一分，也不输一秒。这个消息犹若惊烽羽书，横贯东西，倏忽间传遍了整个河西一线，连乌鞘岭外的兰州城也惊动了。人们惊魂不定，一方面为那个少年人的性命稍稍松了一口气，另一方面却又为这个敦煌英雄捏了一把汗，于是只有哀告苍天，苦求天老爷佛雨广洒，法外施恩。在那一段生死不明的光阴里，河西一带的大小庙宇中人粥稠密，摩肩擦踵，人们的祷告声昼夜不舍，仿佛春天的沙漠中持久的特大尘暴一般，直达天庭。或许，天老爷关闭了他的耳朵，也或许是地上的世人罪孽太深，该来的不来，该去的则已经动身了。索奎出了沙州城，辞别了敦煌的家小，一人，一骑，匹马赶往凉州城，须臾也不敢歇息。但在路经肃州城和甘州城时，索奎还是被绊住了，几乎耽误了行程，自食了诺言。这两座古郡的人们倾城出动，下到庶民百姓，上至豪门强族，均在道路的两旁摆设了供桌，除了三牲和净水，家家户户又燃起了一堆堆麦草。烈焰像呼告，黑烟似冤屈，连祁连山顶上的雪帽子都成了墨黑一团。不消说，人人都知道索奎这一去乃是求死,他的目的地就是一个"死"字。在炽烈的日光下,人们手搭凉棚,翘望着骑在马脊上的义人索奎,明白马鞍子上另有一个无形的人,这人的名字就叫"死"。这是一场公开的活祭。在泪水与嚎哭中,既有对索奎的至深感念和追悼,也有对瞎了眼的苍天的愤懑,更隐含着对朝廷与左军的仇意。但人们只能到此为止,只能眼望着索奎的背影萧然而逝,像一叶焚毁的黄表纸那样,飘然落地,化在地下,成为冥界中的一员。

终于,那日到了。在凉州百姓的注目下,索奎站在了武威县衙前的旗门下,将坐骑预卖给了马行的老板,换了一口薄木棺材,并嘱托老板将自己的尸身运回沙州城去,交还给家人。索奎解下了身上的衫子,挂在旗门上,又在脚下垫了一大堆干土,以防血水漫流。索奎单腿跪地,将一把短刀戳在了心口窝上,刀尖刺在了皮肉里,但面若沉铁,不见一丝的慌乱。县衙里始终没放出话来,左军一直不松口,甚至还对兴高采烈的蛇蝎女人讲,这就是讹诈,讹了我,就等于讹了皇上,讹了朝廷。日影西移,刚到了午时三刻,索奎就对自己动了手,将半截刀子攮入了心脏,人也慢慢地倒下了,自始至终,一语不发。凉州城里的男人们突然慌下了,这一场死,仿佛一记非凡的耳光,摆在了众人的脸上,令他们顿时耻辱了起来。他们并没有冲进衙门里造反,而是第一时间抢出了索奎的热身子,装入棺木里,暂厝在了城里最大的寺院中,又是水陆道场,弦索不断,又是挂幡填表,勒石刻碑,总之让义人身后倍享哀荣,不能白白地捐出了这一副好躯体。那几日,索奎的血渐渐擦掉了左军眼里的阴翳,夫人也陶然起来,开始拆洗亡母遗留的衣物。不巧,在一只绣枕中,一向吃斋念佛的老太太留下了一纸手札,称自己老之将至,诸病缠身,最大的心愿就是能死在天梯山,死在佛祖脚下。真相浮出了水面,那个少年人无辜至极,而索奎的横死则是一桩板上钉钉的冤案,左军经营了多年的名望一落千丈,恶如烂泥。但是,这左军机心很重,不动声色,先是派家仆将夫人遣送到了原籍,接着追去了一纸休书,促其速速改嫁。那几日,左军大门不出,二门不迈,也拒绝一切吃喝,只是没白没黑地伏身于砚田,秉笔狂书,一则向紫禁城内的皇帝陈情,二是向河西全境的黎民百姓谢罪，并将全部家产转赠给了那座最大的寺院，以求供养。事发当晚，左军令属下开释了那个少年人，自己则在公堂上挂印辞官，一袭素衣，悄悄踅出了县衙的偏门。次日一早，一个拾粪的老汉在粪坑中发现了左军，已经面目模糊，蛆虫横生。后来乡下传闻说，那一池子粪水肥力十足，浇在哪达，便烧死那里的全部植物。即便果树上勉强能挂几只果子，咬上一口也是苦的，等上大半年之后，舌头才能清醒过来。索奎的遗骸没能运回敦煌，在凉州百姓的央告下，他的一门亲房人答应了，遂按大德高僧的方式，在凉州城外火化了，并将骨灰撒在了祁连山下。按着辈分上溯，索奎算是索敞的太老子一辈的叔伯，看着远，其实心里很近，直接把嘉庆二十四年的那一件血衣接了过来，穿在了个人的身上。

万里墙城走到了嘉峪关，抛下了一座城池，一截夯实的烽墩，算是站在了西域的尽头。在边墙和祁连山的臂弯里，绿洲连绵，水脉广泛，让此地成了一座天然的粮仓。历朝以来，凡经略河西者，无不视肃州为兵马和粮草之总枢，往往巨资投入，甚为注重。明世宗嘉靖三年，朝廷闭嘉峪关，废沙州，弃敦煌，整个河西一带犹如遭遇了鬼打墙，绝路一条，渐呈死寂之态。到了清世宗雍正三年，上意清明，拨云见日，又重启塞防，打开了门户，让千里走廊美美地吁了一口气，自此长风浩荡，气若幽兰。是年，朝廷拨付专款，令从甘肃的五十六个州县开始大规模移民，移民总数几达两千四百零五户，并在故城之东的台地上，新筑了一座沙州城，拱卫着猩猩峡以西，以及祁连山南麓的诸多游牧部落。这一盘棋中，最要命的一枚棋子落在了肃州城郊，那里陆续建起了几十座大型粮仓，且有一个驻防营在此守卫，设参将统领。在官仓一带，禁绝烟火和生人，擅入者斩。

第九任参将朱纯恺，直隶大兴县人，先后在河西的镇番、山丹、永昌、高台等地当差，阶衔越来越高，却距桑梓之地愈来愈远，一辈子只盼着可以生入玉门关，但苦无机会，人也日渐消沉了下去，暗中早已做好了客死他乡的打算。半年前，独守在家的发妻病亡了，朱纯恺接到了从大兴县捎来的噩讯，恍惚了半晌。他已经记不清那个二十六年前的女子的样貌了，他没有负罪感，相反，这一纸书信却像一剂解药，让他生出了再娶的念想。官仓属于军事要地，而参将当然是肃州城里的一个显赫角色，常有一些联谊和私人走动。择日，朱纯恺将心里的苦楚，说与了一位交情颇好的地方绅士，这绅士满口允诺，由他来玉成此事。说定的这个女子年方二八，来自肃州城外的金塔，虽说是小户人家，日子倒也殷实。媒人热心辣肠，一再催促朱纯恺抓紧迎娶，怕天有不测，万一有什么闪失的话，自己交代不了。朱纯恺闻听话里有话，便唆使手下的粮兵，当即扣住了媒人，让他把肝肺都掏出来，别藏着掖着。这媒人方说，女子家的财东有一个碎儿子，虽然脑子瓜，但男女之事上却精明得很，塞满了花花肠子。近来，这瓜娃子时常翻墙越瓦，跳入女方的院子里来搜人，幸亏老夫妻俩将女子藏在了地窖里，谎称她去串远房亲戚的门了，未曾还家。朱纯恺一听就炸了，男人的肝胆让他五内俱焚，立马做出了轻重缓急的两套计划。其一，由他带领手下的全部粮兵，亲赴金塔，先将未过门的女子解救出来，安置在媒人家里过渡一段，迎娶的日子再定。其二，他跑了一趟嘉峪关关防，连夜向当把总的一个换帖兄弟借了十七名卡兵，由卡兵替换粮兵，暂时守卫上几日，待他料理完毕归来后，摆酒酬谢。这么着，朱纯恺亲率一支队伍，裹挟着杀威之气，越过了花城湖和沙漠一带，扑向了金塔。这边厢，卡兵们进入了官仓，没了上司，也没有了约束，忽地像一群黄羊冲出了栅栏，无法无天起来。先是大吃二喝，待一个个酩酊不已时，又点灯熬油地开始了赌博。后半夜时，油灯翻了，一场罕见的火灾把半个肃州城都照亮了。城里的男将们肩挑手提，从沙湖里取水，费了七八个时辰，才将大火扑灭。待朱纯恺惊魂未定地回来时，看见两座官仓已经焦黑一片，废墟刺目，便明白自己已是杀头之罪。一方是死罪，另一方则是娇艳貌美的待嫁女子，一向头顶信义的朱纯恺犹疑再三，却又下了一手死棋。他带着属下，在官仓附近的野地里，捕获了六名捉雀子的碎娃娃，指定他们就是纵火者。

　　官仓一带的杂色雀子成群结队，将这块地盘当成了餐桌，很多都叫不上名字。偶尔，粮兵们恼了，朝天轰上一火枪，半个天空都黑透了，但也无济于事。官仓墙外的娃娃们爱来捉雀子，一为羽毛，二为烤着吃，这回却捉出了天祸。朱纯恺明白娃娃们是无辜的，只好连坐他们各自的父兄，一律锁拿过来，准备先发一步，杀人灭口。这个关节上，一个叫索同海的敦煌汉子走出了驿馆，白色长衫上墨迹点点，上书一行字：纵火者是我。索同海一出手，便抱定了赴死的决心，没人去拦挡他，也不敢拦。他披挂着那几颗字，在肃州城的主街上来回招摇，等同于给朱纯恺示威一般。驿馆的老掌柜宅心仁厚，放风说，这个敦煌人绝非纵火者，他前脚刚入住，闻听了此事，后脚就离开了，他这是把一具热身子当成了祭供，等着挨刀呐。朱纯恺被要了将，只好就坡下驴，开释了那些娃娃的亲属，将索同海当众擒获了，昼夜用刑。不承想，这索同海本身就是个病胎子，没熬到天亮，自己便气绝身亡了。消息传出后，肃州城的百姓抬棺抗议，非要请出索同海的尸骸，抬到兰州，抬到紫禁城去，把这个黑锅底揭开，让皇上来决断。让朱纯恺格外诧异的是，自己的待嫁新娘，那个来自金塔的小女子也和媒人站在人群中，跺着脚，啐着唾沫，一脸蔑视的样子。就在朝廷下达的彻查圣旨刚翻过乌鞘岭，进入古浪峡口时，朱纯恺没了退路，用一根绳子将自己吊死在了失火的官仓中，以此谢罪。半年后，肃州的一个寻恩小组进入了沙州城，找见了索同海的家人，并当场义捐了十亩水浇地，一院房舍，安顿下了寡妇娃娃们。按骨头讲，索同海仅仅比索敞长一辈人的光阴，属于叔伯辈，但前者是一根远支，且常年在外经商，彼此并无交集。

消停了一二十年，这门人在浮世上款然度日，渐渐悄寂，似乎远离了嗜血的生涯。

岂料，清咸丰三年，一队来自甘州的访客打破了宁静，又将一桩生死之事摆在了台面上。访客们均是田夫故老，一个个古稀之年了，跪在庭院中，一边哀哭，一边恳请，央求索家栋出面，去祁连山东段的扁都口要隘，跟土匪王炳宽做一个了断。原来，这群须发皆白的老神仙是一个近门亲族的关系，在甘州城里颇有势力，一向礼待乡邻，与人为善，口碑甚佳。一个月前，族门里祭奉一位老先人，可当他们打开家庙时，却悲伤地发现佛头被盗走了，只留下了半截子躯干。这尊佛像乃镇宅之物，恰是这位老先人在乾隆九年于敦煌莫高窟定制，大德高僧开了光，作了法，一路上大费周章地迎请回去的，珍罕无比。佛头的丢失，让这一门人失了三魂，丢了六魄，一下子陷入巨大的恐慌中。不几日，土匪王炳宽差人从墙外扔进来了一封书信，坦言是他窃走了佛头，一不许失家叩衙报官，二者，勒令失家用四十二两黄金赎回，逾期不候。王炳宽那年恰好四十二岁，他想给自己讨个喜。钱不是麻烦，阖门上下东挪西借，很快就凑够了这一笔巨资，但更大的不安如影随形，压迫得他们喘不过气来。缘故是这一门人阴阳失衡，女人多，男将少，且在几家兄弟的脉系上都是单枝儿，谁也不肯吐口，独独让自己的后人去一趟扁都口，那无异于送羊入虎口，有去无还。焦灼中，甘州城当地的一个麻眼术士点醒了他们，称敦煌索家乃是河西走廊上的一门人杰，保义郎，及时雨，不妨去问问他们，请他们出面跟匪首王炳宽交涉，兴许还有一个转圜的机会。到了索家栋这一世的光阴里，日子平静，无波无澜，似乎跟四方邻舍们没有区别，岂不知淌在他们身上的血仍是烫的，没有一丝半点的凉意。听罢缘由，索家栋慨然允诺了，惊得那一帮甘州遗老泪下如雨，当他是一位现世的金刚，菩萨的转世，前来拯救这一门族人的。索家栋乃是火性子，说干就干，隔几日便进入了甘州城，恰好王炳宽的书信也到了，指定了交割的日子与地点。到了那一日，索家栋让东家宰了一头牛，不为吃肉，只要那一张血淋淋的生皮子。索家栋将黄金埋在了牛皮中，命针线好的女人仔细缝毕了，横担在了马背上。进山前，索家栋丢下话说，他这一去，要么将佛头完整地迎请回来，要么自己躺在这一具牛皮里，请东家随便葬埋了，自家的亲属也绝不敢来找他们要伙食账。千猜万想，谁也不曾料到，佛头安然无恙地回来了，但躺在生牛皮中的不光是一个人，多出的另一个却是索家栋的次子，名索曹刚。

　　这索曹刚是一介孝子，不忍父亲独自上山，去钻悍匪们的刀丛箭林，天罗地网。他应该是在山脚下拦住索家栋的，一番游说后，爷父俩这才进了扁都口，出现在了王炳宽面前的。据后来归正的喽啰们说，索家栋坚持让自己的儿子抱着佛头先行下山，待一切无虞了，他才肯交付黄金。悍匪王炳宽占山为王，狡黠一生，竟也不知其中有诈，遂放行了。儿子和佛头安全之后，索家栋便将王炳宽带到了一处山崖，让人开挖，刨出了那一捆鼓鼓囊囊的牛皮。王炳宽打开了牛皮，不见金子，只看见了一地的卵石，当即就炸了。索家栋是抱着必死的心来的，面对架在脖子上的鬼头刀，居然开示起了王炳宽，促请其放下屠刀，立地成佛。王炳宽问：佛是什么？索家栋说：佛是人中的狮子。那你算个什么？土匪问。索家栋答：我是狮子的仆人，你不会懂的。言毕，索家栋像狮子一般扑了过去，抱住王炳宽，双双堕入了深涧中，当场殒命。山下，索曹刚捧着佛头，刚刚走出了扁都口，周围伺伏的喽啰们惊见山顶上漾起了一炷狼烟，料知有变，便突然袭击射杀了他。王炳宽的副手，也就是土匪二把子目睹了这一幕，被这一对爷父俩的胆量震慑住了。他本来就信佛，忽然扔下刀枪，跪在山上，念起了阿弥陀佛。他带人寻见了索氏父子的遗骸，按当地的风俗，将他们入殓在了尚未干透的生牛皮中，一路举丧，送进了甘州城里，交给了东家，而后全部去了衙门自首，各归其命。回头再说那一户人家，进了秋月后，马院里的一座草垛上爬满了蝇虫，臭气肆虐，人神厌倦。掌柜的派伙计刨开了草垛，发现了腐烂的牛皮中码得齐整的黄金块，鲜亮刺目，居然一两不多，一钱不少，还是当初缝制时的针脚线。索家栋是如何瞒天过海，狸猫换太子的，恐怕只有天老爷在上，天老爷才能看得见。这一帮七老八十的兄弟决议一番，从黄金里排出了十分之一，又组团去了一趟沙州城。但索家栋的遗孀和上下亲房们坚辞不受，只顺命地领回了爷父俩的骨殖，择了一个吉日，葬埋在了沙山下的一片洼地里。末了，甘州来的叔伯们不忍心，出钱镌制了一块牌匾，上书：敦煌义人。待他们七咳八嗽地返回故里时，那块牌子也被悄悄摘了下来，兜兜转转，而今也下落不明，仿佛这不是一件值得炫耀与夸饰的事。索家栋和索曹刚父子的灵位，一直供奉在甘州城中的一座家庙里，就在那一尊修复一新的佛像脚下，月月祭奠，代代景仰，义若恩公。论起来，索家栋是索敢真正意义上的太老子辈，他是索敢祖父的二哥，而索曹刚则是索敢的四叔。这一桩义请佛头的故事发生十三年后，索敢才降落人世，而索家栋的那一支可能耗尽了元气，慢慢凋敝了，只剩下了残损的记忆与坊间的传说。

索门的这一件血衣，一直在暗处挂着，在族人的心里叠放着，不知什么时候会被再次请出来，披挂在身上，用生死去说话。这一件衣服不旧，不破，也不脏。即便旧了，也要用义气去翻新。哪怕破了，也还有死来缝缝补补。如果仅仅是脏了，那就唯有一条浣洗的路，它就是以血洗血，使其簇新如初，无负今日。果然，天命又一次追上门来了，索取这一族人的第七颗脑袋。

　　光绪三十年，敦煌全境的庄稼把式们暗中撺掇，突然在城门楼上点了狼烟，开始了抗粮暴动。暴动伊始，声势炽烈，泥腿子们呼啦啦地麇集了三千多人，一度包围了县衙，并在冲突中杀死了十四名衙役，局势一下子失控了。飞报朝廷的羽书上奏明，称西天将倾，恶徒作乱，恐有蔓延之势。彼时，朝廷也心弱体虚，国家惊鸿不已，朝堂上更是一片唱衰之声，但对西北一隅的乱象，却使出了一招撒手锏。肃州总兵柴洪山提兵压境，在敦煌一带实行弹压，杀人无数。暴动的引子甚为明朗，自乾隆八年起，朝廷在河西四郡施行采买粮的措施，以充边备。天高皇帝远，本地的官吏却阳奉阴违，暗中使诈，仅敦煌一地，每年便浮收粮食八千石，不知去向。事实上，庄稼把式们的诉求卑微至极，无非是连逢灾年，颗粒无收，央请朝廷予以减免每户每年必纳采买粮四石的常规，以使民生修复，百姓能喘过一口气来。光绪三十年的暴动是由兄弟俩首倡的，一个是本县的监生张鉴铭，一个是武举张壶铭。这张壶铭天生就是一介武人，矬如铁塔，却力若蛮牛，年少时去过崆峒山与中原一带，习武经年，尤其会使一套精彩的翻子拳，十几个汉子近身不得。索腾那时一十八岁，偏巧又跟张壶铭是左右隔壁，少时天天趴在墙头上看人家习武，心生艳羡。张壶铭见他身坯子不错，且天资聪颖，便择日说与了对方家长，纳其为徒。如今业已跟班学习了数年之久，马上马下，技艺精进，出脱成了一个磊落慷慨的儿子娃娃。弹压开始后不久，柴洪山便遣一哨主力人马，素衣暗服，于后半夜钻进了沙州城，捕获暴动头目张鉴铭、张壶铭等人，当即打入了死牢。柴洪山使出了软硬两手，一方面礼遇张鉴铭，让其出面去给暴民们游说，促请大家都散了，体恤朝廷的美意，一如既往地缴纳粮贡；另一方面，却对弟弟张壶铭判了死罪，打算拿他祭刀，一展杀威。兄弟俩各自囚禁，彼此不知，张鉴铭便生出了书生气，慢慢退缩了。消息走漏出来后，索腾先急了，不忍心看见师父曝尸街头。到底是少年人吧，一时血勇，觉得自己可以上天入海，便纠集了一伙子伴当，趁黑去劫狱。恰好一个伴当的哥哥在狱中当差，索腾找借口混了进去，见到了师父。这时的张壶铭屡遭大刑，骨骼都断了似的，动弹不得。索腾用计，将师父塞在了半夜去党河边拉水的驴车上，逃出了县衙，他个人却被耽误了，扣在了牢中。索腾换上了师父的血衣，用砾石将五官划花了，决意要自己顶缸，替师父去死。他真的如愿了，天不亮就被刽子手在囚室里枭了头，身首异处，并被草草葬埋了。原来，柴洪山接到了一封兰州来的密令，申斥他心慈手软，一再延宕机会，枉顾上意，让朝廷的威严几近扫地，所以他才提前动了手。

约莫半年后，张氏兄弟的父亲因为担惊受怕，发了急症，忽然就殁了。躲在罗布淖尔一带养伤的张壶铭大病初愈，不顾劝告，偷摸着进入了沙州城，赶来哭丧。孰料，张壶铭刚刚跪在灵堂上，柴洪山的探子便一眼认出了他，周边的捕快们一拥而上，迅即拿获了目标。张壶铭很快被处斩了，追着他的弟子的脚踪，一路去了西天。但让柴洪山寝食难安的是那一个十八岁的少年人，居然如此肝胆，如此不惜一命，简直闻所未闻，让他夜夜噩梦。惊惧之下，柴洪山令人刨开了索腾的坟，一顿鞭尸后，仍不解恨，又让人浇上了火油，挫骨扬灰，一风吹净了。天老爷在上，天老爷忍痛不语。直到八年后，也就是民国元年的秋上，清廷崩溃，改了朝，换了代，笼盖在敦煌头顶上的乌云才涤荡殆尽。这时候，因禁多年的张鉴铭等几个抗粮领袖也被释放。在他们的倡议下，沙州百姓你捐一斗麦子，他送一碗清油，我献一根椽子，很快劝募了一笔不小的经费，在南湖之畔竖起了一座义士碑。在敦煌人的心里，那个十八岁的儿子娃娃死了两回，活着时死了一回，死了之后，他又重死了一回。于是，在青色的碑石上，索腾的名字一共出现了两次，一例是隶书，另一例则是榜书，力压群雄，煊赫一时，为各界人士顶礼传诵，歌功不已。说起来，少年索腾和前述的索曹刚一样，均是索敫的叔伯辈一代的人，但因为他生前尚未婚配，没有子嗣，所以这一脉也就断了，断在了这一门人的记忆深处。加之索腾死状惨烈，故族内人鲜有提及，无人敢碰这个伤疤。

浮世是经不住过的。索门的这六辈子爷孙，提着七颗血光飞溅的脑袋，越走越稀，越走越远，仿若这头顶上的星空运行不已，喊不停，也伸手摸不见。但秋日的夜空肯定也不是天堂，相反，它沁下来一种入骨的凉意。这凉意浸透了悲哀，布满了痉挛，似乎随时会旧病复发一般。现在，已到了索敞这一辈人的光阴里了，他亦不能被赦免。

在晾房上荒坐了一个时辰，瞥见院门外的动静时，索敞抬屁股下来。薄暗中，脚没踩稳，梯子吱嘎一下，索敞提前跳了下来，觉得有一颗秤砣，在身体内咚的一下，腿脚不比年轻时那么轻松了。晾房在偏院的一隅，属于整个义庄里最高的建筑，上面布满了窟窿眼，有利于通风和悬挂晾杆。收秋时，索敞让伙计们挂进去了葡萄、瓜片和一些耐寒的菜蔬，等风干了以后打算过冬。这都是母亲当面交代的，催促再三。母亲索佟氏已届古稀，平时就像一只坏掉的木鱼，不吭不哈，只在佛堂里丢盹儿，后半年却回光返照，指东戳西的。索敞清楚，母亲催着晾晒，其实是心里惦记着孙媳妇的肚子。眼见着肚子一天比一天鼓了，母亲心里的魂忽然睁开了眼，似乎要亲见一眼下下一辈的头生子的降生，她才能宽释下来。傍晚时，后院里就传出了惊怪声，索敞的婆娘索柳氏卷了一匹布，提上一筐花馍馍，急吼吼地蹍出了偏门，恐怕是去请收生婆了。当时，索敞就在晾房里，瞥见这一幕时，个人的心里也咯噔一下，觉得事情就在今夜，不由得潮起了一丝激动。晾房内自有一番天地，空气是甜的，老鼠没害，蚊蝇不来下蛆，夜风从孔洞里拂过，让白昼里的暑气一干二净，凉快极了。整理完了晾杆上的东西，索敞干脆躺在了房顶上，盯望着浩大的夜空，开始胡思乱想。事情就在今夜，这是长子索朗结婚之后的第一个喜讯，也就是说，索门一族的新一代的光阴开启了，在这个荒凉的人世上有了一席之地。念想至此，索敞不由得泅出了一片眼泪疙瘩，慢慢地敷在了颊脸上，擦也不擦。这一刻，索敞恍惚觉得夜空的深处，六辈子甚至更多辈子的先人们都在盯望着自己，在看他的表现，在看他的因果福报，也在掂量他的品行和胆气。讶异的事发生了，漆黑如巨石的夜空，忽然裂开了一条罅隙，一道红光自裂缝中溅落下来，打在天幕上，打在了索敞的眼底里。这天是初七，前后左右没有月亮，星星却很繁，犹如满满一簸箕的黄豆。索敞慌了慌，又抬望夜空时，这才明白天上挂着几件轻薄的血衣，吹来荡去，破烂不堪的，而那些散落的星星，不过是血衣上撕扯开来的纽襻与针脚。索敞没动，眼泪疙瘩是自己干掉的，风也帮了忙。索敞对个人叮嘱说，谁也不能对儿孙咋样，即便天老爷再扔下来一件新的血衣，那就千刀万剐地由我来穿吧，反正我现在是一只老羔子，太划算了。起身揉完了眼睛，索敞突然看见院门外的土路上，出现了一高一矮的两个人影，好像是从胡家坊一带过来的，于是慌忙下了梯子。

母亲索佟氏佝偻着腰身，半跪在地，噘起嘴吹着鏊子下的柴火。也没用大柴，用的是刨花和锯末，起了一些文火，这样烙出来的鏊饼才有嚼头，也可以存放许多时日。夜饭罢了，儿媳妇索柳氏下午发的半缸面，慢慢酵了起来，直往缸外冒，再不动手就怕会酸掉。冒犯了粮食的罪够大了，但索柳氏是被后院中的惊怪声勾引走的，婆婆也就宽谅了她。索佟氏的腰坏了，够不着案板，干脆将铁鏊子拎出来，在灶房外的墙根里支了三块砖，摆好了鏊子，吹了火。在旁边的小面板上，索佟氏给面团使好了碱，擀成一轮满月的形状，铺在了鏊子里。索敞走过去的时候，吃惊地发现母亲已经烙出了七八个鏊饼，齐刷刷地立在墙基上，等着逐一晾干。索敞没有怨怪母亲，动一动手脚，兴许对她的身体有好处，总比打瞌睡强上许多吧。锅里的那一个刚刚烙好，一拃厚的鏊饼两面金黄，仿佛一块结实的炼砖。索佟氏从鏊子里卸下来，掰开一牙，递给了儿子，让他趁热吃。昏暝中，索敞瞭见原先锁在鏊饼中的蒸汽噗的一下，从里面漾了出来，形如一只白色的小兽，眨眼间便飞了，不知所终。索敞接在手里，并没吃，随手搁在了灶房的窗台上，瞥见母亲又擀出了一轮满月，铺在了鏊子里。索佟氏从烟火中抬望了一眼儿子，摩挲着擀面杖，嘟哝说：听见你哭了。索敞没承认，但也没否认，蹲在地上抓起了一把锯末，塞在了鏊子下，吹了吹火。索佟氏倒也不追究答案,手里揉弄着剩下的最后一块面团,吭哧吭哧地说:听着,凡事要耐下性子,不能慌。就这一句话,让索敞立时身体一激灵,锁住了心里的胆气,腿上的筋骨也一下子绷住了。索佟氏是童养媳出身,在这个家几十年了,经见了不少,耳食的更多,了解这个家门中的全部底细与血仇。丈夫死后,索佟氏独守了这么多年,从没对儿子讲过一句重话,今天算是破了例。索敞心里了然,母亲也一定闻听见了院门外的那一些陌生的脚声。夜半的访客,非贼即鬼,一般不会是善茬,差不多是阴阳两世中的祸害吧。只不过母亲信佛,又是个妇人,不好直说罢了。索敞安慰了几声,让母亲偷空歇歇,别那么费事,但也知道劝了没用,便拔脚走了。索敞到了前院,用抽子掸掉了身上的灰土,点了灯,给烟锅里填装了烟丝,开始喂火。跟别的人家一样,前院里辟了一畦花坛,栽种了一些花花草草,遇上前几日的一场小雨水,正开得繁茂。索敞的眼神掠过了花草,一边盯视着门上的动静,一边用纸捻子喂火。偏不巧,南墙外大柳树上的老鸹啼了一声,又啼了三声,声音好像两个人的四只手,从黢黑的夜空中扑将过来,向他讨要一件贵重的东西。索敞的眼底里一黑,火捻子也跟着灭了。

这时,院门响了。

门开了,但胡恩可并没有跨腿进来。索敞立在门槛内一再礼让,瞭见对方的身体晃了晃,扶住了门墙。索敞踏实了,不是鬼,也不是贼,这胡恩可乃是沙州城里的一介小商人,半年坐商,半年行贾,还在胡家坊一带种地,全看天老爷赐下什么样的气候。索敞料想,一定是客人走乏了,顺道进来歇缓一下的,便和言善语地又邀了一番。胡恩可后面跟着长子梵义。梵义去搀父亲时,却被胡恩可拦挡住了,好像门墙比儿子可靠。胡恩可稳住了身子,释解说:呃,腿脚不听使唤,胳膊也蹿麻了。索敞回说:上了岁数了,千万别折腾自己,兄台有啥吩咐的话,喊我一声,我过去听话就是了。胡恩可歇缓了过来,探问说:姨娘稳静么,睡了没?说着话,一条腿迈过门槛,另一条腿也追了上去。这个空当上,梵义才弯下腰,冲着索敞一揖,问候了一声。胡恩可被引到了索佟氏的跟前,一块鏊饼刚出锅,卸在了绳篮里，又转手赠给了梵义，让娃娃趁热吃。胡恩可捧住索佟氏的手，低首说：姨娘，你身子骨还这么稳静呀，真是上佛开了眼，我这回来得仓促了，我给你行个礼性吧，你千万别嫌弃。言毕，将手里的一块碎银子塞给了对方。胡恩可留下了梵义，让儿子相帮着索佟氏灭火，收拾灰烬，打扫锅灶，这才攀住了索敌的肩膀，去了前院。

　　茶水摆放停当了，另有一盘花馍馍、一碟瓜子。两个人相视而笑，款款落座在了花坛旁，这才正式开始了男人们的见面礼。索敌将个人的烟杆子递过去，又接住胡恩可的，各自衔在了嘴上。胡恩可借油灯点着了纸捻子，将火喂了出去，索敌让了让，末了还是接受了。烟丝是提前填埋好的，给对方品尝一下，这是起码的礼数，跟筵席上的敬酒碰杯一个道理。胡恩可咂了一小口烟，嗓子突地一辣，险些呛了出来，但他及时地憋了回去，稳住了情绪。索敌不一样，连着吸了好几口，只感觉到一丝若有若无的烟味，发甜，但不过瘾。胡恩可尝出了味道，东家给客人填的一定是旱烟渣和口外的莫合烟羼杂的料，很不客气，一上手就是下马威，如此鲁莽的待客之术，倒是头一次遇见。索敌的舌头则失去了辨认，感觉煞是虚无，味道里有些酒气，一定是客人事先拌好的料，费了心思和诚意。越抽越辣，胡恩可仔细地拨弄着火，尽量让对方能瞧出自己的喜兴，但味道里埋着的警觉、防备与拒绝，让他的神经亮了起来。这种虚无像錾子下的暗火，因为锯末略湿，跑出来的烟就在膝盖一带缭绕着，挂不在天上，索敌觉得自己被困在了一团雾气中，猜不透客人的来意。索敌哼哈了一下，胡恩可也点了点下巴，谁都不肯先发第一声，默默地坐在秋夜下，似乎谁先开口，谁就败北。

　　这一段时日，河西一带陆续进入了晒秋的季节，敦煌亦不例外。沙州城外二十三坊的百姓碾完了麦子，将房前屋后腾出来，把苞谷、甜菜、洋芋和菜蔬从地里拉回来，该晒的晒，该储的储。晒秋也是歇缓的日子，这之后，还要去地里翻耕、浇水、施粪和压沙，等头一场霜下了下来，才能彻底消停，过一场冬闲的日子。承继了祖荫，经过了六辈子先人们的在世光阴，索氏一门渐渐坐大，已经成了沙州城以及关外三县的著姓高门，其中尤以索敌这一脉最是兴旺，历年来获得了不菲的义捐，在党河右岸有几十亩水浇地，沙山下有十几亩瓜田，另有一座不大的果园。义庄雇了名单有一册子那么多的长工，由着大家去耕种和收秋，只在每年晒完秋之后，索敞才抽取大头，听管家丁荣猫翻着账簿子，说道说道一年到头地里的总收成。平素里，索敞是个甩手的财东，性喜幽闭，大门不出，二门也不迈。索敞明白，自己一旦出了门，门楼上那一块写有"义庄"二字的匾额，会被无形地扛在他个人的身上。索敞害怕被人世上的大小冤屈拦下，也恐惧天老爷变脸，冷不丁地扔下来一件血衣，恰好套在他的身上。所以索敞很是规矩，照着敦煌人的那句俗话行事，睁眼闭眼，石头大了绕着走。索敞在城里开着许多家店铺，也出租店面，偶尔心血来潮了，他会改头换面，把样子混淆起来，趁着天擦黑出去溜达几圈，摸一摸行情。好几年之前，也就是在自家的香油坊里，索敞跟斜对面的老掌柜胡恩可见了第一面，一来二去，彼此熟稔了起来。索敞了解到，这个不苟言笑的胡家坊的小财东与自己仿佛，在城外置田，在城内的繁华地段上开店，有车马挽具，有皮毛加工，有农具制作什么的，只不过家业不大罢了。索敞喜欢胡恩可的静默，不多开口，不乱打听，不戳是弄非，也就更不会伸手索要一些要命的东西。在一起时，两个人论过齿序，胡恩可年长九岁，但长子胡梵义却比索朗小上五岁，下一辈人打了个颠倒，原因各在心中，不便言明。这么冷不冷热不热地交往着，直到长子索朗大婚的前一日，胡恩可竟然扑棱棱地跑上门来，讨要一份红帖，还下了一份重礼，让索敞当即不能自持，引着胡恩可去拜见了母亲大人。纵是如此，胡恩可谨守着分寸，平时绝不来义庄叨扰，惊动索家的老小。目下，这个晒秋的夜里，胡恩可不请自来，一定有他的因由。这么思忖时，索敞看见胡恩可噗地吹飞了烟灰，抽毕了，将烟杆子递还了过来。索敞也磕掉了对方烟锅子里的灰烬，递了回去，胡恩可接住了。过了这个吃烟的礼仪，你中有我，我中有你，男人们的信任便建立了起来，该说道了吧。不承想，胡恩可捏着一疙瘩烟丝，慢吞吞地填在了他个人的烟杆子里，喂了火，又吧唧吧唧开来，只字不语。索敞没了计较，也抽起了自己的那种辣烟丝，过了第一口之后，脑子里忽地澄澈了起来，好像心魂回来了，落在了腔子当中。

　　那边厢，梵义帮着索佟氏扫完了柴灰，码好了砖头，将墙基下的鏊饼陆续移在了灶房中。返身回来取鏊子时，生铁的鏊子太烫，磨蹭了几下。再等去了灶房门口时，突然闻听索家的后院中传出了一声嘶喊，撕心裂肺的声音，仿佛一个女人从房顶上摔了下来。索佟氏踮着缠脚，去了一趟后院，又急吼吼地出来了，蹲在灶台下填柴，催喊着梵义拉风箱，很快烧出了一锅热水。索佟氏率着梵义，将一桶子热水提到了后院内的偏房门口，门帘下有人伸手，接了进去，索佟氏也就消失了。嘶叫声继续着，比先前更惨，更尖厉，差不多能喊破人的耳朵。梵义不谙人事，浮想起了腊月里宰杀年猪的场面，心里怯了起来。怯归怯，但好奇心占了上风，梵义趴在了窗缝前，目光立时窄瘦了起来，偷偷地往里头窥伺。这一刻，索朗的女人精赤赤地躺在大炕上，又开了大白腿，哭喊个不停。一头是收生婆在训骂，在催喊，在支招，另一头则是婆婆索柳氏在压肚子，在哭，在呜里哇啦地叨念。炕沿下头有一个东西簌簌簌的，原来是索佟氏跪在地上，焚了几张黄表纸，念着佛号。整个偏房内最悄静的当属索朗。索朗偏坐在炕头上，攥住了女人的手，一动不动，脑袋却一直仰看着，好像屋顶上的那一层仰衬纸是一篇锦绣文章似的。梵义此前见过几面这个大少爷，但从未瞭见过对方如此难受与煎熬的表情，好像犯下了死罪，让别人代为受过，内心不忍似的。女人在炕上扭曲着，喊说奶胀，胀得难受，快爆炸了，也快疼死了，一把鼻涕一把眼泪的。索柳氏抬手，甩给了儿子一耳光，又攥住索朗的头发，将他的鼻脸压在了女人的胸脯上，催他快吸。索朗的嘴叼住了女人的乳头，腮帮子鼓动着，一咂一吸。果然，女人慢慢消停了下来，汗下如浆，浑身布满了一种乏气。窗外，梵义简直听不见自己的气息了，好像比索朗更紧张，更揪心炕上的这个女人。梵义换了一只眼睛，瞄见收生婆在女人的尻子下面垫了一只枕头，又开始训骂，催她使劲，千万别睡着了。女人的腿再次打开了，一惊一颤的，让隆起的肚子像一只刚刚出屉的大馍馍，收生婆轻按了一指头，指窝半天也鼓不上来。少顷，梵义窥见女人的大腿缝里开始流血了，血不太大，扑哧扑哧的，鼻子里立时吸到了一股血腥气。梵义嗓子里恶心，但好奇心催迫着他继续窥视。这一时，女人的大腿缝开得更大了，喊得也惨，一根几乎透明的大胡萝卜从里头滑脱了出来，掉在了炕上。

许多年后，梵义每次忆想起这个晒秋之夜的一幕时，他的眼睛总会对心口说：骗你是鬼，真的是一根大胡萝卜呀，我亲见的。胡萝卜在敦煌一带俗常极了，不算有利植物，跟洋芋一样吧。有一回，梵义带着弟弟梵同和胡家坊的一帮小子去滑冰，在沙山下的一块田里偷拔过一根。那根胡萝卜比梵同只高不低，足有三尺多长，还有胳膊有腿，头顶上有一撮毛，其实是枯萎的烂秧子。不巧的是，一帮人蹚过党河回家时，梵义肩上的胡萝卜不老实，居然掉在了冰窟窿中，怎么也没打捞出来。梵义不甘心，后来又去看过几趟，见胡萝卜已经被冰封在了水中，浑身上下红扑扑的，犹如玉石雕出来的那般，接近于透明。梵义当时想挖，但一想胡萝卜姓胡，自己也姓胡，一笔写不出两个胡字来，遂放弃了。岂料，那根被河水冰封了的胡萝卜，现在居然从索朗女人的大腿缝里挤了出来，梵义还是骇然不已。不待梵义再去窥看，门窗里突然爆发出了一阵婴儿的啼哭。哭声像家里发现了贼，让梵义很不自在，忙拔脚离开。

檐角下挂着一根晾绳，上头晒着一排子手巾和土布。一不小心，梵义的脸撞在了手巾上，遂想也不想，直接拽下来一个。梵义没用手巾擦脸上的汗，随手揣在了夹袄里。

吃饱了烟，胡恩可磕掉了烟灰，将烟袋绑在了烟杆子上，收拾停当。索敞的耳朵支起来，听客人说：哦，胳膊不麻了，腿也不麻了。刚来的路上浑身麻死了，险些摔了几个跟头。索敞让了一下花馍馍，又让茶，但客人没接。南墙外大柳树上的老鸹又在叫，叫得人心慌，好像在不停地伸手乞讨。他叔，我这番来，专门在你跟前许一个愿的，胡恩可道。索敞惊得一跳，尻子离开了凳子，手按在了对方的膝盖上：兄台，这话咋说么，这半夜三更的？胡恩可不苟言笑，依旧锁住了表情说：我已经在莫高窟的开元寺许了愿，吃了咒，现在来你跟前讨一个应许。是这，我想给你们索家开一座窟子，等开开了，我再塑像描佛，请神拜祖，全盘转交给你这个东家去掌握。索敞蹲在地上，忽然觉得这个胡家坊的小财东幽深如谜，难以猜解。他的内里，慢慢潮起了一番激动，但更大的羞愧覆压了过来，仿佛天老爷指派了这么一个人物，前来数落自己这个轻慢了先人的不肖子孙。他的嘴里塞了缠麻似的，一时间语无伦次了：兄台，你这唱的是哪一折子呀？即便修一座家窟，也不能劳你点灯费油，那是我个人的主张，我怎么能拖累了兄台你呀。胡恩可罕见一笑，笑意又倏忽间泯灭了下去：他叔，你别说不打粮食的话。这人抬人、僧抬僧的道理，我胡某人还是觉悟的。你们索家满门人杰，代代义士，只可惜这个人世轮转太快，仇难灭，恩易忘。假如不在你我这一辈人的光阴里开窟作纪，树个碑，立个传，恐怕后来的人……话刚至此，梵义却从义庄的后院里跑了出来，又喘气，又咳嗽，站定在了父亲和东家的跟前。梵义没眼色，嘴里嘀咕着胡萝卜什么的，截断了话头。胡恩可无奈，将一腔子热心辣肠吞在了肚子里，突然出手，在儿子的脚踝上敲了一烟杆。梵义哎哟一下，坐在了地上。

索朗也跑了出来，见有外人，忙肃然而立，作揖问候了一声。索敌亦不避讳，探问说：下下了么？下了，两个人都平安，爸你放宽心吧，儿子道。闻听此话，胡恩可的心里哎哟一声，后悔选错了日子，在人家添丁进口的时候来叨扰，真是不该。索敌再问：下了个啥，裆里有肉没有？快说呀！梵义见索朗搓着手，又是一副难受和煎熬的嘴脸，好像犯下了重罪一般：哦，下了个扎花的，贼婆娘，肚子不争气嘛。索敌闻听，心里轰的一声，仿佛一堵宽大的山墙垮塌了，腾起了一天空的灰土，罩住了自己。胡恩可窥见了时机，忙抱拳道喜：他叔，恭喜你呀，索家今天有了下下一世的人，你也做了太老子了。说着话，胡恩可从脖颈子里摘下了一串佛珠，递在了索朗的手里：我白手来的，没带别的东西，这个珠子算是我给月子娃行的一个礼性吧，你收着，千万别嫌弃。索朗辞让着，索敌却令儿子收下了，爷父俩谢过了客人的美意。或许是一报一还吧，索敌开口说：兄台，家里添了一个扎花的，你既然见证了，干脆你给娃娃起一个名字吧？这个秋夜上，胡恩可也被索家的气氛感染了，细斟慢酌了一番，便道：细君，就叫细君吧！等娃娃长大了，长成了一个大姑娘的话，锅头灶台，穿针引线，品行里少不了仔细的。索敞一击掌，嘴里喊了几声好，恭维说：兄台，你说细君，以后就叫细君了，你的嘴一定是开过光的，你也算娃娃的一个太老子，等细君懂事了再让她认你，呵呵。梵义扶住了父亲，往院门外走去。

半晌了，索敞还立在门楼下，盯看着客人们渐渐消失，被洪荒大野中的一团黑暗吞没了。秋夜凉了下来，索敞有些哆嗦，寒意加身。闻听大柳树上的老鸹又叫了一下，索敞拾起一块土坷垃，刚打算轰一手时，管家丁荣猫却从门外闪了进来。丁荣猫问：

"老东主，胡家坊的这个老贼娃子来下什么药呀？"

索敞丢下了土坷垃，仰头问天：

"唉，他来摸我的脉了。"

# 卷二

在车马店，这娃的名字叫屎哪吒。屎不指大粪，没有贬义，大概是说他的脑筋异于常人，带着一番惜疼的意味吧。

陈小喊除掉了上衣，趴在炕上，将自己的辫子扔过头顶，交给了屎哪吒。这么一趴，陈小喊方觉得自己的这一具皮囊开始慢撒气，像拔掉了一个塞子，瘫软下来。也难怪，三个月前，陈小喊去了一趟吐鲁番，接了一个商团当向导，足足有七十峰骆驼，安全带到了马鬃山关卡，这才交割掉，南下返回了沙州城。人世上有两样事最难，钱难挣，屎难吃。陈小喊算是倒了霉，这一趟全都碰上了，但他尽量不去想，能活着回来捧住一只饭碗，多半是一种福报吧。辫子几乎快锈死了，油乎乎的，攥在手里像一根铁棍，散发出恶劣的气息。炕沿上，屎哪吒一边啐唾沫，一边濡湿了陈小喊的辫子，慢慢拆解开来，等着下一步的工序，但下一步是有代价的。陈小喊声言：老子今天累了，先挂个账，改天再兑付吧。屎哪吒也气了，从尻子下头抽出一把剪子来，衔住了辫子，威胁说要把陈小喊剃成一个秃子，他只要敢出门上街，县衙的捕快一准捉了他，当然是砍头伺候了。唉，陈小喊哀叹一声，问屎哪吒说：皇上是你爹么，要是你爹的话，求你爹快发一道圣旨下来，让我免了扎辫子，否则出门在外，脑袋上动静太大，太磨折人了。屎哪吒回说：皇上当然是我爹，也是你爹了，皇上是全天下人的大老子嘛。陈小喊有求于人，觉得这娃的脑子真屎，当下没了脾气，便答应了他。屎哪吒开心坏了，命令陈小喊接着讲鬼。

刚入夏时，陈小喊在车马店里认识了屎哪吒，见其精灵古怪，嘴甜，帮东帮西的，来住店的客人们都欢喜他，也没问过他的来历和姓名。这娃就有一个毛病，太黏人，一旦熟悉了便缠磨住对方，让人给他讲长路上的故事。讲完一个，又缠磨着讲另一个，直到把你的唾沫渣子讲干，他还不作罢，所以得了一个屎哪吒的诨号。陈小喊在去吐鲁番之前，讲的就是鬼，双方约好等回来后，接着再讲鬼。这天，陈小喊刚住进店里，屎哪吒的狗鼻子就闻见了，帮着卸下行囊，拆下马具，将坐骑牵入了马院内喂草，而后开始粘住了他。陈小喊趴着，嘴里嘟囔不止，开始说道一些长路上碰见的稀奇事。

话说有一次，陈小喊向导了一个僧侣团，取道瓜州，要去东千佛洞朝觐。因为先前发过一次洪水，河道走偏了，一下子迷了路，进入了戈壁大滩中。这倒没啥，陈小喊天生就是土地爷爷的弟子，了解地下的根脉，看一眼星宿就知道路向，丢不了魂魄的。有天晚上，天黑透了，僧侣们扎起了帐篷，供法台在里面歇息，其他的人都睡在了露天下，自得其乐。孰料，半夜里法台忽然叫醒了陈小喊，说他做梦时有所觉悟，佛陀在梦中开示了他，他怕忘记了，需要赶紧记录下来，耽误不得。陈小喊点灯，铺纸，濡笔，却发现僧侣团的行囊中根本就没预备上墨锭。这让陈小喊难肠了起来，四野八荒的，去哪里寻一块墨锭呀。见他快急出了眼泪，法台却扪齿一笑，安慰说：墨锭来了，看我的。陈小喊讶异地瞭见，帐篷下端钻进来了几个一拃长的小鬼，鬼很瘦，瘦得能看见他们的肋巴骨，耳朵却是尖的，眼睛发绿。几个鬼抱住了小几案的木腿，一眨眼就爬到了桌面上，撕来扯去的，扑在了砚台上抢喝里面的水。几个鬼喝美了，嗓眼里咕噜咕噜的，八辈子没喝过水的样子，一定是蛤蟆转世的。喝毕了，其中一个鬼也不客气，直接跳进了池子里，开始洗身子。法台突然发功，一把掐住了洗澡的鬼，吓得其余的小鬼都逃得一干二净了。法台攥住手里的那个鬼，在墨池中开始研墨。磨了一阵子，鬼被磨光了，砚田里竟然是一池子浓黑发亮的墨汁，带着松香的味道，跟墨锭磨出来的一个样。法台慢慢地膏了笔，伏案书写，一句话也不释解。陈小喊只好悄静地退了出来，藏在骆驼堆中，怕小鬼们杀个回马枪，连累了自己。屎哪吒一面听着，一面梳完了陈小喊的头发，开始捉虱子。虱子成群结伙的，先前还透不过气来，现在随着辫子打开，一个个四仰八叉的，舒坦死了。陈小喊慈悲，好像虱子都是他的一胎弟兄，吃得圆鼓鼓的，像红色的扁豆。屎哪吒每捉住一只，便用指甲皮一掐，啪的一声，滋出一股子血水来。再啪的一下，虱子就变成一张皮，声音像是嗑瓜子，嗑个不停。鬼是炭做的吧，一磨就黑了，变成了墨汁？屎哪吒问。陈小喊闷声说：法台没告诉我，我想我以后会知道的，知道了再告诉你不迟。屎哪吒又道：一个故事换十个虱子，你头发里养了满满一窝，每根头发上还有虮子，你看着办吧。刚开始舒坦，陈小喊就被讹上了，没办法又讲了第二个。

这一回，陈小喊受人之托，骑马穿过了阳关，越过了夹山的冰大坂，去给一个山里苦修的人报丧。据说那人年轻时是个浪荡子，上不孝，下不亲，吃喝嫖赌很在行。忽然一日，他生出了舍离心，说要去苦寒的夹山以西修法，家人劝也劝不住，便遂了他的心愿。倏忽间，过了近十年，他的老母盼儿心切，眼睛都麻掉了，结果犯了心口病死了。陈小喊谢绝了佣金，觉得这是一趟积德的差使，连夜就上了马，出了沙州城。不承想，在夹山的苦修营里，问遍了修士们，也没问出一个缘由。陈小喊无奈，只好趁着罡风来袭之前下山，要不大雪封了山，他个人也难保。糟糕的事情发生了，刚翻过一座沙山到了荒滩上，马的蹄子陷在了旱獭洞里，嘎嘣一下，一条腿折了，骨头也刺穿了出来。陈小喊当即哭了，眼泪快哭成了血，看着马慢慢要死了，他也生出了将死的念头。天黑时，陈小喊的肩膀被拍了一下，一扭头，瞭见一个鬼冲着自己笑。陈小喊吓呆了，但鬼并没有伤他，只将他拽在了一旁，查看马的伤势。鬼就是鬼，鬼做下的一切有他自己的道理，活人是猜解不透的。陈小喊看见鬼拾起了地上的一根草棍儿，别在了马腿的伤口上，又用几根线草绑结实了，这才停下手。这么着，奇迹一下子降临了，马呼哧一声站了起来，甩着鬃发，打着响鼻，四个蹄子像生铁一般戳在荒滩上，一点毛病也没有。鬼让陈小喊骑了上去，拍了一下马屁股，一口气便骑进了沙州城，跑进了那一户人家搭设的灵堂前。无功而返，陈小喊再三谢罪，但东家并不曾责怨他，还说了不少的客气话。但凡人世上的大小事都有一个因果，活该那个浪荡子的媳妇眼尖，猛然瞭见了马腿上别着的那一根草棍。女人款款解了下来，突然就嚎哭不止，说这一根扁担恰是丈夫离家时挑着行李担子的那个，她不会认错的。后来，这家人把扁担当成了一炷高香，烧在了灵堂里，祭了一番老母的亡灵。女人非要酬谢陈小喊，认定对方找见了那个浪荡子，至少得到了他的一个口信。这个前后，陈小喊头皮发麻，明明是一截易碎的草棍，如何变作了一根粗壮的扁担，他到了现在也头大，怪自己心眼太实，剖解不开谜团。房子里太暗，屎哪吒将油灯挪至手边，陈小喊辫子上的虱子全都醒了，四散而逃，指甲皮来不及掐死。这时，屎哪吒变了法子，每捉住一只，就丢在灯花里，噗的一下，虱子便焚化了，火光中漾出一丝黑烟。那匹马后来咋样了，取掉了草棍，它又瘸了吧？屎哪吒问说。陈小喊嘟哝：笨蛋，马刚才被你牵去了马院，正在吃草，你去问问它嘛。笑话，马怎么能听懂我的话，我是人，又不是牲口，屎哪吒强调说。陈小喊作结道：瓜娃子，你一定记住了，鬼根本不可怕，这世上最可怕的是人，人的心是一口深井，谁也探摸不出底细的。

屎哪吒再想开口时，却听见陈小喊鼾声大作，八辈子没睡过觉似的，登时也没了兴趣。屎哪吒对着刚焚化的一枚虱子念完了阿弥陀佛，从夹袄里摸出来一包石灰粉，仔细擦抹在了辫子上，又含了一口清水，喷在上面，让石灰粉慢慢去发酵。这是屎哪吒听来的方子，可以一劳永逸地消灭虱子。末了，屎哪吒暗笑说：哼，你早点梦周公的话，小爷我也不会这么累了，别怕蜇，千万忍住呀。

这是车马店最大的房子，坐北朝南，门内的两侧都是大炕，每个炕上能躺十几名伙计或车夫。炕与炕之间砌了一座土炉子，左右贯通，生了火，火气均匀地播撒出去，炕面上都是烫的。屎哪吒在炉膛里填了柴，柴有些湿，黑烟倒着退出来，一下子泻满了屋子上下，将他也呛了出来。车马店一般是为赶长路的人开的，只图了个睡觉歇缓，所以没开窗户，门当然也窄，窄得只能侧身进出。

外头日光太亮，天空像一块擦得干干净净的瓦，悬在头顶上，这样的季节对晒秋最有利。屎哪吒咳嗽完了，眯眼看见一伙子人狼狈不堪，从大门外奔了进来，有的人催喊掌柜的出来登记，有的则躲在了阴凉里脱下鞋子，仔细查看脚上的水泡，也有的从灶房里提出水桶来,像牛一样长饮。屎哪吒认得他们,蒋斧、昆莫、李无亏、项楚、茹老二,另一个碎鬼叫卡利班。这些飞行游击都是盘桓在敦煌一带的野汉子,吃的是保商的饭,饥一顿,饱一顿,平时遇上小的买卖便单个出行,一路上护驾和向导,设若碰见大的商团来下聘,一帮人则像流沙聚集,立时变成了一块炼砖、一只攥紧的拳头,结伙而去。在敦煌、瓜州和玉门这关外三县的地界上,不论是正规的商团,抑或是干一些见不得人的黑买卖的行商,一般不会央请官府的马班或步班去护送。没别的缘故,只因官府的税太高,佣金也大,往往狮子大张嘴。再一个,官府的杂种们盘剥惯了,稍不如意便拖宕时间,两三天的行程一般会花上大半个月,牙长的一段路,偏偏押成了一座祁连山。行商的利薄,一般靠的是数量,讲求的是勤进快出,一旦央请上了官府这个太岁爷,下场多半是吃风拉屁,血本无归。蒋斧诸人平时就窝在车马店里,闲时喝酒,四处听风,一俟接手了买卖,立刻人去屋空,像一群鹞鹰似的没了影踪。屎哪吒记得,蒋斧他们是二十天前接了单子,在沙州城外跟一个商团会合的,又听说此行不走猩猩峡和哈密,而是绕道巴里坤一带,将大宗的货物送至口外的迪化。屎哪吒心算了一下,再瞧瞧蒋斧等人脸上的愤懑与焦灼,便知道他们这一趟肯定栽了。

掌柜的出来后,办完了入住的手续,让蒋斧等人随意,转身回到了后院,继续跟他的婆娘干仗去了。他老婆是左近一带有名的母老虎,掌柜的鼻脸上天天都有新的指甲印,怕人问,更怕人数落他裆里没有那三两男人的肉。茹老二从灶房里端出了一盘子锅盔,几根线辣子和黄瓜,搁在地上,吆喊大家快吃,但没人动手。冷不丁,那个碎鬼卡利班哭了出来,一哭身上就软了,抱住蒋斧的腿,死了爹似的。屎哪吒人小,还入不了他们的法眼,所以坐在一旁偷听,大家也不避讳。蒋斧一脚踹翻了卡利班,抄起挂在门上的抽子,劈头盖脸地一顿暴揍,打得卡利班嘴里流了血,但不敢犟嘴。附近的几个人谁也不劝,一个个怒目金刚的,看来卡利班惹了众怒,把大家都得罪深了。末了,卡利班开始发誓,他今晚夕就出城,过玉门关,过疏勒河,去破城子以北的荒滩大野上,将宋配的尸身子扛回来。屎哪吒惊了一跳，眼神数了数人头，果然没了宋配，想必宋配已经去伺候阎王爷了，否则这些游击也不会如此哀戚。一听死了人，屎哪吒霎时来了精神，觉得这里面一定有故事，真刀实枪的东西才过瘾，总好过陈小喊嘴里那些虚无缥缈的龌龊鬼。屎哪吒蹲在地上，佯装在玩一窝蚂蚁，耳朵张开了，听清了这一趟买卖的前后因果。

原来，接上这一个商团后，蒋斧他们就在沙州城外设了香案，宰了鸡，向天老爷和土地爷祷告一番，紧着上了路。这一趟骡马居多，骆驼少，主要押的是云南的茶叶、南方的冰糖，另有十几驮子金贵的瓷器。恰逢秋上的天气，不冷也不热，天不亮就动身，等月亮起来时再歇脚扎营，烧水吃喝。加上骡马的脚力好，商团迅速越过了疏勒河，进入了西北向，来到了荒滩戈壁上。刚开始，蒋斧他们都喜滋滋的，觉得这个钱赚得太容易，人不累，况且商团的大掌柜性情热络，出手大方，准备了不少的补给。除了肉干和菜蔬瓜果外，单另带来了几坛子苞谷酒，但也不可贪杯，每人每天只允许喝上一小口，让大家解解乏气罢了。不几日，商团拐过了羊湖湾，离破城子还有九十里地时，却碰上了一个水站。水站驻扎有两个步班的兵力，卡兵们的主要目标就是把守住羊湖，等着那些来找水的人自投罗网。

朝廷在关外三县的驻防，抛开固定的营地外，肃州总兵还根据季节的迁移，水文的变化，商旅的活动规律，时常在广袤无垠的四野大荒中，临时性地设置一些游动的卡点，派兵进驻。卡点分两类，濒临水源的叫水站，其余的则是干站。水站也不稳定，丰雨的一年，水源充足，便实施设站，否则就撤销了事。人远地偏，天地不应，行脚在长路上的人们缺什么都可以，唯独一个水字，就可以轻易卡住你的脖子，让你乖乖地低头顺命。蒋斧他们一到水站，就被卡兵们包围了，一个把总查完了商团的执照和税单，态度强硬，声称要征用所有的骡马，去一趟破城子，给水站拉运粮食与给养。哀求未果，枪在对方的手里，蒋斧等人便听从了大掌柜的意见，就地卸下了全部货物，带着几十匹骡马去了破城子。受人钱财，替人消灾，蒋斧是一个重然诺的人，特地留下了宋配和卡利班二人，让他们在原地守候，防着卡兵们打货物的鬼主意。不承想，一个小泥人就惹下了天祸。

守着货物,人就松懈了下来,卡利班从羊湖边挖了一坨泥,尽情地捏塑起来。卡利班是祁连山一带的土著子弟,有一次翻过当金山口来敦煌贩羊皮,见这里遍地富庶,很好讨生活,他便留了下来,汉衣汉服,脑袋瓜上也扎起了一根辫子,与常人无异。卡利班手巧,小时候学过砖雕和木雕,还在寺院中学过酥油花的制作技艺。宋配也很好奇,蹲在一旁看他玩,一忽儿捏出一只雉鸡,一忽儿塑上一副傩面。有人恭维,卡利班一时高兴,很快又捏塑出一位虎虎生威的大将军,笔画再往细里一勾勒,居然是清廷一品大员的装束。空气燥热,烈日当头,泥偶站在地上迅即干透了,越来越栩栩如生。卡利班削了一根签子,往泥偶的身上扎。一边扎,一边啐唾沫,卡利班简直开心死了。宋配问:这位大人何许人也,竟令你如此憎恨,如此唾弃?卡利班也不隐瞒,直脱脱地告知说:此恶魔乃雍正爷麾下的抚远大将军,一等公年羹尧是也,这个贼先前几乎杀光了我的族人,我们一辈辈人都记着这份血仇。宋配吓傻了,抢过了那一只泥偶,打算往湖水里扔。扔出没多远,掉在了沙子上,被一个卡兵捡拾了起来。卡兵刚才悉数听见了他们的谈话,此刻也认出了这个泥偶,忽然间涕泪滂沱,下跪磕头。磕完了,卡兵将砍刀架在了卡利班的头上,质问他为何如此恶毒,给年羹尧大人的塑像施咒。卡利班毕竟年轻,吓得当场尿了裤子,巴兮兮地盯望着宋配,求他下话求情。宋配不忍,但腔子里埋着一副男人的烈火肝肠,再三释解,这泥人出自他自己的手,与卡利班无涉,更与年羹尧大人无关。却原来,这卡兵的祖上早年间追随过年羹尧,视一等公为自家的门神和先人。自打抚远大将军受旨自尽后,他的人马便被打散了,入牢的入牢,卸甲的卸甲,而卡兵家里的这一支一路流徙,穿过河西,来塞外防边了。卡兵怅惘极了,声称他家里几辈子的人,生不能入玉门关,今日年大人以泥偶的形象显灵,必然是在召唤自己。言罢,卡兵一刀刺死了宋配,而后抹了自己的脖子,血溅黄沙,顷刻间双双殒命。卡利班吓死了,怕更大的灾祸降临在商团的身上,忙就地挖了坑,葬埋了两具尸身,将现场恢复了原样。好在四野大荒之境,没有人,也没有飞鸟,一切都神鬼不知。

　　待蒋斧他们带着一队骡马,从破城子押运粮草回来后,水站的把总也信守诺言，放行了商团。蒋斧生怕有变，须臾也不敢懈怠，忙载上了货物离开了羊湖，继续北上。离开水站的第一天晚上，商团烧水吃喝时，却发现多了一只碗。卡利班见瞒不住了，这才道出了实情。蒋斧乃恩义之人，既然活着带走了宋配，现在伴当死了，起码也要把尸身子交还给他的近门亲族，将来抬埋在自家的坟地里，入土为安，剩下的事情再议。蒋斧当即跟商团的大掌柜撕了约，将保商的生意转给了当地的熟人。折身返回，蒋斧等人趁黑摸到了羊湖边，却发现水站所辖的马班戒备森严，风声鹤唳，想必他们也发现丢了一员卡兵，出现了异常。蒋斧无功而返，只好悻悻地带着一班人马回到了沙州城，打算天冷封冻，等水站拔营撤离之后，再去羊湖把宋配的尸骸扛回来。这一趟点灯费油，苦劳了众人，不仅半个麻钱都没到手，相反却折了一个伴当。大家憋着一口恶气，不想听卡利班事后犟嘴逞能，也乐见蒋斧动怒，抽这个小混账一顿鞭子。这一时，屎哪吒将一窝蚂蚁尽数弄死了，跟着大家一起恨卡利班，心里也哀哭了一番可怜的宋配。屎哪吒从没听说过如此惊心动魄的故事，太过瘾了，觉得堪比《水浒传》，内里慢慢地潮起了一股钦佩之感，将宋配和小旋风柴进、豹子头林冲、打虎将武松归为了同一类人。蒋斧终于打完了，气得蹲在了地上，一口锅盔，一口线辣子，吃得满头冒汗，辣得倒抽凉气。卡利班瘫在地上，哇哇哇地哭个不停，让屎哪吒恍惚觉得他就像一头小草驴，草驴就是那么龇黄牙、咧大嘴的。恰在这个关节上，一个声音打破了局面，屎哪吒抬看一眼，陈小喊居然打着哈欠，从门洞里趑身出来。

  呵，照你们这样子，等下了雪再去找宋配的话，恐怕他早就被狐狼啃干净了，连个骨头渣子也不剩一点。陈小喊言辞挑衅，气焰嚣张，似乎根本没把蒋斧诸人放入法眼。屎哪吒暗笑起来，陈小喊的头发是白的，挂在脑瓜后面，像戴了一块孝布，吓得那些人停下了吃喝。蒋斧翻着白眼，问陈小喊有啥高见，没有的话，滚回去睡他的阎王觉吧。陈小喊也不客气，骂骂咧咧了一番，说这个该死的宋配，欠着他陈小喊的半吊子钱，欠了半年多了，岂能让他一死了之，赖账不还。陈小喊又扬言，他不能让宋配得逞，他得亲自去一趟羊湖，把宋配扛回沙州城，把账还清了再死不迟。蒋斧等人觉得受到了侮辱，面子上挂不住，一个个抬尻子起来，准备用拳头问个究竟。陈小喊也不惧，忽然抽噎了起来，指桑骂槐地喊叫说：该死的宋配呀，你真够有眼无珠的，干么维下了这么一帮不计情义的伴当，我干脆替你大哭一场吧。屎哪吒终于憋不住了，哈哈哈大笑起来，觉得陈小喊跟敦煌六合班的戏子们一样，果然演得精彩。蒋斧面色如铁，沉声道：你陈小喊算个球，老子拔一根汗毛就能戳死你，你以为你是哪一路神仙，赶紧消失吧。陈小喊不哭了，也不想演了，截铁地说：在下并不是哪一路上的神仙，老子的名字就叫死，死就是在下。言说中，陈小喊甩了几下头发，白色的幻影像一道可怖的孝布，罩在了车马店的半空上，煞是瘆人。

掌柜的闻声跑了出来，将双方劝止住了，各自拉在了一旁。屎哪吒看明白了，一方是热火，笃定要去羊湖一带，将宋配的尸骸扛回来，另一方却是冷灰，警告陈小喊别插手，否则在敦煌难有他的立足之地。正在双方攻讦不休时，屎哪吒浑身一僵，慢腾腾地站了起来，瞭见管家苏食拎着一根麻绳，怒气缠身地闯进了车马店，冲着自己扬了扬手。

"胡梵同，你丢人丢够了么？"

屎哪吒忙跑了上去："叔，我不是在放秋假么，让我再……"

"快滚回家去，你老子和梵义等你哪，看他不抽了你的脚筋，剥了你的这身龌龊皮才怪。"苏食手中的绳子大概是一个道具，不会落在屎哪吒的身上。又詈骂道："一个读书郎，天天跟骡马下人们鬼混在一起，你爸这辈子八成是指靠不上你了。"

"我爸咋了？你干么急慌慌的，出啥事了？"探问道。

苏食扭头走了，丢下一句话来："你们爷父三个，下午要去西门外拜访世兴堂的沈家。本来没你，你爸临时起意，说要带上你，让你开开眼的，别烂泥扶不上墙呀。"

沈破奴的家在沙州城外西北角，隔着城墙的角楼，里头是一座小校场，每天早起和晚夕里，经常能听见边兵们的操练声。边兵仍然分步班和马班。步班练习队形时，嘴里大喊皇恩浩荡、四海升平之类的口号，好像皇上正站在城垣上巡查。马班一出列，整个城墙内外便充斥着马粪的味道，可以想象里头屎尿遍地，马蹄杂乱。这个时候的鸟雀也多，仿佛一块块黑幛子，前一群刚走，后一群便扑棱棱地掠过了角楼，俯冲下去。鸟雀们最喜欢扒马粪了，马粪里夹杂着来不及消化的草籽和粮食，吃上一顿，等于过了个大年三十。鸟雀们一旦刨开马粪，空气就更恶劣了，城墙外的院落纷纷开始闭门落锁，关紧窗子，省得鼻子遭罪。

  沈破奴的院子小，偎在高大的城墙下，如同一只精致的龛笼，让左右的邻舍们艳羡不已。院子是早些年过的户，原先的小财东服不住敦煌的水土，举家迁到了原籍凉州，因为走得急，慌里慌忙地出手，让沈破奴拾了个大便宜。沈破奴乔迁进来后，也不曾大兴土木，只修葺了一畦花园，将房前屋后用石灰粉仔细粉饰了一遍，除掉了屋瓦上的蒿草，样子立时有了改观。沈戴氏是家里的女主人，腿脚麻利，又爱干净，尻子后头好像随时拴着一把笤帚，地上连一根草屑也见不到。好归好，唯一遗憾的是这个院落的偏门外，荒秃秃地站着三座无主坟。坟包不大，但坟前戳着的石碑相当刺目，让人一走过去，便感觉后心发凉，鞋子也提不住。沈破奴曾经查究过几次，用指头按住碑文上的字，一颗一颗地研读，越读越糊涂。墓碑年深日久了，碑身斑剥，很多字也缺失了，上下文不连贯，饶是沈破奴这样的饱读之士也破解不了，后来也就不计较了。邻舍们同样怨恨这几座坟包，觉得晦气无比，一度指望着沈破奴挑头，将无主坟迁挪到荒地里去，眼不见为净。话头提起了好几次，均被沈破奴否决了，说死者为大，绝对不可惊动亡灵，惹起另外的麻烦。渐渐地，一些传言灌进了沈破奴的耳朵里，说他的院子其实是一座鬼院，里头挤满了大大小小的各种鬼，先前的小财东之所以贱卖，问题就在这里。对这些阴风妖雨，沈破奴大多一笑了之，但家里人却慢慢地迷信上了，脸上挂满了惊悸与不安。白昼里尚好，日光照得人世上一览无余，没一个死角。一俟入夜，老婆和一儿一女便窝在了炕上，连门也不敢出，半夜三更还不吹灯。西北向的戈壁大滩是一个风口，春秋两季的风最硬了，像一群群野兽踩着屋顶上的瓦，不是碎了，就是飞了，害得沈破奴经常去砖厂里买瓦，破费不少。两个子女中，沈破奴最惜疼女儿性元了，怕她心里落下什么不良的阴影，觉得先要安抚住她，破除她内里的迷障。有一回，沈破奴拽着性元，出了偏门，站在那一片墓地中。他本来揣着一篇腹稿，想谈谈人死灯灭，这世上根本没鬼，鬼多半是读书人劈空结撰出来的。岂料，不及开口，坟地旁侧的一间漏屋里，突然跑出来了一个乞丐，扑上来就要撕扯沈破奴的衫子，吓得他率先跑掉了。性元落在了后面，一点不害怕，从兜兜里掏出一个馍馍，递给了乞丐。乞丐居然给性元鞠了一躬，千恩万谢地走了。沈破奴折返回来找女儿时，性元却哈哈大笑，肚子也笑疼了。沈破奴栽了面子，这以后便打消了启蒙的念头，慢慢恢复着破损的权威。与此同时，沈破奴暗中掂量出来了，这个死丫头的胆气大，如果不是一具女儿身的话，起码也可以入列水泊梁山的聚义厅，跟那些好汉一样位列仙班。

反过来，沈性元又开始吓唬父亲，替老子启蒙了。一天下学后，性元去了家里的世兴堂，见父亲正在医治病员，便呆呆地坐着。病员走后，沈破奴一边上门板，一边问女儿干么拉着个脸，有啥不高兴的。性元苦楚着表情，说不得了了，昨日后半夜她去外面起夜，糊里糊涂地出了偏门，瞭见一个白衣白发的老妪手执扫把，正在打扫地上的落叶。性元一时好奇，便扯住了她，问奶奶这方圆左近一带是不是闹鬼。老妪捏了捏性元的脸蛋，慈悲地说，她在这里已经住了八百年了，从来没碰上过什么鬼。性元懵懂地回去睡了，次日在学堂上听讲时，一咂摸晚夕里的遭遇，蓦地惊出了一身冷汗，所以才来请教父亲，求父亲破解。沈破奴手里的一块门板惊掉了，砸在了脚上，疼了半个时辰，但绝没有疑心女儿的话。性元对父亲要了将，声称她跟老奶奶约好了，今晚夕要再见一面的，请父亲陪她去，她一个人胆怯。沈破奴硬着头皮答应了，心知劝不住这个死丫头。子时刚过，听见性元起了夜，出了门，沈破奴慌忙披衣下炕，尾了出去。在偏门外的荒地上，沈破奴没瞭见性元的人，却真的瞧见一个白衣白发的老妪在扫落叶。沈破奴上前一揖，问老妪有没有看见一个丫头从偏门里出来。老妪沉声道，我在这达八百年了，一个人都没见过，你是头一个，来来来，让我抱抱你，闻一闻你的味道吧。沈破奴拔脚欲逃，老妪却身轻如燕地扑在了他的怀里，将他扑倒在地，脖颈子里拱来了一张嘴巴，要咬他的锁喉。沈破奴哀求时，怀中的老妪却咯咯咯地发笑起来，除掉了外罩和头巾，原来正是女儿性元。荒野冷地的，性元失笑了大半天，如实相告，她就想治一治父亲的胆小病，这下子得逞了。沈破奴臊死了，打不成，骂不得，连忙收拾起自己的狼狈。沈破奴再三交代，这件事到此为止了，千万不可说出去，否则为父难以做人呀。过了几日，沈破奴扯了一匹花布贿赂给了性元，再次叮嘱了一番，让女儿守秘。性元后来总结说，世上真的没有鬼，鬼都是人们幻想的产物，不值一提罢了。经此一回，沈破奴也觉悟了，说人比鬼更可怕，因为人混蛋起来没有尺码，也不讲规矩。

晒秋季节，旁人晒的是粮食和瓜果，但沈破奴晒的是药草。在沙山下，沈破奴也有四五亩旱地，平常的年景里种些麦子和苞谷，田垄上间种些菜蔬，一家人的吃喝也就够了。沈破奴并非本地人，少时流落到了敦煌一带，及长，到了成家立业的年龄时，媒人来说亲，便娶了戴家坊的一个女子，陆续有了性元和性真一双儿女。戴家业大势大，却从不小觑这个讲一口异乡话的女婿，反而因了他支系干净，一个人寡落落的，对他有了更多的亲热。沈破奴不擅桑麻，将几亩旱地交给了妻家的人，收秋时接获粮食，其中的费用挂在账上，再慢慢兑付。原因无他，只因这沈破奴在沙州城内开创了一家名曰"世兴堂"的诊所，行医卖药，做起了医官。刚开始，沈破奴寂寂无名，顾客罕少，几次陷落在了关张停业的地步。大婚不久，他带着沈戴氏去往南方游转了一趟，凭着一身的聪明劲，将旱苗种痘法第一次带进了敦煌，后来又改良为水苗种痘法，一时间声名鹊起，名噪乡里，成了关外三县一带的圣手名医。医高德重以后，沈破奴并不曾店大欺人，仍旧持有初心，孜孜矻矻的，一向不以利取。沈破奴心里有自己的一杆秤，行医问药之余，一不吃茶，二不谈议闲章，即刻抬屁股走人。倘若有重金酬谢者，立时怒形于色，只取分内之数，余皆谢收，始终不曾逾越这一条绳则。城中的百姓尊崇他，感念他，即便是山里的穷酸人家来看病，有钱了就丢下，没钱了亦不计较，还免费配送一定数量的药草，再馈赐一些返程的川资，数目不多，但暖心贴肝，令人没齿不忘。忽忽焉过去了许多年，世兴堂的墙壁上挂满了大小匾额，有的是"十全妙手"，有的是"品冠医林"，另有"功侔良相"和"医士大成"之类的，总之是一派赞誉，让人目不暇接。

但沈破奴也有他个人的怪癖，比如逢年过节时，世兴堂绝对会关门歇业，他自己回到城外的家里，闭门不出，叩门不应，要么读医书，要么炮制药草。再比如，多年来世兴堂所售的丸、散、膏、丹等药物，一定是他亲手配制的。哪怕几个伙计来帮工，也必定是在他的眼皮子底下按部就班，一个工序也不能有差池。晒秋开始前，沈破奴打发伙计们回了家，去料理各自的家事了。偏在这时，先前订购的一批麻黄、甘草、党参和黄芪从陇西郡发了过来，晒在了房前屋后，趁着大太阳的赏脸，不几日便干透了，烁闪出一片片生动鲜艳的颜色。所幸小校场的马班们也在放秋假，没有练操，也没了马粪的刺激，整个院落上空弥散着一股浓浓的药草气息，拂荡在头顶上，让邻舍们也开心醒目，筋骨旺盛，将沈家视为一门芳邻。沈破奴自己看天望云，隐约觉得头一场北风正在路上，今年的冷冬怕是会提前赶脚，万万不可大意。这些天，沈破奴每日早起，将各种家什器皿摆在了院子里，单独处理那些晒完了的药草。直到夕光落幕、一灯初上时，才会疲累地歇下手，捧起饭碗。沈戴氏回了娘家，一个远房亲戚的娃娃结婚，她带着一份礼金贺喜去了。无奈之下，饭菜的差事就交给了女儿性元，她自告奋勇的。第一次吃女儿做的米拌面，沈破奴就皱了眉头，齁死了，简直能把卖盐的人打死。但沈破奴没说破，干干脆脆地咥了两碗，直喊好吃，香死了。半夜时，沈破奴跑了好几次灶房，站在水缸旁牛饮，硬是把嗓子里的那一份齁劲压了回去。性元做了几天的饭，慢慢掌握住了火候和味道，逼近了她妈沈戴氏的那一套茶饭好手艺。沈破奴知道，这个死丫头灵慧无比，什么也难不住她，要是将一生所学教给她的话。哦，沈破奴不敢想，也不愿想，毕竟是一个丫头娃娃。性元的路不是抛头露面，坐堂问诊，她有别的路可走。

这天中午吃的是烫面饼和拌汤。吃毕，性元拿走了碗筷，在灶房里洗刷完后，又去温习课业了。沈破奴在铁碾中磨完了一袋药粉，将家什器皿归拢在杂物间,又用笤帚扫了院子,洒了水,霎时秋日明朗,一派清爽。沈破奴另外打了水,净了面,进去换上了一件长衫,坐在了屋檐下,打算丢个盹。性元一直趴在窗户上看,觉得父亲异常,今天跟昨天不一样,居然怠工不干了。性元嚷嚷起来,问她爸是否要出门,去药店,还是去寺里。沈破奴哈欠一番,声称哪也不去,他这是在等客人上门,必须头脚整洁一些才是。闻听有客人登门,性元当即丢下了课业,嘻然而出,问客人是哪个坊的,姓甚名谁呀。沈破奴告诉女儿,来客是胡家坊的老财东胡恩可,率着他的大儿子梵义,三天前让人递来了帖子,说好的今日后半天来访。一听这名字,性元的脸沉了下来。沈破奴没察觉,自语道:这是个老派的礼数了,现在很少有人这么庄严,如此郑重地发来拜帖,我也不能不当一回事吧。性元猜解说:既然来客是胡家坊的,姓胡名梵义,那他准定有一个弟弟叫胡梵同。沈破奴问说:那你认识?性元口气恶劣,直脱脱地说:梵同那个痞子恶少,但凡在乡学里念书的人,谁不知道他呀。

话题还未展开,空旷明亮的院子上空掠过了一道阴影。阴影复来,搅得空气都不宁静,沈破奴抬看了一眼,也没反应过来。阴影徘徊不去,在地上游移着,忽大忽小,性元觉得就像一个人濡墨援管,尚未下笔时,一滴墨掉在了宣纸上,煞是扫兴。性元上前,摘掉了父亲头发上的几茎草屑,掸净了鞋面,乖巧极了。突然间,那团阴影刺破了日光,自高空中杀了出来,一根梭镖似的插向了后院,惊了父女俩一跳。性元恍然了过来,大喊一声:兔子,我的兔子。言罢,性元离身冲向了后院,撕心裂肺的,但一切为时已晚。

刚才的阴影,其实是从沙山一带飞过来的沙隼,见了猎物,便盘旋其上,一边伺伏,一边寻觅着杀机。隼比鹰小,却性子更烈,杀伤力更强,在它的喙爪下难有活物。沈破奴不愿去想后院里残尸遍地、血迹斑驳的场景,他惜疼的是女儿,性元少不了又要哭一鼻子的。但在内里深处,一种不祥的预感蠢动出来,让他灾难性地闭上了眼睛。这时,门响了。

胡恩可率着儿子们进来,先自和沈破奴行了礼,说了吉祥的话。末了,梵义和梵同规矩地站定,并排向沈破奴鞠躬,喊了一声沈先生。沈破奴将客人们请到了上房，胡恩可眼睛里一亮，见窗明几净，四壁和煦，果然是不俗人家。墙上挂着一幅联，上联曰"春风大雅能容物"，下联是"秋水文章不染尘"，乃本朝嘉庆年间一代经学宿儒邓石如所撰，笔墨却是出自沈破奴之手，结字庄严，饱满挺括。上房当中的几案上摆了一桌清供，不外是鲜花、净水和佛经之类的。胡恩可拿出烟杆子，填上了烟丝，递给了主人。沈破奴拒绝了，称自己不擅此道，请客人随意吧。胡恩可哦了一声，这才反应过来。敦煌一带相互让烟、讨取信任的这一套仪礼，对沈破奴是无效的。或者讲，沈破奴可能是沙州城里唯一不吃烟的男人。胡恩可吹熄了纸捻子，硬是收敛住了自己的放肆，热络地谈议起了今年的庄稼、莫高窟里的香火，以及从河西和口外传来的一些消息。

　　性元的哭声若有若无，但还是灌了进来，像桌上的茶水一般烫，客人们下不了嘴。闲章中，沈破奴觑了一眼胡家的这两个儿郎，梵义腰身挺直，眉目清秀，一直热烈地张看着长辈们，不时点头称是，显得教养深厚。与梵义形成反面的是弟弟梵同，鸡皮蛙脸的，跟一个瘦猴子一般，尻子上有刺，坐没坐相，站没站相。沈破奴不经意地捂住了口鼻，这个少年人的身上散发出一股恶臭，不是骨头里的狐臭气，恐怕是生下来就没洗过一次澡吧。拜帖上只说带了长子来，沈破奴忖度，胡恩可一定是临时起意，才从污浊的涝坝池子里捞出了次子，干脆来不及换衣。这一瞬，性元的嚎哭声放大了几分，沈破奴化解尴尬地说：小女性元，养的小兔子刚才被沙隼给叼了，让她伤心去，喝茶喝茶。梵义腾身而起，利落大方地说：沈先生，我去后面看看吧，这么哭，一准会把嗓子哭哑的。梵同跟着站了出来，嬉皮笑脸，照例文章地重复了一遍哥哥的话，如遭大赦似的。沈破奴展颜一笑：只当是在自己家里吧，别有什么顾忌，你们随便去耍，只是，千万别出偏门，那里的水土不干净，一定当心。胡恩可见主人如此随和，便也追了一句：你们两个贼疙瘩规矩一些，不听话的话，小心我回去了紧你们身上的皮。

　　四壁间悄静了下来，主客二人相视一眼，笑得很寡薄，心里却咂摸着对方的意思。末了，胡恩可先开口，道出了自己最近的身体状况，四肢蹭麻，手跟不上腿，腿跟不上心，时常有跌倒摔跟头的征兆。沈破奴查看了一遍客人的舌根，翻看了眼睛，又让他伸出胳臂来，扣住了他的脉息，开始把问。在沙州城里，沈破奴跟胡恩可有过一些交集，但来往不深，谈不上莫逆。沈破奴开门坐堂，名声在外，远近的病员们天天蜂拥，胡恩可和家人也偶尔来，无非看个头疼脑热，三言两语便打发了。胡恩可的几个店面跟世兴堂在一条街上，一个位东，另一个靠西，走路也就一盏烟的工夫。沈破奴清楚，这个胡家坊的老财东貌似面子浅，但里子却很肥，凭着他诚恳的劳作，这些年来渐渐坐大，挤垮了好几家同行。沈破奴还知道，胡恩可如今是金口玉言，敦煌一带的车马挽具、皮毛加工和农具制作等，皆由他一口定价，乾纲独断。这个人外表敦厚，一脸憨相，平时紧锁着表情，但一旦对你信赖上了，又喜欢掏出热肝辣肠，将对方视为知己一般。此刻，沈破奴了然了，原来急慌慌地发来拜帖，根本就是胡家的老财东玉山有恙，来问急诊的。沈破奴先搭了左手的关穴，无胆脉也，知其苦肩头痛，善畏如觅鬼神，惊少力，心中愤愤不安，身体习习。而后又搭了右手的寸穴，无肺脉也，相信他一定苦短气咳逆，喉中塞，噫逆，胸痛满膨膨，与肩相引痛。沈破奴净了手，在一旁的桌案上斟酌再三，开了方子，并请病人喝茶稍候，忙提脚迈过了门槛，要去抓药。这一时，胡恩可一把拉住了他，面色潮红，将他按在了椅子上。

沈先生快坐，我其实也没啥大病，我一个劳碌的命怎么会得病，假设真有的话，我的病就是下面要说的话。胡恩可激动开来，完全不似刚进门的样子。沈破奴颔首，邀他继续。胡恩可却说：先生你先答应我，答应了，我再一五一十地说给你听。沈破奴面呈不悦：你尽管说，力所能及的话，我决不会推脱。先生，是这，胡家坊我的那一个院墙外，另有一片宅基地，户头在我。宅基地闲荒了许多年了，我也没个用处。我想捐给先生，再自己掏钱替你起一座漂漂亮亮的院子，先生一家搬过去，离开这个闹鬼的坟滩吧。胡恩可表达完了，用茶水压下了激动，大有一吐为快的劲头。闻听此话，沈破奴骇然不已，但面色上依旧平淡如常：沈某何德何能，让老东主你这么施舍？我一家四口有的吃，有的住，狗不嫌家穷，再说外面那些闹鬼的话，我一概不信。胡恩可啐掉了一根茶叶，又说：人抬人，僧抬僧，先生你是外来户，真不知道这脚下的坟滩么？几十年前左宗棠大人在这里坑葬过叛匪，地底下乱得很。大天白日的，一个病人下了拜帖，来了却不问病，竟信口雌黄，指妖说鬼。沈破奴登时恼恨起来，动作上有了送客的意思。岂料，胡恩可这时说：

"先生，你不姓沈，其实你本姓丁。"

沈破奴晃了晃，觉得日光若雪崩，铺天盖地的，几乎要葬埋了自己。

"我还知道，先生是湖北黄州人氏。"

"来，来喝茶。"

沈破奴忙掩上了门，将日光拒之门外。

这个时候的后院里，情势突变，上演了另一折子戏。梵同苦楚下脸，耳朵被哥哥揪住了，打算逐出偏门外去。梵同挣扎着，腿上灌了铅似的，不肯挪步。梵义央请性元去找一根鞭子，准备动武。不料想，性元却找来了一根顶门杠，结实得能打死三头牛。梵义呵斥弟弟：趴下，把尻蛋子撅起来，看我不拾掇了你。岂想，梵同果然听话，冷不防趱出偏门趴在了坟包前的一块墓碑上，将屁股交给了梵义。性元忍不住，扑哧一下笑了。梵义也想笑，但兄长的权威让他将可笑吞在了肚子里。梵义叱责道：三天不打，上房揭瓦，放了这么长的秋假，不好好待在家里温习课业，却天天在街上闲逛，在车马店里跟一帮骡马下人和游击鬼混，简直丢尽了胡家的颜面，成何体统。梵同虽然趴着，却冲着性元吹胡子瞪眼，扮起了鬼脸，将哥哥的训诫视同儿戏。性元被惹笑了，感觉那句老话简直太灵验，真是一母生九子，各有各的出息。就拿眼前的兄弟俩来说，一个端庄有序，另一个污秽不堪；一个板眼陈词，另一个乱语三千。性元对梵义生出了好感，希望他的威严不被亵渎，击掌喊了一声打。恰好，梵同这时丢出了一个屁，授人以柄。梵义便不再客气，将顶门杠掼了下来，啪的一下，抽在了弟弟的尻子上。梵同尖喊了一声，几乎晕了过去。

先时，性元在后院里嚎哭，见兄弟俩过来了，哭得愈加动情。围墙的一隅，用沙漠红柳的枝条扎了一圈樊篱，里头养了两只兔子，长耳，白绒，一雄一雌。中秋前夜，表舅和一个表姐来沙州城采买，顺便到家里来串门。表姐从怀里掏出了两只兔娃娃，说是她家的老兔子下的，送给性元吧。沈破奴点头应允了，又让药店的伙计扎了樊篱，兔子们有了栖身之地。性元高兴得不得了，下了学就来喂菜叶子，喂胡萝卜，晚上睡觉时，还把兔娃娃搂在被窝里。但现在，兔子们被沙隼给害了，一个横尸在地，开膛破肚，另一个不知所踪，怕是被沙隼裹挟了去，带进了沙山里，当了人家的点心。自小至大，性元还没这么哭过，眼睛也红肿了。梵义报上了自己的名字，又催喊弟弟，让他抓紧把地上的尸骸打扫了，扔远一些，别吓着了性元。性元止住了哭，见梵同大咧咧的，攥着死兔子的耳朵，血水四溢，肠子呀肚子呀拖在地上，惨不忍睹。性元探问：你咋去处理？梵同答复：当然是去超度一下了，念一句阿弥陀佛呀。梵同径自打开了偏门，没了人影。

　　梵义掏出了一块手巾，白雪雪的，叠得四方四正，交给了性元，让她擦一下眼泪巴巴。性元擦毕了，喜兴地讲，她差一点认错了梵义，要不是他旁边跟着个乞丐状的弟弟，还真就认错了。哦，梵义觉得沈先生的女儿性情开朗，毕竟是乡学里念书的人，嘴上像开过光的，头头是道。那么，你把我认成谁了？梵义攀谈起来。性元这才绍介，刚入秋时，家里来了一个青年僧人，怕是不服水土，罹患了痢疾，找沈先生来开了几服药。据僧人讲，他是从五台山云游过来的，挂单在了莫高窟的开元寺，在行像司下面修佛图学，打算在这个禅学宝地好好修习几年，以求证悟。性元又绍介一番，说那个僧人法名拖音，真太像你了，简直和砖厂的炼砖一样，几乎是一个模子里刻出来的。梵义其实不悦，张冠李戴，哪有这样的待客之术，嘴上却温婉地奉承说：你咋知道拖音不是我，我不是拖音呀？我今日里没穿袈裟罢了。性元捏起一根干草，戳了戳梵义的下巴，仔细道：你这达有颗小痣，拖音却没有，所以你不是，另外……梵义臊红了脸，追说：另外什么？性元讲：拖音身上的气象一尘不染，像下过雨以后的云，干净极了。那我呢？梵义听罢更加不悦。性元却说：是不是你此刻心里生起了一堆怒火？哦，肯定是，所以你不是拖音，你的修炼还欠了不少火候，你只是一个纨绔的小财东罢了。不巧，偏门外漾起了一根黑色的烟柱,好像失了火。

梵同有些二球,说到做到,居然拾来了一堆柴草,将兔子的尸骸架在上面,用火具点着了。柴草有点湿,冒完烟,忽地起了火,将尸骸吞没了。梵义跑出了门,见弟弟坐在一座坟头上,双腿盘起,两手合十祷告着,无非是阿弥陀佛之类的。火很大,迅即就将小小的兔子焚化了,在荒地上留下了一堆死灰。性元愣怔完,探问说:梵同你在搞什么名堂,吓人导怪的?梵同答:我这是在超度兔子的亡灵,送兔子去西天,下一世里转世为人,做一个像性元这么心疼、漂亮的女娃子。这话一石二鸟,既安抚了性元先时的悲伤,又顺便赞美了女主人。性元一下子雀跃起来,如日光一般灿烂。梵义刚才吃了亏,总要挣回一点面子,遂揪住了弟弟的耳朵,恼恨他装神弄鬼,生气他没有礼数,居然坐在亡人的坟头上,沾了不干净的东西。吃毕了一杠子,梵同晕乎乎的,仍不服软,亦不下话。梵义再次举起了顶门杠,呵斥说:

"快说,父亲怎么训诫咱们的?挑一句说。"

"做一个精良的人。"

梵义犹不罢休:"那什么叫精良?是你天天去当龌龊鬼,还是去学堂里念圣贤书?"

"修身齐家,治国平天下。"嘴上好像开了光。

不待哥哥放话,梵同自己捂住屁股站了起来,牙关紧咬。梵义明白下手重了,万一有了内伤,梵同一本奏到父亲跟前,自己也不能幸免。不承想,梵同嘻哈说:哥你可真够辣的,一杠子把我的尻子打开了花,我夹不住屎了,我要去那头出恭一下,你们说闲章吧。梵义知道他要先开溜,一把薅住了弟弟,申斥道:懒人的屎尿多,走,陪着父亲来的,原陪着回家去,记着做一个精良的人。性元也在一旁煽风说:你回去后必须做一篇文章,等秋假完了,去乡学里找我,让我给你批一下卷子。梵同登时翻了翻白眼,没睬她。

日头西移,已经是后半天了。爷父三人站在院门前,与沈破奴和性元告辞。梵义的手里攥着几包药草,自然是沈破奴开的,不治具体的病,只用于调理和养生。性元讶异地发现,父亲抓住他自己的衣襟，仔细擦了擦手里的烟杆嘴，递还给了胡恩可。父亲面色如铁，目中阴郁，嘴巴里喷出了一股呛人的烟味，而平时他是绝不染指这个坏习性的。胡恩可抱拳，连说了一番吉祥的话。胡家的兄弟俩并排站着，恭顺地鞠了一躬，喊了一声沈先生。客人们贴着森冷如幕的城墙根，簌簌簌地消失在了巷道中。沈破奴忙闭门落锁，去灶房里舀了一勺水，哇哇哇地漱起了口腔。性元尾在旁侧，掏出了那一块白雪雪的手巾，想让父亲揩一下嘴。一刹那，性元又缩回了手，将手巾原揣回了夹袄中，煞是舍不得。

"爸，胡家大大的病要紧么？"

沈破奴道："他没病。他的那些脉象都是假的，我差一点失了手。"

"没病还来瞧大夫呀，怪了去了。"

"嗯，他是来给我升血压的，他做到了。"又道。

# 卷三

夕光看似很亮，温度却凉，从罗布淖尔和当金山那一带照过来，将人们身上的热量都刮走了，前心后背里孵起了一堆鸡皮疙瘩。夕光如炬，远处的沙山被点着了一般，一忽儿黄，一忽儿红，变幻着颜色。爷父三人没进城，这时候熟人太多，打个招呼都费唾沫，所以撇开了大道，拣了一条牛车路，往胡家坊的方向上去。路也没问题，只是两旁的沙子被风吹卷起来，蘑菇状，小旋风似的缠在脚上。到了一个三岔口，胡恩可立下身子，左右瞭看了一眼。胡恩可对儿子们说：走，干脆去郭弦子那达坐坐，半年没见他的面，听说他心里麻缠得很，被他的那个小先人折腾的。梵义没意见，搀住了父亲。梵同煞是鄙夷，啐了一口痰，被哥哥偷空踹了一脚。

半路上，胡恩可又觉得胳膊麻，歇缓了好几次。麻就像一把绣花针丢在了身体内，蹿到了腿脚上，整个不听使唤。梵义惜疼父亲，劝他折返回家，但胡恩可没答应。梵义终于忍不住了，问说：爸，这些天你赶着去索家，又去沈先生家，你究竟打的啥算盘呀？胡恩可不语。梵义再道：去串个门，说说闲章，解个你心里的烦闷也就罢了，可你一开口就馈金赠银的，先是答应了索家，给义庄的人开一座家窟，供养别人的祖宗，今个天你又应承了沈先生，将家里的那片宅基地拱手相送，还要无偿替他起一院房子。实心说，他们跟咱家又不沾亲带故的，八竿子也打不着，何苦来着。这一时，胡恩可从路边捡起了一根毛糙的棍子，胡杨木的，随手磕掉了上面的泥灰，拄在了手上。胡恩可嗔怪说：糊涂匠，我一直带着你，就是想让你明白我的心思，你居然还这么懵懂。梵义早就料定，父亲这么做必然有他的道理，所以并不意外。果然，胡恩可说：

"我做这些，是在给你们兄弟俩铺路呐。"

梵同不屑，插嘴问："什么路呀？"

"唉！"胡恩可哀叹一声，恨铁不成钢地说，"谁有谁的路，谁都走在个人的路上。我这一辈子的光阴，就活在敦煌的这条路上。等你们大了，翅膀硬了，可能就不需要老子了，但现在还得我去铺路，铺一条活路。"言毕，胡恩可挣开了梵义，率先走了。

到了阴家坊，爷父们找见了郭弦子的家。岂料，开门的却是一个生人，释解说郭弦子早就把这一院房舍打掉了，过了户头，搬离了这里。阴氏在敦煌是一门大姓，人才迭出，麇集而居，甚少能容得下哪一个外人，遑论郭弦子这样灾民出身的异乡客。主人善心，抬起胳膊指点说：去坊外东南向的干滩上找吧，听说郭弦子挖了一座地窝子，开了一堵墙，就在那里过渡呐。爷父们作揖离开了，很快就瞭见一根柴烟挂在戈壁滩上，像一架天梯似的。

进去门，胡恩可登时恓惶起来，念想着郭弦子的种种不易与窘迫，心中暗了下来。嫂子正在墙根下打布坯子，见了爷父三人，慌忙立起身子，眼泪婆娑了出来。接过嫂子递来的开水，落座在条凳上，胡恩可一时无话，让嫂子接着忙。这是个四处漏风的院子，靠北打了一堵土坯墙，另外的三面则用红柳扎起了半人高，枝条摇曳，瑟瑟发寒。墙外面拴着两只羊，跑着一条狗，也不吭，也不哈。里头的墙根下用板材搭起了一个简易顶棚，遮护着一座锅台。柴烟有些湿，所以风吹不散，懒洋洋地挂在头顶上。锅台左手的地面塌了下去，往下砌了几个台阶，里头就是地窝子，专门睡人的。锅开了，嫂子停了火，将铁锅搬了下来，戳在墙下，让慢慢晾凉。胡恩可看着一锅稀里糊涂的糨子，登时鼻酸，又瞭见小儿子梵同一脸不屑的样子，不由得腾起了一股无名火。胡恩可问：弦子哥呢，人咋不见？嫂子道：雷音寺的一尊金刚像受了潮，半个月前塌掉了，弦子被庙祝喊去了。嫂子的脚下堆满了一地的破布头，大概是从裁缝铺里拾来的吧，花哨极了。嫂子梳理开一块布头，在上头抹了糨子，然后粘在板子上，慢慢拼贴。拼贴完一层，再在上面覆一层，打成厚厚的布坯子，晾干后可以纳鞋底，剪成鞋帮子。嫂子抽吸着鼻子，明显在委屈当中，问一句才答一句。乔果呢？胡恩可环顾一遭，问道。嫂子语气暴躁：死了，他死了我都不会想他，我给菩萨发过誓。不用问，嫂子在跟儿子置气，心里的疙瘩不舒展，还在气头上。

嫂子是再醮之人，多年前带着儿子乔果，嫁给了郭弦子。郭弦子当时在阴家坊有一片房产，安顿下了这一对孤儿寡母，对乔果也视同己出。郭弦子是一个能人，会开窟箍窑，还是一个塑匠、画匠和泥匠，在东西千佛洞一带颇具声名，订单不断，日子殷实。岂料，天藏不测，有一次在给一户高门大姓的家窟补缀壁画时，窟子里的支护塌了，砸断了腰杆子，几乎成了废人，也断了这一家人的钱路。郭弦子后来只能在熟人们当间找一些零活，那是过去的脸面挣来的，饥一顿，饱一顿，完全靠天意。偶尔，郭弦子去了胡恩可的店里，一说起家事便哭了，把一个好端端的男将哭成了瞎婆娘，真是满肚子的苦水。胡恩可闻听，他女人倒是贤惠乖顺，前头的婚事上吃过亏，如今当牛做马，一个字的怨言也没有，且做得一手漂亮的茶饭。郭弦子伤心的是那个后儿子，前世的冤孽，派到今生里来向他要债了。后儿子叫乔果，一身的懒骨头不说，还染上了赌博的病，几年的工夫下来，将家里的几亩薄地和后老子积攒下的财产，统统输了个一干二净。事实就在眼前，不用问，胡恩可便清楚这家人沦落在干滩上，靠地窝子过日子，多半也是那个败家子的手笔。嫂子还在数落，指着锅里的糌子道：嫌我做的搅团不好吃，这可是麦粉呀，我连狗都舍不得喂，只好打成糌子，做布坯子了。又尖声说：明明是乞丐的命，还长了一张太子的嘴，有本事去紫禁城里吃山珍海味呀。胡恩可忙拦挡住了女人的咆哮，指着地窝子，对梵义示意了一下。

半晌后，梵义从地窝子的入口升了上来，后头尾着一个少年人。

当然是乔果。乔果落座后，不敢直面客人，眼神飘来荡去的，嘴里吹着气。胡恩可蓦地笑了，笑得很滋润，让两个儿子也惊诧莫名。这一时，胡恩可从少年人的眼底里，竟看见了一种异常纯净的东西，像一汪净水，但更像一缕火苗，静静地埋着。乔果身上的衣服很旧了，上面缀满了补丁，但每一块补丁都很用心，针脚不马虎，上下利落。胡恩可忽然不想用长辈人的身份说话了，心中一热，簌簌簌地跑到了灶台旁，拿起一只碗，蹲在地上舀了半碗糨子。女人愕然问：他叔，你做啥么？胡恩可喜兴起来，一边用筷子夹起糨子，喂到了嘴边，一边吆喝两个儿子也过来吃。胡恩可还问嫂子要了一小碟咸韭菜，一点醋，拌在了糨子上。梵义硬着头皮，也舀上一碗，照着父亲的样子吃起来。梵同却气坏了，表情爆炸了似的，冲着乔果挥了挥拳头，觉得这小子连累了自己。夕光下，胡家坊的爷父们蹲在地上，嘴里吸溜吸溜的，喉咙里一阵子响，一派山高水长、唇齿留香的样子。

乔果木讷地盯看着，根本不相信一个老财东、两个少财东，居然吃得如此酣畅。梵同皱着眉，简直难以下咽，不光是因为糨子馊了，还发现了死掉的蚊蝇。梵同不敢发作，哥哥在一旁用胳膊肘戳他，让他规矩些。胡恩可吃毕了半碗，又去舀光了剩下的，继续往嘴里填。胡恩可连说了几声香，回头问乔果有啥打算，想不想去自己的皮货店里当伙计，练练手。乔果松弛了下来，回话说不想当伙计，只想像他后老子那样，学一门塑匠、画匠或泥匠的手艺。又坦承道，他天性爱这个，觉得其他的买卖没啥意思，但后老子偏不答应，说匠人的这个行当太苦了，他的腰杆子就是证明。岂料，乔果的话惹恼了他妈。嫂子扔过去一块东西，乔果闪开了。嫂子拖着哭腔，要死要活地数落说：钱都被你葬光了，家也败完了，别痴心妄想呀。又讲：瞧瞧吧，以前我住的是带瓦的高房，现在钻了地窝子，以前活在地上像个人，而今在下头跟老鼠没有两样，你真是我的先人和祖宗，我上辈子亏欠下你了。梵同和梵义趁机撂下了碗，抢上前去，夺下了她手里的剪子，怕她一时脑热。胡恩可填了烟料，喂了火，嘴里吧唧吧唧地吸了起来，问说：你当真想学郭弦子的那一门上佳手艺？乔果点头。那你干么舍近求远？你跟你后老子在一个锅里搅达，他本来就是敦煌数一数二的好匠人，娃娃，你眼睛里没水呀。胡恩可按着个人的想法问。乔果的眼底里又烁闪出一种发亮的东西，果决地讲：叔，也不瞒你说，我看不上他的手艺，我只想去莫高窟，吃住在千佛灵岩上，在那些旧窟子里学，学以前那些匠人的绝活。胡恩可心里潮起了一种激动，进一步问：还有呢？说说看。乔果道：我最想的就是技成出徒之后，一个人开一座窟子，捏塑、雕刻、描画，全都由我个人来担当，旁人不能插手。咦，你年纪那么碎，干别的买卖也都可以，为啥偏偏想去钻那些阴冷的窟子？那份苦可不是一般人能吞咽下去的。胡恩可步步设问。乔果道：我其实只想学上一个绝门手艺，这个来钱快，等有了钱的话，我就可以好好养活我妈，报答我后老子了。这一时，胡恩可再也架不住自己的情绪了，热烈地响应：对对对，侄儿你言之有理，你不光要在莫高窟的千佛灵岩上学艺，你还要去甘州的大佛寺和马蹄寺、凉州的天梯山，包括兰州城外的炳灵寺求艺，天地宽得很，一条河西走廊就够你走一辈子的了，只要你有野心，有你的心气。乔果怔忡地盯望着这个老财东，瞭见他笑得像花开了似的，却摸不着他的脾气。胡恩可将嫂子拽过来，也当着两个儿子的面，拍着胸脯，慨然说：你们听着，以后乔果去学手艺的花销，全部由我来付，学三年，我付三年，学十年，我掏十年，直到他能顶门立户，捧住个人的饭碗为止。嫂子蓦地哭了：他叔，使不得，千万使不得，他拿了钱，一准又去耍赌博了。胡恩可扳住乔果的肩膀，截铁地说：我相信你，我的钱也是血汗挣来的，你不会糟践。乔果点头，攥住了老财东的手。

恰在这时，红柳墙外吹过来一声口哨，狗也咆哮起来。嫂子苦楚了脸，嘀咕道：瞧瞧呀，勾死鬼来了，没一个好货。言毕，女人尻子一沉，坐在凳子上，又开始打布坯子。爷父三人打算告辞，门端里却走进来了一个二流子，晃着两个肩胛，斜眉耷眼的。乔果介绍说：此乃连公子，原先是天水坊的人，如今在沙州城里谋生，相当吃得开。连公子目中无人，直脱脱地走到了女人的跟前，从夹袄中摸出一卷字纸，丢在地上：姨娘，我给你拾掇了一些废纸，你剪鞋样子、剪衣服样子用吧。女人不睬，连哼上一声都不乐意。连公子受了冷遇，突然一脚踩住了字纸，脚尖揉搓着，破坏开来。又喝问：姨娘，你没聋吧，我给你拾掇了些……话没讲完，连公子突然被胡恩可一记抽脖子，打得趔趄了几下，好不容易才站定了。胡恩可蹲在地上，两手捧住了那一沓废纸，嘴里喷骂说：狗儿子，这可是字纸呀，上头都是圣贤的话，小心我刹了你的腿。连公子也不是吃干饭的，莫名地挨了打，忽地怒目起来，开始挽袖子。梵义稳静，动也没动。倒是梵同急了，一个箭步冲了上去，逼视着连公子，重点遮护着身后的爹老子。

字纸被踩皱了，胡恩可用指尖慢慢地搓开了，大概有二十来页，上面是蝇头小楷，密密麻麻的，写满了各种药草与药理。纸张脆薄，黄旧，粘着星星点点的水渍，里头的经脉可能随时会断，碎成一地的齑粉。胡恩可活了大半辈子，也是经见过世面的人，一眼就瞧出这是敦煌卷子，八成来自莫高窟的千佛灵岩一带。但他老练，暗中压抑着激动，不许自己声张。末了，胡恩可起身，故意道：嫂子，这些纸太晦气，千万不可剪衣服样子，只能剪鞋样子。唉，也别剪鞋样子了，干脆生了火，烧干净最好。胡恩可又站在连公子跟前，捧住了对方的腮帮子，笑脸说：这位小哥，刚打疼你了吧？我刚才着急，怕你沾上不干净的东西，下半辈子会倒霉，望你见谅一下叔吧，是这，快让我点个火，把你手上的晦气燎一燎吧。连公子余怒未消，胡恩可低三下四地说了好几遍软话，他都不松牙齿。胡恩可又问：小哥，这些字纸你是从哪达拾掇来的，给叔说一声。见对方势大，连公子知道自己落了下风，遂折转身子，拽住乔果往门端里跑去。胡恩可咳了一声嗓，两个儿子上前，霎时抱住了连公子。

"呃，我的话你不懂，钱的话你总能听懂吧？"

胡恩可摸出一大把麻钱，塞在了连公子的手里。连公子迟疑一下，立时破笑，喊了一声叔。胡恩可貌似惜疼地抚了一下对方的头，旧话重提，问说：

"哪达来的？"

"嗯，大概一个时辰前，我路过天津会馆，见里头死了人，搭起了灵堂。"连公子掂量着麻钱，如实道，"灵堂里烧了冥亡钱，也烧这些废纸，我顺便拿了一卷子，就这样。"

胡恩可心悸起来："东西是从哪达来的？叔没别的意思，顺便问上一嘴罢了。"

"那个牛鼻子道人去祭奠，人家捎来的。"

"王圆箓？"

"对的，就是那个贼娃子。"连公子答。

不能再问了，胡恩可停下了话头，也给乔果塞了一把麻钱，催他们去玩了。跟女人道别完，胡恩可弯腰拾起了那一沓字纸，掸净了灰土，夹在胳膊肘下，声称自己拿出去扔了，扔在干滩上让风吹掉。女人送至门端里时，胡恩可又重申了一遍先时的承诺，答应改天让梵义过来一趟，将第一笔开销带来，让乔果先去莫高窟拜师，他们老两口千万别难为情。女人又婆婆起眼泪，千恩万谢了一番。

　　走出去了很远，已经望不见阴家坊，更看不清郭弦子的那一座地窝子了。暮色四合，身前身后的戈壁大滩上死寂一片，风像是从山上砍下来的一根根木材，滚滚来袭，令人稳静不得。胡恩可停了下来，表情肃穆，交代两个儿子，让他们赶紧跑一趟城里的天津会馆，买一些香火蜡烛，装扮成吊丧的客人，把那些莫高窟的旧卷子偷偷拾一些，能拾多少，就拾多少。梵义不放心，担心爹老子怎么回去，路还长哪。胡恩可却执拗，称自己也回不了家了，另有一件要紧事才想起来，不能过夜，必须马上要办。梵义叮嘱了爹老子一番，遂和梵同拔脚离开，隐没了远处的昏黑中。

　　干滩上布满了砾石，石头咬着脚，让胡恩可跌绊了起来，稳不住身子。渐渐地，胡恩可觉得那一种麻又开始发作了，先是一丁点，麻在了胳膊上，麻在了大腿和膝盖，最后麻在了两只脚上。胡恩可提不起力气，脏腑中塞满了棉花似的，空虚，软弱，浑身乏力。终于，胡恩可的身体滑了下来，跪在了干滩上，泪水敷满在左右颊脸上，干嚎了起来。天色已经深了，星宿仿佛一张发光的大网，罩在了他的头顶。胡恩可一边干嚎，一边抬起胳膊，指戳着苍老的天空，嘶哑地吼喊：天老爷，你这是要收我么？我活过了这一场大光阴，从来就没辜负过你，你怎么忍心来收我呀？嚎完了，接着又哭了一鼻子，哀恳道：天老爷，你来收我吧，我不怕，我只求你再给我三两个月，让我给儿子们把路铺好，铺到他们的那一幕光阴里去吧。

　　这个晚夕，胡恩可哭毕，挣扎着去了一趟沙州城内的陈家修书坊。

　　连着换了好几个奶妈子，都被索家辞了出来，没挣上老财东的钱。辞的原因并非奶水不足，而是要由索佟氏先过堂，看入不入她的法眼。几天来，义庄的上空浮泛着一层失望的空气，索家的长媳肚子太不争气，枉顾一门人的热望，居然诞下了一个扎花的，裆里没肉的下辈子人。先是婆婆索柳氏躺倒了，不吃不喝，裹着被子睡在炕上，一问三不知。索敞趁着没人时，揭掉了女人身上的被子，数落了一顿，却发现婆娘在哭，好像她个人犯下了错误，辜负了大家。索柳氏一撂挑子，灶房里便冰锅冷灶了，丫鬟们做的饭不好吃，幸亏还有一摞子鏊饼，将就着一日三顿。事情有了因，也便有了果，长媳妇在月子当中看完了大家的脸色，本来就身子虚，这一下忽然不出奶了。还是月子娃的细君嗓门大，一饿便哭，哭得人刮骨断肠的，却眼睁睁地没个办法。儿子索朗对生男生女倒没看法，暗中听了太老奶索佟氏的话，去城里的一家饭馆凤祥楼炖了一锅汤。汤水是白的，没放盐，也没其他的任何调料。食材用了一只两个月大的羊羔，专拣了脊椎上的细肉，外加一只猪蹄，据说是催奶的。索朗盯着媳妇喝下去，喝了几顿了，效果却不大。索佟氏又教了一招，叮嘱孙子要用嘴拔，把乳头拔开，一切才能顺当。媳妇掀开了衣襟，闭上两眼，泪水哗哗哗地淌在了胸脯上。索朗悲哀地瞭见，媳妇先前还像一枚桃子那么大的奶子，如今却只有一颗杏子大。乳头也小，仿佛两颗细碎的红痣，别在了皮肤上。索朗埋下头去，将乳头叼在了嘴里，舌头再找时，目标却失踪了。又重复了一遍，将乳头咬在了门牙间，吸气时，目标再次滑脱了，干脆隐匿不见。索朗没吭气，一个蹦子跳下了炕，气呼呼地走了，整整一夜都没回来。这以后，媳妇只是个哭，越哭，身子骨就越弱，渐渐地没了指望。索佟氏叨念说：细君好歹也是一条命呀，比鸡娃子和猪娃子金贵，要想办法救活才是。

  不用说，最后的拍板者是一家之主的索敞。索敞拿出一笔钱，让儿子去央求一下收生婆，寻个法子。收生婆游走四乡，眼界宽，舌头会说话，知道哪家的月子婆奶水宽裕，把娃娃吃不完的挪出来一些，还可以变成钱。很快，收生婆陆续打发来了几个奶子饱满的小妇人，对方一听是去索家喂奶，一个个收拾得利落干净，眉开眼笑，连鞋子都是新的。小妇人们进了索家高大精致的义庄后，似乎觉得又投了一次胎，这回投胎投对了。但她们并没有如愿以偿地跨进月子房的门槛，而是被下人们引着，先去了索佟氏的屋里。进来一个，索佟氏便关门落锁，让小妇人解开上衣，露出胸脯上的物件，左手托一个，右手举一个，探看半天。不光查看乳头，索佟氏还蹙着鼻子，嗅闻人家的腋窝，看看骨头里面有没有臊气和狐臭，干净不干净。这么着，妇人们被逐一打发走了，拿着索家补偿的一点点麻钱，又投回到了先前的胎盘中，继续过旧日子去了。这件事关涉女人的隐私，家里人谁也不敢问其中的机密，反正知道索佟氏的心里自有一个尺码，她当然不会害细君了。

不承想，这么难心的事，后来居然轻易解决了。二儿子索乘去玉门镇的同学家里住了一段日子，游玩尽兴后回来，直接去了月子房里看侄女。索乘见细君巴掌那么大，瘦成了皮包骨头，心里发皱开来。索朗给弟弟讲了个中缘故，说恐怕保不住这个小命了，天老爷作怪啊。索乘却开了窍，绍介说从玉门镇回来的路上，同学的一个表姐也同车到了沙州城外。表姐姓宫，名法麦，前不久也生下过一个娃娃，但不幸的是夭亡了。又说，那个表姐的奶水多，天天喊着乳头胀，快憋死了，甚至还偷偷挤出了几碗，让表弟给喝掉了，他亲见的。索朗说不行，这表姐的娃娃夭亡了，身上肯定有晦气，八成是鬼缠上了身，过不了太老奶这一关的。弟弟斥其愚钝，说事在人为么，就让宫法麦亲口讲娃娃送了人了，送人总不是罪孽吧。索朗恍然，对弟弟说这个在理，就说送的是女娃娃，也是一个扎花的，不值钱。又问：这个宫法麦几时回玉门镇，你赶紧去，先把她拦下来。索乘便说：宫法麦来了就不走了，她被夫家给休掉了，她的娘家就在城外的平凉坊，娘家也没啥人了，我当天送她回去的，认得门。这么着，兄弟俩私下里一合谋，该压的压下了，该编的谎也编圆了，弄出了一套无懈可击的说辞，告诉给了太老奶。索佟氏认可后，索乘便坐着家里的骡马车轿，亲赴了一趟平凉坊，昨晚夕才将宫法麦迎请了进来。

当时，索敞站在晾房中，又在照料那些葡萄和瓜果。听见车轿进了后院的车马门，索敞透过窗棂眼，瞄了一眼下头的情况。索敞瞭见一个端方的女人下了车，素朴、精干，身上有和气，样子却看不清楚，因为离得太远。也就奇了怪了，女人进了月子房之后，细君的嗓子便哑了，浮泛在义庄头顶上的那一片哭声，像几粒沙子掉在了地上，肉眼也找不见。夜里过去问候索佟氏晚安时，索敞听母亲夸张地绍介：乖乖，那么肥的大乳头一塞进细君的嘴里，娃娃立时就不哭了，吃得腮帮子一下子鼓了起来，还打了几个饱嗝哪。又讲：已经安顿宫法麦住在了后院里，这样子方便，不用来回折腾，天天回平凉坊了，让她安心养奶水吧。吹了灯，索佟氏在黑暗中作结说：这个妇人呀，一定跟细君在前世里见过面，有过不小的交情，这一世的光阴里她找过来了，这就是命。索敞回说：对，是命躲不过。

没有了孙女细君的哭腔，这一夜里，索敞睡得比较踏实，连梦也没做。早起后，索柳氏做了荷包蛋拌汤，索敞匆忙吃毕了，吩咐管家丁荣猫让伙计套上车轿，去一趟城东的李氏祠堂。临出门，索敞又让丁荣猫跟自己一块去，说路上有话要交代。丁荣猫见老财东今天一身簇新，头脚收拾得十分规整，暗忖道，一定有要紧的事吧，否则他不会主动出门的。

车轿在前头颠簸着，索敞却没上车，尾在后边，脚上有一种散漫的气息。丁荣猫贴着老财东，见他面色红润，一脸轩昂，越发坚定了刚才的猜想。路两旁的店铺陆续卸下了门板，铁匠铺子里火花四溅，油茶摊子、麻花锅子、锅盔铺子左右围满了人，这是上半天的天气。出了主街，人渐渐稀了，索敞这才开了腔，大意是最近家里添丁进口，烦乱一气，加之晒秋后各处的雇农们要来交粮，几处店面也临到了年底结算的当口，总之请丁荣猫劳逸适当，注重歇缓，千万别熬垮了身体。丁荣猫内里一热，瞭见日头明晃晃的，暗自吁了一口气。索敞又道：今年的收益应该不错，油坊里的年入尤其可观，我干脆给你割上一成吧，等你攒上几年，就在城里买一个院子，娶上个女人，彻底安顿下来。丁荣猫满嘴的牙齿开始打架，心里又潮起了一股温煦的感念，也没再多的话，只噙住了眼泪。索敞说的都是实心话。这些夜里，他反复睡不着，深思熟虑地想了好几遭，现在说了出来，便是君子一诺，不可变更。索敞又说到了自己，最近眼皮子老在跳，心也慌，是不是该去一趟莫高窟，朝佛烧香一下了。丁荣猫应承道，他抽空去一下莫高窟，替索敝在千佛灵岩下念叨念叨，总之把心意转达了，免得路途遥远，让老财东车马劳顿。索敝应允了，忽然揽住了管家的肩，悄语说：是这，我到李氏祠堂里开个协会，你抓紧去找胡恩可，就说他发愿给索家开一座窟子的美意我心领了，但万万使不得。你就说我说的，我索家没那个德行，造化不够，地下的先人们也不会答应，否则我百年到了，脸上要苫一块耻辱布的。丁荣猫道：哦，这个我会说，你尽管宽心吧，胡家坊的那个老贼娃子给你灌米汤，我照样也能打他的算盘，让他的那本账看不成。索敝安顿说：你买些礼去，礼要重，能显示出咱义庄的诚心和态度，别舍不得花钱。恰在这时，前头的车轿下跑出了一坨一坨的马粪，驾辕的黑马刚拉下的。早上天气凉，马粪像刚出屉的大馒馒，冒着热气，丝丝缕缕的。索敝一不小心，左脚踩在了一坨马粪里，呱唧一下，身体斜了出去，被管家及时架住了。丁荣猫的肩膀顶住了老财东，忙脱下他的鞋子，用袖子揩净了上面的粪汁和草屑，原给穿了回去。索敝展颜问：咦，这有个啥说法么？丁荣猫快人快语：老东主，踩了刚拉下的马粪，来年一定风调雨顺，庄稼和买卖两旺，我也跟着你沾吉嘛。索敝假嗔道：你呀，你说话连毛带草的，就是嘴里不打粮食，那你快去吧，我上车了。

望着车轿驶远了，丁荣猫脱下弄脏的夹袄，扔到了旁边一家店铺的房顶上，掉头离开。

敦煌一带总计有二十三个坊，大多是根据当年的祖辈们逃荒落脚时择地筑居的，自成体系，亦相对封闭，鲜与外界有深入的交往。光阴逝去，草木扎根，这些靖远坊、平凉坊、皋兰坊、陇西坊、天水坊、定西坊和河西三郡等坊上的人，渐渐成了土著民，口音改了，相貌换了，肠胃也随了本地的水土，混迹在这个湍急而潦草的浮世上，一世紧贴着一世，代代传袭。敦煌虽然远僻一隅，孤悬一角，但毕竟位处通衢要地，总枢着河西走廊一带往西的路径，也辖制了口外新疆驶入中原的主要通道，一向贸易繁昌，人员芜杂，身世各异，所以类似的相对封闭也就被慢慢打破了。同治乱局被平定之后，人心思稳，尘嚣落地，各坊间不仅打开了门户，像通婚、结社、起庙开窟、塑佛立像、共拜宗祠的现象也渐次多了起来，见怪不怪。各坊间的生活是一种民间的显像，与官府无染，二者之间有一道深渊般的沟壑。

在官府和二十三坊之外，另有一个隐形的游动社会，则是来自中原与沿海的大批行商，乌泱泱来了，又忽忽焉撤了，有的发财，有的亏空，有的娶妻生子，有的则自挂在了郊外的胡杨树上，客死他乡，喂了老鸹和鹰隼。这些异地人以籍贯为纽带，在沙州城里建起了各自的会馆，成团结伙，铁心一致，外人很难渗入。有了贸易的勾当，垄断和欺行霸市便时有发生，各个会馆之间也难免会产生摩擦与争端，小则会商谈判，重则大规模械斗，你死我活，两不相让。一本早年间的《西北知行录》中这样描述：在敦煌，帮派之间的内讧，天津人操牛耳，晋人次之，秦陇又次之。

也不知从哪一世的光阴里开始，各坊间以及各路会馆逐渐形成了一份默契，不管外界如何的风雨飘摇，人心凋敝，也不论内部如何地歧见丛生，门户对立，但凡起了冲突和利益之争，哪怕是出了人命，一律不报官，而是自家消化，各领其命。不报官，一是不想让官府深度介入各坊间和各会馆的内部具体事务，伤害了自身的根脉与原则，得不偿失；二者，也是惧怕被官府勒索，两头吃红，赔了夫人又折兵。刚开始，这种默契尚逗留在口头上，嘴上抹了胡麻油似的，只讲给旁人听。后来自己吃了亏，就明白先人们立下的规矩，多半是一本本血泪账换取的，反过来比谁都谨守再三，绝不逾矩。也不是没有人去县衙门口击鼓喊冤，带着满肚子的冤屈和不平，双手呈上诉状，把额头磕破，央请青天大老爷居中裁决，严明判案，讨一个公正的说法。然则，这个人不管输赢，已经先自败了下来，败得一塌糊涂，满盘失守了。在他所属的坊间或会馆中，他被打入了另册，个人毁了个人，灾难就是他以后的靠山，无人援手。这还不算，他全部身家所系的那一脉亲门近族也将被连坐，被孤立，被冰封。于是，族内人视其为灾星，会用一把把无形的小刀子，慢慢将他剔除，剜肉补疮，刮骨疗毒一番。在敦煌的天际下，这是一条缄默的法则，只要血还烫，就不能说破。

这么着，敦煌的地界上就有了两个协会，一个是文和事老协会，另一个便是武和事老协会。文武之道，其义自明，但后者虽说成立了许多年，一帮赳赳武夫也早就须发皆白，跨入了暮年，但始终没和过一件事，开过一次杀戒，只是一个说头罢了。文和事老协会的耆老们，大多是各个坊的乡绅、贤达和族长，一概属乡望素孚者，深得人心。对内时，这些耆老严守家规，门风端正，敬上爱下，家里一年到头，就像一碗供给佛祖的净水那么平和。到了外面，耆老们又一个个慈心于世，满目和煦，仿佛在人世上行走的弥勒佛。文和事老协会尊崇一坊一人，每人一票，决不马虎。假如遇上自己坊内的纠纷和瓜葛，他这一票当即废止，迅速置身于讼事之外，以免个人的好恶影响了公正心。一般来讲，文和事老协会一年至多召集上一半次，耆老们平时都是野鹤闲云，含饴弄孙，无人跑去打搅。一旦哪个坊内的事情失了火，蔓延开来，族内人无力也无法扑灭时，便会求请协会的耆老们出面，召集一次见面，予以裁决。这不，目下陇西坊就失了火，一大早的，耆老们便从四乡八坊赶过来，集聚在了城东的祠堂里，准备论个短长，评定个是非，将矛盾和恩怨化解干净。天下李姓出成纪，李姓占了陇西坊的十之八九，所以这一座敞亮的殿宇名曰李氏祠堂。索敞的车轿刚一到了门端，早有伙计抢上前牵住了辕马，摆了下马凳，恭迎义庄索家的老财东大驾光临。

　　数日前，文和事老协会修书一封，派人递到了义庄，声言有要事相商，务请老财东索敞拨冗出席，并告知了地点与年月日时间。外头的请帖隔三岔五就有，索敞并没放在心里，加之孙女细君的哭嚎，以及走马灯似的遴选奶妈子的事，弄得他一头疙瘩，口舌生疮。这倒是浮面上的借口，究其里，索敞其实还是惦记着胡家坊的那个老贼娃子自己打上门来，对索家吃咒许愿的那一桩大事。在敦煌，尤其在莫高窟一带的千佛灵岩上，开一座家窟绝对是头等重要的事件，可谓几十年不遇的盛举。千佛灵岩不过是一道沙山梁子，放羊娃爬过，猎户们走过，随便出入，多少世的光阴里寂然而寐，就那么素颜朝天地裸露着，无人问津。但是要想在上头开窟造像，把一个窟子直接纳入自家的名册，无形中又有一道拦人的高广门槛。有钱人多了，用钱给个人贴金，去开一座窟子，他自己先心虚了。有德行的人往往心执操守，疏于贸易，一般会流落在穷寒当中，即便有一点点血汗积蓄，也用在了子孙的读书与教化上，不敢生出替自己歌功，为自家开窟的非分念想。

连着好几日，索敞的内心始终处在矛盾的两端。一者，终于有明眼人认出了索门的分量，感念起了索家的不世之功德，把话说破了，说开了；二来，索敞的脑子里罩着一小片阴翳，谁的钱都不是弹弓叉子打下来的，于是猜度这不定是一个陷阱，以一座家窟为代价，为预支，以后将央求更多的回报。回报个啥？一揪心这个问题，索敞就惊住了，问天打卦，先是望见了浩繁的夜空若一道深邃的谜题，接着又隐约瞥见了那一件血衣，正悬在头顶上。秋天的晚夕里，索敞站在院中，觉得独木难支，夜空像一块十万吨的巨石压了下来，令自己喘不过气。不，或许也不是巨石，那是一份坚硬的天命，促请其穿起血衣，去领受一份前定的功课。

忧思中，索敞偷偷出了一趟门，去拜望了一下三危山南坡桑楚寺的麻衣相士。相士先前出过家，后来还了俗，紧靠着寺外赁了一块地，专门给寺里的僧人们种菜，扣心供养。索敞打了诳语，没明着说开一座家窟的事，只说个人近来天天有梦，梦见自己在挖千佛灵岩上的砾石，越挖越深，几乎挖成了一个洞子，偶尔还看见了一缕佛光。相士卜算了再三，摇了摇头，坦承自己无能为力，说那是天上的机密，他只操心地上的琐事。不过，相士还是给出了一个答案，让索敞出门去走走吧，秋上的地气，或许能启发他，让他的梦愈合，起码能睡个好觉。相士又称，索敞好事将临，恐怕就在近几日。再问时，相士却语焉不详，起身打发了他。索敞回到义庄后，立马答复了那一封文和事老协会的请帖，派下人送到了李氏祠堂。

陇西坊的族长叫李豆灯，担任了此次会议的会首，一路碎步，出门迎上了索敞，将贵客请到了正殿当间的首座前。索敞谦让了几遍，让李豆灯上座，但还是拗不过会首的热情，自己便勉强坐下了。李豆灯递过来烟杆子，又燃了纸捻子，喂了火。索敞咂了一口，知道这是上好的烟丝，陕西货。索敞也把自己的烟杆子送过去，回请李豆灯尝一尝，心说，我这是兰州的水烟丝，红泥牌子，想必他也是头一次品唦吧。果然，李豆灯大呼过瘾，让周围的耆老们也来抽一口，吃吃新鲜货。隔着淡青色的烟雾，索敞瞭见敦煌二十三坊的耆老们来齐了，精精神神的，挨个儿向自己行礼问候，笑容敷在了各自的脸上，开了花似的。索敞逐一还了礼，邀大家都快快落座，小心身子骨，别有个啥闪失，否则自己罪过不已。索敞的心也慢慢踏实了下来，预感到这不是一次脸红脖子粗的会议，相反却像一次庙会之后的茶叙。

索敞的烟杆子转了一圈，取得了耆老和乡绅们的信任，回到了自己手里。索敞不擦口水，也不装填新烟丝，直接叼在了嘴上，吧嗒起来。正殿的开间很大，有一种辽阔通透的感觉，分明是财力、物力和雄心的一份体现，若非势力强悍、内心忠孝的门族，一般人想都不敢想。耆老和乡绅们的头顶上，穿梭着一些雀鸟，在敞开的窗牖之间来往飞行，嘀啾不止，显得殿内更加安静了几许。仪礼已毕，开头的几页闲章也翻过了，会首简明扼要，道出了这次协会邀请义庄的老财东索敞过来一叙的目的。李豆灯说：

"索兄，经我们一致协商，公推你担当陇西坊的总渠正。"

"哟，这唱的哪一折子呀？"

索敞震惊极了，面色上却风轻云淡，不露痕迹。

"是这，索兄你听我讲。"李豆灯打开了一卷图册，平铺在面前的几案上，指画说，"你来瞧，陇西坊的麦田菜地，基本上都在党河的右岸。秋末冬初一般整饬管道，修筑堤岸，打扫积物，专为来年春夏之际的放水，提前做好一些基础准备。今年上半年放水时，闹出了不少的麻烦，惹得家家户户不高兴。目下到了秋后了，打算换明年的人手，把难心事早早地消化掉，轻轻松松地进入腊月，大家都过个好年吧。"

索敞的目光，一直追撵着李豆灯的指尖，只看了一遍，心里便有了谱。

流经沙州城外的党河，乃是敦煌绿洲上最大的水源地，源自祁连山疏勒南山的冰大坂，养育着这一带的菩萨和度母，生民与野兽，以及草木跟鸣禽。党金果勒河本是蒙古语，后来简略了下来，人们称之为党河。敦煌二十三坊的民众，依据各家田地的位置，从十几辈子先人之前开始，陆续开挖和疏浚出了不同的河渠泉泽，用来灌溉和用水，其中尤以引自党河水系的大小河渠为重。人是地上的蝼蚁，水却是天上的馈赠。人活一世，草木一秋，须臾离不开水，尤其是庄户人家，当然把水看成了活命的第一要义。党河左右的河渠，一般依照旧例，按着春夏秋冬和雨水、清明、谷雨、立夏、白露、寒露、霜降、立冬等四季八节开闸放水，轮流浇灌田地，从无差池。每个坊管理河渠的章程条例也大体一致，职位大约分为渠正、渠长、排水和水利四级，由上而下，历历分明。渠正总理坊内的各种水利事务，依照乡约村规要督率各位渠长、排水和水利人等勤劳服务，不得懈怠。每年到了立夏之前，渠正便指挥各位渠长分散各段，仔细丈量河口的宽窄、水底的深浅，再逐一核算尺寸，按着户数的多寡、平口的长短，摊就寸数，而后公平放水。放水的那几日，各个坊内静谧异常，人们怀着虔敬的心，连咳嗽都不敢出声，生怕惊跑了河神的那一班人马，让自己功亏一篑。

陇西坊亦不例外，管理河渠的四级人手均是坊内推举出来的，大多是干练之人，素有名望，而渠正恰是眼前的这位会首李豆灯。索敞虽深居义庄，向来避世，庄外的事情鲜有涉猎，但李豆灯的大名还是灌满了他的双耳。早年间，陇西坊出过一件大事，让整个敦煌的心沉了一下，天地缟素，举县悲哀。立夏放水时，照例有排水和水利诸人提前沿渠巡查，昭告各位乡人，让他们看顾好娃娃和牲畜，以免发生不测。孰料，一个晚夕里，巡查燕儿湾一线的两个排水喝醉了酒，既没有敲锣，也不曾四处告知。上游的闸口一开，大水便山呼海啸地漫了下来。揪心的是管道下面睡了几个讨饭的碎娃娃，身上盖着麦草，一时间睡死了。河水裹挟着娃娃们，往下游里冲去，水面上覆满了撕心裂肺的哭喊声。天老爷慈悲。天老爷不会随便饿死一只麻雀的，哪怕这只麻雀是一个瞎子。那一时，因为沙漠风燥热，睡在渠边房顶上的一个少年人闻听了惊喊，二话不讲，直接跳进了渠水里，捞起了三名乞儿。待到少年人自己上岸时，却因为体力不支，被泥沙和水草困住了，沉在了水底。落闸后，陇西坊的男女们不敢用铁锨，而是用手刨光了所有的泥沙，才找见了少年人的尸骸。噩讯传出后，一下子惊动了县衙，知县率着敦煌一带的耆老乡绅抬棺而至，亲自迎领这个亡灵，并将灵堂搭建在了衙府中，供各界百姓前往凭吊。这还不算，来自肃州、甘州、凉州，甚至来自省府兰州城的慰问帖和犒赏金，纷至沓来，数目空前。葬埋的那一日，少年人的父亲在坟坑前，将三个获救的乞儿收为了义子，并慷慨许诺，这一笔犒赏金他个人分文不取，专为将三个乞儿拉扯成人。因为少年人是半路夭亡的，这个父亲干脆平了坟，也不许勒石刻碑，留下些许的痕迹。这么多年过去了，三名乞儿吃喝无忧，长势良好，将义父护持得井井有条，等同于生身父亲。索敞心知，这个身负重名的人便是李豆灯。他的义举与菩萨肝肠，至今仍停留在敦煌人的嘴上，也刻录在了河西走廊一线百姓们的脑海中。念想及此，索敞的内里潮起了一团热汁，觉得李豆灯与索家几辈子先人的事迹，仿佛同出一门，撼天动地。索敞不忍插话，扪心谛听着。

去年冬上旱魃肆虐，土地板结，天老爷也抠门，竟未给敦煌一带馈赐下一片雪花。过了雨水和谷雨，人们问天打卦，脖颈子都快望断了，也没见到一块有恩有义的云彩。没了办法，庄户们便去了党河上游里伐冰，将残冰一抢而空，拉运到了地里，先把青苗种上。到了立夏前后，气候依故，陇西坊的渠正李豆灯召集四级人手，四处踏勘，逐门排摸，制定了一个解救旱情的紧急方案，下发给了每一户。岂料，引河灌溉这一件庄重之事，后来竟演变成了一场闹剧。邻里不睦，兄弟失和，甚至一根支脉上的亲房们也翻了脸，彼此视为路人，指天发咒，老死不相往来。陇西坊还发生过几次械斗，不是肢残，就是破了相，幸亏没出人命。上半年末，天老爷终于挤出了几滴泪，好歹保住了今年的收成，大家方歇缓了一口气。李豆灯坦承，原先坊内夜不闭户，路不拾遗，现在却鸡飞，狗也跳，人人自危，简直泼烦死他了。索敞啜着茶，料想会首的这一番话一定大有深意，自己却不便发问。

果然，李豆灯言毕了因，接着又抛出了果。李豆灯说：陇西坊到了如今这个地步，皆因老朽无能。唉，我也老了，着实干不动了，前几日，坊内的人谈议了一下，我辞掉了渠正，让年轻人去干吧。索敞也感喟说：是呀，人是活不过世上的光阴的，咱俩都老了，我第一次见你的时候，同治爷还在，现在都宣统年间了。李豆灯让来了花馍馍，另有一碟子李广杏干和葡萄干，接续说：我废了，可让年轻人干又不太服众，也压不住阵脚，这么着，坊内人合计了一番，又请文和事老协会的二十二位贤达作保和见证，今日请你移驾过来，就是想聘请索兄担任陇西坊的总渠正。索兄，我这可是肝脑涂地的想法，万望你能体谅坊内人的心愿，也只有你这样名高德隆的人才能胜任。索敞哈哈一笑：仁兄，你这红口白牙地一说，你不泼烦了，倒把泼烦卸在了我的身上呀！再说了，我姓索，如何去插手你们李家的事务，自古而来没这个道理的。毕竟是文和事老协会的领袖，自有他的一副灿烂口舌和万般理由。李豆灯抚案而起，当着众位耆老的面，慨然说：天下，乃是天下人的天下，在天老爷的眼里，不分赵钱孙李，也不讲周吴郑王，更不论索姓和李家。这个道理很简单，就如你们索门一族，代代有高士，辈辈出义人，这么些年来，那些先贤高士和肝胆义人，不仅是索家祠堂里闪光的神主席次，更是整个敦煌所有庶民百姓景仰的楷模与典范，遑论姓甚名谁，谁家何户。哦，现在到了你我这一辈人的大光阴里了，佛赐吉祥，天下澄明，四海升平，但我知道你们索家儿孙的骨血没变，一定还是古道热肠，中正耿介，所以这个总渠正非你莫属。一席话，令索敞的心里翻江倒海，几乎端不住手里的茶碗了，一直在抖。

索敞万万没料到，就在他避世而居，深埋简出，尽力回避着那一件宿命血衣的日子里，敦煌人仍没齿不忘，对索氏一门的高古之举和伟岸事例念兹在兹，传诵不止。也恰是在这一刻，索敞再次想起了前不久的那个晚夕里，胡家坊的胡恩可唐突而至，冒昧地提出要给索家开一座石窟，立佛塑像，以此供养下去。不错，一叶一菩提，一沙一世界，胡恩可属于一粒沙，可眼前二十三坊的耆老们却是一捧沙。风吹沙鸣，他们几乎是同一个声嗓，同一样的肺腑，就是欲将索家抬放在佛龛上，归于神祇的行列，除了顶礼，便是膜拜。索敞暗说：原来在义庄之外的这个浮世，并不像自己忖度的那样，时刻惦记着索家的下一颗头颅。不，他们不决绝，有情义，始终感念着索门的慷慨付出，现在又怎么能拒之再三，不献上肩膀，荷担一份使命呐。念想至此，索敞的内里沁出了一丝酸楚，又立时心生懊悔，悔不该让管家丁荣猫去找胡恩可，谢绝了对方的美意。索敞让自己慢慢稳静了下来，告诫道，千万不能失火，不可急迫。视野中，敦煌各个坊的头面人物在轮流陈述，在劝慰，在哀恳。这一切的中心目的就是请求索敞，他必须出山，坐镇一方，担当这一个角色。李豆灯提着铁壶，蹒跚过来，将滚烫的开水，注在了义庄老财东的茶碗里，笃定说：索兄，这可是显而易见的天意呀，天意不可违。索敞冷不丁攥住了对方的手腕子，逼视说：

"我答应的话，我有个条件。"

"不妨直言。"

"是这，我既不是陇西坊的人，也不姓李，又住在别处，恐怕也远水解不了近渴。诸位如此抬举我，我也不能不识好歹。思想再三，我还是挂个虚名吧，实际上干不了任何具体的事务。"索敞心思缜密，手段老练，先替自己留下了一条退路。又道："呵呵，你也不能在旁边看我的洋相，你跟我一样，挂上个虚名，他们年轻人决断不了的，咱俩再一起合计。如何？"

李豆灯的眼底里腾起了几丝火苗："索兄，你真是敦煌义人呀。"

"过誉了。"

索敞咂摸着这个词：义人。

"哎哟喂，这可不是恭维的话，也无半点奉承。我等一帮老朽常常叨念说，有索门在，这敦煌就有了主心骨。"李豆灯招了招手，另外二十二个坊的耆老们拢了过来，霎时将索敞围在了当中，"索兄，我这就答应你。只要你在前头挂了名，我就在后头替你牵马拽镫，一路护驾吧。"

索敞申辩说："我挂名的意思，就是这份差事在下分文不取，只为服务。"

"如此也好。来人，笔墨伺候，请索总渠正签名落姓。"李豆灯嘻然不已，将毛笔膏了墨，舔吮一番，递给了索敞。索敞援管在手，在契书的落尾上款款下墨，签上了个人的名姓与年月日时间。这一时，七八张苍老的嘴伸了过来，一个个在吹气，很快就吹干了余墨。索敞用食指蘸了印泥，钤在了姓名的右端，方才告毕。也就怪了，朱砂色的指印一落上去，整个契书的卷面忽然间神采飞扬，华光四射，仿佛在一只破旧的土坛子里，插上了一枝红牡丹。索敞眯上了眼睛探看，恍惚间，觉得这不仅是一份民间契书，它更像是一道从京城里飞报而来的圣旨，充满了庄重、威严和神秘的气息，外人实难体会。这个关节上，索敞蓦地有了黄袍加身的感觉，身边的这些耆老嘘寒问暖的样子，犹若一种拥戴和欢呼，将自己护佑在了这个荒凉的浮世中。索敞不觉得孤单了，亦不悲哀，更没有了先前那一种长年累月的惧怕与恐慌。索敞打开了尘封的心门，松开了表情，知道自己像一座黯淡而喑哑的石窟，风吹沙去，天地寥廓，将高天上的第一缕日光迎请了进来，从此将身心灿然，纤尘无染。末了，当李豆灯说陇西坊在祠堂里置备了几桌酒宴，还是大红门的麻子厨师亲自来掌勺，务请总渠正赏光时，索敞委婉且不容置辩地拒绝了。索敞的理由无可挑剔，声称中午时分了，要回义庄去给家母请安。文和事老协会的一干耆老相跟着，一边慨叹，一边夸赞连连，将索敞送至了祠堂的门端里。

伙计牵马过来，停下了车轿，将上马凳摆在了脚下。这时，索敞瞭见李豆灯也上了另外一辆不起眼的骡车，遂点了点头，算是辞别。李豆灯挥了挥手中的那一卷契书，释解道，他这是要赶着去县衙，在县衙六房当中的吏房做一个报备。由主簿、县丞签字后，再上报给知县大人，予以最后的批准，然后昭告敦煌县署下辖的各个坊。上了车轿，落了帘子，索敞让伙计原路返回，直接去城里头胡家的那几处店面，最好能拦住丁荣猫，越快越好。

车子颠簸着，晃动不止，伙计一路上吹着皮哨子，驱撵着行人。索敞坐在里头却很稳静，思想了一路，一个人孤零零地笑出了声。索敞心说，这下事弄大了，这个事真的弄大了，将来不仅在沙州城，在敦煌，恐怕连河西走廊这一条长路上的人们，都将知道索门里出了一位总渠正，且是二十三坊中实力最为雄厚的陇西坊的总渠正。索敞又品咂着另外一个词，敦煌义人，呵呵，义人在此。索敞的目光逡巡了一遍自己的身上，觉得的确变化了许多，与往日有所不同。想到最后，索敝干脆觉得自己就像一个闭关经年的人，踢开了尘索重重的山门，站在了这个人声嘈杂的阳世上，再也没有了后顾之忧，没有了阴影。

突地，伙计吆喊了一声，停住了车轿。伙计跑过来打起帘子，指了指街边的一座绣楼，脸色鬼祟。索敝顺着伙计说的方向望过去，瞭见丁荣猫站在绣楼的门端里，正在辞别一个妖冶的女子。说是绣楼，其实是一院青砖的房舍，外表也不起眼。索敝再深居简出，也能瞧出来那是一家窑子。急火攻心，索敝也就没考虑别的，直接喊了一声嗓，将丁荣猫叫了过来。管家镇定地望着老财东，并不辩解，只说刚才天津帮和陕西宝鸡帮的人在街面上火并了，砍了一个人的脑瓜，三个人断了腿。管家声称，他险些被天津人给剁了，幸亏跑进了绣楼里，躲过了这一劫。他刚才给救他的窑姐赠了一吊子钱，舍小财、消大灾嘛。索敝一时间不耐烦了，截住了丁荣猫的话头，问他去没去拜见胡家坊的那个老贼娃子。丁荣猫干脆称，刚才没去成，立马去。

"这就好。你快去告诉胡掌柜，我答应了，应承下了他的美意。"索敝交代。

丁荣猫讶异："咋了，改口了？"

"你千万记住，多备些礼，礼当要重，买一些鹿茸、虎骨、藏红花和燕窝啥的，别让他看贱了咱们义庄。花大钱，往大里花，别替我省着。"索敝又叫住了跑远的丁荣猫，再次交代，"你去了告诉胡掌柜，进了腊月里，我要专程去胡家坊拜望他一趟，给他行一个大礼性。"

# 卷四

世兴堂的门开着，但门端里挂了一块牌子，上书墨字：歇业，进货。

入了腊月，风就硬了。前几日，还只是窗户纸啪啪地响，后来便能听见头顶上的屋瓦簌簌而动，随时会飞走似的。在后堂中，沈破奴围着铁皮炉子，一边烤火，一边思想着胡家坊的老财东留下的疑难。这疑难像一个病根，这些日子一直在发作，令沈破奴的心里红肿瘙痒，莫名万分。时有一些病人来问诊，来抓药。假如是城里人，伙计们便央告他们改日再来，说沈先生不在。设若是山里来的，患了头痛脑热，伙计们也会开药，弄些丸散丹之类的，匆忙打发掉了。实在是来了急症，沈破奴也就放下架子，出去对付一番。伙计们钳口噤声，提起脚，生怕打扰了掌柜的，于心不忍。炉口上炖着一盏罐罐茶，茶汤发黑，和墨汁一般。早年间，沈破奴从异乡流落至此，别的一概学不会，偏偏喜欢上了这种敦煌乡人们嗜好的罐罐茶。茯茶熬煮的汤汁，一入了舌腔，涩，苦，紧致，而后慢慢地回甘。这一方面醒目提神，另一方面让人明晰了一个道理，世上的日子一般是由苦到甜，绝不会更变。不过，今天的茶汤似乎更苦，因为多搁了一样东西。沈破奴又啜了一口，不由得蹙紧了眉头，知道此番从陇西郡的药市上购来的这一批黄连不错，绝对是上品。

下半天时，世兴堂的门口车铃一响，停下了一辆简易的骡马车轿。伙计们眼尖，喊了声姨娘，便相帮着卸下了车上的行李和货物。女掌柜沈戴氏回娘家省亲，走了快一个月了，此番回来，脸上有了肉，面色红润，也富态了不少。沈破奴听见了动静，又拿出一只茶碗，慢慢注满了茶汤。沈戴氏脾气好，口舌也快，先问了问性元和性真的现状，又问了今年晒秋的情况，还啰里啰唆地讲了大半天乡下婚礼上的热闹。沈破奴面目沉郁，只字不语，一味地喝茶，先让女人过完了嘴瘾，喝一口黄连茶汤再说。沈戴氏兴奋完了，方察觉出了丈夫的异常，忙问干么歇业，你不是闲荒着吗？你一向以病人为重，刚才还有几个病员在门端里打问来着。这一时，沈破奴忽地哽咽了起来，声嗓中吞下了一团缠麻似的，说也不是，不说又堵得慌。沈戴氏吓坏了，用指头揩着丈夫脸上的泪珠，探问说：你怎么哭了，到底发生了啥事，看把你恓惶成了这样子？这番话，终于让沈破奴绷了许多天的神经松弛了下来，心里软弱兮兮的，哀恳道：你屁股一抬就走了，癞蛤蟆避端午，走了那么长的时间，我连个主心骨，连个说心里话的人也没有。沈戴氏一边畏惧，一边慈悲，将颊脸贴在了丈夫的额头上，不明就里。半晌后，沈破奴才回过了魂魄，醒转了过来，怕伙计们撞见这个尴尬，忙将凳子支给了女人，按坐下了沈戴氏的身子。沈破奴斟酌再三，一直搓摸着手，不知该如何开口。在女人的五官和表情上，沈破奴辨识出了女儿性元的样子，女儿随母，渐渐长成了当地人的眉眼，竟跟自己拉开了距离。恍惚间，沈破奴想起当年的那个少年人，从湖北黄州的十万大山里逃离出来，一路向西，跌仆地落脚在了嘉峪关外。那一种逃亡，仿佛鞋窝里的一粒尖锐沙子，至今仍在硌脚，疼痛也不曾消散。这前半辈子，凭着个人的勤勉，也靠着好学上进，沈破奴在敦煌有了立锥之地，有了些许的名望和口碑，日子虽不富贵，但也裕如。眼前的这个戴家坊的女人，刚嫁过来时瘦瘦寡寡的，身上好像没有一滴汁水，但在自己的抚爱下，生下个女儿，后来又多了一个儿子，现在竟也端方圆润，似乎一指头能掐破她，掐出水来。这一时，沈破奴唏嘘不已，猜想自己下面说出的这些话，将要拆散这个家，说不定也会毁了一双儿女，不由得心里流血。但是，来自胡家坊的那个老财东的要挟历历在目，声犹在耳。这么些天了，沈破奴一边枯坐，一边思想，渐渐明晰自己没了退路。或者说，只剩下了一条路可走，那就是绝路。

是这，我寻思了一番，我们一家挪个窝吧，挪到口外去，去吐鲁番，去迪化，那里挣钱容易。事不宜迟，你现在回来了，晚上收拾一下家当，明天就上路吧。沈破奴一吐为快，他个人轻省了，倒把疑难卸给了女人。沈戴氏的尻子上有刺，腾地站了起来，五官像巴掌一样摊开：他爸，你咋也是糊涂匠，说这种不打粮食的话？女人一旦抱怨起来，就跟尚未捆扎好的棉花垛一般，这里淌一堆，那里冒一团。沈戴氏的理由很充分，桩桩件件摆在了当面，任说哪一项都是挑剔不得的。比如，她对目下的生活相当满意，此番回娘家，亲戚们对她的艳羡和夸耀，令她现在都消化不了。如果一声不吭地溜了，她如何给爹娘老子交代。又比如，世兴堂开得红红火火，只需他号号脉，开开药，躺着都能挣上钱。假如辜负了这个财源，惹起财神爷的不痛快，那下半辈子就只能喝风拉屁了。除非脑袋被马蜂叮肿了，否则一般人不会干这样的蠢事。再比如，树挪死，人也会挪死的，别说迪化，单单一个吐鲁番听起来就远在天边，要是能揭开锅，谁肯当难民，跑去那个狼不拉屎的地方？沈戴氏还引用了一阕民谣，说出了嘉峪关，两眼泪不干，往前走是鬼门关，往后看是戈壁滩，借以佐证个人的说法。沈破奴耳闻了她伶俐的口舌，吃惊地发现，女人居然不曾淌下一颗泪，相反却牙齿很硬，一句话也不松口，仿佛嘴里支了一根柱梁，顶天立地似的。沈破奴递了一碗茶，让女人润润声嗓。沈戴氏接过去，干脆泼在了地上，连茶碗都扔了，睬也不睬。罐罐茶鼎沸着，热气袅娜，沈破奴从里头拣出一根黄连来，抿在了舌尖上。这一刻，沈破奴需要一份涩，一种苦，让自己不躁乱，不亢奋，思前想后地将事情捋上一遍。这么着，沈破奴号出了这个家最悲哀也最柔弱的穴位，方说：这么做，也是迫不得已呀，你想想看，性真这娃的骨骼软，一碰就碎，他太需要晒晒日光了，吐鲁番和迪化的日头好，我早就有这个打算了。

　　生下性元后，两口子喜不自禁，并不遗憾她是个扎花的。性元到了五六岁时，世兴堂恰处于忙碌的关节上，一是挣名声，二是扩大店面，增添人手，不巧又意外地多了一个儿子娃娃，取名性真。性真来到之后，夫妇俩手忙脚乱了大半年，方才适应下来。沈破奴欢喜地将娃娃的小牛牛含在嘴里，仿佛含上了一块稀世之玉。刚开始还正常，待性真会爬能滚时，却时常发出尖厉的哭喊，看也看不出毛病，脉象上也无任何异常。饶是沈破奴这样的医士，竟也手足无措，慌了心神。没了办法，两口子抱着性真去了莫高窟的开元寺，烧了高香，焚了黄表，供了净水，又打算在佛像跟前收拾一下，驱驱邪祟。巧的是，娃娃的哭声，忽地引来了一位云游此地的高僧。高僧看罢了性真的症状，又摸了摸骨相，直言道，性真害的是软骨病，一触即折，当世还没有一张灵方，只能听天由命了。高僧将他个人的一块玉观音相赠，挂在了性真的脖子里，惋惜道，除了多晒日头，让筋骨慢慢强硬起来外，别无他门。这以后，性真便像一尊珍稀而脆弱的瓷器，时刻处于沈家的中心位置，备受呵护。沈破奴搬进城外西北角的那个小院后，请了几个泥瓦匠，专门在向阳的一侧，立了墙，辟了屋，让性真一边晒阳，一边温习课业。性真没上过一天的学堂，课业均是由父亲一个人讲授的，但他天资卓越，灵慧无比，眼睛瞄上一遍书页，便能将上头的内容复述下来，大体无误。偶尔，性元不解的字词，也会跑进来请教弟弟一番。那一时，性真倒像是一位小先生，释解得头头是道，让姐姐心服口服。沈破奴本人并不着急，他相信日光就是一味药，天老爷和佛祖馈赐下的灵药，终将悲深愿重地显出一份菩萨心肠，来慢慢修复性真这一尊亲爱的瓷器。可眼下，沈破奴罪孽似的抬出了儿子的病，也是莫可奈何的手段，只为了替自己的遁逃找一个借口罢了。果然，沈戴氏闭了口，也不曾落泪。沈破奴还要往下说时，女人掉转了身子，哑默地离开了。

坐上临时雇来的车轿，离开了世兴堂，出了沙州城的北门，又辗转摸进了西北角的巷道里。一路上罡风扑面，尘土塞喉，腊月里的气候让人前心生寒，后心里结冰。沈戴氏用头巾包住了嘴脸，一个字也不言传，目光焊在了天上。沈破奴衔了笑，忏悔冻在了颊面上。车轿驶停在了院门前，沈戴氏跳将下去，脖子也不给，径自进了家。沈破奴忙着卸行李，心里哀苦，知道惹下了这个姑奶奶，晚夕里少不了吃一顿她的冷脸子。恰在此时，沈破奴闻听院子里发出了一嗓子尖叫，树上的麻雀忽地一下，集体避难到了天边。

撂下行李，沈破奴冲进了院子里，却看见了奇怪的一幕。

正房的廊檐下，沈性元窝在躺椅中，嘴里嗑着瓜子，呸呸呸地吐着壳，一脸坏笑。女儿的旁边立着一名衙役，手上端着一把火枪，对准了她。沈破奴认了出来，衙役是隔壁邻舍的独子，外号二棍子，乃是县衙里头专司拿盗缉匪的一名捕快，偶尔也在县牢中当差。沈戴氏吓坏了，哀告着二棍子，求他快放下枪。沈破奴也怕走了火，忙提起脚，鞋不沾尘地慢慢偎上前去。二棍子显然被惹急了，咆哮说：给不给脸？性元，你说一句话，给不给脸？见爹娘老子回来了，性元便不再放肆，起了身：哼，我的脸要用一辈子的，给了你二棍子，我以后还怎么活人嘛。沈破奴一头雾水，不明白女儿跟这个混蛋如何忾上的，却也不敢来硬的，只好附和了沈戴氏的意见，苦哈哈地求告再三。这一时，性元嘻然而笑，讥讽道：二棍子，你的确是白丁一个，姑娘我不跟你一般见识了，但我给你说知道，我好歹也读过几本圣贤书，却从没听说过有你这么请客的。二棍子申辩：性元，我就是要跟你，跟你们全家吃一顿饭，我算筹了许久，你给个脸吧。言毕，二棍子扔掉了火枪，一屁子瘫坐在地上，居然呜咽了起来。沈破奴的心登时落在了腔子里，虚惊一场，一脚将火枪踢远了，又开始劝慰二棍子。性元好久没见娘老子了，热乎乎地扑了过去，替沈戴氏摘下了头巾，仔细辨识了一下母亲的五官，见鼻脸还囫囵着，一样不差，遂放下心来。这么着，性元改口说：二棍子，你的这顿饭呀，就当是给我妈接风洗尘吧。走，都走，去吃沙鸡锅子喽。

坐在隔壁张家的炕桌旁，沈破奴这才搞清楚了这一场鸿门宴的底细。

原来，莫高窟以东的三危山属祁连山系，山脚一带残山剩水，拳石密布，神疲精枯，但山顶的雪线之上却群峰丛聚，白雪着枝，状若琼树。在这一片上天馈赐的松林中，大体游走着雪豹熊罴以及各种狐狼，也有香獐和金麂子，至于鹰隼和各色鸣禽则数不胜数。夏季天热时，这些生灵跑得一干二净，都去了山顶上打食吃草，除了猎户，一般人很难觅见它们的踪迹。现在入了腊月里，敦煌左近已经下了好几场浓霜，山里头的大雪指不定下了有多厚。于是，一些弱小的动物便相率投荒，到山脚下来找吃食。敦煌绿洲依沙山而立，庶民百姓一年四季枕着沙山入眠，所以语言上也不讲究，但凡见了什么稀奇事物，一概在名字前头冠个"沙"字，好像自己家里的亲戚一样。沙鸡是雉鸡的一种，羽毛斑斓，色彩炫目，尤其是两支尾羽修长而烂漫，仿佛敦煌六合班的那些戏子身上的背靠，猎猎拂动，态度不可一世。沙鸡心性胆小，却警觉异常，一旦嗅出了危险临近，便一飞冲天，能腾起三四丈之高，一眨眼就没了声息。沈破奴在城里坐堂，最是清楚不过了，这些年来，鲜少听闻有猎户在街上叫卖沙鸡，就仿佛一位菩萨负气走了，再也没了消息。前几日，县衙快班的几个捕手去三危山下的陈马村办案，贼寇倒没捉住，却在半途中碰见了一群沙鸡。这群沙鸡迷了路，又活该到了寿数的尽头，被捕快们轻易拿获了，当即用刀子割了喉，放了血，在腊月的天气里冻得硬邦邦的。二棍子自己分得了六只，除了暖锅子里的这两只，剩下的均挂在了门外的屋檐下。一打眼，人们会错看成几件花衣裳，似乎专为不久后的农历春节缝制下的。张家老夫妻就二棍子这么一棵独苗，向来对儿子言听计从，百般维护。天气寒凉，二棍子让爹娘老子剥洗了两只沙鸡，不爆炒，也不炖汤，指定做了暖锅子，而后提着一杆火枪，去沈家邀约性元去了。本想单请性元一个人的，岂料沈家的三口子都来赏光了，脱下鞋，上了炕，围坐在锅子旁，一点也不嫌弃。这期间，性元也不客气，开口索了一只大碗，连汤带水地舀满了，回了一趟家，安顿弟弟自己吃，而后又簌簌返回。张家两辈子人脸上简直开了花，忙前忙后的，不知该如何款待。虽是隔壁邻舍，但平时并无交集，各走各路，各说各话，顶多是点头之交。目下，张家的穷寒小屋里蓬荜生辉，其乐融融，不说在乡学里念书识字的性元了，单就一个世兴堂的沈先生能放下架子，屈尊来吃席，这么红口白牙地说出去，任哪一个敦煌人打死也不信。沈破奴是有礼数的，将老两口让在了上席，自己则坐在了末位，还时常给他们夹菜添汤，弄得东家泪花闪闪，好像欠下了一份大大的情义。沈戴氏的目光不在丈夫身上，明显还在置气，只和性元说话，问这问那的。性元左右应付不过来，二棍子不挑锅里的菜蔬，专拣一块块瓷实的鸡肉疙瘩，码在了她的碗里，码成了小山一般。性元的声嗓里哦哦哦的，直说饱了，太饱了，还拍了拍肚子。趁二棍子出去时，沈戴氏贴耳过来，嗔怪道：端庄些，你这个瞎样子，长大了能嫁给谁，谁敢娶你？性元回说：我干么非要找一个户头，我才不当做饭婆呢，你等着瞧。沈戴氏撂下筷子：还这么犟，看我不撕了你的嘴。性元哎哟妈呀一声，跌倒在了母亲的怀里，让沈戴氏哭笑不得。

　　沈破奴态度蔼然，问了张家秋上的收成，麦子和苞谷的比例，明年开春后地里的打算，又问了老两口的身体状况。瞥眼过去，沈戴氏和女儿在炕桌的那头叽里咕噜的，全然没个家教。平素里，但凡有外人在，女人们是决然不可上炕同桌的，好在眼下吃的是暖锅子，规矩也就破了。这时，门开了，二棍子举着两根璀璨修长的沙鸡翎子，抢上前去，一把按住了性元的脑袋，强行插在了性元的脖子里。见此情状，沈戴氏的眼底里一黑，嗔骂了一句花痴，赶忙抬屁子下炕，找见了鞋子。性元却不在乎，摇头晃脑的，让头顶上的两支花翎子来去摇曳，果真像一个戏娃子。沈戴氏突然惊叫起来，连说儿子性真怎么哭了，我听见性真在院子里乱嚎，见鬼了吧。沈破奴明白这是个借口，也附和了一声，匆忙下炕。一家三口到了门端里，千辞万谢地告了别，也不许二棍子送出门，仓皇地隐没在了城墙下的罡风中。

　　洗漱毕，沈破奴在灯下，开始挑拣簸斗里的药草，里头有米粒大的碎石子。沈戴氏探望完了儿子性真，在窗外的炕洞里填了枯叶和锯末，烧了热炕，埋头进来后，直接睡在了炕角里，被子裹紧了，屁也不放一个。沈破奴暗笑，女人的傻，一定会带着一份蠢，话都说白了，且抬出了儿子的病，居然还不解人的苦心。沈戴氏亦不踏实，一直翻来覆去的，好像鏊子里的面饼。此时，院门响了，叩得很急。沈戴氏一骨碌爬坐起来，冲着外面喊骂：哪个鬼，急死鬼么？接话的却是性元。性元道：妈，你歇缓吧，我去开门，准定是二棍子这个鬼。沈氏夫妇停下了手，在昏黑中互相盯望着，先前吃喝时脸上布满的油光，此刻却幻变成了一种煞白，不明白又有什么样的不测在慢慢逼近，找上了沈家的门。

　　半晌后，院门啪地落了锁，又顶上了一根杠子。性元的嘴搭在窗缝上，释解道：啥事也没有，二棍子好心，又送来了一只沙鸡，我推让不掉便收下了，放宽心吧。性元走了，回她的睡房里了。院子里阒寂了片刻,却忽然传来了杂沓的脚声,仿佛一群走投无路的人,朝沈家扑了过来。事实上,一个人也没有,声音是落叶和罡风吹响的,但照样令人心慌。沈破奴哀叹一声:唉,这事很灾难呀。沈戴氏被抽了脊梁骨似的,瘫在了炕上:花痴,狗日的花痴。二棍子手里有火枪,万一……没有万一了,这确凿是个灾难,灾难肯定要来的,沈破奴笃通道。岂料,沈戴氏爬了起来,坐在炕头上,朝自己的脸上猛抽了几个耳光:怪我呀,怪我这一张破嘴,我馋了去吃屎,渴了去喝尿,干么要吃二棍子的鸡肉呀。唉,这下可好,二棍子欺上门来,性元可就危险了。沈破奴的内里旧患未除,又添新忧,瑟缩着,一直在搓摸着手。末了,沈戴氏清晰地说:他爸,我想通了,这一世里我听你的,你说去吐鲁番,就去吐鲁番,你说去迪化,咱们明早上就去迪化,越快越好,你快说话呀!敦煌土话讲,要想知道,经过一遭。沈破奴见女人吃了暖锅子,又受了二棍子的惊吓,天大的难题竟然如此轻易地解决了,不由得松开了表情,攥住了女人的手。沈破奴不急,好为人师的毛病也犯了,指头上蘸了水,在炕席上画了一根线,讲授说:这个点,应该是迪化,最远了,而这个才是吐鲁番,跟咱们最近,但不管去哪里,吐鲁番是第一站。炕太热,吐鲁番和迪化这两滴水很快就干了。沈戴氏听懂了,点头道:他爸,你劳碌了一天,你歇缓着,我收拾东西吧。言毕,女人打开了炕柜,将里头的被褥和毡毯拽出来,扔了一炕。沈戴氏咬牙道:狗日的,要不是替性元着想,他二棍子休想欺负我沈家的人,他连沈家的一根草都拔不去。沈破奴感念地盯望着女人,一时鼻酸:

"他妈,你记住,我只说一遍。咱们姓沈不假,但其实应该姓丁,人丁的丁。"

沈戴氏:"咋改了?"

"现在姓沈,最早的话就姓丁,丁才是我的本姓。"沈破奴噙着泪,哀告道,"故事长着呐,十天半月也讲不完。哦,今晚夕就说这一句吧。我怕是着凉了,头痛死了。"

意外的是,院门再次响了。性元从睡房里跑了出来,前去应门。性元嘴上詈骂着二棍子,骂了几句,忽然就悄静了,没有声息。沈戴氏摸出一把剪子来，下了炕满地找鞋。沈破奴窥了一眼窗缝，让女人别慌。少顷，性元返身回来，喊了一声爸，并从门缝里递进来了一个包裹。沈破奴木讷地接住了，问是啥。性元娇嗔地回说：也不知道是个什么，反正是给你的，上头有沈先生三个字。沈破奴一时恼了，开了门，见女儿面红耳赤地站着，眼神抬望着夜空，看着远处那一线蜿蜒而去的城堞与角楼，若有所思。沈破奴问说：哪个送来的，你也不让人留下名姓呀？性元答：胡家坊的胡梵义，他送来的。言毕，掉头跑了。

这一夜，沈破奴灌满了灯油，在明亮的光晕中，埋首桌前，一页一页地翻阅着那些脆薄古旧的字纸。沈戴氏鞍马劳顿，颠簸了一整天，收拾了不到一半，就呼呼大睡了，三头牛也拽不醒她。阒寂中，沈破奴频频击掌，不再觉得屋外的罡风和尘沙是一种磨折。恰相反，慌乱了多日的内心，终于稳静下来了。甚至可以说，自打他作为一个少年人流落至关外三县，落脚在敦煌以来，他的整个身心从没有像今夜这样，如此肃穆，如此宁静与安详。沈破奴舍不得看，怕自己一口气看完，所以他一忽儿合上，一忽儿又小心翼翼地翻开，纠结不已。桌上立着一只小香炉，沈破奴燃了三炷香，默念了一句佛号，恭敬地献在了上头。香烟缭绕，四壁间飘浮着一股轻淡的檀香气息，若有若无。冥思中，沈破奴逼真地觉得，目下的一切，一定是佛法僧三宝对自己的降赐。终于了，命运像一河的清吉之水，朝自己漫流而来，涤净了过去的惊梦和不堪，也扫除了先时所有的妄念与悖逆。这么想着，沈破奴慢慢睁开了眼睛，发现自己内心的一盏灯突然被点着了，分外雪亮。

小羊皮的封面和封底，细腻，白净，挺括，光滑，散发出一丝轻微的膻腥气息。切口齐整，显然是砂纸打磨过的，不太硌手。脊骨是用羊肠线装订的，针脚细密，尺寸均匀，显然出自一个良匠之手。不出所料，在封底的右下角，镌着一枚小小的火印：陈家修书坊。

陈家修书坊在敦煌乃至整个河西走廊一带，属于一等一的金字招牌。大小寺里的佛典和经卷，衙门里的紧要文书，乡学里的课本和启蒙教材，包括赫赫有名的鸣山书院里的典籍，一旦出现了破损或脏污，大多交由他们去处置。修书坊的手艺是家传的，父传子，子传孙，一个个都怀揣一门绝技。经过他们的生花妙手、乾坤技法，你哪怕给一根枯枝，对方能还你一片花坛，你即便给一粒沙子，对方也会捧出一座坛城。揭开小羊皮的封面，里头总计装订了二十七页纸，虽说纸质脆薄，分量轻飘，经络也依稀可见，但整体上新鲜光亮，素朴雅致，仿佛刚从雕版上揭下来的那样，透出一股淡然的油墨香味。每一页纸稿上，由天到地，自右而左，铺排着一行行指甲盖大小的蝇头小楷，结字周正，气韵贯通，能看出当时的写家子一笔到底，绝无一丝半点的迟疑。这些稳静而恬淡的字词，其实在诉说着一些离奇且神秘的药草和药理。沈破奴控制住自己的兴奋，用指尖压住每一颗字，慢慢地往下检索。每读一条，心中便有一块巨大的山石滚落下去，激溅起了谷底里的无数浪花，惊涛拍岸似的，轰鸣声惊天悚地，经久不绝。

  人急疳，灌白马尿一升，虫即总出，大验，良。
  人失音不语，取乌牛粪绞取汁服，即语，大效。
  人火烧疮，取井底青泥涂上，立愈。又方，新牛粪涂上，良。
  妇人月水不止，取簸箕舌烧作灰，和酒服，即愈。
  人心痛，取青布一片，如梳许大，烧作灰，用好酒服，即愈。
  凡人纯生女，怀胎六十日，取弓弦烧作灰，取清酒服之，回女为男。
  男子欲得妇人爱，取男子鞋底土，和酒与妇人服，即相爱。
  人患咽，妇人吹左耳。男子咽，妇人吹右耳。
  治人眼中冷泪出，取盐末以蜜和小豆许，封眼角，即愈。
  人吃鱼骨在咽中，不上不下，烧鱼细作灰，服之即愈。
  疗一切鼻血不止，烧头发灰，冷水鼻中灌之，一两度即愈。
  治妇人产后疼痛不止，灸脐下第一横纹（阴交穴）七壮，即愈。
  ……

哦，真的是不忍心，舍不得再读下去了。

沈破奴合上了羊皮书，额头抵在了封面上，忽然间觉得自己空白一片，身心荒凉，犹如一大片寂寥的干滩。这以前，来自关外三县的病员和家属，对他时时竖起的大拇指、对他的赞誉和夸饰，一度令他骄矜，让他自觉可以只手遮天，疗世治心，成为一方高士妙手，无人可以比拟。岂料，就在这一个意欲举家逃离，打算出猩猩峡口从此亡命天涯的前夜，一册来自胡家坊的赠书，将他的平生所学一瞬间击垮了。沈破奴有点虚弱，脊心里频频生汗，似乎能听见肉体的这一座仓库里，不时传来的哀鸣和求告声。但是，这些冷僻而吊诡的方子，如此神秘且遥远的药理，同时又勾起了沈破奴的好奇心，也燃起了他飞蛾扑火的念想。刚检索时，沈破奴就看出了其中的漏页、缺失和残损，也猜解到了这一定是胡恩可临时起意去修复装订的。作为异乡人，沈破奴对敦煌这一带还是知之甚少，对东西千佛洞也一向兴趣不大，但他笃信，这一册羊皮书绝对有它深奥的来处，有它不可测知的渊源和因果。一切都再清楚不过了，这把钥匙就在胡恩可的手上。在这个寒凉的深夜，胡家坊的老财东派遣大儿子来赠书，热肝辣肠，诚意十足，分明是再一次的邀约。

天亮了，附近的公鸡在打鸣，叫声冰冷。

沈破奴喊醒了女人，打算将心中的惊喜分享出去。沈戴氏翻坐起来，迷瞪地问：走么，这就走么？我抓紧收拾，不会耽搁的。沈戴氏的仓皇和无助，令沈破奴心生不忍。他拦住女人，三两下，便将沈戴氏剥了个精光，塞进了被窝筒子里。那一刹，沈戴氏暄软的胸脯、肥实的奶子，以及宽阔而踏实的臀部，让沈破奴的内里潮起了一种原始的激情。沈戴氏去了娘家那么久，小别胜新婚，沈破奴紧着钻进了被窝，嗅闻到了那一股熟悉的体香。刚开始，沈戴氏有些僵硬，也有点不解，昨天说好的去吐鲁番谋生的计划，怎么就换了戏文，改成了这么个唱法。沈破奴低下了声嗓，在被窝里吼喊说：骑上，你快把我骑上，你美美地跑上一程吧。沈戴氏尚在犹疑时，尻蛋子上被掐了一把，疼得钻心，整个人却立时醒了过来，两腿夹住了丈夫。沈破奴哀告再三：快把我骑上，我就是一匹马，你让我尥一回蹶子吧。沈戴氏依言，骑在了丈夫的身上，感觉下面猛地一实，仿佛一根粗大的楔子钉住了自己，牢靠地钉在了马背上。这一时，马奔跑开来，沈戴氏骑在上头来回颠簸，嘴里呜里哇啦的，声嗓湿润，充满了浓浓的汁液。沈戴氏哎哟哎哟的，问说：他爸，天都亮了，走还是不走？走，一定走，沈破奴明白，自己已经上路了，再也停不下来了。沈戴氏又问：吐鲁番，咱们要去吐鲁番么？沈破奴纠正道：不，不去吐鲁番了，咱们以后就在胡家坊落脚，就在党河边上，那里天天能看见水。话未言毕，沈破奴蓦地觉得身体里的一股热汁喷射而出，仿佛党河里甩过来的一束浪花，将自己淹没了。

在后院的睡房内，沈性元也一宿未眠，盯看着窗户纸一寸寸地变白了。性元潮红了脸，又开始读那一封短笺。短笺是昨晚夕开门后，胡梵义偷偷塞在她手里的。梵义在上面说，第一场雪落了之后，莫高窟的千佛灵岩上，偶尔能发现几只冰蜻蜓和冰蝴蝶，又鲜艳，又神奇。当然，这一切都得碰运气。

玉门关以北都结了冰，冬天封住了路。胡梵同听陈小喊这么讲。

进入了腊月，路一断，这群野汉子的保商买卖也就彻底撂了荒。在这样的气候下，没有哪个商人吃肿了头，来央告他们走货贩物，去下一步险棋。闲荒下来后，这些飞行游击唯一爱干的事，便是昼夜吃酒。但今天的酒是特等酒，席也是特等席，蒋斧单独做主，从每个人的户头上割出一笔钱，在大红门酒楼专门款待陈小喊。或许真的有缘，今日后半天时，梵同在乡学的院子里劈柴，瞭见一匹熟悉的炭黑色高马，从围墙外一闪而过，当即明白陈小喊从羊湖一带回来了。那一时，梵同不想喊，也不敢追出门去，因为乡学的总教在窗户里盯看着他，对方手里的那一根戒尺令人生畏。

胡家三兄弟求学习文的路径大致一样，先入私塾，首由识字、习书开始，次习启蒙教材，待这一阶段完毕，方转入乡学继续深造。男儿不学读诗赋，恰似肥菜根尽枯。梵同在私塾里开了蒙，念完了《千字文》《开蒙要训》《郡望姓氏书》《百行章》《太公家教》后，跟在哥哥梵义的屁股后头，在乡学的院子里共读。彼时，因为慑于哥哥的威严，梵同还算安稳踏实，一不上房，二不揭瓦，规矩得像一个沙州城未来的举人。父亲对兄弟三人寄予了厚望，一心供学，从不许他们为家里的生意分心或效力，并期冀他们将来能前后脚进入敦煌的最高学府鸣山书院，念出个眉目，争一口志气，光宗耀祖一番。岂料，梵同入乡学一年后，家里的生意就发生了变故，一个来自祁连山的骗子精心设了局，带走了胡家的全部定金，消失在了人世上。经此一变，胡家几乎砸锅倒灶，赔掉了全部家产，陷落在了困境中。父亲是个肝胆人，哪怕自己的眼睛里流血，心里也绝不服输。这么着，父亲东借西凑，苦熬了一段时日，恰逢几个雨水丰沛的好年景来了，车马挽具再次走俏，才终于缓过了这一口气。在最难肠的时候，哥哥梵义自己辞了学籍，一门心思地帮衬着父亲，终于让家业慢慢恢复了起来，甚至比先前还要红火一些。对梵义的这个唐突举动，父亲自始至终没吭一句，但他的心里分明揣着一颗苦果，不肯声张罢了。父亲一愿未了，遂押宝在了另外两个儿子的身上，督促甚紧，天天铁面以对，偶尔还查对课业，从不含糊。但梵同心知，父亲对弟弟梵海的殷勤，多半是出于一份怜悯和不舍，并未抱太大的希望。梵海身有残疾，娘胎里带来的，一条腿长，一条腿偏短，他个人也自卑到了极点，看似将来指靠不上。是故，梵同便成了父亲这一念想的重中之重，平时给他的零花钱也多，外冷内热，其实比对长子梵义要温和许多。

然而，父母的心在儿女上，儿女的心却在石头上。梵同没了哥哥的约束，心理和行为上一下子放了羊，恰巧又处在放浪和叛逆的年龄上，实在是乖张极了，在乡学里堪称一例典范，反面之典范。乡学开设的课程有国文、算术、历史、舆地、体操、乐歌和手工，梵同的业绩属于中流，泯然于众人，毫不突出。梵同的万般兴趣其实在围墙之外，在沙州城里，一俟下了学，他就出没于车马店、驿馆、酒肆、戏坊和其他的热闹场合，这里耳食一点域外的奇闻，那里鹦鹉学舌一些天方的夜谭，好像这些过眼的废话都是他的粮食，一顿不吃就会挨饿。流连久了，梵同的习性便有了改观，不像一介标准的学员了，倒更接近一个在街上吹风打浪的街痞。胡家坊的乡邻们怕伤了老财东的心，但私下里一致认定，梵同不是个念书的坯子，他的伴当不是"四书""五经"，也不是《会典》和《通考》，而是满大街的毡博士、酿酒家、车把式、樵夫猎户、纸火匠、打窟匠和骡马下人们，他跟贩夫走卒成了亲兄热弟。晒秋结束后，乡学照例开了新学期的课，统一组织学员们去参观鸣山书院。半途中，梵同偷偷溜走了，还居然猖狂地用一块土坷垃，在书院粉白的墙上画了一只王八。因为查无实据，梵同躲过了处分，但账记在了他的头上。前几日，梵同在上学的路上，狗胆包天地在张芝墨池里撒了一泡尿，几个路人追拿他时，他躲进了一帮香客当中，趁机溜掉了，但揭发信状告到了总教的手里，又被记上了一笔。这不，昨日里发生的事更骇人听闻，还险些闹出了人命。梵同在操场上碰见了弟弟，梵海的脸上挂满了眼泪巴巴，一问之下才知道，一群碎鬼欺负他，喊他孬瘸子、死瘸子、胡瘸子，甚至还强脱了他的裤子，打算丈量哪个腿长，哪个腿短。梵同细心哄乖了弟弟，自己却恶念丛生。下学后，梵同将那几个碎鬼一律拿住了，在城外的戈壁干滩上，叱令他们脱掉鞋，光着脚丫子跑一百个来回。寒冬腊月天，地上砾石遍布，罡风呼啸，几个碎鬼立刻就被血水淹了脚脖子，染上了风寒。这一次，证人俱在，梵同也百口莫辩，总教心里长久埋着的火山终于爆发了，数罪并罚，将梵同美美地抽了二十戒尺，手心都打烂了。这还不算，因为次日就要放寒假了，总教责令梵同将院子里堆积如山的木柴劈了，码放齐整，好让春季开学时宽松一些。梵同有伤，一边哎哟，一边懒散地劈着木柴，待瞭见那一匹炭黑色的坐骑从围墙外掠过时，嘴里立马不叫屈了，心中生出一计。

梵同在门口喊来了一帮做力气活的人，每家给了三五个麻钱，让他们抓紧劈柴。总教过来究问时，梵同亮出了红肿的手，一脸无辜。反正钱是胡家的，总教便法外施恩，让了一步。很快，劈好的木柴墩子码在了围墙下，地上也拾掇干净了。梵同认真地给总教鞠了一躬，说了吉祥的话，返身跑掉了。总教荒凉地笑了一声，仰天自语道：胡梵同你也是一根柴呀，就看将来谁劈你，把你劈成一个栋梁之材。

其实，特等酒就是苞谷酒，一坛子足足有三十斤，从火家沟的老酒坊里买来的。特等席却不一般，主菜是四个驼掌，连毛带皮的，很瘆人。蒋斧喊来了大红门的主厨麻子，释解说，有一回他去马鬃山押运，半路上一匹骆驼受了惊，摔下了山崖，当即死掉了。商团的大掌柜嫌累赘，蒋斧便捡了个大便宜，剁下了四个蹄子，带回了沙州城。蒋斧自己一直没舍得吃，挂在车马店里慢慢风干了，这回款待陈小喊，他乐意施舍出来。麻子傲慢地说，他平生最绝门的一个菜就叫雪山驼掌，不过呢，这蹄子是风干的，先得燎毛，再用温水发出来，而后用文火炖上三四个时辰才行。蒋斧答应了，催麻子赶紧去施展手艺，说我们不急，我们先要听听陈小喊千里走单骑，将宋配的尸身子扛回来的义举。此刻，胡梵同挤在一帮野汉子当间，仿佛坐在了聚义厅里，激动得浑身战栗。无人追究梵同的蹭吃蹭喝，打狗还得看主人，他是陈小喊的小伴当，显而易见的一个角色。岂料，在如此庄重热烈的筵席上，陈小喊却将第一碗酒端给了梵同。梵同一时间目瞪口呆的，辞让不了，遂追问原因。陈小喊摘掉了皮帽子，露出了一颗猪尿脬似的大脑壳，光光亮亮的，连一根头发也不见。陈小喊笑说：屎哪吒，要不是你给我上了石灰粉，烧死了我的发根，我哪能得到如此的大自在呀。梵同窘坏了，石灰粉本是灭虱子的，不承想阴差阳错，竟让陈小喊变成了秃驴。梵同愧疚难当，鼻脸埋在了酒碗里，听见自己长鲸饮水，一口气喝掉了大半碗。陈小喊扪着头皮，煞是快意：以前出门在路上，一年半载也洗不了个澡，让虱子和虮子糟蹋坏了。呵呵，现在可好，剃掉了烦恼丝，我得了大清净，终于可以安心了。梵同央告说：小喊哥，既然我有功于你，麻烦你将来能不能改个口，别喊我屎哪吒了，你就叫我梵同吧。能成！陈小喊痛快地应答了，端起酒碗逡巡了一圈，钤印盖章地说：你们诸位也都喊他梵同吧，屎哪吒今天作废了，他是胡家坊胡老财东的二公子，二少东主，大家都来认识一下吧。这是胡梵同平生喝的第一顿烈酒，足足灌了三大碗，脏腑之间慢慢地起了火。

陈小喊后来说起了羊湖之行，竟然不贪功，不夸饰，更不吹牛逼，平淡得像一碗白开水，无滋无味。原来，一入了腊月里，天地封冻，北线一带杳无行人，据守在羊湖湾北侧的水站便撤销了，两个步班的卡兵退缩到了破城子的兵营里。蒋斧从中作梗，不许卡利班随行，只让他画出了一个大概的埋尸地点，方释出了陈小喊。这里头有两重原因，其一，蒋斧不想栽了面子，他接的保商的单，一角钱没挣上不说，还损失了一个伴当，连尸首也带不回来，想想就令诸人寒心；其二，蒋斧应允了陈小喊的张狂，只想试一试这个人的胆气，说不定将来可以为自己所用。这么着，陈小喊匹马离开了沙州城，掠过玉门关，涉过疏勒河的冰面，进入了戈壁荒滩中。陈小喊口气谦逊，言谈中，一再省略了路途上的难辛和周折，但他皲裂发紫的颊面，他手上开裂的血槽，大体说明了这一趟的不易。当初卡利班在葬埋了宋配后，做了一个很显著的记号，他搬来了一块水站废弃的上马石，压在了沙子上。陈小喊按图索骥，很快找到了地址，将尸首刨挖了出来。令他错愕的是，尸首并不是宋配，而是那个自戕了的卡兵小头目。陈小喊敬重他的血勇与忠义，伐了一块冰，擦洗了他的身体，又在他的脸上苫了一块巾帕，重新安葬了他。在沙丘的另一旁，宋配被刨了出来，风沙抽走了他身体里的水分，整个人小了一号，但基本的模样还在。陈小喊不敢耽搁，将宋配捆绑在了马背上，偶尔牵马徒步，偶尔骑行，这才将尸骸妥善地运进了沙州城，连夜交给了他的亲门近族，葬埋在了宋家的祖坟里，了却了这一桩诺言。

见蒋斧始终苦楚着脸，其他的人也一默如雷、心愿未偿的样子，陈小喊道：宋配的家人我也安顿妥了，用不着你们长吁短叹，我给了他家七颗金豆子，足够买三条人命的了。蒋斧狐疑：这咋说么？陈小喊坏笑：呃，在那个卡兵小头目的身上，我搜出了八颗金豆子，剩下的一颗是我的辛苦钱，你们不必酬谢我。这也算买卖，是生意，今天的这顿酒算我的，大家放开肚子，别给我省钱。饮下了一碗，陈小喊又道：按说，头顶上有天老爷看着呐，我不该花死人的钱，但我估计这些金豆子肯定是赃墨，那我也就不能客气了，否则……赃墨乃坑蒙拐骗、贪赃枉法、非法获利的意思，大家都明白。登时，偌大的炕桌边沸反盈天，推杯换盏，一时间失了控。蒋斧落寞了一阵子，不甘地探问说：上千里的路，宋配在你的快马身上，恐怕骨头都颠碎了吧，一想起这，我的眼泪就收拾不住了。陈小喊知道他的威信受损不少，忍不住跳出来挑事，往自己这个大活人的眼睛里插柴，遂反诘说：呵呵，亏你还在河西走廊上讨生活，还是一个有名的游击，你不太够格，你还欠火候，我现在不要你的钱，我免费教你一招吧。梵同盯看着陈小喊，简直被这个家伙迷死了，觉得他才是哪吒，身上有通天的本领。陈小喊说：宋配原本会被我的坐骑颠碎的，烂成一副臭皮囊，骨头也会磨成粉，但我估摸，宋配这贼娃子一定积过德，攒过功，凑巧碰上了这么个气候，我给他穿了一件衣服，所以他囫囵着回来了，一根头发也没丢。开始卖关子了，炕桌上死寂无声，谁都支起了耳朵。陈小喊道：什么衣服？当然是水衣服呀。这么冷的天，我给宋配的身上泼了水，将他冻成了一根木头，这样的话，绑在马背上才牢靠，他也就不再泼烦我了嘛。在梵同的想象中，陈小喊既骑在马上，又骑在了冰人宋配的身上，一路上啸叫着，杀进了沙州城，此刻又坐在了首席，引得众人钦佩连连，让炕桌上码满了恭维话和孝敬酒。这不，项楚作揖说：小喊，如果以后我不小心死了，求你别泼冰水，我怕冷，你要泼的话，你就给我泼上一身的苞谷酒，我下到阴曹地府了再喝。昆莫却道：我不怕冰水，我只怕地上的虫子，小喊，假设有那么一天，我也不泼烦你，求你就地把我给烧了，像一根木柴那么烧了，让风吹干净，啥也不去念想了。卡利班、李无亏和茹老二没插话，只说让他们想想，单另再拿个主意。蒋斧喊停了大家。肃静下来后，蒋斧摸出了一把匕首，在自己的掌心里割了一刀，将血水滴在了酒碗中。梵同亲见，蒋斧的血水凝滞不散，在清凉凉的酒液中摇曳不止，仿佛腊月里的几枝梅花，迎风怒放。蒋斧先自饮下了那一碗血酒，哀恳道：陈小喊，蒋某佩服你是一条汉子，守诺，忠信，说一不二。是这，我思想了一下，干脆你我伙在一起干吧，伙在了一起，咱们明年入了夏肯定能挣大钱，发大财的。这句话，让陈小喊吐了吐舌头，愣了半晌。蒋斧再次端起一碗酒敬过来，陈小喊却拦住了：生受不起，我的确不能喝，我说过的，我做这些只是当买卖，当生意，你们谁也不欠我的。哦，再说了，我习惯一个人在路上跑，可能我的前世就是一匹独狼吧，抱歉。蒋斧被当众撕了脸，却也不恼，嘻然地饮掉了满满一碗，指天盟誓，笃定道：没关系，等你想伙在一起干的话，你尽管吱一声，我蒋某随时应命。

梵同兴奋极了，夹杂在众位游击当中，随波逐流地吞下了不少的酒，早就目眩神迷了。不承想，陈小喊却向他开了刀，嫌他不来敬酒，不讲几句吉祥的话。陈小喊道：梵同你是个秀才，这里头就数你肚子里的墨水最多，是这，你说一句助兴的话，我就喝一碗，倘若能说出十句来，哥喝十碗。梵同捡了个大便宜，当场乐死了，扯起了声嗓：山高月黑霜浓，林深坡陡谷空，战士巡边夜出，铁骑来去如风。陈小喊兑现了承诺，当即服了一大白，刚撂下碗，却听梵同又吼喊说：青海长云暗雪山，孤城遥望玉门关，黄沙百战⋯⋯话未毕，梵同突然觉得脏腑间着实起了一场火灾，火舌从喉管里喷射了出来，烧心呛肺，恶心难耐。梵同捂住了嘴，忙掉转身子，跳下了大炕，一个蹦子窜出了门外。

寒风扫街，重云低垂，两侧的屋瓦呦呦作鸣，仿佛一只黑暗中的埙。

在大红门旁边的泄水沟旁，梵同吐天哇地的，恨不得搜肠刮肚，将这一场火灾尽情吐在水坑里，熄灭它。梵同余兴未消，觉得跟陈小喊，跟这一帮野汉子在一起天开地阔，实在过瘾至极。明日就休寒假了，梵同暗自决定，今晚夕不回胡家坊了，连谎话都编好了，就说去一个同学家里温习课业。梵同脚下拌蒜，回身往大红门蹒跚而去时，一只手突地搂住了他的脖颈子。梵同一时挣扎，刚要尖喊时，却发现一个袖口贴在了自己的嘴上，动作轻缓，替他揩净了残液和秽物。梵同瞥望了一眼，原来是哥哥梵义。梵义二话不讲，拦腰扛起了弟弟，往西门上走去。

这么着，梵同醉了好一阵子，口舌里呜呜囔囔的，怪声迭出。迷离中，梵同问哥哥要水，求哥哥将水泼在自己的身上，让他立时变成一个冰人。梵义清楚，这完全是酒闹的，心里烧得慌，但这么迟了，附近的店铺都关门歇业了，哪里还能讨得上一滴水呀。梵同仗着年龄小，开始给哥哥撒野，连踢带打的，让梵义一路上跟跄不已。梵义平时话不多，人也平和，可一旦开了口，绝对丁是丁，卯是卯，不容申辩。所以能把梵义这样的人惹急，恐怕也只有做弟弟的了，再无旁人。街巷空寂，长兄如父，梵义开始教训起了弟弟。梵义说：酒是不要脸的水,酒是魔鬼,一旦进了肚子里,群魔作乱,人也失去了做人的尺码。呃,哥奉劝你一句,以后尽量不要沾酒,努力活得清吉庄严一些,抓紧个人的课业,光阴最是珍贵了。梵同应承下来,但内里并不曾接受。梵义换了个姿势,将弟弟扛在了左肩上,又道:在咱们家,爹老子从不沾酒,哥以前的确喝过一回,但克制了自己,后来完全戒了,你现在正是长身体的季节,你不惜疼自己,谁还会惜疼你呀。说着话,梵义的脸上落满了泪水,鼻酸不已。若非几年前家里的不堪遭际,他现在恐怕已升入了鸣山书院,已是一介神清气朗的学员,去求取功名,去光大门楣。但梵义的内心并不懊悔,他主动辞掉了学籍,帮衬着家里的一切买卖,心气离书本和笔墨越来越远,早就没有了眷恋之意。这些年,父亲渐渐老了,头发白雪,腿脚不利,他这个长子就是家里的顶门杠,必须荷担起责任,遮护住这一家老小。下半天时,父亲嘱他进一趟城,给世兴堂的沈先生捎一个包裹。没料到天变了,梵义来去都没能雇上骡马车轿,一直步行东西。凑巧的是,梵义在大红门碰见了弟弟,否则在街上烂醉阴死的人里头,又将多了一个无辜的少年。此刻,梵义扛着弟弟,能感觉出梵同的骨骼是轻的、干净的,尚未被浮世上的浊气和污秽熏染过。这一时,梵义知道自己的责任,长子就是一只头羊,他不去做怒目金刚,弟弟身上的菩萨便不会低眉。梵义压抑着声嗓,探问说:

"你说说看,父亲让咱们做一个什么样的人?"

"精良的人。"

又问:"还有呢?"

"做一个纯明的人。"

梵义忽然想扔了他,棒喝道:

"糊涂匠,原先你什么都明白,可你偏偏做不到。"

在西稍门内,在草饼子街和马王庙的对拐处,有一块避风的廊檐。连公子一边烤火,一边朝着一群碎鬼连骂带叫,口气比篝火还放肆。火堆里埋着十几颗洋芋,早就熟透了,但连公子不许大家吃,原因是气还没撒完。前两日,连公子笼络了这些碎鬼,答应给他们每人每天一块铜元,条件是必须随时跟在他的尻子后头,一来充当扈从,壮壮个人的声威，让自己不再孤家寡人，像一个正经的角色那样；二者，这些碎鬼都是沙州城里的烂麻雀，四处乱飞，消息灵通，稍有风吹草动，他保准第一时间获知。其实，在内里深处，连公子另藏着一个秘密。三天前，连公子在火神庙旁边的茅厕里拉屎时，无意中抬头，见一个矮小的家伙背对自己，掏出男人的东西在撒尿。刚开始，连公子并未在意，但看着看着，目光盯在了那个人肩挎的包袱上。包袱不大，但包袱皮上镌着一枚"卍"字，显得大有来历。那家伙出了茅厕后，连公子忽然觉醒了，对方恰是莫高窟下寺的住持王圆箓。人倒霉，鬼吹灯，放屁也砸脚后跟。一连几日，连公子的痔疮犯了，又顿顿便血，裤裆里经常湿乎乎一片，像女人来了月信一般。情急之下，连公子掰下来一块墙上的土坷垃，将尻子揩净，紧着追了出去，那个牛鼻子道人却杳然无迹，失了线索。连公子知道，王圆箓鲜少进城，但现在他挎着包袱进了沙州城，一定有他的大买卖。上回在阴家坊外，连公子用捡来的一沓旧字纸，竟然从胡家坊的老财东手中赚了一笔钱，这跟瞌睡碰上了枕头一样，开启了他的商业脑筋。连公子转了一整天，重点在天津会馆、陕西会馆和山西会馆左近，但不知牛鼻子道人被谁牵走了，再也没窥见对方的任何一点蛛丝马迹。晚上，连公子借宿在一个寡妇家，思前想后，觉得个人实在是势单力薄了，不如先施舍出去一笔钱，招兵买马，扩大人手。这么着，连公子将沙州城里的烂麻雀们招募在了一起，先破费，后盟约，自然而然地当起了首领。在连公子看来，这帮荤素通吃的烂麻雀，将来就是自己的耳朵。这么多的耳朵支在街上，张在墙上，飞在天上，敦煌的大小事情，一定瞒不过自己的，遑论一个小小的道士。

连公子口才绝佳，喜欢训话，一开口便日娘捣老子的，让碎鬼们没有还嘴的机会。连公子的诀窍在于画饼，让碎鬼们先流口水，但始终吃不上一口，哪怕是干馍馍和剩菜。连公子释解再三，说敦煌这个地方呀，在旁人看来无非是大漠戈壁，荒野干滩，但其实地上撒满了金豆子和银锞子，就看你有没有一双法眼，造化若何了。连公子还透露，莫高窟的那些破窟子，实则是藏宝的山洞，跟上我连某人的话，将来想吃牛腿砍牛腿，想吃油饼炸油饼，一律管够。说归说，连公子从胡家坊老财东的手上挣来的那些钱，目下已经一干二净了。晚夕里，十几张嘴都张大了，连公子也没了办法，只好在当铺里舍掉了一双皮靴子，拎回来半麻袋洋芋，埋在了火堆中。饶是如此，连公子仍不放过训话的机会，一边烤火，一边口干舌燥地画饼，直到把自己也讲得深信不疑，俯首帖耳。这个关节上，连公子觑见了胡家坊的两位少财东，刚巧拐过了草饼子街，遂喊停了他们。扛是扛不动了，梵义架着弟弟，一路上跌跌绊绊的，听见喊声时，停下了脚。连公子清楚，财神来了，钱来了，恩主也来了。

连公子忙起身，掸净了身上的柴灰，从夹袄里摸出来一把扇子，刷地打开，迎了上去。这么冷寂的天气里，梵义被这个鸡皮蛙脸的人当街拦住，心下自然不悦。再看时，一群乞丐状的碎鬼簇拥着连公子，既像扈从，也像一群狗儿子。尤为失笑的是，连公子手里摇晃的那一幅扇面上，赫然书写了五颗墨字：无事去静坐。梵义丢开了弟弟，拱手问候，礼数在先，谦和地说了几句吉祥的话。连公子也抱拳，还了个礼。梵义欲走时，却再也走不脱了，狗儿子们围堵了过来，打算要寻衅似的。这一时，梵同的酒吓醒了，怒目起来，将哥哥遮护在了自己的身后，暗中攥紧了拳头。岂料，连公子款然一笑，从夹袄中摸出了一个物件，递在了梵义的手中，催他赶紧瞧瞧。借着火堆上的光亮，梵义慢慢打开了外面的棉布包皮，瞭见是一方印石，斑剥，古旧，边角上带着深浅不一的残痕。羊脂玉的质地，边款上的字迹早就模糊了，辨识不出，但印石上的内容却完好无损，清晰可见。梵义哈了哈印石，在手心里戳了一下，识读了出来：河西司马。连公子得意极了，恭维道：少东主，这或许就是缘分吧，我给诸多的人看过，但谁也瞧不出什么名堂，只有你如此英明，一张嘴便说了出来，河西司马，正是这四个字。这一时，梵义的内里潮起了一份激动，但面色上一直按下不表。梵义仍记得，当初在阴家坊外跟连公子碰过面之后，父亲曾交代过，说这个贼娃子道行很深，不可小觑，他身上的货一定要及时购入，千万不可脱手。梵义蹲在火堆旁，又细致地查看了一番，河西司马这四个字结字挺劲，方中寓圆，静中寓动，从容不迫，浑朴自然。梵义凭着过去的学问与识见，猜想这应该是一方古印，很是有些年成了。梵义重新将印石包好，递还了回去，歉然一笑。果然，连公子立时急了，刚才心中琢磨的价位突然跌了水：少东主，这可是一枚汉印呀，听说是从汉墓里挖出来的，前不久才重现天日。梵义答：抱歉了，就算是一枚汉印，但对我无用，我划不来买。连公子哀恳说：少东主，实话给你说，我这一帮人还没吃夜饭呢，你随便给，像你们这样的有钱人拔一根汗毛，也足够我吃半年的酥油和蜂蜜了。梵义趁势开了个价，见连公子点头，忙掏出自己和弟弟身上的全部现钱，当即交给了他，怕他反悔。梵义语气平静，试探说：

"你从哪达日弄来的？"

"没日弄。下午去了和记当铺一趟，手痒，顺手牵羊的。"连公子数着钱，又道，"一块烂石头，据说还是镇店之宝，说给鬼，鬼都不信。"

"唉，也就是我，要不谁还肯三更半夜的买一块破石头呀。回见。"

连公子有些不舍，一把拽住了梵义，却被梵同一个胳膊肘，格开了两三米。梵义不想惹冲突，又见那帮狗儿子吹胡子瞪眼的，忙申斥了弟弟几句，也对连公子赔了不是。连公子疼在身上，嘴上却抹了蜂蜜水：少东主，听我一句话，你这人气量不凡，自有谋略，你绝不是平地里久卧的人，苟富贵，勿相忘，以后还拜托你多多提携我、栽培我一下呀。梵义明白，这又是人抬人、僧抬僧的招数，回说：有门子的话，你只管将客人往我这里带，我的车马挽具、油坊、皮毛、农具、调料、鞣革这七八家店面，一定给你大的抽头，亏待不了你。孰料，连公子却并不满足，抱拳一揖，朝着梵义弯了弯腰：二位少东主，我想结交你们，不知你们嫌弃不嫌弃我。一席话，将了梵义的军，让其语塞。恰在此时，一旁的梵同开了腔：

"这是买卖，是生意，与情分无关。"

连公子道："我只想结交你们，我就等一句话。"

"哎哟，这简直难死我了。"梵同做了个鬼脸，绵里藏针地说，"胡家统共三个兄弟，睡在一张炕上已经够挤的了，我可不想再添一个人，我一睡着就爱放屁。"

"那就算了。"连公子阴笑。

梵义告辞：看样子快变天了，连公子，你夜里一定要注意风向，等一下把火堆给灭了，千万当心，不可马虎。言毕，梵义搂住了弟弟的肩，往西稍门而去。连公子追撵了几步，送话说：少东主，谁都知道我是沙州城里的一张破嘴，一只大喇叭，有用得着我的地方，你尽管吱声，我一定做你的焦赞和孟良。半晌了，没有得到答复，连公子遂掉头去吃烤洋芋了。

出了西稍门，风一下子烈了，膝盖骨像被什么咬住了似的，使不上力气。梵同感觉哥哥再一次搂紧了自己，内里潮起了一股股热流，不再寒冷。梵同根本不明白，他刚才对连公子的那一份拒斥，那一种决绝，让哥哥觉得他的本质纤毫未变，他将来笃定是一个精良且纯明的人。

进入胡家坊，回到家里时，已接近子时。见父母睡房里的灯还亮着，兄弟俩忙跑了过去问安，打算回复一些当天的琐事。不承想，爹老子不在，母亲胡白氏一个人正坐在小香案前念经。一问才知，原来父亲带着三弟梵海，下半天时坐上一辆骡马车轿，去了莫高窟的开元寺，一去朝佛，二去拜望寺里的住持印光法师，还留下话说，恐怕会逗留几日，不必担心。安顿完母亲，兄弟俩前后脚出了门，猛地看见院子里粉白一片，空气中跑着一些流沙状的东西，打得颊脸生疼。雪落了下来，刚开始是颗粒状的渣子，天亮之际，又下成了扯天漫地的大朵雪花，缠绵不绝，一如缟素。

粗略一算，这或许是敦煌十年未遇的一场大雪，下成了灾难，也下得危机四布。

# 卷五

　　睁开眼时，胡恩可惬意极了，心里撒了个懒，不打算即时起来，便又躺了一阵子。窗户纸上白亮亮的，像敷了一层棉花的细绒，将外头的天光和雪光反射其上，照着这个寂静而清癯的人世。仔细听去，千佛灵岩下的宕泉河上，罡风很厉，拂在枯干的白杨树枝上，瞬时变成了一颗颗的水珠似的，往下滴淌。风就是这么个脾气，一忽儿像个小兽，一忽儿像只雀鸟，一直趴在枝条上摇晃，将几根疏影印在窗纸上，谈禅说法一般。这是寺里的客房，因为季节的缘故，没几个香客来供香，印光法师便嘱咐下来，爷父俩里外各半，一人一间，互不相扰。梵海早起就溜掉了，平时在家时，他基本上是一根木头，一个月也难保说一句话。胡恩可此次专门带了他出来，念想着让梵海开开眼，心智活泛一些。果然，梵海一进了这座小小的山谷，性情变了许多，跟爹老子也亲近了不少。胡恩可掐指一数，雪下了整整六天，爷父俩也在开元寺里逗留了六天，简直太奢侈了，竟有些无功受禄的自责感。印光法师乃故交，大雪封了莫高窟的那一日起，便让胡恩可父子快快住下，怕路上危险。这六天，除了跟印光法师讨教佛法、聆听法事、餐素了几回外，胡恩可还游览了千佛灵岩，敲定了开窟造像的地址。他记得对义庄索门的承诺，这是特等之事，须臾不可耽搁，也可以说，此乃他顶雪迎风而来的唯一目的。

　　昨晚夕，胡恩可在斋房里用完饭，帮着寺僧去宕泉河边伐冰取水时，竟奇迹般地碰见了郭弦子。郭弦子也愣怔不已，硬拽上他，去了一座尚未完工的窟子里，畅谈了半夜，居然还喝了一点点酒。在胡恩可看来，酒真是一种莫名的水，充满了魔法。或许恰是这种水，让胡恩可许多年来第一次尝到了酣睡的美感，一夕无梦，直到此刻天光皆白，身心仍旧慵懒着。窗外，一种金属的声音荡着秋千，频递而来，一定是不远处的浮屠塔上的铁马所致。

当时还毛着一些雪花，天是雾的。牛车上码满了冰块，轮子打滑，挣扎着从千佛灵岩的南侧绕道。半路上，胡恩可碰见了一个弯人，腿脚是直的，但腰身朝前塌了下去，像一根掰断的棍子。胡恩可当即恓惶了起来，喊了一声弦子哥，后者也认出了这个胡家坊的老财东。一问才知，郭弦子先前在雷音寺修复完佛像后，又被开元寺延请过来，接手了一个半截子的订单。现在才打了一半的这个窟子，是本寺的上上一世住持供养的，最近获捐了一笔钱，由开元寺监理。岂料，前头的那一伙匠人不谙地质，不掌握砾石沙土的构造，边打边塌，竟而毁了约，连夜撤走了。胡恩可自称来还愿的，欲拉住郭弦子去客房，暖暖和和地说上一阵子话。郭弦子却再三抵挡，声称住不惯客房，还是请你去我的坛场看看吧。在打窟匠的嘴里，窟子不叫窟子，却是自己的修罗之地，是坛场。拗不过对方的热情，胡恩可便随着郭弦子去了窟子，一路上搀拽着他。一坐下来，胡恩可的眼睛里就噙上了泪，肺腑间也酸楚不已。

窟子没门扇，或者说，只用一块红柳条子编织的罩子遮掩着，跑风漏寒，若一座冰窖。地上生了一堆火，火势上扬，让窟顶上渗出了水滴，吧嗒吧嗒地掉在火中，一明一灭的。郭弦子熬煮了罐罐茶，两个人喝将起来，身子骨立马就热了。胡恩可绍介，自己在晒秋时还去过一趟阴家坊，看望了一下嫂子和侄儿。又怨怪说，你既然把房产打掉了，干么不吭一句，让自己想个办法帮衬一下，却偏偏住进了地窝子里，让娘儿俩那般受罪。这些话，郭弦子既不应答，也不还口，只是一味地龇牙咧嘴，憨厚极了。胡恩可又问，在自己沙州城的车马挽具店后头，有一个不大的马院，废置了许久，如果郭弦子不嫌弃的话，拾掇拾掇，再粉上一下，趁着春节来临之前，让他们一家抓紧搬过去。话未毕，郭弦子突然跪在地上，朝胡恩可磕了一个头，声嗓哽咽了起来。郭弦子说：老东主，你已经解了我的大难肠，我要是再不知好歹的话，我还算个人嘛。胡恩可心知他意有所指，忙问乔果那边的现状。郭弦子哭噎着，声称那个后儿子拿着老财东馈赐的一笔钱，一下子来了精神，老婆也有了活头，但乔果并没来莫高窟学艺，而是被他送去了青海。闻听此话，胡恩可心下骇然，问干么将乔果送去了青海，青海那么偏僻，岂不是舍近求远嘛。入冬前，郭弦子亲自将乔果护送到了当金山口，托付给了一帮去塔尔寺朝佛的香客团，夫妇俩也哭了一鼻子。从当金山口下了祁连山南麓，走上半个月左右的戈壁干滩，再翻过橡皮山和青海湖，现在估摸着也该到了西宁城了。郭弦子释解，此番送乔果去的目的地其实是热贡，热贡一带的唐卡最出名了，风靡藏地，也是年年给紫禁城与雍和宫的贡品。唐卡的精描细绘，深奥技艺，可以去除乔果身上的匪气，也能让他的心里生出一些静气与耐心来，这才是入门的基础。待乔果有了初步的品性后，下一步再让他去塔尔寺里，习修一下捏塑酥油花的本事。郭弦子坦言，这是他斟酌了多日才敲定的，亦是他自己当初走过的正路，除此之外，别无他途。胡恩可哦了一声，宽下心来，又交代，乔果的开销不必多虑，为了娃娃的前程，他将定期派梵义送来一笔钱，绝不食言。郭弦子哭出了声，再磕第二个头时，自己却没把控住，一骨碌跌倒在地，疼得尖叫了起来。胡恩可忙过去搀扶，安顿他躺在了简易的炕上，究问他的腰到底咋的了。郭弦子敷衍时，胡恩可也不客气，像对待自家兄弟那样，一把扯开了他的衣服，一时间僵在了地上。天哪，早知道他的腰断了，现在眼见为实，却仍让胡恩可头皮发麻，心中生出了一阵阵寒气。脊椎成了一根弯曲的牛角，骨节突出，似乎要随时挑破肌肤，从里头刺出来一般。腰身两侧的肌肉红肿着，布满了一根根血丝，其余的部位也淤紫一片。问了郭弦子，方知道窟子里还有半坛酒，是他在雷音寺描画时拌颜料剩下的。胡恩可取出坛子，倒了一碗，点着了酒，开始给郭弦子燎擦伤口。郭弦子埋下头，啜泣道：老东主，你这么抬举我，拿我当一个人看，我生受不起呀！这一世的光阴里，我废了，我报答不了你了，等来世的季节里，我把这一副肝肠还给你，由你来处置。胡恩可蘸了一点火酒，燎在了郭弦子的腰脊上，而后用掌心擦来拭去，试图逼出里面的毒素。郭弦子喊疼，却越喊越舒坦，当即出了一身大汗，瘫软在了炕上。胡恩可问说：

"开一个窟子,大概要多久?"

"这个难说。一是钱,钱充裕了就快,没钱就停了。二是形制,小的起码要十七八年,大的窟子得二三十年,或许更长吧。莫高窟有几座大的窟子,弄了几辈子人,而今也没完工,就那么闲荒着,成了狐狼和鼠兔的窝。"郭弦子警觉了,反问,"老东主,你问这做啥?"

胡恩可笃定道:"呃,我想开一座家窟。大的,要开就开大的,不能小气。"

"老东主,"郭弦子惊喊,"那我这一世里就服属了你,你交给我开吧。"

"弦子哥,家窟不是开给我。我答应了义庄的索敞,这个窟子是替索氏一门开的。"

"啊,干么要供养索家?"愕然道。

"是这,索家几辈子人披着血衣,肝胆照人,捐出了那么多的脑袋,一个个不是天罡,便是地煞,这早已是河西一带妇孺皆知的事迹了,想必你也听说过。你思想一下,像这样的豪杰英烈不去供养,那还供养谁?"胡恩可沉声道。顿了顿,又沉吟一番说:"另外么,我当然也有个人的私念。我做这些,其实都是在为儿子们铺路,将来你就会看懂的。这事,你知道就够了,你不是外人。"

"老东主,我只和泥塑说话,你尽管放宽心。"

或许是故友重逢,也或许因为打开了心扉,胡恩可有了留恋之意,不忍离开。坐在火堆旁,剩下的半碗酒替代了罐罐茶,在两个人的手上传递着,不知窟外暴雪飞袭,已近深夜。言谈中,胡恩可介绍了在印光法师的勘验下,初步确定的打窟地址,又详细求教了各类窟子的形制、构造、内涵与开销。这酒着实劲大,不一时,胡恩可便觉得心慌,眼底里也浑浊了起来,辨识不出郭弦子的眉脸了。胡恩可这辈子和酒毫无瓜葛,眼下应验了,忙扶住了墙。后来是如何回到了开元寺的客房,又如何安妥地脱衣上炕,胡恩可居然忆想不起任何一个细节了。一念至此,胡恩可便懊悔连连,心说,倘若是弦子哥佝偻着身子骨,将自己护送回来的,那可真是罪莫大焉。这一时,门响了,在开元寺挂单的云游僧人拖音轻喊:胡施主,开开门,我有话要转达。胡恩可忙应答：来了来了，小师父稍候。

孰料，起身穿衣时，那一股尖锐的蹿麻破壁而出，迅即涌上了腿脚和双臂，让身体不听使唤了。胡恩可难过至极，歇缓了一阵子，又觉得蹿麻跑上了天灵盖，金星乱射，头晕目眩。胡恩可挣扎了一番，待眼底里的一团暗黑消散后，方披衣下炕，打开了门，请拖音进来，一连说了抱歉的话。拖音双手合十，问候了客人，赧然说：胡施主，师父今早上闭关了，临闭关前，师父让我告诉你，今日是农历腊月二十三，是小年，师父怕你忘了，也怕你家里人着急，所以特地提醒一下。胡恩可道：哦，看我这记性，法台前几日还叮嘱过我的，我可真忘了，真是山中方一日，世上已千年呀，我叨扰了这么多天，也该还开元寺一个清静了。拖音恳切地说：哪里的话，胡施主见外了，等开了春，天慢慢热了后，施主随时来。你可不知，你一来，法台的那个高兴劲儿，脸上都开了花。又说：今早上雪终于停了，日光也亮，施主不如中午时起身，大概天一擦黑，也就能到达沙州城，或许能赶上傍晚送灶王爷的热闹了。

胡恩可点头，定睛瞭看着这个年轻俊秀的僧人，觑见他骨骼清丽，纤尘不染，犹若一枝开放在青冰上的莲花。在莫高窟盘桓的这一段，胡恩可从印光法师的口中得知，拖音自幼家贫，后剃度皈依于五台山，慧根灵异，天资卓绝，圆通深沉，非同年龄的僧人可比拟。此番来敦煌，拖音本打算游方朝圣，修持禅定，不料他竟然径自走进了开元寺，拜在了印光师父的法座下，深得印光的青睐和欢喜。胡恩可犹记得，印光法师对拖音的那句评语，说他一定能披挂上无上慈悲的坚忍甲胄，将佛门光大。胡恩可亦喜欢拖音，甚至可以说有一份相见恨晚的不舍，一种前世里血脉牵连的幻觉。胡恩可问说：小师父，你的属相是？属兔，秋上生的，下弦月的一天。拖音的脸上彤红绯赤，像个大姑娘似的，埋下了头。这一刹，胡恩可再也控制不住自己了，蹒跚上去：小师父，我能抱抱你么？让我抱一下你吧，就一下。拖音一怔，不及开口，胡恩可便冲动地偎上前去，将拖音揽在了怀里。胡恩可搂住拖音，一股莫名的酸楚和歉疚充溢于心，泪水噙在了眼中，呢喃说：哦，你真像我儿子，你们简直像一胎所生，我儿子胡梵义也属兔，只比你大几个月。

在这一阵感伤中，胡恩可了然，此番来莫高窟的大小事务都办妥了，的确到了归家的时候。印光法师闭关静修，结界森严，再去告辞或打搅的话，无异于一种罪孽。胡恩可松开了拖音，见他羞臊不已，退却了几步，候在了门槛上。拖音清吉庄重的相貌，果然像在红尘之外，俗世与其无关，始终也不发一语。胡恩可简略收拾了一下，听门外的三儿子梵海讲，骡马车轿已经备妥，快中午了，此时上路气候最好。胡恩可款然出了开元寺，拖音一直尾在身后，殷勤相送了一路。到了山门外，梵海搁下上马凳，架住了车轿，打算伺候父亲上车，却被胡恩可拒绝了。胡恩可申斥儿子，在莫高窟，在千佛灵岩下，只能低眉顺目地徒步而行，岂可呆坐在车轿里那么张狂，惊动了万千神祇，那可是重罪。辞别前，拖音忽地从怀中抽出了一幅卷轴，递给了胡恩可。拖音说：胡施主，这是师父昨晚上给你写的墨字，早上在印经院装裱完了，请你收下吧。胡恩可闻听此语，心下大喜，忙恭顺地接承了过来。在如洗的天光下，胡恩可打开了卷轴，见印光法师悲深愿重，慈心一片，替自己留下了两句话：

惟有一愿在
能呼观世音

这一时，天是透蓝的，仿佛一块璀璨的巨瓦，覆在这个寂静荒凉的人世上，覆在每一个生灵和草木的头顶，庇护着众生，运行着如水的天命。车轿嘎吱，逶迤北上，胡恩可深一脚浅一脚地随在后头，心中潮起了一丝超拔出世的念想。右手边，远处的三危山森冷高固，其势威杀，锈铁似的颜色，与高广大天之上的日光竟形成了一种冲突，一份紧张。或许山顶上风大，吹卷起了一股股气流，让视野尽头模糊不堪，令人恍惚和心悸。而在左侧，一道漫长而肃穆的千佛灵岩埋在了沙山下，形势魏古，负山临河，据守在宕泉河畔，仿佛一尊睡佛的躯干，在闭关，在冥思，也在涅槃当中。千佛灵岩上，蜂巢般地密布着一些窟子，上下错落，破旧，低矮，残损，无门无窗，像郭弦子那样佝偻着腰身，在赎这一世的罪，在哀告自己的业障。一些雀鸟旋舞不已，在空中张开的羽翅，类似于一片片枯叶，莫名地受了惊吓，炸群而散。其实，惊吓不是来自别处，恰是在窟子里御冬的狐狼和鼠兔，好像洞内的佛像与壁画的膝下有一盆火，能让它们躲开宕泉河上肆虐的罡风与寒彻。胡恩可知道，自从敦煌和河西走廊一带崇奉沙门以来，代代传袭，浸成风俗，此后便有强门豪族开窟于此，屡有增凿，渐渐地成了一种风尚。只是近几十年来，边防不固，纷乱时起，这一片紫塞荒漠便寥落了下来，鲜有人再发愿开窟，供养今生。

驶离了莫高窟下的这一片谷地，车轿爬上了一座山岗。转弯时，胡恩可停下脚来，回望了一眼。刹那间，胡恩可被眼前的圣地景象惊呆了，但见六天七夜的大雪，业已将整个西千佛洞一带修饰得烂银一片，白雪素裹，仿佛一个晶莹剔透的佛国世界。远处的开元寺、雷音寺、下寺等大小宝刹，大都身陷在丈尺不一的积雪中，水银为池，金玉作树，只露出了红墙和山门，显得香氛浓郁，佛道长远。在胡恩可的眼中，那些矗立在千佛灵岩上的无数个洞窟，它们并不是死寂的、落寞的、悲凉的。当西北风擦着山体拂吹而过时，这些窟子便一个个张开了嘴，轻轻呼念着，要么是佛号，要么是机深的偈语，难以为俗人所知。宕泉河冰封着，谷地两侧的沙石和草木都沐浴在了雪光中，云树苍苍，元神丰沛，大有万象尽收的慷慨之气。抬望天空时，胡恩可看见一只鹰静伫不动，好像一只法器，又仿佛是供给上天的一碗净水。在明净的天际下，神佛空行，万物轮转，一定有一种喜悦和悲凉的加持降赐了下来，馈赠给了地上的众生。或许因为年龄大了，抑或是眼睛软，再也收不住伤心了，胡恩可一时间热泪敷面，声嗓哽咽，身体里的那一种躏麻再次发作了。膝盖一软，胡恩可不由得跪在了地上，半截身子埋在了雪中，深望着千佛灵岩下的那一幕幕奇幻之相，稽首再三。

是的，一定是。胡恩可内心祷念着，一再告诫自己，这一片山谷，这一座圣地莫高窟，分明是一座赞堂，一座专门供养神佛的殿堂。唯有它才是逼真的、亲切的、幽深的。除此而外，人和浮世上的一切都是梦境，全似幻象。胡恩可被自己这一刹那的觉悟攫取了，犹如一股神秘的电流击穿了他，泪水也更加汹涌了。

令人惋惜的是，三儿子梵海见父亲跪在雪地上，误以为他摔倒了，忙一瘸一拐地奔了过来，将胡恩可搀起来，靠在了自己身上。胡恩可并未动怒，也没有嗔怪梵海的鲁莽与打搅，相反却生出了一丝歉疚，觉得个人缘浅根微，业报不够，所以上天便突然收回了启示之手。梵海揩净了父亲的脸，见并无大碍，也就宽下心来。胡恩可问说：瞧瞧看，你眼睛里看见的是什么颜色，快告诉我？梵海举目道：像一颗蓝宝石，也像一块蓝色的水晶。胡恩可点头：对呀，一份世外的蓝，蓝得让人心碎，梵海你记住，莫高窟是蓝色的，敦煌也是蓝色的，它们跟头顶上的天空一样，上头住着神佛和菩萨，所以人就应该时时低眉顺从，千万不可乱了自己的寸心。呃，为父的这番话，你将来会懂，但你们兄弟三个先要做精良的人，纯明的人。梵海一向不喜父亲的训话，暗说，又来了又来了，肩膀也松开了父亲。梵海故意说：爸，昨晚夕我去弦子叔那里背你回来，今早上你睡得熟，有些事你恐怕不知道。见父亲一脸的询问，梵海再道：先前我去大佛的南面玩，看见我大哥了，他也在那。胡恩可讶异：咋了，你大哥来接咱们了？人呢，他现在人在哪？梵海团起一捧雪，扔在了空中，漫不经心地说：是这，我看见了他，大哥却没看见我，哎哟喂，他带着一个女的，恐怕也不方便吧。不过么，就算当面碰见了，谁肯承认自己有一个瘸子弟弟呀，后来我也躲开了。

胡恩可拉下了脸，沉吟道：咋样的女子？谁家的？雪块掉了下来，梵海张手去接，却碎成了无数的粉末，洒在了地上。梵海回说：究竟是谁家的，我也不太清楚，反正是个女的。半晌后，梵海回望时，却见父亲早已走远了，背影萧然，明显还在愤怒当中。梵海怕了，丝毫也不敢怠慢，忙跑上前去吆喝起了骡子，驾上车轿，颠簸着追了上去。

快中午了，梵义的身上发烫，挣扎着脱下了小羊皮的夹袄。

这种烫并非来自天光，而是因为疼。半个时辰前，梵义自千佛灵岩上摔落下来，像一块滚石，摔得鼻青脸肿，周身疼痛。脱夹袄时，左臂不听使唤，关节也凸了出来，梵义疑心自己脱了臼。一疼就热，浑身发汗，心里也空落落的，梵义觉得这一趟莫高窟之行诸事不顺，一定让性元失望了不少。早些天就约好了，一俟敦煌下了头一场雪，梵义要带着性元来莫高窟一趟，碰一碰运气，看看能否找见那种传说中的冰蜻蜓和冰蝴蝶。岂料，今年的头一场雪放肆极了，不是下一天，简直下了六天七夜，把整个关外三县都填满了，无边无沿，无法无天。在敦煌商人们的嘴里，这样的下法叫铁雪，意思是积雪像铁一般沉重，不堪负累。但庄户人不这么看，在他们的眼中，这是天老爷的慷慨施舍，今年的五谷稼穑有了吉兆，所以称之为佛雪。天刚亮，梵义见雪停了，忙请世兴堂的伙计去传话，喊性元在沙州城的西门上见。半晌后，性元骑着一匹家里的走马，踅出了城墙下的巷道，应约而来。梵义有经验，他自己胯下的坐骑早就在蹄子上钉了马蹄铁，绑了麻布，以防路上打滑。当时一瞧，性元的马蹄子上光秃秃的，连一点防护也没有。天色尚早，梵义让性元躲一躲寒气，忙打马进城，跑到了自己家的车马挽具店，找了几副马蹄铁，包括麻布和绳子。不承想，店里来了一批货，管家苏食吆喝伙计们抓紧卸货，还拦住了梵义，让他也下下力气，别当甩手的大少爷。苏食跟着胡家十几年了，虽身为管家，但胡家三兄弟一直当他是叔伯辈的人对待，绝不敢轻慢。卸完货，已经耽误了半个时辰，苏食又让大家换屋顶上压塌的瓦。梵义撒了谎，声称他要去莫高窟一趟，接父亲和三弟回来，今天是小年，家里要祭灶神的。苏食沉下脸，一边给性元的马钉上了蹄铁，绑上了麻布，一边申斥梵义，说你这个贼疙瘩，谎也不会撒。梵义一时不解苏食怎么就看穿了自己，仍在犟嘴，但管家没再吱声。后来说给性元听，性元哈哈大笑，说你真是太实诚了，马的屁股上镌着世兴堂的火印，马又不是你家的，你还敢撒谎。一桩区区小事，却在梵义的心里头，从此种下了很深的教训，让他知道了凡事都要滴水不漏的重要性。

沙州城距离莫高窟约莫有五十六里，大雪封了路，积雪几乎淹没了马的大腿，寸步难行。幸运的是，半道上碰见了三危山里的一群土著人，他们找见了快捷方式，梵义和性元便尾在后头，顿时轻松和快速了起来。所谓的快捷方式，其实是沿着宕泉河的河道南下。冰层下的水流带着地温，融化了岸边的积雪，将河石和沙子裸露了出来，形成了一米多宽的孔道，恰巧能容一匹骡马穿过。午时之前，梵义和性元抵达了莫高窟，在僧人们伐冰取水的码头上登了岸，站在了千佛灵岩下。

在路上时，性元就心绪澎湃，一再究问梵义，冰蜻蜓和冰蝴蝶是个什么样子，真的有这样的奇迹么。梵义夸夸其谈，忆想说，他小时候跟父亲来莫高窟还愿，那年三弟梵海刚生下，在大佛跟前供香和点灯是必不可少的。后来下了一场大雪，将爷父俩滞留在了开元寺里，吃了几天的斋饭。有天早上，几个小僧喊梵义，邀他一起去捉冰蜻蜓和冰蝴蝶，他当即答应了。在千佛灵岩上，小僧们登高爬低，果真在崖壁的罅隙中，捉到了几只。梵义释解说，一入了秋末，那些蜻蜓和蝴蝶知道大限来临了，便寻一个缝隙，躲在了里头。事实上，蜻蜓和蝴蝶早就死了，留下的只是一个个遗蜕，但形状犹存，色彩依旧，像活着时那样完整漂亮。小僧们捧着手里的东西，从崖壁的缓坡上滑溜了下来，争着让梵义看看新鲜。梵义绍介说，蝴蝶和蜻蜓被大雪天冻住了，全都张开了翅膀，透明，晶莹，雪亮。梵义用一根指尖戳了戳蜻蜓，哗的一下，翅膀断了，化成了一滴水。另一名小僧让梵义哈气。梵义哈了一口，却见一只蝴蝶瞬时融化了，也变成了掌心里的一滴水。性元半信半疑的，一直在努嘴，揶揄梵义在吹牛，但梵义的话得到了旁边土著人的首肯。土著人强调说，下雪天未必就能找见冰蜻蜓和冰蝴蝶，不是真神不显圣，一切都由缘分在说话。性元是一个好奇的女子，问干么凭缘分，不就是一些虫子嘛。结果，梵义认真地告诉对方，在莫高窟僧侣们的心目中，那些冰蝴蝶和冰蜻蜓是菩萨的眼泪，绝非是一些虫子。菩萨拈花，菩萨低眉，菩萨落泪，当然是人世上最奇迹的事情了。这以后，性元钳口静心，再也不敢乱语三千了。

但在心底里，性元的喜悦和快慰却是由衷的，时时撩拨着她，让她情难自禁。性元告诫自己，一定要找见菩萨的眼泪，哪怕就一滴。性元的胆子烈，她想见识一下菩萨的真相，尝尝那一滴泪究竟是苦是甜，是黄连水，还是蜂蜜汁。另外，缘分这个词也让性元好奇万分，充满了不解。父亲沈破奴是异乡人，性元自小就属于散养的那一类，与敦煌人家的规矩格格不入。在乡学里念书，女班的学员只有十一名，唯独性元没有缠脚，一双天足大大咧咧的，引起了不少的非议。世兴堂里辟有一面墙的书橱，性元在里头找见了几册话本小说，卿卿我我的故事里，大多是缘分、化蝶与幽冥两界的缱绻之事，她陪着淌下了不少的眼泪。性元读过之后，心智早熟，但这一趟莫高窟之行，却是她第一次应了异性的邀请，偷摸着出来的。敦煌总枢着河西走廊一线，贸易激进，人员复杂，风气开化，对于男女之间的交往，并没有中原和内地那么刻板教条。来的路上，梵义对性元的呵护与关爱，让她觉得梵义是一个值得信赖的人。当三危山的土著人询问他俩的关系时，梵义随口说，算兄妹吧。那一时，性元直脱脱地喊了一声哥，帮着遮掩，也坐实了这个称谓。后来站在了千佛灵岩下，性元也嚷嚷着要攀爬上去，一起去寻冰蝴蝶和冰蜻蜓时，却被梵义阻止了。梵义道：上面太危险了，你只需要候着，待我带了奇迹下来，让你开开眼吧。性元觉得，这才是男将的做派，兄长的风范，忙叮嘱说：你一定要当心，找见找不见都没关系，反正我信了。

六天七夜的大雪落下来后，有的挂在了崖壁上，有的挂不住，让整个灵岩表面陆离斑剥，凶险异常。有几座窟子尚未被积雪填埋，窟口洞张，仿佛睁开的眼睛，打望着人世间，观听着这一世的呢喃之音。梵义仗着年轻，扔出了一根带抓钩的绳子，迅速攀上了崖壁。性元待在一棵白杨树下烤火，刚才梵义从四处拾来了枯枝，用火具点着了，怕她会冻伤。性元抬望着，见梵义在崖壁上左右晃荡，一个罅隙一个罅隙地探摸，均无功而返。性元不敢喊，既怕惊扰了梵义的用心，也怕山脚下那一座寺院里的僧人们听见。毕竟，那种传说中的奇迹，乃是菩萨的泪滴，无故惊扰了神仙，再吃一顿僧人们的责罚，当然是一份罪过。后来，性元见梵义攀上了一眼石窟，刨下来窟口上的一堆堆积雪，仄身进了洞子。约莫半个时辰了，梵义仍不现身，性元慢慢地骇然起来，忍不住尖起了声嗓，吆喊了几声。这时，一只野兔从雪地上蹦跶出来，毛色像黄沙子，竖起长长的耳朵，才让性元分了神，不再惧怕了。性元对兔子有经验，第一次见到梵义时，也是因了兔子的缘故，这让她觉得冥冥之中有一份天意。兔子恐怕也冷了，趴在火堆旁，温顺地让性元抚摸着，皮毛上的雪化了，挂在毫尖上，绵软得像一只刚洗干净的枕头。枯枝上残留着几片叶子，兔子嚼吃完了，性元又掰下一牙锅盔，丢在兔子的嘴边，见它吃得煞是带劲。半晌后，崖壁上有了动静，梵义歕出了窟子，空着两手。性元失魂地望见，就在梵义伸手去拽绳子时，绳子却被一阵风打偏了。梵义翻滚着，从千佛灵岩上摔落下来，如同一块滚石，停在了树下。野兔跑了，性元扑将过去，擦净了梵义脸上的雪水，惊喊说：你咋了？你看你，脸上也刮破了，流了这么多的血。梵义一把推开了性元，挣扎着坐了起来，面色黯然，说恐怕我的胳膊脱了臼，不听使唤了。性元是在世兴堂里长大的，了解一些医术，忙拽住梵义的左臂，想查看个究竟，却被梵义再次搡远了。梵义苦哈哈地央求，让性元立刻去附近的下寺，讨一碗开水来。

性元衔命走了。梵义支开她后，方脱下小羊皮的夹袄，挂在树上，让火慢慢去烘干。撸起袖子，关节真的撅了出来，树瘤一般，疼得他抽了几口冷气。受伤倒在其次，梵义自己并不紧张，但另有一件事却让他开始惊魂。梵义用右手从怀里摸出来一个包袱，仔细盯视了半天，狐疑不安。包袱皮是一方棉布，粗糙，破旧，蒙覆了一层呛人的尘土。包袱的外壳上，一根细麻绳打了个十字结，结法有讲究，梵义用手用牙齿开了几次，均没有拆解开。后来，梵义便有些怕了，站在崖壁下，将包袱朝刚才的那一座窟子里扔去，打算还回去，物归原主。怎奈浑身乏力，一点也使不上劲，包袱在空中晃了几下，原跌在了自己跟前。梵义灰了心，闻听了性元回来的脚声时，忙将这一只扁平的包袱塞在了怀里，穿上小夹袄，系上了纽襻。上身鼓鼓囊囊的，梵义又用剩下的半截绳子绑在腰上，让自己显得跟先前一样。

性元讨上一碗开水来了，到了梵义跟前时，水早就凉了。梵义并不在乎，一口气喝光了，洋洋洒洒的。性元去揩梵义的胸口时，发现了异常，问说：你揣的是什么呀，身上这么肿？梵义忙打了马虎眼：天太冷了，俗话说十单不如一棉，十棉不如腰里一缠，这下终于热乎过来了。性元追问对方的伤势如何，梵义忍住疼，扬了扬胳膊，一副龇牙咧嘴的表情。梵义歉疚道：这场雪太大了，把千佛灵岩上的缝隙都填满了，今年肯定是见不到冰蜻蜓和冰蝴蝶了。等明年吧，反正我终究要让你亲见一眼的，决不食言。性元点头。为了这一趟，害得梵义摔伤了，性元刚才也哭了一路，眼睛都哭成了兔子。性元说：见不见都不要紧，反正我信你了，你说有，那天下一定就有那一种菩萨的眼泪。梵义开心一笑，伸手揩掉了性元脸上的眼泪巴巴：不许哭，记住了，你的眼泪比菩萨娘娘的还值钱，我可舍不得呀。

火灭了，已经到了下半天了。

两个人各自上了坐骑，驶出了宕泉河畔的这一座山谷，离开了莫高窟。下半天不必走河道了，此时天寒地冻，坚实易行，走在官道上人轻松，也不太费牲口。

官道清冷，梵海坐在车轿上，一手攥住缰绳，另一手扬着鞭杆子，尾在了父亲的身后。梵海邀了几次，请父亲上车来，车厢内暖和，但胡恩可睬也不睬。后来邀得多了，胡恩可嫌他泼烦，侧立一旁，挥手让儿子先行。车轿走在了前头，胡恩可立时觉得耳根子清净了不少，踩在车轮轧出的辙印上，人也稳静了许多。刚才梵海通报的话，令胡恩可沮丧了一阵子，但后来也渐渐想通了，平时东奔西颠的，自己忙于家里的买卖，当爹的竟疏忽了儿子们的成长。可不是么，再过三两年，长子梵义也该到了说媳妇的年岁了，当年自己就是在这个岁数上娶的亲，成的家。念想至此，胡恩可的心里忽然失笑开来，嗔怪道，梵义你这个贼疙瘩，居然背着爹娘老子，勾上一个女子跑到莫高窟来耍了，万一要出个什么意外，玷污了对方的门风，你让我这一张老脸往哪达搁。胡恩可打定了主意，今晚夕祭完了灶神后，一定得把梵义喊过来，单另跟他谈一谈。话虽不能明说，但警告一番还是必要的。琢磨完了长子，胡恩可又惦记上了二儿子梵同。这个贼疙瘩脑瓜灵，记性好，属于读书的料子，为人处世上也八面玲珑，结交广泛。如果说有失败的话，梵同就失败在了贪玩上，一个玩字，可以轻易地毁掉他全部的优长之处。乡学里早就放了寒假，这么些天来，胡恩可没见过梵同几面。他既不帮衬家里的生意，也不在屋子里温习课业，简直把这个家当成了驿馆或客栈，不知道一天到晚去哪达发疯去了。胡恩可思忖，训完了老大，自然也不能饶了梵同这个糊涂匠，该让他明白些事理，把自己收拾得精良和纯明一些了。事实上，在三个后人中，胡恩可最惜疼的还是碎儿子梵海。梵海自小残疾，胎里带来的，虽说后天乏力，弥补不上这一份欠缺，但在胡恩可的内心深处，时常有一种强烈的不为人知的罪愆感。他供佛，他点灯，他燃香，他几乎每天夜里祷告，感觉个人造下的那一份业报，无辜地落在了梵海的身上，以至于父债子偿。在家里时，一旦梵海在自己跟前晃悠，胡恩可的目光便抬在了天上，不忍去看他的那一条短腿，他的趔趄。胡恩可很早就号准了梵海的脉息，知道他身疾心烈，爱走极端，身上有一种挥之不去的自卑感。或许因为跟两个哥哥年岁拉得大，也或许天性如此吧，梵海从不和哥哥们一起耍。梵海最爱去的地方有两处，一个是在胡家坊外的党河边骑马，另一个便是去鸣沙山上打弹弓，通常都是一个人寡落落地去，再一个人空溜溜地回来，鲜有开口说话的时候。像刚才那样，梵海主动提及大哥梵义的动向，胡恩可也觉得很稀罕。但胡恩可听见的话音不像是通报，倒更接近于一种告密，一种幸灾乐祸，所以胡恩可才负气走了十几里地，始终不愿上车。反过来一想，念着梵海尚小，腿上又有毛病，胡恩可也就宽谅了他刚才的不义，大人不计小人过嘛。

　　走了一段，胡恩可再次失笑出声，又踌躇满志了一番。胡家在太老子的老子那一辈开始，从甘肃的泾川起步，一路逃荒西行，最终落脚在了敦煌沙州城外。在先人们的那一世世光阴里，胡家代代单传，脉息上很悬，随时都有一种崩断的危险。到了胡恩可这一辈时，他娶了白家的一个女子，当时也不计较长相，只操心屁股大与不大，能不能美美地生养。婚后，胡恩可白天在外头做买卖，经营着河畔的十几亩水浇地和果园，晚夕里也不歇缓，工夫都下在了女人的身上。女人也没辜负他，一连生了三个女娃子，不幸的是碰上了敦煌罕见的疫病，全都没能活过来，让胡恩可先后埋在了杏子树下，沤了肥，膏了地。胡恩可怕了，约莫有三年的光阴都不敢跟女人同炕，咬了牙忍着，一个人单另睡在了马院里。疫病过去后，女人先下了一个儿子，几年后又下了一个儿子，稳稳当当地长大了，没出现一丝闪失。梵海是后来再怀上的，刚蹒跚学步时，腿就出了问题。胡恩可害怕这种孽报会延续，会传染，便打消了让女人继续生养下去的念头。三员男将，三个裆里长肉的儿子娃娃，够了，真的够了。胡恩可失笑着，忖度说，胡家的这三只虎，将来一定会光大门楣，在关外三县有一番精彩作为的。这不是痴妄，也绝非信口开河，胡恩可知道，自己已经替儿子们铺好了路，先攀上了义庄索家这一根高枝，又让一户姓丁的人家搬迁过来，占据了自家院子的上风水，钉住了运程，锁住了流失的运脉。有了这些铺垫，剩下的事，就得看儿子们的手段与德行了。这么着，胡恩可的心里滋生出了一种功德圆满、生无可恋的念头，感觉自己这一辈子够了，真的够了。

这一趟莫高窟之行，唯有一件事情令胡恩可猜解不出，留下了缺憾。胡恩可犹记得，在开元寺的这么些天里，印光法师每晚夕都会喊自己去他的禅房，要么喝罐罐茶，要么陪他抄经。印光法师刚六十出头，浑身上下安静得像一尊瓷器，不问不答，即便问了，也难保他会开口。有时候待上大半夜，胡恩可听不见对方说一个字，甚至也闻听不了他的鼻息声。孰料，前日晚夕印光法师破了例，亲自将胡恩可送至了客房，却并没讲他今日要闭关的事。临走前，印光法师罕见地攥住了他的手，一直也没丢开，双目凝神地盯看了他大半天。末了，印光法师方说：来日大难，施主珍重。现在走在官道上，胡恩可忆想起这八颗字时，仍旧不解其意，脑子里就像眼前这一片辽阔的积雪大地，空白无物。

冷不丁，胡恩可发现了异常，往前追撵了几步，盯着一段辙印，探究了半天。来开元寺时，车轿里装了供品，另有他捎给印光法师的胡萝卜、洋芋、麦粉、粉条和茶叶冰糖什么的，整整几麻袋的物品，车身很重，辙印也很深。现在卸完了，按理说空车返回，应该留不下如此深的车印的，肯定是出了麻烦，麻烦分明就在梵海的身上。胡恩可又观察了一番车轿，见车厢底部的篷布坠了下来，像兜住了一块沉铁似的。没有犹豫，胡恩可一嗓子喊住了梵海，让他停车，快从车上滚下来。梵海不解父亲的愠怒，跳将下来。胡恩可一把抢过儿子怀中的鞭杆子，劈头一鞭，鞭绳抽在了梵海的身上，声音嘹亮。贼疙瘩，你去，去给老子把下面的篷布解开，胡恩可叱令道。梵海团住了身体，一面盯望着父亲的怒火，另一面防着第二鞭子，却并不动弹。胡恩可哀苦地仰起头，抬望了一眼幽蓝的天空，泪水婆娑了出来。这一刹，印光法师的八颗字又响在了耳边，犹若棒喝一般：来日大难，施主珍重。你个糊涂匠，你究竟干下了什么糊涂事？快去，你爬到车子下头给老子说清楚，断喝道。昏蒙中，胡恩可觉得站不住了，那一种磨折了他许久的蹲麻，此刻再次发作了，让他的身体摇曳起来，稳静不住。梵海也发现不对劲，哇的一声嚎了出来，慢慢地趔趄过去，撅起尻子，钻进了车轿下面。

车架下面的篷布是用来兜牲口粪便的。在敦煌一带，驾了车轿出门，一般会在车架底部挂起这样的兜子，承住骡马拉下的粪。人凭饭食长，地凭粪打粮。日积月累，家里的马院中便堆起了一座粪山，渐渐发酵成了肥料，等开了春再撒播到地里，去务庄稼。梵海知道自己闯了天祸，故意磨蹭着，但拗不过父亲的督促，最终还是解开了那一块篷布，啪的一下，整个坠在了地上。胡恩可吆了吆驾辕的马，车身往前窜了几步，待返身回来一瞧，脑子里嗡的一声，仿佛一座山塌了。

丈尺宽的篷布中，窝藏着无数的雀鸟。打眼一瞧，斑鸠、沙鸡、喜鹊、沙隼、蚊母鸟、野鸽子、大雁、雪鸡、野鸭，居然还有一只小天鹅。不必问了，这一定是梵海伤天害命，用弹弓打下来的。整个篷布中污血斑斑，乱羽横飞，雀鸟们都被冻硬实了，像一桩桩罪孽似的，让梵海抵赖不脱。先时，胡恩可也了解这个碎儿子的顽劣天性，但此刻见了如此暴戾的杀戮，仍叫他头皮发麻，后心里一阵阵刺骨的寒凉。尤为骇人的是，几乎每只雀鸟都被拔掉了一条腿，即便残活着，也是走在往生的路上。胡恩可觉得心里头堵得慌，一团悲哀的东西卡在了嗓眼上，干脆喘不过气来。这一时，那只弱小的天鹅醒来了，扑闪了几下翅膀，颈子曲张着，好像一根拐杖似的，怎奈腿脚被一根细麻绳绑住了，脱身不得。胡恩可催说：快放了，让它飞了吧。说这句话时，胡恩可突然发现自己的舌头僵了，口齿不那么利索了。

梵海瘸着腿，抱出了天鹅，解开了那一根细麻绳。梵海张皇地盯看着父亲手里的鞭子，连滚带爬地跑到了官道一侧的旷原上。胡恩可有点晕眩，似乎刚才解下来的那一根细麻绳，此刻捆扎在了自己的腿脚上。天哪，那一种蹿麻甚至比先前一段时间更剧烈了，仿佛无数个针尖，密密麻麻地渗透进了骨髓，游走在身体内，攫住了他。不远处，梵海抱着那只小天鹅，往头顶上一扔，扔在了三丈高的空中。但天鹅并没有领情，摇曳了一下，又直直地栽在了雪地上，砸出了一记闷响。身体中的蹿麻也被砸开了，腾起了一片片雪雾，忽地一下散开，涌上了胡恩可的上半身，抓住了他的肢体。胡恩可再也把持不住了，忙扶住了鞭杆子，勉强支撑住个人。天鹅还活着，哀鸣阵阵，翅膀擦刮着雪地，挣扎不止。这一回，梵海强行张开了天鹅的两翅，再次扔向了头顶，嘴里像赶大车似的喊了一声：驾。天鹅又摔了下来，一团棉花似的，但颈子断了，雪地上溅落了一粒粒黄豆大小的血滴，刺目极了。胡恩可知道，蹿麻是不会饶过自己的，蹿麻已经发兵而来，正在摧枯拉朽，正在大面积会合，一路抵达了他的天灵盖，让他认不清眼前白茫茫的雪光，也辨识不出东南西北了。梵海气急了，一脚踢飞了天鹅，又追撵上去，再踢了几脚，直到天鹅彻底毙了命。这一刹，手中的鞭杆子断了，胡恩可往后一栽，摔倒在地。胡恩可口齿僵硬地骂了一句畜生呀，便什么也不知道了。

　　在胡恩可倒下的那一瞬，敦煌一带，包括整个关外三县的天空幽蓝一片，仿如一座巨大的佛龛。佛龛上干干净净，了无一物，静待着人们前去供养、点灯和牺牲。

　　就这样，胡恩可在这一世里的肉身，躺在了莫高窟至沙州城的官道上，躺在了河西走廊以西的半途中。胡恩可的这一具肉身，像一条逼仄的孔道，已经替儿子们开了山，筑了桥，预备好了道路。在此后几十年的植物状态中，胡恩可病程绵远，形同枯木，他将看尽这个浮世上的云起花落，冷暖哀苦，以及整个敦煌和身边人的歌哭与生死。此时，天光已经黯淡了下来，但不管怎么说，儿子们这一辈人的大光阴开始了。

　　见爹老子栽倒在雪地上，半晌也不动弹一下，梵海却也不急。

他自小畏惧父兄几个，一直躲着，等长大了以后，畏惧中又带了一份怨恨，以及幽秘而刻骨的敌意。两个哥哥的腿脚天生囫囵着，偏偏他遭了报应似的，一条腿长，另一条短了半截子。梵海不知爹老子发病了，害怕上去问候时父亲会一骨碌爬起来，将鞭子摺在他的头上。挨鞭子是疼的，鞭子能把皮肉打开花，他虽然闯了天祸，但并不想吃爹老子的一顿痛揍。梵海从车帮子上取下铁锨，挖了一个雪坑，将这些天来用弹弓打下的雀鸟们统统填了进去，葬埋掉了，又赶紧收拾完了周围的凌乱，像什么事也不曾发生过那样。末了，梵海钻进了车厢，天开始冷了，他要抓紧把弹弓修好。昨日里，他打天鹅时太过用劲，弹弓叉子居然劈了，让他很是伤心了一阵子。

梵海是被吵醒的，声音不大，显得很鬼祟。再仔细听时，原来是一群羊咩咩在叫，大概有十几只吧。刚才在梦里，梵海梦见日头很好，日头是夏天的样子，晒得人懒洋洋的。官道两侧的积雪慢慢化开了，先前葬埋掉的雀鸟们全都站了起来，鲜丽，缤纷，尾羽飘摇，一个个振翅而舞。唯独那只天鹅在瞌睡装死，仿佛一块黑石头。梵海跛了过去，想看看天鹅的情况，不料却被羊叫声吵醒了。车厢里暗黑了下来，撩开帘子，看见无垠的雪原上空，笼罩着一层薄暮色。更可气的是，梵海觑见父亲躺在地上，身旁居然卧了一群羊，形成了半个圆弧，将父亲围在了中央。羊只的蹄子一律被绳子扎住了，一边扑腾着，一边哀鸣不已。车帮子下，一个老得不能再老的牧羊汉，抽吸着嘴上的烟锅子，火星明灭，无动于衷。梵海登时火了，趔趄着跳下来，上去就给了牧羊汉一拳。牧羊汉也不客气，手一扬，将铜烟锅子敲在了他的头上。梵海激愤极了，开口就骂，催喊牧羊汉赶紧把羊赶走，要不他就来硬的。牧羊汉慢吞吞地灭了烟，方说：你个狗儿子，你快给羊磕头吧，要不是羊挡住了北风，羊是热身子，你爹恐怕早就被冻死了，你收尸还来不及哪。

梵海奔了过去，眼见为实，果然发现爹老子躺在一群羊码成的肉墙下，身子还是热的，鼻子里有气息。羊的体温让附近的雪化开了，沙石裸露了出来，胡恩可歪着头，旁边是刚才呕吐下来的一堆秽物，带着星星点点的血腥气。这个点上，梵海没了办法，忙跪下来，朝着羊群磕了几个响头，尖起声嗓，喊了几声羊爷，羊菩萨，羊神仙。梵海哀恳再三，求牧羊汉搭一把手，相帮着将父亲抬到车厢里去，好尽快赶回沙州城里，去求一个救命的良方。梵海忏悔了刚才的鲁莽，又抽了自己的脸，却听牧羊汉僵冷地说：天老爷让他栽倒在这达，就不会再往前挪一寸，这就是命数，人得认这个。梵海摸出了兜里的一把麻钱，想买他的劳力，却见牧羊汉用肩膀顶开了光溜溜的皮袄，梵海立时哑了。原来，牧羊汉没有右手，也没有右臂，肩胛那里齐刷刷的，仿佛早就被一把斧头剁掉了似的。牧羊汉歉疚再三，说他前世里是一个贼娃子，今生就在莫高窟一带放羊，卖了羊，再去买一些香火蜡烛，赎个人过去的罪孽，实在是难以帮忙。梵海不想听这些，但喊天天不应，叫地地不灵，一时间莫可奈何。

直到千佛灵岩的方向上，传来了一阵激越的响铃，借着薄暮，梵海瞭见大哥梵义骑坐在高马上，有说有笑地过来了。梵义的旁侧，性元纵马紧贴着，身影越来越大，越来越显。梵海忽地立了起来，嗓音凄厉地喊了一声哥，又随之嚎哭了出来。瞭见胡家的车轿横在路上，一堆羊瘫卧在地，弟弟也那么寡落落的，无依无助，梵义心知出事了，出大事了。

梵义跳下马，飞奔到了羊群的背后，见爹老子仰躺着，好像一个亡人似的，无知无觉，不发一语。梵义摸了摸父亲的身子，还是烫的，又听了听鼻息，扣住了脉，自己却率先慌了。性元也尾了过来，照例文章地查看了一番，知道人还在，胡恩可还活着。不承想，梵义这时丢下了爹老子，拾起鞭子，用半截鞭绳将弟弟迅速绑在了轮毂上。梵义当场疯了，叱问道：爸咋了？你把爸咋了？他怎么成这个样子了？梵海哆嗦着，申辩道：先头还好端端的，爸说自己要走，结果猛地一下就摔倒了。真的，我在前头赶车，不能怪我。梵义威吓说：你个瘸鬼，你不让爸去车厢里坐，这么冷的天，你忍心让他下地走路呀？梵海不喜欢这个词，这句话简直要了他的命一般，霎时暴怒开来：对，胡梵义，我就是个瘸鬼，我偏要坐车，让你们去下地走路，因为你们全都囫囵着，你们没有遭过报应。犟嘴，你居然敢跟我犟嘴，反了你了。梵义扬起鞭子，不问青红皂白，直接劈在了弟弟的头脸上，发泄一气。自始至终，梵海咬住牙，既没有喊疼，也不曾哀求。打累了，梵义停下了手，见弟弟的额角上皮烂了，血水淌了下来，毕竟有些不忍。这一时，那个怪模怪样的牧羊汉开了口，丢过来一句话：唉，爹老子的热身子还没凉透，弟兄们就已经干仗了，真寒心呀。梵义一下子清醒了，忙松绑了弟弟，又木讷地盯望着牧羊汉解开了羊腿上的绳扣，吆起了羊群，一路咩咩咩的，消失在了莫高窟的那头。

梵义恍惚不堪，不知道对方究竟是一个穷寒人，还是菩萨化身来开示的。

性元一直在专注病人，先撬开了胡恩可的嘴，掏掉了口腔里的秽物，又拿出一块雪白的手巾，用雪濡湿了，仔细揩净了病人的脸。梵义盯看着那块手巾，慢慢脏了，但性元不嫌弃，忙得一头是汗。梵义心知，这块白雪雪的手巾是索家的细君降生时，他从义庄里偷摸来的，自己没舍得用，性元也一直没舍得，现在却派上了用场。一头是生，另一头却是死，其间的因果究竟若何，他个人也破解不了。性元求问：梵义，现在该怎么办呀？人还有一口气，等天色黑透的话，冻也冻死了。梵义怅惘地抬望着暗下来的天空，酸楚像一根针，贯穿了他的浑身上下。梵义道：是这，你先骑马回沙州城，回家里去，今天毕竟是腊月二十三，沈先生见不到你，一定会着急的。性元心里暖热，到了这个节骨眼上了，梵义仍惦记着她，怕她被爹妈数落。性元却说：不，我陪着你们，把老东主送回家里去，多一个人，毕竟多一双手嘛，再说了，你的胳膊也……这么一讲，梵义方觉得疼痛难忍，左臂上的关节戳得难受。梵义一发狠，将胳膊肘蹾在了车帮子上，蹾了数下，脱臼的地方居然复位了，疼得他蹲在了地上。梵义龇牙说：你别瓜了，快回去吧，等沈先生吃完了小年夜的饭，请他速速到胡家坊来一趟，估计那时候我也能到家。哦，我爸的病，全都仰仗沈先生了，见了面我给他磕头。性元觉得这是一个良策，便不再纠缠了，迅即翻身上马，哭着鼻子走了。

胡恩可昏暝无觉地躺着，像一根从祁连山深处伐下来的木头，横在路上。梵义解开了爹老子的皮袄，摸了摸心口，抚了抚肋骨。手再往下时，突地停下了，知道爹老子大小便失禁，早就拉了一裤裆。梵义内里的酸楚终于破了，一下子嚎啕开来，眼泪像水，挂在了颊脸上。在胡家坊，乃至在沙州城的生意场上，父亲一直是一个干散、精炼、果决的人，对个人的形象也格外重视，就像他时时要求三个儿子的那样，恪守着精良和纯明的气质。岂料，原先还好端端的一个人，莫名地发了急症，被病魔一击而中，现在竟半死不活的，始终也醒不过来。梵义脱下了身上的夹袄，拦腰将父亲包裹住，又要来了梵海身上的皮件，捆住了两条腿。梵义喊来弟弟，打算一头一尾地将爹老子掀起来，往车轿中抬放。梵义根本没料到，一个人的肉身居然如此沉重，这般滞涩。刚抬到了一半时，胡恩可咚的一声，又跌落了下去。

这个关节上，一盏羊皮灯笼从沙州城的方向上飘了过来，浮在半空中。

待到了近前，梵义这才瞭见这个矬矮的人。对方满目警觉，上下遮护着棉衣棉袍，手里举着一只羊皮灯笼。原来，胡家的车轿横在路上，挡住了前面的一辆呢子装饰的车乘，人家是来借路的。见了地上的异状，这个人将灯笼照在了胡恩可的嘴脸上，当即吓了一跳。梵义觑见爹老子五官煞白，眼窝深陷，仅仅几个时辰的工夫，父亲已经彻底脱了形，丧失了先时的壮美模样。这个人火急火燎的，一再催促道：快抬上去，不要回沙州城了，原回莫高窟，兴许还能救过来的。梵义没有动弹，一脸的痴妄，完全被吓呆了。这个人下了判语，笃定说：一定是风气犯心，迷了心窍，到了莫高窟的话，我亲自来试一试吧，死马当成活马医，或许能再给他一年半载的寿数。闻听这一句不逊之言，梵义恼恨地说：这是我老子，我说了算，哪怕就是一个死，我也要把他背回家里去，让他死在高堂明屋里，得一个寿终正寝，用不着你在这达指手画脚。对方喟叹了几声，掉头而去，嘀咕说：唉，鸭子的身上全是嘴，好心当成了驴肝肺，那我走我的路，你进你的城，两不耽搁，也好。梵义忍住了对方的奚落，但又追了一句：我记下了，你今天为我打过灯笼，将来我一定会回报你一片亮光，不过现在你去炼你的丹，我来赶我的车，这样子最好。这个人蓦地停下了脚，讶异地问：

"少年，你认得我？"

"你在下寺，你是王道士，我在天津会馆见过你。"笃定道。

"在下王圆箓。"

梵义道："不错，就是那个在千佛灵岩上开开了藏经洞，发现了卷子和文书的人。"

"你跟敦煌人一样，嘴上不说，但心里着实在骂我。"

"那倒未必。"

"咦，你这个少年人真让我欢喜，我想听一下原因？"催问道。

"道长，你刚才为我打过灯笼，我只记得你的好。"

半晌后，王圆箓蹒跚了过来，将手上的那一盏羊皮灯笼，挂在了胡家的车厢上，再次馈赠下了一大团温热的光亮，令人寒意不再。王圆箓低语说：少年人，你身上有一样东西，是你从千佛灵岩上偷摸来的，实话说吧，要不是你贼胆包天，一意孤行，动了佛祖他老人家头上的圣土，你爹也不至于得了现世报，成了现在的这个样子。王圆箓俯下了身，催喊给自己赶车的两个小道人快过来搭手，一同将胡恩可抬进了车轿内，款款安顿停当了。这一时，梵义骇然无比，口中失语，直觉得眼前这一个羸弱而丑陋的牛鼻子道士看穿了自己，将自己从里至外，完全剥了个精光，机密不再。梵义一下子慌了，忙拽住弟弟，懵懂地爬上了车轿，松开了缰绳，软弱地喊了一声：驾。分手前，梵义听见王圆箓拍了拍车帮子，在后头追喊说：慢点走，一定记住盯着头顶上的七星，把路走稳当，别迷失了。

赶在夜饭之前，一辆悬挂着红色羊皮灯笼的车轿，惶恐不安地驶入了沙州城外的胡家坊。此时，敦煌境内炮仗大作，烟花纷起，大小灶神开始上天言好事、回宫降吉祥了。

# 卷六

冬天的党河很瘦，瘦得像一根鸡肠子，挂不上油。

一入冬，河水封了冻，包括胡家坊在内的七个坊的人家吃水就困难了。这七个坊位列右岸，呈南北向，依次坐落在河滩上，守住各自的耕地与地底下先人们的骨殖，寸步不离。个别的坊内有井，但这个季节，下头水浅，打上来的多半是烂泥汤，人不吃，牲口也嫌弃。最北的靖远坊靠着一眼泉，泉早就冻住了，指望不上。没了办法，七个坊的人家便去河边伐冰，大块小块的，一律用马车拉回家，在墙根下栽住，慢慢冻实，每顿饭之前劈下来一些冰，丢在锅里融化。就这么，融下来的水也不能吃，里头有不少的沙子，起码还得仔细澄清上半个多时辰。河水结冻的过程中，岸上的沙粒吹刮了下来，在冰面上撒了芝麻似的，像中秋前后做的千层饼那样。

遭人厌恶的是，伐冰竟然伐出了一门新行当，叫冰客子。也不知自哪个朝代始，沙州城里的人们冬天喝罐罐茶时，最喜欢用党河里的冰块，声称这种水乃是牡丹花的水，吃在嘴里甜，也能泡出茯茶的气息。有了需求，便有了买卖，一些在城内外闲荒下来的短工，开始拉着架子车，赶着驴车，麇集在党河两岸疯狂伐冰。伐走一批，等冻上一夜后，再来伐掉另一批。待到这一大截河段被彻底伐光，露出了狰狞而嶙峋的河床后，这帮人又乌泱泱地跑去上游里开伐了。天刚麻麻亮，沙州城内的各个巷道和街口上，冰客子们的吆喝声四起，售冰了，售冰了，喊得比鸡叫还要早。

如此一来，周围七个坊的人家不干了。日怪的，我庄户人伐冰取水，为的是活命，你冰客子盗冰贩水，不过是为了发财。文和事老协会经过商议，将看河护冰的重任，一总交给了武和事老协会去处置。后者制定了一个章程，从每个坊内抽调了精干人手，组成了一支队伍，于冬闲时节，一路逡巡在河堤上，严防死守，不敢大意。一俟发现冰客子，重则抓人圈禁，让亲属来赎，轻则罚没车辆和牲口，让他哭都来不及。饶是如此，七个坊的精干后生们仍旧百密一疏，防不胜防，让冰客子们随时打了游击。你白天守，他夜里来伐，你前半夜警觉，他后半夜偷袭，反正老虎也有打盹的时候。每年过完了腊月，到了正月之间，党河左右总是一副开膛挖肚、残山剩水的样子，想找见一块干净的冰，比种一亩地的庄稼还难辛。

　　按照世兴堂沈先生的吩咐，梵同他们并没有去乌兰窑洞以上的党河上游，也没有去沙枣园以下的下游里伐冰。虽然野马南山是党河的源头，一道雪线挂在天边，那上头肯定有冰块，但路途遥远，危险横陈，胡家坊内谁也没有经验，无人敢冒险去伐一趟冰，试图搭救一下老掌柜。临走前，沈先生再三叮咛，这可不是喝茶的水，也不是吃饭的汤，乃是救命的冰，一定要将最干净的冰块拉回家一些，他才可以用另一个偏方。父亲倒下了，长子梵义忽然顶门立户，独当一面，胡家的大小事务，开始由他拿主意了。梵义问：究竟哪达的冰最干净，可以配得上先生你的那一个方子？沈先生答：太远了，只有渥洼池里的水最干净，那里水草丰茂，禽鸟众多，冰块纯粹，在河西一带也罕见。梵义二话不讲，让伙计们立马套上了车，就要出门。梵同拦住了哥哥，自己争抢着要去，让梵义在家中守着爹老子，也好给沈先生打个下手。马车驶出了胡家坊，梵同瞭见管家苏食追了上来，后头还跟着一瘸一拐的弟弟。

　　渥洼池也叫寿昌海，距沙州城约莫三十余里，寒冻大地，拳石密布，车马难行。苏食来得恰当，他认得一条快捷方式，绕过一道沙梁子，很快就直插了目的地。早起时出的门，过了午时，便伐了满满一车的白冰。冰块很脆，好在湖畔有不少枯干了的梭梭和灰条，苏食拾来了一大捆，垫在车厢底部，遂有了一个缓冲。三个人忙乱了一阵子，连放屁的工夫也没有，立马吆起车子，抓紧返回。

　　下半天时，天阴得像一块油抹布，从玉门关以北刮来的罡风擦着地皮，让一些碎石子翻滚跳跃，车身也晃荡不停。梵同坐在当中，手里攥着左右缰绳，一扭头，瞥见梵海裹着一件翻毛皮袄，在往嘴里填馍馍，浑身上下，瑟瑟发抖。梵同怨恨弟弟，毕竟父亲是在他的手上出的事，虽然原因不明，但梵海终究脱不了干系。梵同清楚，这些天大哥没少拾掇这个身有残疾的弟弟，要么大骂，要么不给脸，吓得梵海更不敢开口说话了。厌烦归厌烦，但终究是一母所生，又念着他年岁小，梵同的惜疼还是占了上风。梵同叨念说：梵海呀，等爸的病好了，夏天天热了，我答应带你来渥洼池看天马吧。弟弟嗯了一声，眼神巴分分的。梵同绍介起来，说这个渥洼池的水可不简单，水下面跑着一群天马，吃着水草，嚼着冰糖，喝着茶，不稀罕降临到人世间来，拉车犁地，被人们当牲口使唤。不过哪，每年中秋节的那一天，如果月亮晴朗的话，这群天马就会在后半夜跑出来，站在岸上晒晒月亮，把身上的皮毛晾晒干净，然后又走了。梵海哦了一声，又哑默了。一路上太单调，风景肃杀，举目荒凉，梵同怕弟弟吃完了馍馍会睡着，更怕他冻伤，便多了一份兴致。梵同喋喋道：很早的一个朝代，有一个囚徒被皇帝流放到了敦煌，苦寒度日，爹不疼，娘不爱，就算他死了，狼也找不见他。但这个囚徒不甘心，他想证明自己有本事，便盯上了渥洼池里的天马。前几年的中秋夜，囚徒在水边扎了一个草人，天马刚上岸时，差一点就炸了群，后来见草人没什么危险，便也宽下心来，各晒各的月亮，各想各的心事。终于有一年，这个囚徒自己装扮成了草人，等一匹天马靠近他时，他突然活了，趁机给天马套上了笼辔，勒上了嚼子，活捉了它。这个囚徒得手后，拉着天马，一路走过了肃州、甘州和凉州，进入了长安城，将天马献给了皇帝。皇上爱马，皇上的马院里虽说也有成千上万的马匹，却没有一匹渥洼池里的天马。这家伙终于干了一件天大的事，让皇上龙心大悦，赦免了他的罪，让他以后总管全天下的马。这个皇帝是汉武帝，献马的那个人吧，可能叫胡梵海。梵海闻听，呵呵呵地笑出了声，再也不打瞌睡了。梵同探问说：等爸的这个劫难过去了，迈过了这个坎，病彻底好了的话，你想不想跟我在中秋那天来看天马呀？梵海顿了顿，果决地回答：不想，我不来。梵同一下子炸了，申斥道：瓜了么，你脑子吃了猪粪了么？哥这么哄你，你还不承情，你真是扶不上墙的一块烂泥。这时，梵海黯然地说：瘸子不骑马，想骑也骑不上。

言毕，梵海跳下了车，一个人在后面追着马车跑。

梵同气坏了，撒开了缰绳，不打算慢下来。梵同只想教训一下弟弟，让他知好歹，懂仁义。岂料，一旁的管家苏食却悲声大作，哭出了满脸的泪花花，结了冰似的。梵同素来敬畏苏食，哀告说：叔你咋了，咋了么你？苏食不答，只顾着个人伤心，让梵同一时间手足无措，慌神了不少。没了奈何，快接近那一道沙梁子时，梵同停下了车，拽住苏食的手，连连哀告，让他别再难过了。苏食哽咽道：我跟着你爸一起长大的，你爸主了胡家的大小事情之后，我就给他打下手，做参谋，望着他娶亲成家，有了现在你们这一大家子人，枝繁叶茂，门风端正。我苏食没功德，我早先是一个庄户人家的苦孩子，吃了上顿没下顿，自打投进了胡家的大门，这么些年了，你爸从没对我红过一次脸，说过一句重话，戳过一指头，始终拿我当自家兄弟看，当胡家的一口子人对待。你爸是一个谦和君子，不管在胡家坊，还是在沙州城的买卖场上，谁都对他竖大拇指，谁都愿意服属他，跟他一起在河西这一条长路上闯荡。苏食控制不住了，又嚎了出来：我后悔死了，心快疼破了，你爸这一趟去了莫高窟，我应该陪着他，替他牵马拽镫去。好端端的一个人，走之前还站着，却躺着回来了，去时还囫囵着，来了却闭上了眼。梵同劝止不住，只好陪着管家一起掉眼泪，把自己也弄得万般伤心。苏食又道：现在你爸的身子还热着，但三魂六魄不见了，要是天老爷不惜疼他，不把他留在阳世上，让他身子凉下，一口气走掉的话，那我在胡家的日子也就到头了，我去给他守坟，守一辈子的坟。梵同哀恳道：叔，你不能这么想，胡家的大门对你开开着，就算你老了，也有我们兄弟三个抬衬你，伺候你，孝敬你呀。此时，苏食收住了泪水，申斥道：我偏不想在你们兄弟们的勺子下盛饭，当然也不会有我的饭，我想吃也吃不起，我个人有自知之明的。胡梵同，你也是乡学里的一员，读过圣人书，念过贤孝章，可你瞧瞧你刚才的德行，你对梵海的口气，连对自己的亲弟弟都这么恶声恶语的，我一个外人能有什么指靠？闻听此言，梵同方明白了管家何以在这一片荒蛮的旷野上，在冷寂的罡风中，如此抢天哭地的缘故了。苏食的这一番训诫，等于是当头棒喝，头顶雷霆，让梵同无地自容，一下子掉头跑远了。

但梵同并没有跑开，他迎面碰上了弟弟。见梵海气喘吁吁地追了过来，梵同忽然弯下了腰，对着弟弟鞠了一躬，说了抱歉的话。梵海仍在置气，不想搭理他，躲闪了好几次，都被拦了下来。梵海暴怒地吼喊：等着瞧吧，总有一天，瘸子也能上天，输不给你们的。趁其不备，梵同拦腰抱住了弟弟，将他扛在了肩上，往马车那边走去。梵同知道，他的这一番道歉，一定会赢得管家的宽谅，毕竟自己是无心之过嘛。

果然，梵同将弟弟安顿在了车上，又用翻毛皮袄裹住后，见苏食点了点头，面呈微笑。梵同消弭了刚才的不快，松开了缰绳，打算继续赶路。不料，远处的沙梁子上掠过来了一条黑影，刹那间就停在了梵同的跟前。辕马惊了一跳，险些将车厢里的冰块掀了下来，被梵同一鞭子抽住，乖乖立定了。好狗不挡道，梵同刚要破口大骂时，却见陈小喊骑在马上，像一尊凶神似的。梵同问说：小喊哥，这大过年的，你不在酒楼里逍遥，跑到干滩上来干么？呃，我现在要回胡家坊，你也一起搭伴走吧。陈小喊却道：我是来吹风的，太凉快了，这个春节在沙州城里简直把我热死了。听话听音，这话有些险恶，令梵同一时间摸不着头绪：小喊哥，我可没心情说闲章，我急着赶路，你让开一些吧。陈小喊露齿大笑：屁哪吒，难怪这些日子没见着你的鬼影子，原来你也热疯了，跑到戈壁干滩上来吹风呀。哦，说说看，你现在凉快不，是不是透心凉，快冻成一张皮子了？梵同一再哀告说：小喊哥，求你了，太阳落山前，我必须赶回家里去，家里人着急。

这一刻，陈小喊不再言语，从马背上扔下来一卷薄皮子，人也跟着跳将下来。就在车上的诸人怔忡之间，陈小喊打开了那一大张皮子，盖在了冰块上，并用麻绳绑住了四个角。消停下来后，陈小喊方说：你个糊涂匠，在这么冷的气候里拉冰，不遮不护的话，风会抽走冰块里头的水汽，等你拉到了家里，等于拉了一车的废物，又如何救老东主的命呀？梵同的内里潮起了一股温热的暖流，忙说了感激的话。陈小喊催促：快走吧，我给你引路，不走沙梁子这一线，跟着我直接蹚过党河，两个时辰之内就能回到胡家坊。梵同信他，知道陈小喊在关外三县游走了许多年，心里装着一张明晰的地图，忙吆起了辕马，尾在了陈小喊的后头。

顺利越过了党河，路也宽展了，梵同浑身的汗慢慢凉了下来，踏实不少。梵同这才察觉，陈小喊胯下的坐骑换了颜色，不是炭黑色的，却是另一匹更高的快马，样子奇特，皮毛上有无数的斑点。问了情况，陈小喊才绍介说，他在腊月里碰见了一个口外的异族人，因为大雪封路，回不了新疆，便折返去了西安。那个人怕路途太长，于是加入了一个皮毛商团，坐着暖车走了。临走前，对方变卖了多余的东西，包括这匹马，结果让陈小喊捡了个大便宜。陈小喊又讲，这匹马的脾气还很炸，到了现在也没服帖，只能慢慢磨合了，起码要磨合上一两年才能对路。陈小喊连连讽刺，比方说我跟你，你原先叫屎哪吒，跟我在车马店的一张大炕上耍，和我共享一只酒碗，驴粪蛋跟屎哪吒，谁也不曾嫌弃过谁。呵呵，可后来你摇身一变成了少东主，大名叫胡梵同，这让我有些不甘心，所以我也要跟你再磨合上一阵子，彼此服帖。一席话，让胡家坊的三个人笑了出来，几乎忘了这些天以来的哀戚与悲伤。闲章中，陈小喊称，他从腊月里到现在，一步也没离开过沙州城，要么在车马店里睡大觉，要么和陌生人斗酒买醉，糊里糊涂地过了个春节。问及蒋斧与卡利班诸人时，陈小喊口气艳羡，说他们好歹都有个家，有爹娘老子，有老婆娃娃，说不定此刻正在热炕上打滚呐。梵同揶揄对方，让陈小喊请车马店的那个母老虎说个媒，娶一房女人，生上一大堆娃娃，保准就不孤单了。这时，陈小喊认真地讲，他这辈子只有一件事，他在等一个人，除此而外，这个阳世上他再也无事可干，没有别的念想了。梵同记住了这句话，记得很深。

进了胡家坊，梵同问说：小喊哥，你上一匹炭黑的马叫锅灰，那这一匹应该称呼什么？陈小喊被问住了，思忖了半天，反问起来：你是乡学里的秀才，肚子里有墨水，干脆你给起一个名字吧。梵同的目光摩挲着那一匹骏马，瞭见它的身上斑纹密布，黑白分明，便笃定地说：就叫雪花豹吧，前世是豹子，今生做快马，夫复何求。陈小喊一拍马头，亢奋极了：对，这就是一头豹子，雪花豹。

听见了响铃，胡家的大门霎时开了，大哥梵义和伙计们蜂拥出来，帮着卸下了冰块。从大门内蜂拥而出的另有一种悲痛之气，一扫梵同刚才的喜悦，表情肃然了下来。梵义见来了客人，忙拱手一揖，说了过年吉祥的话，又礼让一番，欲请陈小喊去家里一坐，刚巧也到了吃夜饭的时辰。梵同却说：小喊哥，今天就不请你喝酒了，家里不方便，改日我去找你吧。陈小喊还了礼，悄静道：不敢不敢，老东主命悬一线，我去沙梁子一带迎你，也就是为了尽一份心意，岂敢再打搅老人家的宁静呀。闻听此语，大哥梵义诧异地问：咦，你咋知道家父病了，还命悬一线的？这位兄台，你给我实话说知道吧。陈小喊一脸蒙昧，但语气诚恳：是这，连公子的那一只破喇叭，早就在沙州城里传开了，说胡家坊的老东主去了莫高窟朝佛，结果佛没有应许，还降下了怒火，以至于到了这个地步。

今天是大年初六，胡恩可已经昏迷了十来天了。

事实上，胡恩可并没有死在高堂明屋里，而是躺在了高房子上。胡家坊的房舍与其他坊不同，每家每户都在临河的一侧建了一座单独的二层，下面或储藏粮食，或堆积杂物，上面则睡人，故称高房子。高房子内一般砌有一扇车轮大小的牛肋巴窗子，干燥、通风，坐北朝南，白日里落满日光，晚夕里则能看见星宿和月亮，讲究风水。高房子另有一个实际用途，站在窗口前，能一览无余地瞭见自家的田地。目前还冷，地里一片萧瑟，泥壤被冻实了，没个看头。但一俟下了种，返了青，尤其进入了浇水和扬花的节令，情况便瞬息万变了，需要人时时操心。再一个，地里串联着一些大小不一的坟包，先人们就落户在那里，盯看着后人们的一举一动，让他们勤勉和用功，不敢懈怠。胡家坊的人每顿饭开始前，一定会事先挑出一筷子菜，掰下一牙馍馍，倒上一盅子酒，款款地洒在地上，先慰劳一下祖宗，自己才敢下口。究其里，一入了夜，敦煌二十三坊就是一个阴阳混居的世界，先人们带走的一辈辈大光阴，和后人们的这一世彼此不分，亲热得就像一大家子。胡恩可如同一根病木，无知无觉地躺着，带着微弱的心跳与脉搏，口鼻里尚有一些气息在游动，说明他还活着。

两个弟弟从渥洼池那里伐冰回来，一身狼狈，可怜兮兮的，没顾上去吃饭，就想上去给爹老子问安，却被梵义断然拒绝了。梵义说沈先生在，别打搅治疗了，今晚夕很要紧，要么能救活，要么就搭灵堂，开始筹办后事吧。弟弟们哭下了，跪在高房子下边，一人磕了一大堆头，这才作罢。管家苏食也想磕，梵义拉住了他，哀告道：叔，你跟我爸是平辈，别乱了长幼秩序。苏食性子执拗，仍旧抢着磕了，哭噎道：即便是平辈，但他是老东主，我毕竟算是下人嘛。梵义恳切说：叔，我实在没经历过什么大事，我吓慌了，但你得稳静，要撑住，有些主意还得你来拿，我听你的。苏食婆婆地抬望了一眼高房子：现在咋样了么？我的心都快疼破了。梵义便道：沈先生说明天是大年初七，人日，或许天老爷会开眼的，我这就上去陪着沈先生，这些天他也点灯熬油的，人都瘦了下来了。苏食恭顺地说：少东主，我就在下头守着，有了要紧事你随时喊我，我的耳朵张着，你别惜疼我。言毕，苏食穿紧了身上的翻毛皮袄，一屁股圪蹴在了墙根下，不再吱声了。梵义望着墙下头的那一团黑影，望见的并不是管家本人。梵义心知，这一切都是父亲造化来的，乃是爹老子病倒之前仔细铺好的路，让他去走，让他去踏，让他慢慢地去仰赖。上了台阶，到了高房子门前时，梵义却没有进去。梵义需要一点点时间，好让自己镇定下来，既不去干扰沈破奴，也能暗中扛住胡家这一根快要坍塌了的柱梁，收拾残局，从头开始。

星宿点点，夜色如铁，风也静止了下来，仿佛玉门关和疏勒河下游一带，挂起了一张巨大的帐幕，遮护着今夜。薄暗中，胡家坊的巷道里娃娃们玩闹着，偶有鞭炮炸响，声音在头顶上漾开。多数人家把灯笼挂在了廊檐下，也有几家烧不住，癫狂得很，在院子里竖起了长长的杆子，将灯笼悬在了半空中。这样的人家，要么去年多打了粮食，要么买卖上发了财，要么是娶了新媳妇，反正都有喜事。目光迢递，远处的沙州城影影绰绰，只能看见一个大致的轮廓。城里的人除了放炮仗之外，大户人家也放烟花，烟花是从内地贩运进来的，到了关外三县后，价钱翻了好几倍，一般人问津不起。烟花腾起时，沙州城的城堞和角楼会在夜幕中显出一幅幅剪影的样子，样子跟去年一样，丝毫未变。梵义的目光逡巡了一圈，只有自己家的庄院里死寂冷落，一无炮仗和烟花，二无灯笼与嬉闹，仿佛一座可怖的墓地，了无生趣。突如其来的急症，不仅将爹老子一下子击倒了，还让这个平素里旺盛祥瑞的家庭，一脚踩进了沼泽中，泥浆翻滚，灰头土脸，干脆拔不出脚来。腊月里，伙计们相帮着，宰了家里的两头猪，七只鸡，母亲胡白氏拴在灶房里出不来，做了几案子的碗蒸肉、糟肉和丸子，又炒了里脊和肉臊子。做完了吃食，母亲也闲不住，掸净了房子，拆洗了被褥，又跑到了城里的徐尺子裁缝铺，给丈夫和儿子们每人做了一身新衣服，纳了一双新布鞋，当然也忘不了管家苏食。伙计们赶着大车，去了一趟花碥子湖，灌了几缸的苞谷酒和锁阳酒。苞谷酒是特等的，据说当年霍去病西征时，在肃州城喝的就是它，酒方子传到了关外三县，慢慢成了宴客的主角，从来也没变过。家里的门联是从鸣山书院请的，每年的这个月份上，山长都有求必应，亲自出来墨写，今年亦不例外。梵义也买了几只大红灯笼和不少的土炮仗，还单独给家里的那一匹老马订了一只黄铜响铃，犒赏它去年的辛劳。然而，这一切都泡了汤，眼睁睁地看着普天下的一个节庆，却偏偏掉下来一块巨石，砸在了胡家的院子里，让这一切都停止了。目下，父亲倒下了，等于天破了，至于会不会再塌下来，让胡家遭受灭顶之灾，则是一夕之间的事，谁都悬着一颗心。

　　那日晚夕，在小年夜的喧嚣中，梵义驾车驶进了胡家坊。令他意外的是，家门口挤满了伙计们，世兴堂的沈破奴和母亲胡白氏也站在门槛上，翘首而待。顾不上别的，梵义催喊伙计们搬出来一张八仙桌，将父亲从车轿中挪出来，安顿在桌子上，抬进了家里。房前屋后积雪层叠，寒风吹树，发出一种古怪而尖厉的啸叫，令人不安。弟弟梵同在炕洞里填满了柴草，将炕烧热了，想让爹老子驱驱寒气，暖和一下。那一时，阖门上下只觉得老东主不过是操劳过度，又被铁雪惊吓，意外摔伤所致。大家心心念念地盼着，等次日一早，他照旧会按时起来，先在院子里转达一圈，喊儿子们温习早课，去马院里望一眼牲口，而后再去城里打理生意。梵义守在炕边，瞭见沈破奴的手伸进了爹老子的怀里，仔细探摸了一番，翻开眼皮看了看，又扣了几遍脉息。沈破奴的眼神突地灰了，像一团火死灭了。沈破奴催喊：快把炕火灭掉，越凉越好。梵同听令，将几桶子水浇在了炕洞里，又喊伙计们铲了雪，全都塞了进去。沈破奴拿着剪子，将胡恩可浑身上下的衣裳全都铰碎了，遇到裤裆里拉下的屎尿，竟也不嫌弃，慢慢地擦拭干净。这么着，沈破奴又重复了一遍先前的程序，检查完后，面色却更加沉郁了。梵义问说：究竟是什么急症么，先生你给一句话吧？沈破奴再三摇头，沮丧道：唉，现在只是一味地发烧，一烧带百病，我也问不出来什么结果。后半夜时，胡恩可的身子更烫了，好像一根煮熟的胡萝卜。沈破奴当即决断，赶紧把病人送到高房子里去歇缓，那里干燥通风，不沾地上的邪祟，兴许对他有好处。自那一晚夕开始，高房子便成了胡家的重心，结界森严，危如累卵，让家里人昼夜无明地扯心和挂牵。

　　其实，沈破奴当时也问出了一个结果，虽然不很详细，但足够慰藉了梵义。沈破奴掰开了胡恩可的嘴，查看了口舌，听梵义讲是性元掏出了里头呕吐出来的秽物时，他居然小声笑了一下。沈破奴夸赞说：幸亏性元当时在，否则就太迟了，这个丫头呀，她要不是我的女儿，我可真就相信你爸碰上了菩萨，但现在她就是我女儿，我只能猜，这或许是菩萨教给她的。梵义费解地听着这个异乡人的口音，五味杂陈，一方面信任对方的评价，另一方面却对自己偷偷约了性元，去了一趟莫高窟而心存愧疚。但沈破奴好像刻意回避了这个尴尬，对梵义说：你来瞧瞧吧，舌头是软的。梵义木讷：先生，舌头软，这说明了个啥？沈破奴道：人死先死舌头，一旦口舌硬了，没有了话语，说明大限将至，对这个阳世再也不抱什么念想了。梵义略微懂了，一星希望的火花在脑子里烁闪了几下，不由得鼻酸了起来。沈破奴又绍介，眼下最要紧的是退烧，退了烧，病象才能水落石出，也才可以对症下药。后半夜的天气里，沈破奴一直在运针，在梵义看不懂的穴位上扎针不止，试图让病人的温度降下来。此后的十几天时间里，胡恩可的体温犹若一架失控了的秋千，时好时坏，忽高忽低，居然连沈破奴这样的关外名医也掌握不住。

　　当日夜里，梵义没去请教母亲胡白氏，他单独做了主，另干了一件大事。梵义下了高房子，对院子里守候的伙计们讲，今年的春节不过了，城里的几个店铺提前关门歇业，让大家各自回家去。梵义叮嘱管家苏食，将今年的工钱算一下，宁多勿少，务必发在每个人的手里，让他们回去有个交代。伙计们也不答应，围住了少东主，嚷嚷着要留下来，既然老东主遇上了这么大的生死坎，谁走谁就丧了良心，连人也不是。梵义心念诸人的好意，但值此关口，不得不变色说：谁不回去，等明年就不必来了，胡家的伙食账上也没他的名单。一句话，让大家都哑了，也知道了少东主的厉害。梵义盼咐两个弟弟，将灶房里的猪肉、菜蔬和花馍馍什么的，包括特等酒，按人头均分，每人一份，全都散了，让大家带回家去。终于，胡家的院子里空了，留下了一片大寂静，剩下为数不多的几个家人，走起路来都提住了鞋子，脚不沾尘，生怕惊扰了高房子里的病人。到了年根前，梵义又亲自墨写了一纸告示，大意是今年全家人去了娘舅那里过年，一切拜年和问候都铭记在心，敬谢不敏。落尾时，梵义署上了个人的名姓，这让他又一次觉得家里的柱梁，已然压在了自己的肩上，辞让不掉。梵义撂下了狠话，待父亲好转之前，家里的所有人都走马院的偏门，不许开大门，以防晦气出入，冲犯了高房子上的爹老子。梵同将告示贴在了大门外。梵海闭了门，上了锁，又落下了横杠。兄弟三人寡落落地站在空旷的院子中，梵义瞭见梵同身上的顽劣和猴性不见了，整个人忽然机敏了许多，眼神里也埋着一块铁似的，稳静了起来。再看梵海时，虽然哭丧着脸，但这个碎弟弟惹人惜疼，尤其是他额角上的那个伤疤，让梵义的心里抽了几下，懊悔死了。这一时，在两个弟弟的眼中，大哥梵义的胡子突然黑了，也长长了，像极了他们各自的记忆当中，爹老子年轻时的那个样子。

　　沈破奴的确是个谦逊君子，见胡恩可病状复杂，不见好转，便跟梵义商议，能否让自己先歇一下手，让关外三县其他的老大夫们来瞧瞧，毕竟一个人所学有限，怕误了最佳时机。那些日子，沈破奴将自己分成了两半，早上在世兴堂坐诊，后半天一直持续到深夜，则在胡家的高房子里闭门不出，随时观察着病情。偏偏下过一场铁雪，气候惨烈，世兴堂里的病员人满为患，大多是伤风感冒，咳嗽高烧，这对沈破奴来说不是个问题。但面对胡恩可一个人时，沈破奴将其当成了这一生最大的医学难题。沈破奴感念胡恩可的恩遇，什么宅基地，什么馈赐一座院子，现在随着老东主的颓倒，一切都无从谈起，他自然也不去计较。但仅仅凭着那一册陈家修书坊修复妥善的医术和药理残卷，就足以让沈破奴俯首病榻，甘心将自己施舍出去。这么些天来，就算后半夜回到了小校场外的家中，沈破奴也没睡上一个囫囵觉。他搬出了半生积攒的医书，查遍了医经类、五脏论类、诊法类、伤寒论类、医术类、医方类、本草类、针灸类、服石类、佛家医方类、道家医方类，以及各种杂禁方类，却越读越茫然，越看越无助，始终也对症不了胡恩可的病象。或者说，胡恩可的高烧遮蔽了他本人的病因，令沈破奴辨识不出来。于是，沈破奴生出了让贤的念头，抽空说与了少东主。闻听此话，梵义一下子慌了神，哀告说：好我的先生呀，胡家的整个天，现在就靠你一个人扛着，你说天在就在，你说它塌了，它随时就塌了，你咋能说出这么灾难的话来？梵义眼瞅着沈破奴，觉得真是熬坏了先生，颊脸瘦削，眼窝深陷，枯干成了一个桩子似的。可即便这样子，沈破奴的意见，让梵义觉得对方就要撒手不干，让爹老子万劫不复，直往死路上走。沈破奴宽慰再三，承诺说，他不会撂挑子的，他会一直守在高房子里，直到老东主睁开眼睛。

  年前年后，从关外三县延请来的一位位名老中医，坐着胡家的缎子车轿，陆续赶到了胡家坊。这个刚跫出了马院的偏门，另一个便簌簌进入，首尾蝉联，几乎没有断过。这些个头顶白雪、面色苍茫的良医，各说各的话，各念各的经，但始终也确凿不了胡恩可的病症究竟在哪里。梵义急了，听多了这些连毛带草的话，知道他们的嘴里打不出粮食，立马放弃了这条线，重新让沈破奴一个人做主。初六日的早上，沈破奴突然火急火燎地进了高房子，让胡家的人抓紧去渥洼池伐一些冰块来，务必要纯净无染的那种。沈破奴释解说，他昨晚夕回到了家里，找见了一张稀罕的方子，今天必须试一试，否则病人就迟了。又道，明天是大年初七，人日，说不定天老爷能帮忙的。

撩开帘子，梵义悄悄进入了高房子内，见沈破奴正在给父亲放血。

爹老子浑然无觉地仰躺着，在枕头的四周，码满了从渥洼池里伐来的冰块。额头上，另覆着一块用手巾裹住的冰疙瘩，被胡恩可体内的高烧所催逼，在慢慢融化，洇湿了一大片被褥。沈破奴继续运针，胡恩可的心口、肩胛和脖颈各处，扎了十几根针，皮肤脆薄得可以看见里头的血管。梵义不敢发声，蹲在炕边，见沈破奴抱住病人的胳膊，在捋每一根指头。每捋一次，便活一次血，将血脉逼上了指尖。末了，沈破奴又捉住了中指，用一根麻绳勒紧后，一道道地箍住，再次将血脉集中在了指尖一带。这时，沈破奴用针尖挑破了病人的指肚，一股浓黑的血水簌地淌了下来，指根一下子变白了，犹若一根葱段。放完血，拆开了麻绳，沈破奴在伤口上抹了一点香灰，忽然长吁一口气，瘫坐在地。梵义端来了开水，请沈破奴赶紧歇缓一下，却见对方一头热汗，咧笑说：少东主，我的方子使过了，现在看来，一切还算正常。梵义给他支了板凳，哀告道：先生，我不懂方子不方子的，这么劳烦你，我先给你磕个头吧，救命之恩，我将来有情后补。梵义欲跪，却被沈破奴拉住了，坦言说：要谢，少东主你也应该先谢你爸，还轮不到我。见梵义目中疑难，又道：实话告诉你吧，大夫和所谓的方子，其实不过是一个外因，关键的还是内因，内因便是令尊大人。从发病那天到今日，要是搁在一般人的身上，恐怕早就办了二七的祭奠，但你爸自己不肯舍离，他不肯咽下最后一口气，这才给了我机会。少东主，所以要说谢，我也应该谢你爸，令尊成全了我。沈破奴的谦逊与涵养，让梵义感佩不已，同时亦想起了另外一件事，但暂且按下不表。梵义问说：

"先生，在你看来，家父是怎样的一个人？"

"化毒为药之人。"

"先生，这意思？"探问道。

"在敦煌，甚至在整个河西这一条长路上，你爸广结善缘，与人为善，宁可自己吃亏，也绝不会弄脏个人的名声与胡家的口碑，此乃令尊的操守和风范。"沈破奴斟酌着，用了他一贯严谨的态度说，"另外在肉身上，此番他也在一直顽固地挣扎，始终不肯就范，令尊将病魔这一丸剧毒，当成了疗治自己的药，痛快地服了下去。"

梵义不解其意："那在先生看来，这究竟是个啥病？"

"哦，令尊玉山颓倒，只因为他肉身里走了风，内风突出，心火暴盛，正气自虚。"沈破奴终于确凿了胡恩可的病状，笃定道，"走风的意思就是说，他的脑子里血管破了，好像戈壁大滩上突然起了一阵风，善行数变，变化莫测，整个身体乱得像一团缠麻，理不清楚。这么些天来，乱风作怪，幸亏拉来了渥洼池里的冰，降下了体温，我也才刚刚找见症结所在。"

"先生，救得过来么？"

沈破奴问："什么时辰了？"

"三更天了。"

"嗯，人日到了，那就再等等吧。"

"先生，请你出门来，借一步说话吧。"梵义含了含胸，挑起帘子，举止恭敬极了。

沈破奴懵懂地出了门，被后半夜的寒风激了一下，遍体冰凉。梵义从身后替沈破奴披上了一件棉袍，让他站在了背风处。梵义不知道咋开口，脸先自红了，吞吞吐吐起来。沈破奴立时恍然了，问是不是带着性元去了一趟莫高窟的事，一定是吧。梵义忙释解一番，连声道歉，说喊性元一块去莫高窟，只为了在千佛灵岩上寻找冰蜻蜓和冰蝴蝶，让性元看一看稀罕之物。歉疚的是，这一切都瞒着沈先生，自己太没礼数了，所以祈求沈先生的宽谅，大人不计小人过。由于治疗初见了一丝效果，病人的状态向好，此时沈破奴的心情也格外喜悦，哈哈一笑，轻轻化解掉了。沈破奴道：少东主，性元早就如实告诉过我了，那个丫头呀，自小到大，从来就没对我隐瞒过任何一件事，你也别太自责了，权当你们骑马去了莫高窟一带赏雪景了，可惜我没这个福分呀，想去也去不了。梵义纠结了许多天的一个难题，居然形同虚设，一拳打在了棉花垛上，反倒更尴尬不安了。沈破奴宽慰说：我是一个外来人，我心里没那么多的教条和礼数，更不认同男女授受不亲的陈词滥调，我也是从少年过来的，我明白少年人的活法。梵义心中愕然，这些灿烂辞藻，烂漫口气，竟是他在乡学和沙州城里从未闻听过的话，立时惊喜莫名，难以自持。这么着，梵义想到了那一件要紧的事，手搭在了胸口上，慢慢往夹袄里摸去。梵义嗫嚅道：先生，记得上一次，我爸送给你一本陈家修书坊装裱的书籍，你一定能用得上吧，哦，是这，我也想……岂料，这个关节上，胡家坊的巷道内霹雳声起，一个睡不着的家伙点着了一挂鞭炮，火光四射，响声震天。

梵义的手摸见了怀里的那一只包袱，却见沈破奴并没听懂自己的意思，也或者没听见。这一刹，梵义缩回了手，肃立在侧，此后绝口不再提及此事了。因为梵义瞭见沈破奴掉转了身子，关上了那一扇牛肋巴窗户，并清晰地丢过来一句话：

"天哪，老东主醒了。"

索敞也在第一时间，听说了胡家坊的老财东醒来的消息。

这个年过得糟透了，在索敞的记忆中，还没有哪个春节像今年这般郁闷、凄楚和焦灼不堪。事实上，这个年跟旧时的任何一年没有丝毫的差异。入了腊月，女眷们就在拆洗、打扫和缝纫，每个屋子的仰衬换了新纸，窗户上也贴了窗花，连马院里都垫了半尺厚的新土，鼻子里干爽，没有异味。索氏一门家大业大，杀了五头猪，宰了七只羊，光八宝甜饭就做了百十来碗，码在了通风的晾房里，等着待客。按惯例，除夕夜和初一的晌午，家里要吃团圆饭，况且去岁添丁进口，更是喜上加喜。但索敞一直黑着个脸，吃了没几筷子，就声称饱了，自己一个人进了上房，关门落锁，任谁来敲门也不应答。其间，索敞主动出来过三趟，第一回去了索家的祠堂，点了香，磕了头，告慰了一下家族的先人们。次回，也就是初一的早上，索敞去问候了一番母亲，见索佟氏新衣新鞋，福寿安康，照例给了母亲一份孝敬钱。末回，索敞不方便进后院，喊长子索朗将孙女抱了出来，亲了亲细君的额头，见她白白胖胖的，心下大喜，便塞了一个肥实的红包，算是压岁钱。到了大年初三，关外三县的人们开始走亲戚，义庄的门槛快被踏破了，走马灯似的。不管来了亲门近族，抑或是索家的雇工和伙计们来给老东主拜年，索敞一概不见，只让索朗和索乘两个儿子去应对了，自己一个人寡落落的，任母亲索佟氏和妻子索柳氏大惊小怪，却也问不出一丝缘故。

更决绝的是，敦煌文和事老协会的领袖李豆灯也来了，率着二十三坊中至少一半的耆老和贤达，乌泱泱地进了院子。在这些七老八十的乡绅与财主后头，另跟着一个锣鼓班子，一路上吹拉弹唱，弦索不断。李豆灯是来报喜的，手里攥着一纸丝绸装裱的文书，通报说，知县大人已经批准了陇西坊的呈请，准予义庄的当家人索敞担任总渠正，并在县衙的吏房里报备妥当了。各个坊都备下了厚礼，义庄的院子里摆满了礼盒，红红绿绿的，一地喜气。隔着窗子，索敞悉数闻听了，虽然心下喜悦，但始终敛声静气，并没有开门。李豆灯在门外立定，朗声念完了文书上的内容，又向诸人展示了一番落尾上的朱红色大印，将文书重又裹扎了起来，交给了索朗。索朗和弟弟索乘礼数有加，规矩地站在了廊檐下，频频鞠躬，笑容洋溢，给众位叔伯行了礼，说了过年吉祥的话。李豆灯不甘，让索家的大少爷去里头传话，非要瞻望一下索敞的面，替陇西坊的乡邻当面道一声谢意。索朗生性木讷，一时间坐了蜡，倒是弟弟索乘心眼灵巧，回说家父正在佛堂内诵经，祈求佛祖保佑太老奶添福加寿，这是发过愿的事情，不可半途而废，还请叔伯大人们宽谅。这么着，李豆灯才掐灭了自己的念想，不再固执了，带着一班人马退出了义庄。索朗不忍，忙让家里人给诸位叔伯回了礼，不外是杏皮子、干玫瑰、瓜条和葡萄干之类的大路货，将院子里的礼盒原填满了。兄弟俩送出去了三里地，望着叔伯们渐渐走远了，这才折身回来。

索佟氏偷偷喊两个孙娃子进去，一家给了一份压岁钱，探问说：大过年的，你们谁闯了祸，把爹老子惹下了？索朗和索乘想了半天，均说没惹下呀，除夕夜还给爹老子磕了头，一切都好端端的。又问：是不是他身上不舒服，不想扫了大家过年的兴，一个人悄悄地扛着？索朗道：一日三餐都放在了上房的窗台上，爹老子全吃毕了，碗是空的，不像是害病的样子呀。索佟氏登时火了，一人抽了一鸡毛掸子，声嗓哽咽地骂道：你们没惹，难不成是我动了他太岁头上的土？贼疙瘩们，心思不用在爹老子的身上，一天到晚就知道吃喝耍闹。索朗刚犟了一句，冷不防又挨了一掸子。索佟氏淌下了眼泪，哭噎说：以前咱义庄的大门是锁着的，你爸也还听我的话，大门不出，二门不迈，还像个人样子。唉，也不知犯了哪门子的邪，从去年晒秋开始，他连着跑出去了好几趟，身上像走了火一样，肯定有鬼。索乘释解说：我爸当了总渠正，县令大人批准了，况且还是关外三县声名显赫的陇西坊的，刚才李豆灯他们来恭贺，太老奶你都听见了吧。哎呀，这么喜庆又风光的事，我爸不出去抛头露面的话，难道人家能平白无故地白给一顶冠冕嘛。一席话，再次惹恼了索佟氏，哭得更悷惶了。索佟氏嗔骂说：你两个真是吃了猪屎的脑子，姓错了姓，不是我索家的后人。你们也不想想，那个唢呐能白吹么，锣鼓能白敲么，那一张县衙的文书会白给你么，这都是他们先舍来的饭，让索家人先吃喝完了，回头再来算你们的伙食账。索佟氏又翻开了旧账本，历数说：我索家前几辈子先人够忠义的了，替这达的人割了脖子，捐了热身子，难道天老爷还不放过我们，还惦记着你们两个贼疙瘩身上的羔子皮，牵心着你爹老子的那一身老羊皮嘛。索佟氏跳下了炕，踮着小脚，抢过去抓住了一把剪子，对着门外的虚空指画了一番，嘶喊说：不，做梦去吧，有本事你就来呀，义庄还多着一件血衣，就是我身上的这件老皮，来剥吧，来杀吧。长孙索朗约略知道一些家里的旧史，那些过往的血腥，惨烈的细节，一直让他半信半疑的。但此刻，这些话从太老奶的嘴里吐出来，仍让他的脑子里闪过了几道霹雳，落下了一片雷电。索朗天性懦弱，体格上也不雄阔，忙呻唤自己头疼，倒在了热炕上，用被子包住了头脚。索乘却嘻然道：太老奶，我想起来了，小年夜的当晚，丁荣猫从外头回来，给我爸嘀咕了几句什么话，我爸就是从那一刻开始性格无常的，我保证是丁荣猫惹下的祸。索佟氏哀叹说：哎哟喂，要是那个贼娃子惹的，准定是生意上的事，这个我不懂，也不能乱嚼舌头。

但丁荣猫还是自己来了。初七日的晌午，丁荣猫戴着一顶毡帽，鼻梁上架着一副石头镜，拎了几盒子点心，一路嬉笑着跨入了义庄。管家知悉规矩，先去了索佟氏的堂屋，跪下拜完了年，说了喜庆的话，又孝敬上一份过年钱。索佟氏道：猫子，你给了我这么大的礼性，我也还你一个赏吧，你把脸张开。丁荣猫不解，刚怔忡时，却见索佟氏扇过来了一记耳光,虚打在了他的脸上。丁荣猫假装捂住了腮帮子,夸饰说:好我的奶奶呀,你这一巴掌的疼爱,胜过千金万银,我干脆再磕几个头吧。索佟氏笑了,申斥说:贼疙瘩,你给我记住了,脸是要用一辈子的,脸不能随便让人打,除了我。这么着,索佟氏便问了儿子索敞的近况,问管家究竟下了啥药,惹得索敞没过好这个年。丁荣猫嘴紧,连说没有的事,兴许大掌柜想清净几日,懒得里外应酬,觉得不划算吧。管家的陈词滴水不漏,样样在理。见问不出底细,索佟氏也就放行了,催丁荣猫去陪着儿子说说话,千万别让儿子憋出病来。丁荣猫站在后院门前,将索朗喊了出来,给索家的女眷们每人一个压岁红包,请大少爷去派发。行完了全部的礼性,丁荣猫这才蹒跚过去,叩开了上房的门。

令管家大为意外的是,老东主居然没打瞌睡,而是端坐在一块蒲团上,手里拎着一只羊骨头纺锤,正在安静地纺着羊毛。上房的贡桌下丢着一只麻袋,羊毛拉扯出来,摊了一地,鼻息里有一股羊肉的膻腥。索敞拿着的这一只纺锤,很有些年头了,上面布满了裂纹和锈痕,颜色深黄。索敞一手捏搓着羊毛,慢慢喂给了纺锤。纺锤旋转着,给毛条上了劲,一圈一圈地拧紧了,缠在了羊骨头的轴身上。丁荣猫摘下毡帽和石头镜,忙蹲在一旁,相帮着将羊毛拢在了一起,表情惊讶极了。索敞感喟道:羊毛的衣裳好穿,羊毛的线却难缠呀!我试了好几天,这才掌握住了纺锤的脾性,线也终于纺均匀了,不像前几日那样粗的粗,细的细,你瞧瞧看。丁荣猫不必看,心中早就有了一篇锦绣文章,恭维说:老东主,你猜猜我刚进门时,一眼看见了什么?索敞停下手:哦,你究竟看见了啥?丁荣猫虔敬道:刚一进门,我便看见佛光满室,整个上房里简直就像一座白玉的赞堂,老东主你盘坐在蒲团上,就像一位大德高僧,手里摇着一只象牙的转经筒,嘴上念着阿弥陀佛,我想这肯定是一个吉兆,也是咱义庄的福报吧。索敞也笑了,反诘说:想必今年沙州城的蜂蜜全脱销了,原来是被你这只猫吃光了的,嘴上竟这么甜,不过哪,这话我爱听,谁都爱听带蜂蜜的话,我也不能例外。索敞起身,去了墙角的小火炉近前,火炉上炖着一盏罐罐茶。丁荣猫忙沏上一碗,递给了老东主,添上了几句过年的吉利话，而后自己也端上一碗。

这天晌午，主仆二人躲在角落里，各揣各的心事，各品各的喜乐，竟是开年后的第一次碰面。索敞喝茶解了乏，问说：咋样，跑了这么些天，号准一个满意的院子了么？丁荣猫点头：瞅是瞅上了一个，在火神庙的后头，院子六成新，也干净，我已经交了订金。索敞道：你这叫开年见喜，所以老话讲，有福之人不用忙嘛。是这，等过了十五元宵节，你带几个伙计去，把院子和屋子粉上一遍，我再托几个媒人，打问一下哪家的女子能衬得上你，夏天就办了吧。丁荣猫的脸色寡了下来，半天也不吱声。索敞咳嗽了几下，管家才回过神来。丁荣猫哭丧说：老东主，我怕索家不要我了，义庄也不要我了，这不会是你赶我走吧？闻听此话，索敞的心一下子软了：嘴里不打粮食，尽说笑话哪，我咋会赶你走，我没这个意思。呃，你当这里是啥，这是义庄，你当我是谁，我是敦煌义人，姓索名敞。丁荣猫知道自己失了言，忙道歉：老东主，我说话走了火，你千万别计较，其实，我也没旁的想法，我就想一辈子待在义庄，为你牵马拽镫，当一回焦赞孟良。最近我回回做梦，都梦见老东主你是我今世的菩萨，我要铁了心供养下去。索敞愉悦极了：你呀，不光吃了蜂蜜水，嘴上也开过光。

但这些话都是水话，索敞明白，自己在心底里不是这么思想的。在上房里自闭的这段日子，索敞斟酌过丁荣猫此人，最后的决定是更换管家，撵他出门，让他独自去另立门户。丁荣猫是五年前来到义庄的，前头的那个老管家因病辞掉后，他才肩上了这个角色，总揽着索家的日常事务。从公心上讲，丁荣猫也没大的毛病，见人就笑，性情热络，做起事情来有板有眼，恪守规矩，在关外三县几乎称得上是索敞的另一个影子。闲暇时，丁荣猫嗜酒，但恰恰因为他喜好那么一口黄汤，所以才在沙州城内外维下了不少的人。敦煌一带的任何风吹草动，包括鸡道猫道上的般般琐事，在丁荣猫的心里都装着一本账。偶尔说与了老东主听，那些逸闻趣事，那些鸡零狗碎，逗得索敞常常喷饭，失态不已，也就谅解了丁荣猫在酒上的放纵。腊月里结算时，索敞从油坊的收入中割了一成，催他去订一院房子。当时的考虑不外乎两点：其一，算是对丁荣猫的一份嘉许，感念他这几年来的勤勉，对义庄的忠诚；其二，丁荣猫一直住在后院女眷们的隔壁，隔壁是车马院，显然委屈了这个管家，与他的身份不符。另外，随着下一辈子的细君的出生，让管家天天和女眷们打头碰面的，着实也不方便。索家的系列油坊，其实是整个家族生意中的大盘，约占年收入的两成。索敞慨然从油坊的总账中割下了一成，犒赏这个入门刚五年的管家，这是闻所未闻的大手笔，一旦说出去，沙州城的人不惊掉下巴才怪哪。

然而，丁荣猫纵然有千般好，他终究也是别姓，不是索门这一根血脉上的人。短短的几天里，索敞生出了更换管家的心思，实则是因为那个胡家坊老财东的突然病发，突然跌倒，突然昏迷不醒。这是一个可怖而恐惧的参照，索敞略一咂摸，后心里便寒意顿生。胡家的柱梁倒下了，目下一定是一盘散沙，那三个毛都没长齐的儿子，哪一个都替代不了胡恩可。带着这份惧怕，索敞将目光照在了自家的义庄，将心比心了一番。虽说自己身体尚可，但人都是吃五谷杂粮的，保不住有个头疼脑热、三长两短的。万一自己像胡恩可那样了，长子索朗担不起这个家，次子索乘更是入不了这个角色。这么一思想，索敞便起了辞掉丁荣猫的念想，打算让索朗挑起这一副担子，提前历练一番。但是，这大过年的，撕破脸皮的话谁也说不出嘴，况且丁荣猫率先猜解透了老掌柜的心思，当场把话说破了。无奈之下，索敞也只好顺水推舟，连声否认，想着放一放再说。天知道，这么一放，索敞便给自己，也将给整个的义庄，带来万劫不复的命运，以及一场灭顶之灾。这是后话。

茶毕，解了乏，索敞捶了捶腰眼，又坐在了蒲团上，手里拿起了纺锤。丁荣猫捏搓着羊毛，一段一段地递给了老东主，见他纺得越来越熟练，越来越精细，堪比索佟氏和索柳氏的手艺。索敞丢掉了刚才的好心情，表情寡淡，继续拉下个脸。丁荣猫见状，忙借口说去一趟车马院，看看牲口槽里的饲料如何了，悄静地掩上了门，簌簌而去。上房里登时空寂了，日光从明窗里斜了下来，将整个屋子照得雪亮，真如丁荣猫方才所言，这一方天地仿佛一座赞堂，佛光满室，香氛浓烈。索敞回看了一下自己，百无聊赖，孤寂，老相横陈，深居不出，哪有一丝一毫的大德高僧的气象呀，顶多是一副皮囊，一具肉身凡胎罢了。突然间，索敞尖喊了一嗓子，将纺锤扔远了，又将先前纺好的线团攥在手中，一根一根地开始撕扯。不一时，这些天来身心劳顿地纺下的羊毛细线，都被他扯光了，拔尽了，凌乱在了脚下。索敞怒吼：胡恩可，你个老驴日的，你说话等于放屁嘛，你明明答应了我，许诺了义庄，发愿说要在千佛灵岩上，替索家开一座窟子，在哪达？窟子在哪达？你个老贼娃子，你就这么轻巧地去死了，让我的脸往哪达搁？敦煌人不笑话我么？整个河西的人不戳我的脊梁骨么？你个老驴日的，你在我的眼睛里下蛆呐，我知道你是瞌睡装死，你想抵赖掉这一笔账。老子恨你，老子从今个天起，毒咒整个胡家坊，让你们全家大小都不得安生。骂毕了，索敞将一碗茶泼在了地上，又追着吐了一口痰。

恰在此时，义庄的门响了，丁荣猫跑过去开开，有人骑快马递进来一个帖子。管家不敢怠慢，忙折返回来，叩上房的门。索敞余怒未消，吼喊说：啥帖子？白的，还是红的？管家回话：白的，是一个丧帖。闻听此言，索敞立马开了门，迈过门槛，将帖子攥在了手里：是胡家坊传来的么？是不是胡恩可下世了？不待管家应答，索敞已经拆出了信瓤，瞄了一眼，却原来是临洮坊的一位耆老的死讯。这个耆老跟索敞有一点交情，说不上深厚，但子女们出于礼节，仍发来了白帖。索敞松了一口气，交代给管家，让他抓紧派伙计送去一匹幛子，一套纸火，另加一份礼金，他自己就不必亲往吊丧了。丁荣猫应承下来后，明白了索敞心里的忧戚，也大概知道了他这么些天来的心结所在，便说："老东主，胡家坊的那个老贼娃子醒来了，今早上醒来的。"

索敞惊讶："真醒来了？消息确凿么，你咋知道的？"

"听连公子讲的，沙州城里那个有名的破喇叭。他的眼线多，没他不知道的事，胡家老掌柜发病的消息，也是他头一个传出来的，话很真。"丁荣猫绍介。

"哦，原来如此。"索敞咂摸一番，问说，"你跟连公子有来往么？"

"没有。不过么，钱跟他一定有交情。"

索敞一笑："你快去安排一下，找一个城里偏僻的院子，我要见连公子。"

# 卷七

院子不大，但整洁干净，墙面粉白，瓦脊上挂满了去岁的藤蔓，枯干萧条，别有意味。

缎子面的车轿驶了一路，刚到了地藏寺门口时，管家便让停了车，请索敞下来。管家交代车夫，让他先自回家，三个时辰后再来原地接人。丁荣猫率着老财东，先钻进了宽后街，拐过了羊脂二条，末了来到了仓鼠街。索敞知道这里，仓鼠街的尽头是火药局，地段僻静，禁止闲人走动，更禁绝烟火。丁荣猫办事细致，异常周详，这里果真是一个连雀鸟都不飞的角落，更不怕碰见熟人。义庄的老财东爱惜名誉，平时深锁在庄子里，这回出来见人，当然得有一套完备的防御。昨日的下半天，丁荣猫为了今天的会见，忙得连放屁的工夫都没有，三更天才回到车马院歇缓下来，早起又到了上房，一五一十地报告给了老东主。索敞闻听完了，说见，今天就见，按你的章程走，我听你的便是了。这个院子是章程里的一项。第二项，则是老掌柜隐匿了身份，由管家绍介说他是河西长路上的一介行商，现在想落脚在沙州城，所以拜访一下连公子，请教几个关节问题。为戒备起见，索敞不必亲自出马，先在屋子里喝茶，管家会带着另一辆家里的棉布车轿，从马王庙一带接上连公子，曲折而至，让他摸不清方位。不用说，这些防御都是为了义庄，为了老掌柜身上的羽毛着想，不能有一点点污迹，也不可有半点差池。仓鼠街上的积雪未化，主仆二人扶着墙，脚下湿滑地走到了巷道的尽头。管家叩了叩门环，门开了，索敞的眼前冷不丁站着一个女人，莞尔一笑，让索敞措手不及。

索敞也没多问，略微含了含胸，道了一句过年吉祥的话，便尾在管家的后头，进了院子。在墙脊的干枯藤蔓下，站着几棵葵花，个不大，盘子如拳，大概是晒秋时懒得摘下，蔫头耷脑地瑟缩着。院中的积雪上有笤帚的印迹，扫出一条小道来，地上铺着砖石，脚下很踏实。丁荣猫将老掌柜请进了左手的屋子，里头架着炉火，热气澎湃过来，让索敌一下子身心通泰，生出了一种极大的好感。索敌脱鞋上了炕，盘膝坐在了炕桌旁，见上面摆了四样吃食，一碟子馓子，一碟子油果子，一碗炒麻子，另有一碗李广杏皮子和葡萄干。丁荣猫偏腿坐在炕沿上，往炉子里填了一块炭，突地一下被老掌柜揪住了耳朵，身子斜了过去。索敌问说：你个贼疙瘩，猫道狗道上的任何勾当你都懂，原不怪你的名字里有个猫字，你实话告诉我，这是哪达？门外头的那个小妇人是谁？呃，你咋认识她的？耳根子快被撕裂了，丁荣猫清楚老掌柜动了怒，便如实地释解了起来。照丁荣猫的说法，这个小妇人是他的一门亲房，母亲那一支上的，幼时叫淡萍，长大了叫娥娘。又讲，这娥娘一辈子活得半生不熟，早些年跟着当麦客子的哥哥，拎着镰刀一路向西，边割麦子，边挣吃喝。敦煌地广人稀，钱好挣，麦客子也抢手，兄妹俩便落脚下来。她哥哥脑瓜灵，不想看人的脸色吃饭，积攒下一点钱后，便开始跑单帮，往祁连山南麓的游牧部落里贩卖砖茶和冰糖，没几年就发了，置办下了这么一个院落。不承想，她哥哥在前年夏天，押着三车茶叶和麦粉，去了一趟哈尔腾草原，至今不曾返回，生死不明。索敌松开了手，丁荣猫摸了摸耳朵，还长在自己的身上。索敌抓起一把麻子开始嗑，一边嗑，嘴角上一边挂上了麻衣，像长了几粒馋嘴的碎痣。索敌嗔怪说：你个贼娃子，你来义庄这些年了，从来就没听你讲过有这么一门亲戚的，我还一直当你是石头缝里蹦出来的哪。丁荣猫汗颜起来，释解说：老东主，要不是你对我有恩遇，赏我一只金饭碗的话，我恐怕至今还在麦客子们的人伙子里混哪，我腿上的泥也肯定还没洗干净。真的，自打我服属了义庄后，我就跟以前的麦客子们断了关系，少了牵扯，我的脸不要紧，但老东主你的脸那可是一张佛面，我自然不能剥金刚银呀。这话在理，让索敌舒坦了不少，也就慢慢放下了架子。闲章了几句后，索敌不经意地说：这个娥娘倒是品性不错，家里很洁净，拾掇得像一面佛龛，一尘不染的。丁荣猫在烟杆子里灌了烟丝，递给老掌柜，又喂了火。管家接续道：她的确生得好，样子端方，眉眼也不错，但她终究是娘娘的心思，丫鬟的命，让平凉坊的男方家给休了回来，在等四月八。索敞被烟呛了一下，咦了一声，忙问四月八干啥。丁荣猫平静地说：她已经找好了三危山里的一座庵子，佛诞节的那天，她打算出家，她的心早死了，没了盼头。索敞苦笑说：我知道那座庵子，就在桑楚寺的后头，叫水啥的。水月庵，管家答完，便出了门，去马王庙一带接连公子了。

娥娘打起帘子，端着一只茶盘进来，款款搁在了炕桌上。炉子上的铁壶开了，娥娘将滚烫的开水注在了茶碗里，一缕沁人的清香袅娜而起，令索敞再一次觉出了这个院落的清雅和幽谧。茶碗里的样数多，除了茶叶、冰糖、桂圆和葡萄干外，居然还有熟芝麻和干玫瑰。索敞谢过了娥娘，端起来便喝，舌头上烫了一下，忙抽了一口凉气。娥娘道：老东主，你消停慢用，不慌忙的，天气太冷了，先暖暖身子骨吧。索敞从身上掏出几块本省的银洋，在炕桌上推了过去，声称这是一点心意，请对方收下。娥娘笑言：表叔昨日已经给过了，再说这里又不是酒楼和客栈，老东主只不过顺路来歇缓一下，何必这么破费。一席话，让索敞猜解出了两层意思。其一，娥娘的口音，的确跟丁荣猫一致，属于外地客，和关外三县以及河西一带的均不同；丁荣猫是男将，声嗓里带火，话很硬，但同样的辞藻，从娥娘的嘴里吐了出来，就仿佛从水里拎出来了一把嫩芫荽，馨香四布。另一个，娥娘喊丁荣猫是表叔，显见他二人之间隔了辈分，上下有别，这一下子让索敞踏实了不少。这一时，娥娘靠在炕沿边，俯下身，两只青葱似的手，忽东忽西，扫了扫炕桌上的麻衣。炕毡上也遗落了不少，娥娘的手扫过来时，碰了一下索敞的膝盖，又碰了一下。索敞抬身，往炕里头挪了挪尻子。捡拾完了麻衣，眼前忽地洁净了许多，索敞也不再贪嘴了，内里滋生出了更多的好感。娥娘揭开炉算子，将半把麻衣丢在了炉膛中，火腾地冒了上来，将她的颊脸和五官映得绯红，好像搽了一层沙州城里特等的胭脂似的。娥娘也不多嘴，埋下头，悄静地出了门。

阒寂下来后，索敞环视了一遍屋子，见对面的供桌上摆着一只香炉，插了三炷香，却不曾点着。桌上另供着一册经文，一碗净水，花瓶里戳着几枝枯干的芦穗，尾羽摇曳着，一定是去年秋上从芦荡里摘采来的，素朴，简净，落寞。索敞信了管家的话，娥娘准定是一个心如枯槁的人，落发为尼或许真是她的初心，牵扯不上失散的哥哥，以及被夫家辞退的不堪。索敞的手摸起一块银洋，吹了吹，搭在耳朵上听余音。银子是醒着的，银子张看着这个浮世上的人，有的人碰死在钱上，有的却生出了舍离心，一个人悄然遁入世外，关上了今生今世的寺门，从此匿迹不见。这么恍惚时，索敞听见娥娘轻声咳了一嗓子，又咳了一嗓子，忙将窗户切开了一牙，目光探摸了出去。

这么着，索敞的心跳得更慌了，内里潮起了一股感念的汁水，难以自持。窗外，娥娘坐在廊檐下的板凳上，左手抓着一只靴子，右手攥住一团雪，将上面的烂泥仔细擦去了。雪本来是白的，转瞬就脏黑了，但靴子的脸豁然一亮，露出了本色。用完了雪，娥娘又用一块抹布擦来拭去，里里外外地擦了好几回，靴子仿佛膏了油似的，精神无比。娥娘收拾完了一只，再收拾另一只，嘴里不时地轻咳了出来，八成是受了风寒的缘故吧。索敞认清了，娥娘手里的靴子恰是自己的，腊月里在彭家靴子坊里定做的那一双。索敞抬身，刚要打开窗子，想跟娥娘说话时，听见了大门外一阵响铃的声音，管家回来了。

索敞忙敛下身子，往烟杆子里填料，始终埋着头。丁荣猫率先进了门，连公子尾在后头，两个人带进来一股寒气。只瞥了一眼，索敞便在心里骂了一声二尿，对客人厌恶起来。大冷天的，连公子摇着一把扇子，背着手，有人养没人教的烂货，放肆地抓起炕桌上的吃食，先嚼吃了起来。丁荣猫一番礼让，请连公子坐下，冲了茶，又绍介了一番炕上的老财东。按事先的约定，老财东年纪大了，耳背，一应事务均由管家来操持。丁荣猫先绍介了主仆二人的大概身份，在河西一线上行商的简略经历，声称如今落脚在了敦煌，置办了这么一座小院，无非是想踏实下来，慢慢经商，安心养老。连公子态度倨傲，下巴高扬，一边吃，一边乱吐着嘴里头的余渣，甚至没正眼瞧一下阴影中的索敞。后来，连公子没去摸碟子里的干果，却抓住了钱，翻来倒去地查看了一下银洋,见一面有龙,另一面则镌了一尊佛像。连公子吹了吹,搭在耳朵上听音,撂下价码说:掌柜的太客气了,不过我的身价高,你问一个问题,我便拿走一块银洋。丁荣猫恭维道:看你说的,谁不知道连公子是关外三县有名的人物呀,当面请教你,要少走许多的弯路,岂是一个钱的事。这番说辞,令连公子合上了扇子,松弛下来。炕桌上一共有四枚银洋,丁荣猫省却了废话,开门见山道:是这,我们之前跟胡家坊的老财东胡恩可有过联系,想来年做皮货上的生意,可眼看着就要开春了,却听说胡恩可身体有恙,家里的大门都落了锁,概不见客,现在真是老虎吃天,没处下爪呀。连公子摸走了一枚银洋,答复说:不错,前一向那个老财东去莫高窟朝佛,但佛并不赏脸,也没应许他的求告,偏偏还降下了一场灾难,让他瘫在了半路上,生死就在一线之间。丁荣猫又问:究竟得的啥病呀,听说已经醒来了?走风了,那个老财东的脑子里走了风,昨天早上醒来的,但人还瘫着,屎尿都拉在了炕上。言毕,又摸走了一枚银洋。忽然,连公子搁下了茶碗,声称内急,籁籁籁地出了门,站在院子当中,掏出了裆里那一件男人的东西,冲着那几棵枯干的葵花,尽情地撒了一泡尿。尿毕了,连公子美美地抖了抖,这才蹒跚进来,开始抓紧挣钱。

这当间,索敞已经悄声布置了下去,管家有了方寸,即刻照办了。连公子讶异地看见,炕桌上的银洋多出了三块,总计是五枚,这是今年春节最肥厚的一个红包,立时眉开眼笑了起来。连公子介绍说,他平时豢养了不少的眼线,遍布在沙州城的五行八作中,小的如谁家遗失了个针头线脑,大的像哪家丢了什么骡马牲口,他准保第一时间获知,尽在掌握之中。又讲,胡家坊的老财东醒来了,病榻前要架一盆火,火不能带烟,还要温性,所以胡家订购了祁连山里松木烧制的木炭。这么着,木炭贩子进去了,听见了老财东活转的消息,他立马知道了。索敞松了一口气,这正是他需要的,也是从腊月里至今,一直困扰着他个人的难题。丁荣猫喟叹说:哎哟,既然胡家这样子了,买卖联不上手,看来看去,敦煌也就只剩下去义庄的索家打问一下了。岂料,连公子登时鄙夷开来:呵,义庄是啥门槛,就你们这几个嗑瓜子的小钱,还想跟义庄的老财东联手呀,看把你们美得,趁早打消了这样的念想吧。丁荣猫追问:义庄是啥门槛,义庄也得吃饭,也得做生意不是?沙州城里的大小油坊,不就是索家开的嘛。连公子不想深入下去,这个话题显然让他泼烦死了,便概括说:义庄的老财东是关外三县的义人,也是敦煌的圣人,别打他家的主意,打了也白搭,我可警告二位。连公子起身,将银洋悉数揣进了自己小羊皮的夹袄中,意欲出门。这一时,索敞吧嗒着烟杆子,再也忍不住了,粗着声嗓问:

"啥叫义人,啥是圣人,请连公子给一个明示吧!"

"义人是人世上的树梢子,圣人当然就是人中间的狮子。"应答道。

索敞击节道:"哦,精道,这话太精道了。树梢子是天老爷的风吹的,狮子是佛和菩萨骑的,这两样的确不能去乱打主意,碰也碰不得的。"

"只能是拜的,供养的。"连公子肯定。

"听说,也不知道这消息确凿不,"索敞顿了顿,终于适时地抛出了这个磨折了自己许久的话题,"听说,胡家坊的老掌柜答应过义庄,要在莫高窟的千佛灵岩上,替索家开一座石窟,立佛塑像,代代供养。可惜呀,可惜老掌柜在去莫高窟的路上,筋骨劳顿,耗神费力的,不小心躺倒了。但这个愿应该还在,就看他们以后认不认了。"

连公子止住了步:"真的?开一座家窟,那可是惊天动地的大事呀,难怪老掌柜病倒了。"眼神里霎时闪过了一道精光,咧笑一番。

"不错,莫高窟上一次开窟,还是在六十七年前。"

言毕,索敞不再吱声了,埋下头去,在炕沿上磕起了烟锅子里的渣料。丁荣猫见状,忙打起了帘子,将连公子相让出去,送上了门外的那一辆棉布车轿。炕里头有一摞被子和枕头,索敞惬意地靠在上头,架起了二郎腿,顿觉心里头有一罐子蜂蜜水破了,胳膊和腿都在发甜,舌头上也像含了一瓣玫瑰花似的,余味悠长。管家进来了,跺了几脚,气呼呼地嚷骂道:这个狗儿子,长了一张吃屎的嘴,只费了那么一点点唾沫渣子,便拿走了七块银洋。妈呀,足够他买下一个马圈了,他这一年顿顿吃羊肉都吃不完的。索敞下了炕,在找靴子,跟说：钱能办掉的事，其实是天底下最容易的事，千万别气坏身子，万一气坏了身子，钱说了也不算。管家轻喊了一声，门帘一挑，娥娘捧着一双干净的靴子进来了。索敞穿毕，往大门端里走去，像先前进门时那样面色肃然，那般威严。到了门外，索敞抱了拳，简单地道了一声谢，返身而走。娥娘悄静地说：路上吉祥。

走在仓鼠街的巷道里，地上依旧湿滑，但索敞没再扶墙，脚下踏实极了。管家趔趄地追捧着，险些一个跟头摔倒在泥浆和积雪中。索敞暗自激动，他瞭见自己的那一双靴子外，仔细地包裹着一层麻布，将靴子整个遮护了起来，娥娘真是个贴心而细致的女人呀。

春节是家里的热闹，元宵则是整个敦煌的喧腾。到了这一日，沙州城里结彩棚，铺陈冠梳，遍地都是吃喝摊子，士女游观不禁，民风开放。关外三县的庄稼们携妇将雏，一发拥进了城里，观赏各式彩灯和社火。白昼里，二十三坊出动了各自的社火队，在县衙门口尽兴表演斗龙、竹马、高跷、跑驴、斗狮、旱船，看谁拿到的打赏多，比谁身上的披红厚，暗中都在较劲，一个也不服一个，相争着来年的好彩头。入了夜，元宵节的前后三天，街巷里一律张灯，灯曰鳌山灯，上头堆金砌银，稼穑丰饶，风调雨顺，仿佛一树树繁花，结满在了人们的头顶之上，真所谓东风夜放花千树。游人们麇集在两廊，绵延不断。为此，敦煌县衙派出了所有的马班、步班和快班人手，分布在大小街巷里，巡防来去，维护着秩序。往年的这一段，时有踩踏事件发生，醉鬼当街，贼娃子们也猖獗，县衙的牢狱里常常灌满了人。县令申瑞元，山东籍，生员出身。他在一封家书里哀声抱怨道，为了这三日，他居然大把大把地掉头发，几成了一名秃子。然则，他又强调说，边关冷月，大漠张灯，无限江山，承蒙帝恩。申瑞元的这几封书信，时隔半个多世纪后重见天日，并被编入了《酒泉地区文史资料汇编》当中。

下半天时，沈性元便去了世兴堂，一直噘着嘴，守着父亲，看他打发走了最后一名病员。沈破奴见女儿上下寡欢，问她是不是跟弟弟性真吵了嘴，又耐心哄唆了她一番。但性元始终掉着个脸，后来居然摸出了一枚麻钱，声称要买父亲的两个时辰。为啥么？沈破奴敲着太阳穴，替自己解乏，不解地问道。性元讥讽父亲，指责他是一个财迷，光顾着坐堂卖药，一心挣钱，却忘了带女儿去赏灯。沈破奴不想讲大道理，快一个月了，他昼夜无明地在胡家坊和世兴堂之间颠簸，年没过，衣服没换，吃喝上也随处将就，困倦得只想钻进一个山洞里，闭关睡上十天半月。但拗不过女儿的颠顶，沈破奴净了脸，穿戴整齐，叮嘱伙计们上好门板，方带着性元出了门，淹没在了沙州城的稠密人烟中。

天光还早。这个季节的日光仍是凉的，沈破奴一路上都在打哈欠，嘴上的气息发白，眉毛上也挂着霜。县衙门前照例是一些落地摊子，耍猴的、耍把式卖艺的、猜谜的、卖虎骨鹿角的、兜售玉石的、叫卖针头线脑的，沸反盈天，耳朵都要炸了。进了主街之后，多的是胭脂家、皮货家、调料家、布匹料子家、铁匠家、蒸笼家、冰糖家和茶叶家等坐商，不急不躁，热脸迎客。性元喊住了父亲，指着一只滚开的油锅，嚷嚷着要吃老鼠。沈破奴登时怒了，申斥说一个女儿家的，乱语三千，简直野惯了，簌簌簌地掉头便走。性元嘻嘻哈哈地追了上来，缠磨着父亲，让他消消气，顶多不吃了呗，自己又不是属猫的。又走了一截路，性元忽然蒙住了父亲的脸，命他张嘴，令他牙咬，催他咀嚼。性元问：吃出啥味道了么？哦，吃出来了，一定是红糖豆沙的馅，甜得掉牙，沈破奴鉴定道。待睁开眼睛时，沈破奴一时间恶心了不少，嗓眼里像塞了一具尸骸似的。性元举着一根红柳枝，上头果真串着一只老鼠，炸得金黄色，半截身子已经入了父亲的肚子。性元失笑说：爸，这下你属猫了，老鼠在你的肚子里转世了。沈破奴是外乡客，毕竟不太懂沙州城里的那些旁门左道，等看清这是一只面粉捏塑的老鼠时，也就止住了恶心，明白自己受了捉弄。性元道：吃了面老鼠，等于祭了天地，这一年鬼魅不缠，神佛保佑，世兴堂里准定生意兴隆、日进万金呀。沈破奴纠正说：此言差矣，我宁可世兴堂门槛冷落，哪怕就是关张歇业，让我伺候一亩三分地去，也盼望世上的人们无病无灾，一个个能把饭碗端起来。性元继续顽劣，声言说：沈先生呀，你答应我一件事，我便不再乱语三千了。沈破奴问答应什么。性元慷慨道：买一只牙梳子。

牙梳子是祁连山北麓的游牧部落贩过来的，一只要卖八个铜元。沈破奴不想扫女儿的兴，掏了钱，专买了一个最漂亮的，性元一下子雀跃起来。祁连山北麓出产一种珍稀的白牦牛，牛角珍贵，既可以入药，亦可以雕成各种首饰或用具，牙梳子就是其中的一例。性元借着天光，见手里的牙梳子薄如纸张，齿豁均匀，骨质中散发着一种灿然的黄金色，另有一丝隐隐的酥油气息，简直欢喜莫名。高兴完了，性元却发现父亲不见了，忙朝着相反的方向奔了过去。

连公子当然不会缺席沙州城里这一年一度的节庆。尤其目下，连公子挣了大钱，少不了胡吃海塞、醉天吐地、去欢场纵情一番。这顿席从中午吃到了后半天，七碟子八碗重复上，连公子的喽啰们纷至沓来，开始薅他的羊毛，一张张嘴就像从油缸里捞出来似的。性元走过开福馆子时，恰好瞥见连公子说毕了胡家坊老财东的病情，又开讲胡恩可去莫高窟朝佛，在千佛灵岩下发愿，要替义庄开一座家窟，发誓立佛塑像，代代虔敬供养之类的话题。旁边桌子上的客人们也都拢了过来，围成了一座人山，品咂这个爆炸性的消息。连公子形容猥琐，鸡皮蛙脸的，他原本是沙州城里的一个下三烂，靠着偷鸡摸狗、欺东骗西打发光阴，鲜有人搭理。不料这半年来，连公子仿佛重投了一回胎，换了一根上好的口条，一忽儿像狗那么张狂，一忽儿又像公鸡那般嘹亮，但凡关外三县的大小事端，都会由他这一只破喇叭宣传出去，弄得满城皆知。人都有爱看热闹的毛病，这么着，连公子便有了市场，慢慢端上了煽风点火的这一碗饭。性元不客气，也不畏惧，挤进了开福馆子里，耳食着有关胡家的一切。连公子干完了一碗苞谷酒，声嗓迷离，总结道：我都说了几百遍了，舌头也磨短了，那几个胡家的后人瞌睡装死，竟然也不来请教我、孝敬我，难道这不是在升我的血压嘛。连公子又介绍，上一次在千佛灵岩上开家窟，还是六十七年前的斑驳往事了，当时敦煌一带闹伤寒，死了不少的人。就在疫病大面积蔓延，沙州城空了一大半的节骨眼上，一个来自四川江油的中医出手相救，免费熬汤煮药，施舍给病人们疗治，结果方子有奇效，搭救了所有的人。灾难过后，敦煌人感念这个中医，送他一个绰号"叶伤寒",以示嘉许。这还不算,不论官府民间,抑或是财东寒民,大家有钱的出钱,没钱的出力,你家送一根椽子,我家赠一块炼砖,终于在千佛灵岩上开了一座叶家窟子,让他的名字流芳到了现在。连公子讲累了,用酒水润喉时,却听一个看客问:开一座窟子,没有百十两黄金的话,恐怕是拿不下来吧?连公子扑哧一笑,苞谷酒喷了出来,碗也碎了,连连称是,夸赞说:你聪明劲大了,一句话就问在了关节上。连公子抖了个包袱,这才重锤响锣地下了判语:所以说嘛,胡家坊的老财东空许愿,吹大牛,舍了他们一家老小的性命,也攒不够开一座窟子的钱。于是乎,老财东只有一条路可走,那就是装病等死,演一场苦肉计,把债抵赖掉,让义庄上下空欢喜一场。有人插嘴问:那义庄的脸往哪达搁?这分明是佛头泼粪的勾当,折了面子,索门的老掌柜岂能咽得下这一口恶气。连公子面带骄矜:哦,改天我去义庄的府上坐坐,摸一摸老掌柜的脉吧。

一伙人继续纠缠着,鲜论胡家的长,尽说胡家的短。连公子犹记得胡家的两个儿子对自己的不屑与轻蔑,那一份耻辱让他至今心悸,也让他的这一张破嘴游走晨昏,尽行诋毁和污蔑之能事。旁边的性元实在听不下去了,但也不能饶了这些老婆舌。恰巧,桌上的苞谷酒淌了下来,淌了一地,性元抄起窗台上的一个灯台,霍地点着了,腾起了一团蓝火。性元跑出了开福馆子,一口气跑到了西稍门,跳上一辆车轿,去胡家坊告状了。

那一头,沈破奴寻遍了整个主街,却没看见女儿,心里倒也不急。人众荟萃,聚市如云,沈破奴不喜欢眼前的嘈杂。他的性子偏静,只想赶紧回到世兴堂去,将先前留下的几个方子再复审一遍。岂料,刚路过葛平望家的店面时,门端里突然伸出了一根胳膊,将他拦了下来。沈破奴一怔,惊见鸣山书院的山长丰鼎文坐在街边的条凳上,停下了吃喝,笑容洋溢。丰鼎文身形瘦削,额顶突出,须发皆白,一部长髯飘飘洒洒的,既像老寿星,又恍若一位得道的世外高人。葛平望家经营的是菜锅子,羊汤打底,锅里埋的都是菜蔬,据说是独家秘方,远近有名。沈破奴忙抱拳一揖,鞠躬致礼,说了过年吉祥的话。丰鼎文邀沈破奴落座,又将他介绍给了桌上的伴当们,催喊伙计过来，添了一副碗筷，请沈破奴不要嫌弃。沈破奴自称吃过了，单独要了一碗开水，思忖道，这熙来攘往的敦煌人可都是瞎子聋子呀，名重一时的山长坐在这里，居然风不吹，草不动，无人识得，也没人来问安。责问归责问，沈破奴先自有了一份歉疚，偷偷进去，将这顿饭结了账，又悄然回来，像什么事也没发生过那样。丰鼎文一边吃喝，一边问了世兴堂的近况，并再三感谢沈破奴在母亲病重期间的殷勤照护。在沈破奴的心目中，丰鼎文也太不讲究了，一身棉袍邋遢极了，领袖处也破损了不少，露出了一坨坨棉花。一代山长吃没吃相，坐没坐相，一条腿跨在凳子上，一边揩着脖颈子里的汗，一边捞着菜锅子里的吃食，汤水溅在胡子上，漾在桌面上，跟田夫故老没什么区分。沈破奴没话找话，问说：先生，你也是来游赏花灯的么，恐怕有好几个月没下山了吧？丰鼎文一再摇首，揶揄道：哦，我带着这几个门生，刚刚从肃州城里返回，路上花了三天四夜，一车的饿死鬼刚进入沙州城，就来这里打尖了。沈破奴走了眼，小人多作怪，不免自责了一番，再次去了一趟后堂，多添了几道菜蔬。

　　沈破奴问说：先生，这寒天冻地的，你不在家里过年，风尘仆仆地去肃州干什么？丰鼎文怔了怔，反问：你不知道么？沈破奴哑默着，不明所以。唉，还不是那个牛鼻子道士惹的祸嘛，丰鼎文停箸不食，长叹一声：王圆箓那个贼娃子，现下已经把藏经洞败光了，也把莫高窟败光了，腊月里，他又卖掉了一套卷子和写经，我知道消息时已经太迟了。这不，我们追到了肃州城，线断了，只好铩羽而归。那个下寺的住持王圆箓，沈破奴其实是识得的。三年前的夏天，下寺的庙祝赶着一辆车，停在了世兴堂的门口，将王圆箓扛了下来。王圆箓躺在炕上，浑身脱了水，人也陷在了昏迷当中。庙祝介绍说，住持吃了不洁的东西，闹了几天的痢疾，但他性子顽固，始终不肯来沙州城里疗治，只喝了一些香灰，一个人偷偷地硬挺着。沈破奴不敢大意，诊了脉，开了一张烈性方子，亲自煎药服侍，一下子打通了病人的脏腑。待王圆箓清醒时，已过去了两天。蹊跷的是，王圆箓头一次听见沈破奴开口说话，便叱问道：你也是九头鸟？沈破奴同样听懂了对方的口音，心下一喜，自介说是湖北黄州人氏。王圆箓道：在下祖籍湖北麻城，不过我是在陕西长大的，来敦煌已经有些年头了。其间，沈破奴回家了一趟，等再回到世兴堂时，却不见了王圆箓和庙祝的影子。沈破奴当时也没计较，这世上的有些人怕生，有些人却怕熟，只有在陌生的环境下才感觉安全，就像自己走附塞下，隐姓埋名一样。沈破奴又问：先生，听说藏经洞里的东西，如今都散落在民间了，你即便追了回来，又能如何么？哦，你问得对，问得好，追回来又能怎么样，我这一趟不是书生之气，我这是逞匹夫之勇呀。一席话，仿佛一把剪子，突地戳在了丰鼎文的眼睛里。这一霎，沈破奴忽然瞭见泪水挂在了山长的颊面上，有一些勉强的苦笑，亦有一丝抽搐。丰鼎文哀声说：大难将临呀，京城里乱象迭出，妖孽作怪，我一介匹夫，居然还苟活在这边境之地，还在大吃二喝，不知人间安危，我像蝼蚁一般可怜啊。沈破奴立时慌乱了起来，歉然道：山长，怪我多嘴，惹起了先生的不快。丰鼎文不为所动，摆手制止住了沈破奴，突然间仰面嚎哭了起来，犹如一个放肆的娃娃那般。

哭声惨厉，仿佛在号丧。路上的游人们纷纷拢了过来，挤在葛平望家的店门口，见一个鸠面银发的老者哭得失控，哭得山崩海立、飞沙走石，哭得像一台敦煌六合班上演的悲情大戏。沈破奴自感罪孽深重，起身踅出了人群，大汗淋漓地站在了街上，长出了一口闷气。这么着，沈破奴觑见了一个熟悉的身影，脑子里也萦回着一位故人的名姓。沈破奴再也顾不得鸣山书院的山长了，忙撩起袍衣，簌簌簌地追撵了过去。

但是，今年元宵节的人，比鸣沙山上的沙子还多。沈破奴挤在稠密的人群中，将自己挤得越来越瘦，越来越窄。周围的人一派浑然，步履缓慢，完全不顾沈破奴的急迫心思，拦挡得水泄不通。挣扎着走出了主街，过了以前的参将署，过了城隍庙，过了庆祝宫，过了道光年间的右千哨局署后，游客一下子稀了。那个人刚要拐入戬子街口时，沈破奴扳住了对方的肩膀，喊停了他：

"孔祥鹤，孔大先生。"

这个关节上，那个人回转过了身子，一脸木然。沈破奴瞭见对方的手上拎着一只白雪雪的猪头，猪的鼻脸上结了一层冰，样子骇然。

沈破奴知道认错了对象，忙致了歉，虚了一礼。虽然阴差阳错了一回，但沈破奴终于收获了一个名字，也迅即忘掉了先前所有的不快。沈破奴明白，孔祥鹤这个名字，对胡家坊的老财东而言，几乎与佛陀和菩萨一样重要。

冥冥中，这凡俗的三颗字，也将开启关外三县另外的一幕重大篇章。

雪花豹的性子太烈，四蹄踢踏，尾巴高扬，颈鬃也奓开了，一副拒绝驯服的样子。性元刚靠近，试图去摸一把时，便惹来了对方的怒火。陈小喊劝诫：千万别碰，小心着了它的蹄子，在你的脸上开一座染坊。哼，是不是因为我是个女儿身，你就嫌我晦气，才给你的这个牲口主子帮腔，你故意吓唬我呀？性元的牙齿上有刺，跟雪花豹没啥两样，迅即回击道。陈小喊动作利落，将马背上的板材卸落下来，款款地搁在了地上，以防碰碎。梵同吆来了家里的几个伙计，将板材捆住的冰块抬进了院子，交代他们小心轻放，安置在背阴的地方，防着化了。干完了这一趟活，陈小喊歇缓了下来，接过梵同手里的一碗茶，一饮而尽。梵同的心里潮起了一股激动，舌头上搁着一大堆感激的话，却始终也吐不出口。梵同哑默着，拍了拍陈小喊的夹袄和皮裆裤，拍干净后，目中浮现出了一种崇拜的神情，拽住了对方的袖子。陈小喊再三叮咛，今天伐来的冰块比较大，也干净，足够病人用上好几天的了，等他回来后，再去伐上一些，肯定断不了顿的，尽管放心。梵同讶异了，问说：小喊哥，你是要出去玩，还是接了一个挣钱的买卖呀？陈小喊语气灰败地说：唉，不是去玩，也不为挣钱，这次要去一趟马迷兔，估计还要翻越一次万里墙城的。那么远呀，那小喊哥你快去快回吧，路上一定当心。梵同其实对这个方向一无所知，只好懵懂地点点头，顿觉心里空落落的。

一连数日，陈小喊都是不请自来，拉着雪花豹进入胡家坊，在马院的门口卸下一大块白冰。头一次来时，梵义和梵同均吃了一惊，谁也没央求，谁也不曾托付过，但陈小喊悄静而来，慨然相赠，令兄弟俩措手不及。更稀奇的是，陈小喊伐来的这些冰块，竟然是月牙泉里的，纯净，硬朗，水分饱满。沈破奴用过之后，夸赞说这种冰块比渥洼池里的性子更温和，少了一些尖锐，多了几许绵软，用在病人的身上最恰当不过。自打胡恩可睁开眼睛之后，沈破奴更是不敢大意，继续用冰块敷在了病人的头颅左近，一是降温，二是怕他的血管脆弱，继续走风。陈小喊不觉得自己有恩于人，卖弄道，他跟月牙泉边的菩萨殿、龙王宫、观音堂都有交情，那些和尚天天念阿弥陀佛，这些冰块一定都被加持过了，肯定管用。沈破奴亦称道，铁背鱼、七星草、五色沙子三件宝，看来月牙泉果真是药泉，洵不虚言呀。梵义过意不去，让陈小喊不必辛苦了，家里的伙计们已经陆续回来了，有的是人手。陈小喊却大大咧咧的，声言说，你们只管照顾好病人，行好孝，冰块的事全都归我了，举手之劳，何足挂齿。私下里，梵义对弟弟讲，这个游击看似鲁莽，其实心里藏着一根绣花针，心思缜密，重情重义，真是可以交往下去的。哥哥的首肯，让梵同一时间长了脸，也觉得是在夸自己似的。

梵同探问说：咦，小喊哥，你不是在等一个人么，等来了么？陈小喊摇首。究竟是什么人呀，还值得你等一个春节，这么牛皮哄哄的？又问。陈小喊道：我这次去马迷兔，去万里墙城的北边，也是为了等这个人。其实，我已经在沙州城等了他整整六年了，我几乎快等成了一尊石人，熬煎坏了。梵同突然掉转过身子，一道烟地跑进院子里，一头钻进了灶房。不一时，梵同便在一只羊皮口袋里装满了鏊饼、花馍馍、肉干、干果之类的，臃肿地扛了出来，让陈小喊路上吃。不承想，陈小喊却不闻不问，出神地盯望着远处。

也算是一个不大不小的奇迹吧。此刻，性元拿着那只刚买来的牙梳子，一把一把地梳着雪花豹颈后长长的鬃毛，彼此都安静极了。雪花豹低下了颈项，鼻脸刮蹭着性元的胳膊，喷射着白色的气息，有一种偎依和不舍的味道。牙梳子梳完了左侧，又开始梳另一侧，渐渐地将纷乱的长鬃整饬一新，仿佛雪花豹系了一条围脖子似的。陈小喊简直看呆了，梵同也看傻了。按着敦煌人的说法，性元跟雪花豹一定前世里有因，今生才会这么服帖，这么熟稔，彼此间毫无芥蒂。半晌后，陈小喊嘀咕，天色不早了，我得上路了，遂蹒跚上去拽住了马缰绳。梵同抓紧将羊皮口袋担在了马脊上，见陈小喊身子一矬，跃上了马背，身形快得像眨了一下眼睛。性元摩挲着雪花豹的鼻门，厉声告诫道：小喊哥，你咋骑去的，原样给我骑回来，不许有半点的闪失，千万记住了。陈小喊高高在上，揶揄说：世兴堂的大千金，我现在发愁的是你将来咋办，谁会给你用牙梳子梳头，谁能驯服得了你呀。性元遭了一顿抢白，气得直跺脚，却也无计可施。陈小喊开怀道：屄哪吒，哦，不，胡梵同，我这就要走长路了，你赏我一句话，或者一首诗词吧。这个简单，梵同如探囊取物一般，扯开了声嗓，吼喊说：英雄立马腾飞，长刀劈断斜晖，天外一声霹雳，鞍旁俘得人归。声音刚毕，却见雪花豹裹挟着一团罡风，消失在了胡家坊的路口。

后院中，伙计们拢在了南墙下，叽叽喳喳的，嘈杂声起。梵同气不过，径自跑了过去，对着一个说笑的伙计来了一记抽脖子，抽得对方趔趄了一番。伙计们辩称，陈小喊拉来的冰块中居然冻着一条鱼，他们不知道该咋办。性元一下子被勾起了兴趣，忙和梵同蹲在地上探看。陈小喊果真心细如发，伐下冰块之后，担心冰块被颠碎了，也害怕搁在马背上融化，便在冰块的四面砌上了板材，孔隙之间塞满了麦草。拨开麦草，长方形的冰块晶莹雪亮，连一粒沙子也不见，像一块巨大的水银镜子。但冰块的内部，奇迹般地镶嵌着一条鱼，脊梁黝黑，身体囫囵，鱼鳞下的经脉都清晰可见，约莫有性元的小拇指那么大小。

不用问，这是月牙泉里的铁背鱼，封冻的时候来不及沉入水底，半路上耽搁在了冰块里。性元去过月牙泉，也见识过铁背鱼、七星草和五色沙，但目下的难题在于，如果冰块化开了，鱼还能不能活转过来。这么一讲，梵同亦嘻然一乐，说这正是让我脑瓜疼的问题，干脆伐下来这一小部分，丢在盆子里试试吧。此时，性元对梵同耳语说：哦，今天十五，合该天心月满，有这么多的吉兆，我简直觉得这条鱼就是来送福音的，指不定它就是度母的化身。梵同毕竟比性元年岁小，心中不解，干么如此地小题大做。性元却道：瓜娃子，等着瞧啊，这条鱼一定会活下来的，你爸也会彻底清醒过来的。

梵同的内里漫过了一股暖意，心忧了起来，战栗地盯看着伙计们伐下了其中的一块冰，款款放在了盆子里。自从父亲被急症击倒后，先前的顽劣、浪荡和随性，在梵同的身上业已荡然无存。他几乎在一夕之间长大了，成年了，稳静了。梵同盯视着那条冷寂的小鱼，仿佛看见了自己，而那些拆解下来的冰块，几近于水晶一般，又让他忆起了父亲和哥哥教导过的一个词：纯明。梵同回说：嗯，好我的姐姐，我信你，它一定会活过来的。性元的嘴巴突然洞开了，狂热道：瓜娃子，你喊我什么？你再喊一声！刚才的这一切，都被站在高房子上的梵义尽收眼底。

梵义的胡子渐渐黑了，变得也硬，这让他恍惚觉得先前的嘴脸是一块软糖，目下的眉眼却是一块铁板，寒天饮冰，冷然对世。敦煌人讲，若想知道，经过一遭。以前在爹老子的庇护下，他的唇上顶多是一些汗毛，但这场突发的病魔，不仅打垮了父亲，还给他这个胡家的长子更换了一张脸。此刻，梵义没有畏惧，也不孤寂。抬望时，一轮冷月从祁连山、从三危山的头顶上慢慢升起，挂在空中。月亮饱满丰盈，只字不语，用了它整整一世的清辉，照过先人，也照着眼前这个浮世上的后人们，照过紫禁城，也照着远处的沙州城，照过了河西一线，如今恰好照在了敦煌一带的关外三县。月亮像一本缄默的经书，就藏在人世间的高处，让整个夜空，仿佛一座秘密的佛龛，却无人识读。这一年的梵义，或许猜破了若干命运的真相，暗自感喟道：我的好月亮，以后你就是我唯一的伴当。

视野中的胡家坊，正沉浸在月光的沐浴中，和顺，稳静，一派清吉。在梵义的心目中，自家的院落却像一根病木，刚刚从沉疴中挣扎过来，但依旧锈迹横陈，气息奄奄，遍布着一种哀苦的气息。过了这个元宵，雨水会来，惊蛰会来，而后是春分和清明。不必问，别人家的园子里一定会按着时序，前一天发芽，再一天抽枝，无波无澜，无惊无险。可自家的这些亲人，这一片田地，该不会就此沉沦下去，一病不起吧。念想至此，梵义觉得浑身的骨头抖瑟了一下，有的是力气和想法。左臂的关节隐痛未消，虽然沈破奴后来正过一次骨，但离复原尚有一些时日。月亮，我的好月亮，你现在看见了我，那就照着我以后的路，让我把天空扶稳，把路走好，让我像爹老子说过的那样，纯明和精良一些吧。发完愿，梵义打起了帘子，蹍进了高房子里。

母亲胡白氏一边喂米汤，一边擦着丈夫嘴角上的饭粒。爹老子病倒后，一直进不了食，急得大家乱转。还是母亲灵光，迅即想出来了一个法子，要将丈夫当月娃子一样对待。管家苏食去了一趟野马南山，问当地的土著人购了一只产奶的山羊，圈在灶房里。母亲天天用贡米熬煮上一锅稀饭，里头放了大枣和蕨麻，文火炖烂。待稀饭放凉后，母亲便用勺子刮出来上面的一层浮汤，声称这是米油，十碗干饭也换不来的。山羊的奶最生力气，每次挤出来一小碗，母亲就拌在了浮汤中，调和均匀了。头一次喂时，爹老子的嘴始终也撬不开，母亲真的将他当成了一个未满月的娃娃，嘴里哄唆着，手上的汤汁慢慢浸润着病人的嘴唇。胡恩可睁眼之前，一碗浮汤差不多要喂一天，现在好转了，他的口舌僵硬地配合着，喉咙里居然还有咕隆咕隆的吞咽声，让胡白氏觉得工夫没有白费，饭食也香。见儿子进来，胡白氏喂完了最后一口，一屁股坐在了凳子上，咯咯咯地发笑。梵义问咋了。胡白氏噙着泪花花，哽咽道：老了老了，咋又添了这么大的一个儿子，让我重又当起了月婆子？不过么，比当初拉扯你们弟兄三个要容易，我乐意，我也认命了。这是胡白氏仅有的一句抱怨，如果这算抱怨的话。梵义望着母亲，她几乎是一夜白了头，但笑得泪汪汪的。梵义接过碗，仰了头，将残汤剩水灌在了自己的嘴里。

饭食毕了，胡白氏又要拾掇丈夫的身体，打算入夜。爹老子的脊背下垫着一摞被褥，脑袋靠着枕头，整个身子像一道弯弓。胡恩可双目圆张，目中既无一丝神采，亦无半点动态，僵死地盯看着头顶上的仰衬纸，好像房梁上藏着一道深沉的机密似的。胡白氏拉开了被子，一具粗糙的肉体瘫在炕上，软弱，衰微，不堪一击。梵义惊了一下，但闪避不及。梵义瞭见了父亲那一根巨大的下体，莫名地心慌了起来。不错，梵义从爹老子的胯下，清晰地认出了自己，也认出了胡家的根脉所在。这一瞬，一种天然的传承与使命感控制了他，令其立在地上，动弹不得。胡白氏冷不丁地说：让他们说去，嚼舌头去，梵义你千万别听，嘴长在旁人的身上，再老婆舌，他们也咬不下咱胡家人身上的一块肉，抢不了咱的一碗饭。梵义骇然，明白母亲的所指，但这些话是性元天擦黑时才跑来转述的，母亲又从何而知的呀。胡白氏兀自忙碌着，搬开了丈夫的大腿，从他的尻子下抽出来一个布袋子。又尿了，一大泡臊尿，连袋子里塞满的干土都板结了。胡白氏切齿道：哼，连下人们都在乱嚼舌头，想看我胡家的可笑，做梦去吧！哪怕你爸再也说不了话，走不动路，以后是一个活死人，但只要眼睛睁着，我就要把他服侍得像一个大财东，把他收拾得干干散散，做一个沙州城里的特等人，让狗儿子们的算盘全都打乱。胡白氏倒出了湿土，又填了一袋子烫热的干土，衬在了丈夫的裆里。梵义不敢插嘴，母亲多年来耽于家务，从不过问外面的世事，包括胡家生意上的得失，是一个真正的妇道人家。却原来，母亲的心中早有一杆秤，掂量着人世上的一切暖凉和悲喜。母亲既遮护着丈夫，又庇佑着儿子们，生怕他们吃了亏，受到莫名的欺辱。胡白氏淘了一块手巾，开始擦拭丈夫的身子，下手很轻，好像那些皮肉吹弹可破，比婴儿的还娇嫩。胡白氏继续数落道：笑话呀，天大的笑话，天老爷没死，天老爷还活着哪，天老爷在头顶上一直看着。红口白牙的，你索家的人到处喷粪，平白无故地给胡家赖上了一座窟子。哼，窟子是供佛的，不是你义庄的茅厕，想开就开。梵义不想劝，劝也白劝，知道母亲这么些天来憋屈压抑，发泄一番也是对的。胡白氏擦着丈夫的鼻脸，胡恩可的嘴巴张开了，像婴儿一般吧唧着，吮吸着，一脸的无知。母亲又喋喋道：哼，义庄的人想得美，想给自己家里开一座窟子，设一座赞堂，可偏偏将这一本瞎账，记在了我们胡家的户头上。账在哪达，契书呢，拿来让我翻翻看呀？索家的先人们不讲了，单单那个老贼娃子，义庄的那个老不死的索敔，他有啥功德，他凭啥往自己的脸上贴金？梵义不作声。梵义最是明白，有些事情爹老子许诺下了，自己便要萧规曹随，也要将母亲革除在外。胡白氏收拾停当了，自夸道：瞧瞧，你爸还是那么精神吧？梵义哀恳说：有你在，我爸一点也没变，他累了，他只不过想歇缓一下。

　　门外的台阶上，管家苏食气喘吁吁地跑上来，打起帘子入内。一见苏食的表情，梵义便料到一定有不测来临。果然，苏食说：义庄的索敔来探视老东主了，人和车已进入了胡家坊，先期派了一个伙计来告知。苏食也未能幸免，照例闻听了沙州城里的那些闲言碎语，气愤极了：这个老扯淡，偏偏在十五的晚上来串门，分明是黄鼠狼来拜年么，我这就去关上所有的门，让他在外面吹凉风去。孰料，胡白氏发笑：我说呢，眼皮子跳了一整天，跳得我心慌，这夜黑的，原来是曹操来了。苏食也看过敦煌六合班的《捉放曹》，当即说：白脸的奸臣，我这就出去拦他的车，让他滚蛋。胡白氏立刻否决了，慨然说：既然老东主醒来了，胡家的门今天打开了就不能再关上，害病吃药又不是什么见不得人的罪，请他进来吧。苏食见状，只得应命而去，不敢多嘴。

胡白氏从炕柜里拿出来一件干净的棉袍，拍松了，解开纽襻，递给了儿子。梵义心知母亲的意思，忙将身上的除下来，换上了新衣。这是母亲年前就置办下的，但这个年过得灰头土脸，临到了最后一天，梵义才穿在了身上，闻见了新棉花的味道。梵义接过手巾，揩了脸，打算下去，胡白氏却喊住了儿子。母亲面色镇静，从墙上取下爹老子的那一支烟杆子，戳给了儿子，仔细叮嘱道：记住，你今天就是胡家的少东主，说话办事要有底气，不能乱了方寸。梵义将烟杆子插在腰带上：妈，儿子记下了，你放宽心吧。月色下，梵义款款下了高房子，立定在了庭院中。胡白氏也跟着下来了，端着一盆脏水，泼在了地上，掉头进了后院里。

少东主，这个黄鼠狼今天……管家苏食犹在郁闷中，不料刚开了腔，即被梵义截停了。梵义哄唆说：叔，你快去后院里看看梵同他们吧，不知那一条鱼活了没有？苏食目中疑惑，这寒天冻地的，哪来的鱼呀，但梵义的话又不能不从，忙消失在了夜色中。梵义抬望时，见月亮又升高了几丈，银屑一般的辉芒洒落了下来，有些清冷，但更多的是温热。

响铃来了，一辆车轿驶停在了胡家的门端里。辕马喷着气息，汗味很腥。

轿厢里搁了一只小炭炉，听见管家支好了下马凳，打起了帘子，索敞忙收回手，不再烤火。此番出门，索敞没坐缎子或棉布的车轿，而是挑了一顶麻布装饰的轿厢，颜色偏重。索敞清楚，既然是去看病人，就不能太扎眼，更不可招摇。一下车，索敞见梵义奔了过来，自己也忙着迎了上去，相率进入了胡家的庭院。双方站定后，梵义折下了身子，鞠上一躬，先说了吉祥的话。梵义是晚辈，理该如此。索敞也回了吉祥的话，先抱拳，又去捉梵义的手，想亲近一下，不料却被对方格开了。月色下，梵义沉静如水，动作老练，自腰间取下了那一根烟杆子，慢慢打开了烟袋，将烟料填在了锅子中。梵义将烟嘴的一方掉转过去，递给了索敞，请客人先用。索敞怔了怔，接了过去，衔在了嘴角上。梵义取出火具，点着了纸捻子，将一丛火喂将上去。索敞咂巴着嘴，一股辣人的烟雾，霎时灌满了整个口腔，冲鼻而出，又险些打出几个喷嚏来。抽吸了三口后，索敞受用已毕，也将自己的烟杆子取出来，填满了烟料，回请这个刚刚长出了一抹坚硬胡须的年轻人。

梵义接了火，将一股烟雾塞满了口舌，但他并不曾吐出去，相反却吞进了肚子里，吞了三口。索敞定睛看着，思忖道，这个稚气的少年人经过了一场家变，在慢慢地花落莲出，在探摸着属于他个人的路，同样也在技成出徒的过程当中。这么一想，索敞反倒释然了，心里有了充裕的把握，感觉此行不虚。

互吸对方的烟杆子，这是敦煌一带男人的礼仪，一种信任的表达。完毕，索敞歉然道：少东主，早就答应了在腊月里来胡家坊的，不料闻听了令尊玉山颓倒，不复于行，又怕过来探望时添乱，今天是大年里的最后一日，即便讨嫌，无论如何也得过来一趟的，还望家里的人宽谅。梵义感激再三，又简略介绍了一番父亲的病情，说情况向好，已经每天能喝下去半碗米汤了。索敞问说：到底是个啥病么，难道连世兴堂的沈破奴那样的医术高手也奈何不了，让老东主受这一份苦罪，熬这么大的难心？走风了，我爸的脑子里走了风，现在虽说醒来了，恐怕也将瘫痪下去，后半辈子躺在炕上，连话都说不出来。梵义坦率极了，一吐为快，将沈破奴的诊断结论悉数告知，无一个字的隐瞒，也绝不掩饰家里的半点困境。索敞虽然已有耳食，但如此石破天惊的真相，从胡恩可的长子嘴里亲自讲出来，仍叫他心中一沉，泪眼婆娑。索敞攥住梵义的手，哀恳道：快，快带我去拜望一下老东主吧，我急死了。

节骨眼上，偏偏有人横生枝节。

院门外，义庄的车轿嘎吱了起来，驾辕的马躁动不休，显然闻见了另一头牲口的气息。车夫抽了几鞭子，越抽，辕马却更激越了起来，难以驾驭。果然，不一时，胡家坊外又驶来了一辆沙州城里临时雇用的车轿，义庄的辕马堵了上去，截停了它。两个牲口一公一母，贴着鼻门，甩着尾巴，好像它们是前世里的一对落难夫妇。沈破奴从临时车轿上跳将下来，兑了车钱，簌簌簌地跑进了院子里。梵义疑惧地瞭望着，沈破奴本是一介稳静从容之人，还从没见过他行为如此破相，不成体统。这个晚夕里，沈破奴揣着一个失而复得的名字，脸上开了花，早就顾不上什么礼仪和教养了，也忽略了胡家的客人。梵义喊说：先生，你这是？沈破奴到了近前，上气不接下气的，扶住了膝盖，抬望说：少东主，有一个人管用，他比我强十倍，你爸的病或许有一点点指望了。先生，究竟是什么人呀，让你大半夜的这么奔波？梵义问。沈破奴终于喘定了，直起了腰身，嘻然道：孔祥鹤！

梵义却不再问下去了，掉转过身子，对义庄的老财东虚了一礼。梵义指着高房子，声称爹老子就躺在上头，请索敞随意，务必不要客气。索敞明白，梵义要和世兴堂的沈掌柜单另说话，也许事关机密，旁人自然是不能耳食的。索敞暂且告辞了，揽起了袍衣，蹬蹬蹬地上了高房子的台阶，挑起帘子，闪身入内。管家丁荣猫尾在后头，却没进去，而是立在了门端处，像一尊门神似的，不离左右。

胡恩可木然地仰躺着，照例是一脸的僵容，目瞪口呆，眼神直视着对面的一堵墙壁，眨也不眨一下。此前，索敞已经无数次地猜想过胡恩可的病况，想破了脑袋，也没想到竟如此危重。现在亲见了，真有一种与胡恩可隔世为人的恐慌。喊了几声老东主，不见回应，索敞伸手摸了摸病人的额头，沁凉一片。胡恩可的头颅周围，照旧码满了一块块白冰，融化得很慢，在制约着他的体温。脚下头却升了一盆暗火，让病人不至于堕入冰窖，冰与火平衡着他生命的两端。念想起去年收秋时，胡恩可还踏着夜路，深夜拜访了自己，当时的他健健朗朗的，孰料翻过了一个年，居然变得如此不堪，除了还有一口气之外，其实和一具遗蜕没任何的区别,索敞不由得悲从中来。又喊了几声老东主,老东主,索敞彻底失望了。

见四下无人,索敞蹒跚过去,将牛肋巴窗子关严了。索敞揭开被子,攥起拳,将指头上的一枚扳指,拼命地戳在了胡恩可的心窝处,运足了力气。扳指是玉石的,上头镌了一尊小兽,饕餮的样子。不管索敞怎么戳弄,如何刺激,胡恩可始终无动于衷,一副任人宰割的样子。索敞罢了手,心犹未甘,又掐住了胡恩可腋窝里的一坨肉,使出了浑身的力气,简直能把一头牛掐死似的。病人无知无觉地躺着,索敞终于死了心,明白对方已经是一根朽木了,也知道胡恩可从此一劳永逸地退出了沙州城,退出了敦煌、瓜州和玉门这关外三县。

高房子下面,沈破奴借着月色,滔滔不绝地陈述完了,盯看着梵义,等他拿主意,让他决断。孔祥鹤,梵义咂摸着这个陌生的名字,一时失措,不知该如何作答。沈破奴坦言,他跟孔祥鹤只有一面之缘,且在许多年前,目下孔祥鹤究竟是死是活,他也没有一点点把握,只能去碰碰运气了。比孔祥鹤这三个字更为震惊的,却是另外一个地名:焉支山。在梵义的心目中,焉支山几乎跟兰州城、西安城和紫禁城一样遥远。斟酌再三,梵义勉强开口:先生,我听你的便是了,焉支山值得一去,孔祥鹤一定要找见,否则,我就是胡家的罪人、不孝之子了,将来我没法交代的。话虽如此,梵义却觉得自己早已乱了阵脚,这突如其来的一个难题,简直在他的经验之外。沈破奴强调说:老东主的病,我沈某人只能到此为止了,现在慢慢维持住,等着你把孔祥鹤请回来,一切就有指靠了。梵义急了:先生,你可不能就此撒手呀,你这么一撂挑子,等于把我爸往死路上推。沈破奴破笑:少东主,我何时说过要撒手的?尽管放宽心吧,你去了焉支山之后,我原样伺候,我可不想毁了世兴堂的招牌。梵义一时鼻酸,怅然地抬望了一眼月亮:我明天就走,争取快去快回。

身后,索敞接住了话茬:梵义,你明天走哪达,去焉支山?呵,你这是在给自己灌米汤,哄骗自己吧,你知道焉支山在何方么?这又不是去一趟莫高窟,舌头一滑,说走就能走的。沈破奴见不得这样泼冷水的,一时间气不过,兀自去了高房子。梵义心知义庄的老财东惜疼自己，也就不再隐瞒，说出了大概的目的。门端里，管家丁荣猫带着伙计，从车轿上卸下来了一地的礼品，花样杂多，林林总总，衬得上义庄主人的身份。大概是经历了刚才高房子上的一幕，获知了内情，又闻听了梵义的具体介绍，索敞心境大好，于是不吝辞藻，美美地嘉许了一番梵义的孝行。梵义哀恳道：老东主，侄儿出门在外时，家里头如果有难心事的话，少不了让弟弟们去找你帮衬，我先谢过你的菩萨心。索敞慨然允诺了，又探问说：梵义，这千里路上凶险莫测的，你打算怎么走焉支山？梵义黯然道：明天去东门外看看，如果有商团下河西的话，我跟他们搭个伴当算了。

"真该死，"索敞一拍脑门，"带了这些不值钱的，却偏偏忘了一样贵重的礼物。"

梵义一揖："这已经让侄儿承受不住了。"

"你孝行天下，我想送你一样东西。"

哑默着。

"我送你一匹良骏，三日之后，你再下河西吧。"索敞笃定道。

这一刻，梵义的内里潮起了一份感激，心中不由得动情开来，泪水漫溢。梵义懊悔自己先前的粗鄙和无礼，也怨怪母亲的那一番唠叨与敌意，更对性元跑来胡家坊翻舌告状的举止厌恶不已。义庄赠马，这让梵义的眼前豁然开出了一条明路，也让他潜在的畏惧和忐忑一扫而空，忽地精神了不少，心气高迈。在大难临头之际，梵义别无选择，只好痛快地应承了下来，又说了一堆感恩的话。夜探胡家坊完毕，索敞踅出了门，站在车轿下，一只脚踩在了上马凳上。梵义再也按捺不住了，一把攀住了索敞，恳切道：

"老东主，侄儿也送你一样礼物。"

"哟。"索敞一怔。

"开一座石窟，专为义庄开一座高大漂亮的家窟，开在千佛灵岩上，开在莫高窟。"梵义亢奋了起来，语气截铁，"家父答应过义庄，许诺过老东主，虽说他现在病下了，不能兑现，但这个债由儿子来还。等我这一趟回来，仔细经营上几年买卖，攒够了钱，我就开窟。"

索敞冷寂道："不必了。"

"侄儿是真心的。我现在当着你的面，我吃个毒咒。"梵义抢白道。

"少东主，你不必攒钱开窟子了，令尊的病要紧，花销也大。"索敞瞥见管家丁荣猫点亮了羊皮灯笼，挂在了车轿上，方悄语说，"这么着，这笔钱由我私下里出，但明面上开窟造像、为义庄供养的事，以后就交给梵义你去抛头露面，去做主张吧。"羊皮灯笼消失后，月光重又卷土重来，笼盖在了梵义的身上。这时，院子里嘈杂声起，说笑声不断，简直就像此刻沙州城内的元宵灯市一般。梵义听见性元在说话，知道那一条被冻住的鱼醒转了，终于活了过来。

# 卷八

罡风凶烈，吹跑了戈壁大滩上的积雪，只在石缝和落坎间，残留下了一些痕迹。

上半天时，梵义碰见了一座石人像，瞭见它的前心里有几颗墨写的字：苂苂泉。梵义忙下了马，朝着石人祷告了一番，这才敢去看它的脊背。果然，脊背上也有一行墨字，恰是梵义要去的地方瓜州，不由得松下了一口气。按照路上的规矩，只要顺着石人像的身后端直地走下去，晚夕里便能抵达目的地，找见一家车马店，或许还可以端上一碗热腾腾的饭食。岂料，下半天都快完了，却越走越荒凉，越走越冷寂，眼前竟然是一片荒疏寂寥的干滩，望不见尽头，梵义便知道坏了。折返显然不行，万一撂在了半途中，谁也保不住能活过这一夜。于是，后来只剩下了一件事，硬着头皮强走。风太硬，干脆骑不住马，梵义拽住了缰绳，尽量躲在马的南侧，感觉腿脚也不是自己的了，只是一介游魂在缄默的天空下浮沉。

天气阴郁不堪，不像往常那样晴明一片，施舍出一些星宿，为地上迷途的人引路。

梵义心生懊悔，信了一块石头凿刻出来的东西，还不如凭个人的眼睛。前日晌午离开沙州城时，家里赶车的伙计一再叮咛，让少东主一定要沿着疏勒河的阳坡走。即便迷了路，只要找见河道，也就八九不离十。目下，遑论河道了，就连天老爷也那般吝啬，连星宿也不放出来一颗，还渐渐地阴沉了下来，接近了昏黑，让人的眼前无明一片，心也悬在了嗓眼上。终于，马停住了，不肯走了。梵义一个趔趄，方觉得刚才睡着了，竟被马牵了一程，幸亏手里头攥着缰绳，才没有跌倒。马有灵性，前头是一面砾石坡，分出了左右两岔，等着梵义来拿主意。这一时，梵义倒也不急了，因为更大的难题来了。肚子里装了一泡尿，从早上就没有撒出来，现在越攒越多，几乎要爆炸了出来。寒风肆虐，人是斜的，马也是斜的，浑身的力气都沉了下去，积攒在脚上，尽量让身体扎下营盘，双脚抓住地皮，慢慢地稳住，就害怕被一只无形的手突地抓跑。梵义将缰绳拴在了腰上，打了个结，这才解开了皮裆裤上的腰带。

只有有经验的人才知道，在戈壁干滩上，真正的罡风其实是看不见的。天地浑圆死寂，上面没有被吹破，下面也没有被撕烂，但罡风带着一颗颗尖利的牙齿，一马平川，迎面袭人，一旦撞到了人的身上，寸铁杀人，很快便会砍削了你，砍削成一地碎屑，乱风炖肉。梵义背转过身子，掏出了裆里的家什，挣着劲，打算将肚子里的尿水射出来。可越是憋胀，越有尿意，家什就越不听使唤。憋到了后来，仿佛下体里有一根筋被抽走了，又有一根筋被抽了出来，东西软塌塌的，干脆不像是自己身上的零件似的。梵义疼得蹲在了地上，眼泪就下来了。

这一时，大野四荒中，有个人却在咯咯咯地发笑，笑得古怪，也很瘆人。

抬望时，梵义瞭见一个牧羊人站在不远处，拄着一把羊铲，以防自己被吹倒。牧羊人戏谑说：冻人先冻头，然后再冻尿，你不算人，你是先冻尿，不害怕冻头。自小至大，梵义属于守规矩的儿子娃娃，在沙州城里也听过脏话，但如此粗鄙的揶揄，竟是头一次落在自己身上，吓得忙缩回了家什，系上了腰带。牧羊人裹着一件光板皮袄，腰上拦着几道麻绳，脚上是毡靴，头戴着牛毛兜帽，嘴里喷出的气息发白，让梵义觉得他很燥热。梵义的羞赧，令牧羊人感觉可欺。他用羊铲在地上掘出了一条沟槽，讥诮说：你要是母的，你就来蹲下撒尿，你要是个男将，那你便站着撒尿，别让我看不起你。梵义的骨头都凉了，恐惧起来，哀恳说：爷，求你给我指一条明路吧，我这是要去瓜州，去下河西，我吃了石人像的亏，现在走背了，迷了路。态度一软，牧羊人也随和了下来。牧羊人道：也不能怨怪石人像，它肯定走风了，这么大的风，它能站住就不错了。闻听了"走风"二字，梵义的心里登时恓惶了起来，一下子明白了爹老子的病因，心说，连石人像都被风刮着跑了，遑论父亲那一具肉身凡胎，岂能扛得住罡风的磨折和盘剥呀。爹老子的病情催逼着他，梵义再次央求，请牧羊人指一条生路，却始终从对方的嘴里掏不出一句实话。没了办法，梵义拽着缰绳，打算原路折返，尽快避开这个令人生畏的家伙。孰料，还没走上几步，梵义便蹲了下去，肚子里的尿水犹如一块磨盘，让他的膝盖瘫在了一堆砾石上。

呀，冻住了吧？牧羊人拄着羊铲，哧哧地发笑。梵义手摸着裆里，摸了半天，忽然哭喊了起来：缩回去了，找不见了，我要疼死了。牧羊人欺辱道：喊我一声爷，喊响一些。梵义挣破了声嗓，尖喊了一声：爷，爷你救我吧。这一时，牧羊人方从怀里摸出来一个皮质的小袋子，傲慢地说：除了这个皮抽抽，就算东西被冻掉了，你也尿不出来。牧羊人蹒跚过去，将皮抽抽箍在了马的口鼻上。箍了半天，灌满了热腾腾的气息后，牧羊人忙捏住嘴子，交给了梵义，叮嘱说：快套上去，套严了。梵义照章办理，感觉下身坐在了一盆温热的炭火上，男人的家什慢慢地苏醒了，逐渐膨胀了起来。末了，梵义一把扔掉了皮抽抽，闸门一下子打开了，尿得酣畅而放肆，又长叹一声，感觉自己终于复活了。牧羊人扶着羊铲，摇晃着，一直盯看着梵义，嘴里啧啧不断。见梵义渐渐尿毕了，牧羊人唏嘘道：可惜了这么大的一摊水，足够十只羊喝的了。

原来，牧羊人的窝子就在砾石坡下。坡下头是一面崖壁，风蚀了无数年的光阴，在上面凿刻出了数不清的蜂巢般的孔洞，大小不一，形制各异。天黑透了，梵义没了办法，只好跟着牧羊人下到崖壁下，进入了一座窟。洞口略小，但里头却别有天地，石壁上布满了烟熏火燎的痕迹，黑得像一匹丧事上的幛子，地上挤满了一大群滩羊，咩咩咩地叫着。梵义拴了马，喂了带来的饲料，又一路跑了过去，蹲在一堆柴火旁烤手。梵义忽地释然了，这么好的火，这么好的窟，简直就像天老爷降赐的一样，但天老爷远在天上，实际上要感念的是眼前的这个牧羊人。梵义不敢怠慢，赶紧拿出了肉干、鏊饼和一坨酥油，交给了对方。火光下，梵义瞭见牧羊人鼻脸黝黑，晒得不成样子，根本看不出底色来。说他二十岁也成，说他八十岁也有人信，只有咧嘴发笑时，他的舌头是红色，牙齿白雪雪的，才知道他是个活人，不是石人像。牧羊人往火堆里添了一捆干枯的梭梭，又扔了几铲子晒干的羊粪，火忽地亮了，让梵义的脸上很烫。牧羊人也不客气，掰开了鏊饼，贴在火上烤热后，又用大拇指抹上一块酥油，塞进了嘴里。肉干也被冻硬了，但火一熏，立时松软了下来。牧羊人吧唧着嘴，吃得很香，也很快。问了情况，梵义才知道牧羊人是八九十里外东巴兔一带的职业羊倌。入了冬，几个庄子里的人便将家里的羊只托付给他，让他在干滩上牧养，等开了春，再原样赶回去，那时候也就到了生羔子的季节了。滩羊不比别的，只啃戈壁干滩上的草根，圈养在家里喂草料的话，一个冬天过去后，肯定就成了一把瘦骨头，卖不了好价钱。羊倌劳碌上一冬，挣的不是现钱，而是十几张羊皮，转手贩给皮货商之后，才能有吃有喝。牧羊人吃饱了，美美地打了几个饱嗝，又去了一趟洞外，捧回来一缸子积雪，架在火堆上熬煮罐罐茶。梵义也喝了几口，茶汤顺着喉咙流了下去，身上猛地一下舒坦了过来，疲倦和恐惧消弭不见了，对牧羊人也充满了分外的好感。这么着，牧羊人在火畔摊开了一张牛皮垫子，将身上穿的皮袄铺在上头，惬意地躺下来，跷起了二郎腿。牧羊人问说：尕的个，你想不想看戏？梵义狐疑着，环望了一圈山洞，这黑咕隆咚的所在，哪有什么戏可言。牧羊人坏笑开来，直脱脱地问：尕的个，你恐怕还是个童子，你没吃过女人的肉吧？梵义懵懂着，心猜这个可恶的家伙一定要拿自己耍戏了，便不再作声。你看你，脸都臊红了，你以前肯定没日弄过女人，今天就让你开个荤，破了你尕娃的身子。牧羊人讥讽道。

也就怪了，这群滩羊似乎能听懂人的话。牧羊人挥着羊铲，喊说：王满才家的，出来站好。果然，一只毛色杂乱的羊站了出来，咩咩地叫。快，快把尻子掉转过来，让这个尕娃瞧一瞧。随着牧羊人的喝令，羊乖乖地挪转了身子，将尾巴朝向了梵义，默不作声。梵义不懂得对方在搞什么把戏，知道不是好话，却也猜解不破。还是牧羊人自己开了口，一铲子摔过去，打在了羊的屁股上，申斥说：拉了粪都不知道蹭干净，小心我掐死你，快滚开。牧羊人吃了一口茶，又喊：李庭国家的，快出来站好，站端了，让尕娃看一下你的屁眼。照例有一只花白的母羊踅了出来，将尾巴扬起，展示给梵义瞧。梵义不吱声，旁边的牧羊人却咯咯咯地失笑开来，像一根木柴炸了，带着激烈的火星子似的。牧羊人也放弃了，骂说：李庭国家的滚回去，你狗日的最近有些骚，水也太大了，我怕你把尕娃淹死，滚吧。梵义继续懵懂着，心猜，这家伙在戈壁干滩上跑了几个月，除了跟羊说说话之外，他恐怕也碰不上另外的人，简直快被憋死了，让他的口舌逞能去吧，自己不搭话便是了。在这个静谧而荒凉的山洞中，牧羊人真的有一种国王的幻觉，喊完了东宫喊西宫，骂完了娘娘骂嫔妃。末了，牧羊人讥诮道：尕的个，我给你挑一个尻子大的，个子高的，你一定要给我长脸呀。又喊：石国怀家的，泼烦你出来一下，让客人见识一下你的端方，你的俊俏。喊了三遍，羊群里毫无响应，牧羊人立时火了，举起羊铲大骂：呃，石国怀家的再不出来的话，你们明日里一概不许出去，狗日的们，饿上一天两天的话，你们才能知道老子的厉害。这话就像药引子，羊群吃下了这个药，果然咩咩咩地大叫，集体动弹了起来。冷不丁，一只肥实高大的母羊被揉了出来，寡落落地站在了火堆旁，死眉耷眼的，仿佛它不是一只牲口，天生是一位公主似的。

　　牧羊人起身，对梵义耳语说：咋样，这个咋样？再也挑不出更好的了，这个可是我今年牧养的头牌。梵义的脖子都红了，踱过去烤火，艰难地哀求道：爷，我就这么坐一夜，天亮了还要赶路下河西，我保证不泼烦你的。牧羊人揶揄说：哎哟喂，刚长毛的尕娃，刚才尿都尿不出来，还是老子帮的你，现在有了这么个头牌，你尿憋了就不用出山洞，也用不着尿抽抽了，你掏出来直接塞进去，你还不知道有多舒坦呀。梵义申辩说：爷，我不瞌睡，我就坐一夜，你先睡你的吧，我守着火，别让火灭了。牧羊人喋喋道：我早就看出来了，你是一个有钱人家的公子，你看不起我，嫌我脏，恶心我，但你实在走投无路了，只有跟我在这个山洞里鬼混一夜，这就是命。梵义明白遇上了恶煞，再多长一张嘴也说不过对方，便往火堆里添了一捆梭梭。牧羊人古怪一笑，扬言道：哼，等着瞧吧，后半夜火灭了，你不抱上一只羊睡觉的话，等醒来你就成了一块冰疙瘩。牧羊人抓住石国怀家的耳朵，亲昵道：今晚夕你还是陪我吧，人家看不上你。

很快，牧羊人裹住了宽大的皮袄，脊背靠着火堆，沉沉地睡去了。梵义坐了一阵子，见没啥危险，就把自己带来的一张牛皮铺在地上，将身上的羊皮袄脱下来，半铺半盖，蜷缩起来入睡。闻听着牧羊人响亮的鼾声，联想起自己竟落难到了如此的地步，梵义登时恓惶开来。又不敢出声，梵义偷偷地在皮袄下抹眼泪，直哭到心里的一颗苦胆破了，牙齿也是酸的。

临下河西的前一夜，胡家的院子里像是在举丧，不管是家里人还是下人们，脸上都挂着一块孝布似的，谁也高兴不起来。压抑了整整一个春节，爹老子睁开眼睛后，梵义还是让伙计们放了炮仗，喝了酒，欢愉了几日。不承想，世兴堂的沈破奴讲的一番话，又让刚刚主事的梵义撂下一大家子人，去下河西，去走一趟安危难测的长路，这简直让人担心死了。两天内，院子没人扫，牲口无人喂，灶房里也停了火，两个弟弟和下人们一样，天天蹲在墙根下，看似晒日头，实际上心里一样熬煎着，只不过不讲出来，怕给大家增添悲戚。梵义硬扛着，没有笑也要憋出来一两声，除了时时上到高房子里照料爹老子外，还要忙着预备出门的一应物品。管家苏食开了一个单子，涂涂改改的，去了好几趟沙州城，将东西采买了回来。梵义划掉了大部分的内容，说我一人一骑，带不了那么多，这是去拜访一位叔伯，可不是中了状元去京城为官，何必如此招摇。精简完后，苏食又偷偷添上了另外一些内容。梵义干脆将上路的东西锁在了偏屋里，钥匙挂在腰上，任谁也没了办法。

苏食去找了女掌柜，给胡白氏下了跪，央求再三，恳求自己也陪着梵义，这次下一趟河西，走一番焉支山吧。胡白氏却道，自己生的儿子，自己肯定知道，像梵义这样的脾性，一旦拿定了主意，劝是劝不住的。再说了，年过完了，胡家的各个生意场开了门，还等着管家去操持，去全盘掌握，苏食你可不能拍屁股走掉呀。苏食没了指望，又将家里赶大车的几个伙计喊来，一人拿着一把火钳子，在庭院的地上画了一幅大大的地图，将敦煌以东的河西三郡逐一勾勒了出来，标注得十分翔实。画完后，又将梵义硬拉了过来，你一言，我一语，讲了个实实在在。其中一名车夫年纪大，早些年去过一次凉州，路过焉支山时瞄过一眼山丹马营，恳请少东主捎上他，他好打个下手，鞍前马后地帮衬一下，却被梵义断然拒绝了。当着管家和全部伙计的面，梵义坦承相对，掏了一顿心窝子，说这次老掌柜躺倒了，敦煌二十三坊和沙州城里的人们，可都一直在盯着看着。盯的是你胡家的造化，看的是你胡家的能耐，可不能让一场病把所有的人都打垮，千万不能乱了方寸，毁了阵脚。梵义又安顿，胡家的水浇地和沙地，包括几亩果园子，现在就开始拉粪，提前开耕。胡家的各个店铺，每天务必提早开张，把门板卸下来，敞敞亮亮的，比以前还要洒扫干净，还要殷勤周到。末了，梵义做出了决断，说春耕和买卖场上的一切事情，全部由管家苏食总理，万一遇上了棘手的难题，直接去找女掌柜，问问母亲的意见。交代完了这些，梵义觉得轻松多了，蹲在爹老子的病榻前，多陪了一些时辰。

第三天的早上，母亲起了个大早，院子里传来咚咚咚的声音。胡白氏炒了一箩筐麻子，用石臼砸碎了，拌在煮熟的土豆泥里，包了一案板的麻腐饺子。这还不算，胡白氏跐着小脚，擀了一顿长面，又勾了一大锅胡萝卜肉臊子，款待家中的上下。梵义故作轻松，问母亲说：上车的饺子，下车的面，你这是让我走呀，还是不走？胡白氏噙住泪花花，哭诉说：等你从焉支山回来，妈照样做这两样，不过你要快点回来，要不我的茶饭手艺就荒疏掉了。沈破奴和沈性元也赶来相送，每个人哐了半碟子饺子，嘴上没咋说，但神色上照例布满了惊恐。夜里，胡白氏自己填了锯末和柴草，将炕面烧得烫烫的，喊三个儿子过来，一同坐下。四个人的膝盖上苦着同一床被子，把油灯拨亮，在一起说家里的古今，谈爹老子的病情，盘算着来年的生计。除了娘家、胡家坊和沙州城，胡白氏平时没怎么出过门，也叮嘱不了什么，只是一味地哀戚，交代梵义说，这一趟一定要把头低下来，低头的人总是路宽，低头的人一般有好果子吃。小弟梵海也没吱声，一直在咬指甲，但梵义知道他的身体里已经哭满了，再多掉一滴泪，准保就淹死了。大弟弟梵同却嘻嘻哈哈的，没个正经，打算跟哥哥一起下河西，但知道说了也不管用，于是制造出一种宽松的氛围。梵同一再唏嘘，声称陈小喊太可恶了，要是他在的话，给哥哥一路护驾，别说焉支山了，就连山海关也敢闯上一闯。梵义煞是不悦，驳斥说此言差矣，这次是胡家的一个劫难，儿子们不上，却巴望着旁人援手，这简直就是指屁吹灯，快些闭嘴吧。被子下，梵同的脚伸了过来，蹭着哥哥的脚底心，令梵义哭笑不得。母子四人说了半宿，这才熄了灯，各自安歇了。

梵义没睡上多久，偷摸着出了门。管家苏食带着必要的物品，早就在马院的偏门外候着了。这是梵义事先交代的，只怕天亮了更麻缠，走得更不利索。主仆二人赶着车轿，去了一趟义庄。义庄也提前获知了苏食递来的话，梵义果然瞭见两名伙计牵着一匹高马，站在庄子外的树下，双方迅速交割了。临别时，苏食非要再送一程，却被梵义拦挡下了。梵义上马之前，朝着管家鞠了一躬，热肝辣肠地托付说：高房子那里太重要了，我爹老子半死不活的，两个弟弟又玩性太大，一切就仰仗苏食叔你了。苏食松开了缰绳，蓦地发觉自己只穿了一件单衣，此刻寒气入骨，浑身上下都麻木了。

天老爷也没瞌睡，在这天早上降下了一场弥天大雾。在敦煌，在沙州城，像这样的下雾天着实稀罕。雾是颗粒状的，与鸣沙山上的沙子一样，迎头打脸，让人一瞬间坑坑洼洼了起来。梵义骑在马上，穿城而过，往东门外走去。天麻麻亮了，路边的店铺和廊檐下，有的灯笼灭了，有的亮着，但已经烧到了末尾，火像是湿的。路过自家的车马挽具铺子时，梵义瞭见几个要饭的躺在门端里，四仰八叉的，样子难看。也难怪，门板里头是一座铁匠用的炉子，隔着缝隙，至少能去除周围的寒气。在空旷冷寂的巷道中，除了个人的心跳外，梵义听见的只是胯下的马蹄声，笃笃笃的，在浓雾中深一脚浅一脚，几乎快把自己颠碎了。这么着，梵义站在了沙州城的东门外，等了约莫一个时辰，居然没看见一个人，更没碰见惯常的那种商团。失望之余，梵义只有拨马东向，打算独自上路，一个人衔悲而去。

孰料，雾气中突然闪出来了一个人，一下子抱住了马头，嘴里哥长哥短的,央求起来。梵义下了马,却见是小弟梵海,半截身子勾住马脖子,不肯下来。梵义哄唆了半天,梵海的耳朵里长了驴毛似的,就是听不进去,偏要跟哥哥一起下一趟河西,要么喂马,伺候哥哥,要么陪哥哥说话,解他一路上的心慌。梵义虎下脸,扬起了鞭子。梵海却不惧,哭诉道:我是家里的一个废物,啥都干不了,啥也不让我干,我跟你出门还不行呀。梵义叱骂说:我这是去找救命的人,爸还瘫着,还没彻底活过来,你跟上我不嫌落怜嘛。梵海一副死牛犟板筋的样子,回击道:我知道,你们全都嫌我落怜,嫌我累赘,因为我是个瘸子,瘸子跑不快,怕给你们丢脸吧。一席话,让梵义哑默了半天,气得脑子里一直在打鼓敲锣,嗡嗡嗡的。见来硬的不成,梵义便舍下了姿态,和缓地说:昨晚夕哥给你留下了一封信,信里都交代清楚了,哥还指靠着你快些懂事,担起家里的大梁,你怎么能让哥失望呀。闻听大哥的话,梵海果然妥协了,帮扶着梵义上了马。梵义策马离开,只想早早脱身,不再纠缠。没料到,梵海竟然尾在了快马的后面,发疯似的追撵了一阵子,一直嚷喊着大哥。在稠密的雾气中,梵义不想应答,但听见弟弟的喊声一瞬间断了。心猜,梵海一定是摔倒了,怕是摔得不轻。

到了现在,弟弟的喊声仍在头顶上萦回不散,让梵义的心里湿漉漉的。

梵义不是从梦中惝惶醒来的,而是外界。梵义惊得睁开眼睛时,身畔的那一堆柴火灭了,洞子里一片死黑。梵义惊醒后,腿脚上一时间僵硬无比,觉出身后有异动,一张嘴喷出的气息,哈在了后脖子上。不待梵义反应过来,一个东西钻在了皮袄下,猛地箍住了自己。梵义骇然极了,但越挣扎,越被紧紧地团住了,一股呛人的膻腥几乎窒息了他。牧羊人古怪地发笑着,嘴里还说道不止,词不达意,身上的力气如同一块巨石,压得梵义喘息不得。梵义哀求说:爷,你放过我吧,我让开你睡,我赶快走,我不打搅你。牧羊人的大巴掌塞进了夹袄,抓住了梵义身上的肉,来回摩挲着,鼻息更重了。梵义的眼底里放出了一片片金星,火花四射,让他目眩神离:爷,我身上带了钱,还有吃的喝的,连同这一匹马都归你,只求你放过我,给我开一条生路吧。

　　冷不丁，牧羊人不动弹了，开口哭了起来。梵义挣脱不开，仍被箍在了束缚当中，再怎么踢踏，也是无济于事。牧羊人哭诉说：我天天跟羊跟石头做伴当，我一个冬天都没见过大活人了，现在你乖乖地送上门来了，我不会放过你的，我又不瓜。梵义咬住了牧羊人，舌头上一片咸腥，知道自己的嘴里灌满了血。牧羊人道：尕娃，我求你一件事，办完了，我就开一条生路给你。梵义问：爷，你说什么？牧羊人的手突然捉住了梵义的尻蛋子，诡谲道：我要走你的后门，你用你的后门，换你的一条生路吧。话未毕，梵义的脖子一下子被勒住了，挣扎了几下，便昏死过去了。

　　也不知过了多久，梵义被一粒火星子烫醒了。梵义蜷卧着，慢慢拉开了头上的皮袄，窥见牧羊人又生起了一堆火。梭梭柴燃烧着，炸裂着，火星四射，溅在了梵义裸露的腿脚上。牧羊人熬煮了一碗罐罐茶，吸溜吸溜地喝着，目中有一丝得意，也有一种施暴之后的疲倦，哈欠频频。这一时，梵义发现羊铲就在手边，便悄悄地抓住了，攥得很牢。火暗下去时，牧羊人又往里头扔了梭梭，扔了胡杨木枯枝，山洞里突然漾起了一阵激烈的尘灰。梵义猛地站了起来，将羊铲敲在了牧羊人的头上，轰的一声，连手中的木柄都被敲断了，铲头飞了出去。牧羊人怔了一下，而后像一棵被斧头伐倒的树，一头栽在了火堆中，被肆虐的火焰瞬时吞灭了，一句话也没留下。梵义只说了三个字。梵义说：狼吃的。

　　梵义不敢逗留，忙穿上皮袄，卷起了地上的牛皮，捆扎在坐骑上。梵义搬开洞口的石块，替羊群开出了一条活路，以后的生死就靠造化了。梵义下身痛楚，根本骑不住马，只好牵拽着，趔趄地跐出了山洞，眼睛突然间闭上了。这时候天光灼亮，风早就停了。

　　可以说，一段时间以来，索朗对死亡着了迷。

　　索朗跟爹老子不同，不喜欢深居简出，像一尊塑像似的，被人供在桌上，天天清心寡欲。作为大少爷，义庄在沙州城里开的各家店面，都少不了索朗的过问。虽说管家丁荣猫细心勤勉，夙夜在公，将一切买卖都打理得风生水起，但索朗毕竟是爹老子的化身，他的出现，每次都让伙计们格外开心。索朗有他个人的诀窍，见了伙计们之后，给这个偷偷地塞几个麻钱，给那个悄悄地赠一双袜子。大家相互不知，又都觉得受到了青睐，心里的天平自然往大少爷的身上靠，在背后又诋毁管家的抠门。入了家门，索朗慑于爹老子的威严，从不敢高声尖调，尾巴夹得紧紧的，只在后院里耍威风。一旦进了城，索朗心上的绳子松绑了，比一只喜鹊还欢快。在主街的八号油坊内，一锅胡麻油新榨了出来，空气中弥散着油渣的香气。香气扩散在街上，便是最佳的吆喝，门槛都快被顾客们踏破了，不出一个时辰，居然全部售罄。索朗是甩手小掌柜，他可不管这些，兀自立在了门端里，张看着街上的行人。昨日里，索朗在秦川墨笔店订了一批货，说好的这个时辰上送来，却迟迟不见人影。

终于，秦川墨笔店的伙计来了，在柜台上搁下货，打开包袱皮，请索朗当面验货。索朗生了气，申斥道：牙长的一段路，我还当秦川墨笔店开在了西安城，后年才能收到呐。伙计涎着脸，歉然道：大少爷，其中的这管狼毫店里缺货，没了办法，掌柜的去了一趟鸣山书院，问山长丰鼎文借了一支，这才凑齐的。闻听此语，索朗便不再计较，在单子上签收毕，逐一将笔帽拔开，舌头吮舐着笔尖，像一个老手似的。

恰在这时，在街面上吹风打浪的连公子闻香而来，一点也不客气，抓起柜台上的一把熟芝麻，呱唧呱唧地嚼吃着。连公子这么一示范，跟来的喽啰们一律开始照章办理，油坊内登时充满了牙齿打架的声音。索朗识得连公子，不过是点头之交，知道对方口才上佳，喜欢信口开河，更是沙州城里的一只大喇叭。见柜台上摊着一大堆笔和墨，连公子斜倚着，问说：大少爷，你这是要当画匠吧，你画牡丹花，还是画梅花？索朗道：哦，这两样都画。连公子又道：那你画仙鹤，还是画龙凤？嗯，这两样也画。索朗检查完了，将笔帽挨个儿戴上，包裹起来，欲掉头离开。这时，连公子拽住了索朗，迷离地问：大少爷，你可把我搞糊涂了，敦煌的名画匠多了，大概有骆驼张、牦牛李、老虎覃、蝴蝶阴、公鸡崔，你到底哪一样最拿手？将来我把你吹捧出去，好让你在关外三县风光一时呀。索朗笑答：我画的是棺材，你的嘴再好使，吹嘘棺材的话，恐怕是要挨打的。

连公子发笑了，笑得乐不可支，肚子也疼开了。连公子弯下腰说：哎哟喂，身在福中不知福，吃了蜜糖还嫌苦，我要是大少爷你呀，我就天天吃羊肉、喝酥油，义庄财大业大，何必干这种晦气的营生。这话戳到了索朗的痛处，他刚刚喜欢上了这门手艺，最见不得旁人泼凉水了。索朗回击道：连公子，等你的这一张破嘴消停了，不对敦煌指手画脚了，我也替你免费画一副棺木吧。连公子吃了诅咒，冷笑开来：死谁不会呀，但我一定要先送你们，等你们都上路了，我再算筹个人的事。索朗说：谁先谁后，你我说了都不算，只有天老爷一个人说了算数，哼，等着瞧吧，你的破嘴在毁你，而我的手艺在积德。

索朗是背着爹老子喜欢上这门手艺的，学了大半年，渐渐上了瘾，心中有一种隐秘的欢愉。有一回，靖远坊的一位耆老仙逝，给义庄发来了白帖，爹老子懒得去，便指派长子去吊丧。索朗去了灵堂，行完了礼性，见院中停着一具柏木寿材，画匠正在昼夜描绘。寿材上前蟒后鹤，青龙白虎，寿桃莲花，一切都栩栩如生，如同活物。一问之下才知道，画匠是沙州城里有名的许岩楷，丹青高手，专事棺木彩绘。在关外三县，棺木一般分黑红二彩，穷寒人家占尽了黑色，稍有家底的一般会涂成红色，但像整体彩绘这样的奢华手笔，肯定只有大户人家才能担负得起。索朗忘了个人的身份，蹲在一旁，看完了许岩楷的全部手艺。许岩楷在城里开了一家棺材铺，索朗打听清楚后，有事没事的，总爱去那里盘磨，一看就是一天。这么着，索朗提出学艺，许岩楷也不知他是大名鼎鼎的义庄的大少爷，竟默许了。这半年下来，索朗精进了不少，棺材铺里受理的一般订单，许岩楷便划拨给了徒弟们，让索朗他们相帮着去干。前日里，杂庄的一户人来棺材铺，央请店里的师傅外出一趟，去家里描绘一番。许岩楷问寿材是啥质地的，一听是杉木，便拉下脸来，交给了索朗。这是索朗第一次单飞，心里滋生出了一种认真的劲儿，所以自费采买了一整套墨笔，打算大干一场。

杂庄不属于敦煌二十三坊，大多是一些逃难的流民临时砌盖的房舍，在城外的东北向。杂庄里人员复杂，口音各异，整个巷道中污水横流，鸡飞狗跳的。天渐渐热了，索朗走出了一身的汗，摸进了一户破败的庄院，果见一口杉木的白皮棺材停在院中。这家人只有父女两个，老汉耳朵背，鲜少开口，所有的话都由闺女代说。闺女叫辛仗和，貌样可人，身材突出，嘴里操着一口秦腔。辛仗和绍介说，他们以前开了一家面食小馆子，店面在陕西会馆门口，专做乡党的生意。不承想，乡党们频打白条，条子积攒了一拃厚了，几乎到了关张的地步。老汉连气带急，身体一下子垮掉了，便在年前购置了一具便宜的寿材，预备了后事。索朗对辛仗和的唠叨并无兴趣，钻在棺木中，拾起了箱底里的几粒麦子和玉米，想必先前这里头储藏过粮食。索朗观察了半晌，声言说：我这一趟是免费的，不仅人工免，连墨笔材料也一概免除，尽可宽心吧。辛仗和噙着泪花花，代替她爹老子，当即给索朗鞠了一躬。索朗趁着高兴，又许诺道：我不漆黑的，也不抹红的，我一定给令尊画出一幅云水潮底的彩绘阴宅，一可以添寿，二能够辟邪，我说到做到。

按敦煌民间的习俗，一些年高寿隆者，大多会提前为自己打制出一口棺木，款款地搁在家里。于是，阴阳两界，此生彼岸，便时时在眼前游走，也就慢慢地看淡了生死。在寿材的用料上，一般以柏木为上，松木和杉木次之，杨木等再次之，忌用柳木、桑木和榆槐等。白皮棺木置办妥了之后，上色又有另一番讲究，尤其以闰年闰月的某一个吉日最佳。目下恰好是一个闰年，闰月刚过去了九天，临出门时，索朗还查看过黄历，今日宜于开笔。索朗将笔墨摊开，头一次独立做一篇浩大文章，心中既紧张，又有一份激动。索朗捏着炭笔，神情专注地在板子上打底勾勒，画出了一丛丛安澜，绘出了一朵朵轻浪，让一座宽广的海市蜃楼，冥界仙境，渐渐呈现了出来。老汉坐在索朗的身后，一直张看着，刚开始还有咳嗽，到后来干脆没了气息，似乎终于吃下了一颗定心丸，再也生无可恋了。辛仗和也没闲着，除了给索朗跑腿打下手而外，一俟到了饭点上，准保会做出一炕桌的饭食，花样繁多，油水荡漾。辛仗和最拿手的是面食，臊子面、油泼面、裤带面、搓鱼儿、拉条子、炮仗子，每顿都不重样，常常让索朗吃毕了蹲不下去，在院子里乱转圈子，先把食消下去，方可接着再干。连着数日，索朗早上天刚亮就来，晚上顶着星星回家，一句怨言也没有，身上也见不到瞌睡和疲倦。那天午时左右，索朗终于收完了最后一笔，站在三丈之外眯眼观望，一具烂漫华彩的棺木已是大功告成。

索朗叮嘱，先晾一晾，阴干上一夜，待我明日下午再来，给龙头点睛，方能真正收尾。老汉将索朗邀上炕，安顿他坐在了首位。辛仗和特地弄了一炕桌的酒菜，打了一壶散酒，让索朗解解乏，千万别客气。索朗的衣服上沾满了点点墨彩，像开了染坊似的。辛仗和过意不去，让索朗脱了下来，仔细地搓洗干净后，搭在了院子当间晾晒。既然衣服一时半会干不了，加之老汉与辛仗和的频频劝酒，索朗也就很贪了几杯，一头栽在了炕上，睡到了前半夜。待醒来后，索朗执拗地要回家，父女俩劝止不住，便在门外雇了一辆驴车，让车夫将他送至家中。索朗装了一肚子的酒，风一拂，车一颠，酒劲立马发酵了出来，人也糊涂掉了。到了义庄的门端里，车夫卸下了客人，扬长而走。索朗来不及叩门，便软了下来，趴在石狮子旁，吐天哇地了一阵子，引来了一群野狗，在黑夜里吠叫不休。

次日中午，索朗被吵醒了，见自己睡在了家里的炕上，前头的大小事均空白一片，煞是心虚。女儿细君躺在一旁，索冯氏在换尿褯子，手上带着气，动作很重。索朗问：我咋回来的，咋睡在炕上了？女人道：狗抬进来的，狗吃了你吐的粮食，狗都醉翻了，门外头躺了一地。索朗畏惧了：我爸知道么，他看见我的尿样子了么？索冯氏不说是，也不说不是，只淡漠地回应道：你最近浑身的皮松了，等着爹老子来给你紧皮吧。见约定的时间快到了，索朗忙穿戴起来，溜出了偏门，一路碎跑，径直往杂庄的方向上狂奔。

敲开门，一切都安然极了，老汉在晒日头，辛仗和在择菜。在索朗的心中，这里比家强，至少不用听爹老子的训话，细君也不吵闹。棺木晾晒了一夜，约略干透了，索朗打算给龙头点睛，便将棺盖板拆卸了下来。这一时，旁边帮忙的辛仗和惨叫一声，晕倒在了地上，老汉也晃了晃佝偻的身子，扶住了棺木。索朗定睛一瞧，却见棺木里头扔着一条死狗、几只死鸡，狗血和鸡血洒在了四壁上，禽兽们提前享用了这个阴宅。

老汉给女儿掐了一番人中，辛仗和醒了过来。索朗气极了，究问缘故，却一问三不知。辛仗和的睡房在里头，离这里远，当然听不见夜里的动静。老汉耳背，又声称喝了酒，睡得沉，但家里连一根针也没丢呀，感觉煞是蹊跷。辛家在杂庄一不结怨，二无仇家，思来想去，也搞不清是谁下的狠手。索朗怅然若失，几天的心血，转瞬就报废了，甚至来不及让师父许岩楷见上一眼，夸上一句。往棺木里扔死狗死鸡，败坏人家的风水，此乃关外三县最恶毒的咒法之一。索朗勘验了现场，觉得这个贼真是胆大，对方一定是在棺木中现场宰杀的，所以才血溅三尺，留下了如此暴力的痕迹。问题在于，难道当时狗就不叫，鸡也不鸣，一个贼来去自如，父女俩的耳朵塞上了驴毛么。一气之下，索朗带着全套墨笔，打算一走了之。这时，老汉却哀恳说，他才不会计较这个，也不怕什么恶咒，央请索朗再一次行行好，发发慈悲，把棺木里头刷成一片黑色，将血迹整个遮蔽掉就可以了。索朗没了办法，依言办理，将棺木内壁漆了三遍，漆得油光发亮，简直就像从张芝墨池里捞出来的那样。

本来是一件天大的快事，却被打了折扣，索朗无脸去见许岩楷，在外面转达了半天，趁着夜色怏怏地回到了家。义庄的大门开着，地上有草屑，可能先前进出过一辆大车。索朗刚进门，却见父亲端坐在堂屋的廊檐下，一脸怒相，横眉冷对。管家丁荣猫点了一盏灯笼，挂在头顶上，灯光汹涌而来，一下子照出了索朗的狼狈和鬼祟。索朗给爹老子问了安，又问了太老奶夜饭吃得如何，娘老子是否歇缓下了，声音巴兮兮的。孰料，索敞呵斥管家说：快去，你给我把这个贼疙瘩扒光，扒得一件不剩，我倒要看看他长了一副什么皮囊。索朗不明白闯了啥祸，一边哀告，一边还嘴，为自己找理由，欲逃避惩罚。丁荣猫也不愿动手，但老财东下了最后的通牒，勒令道：你丁荣猫反了呀，你不剥这个贼疙瘩的衣裳，那你明日就不必来了，义庄的户头上从此没有你，你去别处吃饭吧。丁荣猫尴尬至极，一边虚晃着手，一边对索朗悄语：大少爷，这可不是我的意思，你爸吃了啥火药了，我也搞不懂，你就宽谅我的不尊和放肆吧。索朗不想难为这个勤勉的管家，三下五除二，自己脱了个精光，赤条条地立在庭院中。

夜色如墨，冷风就像一座织机，一根一根地抽走了索朗身上的体温，浑身敷满了鸡皮疙瘩，瑟瑟不已。长这么大，索朗不曾见过父亲如此动怒，也不曾受过如此的责罚，心中不服，嘴上也抗拒着。索敞喊了丁荣猫，让把衣裳拿过去，他凑在鼻子上嗅闻了几下。索敞问：贼疙瘩，你一向饭来张口，衣来伸手，你的这身皮上全是油漆味，你究竟去哪个行当打野食吃了？你今天不吐真话，小心我打烂你脚上的孤拐，抽了你的筋，大不了我养活你一辈子。索朗坦言：我跟着棺材铺的许岩楷学了手艺，去替人家画了一副棺材。棺材！闻听此话，索敞气得身子都斜了，险些从椅子上栽下来。多年来，义庄的主人始终忌讳这个话题，对死亡的规避和讳莫如深，让他一直如履薄冰，如临深渊。岂料，眼前这个业已娶了妻，成了家，有了下一世的堂堂长子，居然像一个可怜的下人那样，在街上找食吃。找食也就罢了，卖炭、伐冰、种地、经商，干哪一样不好，偏偏对白事这般着迷。那一件沾满了油漆的衣裳，在索敞的眼中代表着不祥，象征着噩梦，他慌忙扔远了，唯恐避之不及。索敞对着管家尖喊：你去，你快去，将衣裳和那些墨笔统统烧了，一根线也不许留。丁荣猫讨价道：衣裳烧了吧，墨笔还可以用，烧了太可惜。索敞大叫：全烧掉，你不动手的话，我连你也一起送到城外的化人场，挫骨扬灰。向来风平浪静的义庄，在这天晚上突发地震，仿佛大厦倾圮，引得后院里的女眷和车马院中的伙计们，纷纷趴在墙头上，往前院里张看。管家点了火，使了火钳子，将那些污秽之物高高挑起，烧得一干二净了。

冷到了极点，也就不冷了，相反却引发了内心的一股热浪，让索朗血脉偾张。索朗忽然失声诡笑了起来，赤条条地诡笑，揶揄道：老掌柜，你烧了衣裳能咋样，烧了墨笔又能奈何，手艺在我的身上，你烧不掉，也夺不走的。夜幕下，索朗的身体羸弱发白，瘫坐在地，笑得不亦乐乎。笑声像一群野鸽子，扑棱棱地腾空而起，罩在了义庄的头顶。索敞气坏了，这样的抢白和攻讦，也算是他平生仅见，况且又来自儿子。索敞摘下了墙上悬挂的鞭子，扔给管家，咆哮道：你给我抽这个狗日的，翅膀硬了，牙齿硬了，现在居然敢给老子犟嘴。你快抽，打死了我替他偿命，我去上法场。

这一时，次子索乘从后院里跑了出来，睡眼惺忪的，边跑边穿着夹袄。索乘扑腾一下跪在了爹老子的跟前，求情下话，为哥哥开脱。索朗却反戈一击，嗔骂说：软骨头，你不用那么下贱，求了这次，下次还得求，你小心把膝盖骨跪软了。前院里闹得不可开交，后院的墙头上，女眷们哭成了一片，不明白好端端的一个家，何以变得鸡飞狗跳，半夜不宁。索柳氏支使儿媳索冯氏，让她快去请太老奶出来，这个烂摊子，也唯有太老奶才能平息。岂料，索冯氏却当了耳旁风，推辞道：让你儿子吃一点教训也好，他的皮早就松了，不紧的话，八成是要上房揭瓦的。婆婆气不过，戳了一下索冯氏的脑门，责骂道：你个挨尿的货，你的好日子还在后头呐。这以后，索柳氏记了仇，再也没跟儿媳妇讲过一句话，正眼也不瞧她一下。索乘被哥哥骂急了，忽然返身过来，将索朗骑在了身下，一顿乱拳。索朗不喊疼，也不哀求，在弟弟的胯下一味地诡笑，笑声瘆人。索敞急火攻心，长叹一声，跑下了台阶，一把夺过了丁荣猫手里的鞭子。索敞呵斥说：一个出去败家，另一个对兄长不敬，都给老子趴下，老子用鞭子给你们行一个大礼性。两个儿子失了退路，只好乖顺地趴在地上，一个衣衫凌乱，另一个撅着光溜溜的屁蛋子。索敞再也控制不住愤怒了，左劈一鞭，右抽一鞭，直到长子索朗的屁股开了花，血肉模糊后，方才住了手。索敞知道自己虚脱了，被丁荣猫拦腰抱住，安顿在了椅子上。索敞吼喊说：将这两个小贼圈禁在后院里，没我的话，谁敢迈出门半步，我就抽了他的脚筋，我养他。

丁荣猫上前，相帮着拽起了索乘。索乘有裤子遮护，其实没太受罪，嘴里叽里咕噜的，直吐舌头。索朗伤势不轻，在管家的怀里瑟缩着，一步一晃地朝后院里走去。墙头上的女眷和伙计们都散了，大少爷赤身裸体，受了责罚，又不良于行，这是断断不可瞻望的。索朗忽然格开了管家，仰天诡笑，沾满血迹的手，啪啪啪地捶着胸腔子，慨然道：

"血衣，我穿上了一件血衣，哈哈哈。"

"坏尿，你胡嚼舌头呐。"索敵追撵了上来，摘下一只鞋，扔偏了。又摘下另一只，砸在了儿子的脊背里："天呀，这狗日的胡逼乱怪，你把地底下的先人们全都喊醒了。"

趁着天晴，性元将家里的大小被褥，一股脑地拿了出来，晾晒在了绳子上，看见它们慢慢地暄软了，味道也好闻。性元记得父亲的话，日光是一味灵药，对弟弟的体质有好处，便站在别院的门口，喊性真出来晒太阳。半晌后，性真扶着墙出来了，脸色蜡白，嘴唇上也不见血色，像一页脆薄的冥纸似的。性元在庭院当中支了一个凳子，指着说：快坐下，看你白皮寡脸的，从今日起就开始晒，晒上一个夏天，你也就有了火候了，能扛住自己。姐，我的拐呢？去把我的木拐拿来。性真哀告道。性元假嗔说：瞧瞧你，就像一个没进蒸锅的酵面馍馍，一拍就扁了，你还是儿子娃娃么？这么一数落，性真便气馁了，好像要顺着墙根滑下来。性真喋喋道：我有病，我不能没有拐，摔倒了会疼的。性元哈哈大笑：哄鬼的话，竟然也能把自己吓住，你的书念到狗肚子里了？在弟弟面前，性元一向强势，反正下半天闲着，拿他当个猴耍一耍，寻个开心也不错。性元忽然面呈怒色，申斥道：沈性真，你其实一点病都没有，你的病都是世兴堂的人给误诊的。对了，你现在听姐姐的，松开手，先迈左脚，慢慢走过来。这话像使了魔法，性真张开了双臂，先左后右，慢慢地挪了过去，瞎子般地闭着眼。性元督促弟弟往前走，暗中将凳子挪开了一尺，又挪开了一尺。性真居然茫然无觉，一直走到了门端里。性元本来忐忑，一路上支起耳朵，生怕家里的这一尊瓷器嘎巴碎了，万一发生了骨折，等父亲回来后，少不了吃一顿责罚。现在可好，弟弟完美地走了一遭，可惜父亲没有亲眼见上，母亲也在后院里打布坯子，顾不上出来。性元喊了一声睁眼，性真听了话，蓦地发现自己走出了七八丈之远，脸上也绽开了笑，感觉个人干了一桩了不起的事。性元替弟弟揩了汗，安顿他坐下来歇缓，傲然道：咋样，不听姐的话，放屁都不响，你明明没啥病，囫囵人一个，你就别怕鞋子下头有鬼。性真认同了姐姐的主见，热腾腾地说：姐，我晒上一个夏天的话，说不定还能跑，还能追上兔子呐。性元撇下了嘴，灰败极了：别提兔子了，以后你就是我的小兔子，兔子快跑吧。

突然，家里的门开了，进来了五六个人，四处张看着。

性元霎时不悦，忙追着问：干么呀，你们哪一路的诸侯，上个茅厕前都要咳嗽一声的，我们两个大活人在家，连招呼也不打一声么？这几个人衣着普通，窥不出身份，却也不带恶意，脸上一律衔着笑。这时，一个老相的瓜皮帽释解再三，声称他们是城内小校场的匠人，过来丈量一下院子，勘验一番地形。这么一讲，性元也就踏实下了，让他们随意，转身又跟性真说笑了起来。半晌后，先是弟弟警觉了，试探说：姐，恐怕咱们又得搬家了，这里不是久留之地呀。性元怔忡着，问弟弟何出此言。性真辩称：早就听说小校场里的马太多了，饲养不了，他们要另辟一座马场，看来这些人真是来者不善，专门是打前站的。果然，这些陌生客拿出皮绳，量毕了沈家的院子，又开始测每一间房子的尺码，上下左右，前后里外，无一处疏漏。性元强耐下性子，待他们收了皮绳，丈量罢了，瓜皮帽过来辞谢时，一下子拦住了大门，非让对方说出个子丑寅卯来。

一群陌生客避而不答，脸上反倒有理了似的，对眼前的这个碎女子充满了轻蔑。瓜皮帽见脱不了身，一再声称，他们真的是小校场委派来的，西北向角楼下的各家各户，大体上都要丈量一遍，但具体的用途着实不知。性元发笑，指着城墙道：你喊一声上头的兵士，假如有人认得你们，我便信了你的话，一别两不见地放行。见此情状，一帮五大三粗的汉子急了，往门外头蜂拥过去。性真怕姐姐吃亏，也踟蹰过来帮忙。性元更怕这一尊瓷器有个三长两短，忙扑将上去，打算护住弟弟，结果脚底下一绊，摔在了地上。不承想，在这个要紧三关的节骨眼上，隔壁的二棍子立在房顶上，朝着空中放了一枪，声震四邻，头顶上的天幕也抖了三抖。

枪声像一张巨大的捕网，将刚刚跑掉的这帮人原样兜了回来，乖乖地蹲在了地上。二棍子跳下了他家的房顶，身形轻捷，漂亮得如同一只在空中打旋子的鹞鹰。这些日子，但凡从衙门里回来，二棍子都会给爹娘老子找个借口，悄静地趴在房顶上，眼神偷摸地盯望着沈家的院子，瞄一眼世兴堂的女公子。二棍子清楚，性元的寒假不多了，一俟开了学，打头碰面的机会将格外稀少，少得如同在松树林中找一根针。二棍子的心里缠了一团麻，拆解不开，弄不清自己的举动究竟为何。但始终由不得他个人，就爱上一趟房，偏爱瞄上那么一眼，否则心里头不舒坦。有一回，娘老子在灶房里蒸馒头，喊二棍子去烧火，去拉风箱。母亲揉完了酵面，捏了拇指大小的一个面疙瘩，放在火里烤焦了。母亲掰开焦糊的面疙瘩，嗅了嗅，一团神秘的表情。二棍子问：这是干啥么？母亲绍介道：试一试味道，如果还发酸，再添一些碱面，等比例合适了，蒸出来的馍馍才可口，不粘牙。这么着，二棍子恍悟了，性元便是他的碱面，如果看不上一眼性元的话，就等于自己缺了一把碱面，那一份酸味将继续发酵，让他的心里头难过，蒸不出暄软白净的馒头来。先时，性元在院子里晾晒被褥，二棍子就趴下了，又看见性元和弟弟嬉戏着，便觉得自己也加入了进去，三个人真是开心。但不期而至的一伙人闯进了沈家，不仅打搅了姐弟俩的欢愉，也扫了二棍子的兴。直到对方耍强使狠，从沈家的院子里一个个逃窜而出时，二棍子这才想起了自己的身份。

二棍子提着火枪，将这帮人归拢在了墙根下，开始现场审问。二棍子是县衙快班的一名捕手，专司缉拿各类盗匪和贼人，现在有了意外的收获，又可以在性元面前露脸，当然是一举两得，再高兴不过了。二棍子踩住了瓜皮帽的脑袋，将他摁在了地上，恐吓说：失主报称，家里丢了两根金条，十三两银子，快快招来吧，否则就锁拿尔等回县衙去，直接打入大牢，大刑伺候。性元在一旁急了，怨怪说：哎哟喂，我家里哪有什么金条和银子，你红口白牙的，千万别信口开河呀。二棍子立马修改了个人的措辞，呵斥说：失主报称，她家里失窃了一口袋银元，还有金银首饰之类的，现在交出来还不迟，免得小爷我动手。性真也纠正起来：二棍子，你可不能冤枉他们，屈打成招呀，我家里连一根针也没丢，你只需问问诸位所为何来就行了。二棍子在姐弟俩跟前没拾到什么好，只得把一肚子的郁闷撒在陌生客的身上，用枪口顶住了瓜皮帽的太阳穴，做出了开枪的架势。这一刹，瓜皮帽终于屄了，委屈地辩称，他只是一名掌尺，奉命而来的，具体的详情的确不知。性元问说：你是掌尺，那你打算扒我家里的院子和房舍么，谁支使你们的？瓜皮帽方说：还能有谁呀，胡家坊的二少东主，那个叫胡梵同的小贼嘛。

应了那句老话，说曹操，曹操到。性元闻听了此言，刚要咬牙切齿时，梵同却从城墙根下的巷道里踅摸而出，将自己奉送了上来。梵同的手里攥着几只烤洋芋，吃得正香，冷不丁见了眼前的一幕，脸色骇然。性元不问皂白青红，直接扑了过去，撕住了梵同的耳朵，究问原因。梵同哎哟哎哟的，求告再三，却也无济于事，只得如实相告，这伙人确实是自己花了一点钱，雇他们来丈量沈家的院落房舍的体尺。呵，你来摸我家的脉了，你到底打的什么鬼主意？我看你的耳朵这么软，二棍子家的大狼狗正缺这么一口肉呐。性元狐疑不已，下手便更重了。梵同咧嘴道：这不寒假即将结束，乡学马上就要开学了嘛，我自己的那一门课程尚未做完，所以请掌尺他们来帮忙丈量，给一个准确的答案。性元问说：啥课程？我也在乡学里念书，还没听说过这么做功课的。姐，你在女班，你当然不知了，这门课叫舆地，是乡学的总教大人单另布置给我的。梵同一喊姐，性元便心软了，松开了手。的确，隔行如隔山，女班里没开这一门课业，倒也是实情。岂料，二棍子插嘴问：你不去丈量自家的房舍和院子，干么跑到性元家里来捣乱？这才是关节所在。梵同涎着脸，攀住了快班捕手的胳膊，哄唆说：好我的吃皇粮的哥哥，你先问问性元姐吧，干么别的女子都缠了小脚，偏偏她放了天足，一双大脚在沙州城里走来走去，天天擦地皮，刮妖风。二棍子扑哧笑了，但气得性元追上来，戳了梵同一指头，让他小心闪了口条。这个关口上，沈戴氏听见了外面的喧哗，从后院里蹒跚了出来，问性元咋了。性元赶紧打了个马虎眼，声称梵同来请教一个问题，二棍子可以做证。二棍子傲然地点头，觉得这是沈家女公子对自己的莫大信任。

梵同撤了，带着一帮人簌簌簌地溜出了巷道，到了西稍门外。见瓜皮帽满面威棱，怒容未消，梵同忙抱拳作揖，哀恳说：舅舅，干脆我请你们去吃一顿臊子扯面吧，听说老邴家的馆子味道不错。

# 卷九

　　拖音转达完了印光法师的问候，又问了女掌柜的身体现状，这才住了口。

　　胡白氏的眼睛早就麻了，尤其在这个天气下，眼底里老飘着一些黑絮，令她心神不安。客人的声音细若蚊蝇，有些灌进了耳朵里，更多的却消弭不见。但胡白氏明白，这都是一些好话，吉祥辞藻，从莫高窟捎来的，从那一位大德高僧的嘴里传递过来的。胡白氏拈动着手里的一挂佛珠，哀叹道：唉，该死的我死不了，还这么孽障地活着，该躺倒的我没倒下，倒是不该躺下的还那么可怜，我的心乏了，乏透了。眯眼观望中，胡白氏仿佛看透了这个虚幻丛生的浮世，曾经的扯心和牵念，大半辈子的劳苦与付出，就像远处郊野里的积雪，慢慢化掉了，谁也无能为力。拖音劝慰道：听说了老东主病下的消息后，印光法师率着开元寺的全部僧侣，一连做了三天三夜的法事，祈求三洲感应，华钟渡水，佛雨广洒，让他能尽快度过此劫，元神回还，康复如初。这一时，胡白氏却笃信地说：可以照着佛的话去听，但千万不能照着佛的话去做。拖音立刻惊了一跳，这句话如同一句偈语，让他的心里一刹那打了雷，闪了电，竟不相信这是从眼前这个老妇人的嘴里说出来的。拖音慢慢起了身，合十说：天色将晚，小僧也该回莫高窟了。

　　胡白氏面色稳静地说：不急，吃夜饭的时候放走客人，这可不是我胡家的规矩。话未毕，管家苏食进来了，仓皇地说：大尘暴来了，西北边的半个天都黑掉了，恐怕是大灾难，我还头一次碰见。像在印证苏食的话，窗框子突然剧烈地抖动了起来，飞沙打在窗纸上，劈剥作响。客人进门时，胡白氏就吩咐下去了，灶房里换锅换碗换案板，务必要按出家人的讲究，做一顿素餐。苏食点了点头，意思是一切就绪。胡白氏方道：人不留客天留客，拖音小师父，今晚夕你就屈尊住上一夜吧，去莫高窟的路是个风口，安危难测呀。一念至此，又忆想起丈夫恰是在离开莫高窟的半途中发的病，还险些丧了命，胡白氏的泪水婆娑而下。拖音见女掌柜殷勤挽留，加之气候突变，再驳面子的话，亦不是出家人的本分，便应承了下来。苏食打了帘子，礼让客人先行。孰料，门外最后的一缕光线，斜射了进来，刚巧落在了拖音的鼻脸上，清晰无比，令胡白氏一时惊悚。拖音掉头欲出时，胡白氏猛地拽住了他，失声喊了一句：梵义。拖音有了上回的经验，上回也是胡家的老东主认错了人，将自己当成了梵义，便赧然一笑，纠正道：施主，小僧是开元寺的拖音，不是少东主梵义呀。胡白氏怔忡着，哦哦哦了一番，执拗地说：我能抱抱你么，只抱一下？快过来吧，到妈的怀里来。管家苏食不忍看下去，先自出去了，单另站在门外头哭，哭得如同一个丢了狼崽子的家伙，黯然，失控，破绽百出。拖音投在了胡白氏的怀中，让她的脸擦刮着，手抚摸着，觉出了一种母子连心的惜疼，心中也渐渐潮起了一份感激。末了，胡白氏搭在客人的耳朵上，悄语说：乖，多吃一些，把肚子吃饱，不要嫌甜米淡饭。

　　日头还没有垂落下去，仿佛一块烧红的炭，吊在地平线上，在慢慢变凉。

　　在稀薄的光线中，在沙州城以外、敦煌西北的天幕上，一堵宽大危峭的高墙，不停地翻卷着，狂怒而来，仿佛一只高广剧烈的车轮，将碾压一切，将五马分尸一般。照理说，一开了春，关外三县的尘暴频发，屡见不鲜，但像今晚夕这样的庞大规模，可能还是上一辈子人才有过的记忆。拖音去年才云游至此，见惯了世上的般般事迹，但眼前的特大尘暴，不仅是他平生头一次遭逢，也让他恍惚间觉出了天地的无常，以及人世上不堪一击的冷暖变幻，炎凉之境。上半天离开莫高窟时，天晴得如同一块刚刚出窑的青瓷，日光放射，照着宕泉河两岸，也照着那一座微小的谷地。官道两侧，密布在戈壁干滩上的一块块拳石，让罡风吹了整整一冬，显得洁净异常，像刚从雪水里洗浴出来的样子，颜色不一，石头开花似的。进入胡家坊一带时，拖音还蹙紧了鼻子，嗅闻到了空气中一缕缕似有若无的水汽，心猜，一定是党河的冰块融化了，要开河了。不承想，在施主家里絮叨了半个多时辰，天老爷就变了脸，将整个敦煌打入了一座幽暗的石窟中，先是闭门落锁，而后让其面壁思过。拖音攀住墙，立在高房子外，以防跌倒，惊骇万分地盯望着远处，眼前百鸟惊飞，日月无光，飞沙走石。在拖音的心目中，整个敦煌不再是伽蓝之地，却早已化作了修罗之场。念想及此，拖音的心一瞬间沉了下来，面色枯槁，忙口诵了几句佛号。这时，管家苏食提着一只食盒，忙不迭地上了台阶，将拖音连拉带拽，请进了高房子里。

老东主胡恩可一如既往地仰躺在炕上，半截身子倾起，目瞪口呆地盯视着对面的墙壁。墙壁上挂了一幅联：惟有一愿在，能呼观世音。笔墨肃然，结字端方，笔画之间了无尘世上的一丝烟火气，俨然出自印光法师的手笔。拖音对此十分熟悉，这恰是他在腊月里亲手交给施主的，却不曾料到它并没有挂在正房或佛堂，却挂在了眼前这一座悱恻的病榻旁，让人顿生今夕何夕的喟叹。苏食搬来了一个几案，布了菜，无非是洋芋丝、干豆角和酸菜之类的，几个馒头冒着热气，另有一碗没炝葱花的扁豆面。先时，苏食一再敦请这个年轻俊朗的小僧，务必去堂屋里吃夜饭，但拖音婉拒了，说去高房子里吧，他要代师父守一守病人，尽一下故人的情分。见客人拿起了筷子，苏食释解说，气候激变，他要去马院里紧急处理一些杂务，请拖音随意，便出门下了高房子。房舍内悄寂下来后，拖音搁下筷子，原将饭菜装回了食盒，打算等一下送进灶房里去。拖音不是不饿，饿得慌，在路上走了差不多一天，滴水未进，粒米未食，早已是前心贴后脊了。但拖音实在没有胃口，尤其在这个尘暴肆虐的夜里，唯有一饿，脑筋方能清醒。这么着，拖音偏坐在炕上，款款地抱住了胡恩可的一个胳膊，将一些祈祝的诵念，一些秘密的真言，悄然灌进了病人的身体里。那日晚夕，印光法师在开元寺辞别胡恩可时，拖音就站在一旁。拖音犹记得印光法师的那一句话：来日大难，施主珍重。可眼下，窗外沙石飞卷，遮天蔽地，施主却在窗下已然陷落于沉疴和昏迷当中，一场大难赫然降临，正应了法师的那一声偈语。此刻，病魔分明在胡恩可的身体内游走，在无端祸害，犹若啸聚丛林，也好似刀光剑影。而拖音盯视着他，其实也置身于一场痛楚的开悟当中，心中照例是翻江倒海，让自己慢慢地滑向了一种寂灭的蜕变之中。

濒临子时，拖音将病人的胳膊放在被子下，安顿妥了，吹熄了油灯，下了高房子。庭院中满目风沙，打得额头和鼻脸生疼，气息呛人。天老爷不眠不休，用了他全部的怒火，锁拿了人世上的一切，让人难以遁逃，必须去赎这一世的罪愆。去完灶房后，一个值更的伙计跑来，惺忪地将客人延入了睡房。伙计介绍，这是少东主的房舍，梵义下了河西，走了许多个时日了，但女掌柜仍天天过来，铺床叠被，洒扫一气，用笤帚疙瘩将炕上拾掇得干干净净，在等儿子回家。伙计走后，拖音净了面，将油灯移在了炕头旁，脱衣上去，盘膝坐定，开始打坐。这是他每日的功课，没有一天懈怠过。冥思和观想中，拖音感觉自己仓皇的躯体，渐渐地变成了一副空壳，仿佛早年间家里的那一座老屋，冰锅冷灶，死寂一片。一日黄昏，在外面耍够了的小拖音回到了家里，直喊肚子饿，可找来找去，却不见爹娘的影子。没了办法，小拖音啃了一根嫩苞谷，便睡在了炕席上，糊涂了一夜。次日一早，庄子里的亲戚们领来了几个僧人，将小拖音交给了对方，自此便割断了血脉。

那是一座山里的兰若小寺，小拖音好奇地待了几天，待腻了，却不见爹娘来接他，便放肆地哭了起来。哭也不顶用，反正他摸不着下山的路，但一直被几个僧侣疼爱着、宠着、关照着，从小就穿上了僧衣，鲜与外界往来。等长大后，年迈的寺僧才释解说，他的父母因为借了豪门强族的高利贷，利滚利，到了无力偿还的地步时，夫妻俩踏上了绝路，双双投了崖。那几年又逢天灾，谁家的锅都揭不开了，幸亏佛祖护佑了他，才活了下来。此去经年，小拖音完全适应了化外的生活，拒绝还俗，在寺里削发成僧，持了戒，后来又去了五台山求法。在拖音的记忆中，母亲是一个几近于不存在的概念，就算喊破了天，母亲也不会应答，即便眼睛里哭出了血，母亲也不会现身。但是，在今天这个荒凉的晚夕，胡白氏的央求，包括那么殷殷一抱，再加上腊月里老东主同样的举动，令拖音依稀感知到了家的一丝暖意，母亲的一番惜疼。这么着，埋在拖音心中的那一粒种子，像前世的因，此刻悄然破土了，抽出了芽孢，蔓延在了他的体内，焕然一新。这一瞬，一些怪异的声音打扰了拖音，让他再也无法打坐下去。拖音睁开了眼，发现自己热泪敷面，胸前已然湿了一大片。

哦，原来是头顶上的屋梁在抖动，过年前才糊了一半的仰衬纸，此时上下凌乱，簌簌而响，仿佛一只风筝的尾巴。窗外的尘暴更激烈了，门窗嘎吱，能感觉到外面屋顶上的脊瓦，被一叶叶地掀开后，让飓风扔向了远处，碎得连一句留言也没有。拖音钻进了被子，打算吹灯歇息时，却见咚的一声，一件包袱从屋梁上掉了下来，砸在地上，卷起了一小股烟尘。

拖音下了炕，将包袱拾起来，款款搁在了桌上。

这一刹，棉布的包袱皮上，一枚隐约的"卍"字吸引住了拖音，让他重又拿在了手上，在油灯下详察。包袱是四方形的，上面捆扎着一道细麻绳，呈十字状。那一枚黯淡的符号，便印在一块旧棉布上，已经很有些年头了，不经意看，几乎会忽略过去。拖音疑难不已，这东西一般是寺里的，怎么会跑到一个俗家的屋子里，且藏匿于明屋的大梁上呢？然而，拖音毕竟是出家人，慈心于世，又猜解说，敦煌一带的人起屋架梁时，一般会去大小寺庙里请一些宝瓶吉物，嵌在榫卯之间，一为辟邪，二求心安，也不值得大惊小怪。拖音吹了灯，睡在暄软的被褥里，身体很快就疲沓了，但脑子里的一星明火，始终不肯熄灭，相反却越来越大，越来越亮。拖音心知，自己对那个包袱好奇，不瞧上一眼的话，终究不会甘心。摸见了火具，点了灯，拖音打开了那只包袱。

里头是一些古旧的卷子，纸张薄脆，残烂不堪。拖音逐页揭开，指头上不敢用劲，生怕它们将一瞬间毁坏了，化成一堆齑粉。查看卷子的成色，似乎比这间明屋，比整个胡家的院落，比敦煌二十三坊更为久远。纸面上的文字大多模糊了，影影绰绰，丢三落四，但保留下来的字迹却隽永清秀，眉目清晰，一点也不比印经院里的雕版经书差多少。这是几份不太连贯的卷子，页码错位，头尾杂乱，好像打这个包袱时，主人一定格外匆忙，随意地包裹在了一块布匹中。拖音咸淡不一地翻看着，突然，一页纸面上出现了三颗字：

**诅咒书**

再往下看时，拖音几乎惊出了一身冷汗，惊诧至极。恍惚中，这些卷子中藏着一张嘴，野鸡无名，草鞋无号，竟不知是谁的一套卑鄙而龌龊的口舌，在喋喋不休，在乱语三千，在大放厥词。不错，这张嘴一直冲着光明圣佛，冲着高广大天之上的菩萨和度母，冲着一整个悲凉而凄清的人世，冲着后世里一代代人的光阴，冲着将来冒犯了这一册卷子的人大发雷霆，毒汁四射，极尽了诅咒之词。拖音简直吓坏了，忙合上了卷子，重新将它们归拢起来，塞进了包袱皮里，将细麻绳原样捆扎上了。

这时，呛人的沙尘弥漫而来，早就挤进了门窗，屋子里混沌一片，暗若墨池。但一灯破夜，灯光像上佛的降赐，带来了一份踏实和笃信。渐渐地，拖音不再惧怕了，敛住了个人的失神与惊慌，趺坐在炕上，开始了甄别和梳理。这一件诅咒的包袱，既然出现在了胡家，现身在了少东主的睡房里，那它一定跟梵义脱不了干系。拖音犹记得，在开元寺那个雪后的早上，他奉了印光住持的法旨，前去送别胡恩可时，梵海就在客房门口备车，两个人还攀谈了几句。梵海偶尔提及，大哥梵义当时就在莫高窟的千佛灵岩一带，回返的路上有家里人帮衬，请法师不必忧心。如此看来，梵义正是在那一日，鬼使神差地在那一面漠漠无涯的砾石崖壁上，邂逅了那一座诅咒的洞窟，并将这一只罪恶的包袱带回了家，藏匿在了睡房的大梁上的。如果确凿了这个因，那么后面的果也就迎刃而解了。这本诅咒的卷子一旦现身，落在了梵义的手上，便立刻兑现了它的咒语，毒汁四溅，一应百应，先是撂倒了老东主，又让这一家人陷落在了万劫不复的境地中，不是出走，便是惊魂，就像一座乱石之下的鸟巢，永无宁日。拖音相信个人的这一种猜解，况且印光法师的那句话充满了禅机，奥义无限，似乎也在佐证自己：来日大难，施主保重。

在莫高窟开元寺挂单的这些个日子里，拖音私下里听别的僧众讲，在千佛灵岩上，一辈辈人开窟立像，塑佛画壁，供养今生，许下的都是一些莲花般的心愿。多少光阴逝去后，那些大大小小的窟子几乎有上千座，密布在鸣沙山以东的这一片砾石崖壁上。假若日光也有一些暗黑的斑点，如果党河水里也有一两股浊流的话，那么这些繁如蜂巢的上千个窟子，当然是鱼龙混杂，优劣不一，充斥着各自的愿心与目的。诅咒窟，拖音第一次闻听了这个名字时，心下骇然，万难相信，但本地的僧侣们却言之凿凿，甚至有人坦言，他自己小时候就见过类似的窟子。拖音央求他们，可否抽空带自己去一趟，见识一下诅咒窟，却接连碰壁，一直未能遂愿。私下里，一个关系颇近的本地小僧再三告诫拖音，千万不可在印光住持的跟前提及此事，否则你不仅挂不了单，还得吃禁闭，逐出山门就算最轻的责罚了。在开元寺，有关诅咒窟的话题属于最深的禁忌。有好几次，拖音的问题都已经到了嘴边了，却又不敢请教印光法师，但心里的好奇一直在暗中滋生，磨折着这位一心向佛的年轻人。孰料，大约在半个月前，这个机深的问题像日光照雪一般，忽然化解开了。

印光法师一直青睐这个从五台山前来求法的小僧，除了殷勤照顾他的日常生活外，还为他开了诸多的方便之门。开元寺设有寺学，寺学里有一座书院，供僧侣们阅读和参悟。那一天日光澎湃，光明如洗，印光住持从腰带上取下一枚钥匙，递给了拖音。住持说：趁着天气好，你去帮我晒晒经书吧。旁边的人听闻了此事，啧啧地吐了舌头，竟不相信这是真的。住持在书院里有一间单另的书房，架子上砌满了印光法师大半辈子积攒下的经书和佛卷，一般秘不示人，鲜有人涉足那里。拖音受了器重，将书房内的秘籍全都搬了出来，晾在石头上，晾在屋顶上，晾在了庭院中。那日下午，拖音一边晒书，一边翻阅着，终于看见了印光法师亲手笔录的一页文字。印光在纸上说，他刚刚入寺时，师父太虚和尚联络了雷音寺、大乘寺、金光明寺、仙岩寺、净土寺等二十八所大小寺院，群僧出动，山谷沸腾，如一把篦子般，仔细梳理了一遍千佛灵岩，捣毁了各类诅咒窟，总计六十一座。经此一举，着实还了敦煌一个清明，还了信徒与庶民一片洞天福地。针对诅咒窟的由来，印光法师寥寥几笔，予以概括，曰：天下愈乱，则诅咒窟益多，窟中妖孽丛聚，为祸一方，实难铲除。印光法师相信，一定还有一些隐秘的诅咒窟尚未被洞察，这也就是敦煌包括关外三县边防不固、乱匪时起、天灾频仍的缘故。

忆想至此，拖音再也坐不住了，赶忙穿衣下炕，将那一只陈年包袱抓在手里，内心潮起了一股舍我其谁的念头。拖音仍记得舍身饲虎、割肉贸鸽的故事，但它们都太遥远了，与眼前这个黑风呼啸、万马齐喑的浮世牵扯不上什么。唯一有关联的，则是拖音默默发愿，要用一己之力扛起这个貌似平庸的包袱，肩起它所包藏的全部诅咒与恶念，独自一人，去荷担将来的不测，接受命运的试探和捶打。

临出门前，拖音仰看着头顶上那一根黢黑的梁木，半截拂动的仰衬纸，心中不停地追问：胡梵义，我不知你是何样的人，也不知你的动机如何，但你肯定在千佛灵岩上发现了一眼隐窟，一座充斥着暴戾和诅咒的仓库，一定是你。拖音感念道：既然老东主把我当儿子那般善待，女掌柜也用了她温煦的怀抱，毫不犹豫地接纳了我，那么好吧，让这只包袱带给胡家的劫难与不祥，就到现在为止吧。如果诅咒还不饶人，请你胡梵义走开，我一个人去面对，去坦然承担这一份罪与罚。拖音仍记得女掌柜昨晚夕的那句话，可以照着佛的话去听，但不能照着佛的话去做。这么一念想，拖音便开了门，一下子被风吹得趔趄不已，但肩胛一顶，硬是逆风走了出去。后半夜的天气了，胡家的院子里除了风，再也没有一样醒来的东西。拖音踅到了墙角边，爬上了一棵业已发绿的柳树，腾跃而过，轻巧地落在了院外。拖音不敢耽搁，簌簌簌地跑出了胡家坊，穿过了农田和河渠，终于站在了党河之畔。

果然，河开了，封冻了整整一冬的河水突然怒醒，携带着自己的万钧之力，朝着西北向翻滚而去。绵延的特大尘暴仍在持续，笼盖在了党河两岸，犹如天地间最大的一块黑色挽幛，让人世上的所有悲哀和苦楚原地打转，无处释放。拖音的鼻脸上挂满了沙尘，嘴里也灌满了沙粒。拖音踩住一块石头，捞起水，先净了面，又漱了口，而后跌坐在河滩上，开始诵经祷告。天麻麻亮时，拖音做完了一套功课，摸出火具，在一座背风的崖坎下点了火，将那一只棉布包袱仔细焚毁了。转身离开前，拖音看见那些纷扬的灰烬，被一风吹去了，仿佛它们从来不曾有过一样。

特大尘暴歇停之后，沙州城和关外三县，慢慢恢复到了先时的模样。不，事实上，这时的天气已经接近了初夏，万物澄明，天空若一张洁净的草纸。在敦煌一带，春天短促，一场沙，一阵风，就能将这个季节打发掉，人们甚至来不及换衣，来不及仰看一眼头顶上北还的大雁，树就绿了，郊外的田野上也鹅黄浅绿了起来。这一场罕见的特大尘暴究竟刮了多少天，人们掰着指头数，竟也数不过来，似乎在那些个无明无昼的夜里，时间停滞了，变成了一团缠麻。但终究，尘暴悬挂起来的那一块巨大的黑色挽幛，倏忽间改头换面，新的一季，复辟重来。或许，生命就是在这样的轮回中，喘过了一口气，显出了它的珍贵和不易。

待诏夹着包袱卷，走进了义庄。

义庄的伙计们手脚麻利，早就刈除了屋瓦上的枯草和落叶，将院子里的沙粒清扫干净，空气中洒布着清水泼地的气息。索敞躺在椅子上，尽量放松，仰面朝天的，将一张鼻脸交给了待诏。待诏是沙州城里手艺最好的剃头匠，昨晚夕接到了递话，今日里要给老财东剃发修面，所以按时来了。下人们烧了水，待诏淘了手巾，抹上土胰子，热气腾腾地敷在了索敞的颊脸上，让他忽地一下惬意了起来。平日里，这样的活计都是由管家丁荣猫包办的，索敞不进剃头铺子，也很少喊待诏来家里，一直悉心维持着个人深居简出的习性。上一次剃头，还是在年后的二月二，龙抬头的那天，照例是丁荣猫亲自打理的。闻听老东主打算喊待诏来家里服务，丁荣猫心里一灰，先检讨了自己的不是。索敞却道：你要多心，那就是你的不是了，连着吃上十几顿荤食，你难道不想吃一碗素饭么？换个口味，肠胃才会舒坦。另外一些话，索敞没讲，始终在心里摩挲着，唯有他个人才明白。这些天，索敞一直思想着，这么凶猛的尘暴过去后，戈壁大滩一定被揭掉了旧貌，鸣沙山上的旧沙也被吹走了，新的沙粒一定拱上了山脊，带来了簇新的样子。那么，自己也必须顺应时序，换一张新的五官了。索敞甚至想象过换了脸之后的情状，自己腰杆子拔直了，一袭单衣，面色红润，忽然年轻了七八岁也说不定。这个念头让索敞轻笑了出来，口鼻上苫盖的毛巾，一时间忽闪忽闪的。待诏打开了包袱皮，挑了一把新开刃的剃刀，开始修面。

待诏很有些年岁了，手在抖，但尽量压稳了，让自己的手艺有一次完美的呈现。索敞聊天说：小时候，你家大大还来过我家，我沾了吉，他还给我剃过几次头。嗯，那恐怕都是同治年间的事了吧，现在可是宣统年了，待诏道。索敞纠正说：比那还要早，该是咸丰年间吧，那时候我刚刚记事，你也应该跟我差不多的岁数，一晃眼，这一辈子就这么过去了，咱们都老掉了。话匣子一打开，主客二人便陷在了回忆当中，不可自拔了起来。索敞道：家父故去后，还是请你家大大来修的面，理的容，那个手艺真是精粹呀，沙州城里的待诏们谁也比不上。家父躺在寿材里时，干净得像是睡着了一般，走得清清爽爽的，没一点遗憾。待诏说：我爹剃了一辈子的头，临到了末了，他的头却没人剃，脸也没人修，还是我亲自上手，将爹老子收拾端庄，认真抬埋掉的。唉，到了现在么，我的几个后人都看不起这门手艺，没一个像我的，我惶惑着，临到我走了，谁来为我修容整面，让我也得个福报。命，这都是命，索敞蓦地激昂了起来，又数落说：前人栽树，后人伐木，而今的这些贼疙瘩，一个个都是不打粮食的货，嘴上油滑，骨头撒懒，端上了饭碗还怨怪爹娘老子，这不是命，难道还有别的缘故嘛。待诏感喟道：唉，我这一世的命清晰得很，我早就认了，可义庄不比一般人家，门风正，儿子们孝顺，瞧瞧这院子里都是一团和气，让人不由得钦佩老东主你的持家之道呀。索敞回道：千万别给我灌米汤，你一灌我就糊涂了，家家有一本难念的经，我纵有千张嘴，念不好，也念不过来的。这一时，待诏竟然风气犯心，不择时机，鲁莽地探问说：听街上的人们讲，大少爷不打算接你手里的饭钵，他自己偷偷去学了画棺木，惹得你火冒三丈，现在将他圈禁了起来，想扳住他，让他浪子回头？索敞突然怔忡了起来，嗳嗫说：嗯，有这么回事，他要是改不回来，那我就敲断他的腿，养他一辈子。待诏又多嘴：还听说，杂庄的辛家置备了一口棺木，大少爷刚刚彩画完，画了特等的云水潮底的样子，结果被人半夜里给宰了狗、杀了鸡,将狗血和鸡血喷在了棺材里头,彻底毁掉了。索敞按捺住了愤怒,咄咄地问:哼,杀了咋样?抹了畜生的血又能如何?这个不孝的东西简直丢尽了老子的脸,让我成了沙州城里的一个话柄,让人看尽了笑话。其实呀,倒也不咋的,反正辛家是一个绝户头,没有儿子娃娃,但是往棺木里洒狗血、洒鸡血,这可是最发麻的恶咒,让辛家的老汉下一辈子也转不了世,投不了胎,彻底没了指望。待诏的这一张碎嘴,暗含着指责与讽刺,话里话外藏着一大把针,令义庄的老财东如坐针毡,尴尬万分。索敞冷笑:街上的人还说了些啥,我倒想听听,你不妨把话挑明了。待诏闻听对方口气不对,手上哆嗦得更厉害了,忙说:好我的老东主呀,连公子的那一根猪口条你还能听么,他那就是一张吃屎的嘴,他的话你一定要反着听。索敞听话听音,厉声道:连公子究竟说啥了,对义庄泼了什么脏水,你快讲。待诏没了办法,只好如实相告:连公子说,在辛家的棺木里杀鸡宰狗,洒畜生血,可都是义庄的人干的,不会是旁人,旁人也不会这么歹毒。索敞尽力控制住自己,淡淡地说:我义庄不会干这下三烂的事,哼哼,要是辛家的老汉为这个遭罪,那就让他把那一口棺木拉过来,将来我睡,我才不信这个邪哪。待诏惶恐极了:好我的老东主呀,我这些话连毛带草的,你左耳朵听,右耳朵出吧,千万别气坏了身子。

岂料,这个关口上,一口铁锅飞出了后院的墙,掉在了庭院中。长子索朗又发作了,尖骂不休,女人索冯氏死爹丧娘地哭喊着,一声比一声高。铁锅碎了,后头跟着枕头被褥,衣裳碗筷,好像秋天里下了一阵烂场雨似的,顿时将索敞的心情下坏了,下得泥浆翻滚,开始了霉变。待诏刚剃到了腮帮子,见老财东颊面一紧,咬筋凸起,手里的刀子忽然一打滑,糟了。一根血线如同蚯蚓,从土胰子的泡沫中逼现了出来,接着殷红一片,血水四溢。待诏赶紧蘸上了清水,擦净了伤口,连番道歉,心知自己惹下了大祸,忖度着该怎么收场。索敞淡定极了,捂住脸,去了一趟上房。回来后,索敞的伤口上抹了一把香灰,一侧白,一侧黑,完全是一张阴阳脸。索敞笑说:刚刮了一阵风,让你的刀子走偏了,这着实不能怪你。放心吧,香灰最管用了,止血不说,还留不下一点点疤痕。索敞拿出钱,硬塞给了待诏,先自站在了门端里，一团谦和地礼送客人。待诏推辞不掉，便收下了钱，夹着包袱出了门。走出去了很久，待诏扭头回望时，义庄的老财东仍站在大门口，远远地挥着手。日光下，那一块金色的匾额悬在门楼上，熠熠烁闪。

趔进了旁边的巷道中，待诏突然抱住了一棵杨树，心里悔死了，一个劲地用额头砸着树，开始惩罚自己。干了一辈子的剃头匠，剃了无数颗脑袋，把一部分少年剃成了中年，也把一部分中年汉子剃到了暮年，剃到了阎王殿里，从来就没出过一桩意外。但今天出了，竟然伤在了义庄老财东的身上，虽说人家并未责怨，但待诏自己却交代不过去的。待诏一急，磕破了鼻子，鼻血淌了下来。这一时，管家丁荣猫闪身出来，递给他一块帕子，让他揩净了。待诏刚要诉苦，却被丁荣猫阻止了，唏嘘说：脸破了不要紧，哪个男将的身上没个刀疤呀，关键的是，你在老东主的心头上戳了一把刀子，杀人于无形，你呀你。待诏骇然说：这话咋讲，仁兄你能不能开示一下，让我有一个明账？哎哟，你刚才给老东主讲了什么？你往他的心火里填了什么柴？你给他的眼睛里下了什么蛆？哼，你个人作下的孽，现在倒要来问我，看来要用刀子刮一下你的脸，刮薄了，你才能透彻。丁荣猫软硬兼施，将待诏逼问得面色煞白，不知道该如何洗刷自己。

这么着，待诏重复了先时的情景，将自己跟索敌的谈话，一五一十地复述了一遍。丁荣猫拧住了对方的耳朵，申斥道：你可真是个老不死的，谈生说死，这在索家可是一个大忌讳，你居然气得老东主要睡那一口棺木，瞎尿的，早知道我找别的待诏来，也点不起这把火。丁荣猫踹了他几脚，让他滚，快滚。待诏却抓住了管家，央求说：猫子，你可不能翻脸呀，你在老东主的跟前替我圆个场，也不枉你我交往了一场，有这一世的情义在。岂料，丁荣猫切齿地说：你记住，猫子这个绰号你只能讲这一次，下次再让我听见，我可要亲自给你刮刮脸，让你尝一下剃刀的味道，滚吧。待诏却也不是一枚软柿子，他手艺精粹，在沙州城里四处受人尊重，此刻被丁荣猫如此轻贱和奚落，一下子过不了这个坎。待诏哗啦一下打开了包袱皮，撂在地上，让丁荣猫挑一把剃刀，现在就动手。管家环望了一遭，怕有人撞上，忙砌了笑，哄唆起来。待诏不平地说：当年你猫子还是个麦客子，从陕西到敦煌来找食吃的，跟要饭的没啥两样，我免费给你们一帮麦客子，剃了那么些年的脑袋，别以为你现在做了义庄的管家，就忘掉了个人裤裆里的屎。丁荣猫见对方嗓子嘹亮，动静大，忙哀告道：对对对，我猫子之所以今天穿上了长衫，端上了金饭碗，这全都仰仗叔你的恩德，你以前不是在给我剃头，你是高僧大德，你那是在为我摸顶和加持来着，我忘不了你的。待诏拾掇起了工具，原又夹在了腋下，气呼呼地走了。半晌后，丁荣猫觉得自己身上开了锅，摘下帽子后，果然是满头蒸汽，险些虚脱了过去。

　　管家踅进了义庄的院子里，突见老东主蹲在后院的墙下，满身孤寂，在捡拾地上的弃物。铁锅碎了，一地的生铁片，每一块茬口都烁闪着狰狞的蓝光。索敞逐个拾了起来，垒在一块，又将碗筷和被褥拿来，叠放在了窗台上。丁荣猫立在身后，见索敞仰面问天，一声声哀叹从老财东的嘴里释放出来，大有无力回天的架势。此时，后院里的索朗消停过一阵子，又开始了咆哮，一味地吼喊说：我要出去，谁也拦不住我，信不信我用一把镢头，把义庄刨平，把门楼上的那一块匾烧了？夹杂在尖喊声中的，却是一帮女眷的鬼哭狼嚎，有的哀哭，有的劝解，仿佛被索朗赶尽杀绝了似的。索朗一边摔砸东西，一边再喊：我要另家，不跟你们鬼混了，义庄就是一座死坟，一个见不得人的阴曹地府，我受够了，也压抑够了，我要另家单独过。话音未毕，好像是弟弟索乘从外头跑了进来，申斥道：大哥，你疯了么，院子外面可都是邻居们，都在听你鬼话连篇，你能不能惜疼一下索门的名声？索朗阴笑道：瓜娃子，现在是我，下一个就该轮到你了，你等着义庄的磨折吧。索乘不甘，好像劈空一拳，击在了哥哥的鼻梁上。索朗哎哟一声，跌倒在地，嘴里仍辱骂不休。索乘威胁说：狗儿子，信不信我代替爹老子，一绳子捆了你？索朗的声嗓中充斥着血水的痕迹，连番挑衅道：你去做义庄的忠臣孝子，去当索家的门徒吧！我算是看透了，心凉了，死又能咋样，我担得起。这句话终于激怒了弟弟。索乘二话不讲，就将索朗一绳子绑了，捆在了他自己睡房的门板上，嘴里塞上了一团麻布，让其闭嘴。

　　义庄内悄静了下来，索敞站在空寂的庭院中，下盘不稳，身子晃了几晃。

丁荣猫忙趋上前去，扶住了索敞。索敞冷笑说：呃，风太大了，吹得我头疼，快扶我进屋去吧。管家心知，周围其实没有一丝风，头顶上也一马平川的稳静，但老东主是有脸的人，脸是整个义庄的一块经幡，挂在沙州城乃至敦煌一带的天上，万万不能让风吹落。进了堂屋，索敞示意把门闭上。管家依言照办，闭了门，刚掉转过身子，却见索敞猛地一抬手，飞过来一记耳光，扇在了自己的脸上。扇完一个，索敞犹不停歇，又暴戾地连扇了三下，直接将管家的头打低了，低得像一个罪人。索敞落座在了椅子上，手上战栗，将烟杆子填上料，点了火，口鼻里喷出了一团烟雾。丁荣猫见状不妙，方忏悔说：老东主，我实在错了，本想抽空给你说道说道的，但最近铺子里太忙，地里又开始下种了，连个放屁的工夫都没有，这么一荒疏，结果惹你走了火。索敞不吱声，一味地抽吸着。这时，丁荣猫抱住了索敞的腿，哀告道：老东主，我吃了马贩子的回扣，吃了整整七块银元，我也不瞒你了，你尽管惩处我吧。据管家介绍，义庄此前答应了胡家的少东主，要在三日之内赠一匹快马，购马的事，自然落在了管家的身上。但那时候正月刚过，草木尚未发芽，马市也比较萧条。无奈之下，管家连夜去了一趟玉门镇，求请一家姓左的养马大户拨一匹出来，以便救急。左家历辈养马为生，马的筋骨好，血脉旺，见对方紧急求购，便趁机抬价，价钱比平时高出了一倍还多，还必须是现银交割。管家交了钱，拿了贸易票据，骑着马夤夜而返，不承想在半途中，又被左家的人追撵上了。来人是左家的长子，一见面就对管家抱拳作揖，说多有得罪，竟不知此次是声名显赫的义庄前来购马，价钱实在高得离谱，须退还七块银元。管家也是胳膊上能跑马、肩膀上可站人的角色，觉得对方小瞧了义庄，当场拒收。后来好说歹说，左家的长子称这只是一点茶水钱，权当是回扣，请管家自己权断。急着赶路，管家也就勉强笑纳了，竟然忘到了今天，忘得一干二净了。言毕，丁荣猫称，他次日就将七块银元带来，入了义庄的总账，绝不迟滞。管家的一腔肺腑，令索敞顿生了一份信任与好感，丁荣猫的确太忙了，他就是自己的化身，家里的各处都少不了他，难怪最近瘦了，腮帮子也塌了下去。但索敞内热外冷，阴郁道：你个贼娃子，你挨了打，却不知为何挨的。管家惶惑不已，张看着老东主，样子上无辜极了。索敞问说：哼，让你去一趟杂庄的辛家，只吓唬吓唬那父女俩，让他们辞掉索朗，不要再画棺木了。结果呢？你搞成了这么个结局，弄得满城风雨，人人都在戳我的脊梁骨，说我堂堂的义庄容不下一个外乡客，还在棺材里施了咒，那些话可歹毒着哪。这么一讲，让丁荣猫豁然明朗，先时待诏的悔恨，索家儿子们的内斗叫骂，其实都源自老东主心里的这个疙瘩。索敞太爱惜个人的羽毛了，太惜疼义庄的名望了，所以容不下半点的闪失。管家欷然道：老东主，你骂得对，骂得我舒坦，我当初使了钱，雇了北门上的几个小贼，只想警告一下辛家人。我真也没料到，他们是一帮狼吃剩下的货，居然在棺材里杀了狗，宰了鸡，泼了畜生血，下了那么大的一个恶咒。索敞当即截住了管家的话头，愤懑道：糊涂匠，你雇来的那些个小贼，或许跟连公子蛇鼠一窝，你求了他们，等于让那一只破喇叭满城宣喻，让沙州城里尽人皆知。唉，这件事很灾难呀，一方面要止血，另一方面还要抓紧消毒，否则的话，人人都敢来薅义庄的羊毛了。

索敞的睿智就在于，他从不直接派活，他只是将眼前的困局说出来，款款地搁在明面上，让对方去筛选一项。至于你的手伸出去，抓住了一枚凤凰卵，抑或是攥住了一把荆棘刺，那纯属你个人的运气。管家点头说：连公子既然人埋人，憎恨僧，现在又来打义庄的算盘，那毁他自己的，当然是他个人了，这怨怪不了旁人。索敞一笑，吹熄了火，磕掉了烟灰，立起身来。到了门端里时，索敞交代说：后院的门也不能对索朗开开，让他闭门反省去吧，哪一天知道错了，来给我赔个不是，爹老子也不是过分的人。索敞的手按在了管家的肩上，叮咛道：至于那七块银元，你也不必入账了，嗯，你订的那个院子少不了花钱的，这次应该够了吧。丁荣猫喃喃着，见老东主由阴转晴，慷慨地拨付出了一片日光，照临在了自己身上，感念得说不出一个谢字来。管家走远了，索敞追问了一声：今天是几号？丁荣猫回说：快四月八了，听说莫高窟在筹办浴佛节。

肃州的风和敦煌一样，但肃州的沙子却迥然不同。西天上，落日像一只走了气的馒头，温吞吞地站着，将光芒播洒在了戈壁干滩上。光晕中，那些沙子成片地板结着，尖锐，粗粝，刺目，仿佛一层薄脆的外壳，铺陈在地上。马和骆驼一旦踩上去，一脚踏空了，半天后才能拔出蹄子来。临近肃州城时，商队的饲料告罄了，人的吃喝也发生了危机。但掌柜的做出了一个大胆的决定，商队不进城了，要绕过肃州，取一条直线，直接下甘州，声称这样可以节省百八十里的路。掌柜的是川人，这一趟来关外三县，押了一票细瓷、蜀锦、茯茶、菜种和香料，原本打算趁着年头节日大赚一笔，岂料蚀了本，气得天天在骂仙人板板，身上的火很大。其实，像他这样的人属于游商，心中藏奸，指定卖不过那些当地店铺里的粗瓷和烂茶，也缺乏本地行商的那一套兜售把戏，到头来只能铩羽而归。回返时，掌柜的押了一票羊毛和皮革，巴望着赶紧抵达兰州城，将货物出手，把这一趟的花销挣回来，不急才怪了哪。闻听不进肃州城了，商队的伙计们一个个拉下脸来，吆住了骆驼和骡马，开始卸货歇息。梵义是外人，半途中贴上商队的，跟了整整一路，现在去留由他，他却犹豫了起来。

　　王成彪摸索过来，征求梵义的意见，问他进城与否。梵义欲言又止，心里盘磨着。进了城，起码可以洗一个热水澡，换一换衣裳，在驿馆里休整上几日。另外还有一件私事，抽空去看看大夫，开几服药，将身上的伤养一下。这一段路上，梵义走得煞是苦楚，一是尻子疼，骑不了马，二来也不能走快，下身里的创伤拿住了他。可要是贴不上这一支商队的话，再寻其他的伴当一起下焉支山，梵义真的没这个把握。王成彪见梵义一时为难，便将怀中的那只大公鸡，塞在了对方的手上，掉头替梵义卸马去了。王成彪是一介飞行游击，跟陈小喊的角色差不多，经年在肃州和关外三县一带接单保商，来去护驾。这家伙喜欢单干，不擅长结伙，反正一人吃饱，全家不饿。梵义在瓜州以南的东巴兔山洞里遭袭后，一个人摸索着，踽踽独行。好在那几日天晴，北斗引路，一直西北向，先摸到了锁阳镇，而后又进入了腰站子，坐等了一天半。腰站子有一眼不冻泉，乃是商团和旅人们东来西往的必经之路。这么着，梵义便邂逅了王成彪，贴上了他们。王成彪是个吊诡人，面色冷黑，病病歪歪的，却时时在怀里抱着一只大公鸡，从不丢手。即便拉屎撒尿时，公鸡也站在他的肩膀上，好像比对他爹还孝敬。这只鸡怕是成精了，有四五斤重，羽毛斑斓，戴了一顶粉黛的肉瘤帽子。目下，梵义随了王成彪的心愿，歇缓就歇缓吧，反正今日走了八十多里，人困，马也乏透了。卸完马，王成彪接过公鸡，打开了水囊，在手心里倒了一撮水。公鸡也不客气，啄吃着，一下子来了精神头。这一时，掌柜的踱了过来，二话不讲，径自往王成彪的手里塞了一角银子。王成彪失笑说：我早就知道，一过了肃州城，路上就保险多了，你肯定会辞掉我的，但这一点碎钱恐怕不够吧？不，你误会了，我这是问你买一样东西。掌柜的诡笑着，指了指公鸡。王成彪登时火了：日你娘，你馋了去舔石头呀，石头上都是油，够你解馋的了。掌柜的回了一句仙人板板，又道：等到了下一站，我给你买一只更大的，这一只先宰了，让大家把晚饭吃罢，等一会儿趁着月亮光上路吧。王成彪申辩说：这只鸡是司晨的，杀了它，谁来替商队报时辰，我养了它好几年了，总不能给它这么一个下场吧。公鸡也有灵性，似乎闻听到了对自己不利的消息，呼扇着翅膀，翅膀足足有两米多宽，漾起了一股股凉风。掌柜的回说：杀了公鸡，天照样会亮，那是天老爷手里的一本账，你瞎尿操心。果然，王成彪失笑了起来，拍着脑门说：对呀，杀了公鸡，天当然会亮，我以前干么没想到这一点哪。言毕，王成彪将公鸡抛了出去，抛在了干滩上，又嚷喊说：反正我没害它的命，我现在放生了，你们要是能捉住它，算你们的口福。王成彪又抛了一次，将一角银子也扔远了。

伙计们很快便捉住了公鸡，割了头，放了血，拔光了毛。伙计们都是走惯长路的人，手脚麻利，各怀奇技，迅速拾来了拳石，三足鼎立地支起了铁锅，灌了水。干滩上，大量的风滚草是现成的柴火，水沸腾之后，那只白花花的公鸡被丢了进去，走完了个人的这一世。伙计们围坐在灶火旁，一边烤手，一边磨着牙齿。王成彪毕竟不忍心这个无辜的伴当，逆着小风，在地上捡拾着鸡毛，将它们归拢起来，挖了坑，填埋掉了。梵义枯坐在一道塄坎上，瞥见那一摊鲜红的鸡血时，突然一恶心，吐了好一阵子。

吐毕了，梵义抬望着天边，盯视着远处地平线上的散淡余晖，一股悲凉的情绪涌了上来，令他肝肠寸断，难以自持。这一刻，梵义忆想起了胡家坊，念想着那一座可以看见党河水的高房子，惦记着爹老子的病状，以及母亲和两个弟弟。梵义祷念着，祈请冥冥之中的神佛赶紧传个话，央求世兴堂的大掌柜沈破奴，时时去家里走一趟，照看一下病人。在这种饥饿的怀念中，梵义尽量不去想东巴兔的不堪一幕。那时的幽暗山洞，那时愤怒挥出去的一只羊铲，带着牧羊人脑瓜碎裂的声音，那时的孤立无援，那时的抢天哭地，那时的失败和狼狈，以及它所带来的耻辱、痛苦和幻灭，仿佛一口打碎的牙齿，让梵义决意吞下去，沤烂在肠子里，此生再也不去回想。最后的夕光像一只手，捧住了梵义的下巴，抚摸着梵义的颊脸，也慢慢擦去了那一片泪痕。梵义狠下心，一再催逼着自己，让目光盯住那一团新鲜的血迹，那一块暗黑的阴影。不错，它就是血，它还是路上的一块绊脚石，自己跌倒的地方，鼻青脸肿的陷阱，更是曾经尝到了一丝丝死亡味道的所在。思想中，梵义既觉出了可耻，明晰了苦涩，但另一种劫后余生的快感，渐渐地占据了上风，又滋生出了一种莫名的踏实。于是，梵义的内里汹涌着一种欢快的恶意，咆哮说：牧羊人，你差一点毁了我，但你没毁掉我的心。是的，我的心还在，还囫囵着，我还活在河西的这一条长路上。

这一刻，梵义撒腿跑了过去，两只手拼命地捧住了地上的鸡血，脑子里狂吼一声。鸡血从指缝中渗了下来，刺鼻呛人，黏稠不堪。梵义定住神，慢慢低下了头，在自己的眉宇间抹了一把鸡血，知道额头红了，心魂也终于回来了。杀鸡祛邪，此乃胡家坊的习俗，梵义并没有忘。王成彪在一旁木讷地张看着，夸赞说：不错，现在你像一名真正的游击了，我认你。梵义慨然道：我本来就是一名游击，这条路会说明我的，你就等着瞧吧。

视野尽头，混沌一片，覆压着亿万吨的茫茫夜色，好像上佛的一种降赐，却也在试探着人世上的那一番耐力与信心。这辽远的西部大地，悄寂无垠，万物萧索，像一块铁生了锈，像一场雨烂了麦场，也像一对蜷曲已久的羽翅，尚未舒展开身上的筋骨。然而，它弥漫着一种隐秘的、昏睡的力量，既充斥着危险，又令人神往。

这一年，梵义接近二十岁了，这是他第一次出门远行，也是头一遭在异乡的广漠旷野上，目睹了眼前如此壮烈残败的风景，知道了一个人落单后的孤寂和力量。吃惊之余，梵义想起了父亲，那个病程绵远、仍然无知无觉的可怜老人。梵义犹记得，在自己小的时候，父亲曾有过一次中原之行，江南之游。父亲在杭州西子湖畔的岳王庙里哭过坟，在赤壁之下的长江水上荡过舟，在峨眉金顶上问过道。当父亲孤身一人返回敦煌后，四乡八邻的人纷纷过问他的见识时，他却只字不语，难得一吐心得。现在，梵义思想道，也许父亲的沉默就是一种释解，因为太多的人，不想睁开他们个人的眼睛，迈开自己的腿，去这个红尘世上张看一眼，涉足一趟。对外人一概钳口噤声，但父亲对长子说过的一句话，让梵义铭记至今。父亲当时说：我们没别的命，我们的命就在河西一带，在敦煌一线。我们也没有另外的大光阴，我们的光阴，就是活在这一条长路上，生做马，死当车，一辈子走下去。

自小，梵义就对父亲又敬又怕，却也寸步不离。梵义心知，父亲身上穿的，夏不是衫子，冬不是袍衣，那只是一件自尊、勤勉、日日精进的外套。现在爹老子虽然躺倒了，无知无觉，又时时为病魔祸害，但那一件外套还在，须臾都不曾离身。这么一念想，梵义松弛了下来。梵义知道，只要自己孤身犯险，一个人在路上踏行，父亲就决然不会扔下儿子不管，撒手人寰，一命归西。梵义不得不信，因为月亮上来了。

上弦月的光芒，仿佛被那无边的夜色浣洗一新，清冷、幽远、简明、素朴，亘古地挂在天上。眼前的戈壁大滩，在月亮的光耀下，慢慢地凸显出了一种鲜明的弧度，在砾石和沙粒下，又埋伏着一种烈士般的耐心，以及春天即将驾临之前的悸动。恍惚中，梵义觉得这一片粗粝而广袤的天与地，月亮和石头，篝火及旷野，其实是一座雄阔且高广的帐篷，是一座明亮的赞堂，梵音四布，颂唱声起，带着一种神圣的静谧和庄严。梵义真的听见了，悉数入耳，默会于心。梵义心猜，这可能就是父亲所言的精良和纯明吧，父亲来不及说破，现在却被月亮降示了。

一念天堂，一念地狱。这么着，梵义的内心，终于泌出了一种安全感，一份苦涩的自豪。同时，梵义浑身的骨骼早已嘎巴作响，磨亮了一把刀子，释出了一匹野兽。梵义忽然间急不可耐，变得跃跃欲试了起来。

王成彪偎了过来，素着脸道：少年，你刚才告诉我，让我等着瞧，等着看你给自己长脸的那一天，但是太抱歉了，我恐怕等不到你当游击的时候了。梵义收了神，刚才的那一番觉悟，他不会跟另外的人分享。不远处，铁锅开了，伙计们从汤水中捞出了血丝呼啦的鸡肉疙瘩，忙着往嘴里塞，谁也没有喊他们去吃，即便公鸡是王成彪的。这个形容病态、心揣烈焰的人，在腰站子接纳了梵义，又做了这一段路上的伴当，让梵义心生感激。梵义说了辞行的话，不再贴着商队了，商队打算连夜走戈壁滩上的快捷方式，而自己却要进肃州城一趟。王成彪更阴郁了，揶揄道：哼，将来指靠不上你，现在也指靠不上，你这么一走，你把恓惶扔给了我，你自己倒利索了。梵义明白，对方是一个重义之人，忙释解说：大路朝天，你我可都在这一线河西长路上奔波，有生之年，必当狭路相逢，等下一次见了面，我一定喊你一声老哥。岂料，王成彪喟叹一声，悲哀地说：少年，你再也见不到我了，因为几天之后，我就要离开这个阳世了。梵义头皮发麻，惊骇万分。王成彪却淡漠极了，再道：哦，所以我刚才把公鸡放了生，就算不慈悲，几天之后我死了，还是会被他们给宰了吃的，不如现在我还能替它收尸，等一下再做一个道场。梵义哀苦地说：老哥，生死活灭那是天老爷的事，你怎么能信口开河，这么败坏自己呀？呵，你终于喊了我老哥，我勉强答应你一声吧，老哥在此。王成彪情绪鼎沸，脸上开了花似的，又戏谑道：少年，实话告诉你吧，我早就偷看了天老爷的那一本账，不多不少，我的寿数就剩下几天了，日他娘的，还得浪费老子几天的脚力，太不划算了。辞行的念头，忽然被这个仗义的伴当给摧毁了。梵义束手无策，频频哀告，让他别乱嚼舌头，徒增烦忧，给自己的心上添泼烦。这一刻，王成彪从怀中摸出了一封信，递给了梵义：少年，你我结交了这么些天，你帮我办一件事吧，等你到了肃州城，记着去一趟邮驿，交了酒资后，千万要把这封信发出去。梵义攥住信皮，瞄了一眼，看清了地址：

### 延安府东门王百令大人宅下

薄暗中，梵义觉得这一切大有机密，但眼前这个羸弱之人的嘱托，又显出了一种格外的信任。王成彪或许觉得分量不够，也可能猜度梵义不太重视吧，他忽然从袖筒里，摸出来了一根鸡毛，别在了信封上，方宽释一笑。梵义究问道：老哥，你得告诉我底细才是，这究竟怎么一回事呀？呃，是这，插上了这一根鸡毛，你手里拿着的就是一封羽书，是一件急递了，邮驿的人会另眼对待，将一路火速地传送下去，替我给家里人报丧的。王成彪很客观，如同在讲述别人的事例，与自己无涉。又诡谲道：这是我自己的白帖，我大概只剩下几天了，家里人接到这封羽书后，知道我客死他乡，也就不惦记我了，彻底断了他们的念想。梵义一头雾水，周身寒彻，便问：这王百令大人，这延安府，到底咋回事呀？天还没有黑透，老哥你怎么就说出了这样昏暗的话，让我如何应承下你的托付？

这么着，王成彪才绍介说，他乃延安府人氏，王百令大人恰是他的高堂，假如还在世的话，已然是耄耋老人了。王成彪少时从军，一路上驻防过安塞、定边、靖边和宝鸡，后来随清军跃过了关陇大阪，又在平凉和天水一带短暂停留了一些时日。不料，边境不固，叛乱纷扰，这支队伍渡过了黄河，大纛横扫了河西走廊，最后驻扎在了玉门关一线，当了一名防兵。这些年里，王成彪离家越来越远，但思家的愁绪就像一根针，埋在了心里头，天天发作，日日锥痛。王成彪逃跑过许多次，但每一回逃出兵营，摸着黑，横穿那一片戈壁大滩时，总会被游骑兵捉回来，少不了吃上一顿军棍。最后一次，王成彪的出逃终于惹怒了一个把总，挨了四十军棍后，王成彪血肉模糊，奄奄一息。把总生怕防兵们骚乱，忙差了几个心腹，将王成彪扔进了干滩上的一眼枯井中，打算销尸灭迹。或许是命不该绝，王成彪被一支运输硝土的骆驼队发现了，救了一命，并将其留在了瓜州镇。待王成彪康复后,遂改头换面,仗着对这一片地域的熟悉,慢慢干起了游击保商的勾当。王成彪向来是单打独斗,独狼一个,从不跟别的游击合伙,怕泄露了个人的身份。面对梵义的质疑,王成彪申辩道,他后来倒是自由身了,但也有家难回,有愿难了。因为挨了这么些年的军棍伺候,一肚子的肝肺全都破了,碎了。万里迢递,关山阻隔,只怕是还没踏进延安府一步,人就栽在了地上,一命呜呼。王成彪最怕的就是死在家里,让白发人送黑发人,所以他宁愿飘零在外,也不想将自己当成一个噩讯,干扰了父母大人的宅门。仿佛要验证刚才的话,王成彪忽然转身,弯下了腰,嘴里喷出了一口鲜血,脸刷地白了。

半晌后,王成彪苦笑道:少年,这回是真的,我没几天了,所以才让你急递这一封羽书,给家里说最后一句话。梵义攥着信,恳切道:老哥,你尽管放宽心,我这就去肃州城。明日天一亮,我就投递给邮驿,误不了事的。王成彪挣着力气,相帮着将行囊捆在了梵义的马背上,身子摇曳,汗下如浆。王成彪叮嘱道:少年,你千万记住,你骑在马上时,一定要昂起头,你只有昂起了头,马才有精神和力量,你也才可以听风辨位,言出法随,不至于把这一条路弄丢了。白首如新,倾盖如故,搭伴了才区区数日,但这些亲爱如素识的话语,岩浆翻滚,烈焰四溢,令梵义的内心当中,登时潮起了一种叩拜和感激的念头。梵义攀住了王成彪,在他的肩头上难过了几下,一时难以自持。王成彪却慨然一笑:哟,怎么像个妇人那样,当着我的面吊丧呀?其实没啥,真的没啥,千古艰难唯一死,有什么好怕的。梵义哀恳道:老哥,我肯定能见到你,你死不了的,敦煌话说,老房子不塌,新房子才漏,你就等着瞧吧,你就是那一座老房子。王成彪嘻然,作结道:兄弟,这一世的交情就到此终了了,你我就此别过吧。不过,到了下一世少年的光阴里,你我必须做一个相会的盘算,一言为定。王成彪突然变色,断喝道:滚吧,快滚。

策马而去,离开了许久后,梵义才从悲伤中抬起头来。此时,上弦月高挂,披着银辉的旷野,犹如一片积雪的大地,天地皆成一色,仿佛一座清凉世界也。但是,梵义恰是在这种清冷中淬了火,在苍茫中开了悟,并就此开启了个人的一条新路。

# 卷十

在阒寂中,大地是凉的,也是稳静的,犹如一块从上古伐下来的炼砖,铺垫在了这个人世上,让花木凋落,复又盛开;让鸣禽奉火,却也涅槃;让一辈辈人倏忽间走过,了却了自己的光阴,但又十指连心,去而复返。这个春天,胡恩可无知无觉地仰躺着,嘴巴洞张,目中飘飞的一线余光,始终盯视着对面墙上的墨字:惟有一愿在,能呼观世音。渐渐地,一声,再一声,一种咚咚咚的捶响,从地层深处渗流出来,先时轻微,后来便有了些许的力量,应和着病人的心跳。在敦煌,人们扪心静气时,时常会闻听到地底下类似的声音,不解的人一律含糊,称那是捣地鬼,土地爷的一群伴当,他们不是歌舞升平,便是在兴师问罪。午时刚过,当传音入密,递送到了胡恩可的耳朵里时,他忽然有了一份意外的感应,蜷曲的神经蓦地张开了,像一张脆弱的网,趔趄地迎了上去。

沈破奴是在午饭前来的,带了在世兴堂里煎的药,亲自喂服完了病人。闲来无事,沈破奴下了高房子,去跟胡白氏说了一会儿闲章,又返身回来。这一刻,沈破奴打起帘子入内,冷不丁察觉出了一丝异常,忙奔了过去,站在炕沿边,眼睛不错地盯看着胡恩可。病人一如既往,身体内的重大走风,业已带走了他全部的精华,犹如一根病木。但是不,先前涣散的眼神,开始慢慢凝聚了,原来塌落的额头,也好像绷起了力气,在思想着什么。一激动,沈破奴手里的茶碗掉了,咔嚓一声,摔碎在地上。

哦,该死的,地底下的声音跑了,跑得一干二净。病人的心脏抽搐着,表情开始发急,却也不知是谁摔碎了碗,一地惊叫,让那些地下的精灵纷纷失散。沈破奴简直悔死了，刚刚发现的惊喜倏忽间不见了，忙敛下了身子，安静地蹲下来，仔细观察。半晌后，那种咚咚咚的捶响再次开始了，传音入密，灌进了病人的耳朵中，令胡恩可蓦然间释然了，歆享起了这一份秘密的赐赠。沈破奴一般是听不见这种声音的，望着胡恩可收束起来的瞳孔，隆起的额顶，他突然明白了，这就叫元神。

的确，元神是无形的，仿佛一团幽微的气体，挣破了肉体的束缚，从天灵盖上飞升而出。这一时，胡恩可摆脱了沉重的肉身，飘然，袅娜，瞭见自己悬于空中，睥睨着大地上的万物。惟有一愿在，能呼观世音，这么不停地呼念着佛号，胡恩可仿佛莫高窟壁画上的一尊飞天娘娘，犹如一位香音神那般，从泥壁和墨画中脱胎了出来，挣脱了一切羁绊。对胡家坊，对沙州城和整个敦煌而言，这个老财东的悄然醒转，昭示着另外一页的翻开。但是不急，一切尚有待时日。胡恩可站在空中，大病初愈，疲倦，羸弱，苍白，却依旧聆听着天地之间那些细微的响动。慢慢地，胡恩可忆想起来了，原来一切皆有前因，也都事先埋下了一些漫不经心的伏笔。在开元寺逗留的几日，大雪封山，满坑满谷地陷落在了一片银白当中。有天早上，胡恩可踅出了客房，在宕泉河畔的杨树林子里溜达，刚转到了下寺的南墙下，胡恩可忽然看见了一串硕大的脚印，新鲜，深刻，像刚刚踩下去的那样。胡恩可心生好奇，当然也想跟人说说话，便追撵了过去。胡恩可明明听见了前头那个人的脚声，咚咚咚的，隔着几步之遥，却始终追不上对方。末了，跑到了林子外头时，一袭明黄色的袈裟倏忽一闪，杳然消失了。身后是睁着一只只眼睛的白杨树，眼前矗立着一堵阔大无边的千佛灵岩，大小石窟们也张看着，胡恩可在这片小小的旷野上，居然一无所获。

最后两枚脚印戛然终止，清晰确凿，但留下脚印的人，除了入地，便只能上天。胡恩可低下头查看脚印时，竟意外地发现了两朵莲花，一左一右，花叶粉嫩，植根于脚窝中，在扯天漫地的雪花中，轻轻摇曳。令胡恩可极端懊悔的是，他的手刚刚触碰了一下，莲花便消失了，像一场梦那么短，也像它们原本就不存在过似的。现在，胡恩可站在天空中，一下子恍悟了。那一串脚印不会是别的，一定是佛陀刚刚走过，留在大地上的降赐；莲花和露水，飞雪与佛印，味道一定是甜的。但自己愚钝至极，当时错失了一次非凡的开示。

这么一想，胡恩可便发急了，举目四望，无枝可栖，又终于看见莫高窟外的那一条官道上，一辆胡家坊的车轿，正颠簸着往沙州城里赶路。马蹄声碎，听见那一阵咚咚咚的声音后，胡恩可自空中降了下来，尾在了车后，默不作声。胡恩可认得那个坐在车上的后生，对方甩着鞭杆子，嘴里驾驾驾地吆喊着，声嗓粗壮，口音熟悉。胡恩可想起来了，他一定是梵义，跟自己有莫大的关系。这么走了一程，胡恩可也尾随了一路的马蹄声，但人世上的事情，总令人捉摸不定，惆怅无限。突然间，梵义似乎不耐烦了，身子一跃，跳将过去，直接解开了辕马的缰绳和笼辔，径自骑在了马背上，一个人绝尘而去。贼疙瘩，胡恩可申斥了一句，忙扶住了儿子丢弃下的车轿，将其停靠在了路边。循着渐行渐远的马蹄声，胡恩可拔身而起，飞在了半空中，几乎不费吹灰之力，就飘在了梵义的头顶上。

梵义纵马跑出了官道，冲出了沙州城的东门，踏上了东下河西的长路。胡恩可像一朵轻淡的云，始终罩在儿子的上面，寸步不离，呵护左右。匹马单骑，犹如一阵狂野的罡风，越过了瓜州镇，驶过了腰站子，穿过了玉门一线和黑山湖，终于抵达了峪泉镇。天色将晚时，梵义在嘉峪关关城西门外的卡口下了马，交验了过所，卡兵们很顺利地放行了他。在路边的吃喝摊子上，梵义打了尖，撒完了一泡热腾腾的尿，复又上鞍持缰，飘失一马，隐没在了无边的夜幕中。天上的风太稠密了，即便在昏黑中，胡恩可也能觉出自己的腋下生出了双翼，驭风而行，恍如香音神那样，衣袂飘然，毫无滞涩。甚至，在夜色中，胡恩可的眼睛也可以裂帛穿云，瞭见了在地上埋首驰骋的梵义，看见了马蹄和砾石激溅出来的火花。不一时，天麻麻亮了，胡恩可收住了姿势，望见前面的一座城池高耸危峙，气象卓然。城楼上悬着一块巨大的门匾：

肃州

照例是下马徒步，排队检查。梵义拿出了一张过所，卡兵们审验完了他的身份，予以放行。胡恩可压下了云头，见梵义哈欠连天，人困马乏，便哀恳道：瓜娃子，千万不能逞强，就算前头有一场火灾，你也应该先去驿馆里歇缓一下才是。然则，这些惜疼和关爱的话，瞬时就被一风吹净了，梵义是根本听不见的。梵义牵着马，在挤挤挨挨的人群中，左打听一下，右咨询一声，不知在究问些什么。胡恩可猜度，儿子是头一次出门，对人世上的事情自然陌生，对花花世界也免不了有一份好奇，且随他去吧。念想至此，胡恩可便不再扯心，张了一下无形的翅膀，款款降落在了肃州城中央的鼓楼之上。

鼓楼上悄寂无声，既无巡兵，亦无更夫。楼阁的重檐下，镌制着二龙戏珠、丹穴之山、河图洛书、丹凤朝阳之类的大幅浮雕。浮雕的门额上，依照不同的方向，凿刻着东迎华岳、西达伊吾、南望祁连、北通沙漠这十六颗大字。鼓楼的券洞中心为八卦结顶，上头悬置着一块伏羲八卦板，犹如深夜的星宿书写而成的一卷图册，让大地上的生灵与万物，去认清自己脚下的位置。在祁连山下的四郡两关这一条线上，肃州鼓楼高踞于绿洲之上，除却晨钟暮鼓、坐镇一方而外，它更是一座生命的粮仓，一副大地上的罗盘。在多少个活命的光阴中，萧然奔波于长路上的人们，一旦闻听了鼓楼上的声音，便知道自己终于摆脱了困境和厄运，佛雨开始洒布，恩典已然降临，此生有望了。这天早上，胡恩可也不例外。日光雪崩，干燥的光线洒进了鼓楼，四野通透，一览无余。但这时候的胡恩可是没有影子，也没有鼻息的，他还只是一介元神，从敦煌追逐而来，无人看见他，更没有人了解他内心的惦记与不安。胡恩可藏在了柱子后头，窥视着街上的风吹草动，犹如一尊哑巴佛，观望着下界里的一切。

梵义离开了商队和王成彪，策马奔驰了一夜，刚才看见肃州城时，腿软了，身子在发抖，但心里却亮堂了许多。梵义掐指一算，自从离开敦煌，下了河西，迄今已经过去了许多个时日。究竟过去了多少天，梵义个人也没有一本账，只觉得气候越来越热，人也越来越多。梵义清楚，自己此前迷了路，在疏勒河以东、瓜州以南兜了一个大圈子，全部的努力和付出如同在乡学里念书时，作废掉的那一页草稿。目下进了肃州城，梵义忽然间有了一种再世为人的感觉，先时的不快、屈辱、劳顿与麻木，简直就像一堆琐碎的阴影，被肃州城上空澎湃而浩大的日光彻底洗净了，不仅身轻如燕，心境也明朗了许多。

这天恰逢一个大集，四野八乡的人们拥入了城中，游人喧嚣，牲口雀跃，吆喝声浮满了头顶，街巷中乱得像一大锅黄米稀饭。在迎面而来的陌生人当中，梵义找见了一种安全感，一份活在人世上的宝贵心情。马路两侧，那些黄包车雇佣站、辫子站、修脚的、掏耳朵的、卖虎骨的、自修室、孤儿院、铸钟铺子、盐块店等等的旗幌，令梵义这个敦煌人，这个头一次出门远行的年轻人新奇至极，左右顾盼。但梵义须臾不敢分心，怀里的那一封羽书，以及远在焉支山下马营里的孔祥鹤大人，让他夹紧了尻子，步下生风。到了鼓楼附近时，梵义瞭见了一个洗脸摊子，便买了一盆温水、半块土胰子，洗漱开来。摊主牵了马，拴在食槽上，丢下去一堆麦草和麸皮，而后诧异地盯看着客人，硬是将舌头上的话压了回去。洗毕了，梵义在旁边买了三个热蒸馍，蘸着油泼辣子，一边吃，一边候着马，发现马跟自己的胃口一样好。梵义打听肃州城邮驿的位置，口气急迫。摊主思忖说：你消停吃，等我去去就回来，我再领你去邮驿吧。

其实邮驿并不远，就在鼓楼身后的王大人胡同。

梵义牵着马，尾在了摊主的身后，绕过那一座阔大高耸的建筑时，若有所思地抬望了一眼。这一刻，日光从楼阁的柱子后面飘落下来，犹如一条白哈达，搭在了梵义的身上。加之几只喜鹊在天上缭绕，让梵义觉出了吉祥的滋味。遗憾的是，梵义毕竟天眼未凿，并不知道爹老子的元神正在凭栏远眺，一直在追索着自己，所以也就毫不在乎，打了一路的饱嗝。王大人胡同是肃州城里一处幽静的所在，柳丝摇曳，杨花纷乱，墙下的沟渠里春水泛滥，遮护着青砖绿瓦，果然是大户人家的气象。摊主绍介说，王大人王澍，金塔人氏，早些年在四川和云南为官，致仕之后返回原籍，在此颐养天年。肃州邮驿从偏僻处搬迁过来时，看上了王大人家里临街的铺面，遂赁了下来，开张营业了许多年。两个人转过鼓楼后，摊主指着说：喏，那就是邮驿。梵义放眼一瞧，邮驿门前乌泱泱地挤满了人，有二三十个，生意极旺的氛围，遂掏出了怀里的那一封信，赶紧趸了过去。摊主亦不吱声，只相帮着拽住了马缰绳，站在路边，表情上有一种仆人的忠诚。

邮驿的门脸不大，却封门闭户，门窗各处都上了板子，一派停业的样子。梵义尾在了队列的后头，瞧见左边的窗户上，刷了两颗墨字：重地；右边也有两颗墨字：拿惩。梵义再一次拔颈翘望，瞭见了两颗一人多高的深红色大字，威严地站在门板上：禁止。原本官厅气习很重的邮驿，现在却积落了灰尘，门板上污迹纵横，留下了大小牲口溺尿后的印痕，杂乱无章，不成体统。梵义惦记着王成彪的托付，只想投邮之后抓紧赶路，现在见此情状，便知道一切并非那么简单。周围麇集的众人，大概也是肃州城里的门面人物，衣衫干净，须发整洁，但一个个的嘴里却秽语迭出，日娘搗老子的，叫骂不止。这一时，一个络腮胡子攒了满口的浓痰，噗的一声，射在了门板上，指天发咒说：等一下我见了邮驿的邮局长，老子非割掉他的卵脖子当气球吹，看他还敢不敢怠工。旁边的人失笑说：军爷，关城里不是有军邮么，你何必来这里受气？就算你想吹气球，你也不知道现在邮局长的尿去了哪达。络腮胡子虽然身着便衣，但一双靴子暴露了他个人的身份，原来他是关城里的一名卡兵，看那个架势，职衔也不会太低。卡兵捧着一只大包袱，腼腆道：军邮也一个尿样，三天打鱼两天晒网的，关键是把总们还要时时抽查邮品，比方说你投邮了一根金条，等到了家里时，或许就变成了一块戈壁滩上的黑石头。闻听此话，附近的人们盯住了他的包袱，问他是否有个肥缺，捞了不少的外快。卡兵绍介道，他父亲上半年纳了一房小妾，女人正处于虎狼之年，需索无度，让老头子一下走了肾。他投邮的恰是一包干锁阳，去岁第一场大雪时挖来的，据说那个季节的锁阳火力最旺，药性最大。不远处，一个方脸大汉拖着哭腔，他是来投递白帖的，他娘老子死了一个月之久了，一直停灵在家，如今气候慢慢热了，灵骨都快发臭了，但三个弟弟仍没有得到丧报，无法赶来祭奠，他个人也不敢自作主张，草草下葬。方脸大汉用脑袋撞击着门板，绝望道，他天天来投邮，可连着吃了许多天的闭门羹，现在连死的心都有了。梵义攥着那一封别了鸡毛的信，惶惶然地挤进了人群中，想打问个究竟。不承想，一位塾师模样的老者哇的一声,瘫坐在了地上,扯开声嗓,放肆地嚎哭开来。塾师哭诉说:天哪,我的孙娃子快死了,我快断后了,天老爷呀,我现在抹了自己的脖子,我把这一具热身子割舍给你,只求你让我的亡灵捎上这一包药,送进西安城里救命吧。众目睽睽之下,塾师并没有掏出刀子来,而是摸出了一只金属的酒壶,仰头灌下了一大口。众人大惊,空气中立刻弥漫着一股刺鼻的气味,这才反应过来,原来塾师刚才服下的是毒药,已经命在旦夕。

梵义人生地不熟的,一脸茫然,竟不知何去何从。冷不丁,塾师爬将过来,突然拽住了梵义的胳膊,将手上的包袱塞给了对方。梵义懵懂地接住了,见塾师面色惨白,口舌难张,人也奄奄一息,几乎到了油尽灯枯的一刻。有人拿来了水囊,撬开了塾师的嘴,往口腔里灌。也有人惊喊,赶紧找一根绳子来,将塾师倒挂在树上,从速将胃里的毒液控出来,如此才可以保命。危机是可以传染的,这一边的火未灭,另一边又将腾起一堆冲天的火焰。那个方脸大汉被逼无奈,也从怀中摸出了一只皮壶,拔开了塞子,但壶中装的并不是毒药,而是火油。这家伙将火油泼在了邮驿的门窗上,掉头大喊:谁带了火具,给我一只火具,我烧了狗日的,看它再敢不敢日弄咱们了。不巧的是,一个也来投邮的人蹲在路边吃烟,刚点着了火捻子,却被方脸汉子一把抢了过去,眉头都不皱一下,直接扔在了门窗上。火像一团白色的气体,突然炸裂了,蔓延开来。如此明目张胆的纵火,又是焚烧官厅,附近的人一个个吓傻了,怕受到牵累。有的跑过去箍住了方脸汉子,有的从旁边的沟渠中舀来了水,浇在门窗上,也有的摘下一把柳条,扑打着火焰。不一时,火势被渐渐地控制住了,门窗上漾起了几缕青黑的烟,像抽了它的筋、剥了它的皮似的。

纷乱中,梵义一点也不敢动弹,因为塾师的五官变了形,浑身抽搐,嘴角上也渗出了鲜血。塾师痛苦地咧笑着,手塞入了梵义的怀里,居然扔下了一块银元。梵义讶异道:大大,我这就送你去看大夫,你千万忍住这口气,你要惜疼自己的命呀。梵义扭头喊叫洗脸摊子的摊主,让他赶紧把马牵过来,耽误不得。岂料,塾师却道:我活不过今天了,药是我自己配的,我知道厉害,我现在先走一步,提前捐了这一副热身子,我要站在奈何桥上拦住我的孙子,好让他有一个福报,去过他自己的光阴。血水喷涌,塾师的牙齿红了,又道:少年人,这是给你的酒资,我知道你要下河西,拜托你将这一包药找个地方投邮出去,越快越好,下一世里我给你补着磕头吧。这些痛彻肝肠的话,令梵义担待不起,只好敷衍着应对。摊主干脆没听梵义的,将马拴在了一棵树上,自己却跫了过来。梵义登时恼了,呵斥一声,起身跑向了树下。孰料,摊主突然跪在地上,双臂环住了梵义的大腿,哀告说:

"义主,你别慈悲了,他真的没救了。"

梵义来不及计较对方的称呼,催喊说:"拜托,快帮我一下吧,咱俩先将他搭在马背上,颠一颠的话,他或许就会吐出来的。"

"嗯,我这就照你的话办,义主。"摊主是一个人高马大的家伙,独自扛起了软弱如泥的塾师,一边往树下走去,一边快慰道,"我就说么,今天的肃州城里亮晃晃的,好像天上有两颗太阳,哈哈,原来是义主来了,义主到了。"

恰在这时,邮驿的门前又一阵骚乱,更大的变故即将发生。

先是胡同里跑出来了几个年轻的后生,手脚麻利,不问三七,直接从摊主的手上接走了昏迷中的塾师,一帮人相抬着,返身回去。梵义不解其意,愣怔地立着,听旁边的人纷纷议论,王大人来了,王大人亲自来主持公道了。出乎梵义的料想,王澍王大人并不是一个官威十足的人,相反却羸弱极了,咳咳嗽嗽的,像一个老病秧子。出来胡同时,王大人一没有坐轿,二没有太师椅,竟然坐在了一张宽大的炕桌上,被一群后生蜂拥着抬了出来,款款放在了邮驿的门口。梵义抽心一疼,不由得想起了胡家坊里的那一座高房子,也想起了爹老子,暗自唏嘘着,将怀中的那一只包袱紧紧地搂住了。王大人咳嗽完,漱了口,慢慢坐直了身子,整个样子就像一位在莫高窟的千佛灵岩下设坛说法的僧人。显然,王澍王大人是一个主心骨,也是肃州城中的一位门面人物,素孚乡望,名声颇佳。人们挤挤挨挨地拢了过去,张耳聆听,举止上充满了礼数与恭敬。这一刻,方脸汉子膝盖一软,当场跪在地上,率先给自己抽了几个响亮的耳光,为刚才的纵火行为连赔不是。王大人却赞赏道：烧得好，可惜没烧起来呀，我也想点一把火，将这个阎王衙门烧成一把灰。话里带气，这么一激动，王大人复又咳嗽了起来，咳得心都快破了。下人们忙捧上痰盂，递上手巾，左右伺候不止。

一个管家模样的人站出来释解道，肃州邮驿前些年搬迁到了鼓楼附近，租的这几间临街铺面，的确属于王大人的房产。但对方是官厅，自有一道公家的规程，王家不想插手，当然也插不上手，双方只是每半年结付一次房租的关系。又说，邮驿经历了前后两位邮局长，先一个姓牛，后一个姓葛，可两个人的作为却大相径庭，高下立判。在姓牛的邮局长的任上，邮驿三天开一次门，收发一下邮品和信函，房租也从不拖欠，跟王大人的关系相处得很愉快。不承想，两年前的秋上，来了一批官邮，指定发往肃州城东南的总寨镇。当时邮夫们已经纷纷告假，各自回到家里去收秋了，姓牛的邮局长没了办法，只得亲自押着货，连夜出了东门。秋天是发雨的季节，要么不下，要么就是烂场雨，没完没了的。姓牛的邮局长这一走，便再也没有了消息，直到半年后，他的尸骸和一些邮品的残迹，才在一片干河滩上被发现，肯定遭遇过一场大洪水，把命丢掉了。这么着，另一个姓葛的被差遣下来，邮驿重又放了鞭炮，开了张，恢复了营业。但姓葛的主事了邮驿之后，风格大变，半个月开一次门就算是烧了高香，和房东家的关系也迅速恶化，不仅拖欠了大笔的租金，还时时加害王大人，这可真是在眼睛里下了蛆，认错了人呀。

王大人咳嗽毕了，又啜了一口淡黄色的杏皮水，镇咳止痒，润肺清喉，脸色也缓慢地红润了过来。话说至此，管家突然一脸怒相，朝着邮驿的门板啐了一口唾沫，鄙夷道：这个姓葛的家伙真不是个东西，这几个月来，王大人让我安排了伙计们埋伏在四周，昼夜守候，只等着姓葛的自投罗网，好拿了他去报官，让他下辈子去吃牢饭，再也不要祸害肃州城的百姓了，可惜……旁侧里，络腮胡子的卡兵失笑说：我认得姓葛的，他在前半辈子就已经吃过几年的牢饭了，出狱后，他捐了邮局长这么一个职位，难道他狗改不了吃屎，还在挖绝户的坟、踢寡妇的门呀？管家郁闷道：军爷，你说的这些可都是老皇历了，挖绝户的坟，踢寡妇的门，那都是小蟊贼们干的勾当，姓葛的家伙后来是赌博场上的常客，也是娼楼上的金主，走到哪达，简直比道台大人还阔绰，还气派呀。卡兵狞笑说：这个自然不过了，他花了大价钱捐了邮局长这个位子，当然要把赃墨给挣回来，这年头，谁还肯干亏本的买卖哪。呃，我听说姓葛的是肃南人，去年一年就在皇城草原置办了上千亩地，家里的牛呀马呀羊呀，简直就像这树上的柳絮和杨花，数也数不过来。我就纳闷了，这么一个清水衙门，难道比得上祁连山里的金矿，让他挖到了一块马蹄金，一夜暴富了不成？管家哼了一声，煞是不屑地说：诸位乡邻，千万别小瞧了这么一个门面，那个姓葛的自从坐了邮局长的位置后，等于所有来投邮的人都在供养他，他连一分钱的本钱都不用花，坐地分金，暗中自肥，可以说他才是肃州城里最大的硕鼠之一。

方脸大汉缓过了劲来，执拗道：我才不管那么多的，我只想把这个白帖发出去，你们是房东，你们肯定知道姓葛的下落吧？管家立时不悦了，嗔骂道：狗还喜欢吃热屎哪，我刚刚讲过的话难道凉了么？实话给你说知道吧，这姓葛的家伙在腊月里就失踪了，卷了一大笔钱没了人影，我带着伙计们也一直在缉拿他，可到了今天也没什么结果。原因在于，腊月里来投邮的人最多，发到肃州的邮品也不少，但姓葛的监守自盗，大家天南海北地忙乎一场，却等于是孝敬了他一笔过年钱，他能有理由回来么？这道理像一碗水那么简单。卡兵插嘴说：这狗日的的确没有回来的道理，谁也不想让自己的脑袋被刀斧手砍下来，挂在关门上示众，散了吧，大家都散了吧，各回各家，各抱各妈。管家抱拳一揖，向周遭致礼说：灯不挑不亮，话不说不明，诸位幸亏保住了个人的财物，没有打了水漂，扔进肃州邮驿的这个无底洞里，也算是一桩幸事吧。呃，待我们拿获了那个姓葛的，将他投进官府后，大家自然会看见县衙门口的告示，也才会相信王家人所言不虚。闻听了如此惊人的内幕，梵义忽然寂然无比，王成彪的那一封鸡毛信，包括塾师交给他的包袱和银元，此刻犹若两块沉重的磨石，压在他的身上，令他左右失据，进退不得。摊主牵了马过来，催请梵义，让他赶紧走人。梵义苦楚地巴望着摊主，脚下头却扎了根。

这一时，胡恩可的元神形单影只，兀立于鼓楼上，清晰地目睹了下面所发生的一切。胡恩可不停地叨念说：贼疙瘩，这不是沙州城，也不是敦煌，你两眼皆黑，千万别急公好义，挑头冒进，干那些热心辣肠的事，切记。蓦然间，瞭见了牵马的汉子拉拽着梵义，胡恩可因为不识此人，心一下子悬了起来，叮嘱说：人是一疙瘩肉，一辈子看不透，梵义，快撇下他，快走你的路吧，千万不要跟他纠缠。胡恩可差不多快急死了，但他现在只是一介元神，身上并没有开锅，也不会引发一场火灾。日光澎湃，仿佛一匹漫长而逶迤的白色幛子，披挂在鼓楼的四方，照临在了肃州城的头顶。也不知怎么了，胡恩可恍惚觉得，这片天与地就像一座辽远的灵堂似的，让人会窒息过去。

不巧，鼓楼上出现了一些窸窣的脚声，越来越近，越来越喧哗。胡恩可藏在了柱子后，窥见几个少年人偷摸着上来了，叽叽咕咕的，商议着什么机密内容。胡恩可不想打扰他们，更不愿意暴露自己，遂跃上了城堞，躲在了一面被风吹卷的旗幡下，埋下身子，继续瞭看着鼓楼下的儿子。

众人陆续离开时，胡同口内却传来了一声吼喊：诸位且慢，塾师方才下世了，没能救过来，谁是塾师的伴当，还请把遗骸认领回去，王大人这里已经尽力了。喊了好几遍，却无人应答。梵义心里连说：糟了糟了，我这下受了牵累，这个包袱该如何处置呀。闻听有变，走散的人重又聚拢了过来，悲情笼罩，刚才还好端端的一个人，为了投邮一包药材，竟把一条命给舍了，如此激烈的行为，无疑是一桩人间惨剧。管家询问道：塾师也可能没伴当，一个人来的，但哪位知道他家的门牌地址，我们差人将遗骸送过去，交给他的家里人，也算是有始有终吧，毕竟死者为大。这一时，方脸大汉忆想了起来，绍介说：我此前倒是跟他谝过几次闲章，记得他讲过，他是个鳏夫，他已经卖了房舍和田地，本来打算去西安城投靠儿子的，不料却在临走前，突然接到了孙子患病的消息，这才留下来买了药，急着投邮出去的。唉，他肯定在这里没有家了，他的家在西安城的儿孙身上，够孽障的了，连个孝子也不在跟前。一时间，周围的人唏嘘不已，纷纷上前，聚拢得更紧了。大家都巴分分地盯视着王澍王大人，指靠着他开口，他能站出来主持个公道。

果然，王大人啜完了最后一口杏皮水，不再咳嗽，身子骨也不再哆嗦，目中忽然攒足了一道精光，从炕桌上款款立了起来。王大人鸠形鹤发，瘦得只剩下了一把干骨头，手一挥，便将那一只瓷碗掷在地上，摔了个粉碎。众人尚未反应过来时，王大人已从炕桌上扑身而下，径自跪在了那一地的碎瓷上，膝盖下淌出了大片的鲜血，殷红，刺目，令人不寒而栗。管家和伙计们一时吓呆了，纷纷抢上前去拉拽他，却被王大人呵斥住了。王大人跪得很直，面色慈瑞，纹丝不动，仿若千佛灵岩上某一座窟子里的塑像，悲深愿重地看着这人世上的一切遭际。末了，王大人道：

"既然他没有家，也没有孝子贤孙，那就由我来哭灵吧。等老朽哭完了，送他去城外的化人场，一把火烧了，骨粉撒在戈壁大滩上，好让风把他吹进西安城，爷父们再团聚吧。"

霎时，管家和伙计们也错落地跪下了，尾在王大人的身后，密麻麻一片。

"黄泉的长路上你走好，六道的轮回里你珍重。"

王大人主祭道。

伙计们的祷念声也纷扬而起，跟了王大人三遍。马路对过的纸火店听见了动静，免费送来了一堆纸马、纸鹤和纸房子，另有无数的冥亡钱。管家拿出火具，喂了火，点着了这些花里胡哨的纸品。黑色的灰烬飞扬着，缭绕在了半空中，在天际上抹了几笔墨迹似的，让大家的心里更苦楚了起来。伙计们从家里拿来了另外的祭品，王大人洒了酒，掰碎了几个花馍馍，又烧掉了一双新纳的布鞋，总之让亡灵一路顺遂，别再牵念眼前这一个情寡义薄的浮世，尽快去找见他个人的福田。祭奠毕了，众人刚刚宽释了下来，却不料想，王大人那里又掀起了一幕更大的波澜。王澍王大人突然扯开了嗓门，嚎哭开来，将一坛酒泼在地上，磕起了头：

"老朽还要为甘肃哭一场灵，为河西这一条长路哭灵。"

梵义愕然极了，脚下挪移着，慢慢站在了最前列，尽力张开了耳朵，想听清王大人的这一番哭诉。在敦煌，在沙州城，梵义虽说算不上贵胄子弟，但家庭殷实，日常又经营贸易，也算是经见过一些世面的年轻人。但像王大人这样的门面人物，头顶天，身跪地，大庭广众之下为甘肃放声哭灵的场景，的确是头一遭碰见，梵义心中的激荡和震撼不言而喻。王大人琐碎地哭念着，一把鼻涕一把泪，但声声入耳，渐渐地在梵义的心目中，廓开了一幅山河图景，一堂在乡学里永远也习修不到的经典课程。

多年之后，梵义在肃州（酒泉）的鸿宾楼驿馆里，偶然邂逅了一位东来的先生，并获赠了一本誊抄的手稿《西行见闻记》。作者刘文海氏，陕西渭南人，曾在英美留学十年，归国后先后任教于东南大学、西北大学、东北大学。民国十六年，国民政府定都南京后，刘文海氏转入政界任职。次年岁末，刘文海氏获悉远在甘肃肃州经商的父亲病笃，便身揣国民政府签发的护照，毅然踏上了西行之路，越过黄河，翻过乌鞘岭，而后进入了河西走廊一线。在这一趟颠沛跌仆的长旅上，刘文海氏留下了不少的行路笔记。它不仅为后来的张恨水、范长江等人的西北之行，提供了镜鉴与参考，更为学术界研究丝绸之路的兴衰，以及商帮的流转和消失，保留下了第一手的数据。

当天夜里，梵义在驿馆里捧读这一卷手稿时，觉得其中的部分文字依稀可亲，像转世而来的故人，在灯下与自己重逢，团聚，夺席谈经。那一瞬，梵义蓦然想起，原先这些锦绣的言辞最早出自王澍王大人之口，是那位仅有一面之缘的致仕老人，是他的惊天一跪，首先替梵义灌了顶，开了示。忆想起这些时，梵义不由得一阵心痛，懊悔连连。因了个人的愚钝，也缘于自己的麻木，王大人先时种下的因，迟滞了许多年之后，才在梵义内心的沃野上破土萌芽，抽枝散叶，结出了一些似是而非的果实。

后半夜的天气里，梵义再也坐不住了，悄悄踅出了驿馆，雇了一辆橡皮轮子的车轿，去了鼓楼一带。出乎梵义的预料，不仅那一条王大人胡同荡然无存了，就连王家的宅邸和庭院，也早已杳然无迹，变成了一家新开张的煤油公司。在围墙外的宣传栏上，刻画着几行字：……肃州属赤金傍山一处，有一积水池，石油漂浮表面，盖自山中浸出，土人取而润车轮。洵不虚言，到了抗战初期时，国民政府便在玉门老君庙开采出了第一桶石油,从西北后方,源源不断地运往前线。一九四九年九月,彭德怀率领的第一野战军,不发一枪一弹地占领了河西一线,玉门油矿宣告解放。此后,新中国的第一块大型油田在此发现。然而,这些般般事迹,大都是未来的篇章,与那天深夜无涉。梵义流连至天亮,踏访无果,怏怏地回到了鸿宾楼驿馆的客房内入睡,整个脑子里电闪雷鸣,充斥着王澍王大人曾经为甘肃哭灵,为河西哭灵的怆痛之声。

那个春四月的明媚早上,王大人不仅哭灵,还历数了甘肃的过往,以及逝去的无数辈子先人们的大光阴:⋯⋯诸位乡邻,我国周、秦、汉之历史,证明吾华族势力早已达甘肃,更就近世人种学说探究,吾族乃自西北经过甘肃,入据中原,是甘肃与吾族开化历史,有重要关系无疑义。洎后,吾族蚕食较富庶之东土,将甘肃认为次要区域,于是蒙古人及欧亚交壤乌拉岭一带之新起民族,皆进扰甘肃,一变为吾族同异族双方势力突荡场所,战乱频仍,以至于旷野人稀,民不聊生。王大人的额头,照旧磕在了一地的碎瓷上,鲜血像一面水帘子,挂在五官上,哭灵声布满了血腥之气。又道:⋯⋯甘肃民性极为懦弱,缺乏弹力,其致此之原因有二:一属于天然经济,一属于人事。天然经济上之原因,乃因为甘肃位居北土,气候亢旱,雨量绝少,除了零星小片隙地外,率皆沙漠不毛之地,地面出产,至为有限,居民生活艰难,多求一饱不可得。资生养料一律缺乏,阻碍身体发育,身体发育失常,自无余力从事精神上之运动,父子相传,日积月累,致演变成一种毫无抵抗力之性情,任人蹂躏。至于人事上之原因,则系甘肃偏僻在西陲,素来见轻于中国。历代以来,凡边境欲有事于东方,甘肃必首当其精锐,昔西域诸国时常犯境,尝促其铁骑,足迹遍河西一线,所向披靡。区区贫瘠羸弱之甘肃,岂能当此,被人凌辱,成为常事。呜呼,有此天然及人事交迫,乃有今日羊性之甘肃人民,不复有强悍与精魄,永陷于万劫不复之境中。

日光灼烫,王大人脸上的鲜血渐渐凝滞了,变成了一张红脸。梵义一边盯视,一边激愤,又想起了敦煌六合班的那一台压轴戏《捉放曹》。梵义知道,关公关云长也有这么一张红彤彤的脸,与眼前的王澍王大人一样热烈，代表着忠勇、信义和然诺。梵义双目圆睁，张耳聆听着，生怕自己会漏掉王大人的一句话，一个字。管家哀声劝止着王大人，促请其歇缓一下，别哭坏了身子。王大人却偏不采纳，继续慷慨陈词：

……甘肃政治空气，一如世界任何区域之政治空气，乃由特别地域之环境，及其人民性情，与大经济生活情况所促成。诸位已知，甘肃地面出产有限，交通不便，人民禀性懦弱，犹若羊只一般。凡此种种，皆足以迫令甘肃人民忙碌于饭碗问题，无暇顾及知识上之发展，因之人才极形缺乏，不能操纵地方政权，致政权旁落于他方人士手中。又因地瘠民贫，交通梗阻，他方人才多不愿过于牺牲，远道西来，致肯来甘肃者多属次等人才。而此辈人来时，又感于行路艰难，即有数分热忱，亦多半消失于道尘店垢时期中，能坚持到底者极少，不免行装未卸之前，即已决定剥削主义，只期及早东旋安享。既为次等人才，又持剥削主义，地瘠民困之甘肃，将何以堪。再因交通不便，朝廷鞭长莫及，人民性情怯懦，无反抗能力，乃予恶吏以完全自由的机会，使其得尽量剥削，无所忌惮。今日甘肃之政局，可谓暗无天日，较前朝诸代，殆有过之而无不及。前明衰微时代固多赃吏，但赃则赃矣，不见其恶。以言今日甘肃之当道者，则既赃且恶，其措施之残忍，闻者怆然，令人发指。

这一刻，王大人涕泗滂沱，不能自已，跪直的肉身忽然像一座塔似的，坍塌下来，伏在了地上。王大人扭曲着，拼了最后的力气说：……同治以远虽也腐化，但吏治尚能统一，皆负有相当的责任。例如偏鄙省区之吏，苟有不法行为，一经弹劾或民众告发，无不栗栗畏惧。但今日甘肃则不然，官吏相互庇护，共同剥削民众，无人司弹劾之责，即便地方有一二清正者，亦因经费为人操纵，或者仰人鼻息维持本身生活，也不敢按法执行。而今，甘肃地方官吏之放肆程度，则确较任何一省为厉。只因甘肃地面特别辽阔，交通极为不便，致境内恶吏不向朝廷负责，加之甘肃羊性之民众，忍受官吏宰割，习以为常。即万一有人忍无可忍，铤而走险具文告发，亦不易达及陈诉之官府。

又道：诸位乡邻，盖告发举动，必出于邮驿这唯一之途，而恶吏借口防止暴徒，常常派其亲信检查邮政，倘若发现人民有告发之函件，必一面撕毁押留，一面收拘告发者，科以重刑。远近闻风，愈使大小官吏威风增长，钳口杀士，小民狗命实难续矣。王大人招了招手，管家会意了，忙去了一趟家里，捧出来一只枣红色的匣奁，打开后，竟然是一摞摞信件。管家举着一沓信函，蹒跚而来，逐一分发给了围观的乡邻。显而易见，这是请求大家来做一个见证。末了，王大人痛彻道：

诸位，这些文墨乃老朽以合家性命为担当，呈给朝廷和皇上的《吏治改良书》。老朽以为，欲根本改良甘肃吏治，首在便利交通，及消息之传达，此种伟业自须假以相当时日，有充分准备方能期其实现。此外，解除目前甘肃及河西一线之困难，尚有两种方法：其一，由朝廷委派有品格之人员，前来轮流巡查，随时上报；其二，须维护邮驿交通之自由，而维护邮驿交通之自由，实为改良甘肃吏治之要图。倘若落实，则赃官知所戒惧，而清官乃敢露其真面目矣。呜呼，可惜老朽这一腔子肺腑之言，进谏之词，如今皆成了一纸空言，连个狗屁都不如。

哭诉声戛然停止，王澍王大人昏厥了过去，四肢抽搐，风气犯心了一般。管家喊来了伙计们，赶紧将王大人抬进了胡同，去了家中抢救。街上杨柳依依，天地澄净，但王家的院子里一片哭喊。女眷们尖厉的声嗓，犹如一把把锥子，夺墙而出，令人惊悚不已。梵义兀立着，遍体冰凉，仰看了一番白花花的天空。天空太深，仿佛一口巨井似的，能容纳下这个人世上的所有悲情和失败，却又让人无力去搏击，去抗拒。管家也咧嘴哭了，一面抹着眼泪，一面将众人手上的信件收了回去。管家唏嘘道：这些函件是王大人近些年撰写的，就近投递给了一墙之隔的邮驿，但都被姓葛的邮局长扣押不发，王家人偶然窥破了内幕，这才抢拾了回来。管家哀声说：王澍王大人怕是活不了了，待他咽了气，落了葬，我就把这些墨笔写下的心血之书统统烧了，烧在王大人的坟前，让他继续在阴曹地府里去告状，去进谏，去尽他的本分吧。

悲哀一旦达到了顶点，悲哀也就成了一堆火药。

听了王大人的泣血之告，又见管家如此无助的呻吟，卡兵突然恼了，呵斥说：这家邮驿就是挂羊头卖狗肉的黑店，大家不如现在就拆了它，免得邮局长继续祸害人，把整个肃州城当成他个人的钱袋子。言毕，卡兵扔掉了包袱，挽起袖子，干锁阳撒了一地。方脸大汉也附和说：军爷，干脆拆了它，反正我有孝在身，不怕阎王来找我。两个人赳赳然地跃上前去，一眨眼的工夫，便将邮驿的门板掀翻了，洞开在了众人的面前。倏忽间，邮驿里冲荡出了一股阴冷肃杀的气息。梵义嗅闻了一鼻子，便心下一凛，浑身冰凉。这股尘封而霉变的味道，带着一种可怖而幽深的力量，令梵义忆想起了千佛灵岩上的那一眼隐窟。那个停雪的午后，梵义悬挂在莫高窟的崖壁上，没觅见冰蜻蜓和冰蝴蝶，却不经意地摸进了一座废弃的窟子里。当时的气息，此刻又突现于眼前，梵义不由得紧张了起来。邮驿的门扇大开，街上的人们蜂拥了进去，想看个新鲜，但很快就捏着鼻子滚了出来。王家的伙计们动作麻利，将姓葛的邮局长监守自盗，私自拆解下来的包袱皮、筐子、皮囊和箱箧统统扔出了门，当街码成了一座小山丘，喂了火，一把就点燃了。一根黑色而粗壮的烟柱，犹如旧时候烽火台上报警的狼烟，挂在了肃州城的半空中。这一瞬，梵义觉得内里激荡，自己也应该有所作为了，遂趋上前去，对着管家恭敬地一揖，哀恳说：

"请把这些信函都交给我吧，我来干。"

管家疑难："少年，你要这做啥？"

"是这，"梵义不卑不亢，笃定道，"我要下河西，要去下一站，或许甘州和凉州城里有正常的邮驿。如果信得过我的话，你就把这些信函全交给我，我来跑腿，我去投邮。"

"听你的口音，你是敦煌人？"管家讯问。

牵马的摊主简直急死了，梵义的毛遂自荐，大大出乎了他的料想。摊主忙用肃州话插嘴，胡搅蛮缠了起来，释解说梵义是自己的一个远房亲戚，刚刚才接上，这人一夜没睡，一定在说胡话吧。梵义当即驳斥了摊主的鬼话，一番自介，称自己的确从敦煌来，要去一趟焉支山，替病中的父亲求一张药方，但在半途中受人之托，所以进了肃州城，来投邮一封鸡毛信，却不想亲见了这样不堪的场景。梵义哀恳道：除了这一封插着羽毛的急件，另有刚才死去的塾师所托付的包裹，既然一只羊是放，一群羊也是放，不如你相信我一回，我保证将王大人的这些心血文字保管好，安妥地投邮在下一站。管家目光犀利，上下前后地详查了一遍这个精干的少年人，最终信了他的话，点了点头。管家说：少年，你既然担起了邮夫的使命，那也不能让你白白忙乎一场，一封信有一封信的酒资，我决不会欠你一分钱的。梵义拒绝道：不可，千万不可，就算我不替王大人投邮，我也要走这一趟长路的，这么顺风顺水的事，我岂能挣钱。彼此皆为君子，以礼相待，各不退让，引得周围的人纷纷聚拢了过来，大致听懂了他们的意思。摊主急中生智，拉拽住梵义，随口撒谎说：快走吧，你看你爹来迎你了。梵义一时怔忡：我爸，我爸怎么了？摊主随手一指鼓楼：你爹等你哪，知道你回来了，他老人家高兴得不成。梵义明白了对方的善意，却也没当众戳破，又掉头理论了起来。

此时，胡恩可的元神急躁难安，隐匿在鼓楼城堞上的一面旗幡下，瞭见摊主在指自己，忙叨念说：对呀，我就在这达，我一直在等梵义你这个贼疙瘩呐。胡恩可打算飞身下去，将梵义从那一场纠纷中解救出来，但他的计划很快就被颠覆了。门楼上，几个少年人在角落里商议完了机密，分散开来，一人把住了一个方向，蓄势待发。胡恩可窥见，他们一人抱着一大摞传单，上面写满了密密麻麻的墨字，面色机警，似乎在等待着今日的集市散场。无奈之下，胡恩可的元神悄静了下来，继续盯看着鼓楼下面的那一幕。

管家见梵义坚辞不受，便说：少年，我知道你是一个仁义之人，牵念着王大人的一番苦心，但是，只有你收下了酒资，我才能信任你，才可以放心地将这些信函托付给你。你记住，有时候钱并不是一份酬劳，而是一种责任。这是一句开示，亦是一声告诫。梵义笑说：正是，我现在明白了，这就像莫高窟大佛前的供养，上佛接受了香火和颂扬，就一定会来普度众生的。这么着，梵义不再执拗，接过了管家递来的一摞信函，又拿到了几块银元的酒资，装在了马背上的马褡子内。

方脸大汉也抢了过来，讥诮说：少年，你可不能偏心呀，王大人的钱是钱，我的钱也是真金白银。说着话，随手将一封白帖，塞在了梵义的怀中，付了酒资。卡兵也早就整理完了包袱皮上的漏洞，将一包干锁阳托付给梵义，叮嘱说：你头上有光，佛爷保你一路，记着不能太着急，开了春，路上翻浆，以慢为宜。如此一吆喝，梵义就像一家刚开张的店铺，顾客盈门，目不暇接，一些前来投邮的肃州人，纷纷将手里的东西交付给了梵义，仿佛他才是邮局长，他才是一所值得信赖的邮驿。半晌后，附近的人渐渐稀疏了，管家和伙计们也回家照看王大人去了。唯有地上的那一堆火，疲倦地燃烧着，好像烽燧上的警报已然解除，人世间还是一副老样子。梵义的脚下堆起了一座小山丘，各色货品杂乱纷呈，手上还捧着一大堆酒资，一时肃穆，又一时沉重无比。摊主喜欢抱怨，喋喋地说：他们倒好，他们都把包袱卸给了你，该逛集的逛集，该喝茶的喝茶，可惜你还要走那么长的路，带这么多绊脚的东西。梵义道：受人之托，当效犬马之劳，我既然应承了下来，就一定要将它们投邮出去，否则回来的时候，我有何颜面再进一趟肃州城，我毕竟是一个儿子娃娃么，我不能食言的。摊主忽然笑了，慷慨道：肃州城的大门永远对你敞开着，只要你想来，随时就来，谁也拦不住你，也不敢拦你。梵义闻听了这些热言辣语，身心洋溢着一阵阵暖意，忙从马背上取下一只皮口袋，将刚刚收来的邮品和信函逐一捆扎起来，打在了袋子里。摊主相帮着，与梵义一同将鼓鼓囊囊的皮口袋重又架在了马背上，扎好了肚带。临别前，梵义拿出了一把角钱，递给了摊主，酬谢对方的这一番辛劳，并说了吉祥的话。岂料，摊主当即拒绝了，冷下脸说：

"反正，你今天走不脱了。"

梵义苦楚道："兄台，你什么意思？我跟你可是素昧平生，我就是一个过路人，我现在要下河西的，我不能耽搁。"

"嗯，我等了你很久，今天才等到你，我知足了。"摊主突然撮起指头，含在舌头上，打出一声长长的呼哨。又道："既然等来了你，我岂能放虎归山，让你一走了之呀。"

"可兄台，我并不认识你，你认错人了吧？"梵义哀告。

"但我认识你,我的义主。"

梵义狐疑道:"义主?谁是义主?"

"义主就是你。"截铁道。

不容梵义争辩,循着那一声呼哨,自南北向两个路口上,突然响起了一阵阵急遽的马蹄声。梵义失神地张看着,瞭见大约十几匹高马奔踏而来,前后左右,一瞬间便将自己围在了当中。骑马的人大多是跟梵义一样的青葱少年,眉目清朗,急装劲服,纷纷鹞子翻身,跃马而下,齐刷刷地立在了地上,目光热烈地盯看着梵义。梵义不明就里,人生地不熟的,心里头一直在打鼓,尽量保持镇定,勉强维持着一个儿子娃娃的尊严和矜持。摊主使了个眼色,其中一名肃州少年领悟了,赶紧牵过来一匹炭黑色的公马,少年却低头弯下了腰,充当上马石。摊主双拳一抱,恳请梵义快快上马,声称他自己带路,立刻去一个该去的地方。梵义知道这下坏了,心猜,倘若不是遇上了土匪,便是刚才揽了活,抢了肃州邮驿的贸易,惹恼了官府里的人,现在要拿自己去过堂。一念及此,梵义血勇了起来,肝胆狰狞,开始拳打脚踢,拼命抗拒着。但终究势单力薄,拗不过这一帮少年人的力气,被连抬带抱,款款地送上了马鞍。骑坐在了马上,梵义忽然觉得自己孤单极了,又酸楚,又害怕,根本不知道这一切所为何来,又去往何处。目中的街景也顿时充斥着一股股肃杀之气,不像早上进来时所看见的那么祥和与平静。梵义一直挣脱不开,因为一群少年夹在了马肚子两侧,犹若两堵坚固的砖墙,容不下他的任何反抗与咆哮。摊主见事情成了,暗自一笑,兀自牵拽起了缰绳,在前头引路。一支马队耸动着,悄然往肃州城外走去。

绕经肃州城的鼓楼时,梵义瞥见了西侧门头上的那一块匾额:西达伊吾。梵义哭的心都有了。他知道,伊吾即哈密,去往新疆哈密的半途中,一定会路经敦煌,路过沙州城和胡家坊。胡家坊是自己的家,有爹娘老子,也有两个弟弟和伴当们。此刻,梵义悲凉地发愿,哪怕这一去就是个死,最好也死在西去的方向上,好让夏天的东南风,将自己的骨骸吹回去,吹送在党河的岸边。那样的话,家里的狗一定能嗅闻见熟悉的气息,说不定能将骨骸叼回家里去的。在鼓楼上，胡恩可的元神也同样发现了异常。他知道梵义被劫持了，被控制在了一群陌生人的手中，接下来的事情除了危险，除了不测，很难有别的解释。

胡恩可一下子开了锅，从飘拂的旗幡中挣脱了出来，打算跳下城堞，将梵义解救出来。这一刻恰值午时，早上的集市散了，肃州城的百姓们乌泱泱地流泻了过来，犹若一道灌溉农田的渠水似的，将鼓楼左近围了个严严实实。街上鸡飞狗跳，马嘶驴欢，人粥稠密，城堞上的几个少年人终于逮着了机会，相约一喊，随后将手里的传单统统撒了下去。传单在空气中一滑，四散开来，飘满了肃州城的天际。摊主牵着马，在前头引路，不料想沿着人群逆流而上，步伐便缓慢了许多。梵义被夹在马背上，脱逃不得，怅然地仰天一叹，却发现天空暗沉了下来，一些传单纷扬而落，带着清晰的墨字，以及这一年最重大的机密。梵义随手一揽，便抓住了其中的几张，搭在眼前细瞧。可恶的是，胡恩可虽然救人心切，但发现自己手无缚鸡之力，仅仅只是一介轻薄的元神，随时都有被吹跑的危险。没了办法，胡恩可挣扎着，终于依附在了一张传单上，款款下行，一直往梵义的手上飘去。离开鼓楼前，胡恩可瞥见身后的少年们雀跃着，欢呼着，双手箍成了喇叭状，高喊道：

"共和了！普天共和了！"

胡恩可管不了那么多了，真的。

他忐忑地依附在那一张传单上，慢慢飘到了梵义的头顶。梵义伸手抓了过去，忙展开纸张，急切地读念着。鼓楼上的少年们不依不饶，继续鼓噪道：共和了，普天下共和了，溥仪皇帝在二月里已经退位，隆裕太后颁了诏书。果然，梵义盯看着手中的这一张传单，正是隆裕太后临朝称制，以太后名义颁布的《退位诏书》。胡恩可的元神随风摇曳着，诧异地瞭见梵义呼吸急促，面色煞白，好像他手中攥着一桩噩讯似的。梵义的目光追索着一行行墨字，诵读说：……今全国人民心理多倾向共和，人心所向，天命可知。予亦何忍因一姓之尊荣，拂兆民之好恶。……特率皇帝将统治权公诸全国，定为共和立宪国体，近慰海内厌乱望治之心，远协古圣天下为公之人。

鼓楼上的少年们扔完了传单，仍不快意，又点燃了事先预备好的各种炮仗，冒着烟，掷在了空中，爆炸声迭起。一时间，街道上大乱，狼奔豕突，尤其是这一支马队险些炸了群，控制不住。摊主临危变阵，打了几声呼哨，尖锐刺耳。他手下那一班急装劲服的少年人，纷纷拔出了短刀长剑，立刻像贴身侍卫一样，将梵义拢在了中央，密不透风。

这么一趔趄，胡恩可骤然发现，梵义的表情一紧，尻子也坐不稳了。胡恩可差一点失笑了出来，因为他瞧见梵义吓尿了，尿在了裤裆里，尿在了马背上，湿漉漉一片。梵义自己也浑身悚然，竟不知是因为恐惧，还是这改朝换代的一天所降赐的礼物，慌忙扔掉了传单，埋下了身子，生怕被别的少年讥笑。这么着，胡恩可的元神和传单掉在了地上，一番挣扎后，才从纸面上脱逃了出来。胡恩可再瞧时，梵义和马队早已不知去向。

此时的胡恩可疲倦、羸弱、苍白，元神奔波了那么久，却最终走失了儿子的下落。但胡恩可并不懊悔，因为对儿子的牵念已偿，心也慢慢地落在了腔子里，不再揪扯。就在刚才，胡恩可分明瞧见了，一伙少年人在护佑着梵义，虽然尚不清楚这样的呵护所为何来，但少年们的赤忱和忠义十分确凿，不容怀疑。

这么着，胡恩可忽然有了归家的念想。惟有一愿在，能呼观世音，胡恩可的元神念完了这一句秘密的偈语，拔身而起，驭风西行，一瞬间便抵达了敦煌，栖落在了胡家坊的那一座高房子里。

世兴堂的沈破奴正坐在炕沿上，盯看了半天，用了他医官的眼光，仔细审查着病人的一切细节。不错，元神刚刚回到这一具肉身后，胡恩可再次睁开了眼睛，打望着对面墙上的那一幅墨字，犹如一位老僧，开始了千年的禅定。沈破奴笃信，没有比这更好的了，随着天气的温煦，病人的体内阳气上扬，已然占据了上风，此乃一个优良的症候。剩下的事情，如同俗话说的那样，病去如抽丝，只有悉心照料，仔细维护罢了。沈破奴不由得想起了那个下了河西一带寻药的少年，掐指算了算天数，竟也猜想不出，梵义如今究竟走到了哪里，是否一路安好。一念叨梵义的名字，沈破奴的脸略微红了，甚而有些自责，觉得在病榻之畔，自己不该有这样的非分之想。这是后话。

静谧中，咚咚咚，一声，再一声，捣地鬼的捶响，再次从地层深处渗流而来，传音入密，飘进了胡恩可的心里。有了先时的出行，有了元神在这一趟长旅上的经验，胡恩可不再惊诧于这些捶响了，相反却甘之若饴。令胡恩可大为意外的是，世兴堂的沈破奴似乎也窥见了这个机密，他忽然撅起了屁股，趴在了地上，贴着耳朵听了半天。末了，沈破奴立起身，簌簌簌地扑将过去，打开了牛肋巴窗子。

这是下半天的光阴了。沈破奴瞭见，胡家坊外毗邻党河的那一片宅基地上，石匠、木匠和泥瓦匠们人头攒动，忙乱不堪。地垄间的墙基已经开挖了出来，三人一伙，五人一堆，每个人的嘴里吆喊着号子，正在打夯，正在夯实着地基。沈破奴一瞬间了然了，原来地底下的所谓捶响，其实就来自外面的这个工地。见此情状，沈破奴的心里蓦地起了一场火灾，忙闪出了门，站在屋外的平台上，喊了一声梵同。沈破奴清楚，恰是这个二少东主在指挥着一帮人开工筑造，刚才自己闭门塞耳，居然一无所知。

围墙外，梵同闻声跑了过来，仰看着高房子上的沈破奴，问先生有什么吩咐。沈破奴怔了怔，先将疑问压下了，挂着笑说：你爸今个天的状态要比昨天好，一直在用眼睛念经，病人一配合，我这个当大夫的就轻省了。梵同听罢，眉开眼笑了起来，回说：先生劳苦了，高房子里的事情就仰赖先生，拜托先生了，我这达肯定要忙碌一阵子的，多多宽谅吧。此时，沈破奴才将心中的疑惑和盘托出，讯问道：梵同你在干么，你好像要开宅斥屋，打一座院子，是吧？梵同面色晴朗，璀璨一笑，指着身后的工地，慨然道：

"先生，这座院子将来是你的，姓沈。"

虽然料到了答案，但沈破奴仍摇曳了一下身子，失声探问：

"姓沈？你是说这院子是为了我？"

"对！我爸曾经给先生承诺过，梵义临下河西前也给我交代了，让我央请舅舅家的工匠把式们准时开工，就怕耽误了季节。这不，我查过了一本莫高窟的皇历，今日宜动土造屋，所以我刚刚宰了一只公鸡，祭了土地爷。"梵同身上的顽劣之气不见了，镇定、从容和慨然的性格，业已萌芽了出来，犹若一介早熟的少年。梵同又道："先生，一切都是按规矩办的，你尽可宽心。"

"不，千万不可。"沈破奴的目光逡巡了一圈，慌忙道，"哦，即便为了我，照老东主说的那样是替我沈家打一座院子，但也逾矩了，超过了礼数。你快瞧瞧，那道门槛比你们胡家还要高，高出了许多。梵同，这个断然不行，你赶紧拆了它吧。"

梵同俯身一揖，却道："先生，请你再不要辞让了。先生高德，配得上我们整个胡家的尊崇和礼遇。再说已经开工了，要原样打一座先生现在的院落，我已经全部测量过了。"

# 卷十一

大火熄灭时，棺材铺已经烧得不成样子了。

许岩楷带着徒弟们，下半夜回到了沙州城，本想进了店铺里抓紧歇缓，却发现钥匙不在身上。没了辙，许岩楷遣散了大家，各自回家去睡觉，相约在中午时见面。这一段时间来，棺材铺的生意出奇的好，有钱不挣，除非你的脑袋里装了一泡屎。一个半月前，皋兰坊的一辆马车失了踪，车上的一家七口照例没了消息，人间蒸发了似的。邻舍见这家的院门落锁了许久，一条狗在里头狂吠，饿得皮包骨头，家里的田地也撂了荒，不见翻耕，便猜度其中一定有异常。据隔壁邻舍回忆，那天临出门前，这家的男将还透露了一言半句，说合家出一趟远门，去北风树的庄子里探视一下家兄。循着这仅有的一点线索，皋兰坊的耆老们合计后，公推了一名后生，让他去北风树一带打问情况。后生是一个人走的，返回来时，另带了一个陌生客，说这就是男将的哥哥。陌生客砸开锁头，进了家门，便相信消息确凿，弟弟一家准定是碰上了生死变故。当哥哥的逐一抱着耆老们，大哭了一鼻子，又再三讯问弟弟一家当时出行的方向。恰好有个佃户在场，声称自己当时正在地里撒粪，瞥见马车驶向了西北向，沿着通往玉门关的牧羊道消失的。当哥哥的闻听后，浑身软塌了，恓惶说：坏了坏了，这么个季节，如果顺着牧羊道往北风树走的话，半途中要碰上流沙海的，这下子凶多吉少了。流沙海是游移的广阔沙丘，一般发生在开春时节，人和牲畜一旦陷下去，相当于活葬了。当哥哥的不忍看见弟弟一家曝尸荒野，发愿说：倘若能活着回来，那绝对是佛祖的恩赐，可万一死了的话，就一定是我个人的义务，我来替他们收尸，给他们作法。人嘴两张皮，说说容易，但要在浩大的流沙海上，觅见陷落下去的人和马，除了央求沙隼之外，别无他途。

这么着，当哥哥的去了一趟三危山，打问到了一个猎户。这猎户出猎时，一不用箭，二不使刀，更不会丧了天良，去埋设各种致命的机关。他的绝技在于驯养沙隼，让沙隼铺天盖地地飞在空中，仿佛一群天狗，追腥逐肉，从不失手。闻听了当哥哥的一番哭诉，又明白此事非同小可，猎户慨然应允了，当晚便带着三只最好的沙隼，相率下山，径自去了玉门关以西最大的一片流沙海。出乎当哥哥的预料，猎户到了流沙海旁边时，却并不忙着动手，而是在戈壁干滩上挖了一条沟槽，拾来了梭梭柴和红柳枝条，在上头构筑了一块人字形的棚顶，搭建了一个临时性的地窝子。猎户兀自钻了进去，闷声不语，躲了整整两天。这两天内，当哥哥的站在外头做丫鬟，好吃好喝地伺候了一通，用足了殷勤的本事。到了第三日，猎户从地窝子里出来时，当哥哥的发现对方脸上油光泛滥，饱嗝连天，但胳膊上站着的三只沙隼却瘦骨嶙峋，龇牙咧嘴的，一个个像是饿死鬼转世的样子。猎户释解再三，说这就叫熬隼，一不喂水，二不喂食，也不让它们打瞌睡，如此才能激发出它们身上的杀气，逼出筋骨中的狼性，眼睛才亮，牙齿才尖。猎户一路上傲然自夸，趔见了一块高地，视野鲜明，一览无余，便将沙隼头上的牛皮眼罩摘了下来，蓦地一吆喊，将三只沙隼统统赶上了天。当哥哥的悬起了心，仰看着三只沙隼像织机上的梭子，穿行在空气中，忙叨念起了佛号，祈求奇迹的出现。不一时，沙隼们敛住翅膀，挫起身子，从空中俯冲了下去，仿佛三块石头扔在了下界里。猎户静候了一阵子，开始收隼了，双手箍成了一只喇叭状，朝着流沙海的深处吆喊，急急如律令。当哥哥的听不懂这些声音，但知道其中有魔法，也有一份默契。果然，猎户伸出了一条胳膊，三只沙隼首尾蝉联地飞了过来，并排站定了。沙隼的喙上，尚残留着刚才饕餮后的渣子，猎户摘取了一点，在指尖上搓摸搓摸，辨识了一番。末了，猎户黯然道：这是马肉，死了有一个月了，我带你去收尸吧。当哥哥的得到了最坏的结果，只有含着悲愤，在附近的庄子里雇了人手和车辆，一行人踏进了流沙海。好在天气比较争气，既不刮风，沙丘也不漂移，又有沙隼引路，很快便找见了那一辆失陷的马车。

附近庄子里的人有经验，勘验了现场，指认说这是一场无妄之灾。马车原本走得好端端的，但狂泻的流沙喷涌而来，瞬时将他们吞没了，一点活命的机会也没有。眼前惨烈异常，死马横在沙丘表面，它本来是可以逃生的，但身上的缰绳和笼辔拉拽住了它，随着轿厢陷落了进去，脱逃不得。死马早就成了一具干尸，又被沙隼啄吃了一番，皮肉爆裂开来，如同遭了一场恶咒似的。待轿厢被挖出来时，一家七口的尸首抱成了团，浑身上下都囫囵着，唯有一张张鼻脸呈紫黑色，显见是窒息而亡的。灵堂搭在了皋兰坊的院子里，当哥哥的施舍了一大笔钱财，立意要厚葬这一门亲戚。

这么着，沙州城里最好的彩绘高手许岩楷被延请了过来，带着一帮徒弟连勾带描，将七口棺木描画妥当了，方才歇手。下半夜时，许岩楷留下了大徒弟，叮嘱他负责收尾，却没料到棺材铺的钥匙在大徒弟的身上，一帮人吃了闭门羹，从而错失了灭火救灾的最佳时机。许岩楷住在城外，临近午时才醒来。儿子絮叨说：城里头漾起了一大股黑烟，八成是着了大火，不知哪家的店子倒了霉。许岩楷没在意，随口说：着了火归小校场里的军兵们管，养兵千日，用在一时，他们平时练习灭火，现在好歹有了用武之地。儿子却道：当朝的皇帝都退位了，天下无主，军阀混战，小校场里的军兵们早就鸟兽散了，谁还操心灭火呀。这是实情，许岩楷站在院子里，瞄了几眼黑烟的方位，忽然有了一种不祥之感，忙喝令儿子备好了车轿，紧着出门。等赶到自家的铺子跟前时，许岩楷才看见徒弟们刚刚灭掉了大火，整个棺材铺塌落了，成了一座荒凉而嶙峋的废墟。许岩楷俯下身，从地上捡起烧了一多半的焦黑色匾额，用袖子擦拭了一番，蓦地苦笑了出来。

棺材铺里堆放着油漆、木材和一地的刨花，这都是易燃之物，一粒火星子就可以将半生的心血付之一炬。许岩楷坐在地上，笑容僵硬，污水浸湿了衣裤，竟也毫无知觉。半条街的人都拢了过来，争看着沙州城中这一场十年不遇的火灾现场，令许岩楷难堪不已。许岩楷内心难过的，倒不是房舍塌了，而是店内的三十几口寿材统统焚毁了。今年碰上了闰年，敦煌二十三坊的耆老和城里的老财东们都想沽吉，央请许岩楷去家里彩绘棺木。生意来了是好事，但许岩楷的确拉不开栓，反让主人家的伙计们将白皮寿材运过来，一律码在了店铺中，讲求个先后次序。这些棺木材质上乘，价格不菲，更要紧的是将来躺在里头的人，大都是敦煌一带的门面角色，谁也惹不起的。目下，棺木化成了灰烬，等同于掘了雇主的坟，刨了人家的风水。许岩楷经营了几十年的金字招牌，一夕之间彻底报销了，形同一只被打断了脊梁的狗，再也站不起来了。徒弟和伙计们蓬头垢面，精疲力竭，纷纷偎坐在许岩楷的身旁，一面叹气，一面巴兮兮地盯望着师傅，等他来拿个主意。三徒弟愤恨地说：肯定是外人放的火，临走前我灭了炉子，连油灯都查看过几遍，绝不是咱们内部的缘故。二徒弟也帮腔说：卖面的见不得卖石灰的，不会是旁人，一定是沙州城的同行们下的害，眼热咱们的生意好，所以才……这一时，恰好身后蒸馍店的笼屉揭开了，蒸汽缭绕，一只只暄软硕大的馒头，散发着麦粉的香气。许岩楷伸手抓过来三个，也不怕烫，直接喂进了嘴里。热蒸馍伤人，许岩楷挣着喉咙说：谁也没跟咱们过不去，这把火肯定是天老爷放的，天老爷不忍心收世上的人，才让咱们住了手。三徒弟气不过，犟嘴道：师傅你一向心软，连家底都被人家算计光了，还这么慈言善语的，要是能找见凶手的话，我杀他的心都有。许岩楷笑说：挣钱不能太急，尤其是咱们这一行，谁能不死，谁最后不是躺在了这三长两短的箱子里，这一次的火，对我可能是一个警告吧。二徒弟的拳头攥得嘎巴乱响：师傅，干脆我去一趟县衙报官，让快班的捕手们来查看一下，或许能将贼人找出来，给大家一个明白。许岩楷噎住了，热蒸馍卡在了喉眼中，气息都喘不过来。令众人错愕的是，许岩楷忽然连滚带爬，蹚过街上的污水烂泥，径自爬到了对过的一只木盆前。木盆里残剩下了泼火的一点点水，许岩楷不管不顾，抱着盆子灌进了口腔，这才长长地出了一口气，活转了过来。再喝时，徒弟们拉拽住了他，嚷嚷说，这是喂猪的盆子，师傅你不能作践自己。许岩楷长鲸吸水，一口气喝光后，咂巴着嘴说：天地以万物为刍狗，尔等千万别小看了猪狗，师傅我属猪，这个盆子就是我的饭钵。这么一讲，徒弟们面面相觑了起来，猜想这一把大火竟然让师傅的脑子浑掉了，完全丧失了平素里的威严和庄重。同时，徒弟们的怒火与仇恨也积攒到了顶点，急迫地需要一个发泄的管道，给周围的商户们一个证明。

偏巧这时，一个瘸子趔趄了过来，对两旁的人熟视无睹，兀自踢踏踢踏的，横穿而过。三徒弟鼻子尖，突然嗅闻到了一股刺鼻的煤油味，扑上前去，一把薅住了那个少年。少年被扼住了咽喉，挣扎着，却无济于事，手里的那一只皮囊也被抢走了。三徒弟解开了皮囊，果然看见了里头的煤油，当即料定对方便是纵火者。师兄弟们围攻上去，迅即架住了那名少年，搜完身，又摸出来了一副崭新的火具。这下子，人赃俱获，加之擒拿在了现场，场面顿时就乱了。二徒弟亲自动手，用一根绳子捆住了少年，绑在了尚未坍塌的门梁上。少年悬在了半空中，一条腿长，另一条略短，自始至终闭目不语，样子滑稽极了。

众人纷纷起哄，唆使徒弟们不要留情，干脆打断他的另一条好腿，让他明白纵火的后果。三徒弟喝问：你是哪个坊的畜生？你拎着一皮囊煤油做啥？大天白日的，你兜里揣着一副火具，下一个目标是谁？少年的脸憋得像一块烧炭，不管对方如何逼问，他只是牙关紧咬，一个字也不吐口。二徒弟发威了：问个尿，瘸子不瘸了能上天，看我的手段，我来修理他的这一条瘸腿吧。少年身疾心烈，最见不得别人喊他瘸子了，这个词像一把锥子，将他的心突然扎烂了，仇恨漫流在了他的体内。少年闭着眼，舌头上攒了一口恶痰，待对方刚逼近时，突然开口射了出去，钉在了二徒弟的鼻脸上。与此同时，少年已经暗中解开了绳扣，从门梁上飞身而下，骑在了二徒弟的身上。三徒弟见师兄吃了亏，却也不敢强攻，因为少年摸出了一只弹弓，弓如满月，扣而不发。双方僵持住了，一时间对峙了起来，谁也拿不准今早上的这场变故，将分出怎样的生死。

许岩楷对眼前的骚乱充耳不闻，他又捏住了几个热蒸馍，塞在嘴里，八辈子没吃过粮食的样子，头也不抬一下。三徒弟唉叹一声，猜想师傅的脑子真的浑了，自己跟了十几年的这一块金字招牌，如今被人剥皮抽筋，佛头浇粪，怕是再也难以鲜亮了。三徒弟吞不下这一口恶气，但嘴上逞强，叫骂说：瘸鬼，你把人放了，我就开你一条生路,各走各的道,否则休怪老子无情。少年哑默着,但仇恨已经让他拉开了双臂,犹如一只伺伏的秃鹫,随时可以爆发出来。不幸的是,三徒弟的嘴从来就不曾开过光,反倒像是从大粪池子里捞上来的那样,令人作呕。敦煌人讲,挖绝户坟,踢寡妇门,打瞎骂哑,吃月子奶,此乃人世上最缺德的四件事。此刻,三徒弟又追加了一条,那就是咒瘸子的腿。三徒弟咆哮说:瘸鬼,老子的话从不讲第二遍。话音未毕,少年蓦地松开了弓弦,将一枚弹丸送了出去。空气中劈剥炸响,而后又死寂一片。三徒弟惨叫一声,捂住了裆部,人却像一根被掰断了的筷子,栽在地上。

趁着少年换弹丸的空隙,伙计们扑将上去,迅即将少年撂翻在地,一顿拳打脚踢。少年抱住了头,蜷成一团,在地上打着滚,却始终没有告饶一声,眼睛里喷射着怒火。许岩楷继续吞吃着,手里的热蒸馍上,清晰地留下了几个黑乎乎的指头印,但也不计较,喉头一哽一哽的。三徒弟躺在地上挣扎着,哀叫说:天哪,我的蛋破了,脬子碎了,他狗日的把我弄成了太监,杀了他,替我杀了他。闻听此话,棺材铺的伙计们下手更重了,持棍带棒的,雨点般地打在了少年的身上。少年被打惨了,一味地躲闪着,像一只千疮百孔的破麻袋,渐渐地没有了反抗,泥软在地上。这一刻,一个坏了天良的伙计,从废墟里刨出来了一把钢锯,不问三七,竟然直接对准了少年的那一条好腿,扬言要当场锯下来,血债血偿。另一个伙计嫌麻烦,找来了一只凿子和榔头,声称锯起来太泼烦,干脆敲碎他的膝盖骨,让他下半辈子像狗那样,趴在地上找吃食去吧。两个人商量妥定后,立刻扯掉了少年的裤腿,将锋利的凿子对准了膝盖,榔头也举在了半空中。

恰在这时,围观的人群突然豁开了一条缝隙,一个白衣白裤的家伙蹒跚了进来,空气一刹那肃杀无比,人们纷纷侧目。许岩楷一瞭见此人,脸当即灰下了,心知该来的劫难终究还是来了,谁也躲避不过个人的天命。一块热蒸馍黏在了嗓子眼上,许岩楷的目光逡巡了一遍棺材铺中冒烟的废墟,心说:这下破产了,倒闭了,我今天终于走到了路的尽头。

连公子的确是沙州城,乃至敦煌左近一个不可小觑的角色。

这天晌午，连公子的身后没带喽啰，只身一人，在大街小巷里前后溜达。连公子一改往日的跋扈与嚣张，穿了一件干净的孝服，腰间缠麻，头箍孝带，右手拄着一根哭丧棒，左手提着一只白灯笼，埋下了腰身，似乎有一种巨大的悲哀压在了他的肩上。连公子刚走近火灾现场时，人们又听见了一阵响铃，忙让开了道，却见那一名飞行游击陈小喊骑着马，尾在后头。沙州城里的邻居们互觑着，生出了不少的诧异，不明白这两个八竿子打不着的人，怎么就纠结在了一起，猫鼠成了一窝。到了人群的中央，棺材铺的伙计们刚要动刑，连公子随手抽了一记哭丧棒，便将凿子和榔头打落在地上，阴笑开来。伙计们不敢惹事，知道对方是一个棘手的人物，纷纷盯看着师傅，等师傅拿一个主意。偏偏许岩楷对眼前的一切视若无物，吞下了热蒸馍，再次端起了那一只喂猪的木盆，将里头残剩的几滴水浇在了舌头上，浑然无觉。这一时，连公子发问说：兄台，要是由你做主的话，你如何在众目睽睽之下，去杀死一条狗？陈小喊坐在马上，思想说：这个简单，先给狗安一个罪名，比如说它得了咬人的狂乱病，然后用一根绳子勒死它算屌了。连公子笑说：对，兄台说的正是，现在就有人在光天化日之下逞凶，先捏造一个纵火的罪名，然后再伤天害理，强加给一个无辜的少年。

　　日光雪亮，天空无云。这么大天白日的，连公子居然提着一盏燃烧的灯笼，在伙计们的头顶上照了一圈，喟叹道：太黑了，天太黑了，这是什么世道呀，地上还有没有王法，难道天老爷的眼睛也瞎掉了不成？陈小喊跟说：呃，世道乱在了皇宫，人间乱在了寺院和街市，天老爷即便还没有瞎掉，但他那个老贼也顾不上这么多了。连公子的嘴搭在灯笼的气口上，扑哧一下吹灭了，长叹道：不过也好，黑就黑透吧，反正皇宫、寺院和街市一个屌样，像从张芝墨池里捞出来的一般，再多死一条狗也不值得惜疼。陈小喊反驳说：但他并不是一条狗，他是一个大活人，一名少年。咦，你认得他？连公子抬望一眼。陈小喊笃定说：他叫胡梵海，是胡家坊的三少东主。

　　梵海趴在地上，感觉浑身的骨头都碎了，脸也烂掉了。迷蒙中，梵海听见了一个熟悉的声音，犹如身体内灌进了一股生气，接通了他的脉息。这声音高高在上，充斥着救护、怜爱与呵斥，令梵海一瞬间明白了，自己还活在人世上，不曾被阎王爷收走。陈小喊怒斥道：快爬起来，别跟个狗一样的，让敦煌人看你们胡家的笑话。见毫无动静，陈小喊抖擞了一下手中的鞭子，抽在了梵海的脊背上，又断喝了一声。梵海挣了几挣，连滚带爬地坐了起来，先掬了一捧地上的污水，擦了擦鼻脸，又找见了鞋子，穿在了脚上。梵海立起身之后，这才看清了骑在雪花豹上的人，但始终也没有高兴起来，依旧面露威棱，表情皆无，生冷似铁。或许，就是从这一天开始，日后扬名于关外三县以及整个河西走廊一带的胡梵海，彻底丧失了内心的笑容，从此寒彻入骨，人见人怕。梵海冰凉地打了声招呼：

"小喊哥。"

"哼，亏你还认得我，我来问你，"陈小喊环视一遭，如同开封府上的黑脸包公，当众断案，"你拎着一皮囊煤油，你这是要去干么？"

梵海答："家里在起梁架屋，木匠们的锯子秃了，舅舅让我买了煤油，回去磨锯子。"

"那你身上的火具又是哪来的？"

"世兴堂的沈先生让我来买的，他要给我爸针灸，非要一套新的不可，新的干净。"

"嗯，这个我知道，胡家在给沈破奴打一座宅院，你舅舅在当掌尺。"陈小喊说，"胡家的儿子们都是信义之人，哪怕爹老子倒下了，父债子偿，也要兑现当初的诺言。"

陈小喊瞄了一眼颓坐在廊檐下的许岩楷，知道该说的话，此刻全都说毕了。沙州城的看客们自己长了耳朵，心中也有一杆秤，这一场火灾的缘由，已经公开审结了出来。这一霎，陈小喊简直快慰极了，一段时间以来，笼盖在他身上的郁闷和失败感竟然一扫而空，让他差一点儿失笑了出来。整整七年了，陈小喊以保商的名义，蜗居在车马店里，只为了等一个人。前一段，也是为了这个人，他策马去了一趟马迷兔，甚至还翻越了万里墙城，接近了巴里坤草原一线。最终，陈小喊才幡然醒悟，到手的情报不确凿，也有可能全部是假的，便怏怏而返。回到了沙州城之后，陈小喊并没入住在车马店，他一改过去的疲沓与懒散，天天骑在雪花豹上，盯住县衙的大门，在附近的广场上来去徘徊。陈小喊心猜，自己等了七年的那个家伙，或许还在里头，即便对方施放了烟幕弹，目下脱逃了，但那个传送消息的拉粪人迟早会露面的。忆及自己在敦煌以北的戈壁大滩上空跑了一趟，陈小喊的牙齿就痒，拳头也嘎巴作响，恨不得攥住那个浑身粪迹的家伙，立即掐断他的脖子。吊诡的是，就在陈小喊匹马单枪，封锁住了县衙广场的那些个日子里，衙门却一直不曾开启，既不见有人出来，亦不见有人进入。大门的门钉上积满了一寸厚的尘土，野狗的尿迹横七竖八，完全没有了衙门禁地的威风和气象。偏偏陈小喊是一个执拗的人，县衙里头越是异常，越是安静，他的好奇心便越发深重。这么着，陈小喊在白昼里骑马逡巡，一入了夜，便在县衙的廊檐下铺开一卷牛皮，睡卧在那里，寸步不离。

这天早上，公鸡还没打鸣，陈小喊便被一只灯笼照醒了。灯笼是牛油点的，味道很呛，贴在陈小喊的鼻脸上，惊得他一骨碌翻坐了起来。连公子讶异道：哟，我还当是一个死人，来给天台大人捐尸的呐。陈小喊也回嘴：哦，我还当你是一个鬼，来这里诈尸的呀。连公子孝衣孝服，一身缟素，右手提着哭丧棒，左手拎着一盏白灯笼，在县衙的大门口踱了几圈，也没寻见什么名堂，便掉转过来，跟陈小喊挨屁股坐下了。连公子唏嘘道：人世上都是黑的，黑透了，即便日头升了起来，天下也没有一点公道和公理。陈小喊识得这个乖张而跋扈的人，知道对方是沙州城乃至敦煌一带有名的破喇叭，走到哪达，便把不祥的气息播洒一路，谁都躲着他走。陈小喊刚想抬屁股走人，却被连公子拉拽住了，无奈之下，便说起了闲章。连公子道：兄台，我也知道你在找公道和公理，但你没打灯笼，你肯定找不见的。呃，那你打了灯笼，你找见自己想要的了？陈小喊问。连公子扑哧一笑：打了灯笼，就更找不见了，因为灯笼是用来破夜的，却破不了白昼里的暗算和无情，白昼是最黑的，简直黑透了。陈小喊不喜欢听这些不打粮食的话，心猜，这只破喇叭的舌头一定被人施了咒，所以才这么云遮雾绕的，便问：既然天下都黑透了，那你还徒劳无功地打什么灯笼？我要是你，我就去城外的果园里睡上一觉，听说梨花开了，再不去看也就谢了。这个关节上,连公子抬起手,指着不远处的天际说:嗨,日头都升起来了,天却黑着,我的嘴真的开过光呀,说啥是啥。陈小喊瞥望了一眼,西天一带果然黑云压城,烟雾浓密,仿佛一支巨大的墨笔湿漉漉地涂抹一气,将日光强压了下去。不用问,沙州城里一定失了火,已经着了许久了,恐怕半条街都被烧掉了吧。陈小喊是个热肝辣肠的人,见此情状,赶紧奔了过去,在县衙门端的柱子上取下一根鼓槌,一边击鼓,一边吼喊了起来。

按照大清的律法,灭火救灾乃是县衙的职责,平素里快班、步班和马班的士卒们也常常演练这一门技艺。衙门的院子里也设置了几只硕大的水箱,一俟出现了险情,便可以迅速架在车马上,一伙人急吼吼地奔赴着火点。这么着,牛皮大鼓几乎快被敲烂了,蒙覆在鼓面上的积尘突突突地炸开,像一群马蜂似的,将陈小喊围了个水泄不通。奈何他喊破了声嗓,县衙里头一直阒寂无声,既没有人来应门,更无人出来接下急报。连公子讥诮道:兄台,你把这几张鼓撕碎了也不管用,看来你自己倒是被蒙在了鼓里头,两眼一抹黑,一无所知嘛。见话里有话,陈小喊扔下了鼓槌,情绪败落地偎坐在一旁,等待答案。果然,连公子道:

"天台大人已经溜走了,去了肃州城。"

"县令跑了?"

"哦,宣统皇帝已经在二月里退位,撂挑子不干了,现在八成在御花园里天天看梨花,听京戏,在当他的寓公吧。"连公子消息广泛,心中早有一本明账似的,接续说,"现在天下共和了,天台大人改旗易帜,前几天还铰掉了辫子,带着人下了河西,听说去迎接革命军了,只等着衙门上下被收编,接着吃新政权的俸禄。"

陈小喊懵懂着:"应了那句话,铁打的营盘,流水的兵。"

"所以么,还是换汤不换药。"

"县令跑了,那里头的人呢?"此刻,陈小喊觉得整整七年的等待,犹如竹篮打水一般,心里失落至极,"你实话告诉我,县衙里头没了人,难道全都铰了辫子,日他妈去革命了?"

连公子撇嘴:"一个尿样子!世上的乌鸦都是墨染的,不管谁坐了天下，肚子里也都装着一泡屎，高明不到哪里去的。我干么打灯笼，因为世道瞎了，我得保全自己呀。"

"那你披麻戴孝，在给皇上哭丧呀？"

"呃，倒也不算，我跟宣统皇帝没交情，也不沾亲带故。"连公子被戳到了痛处，哀恳道，"我这么干，主要是替自己守灵呐，因为有人扬言要宰了我，我先把个人的后事办了。"

陈小喊一惊："谁要杀你？"

"哼，一定是棺材铺着的火，我发誓，一定是这样。"连公子瞭看着，喏嚅道，"他先纵火烧了棺材铺，然后就会来杀我的。可惜了，我本来还想去订一口棺材的，这下子又被他打了算盘，抢先了一步。兄台，我先赊下你一个礼性，我能不能拜托你一件事？"

"等你死后，我一定把你给葬埋了，不会让野狗撕扯了你的，放心吧。"陈小喊揶揄。

连公子却说："不，我想借一下你的鸡巴，咱俩一块把肚子里的尿水撒光吧，省得你等一下去了棺材铺，路见不平，忙着去救火，让大家听不到我的锦绣文章。"

"你要传道授业？"

"不，我要用我的舌头，救我的这一条小命。"

岂料，在火灾现场，陈小喊意外地发现了胡梵海，便顾不得礼让连公子了，三言两语，就将案子审结完毕，很是出了一番风头。许岩楷颓坐着，一脸木然，思想了再三，也不明白自己得罪了何方神圣，拜错了哪一座庙，竟在一夕之间砸了牌子，折了面子，惊动了半个城池。这些也都罢了，烧了店铺可以再建，打错了人也能赔命，但沙州城里最大的破喇叭连公子的出现，令许岩楷沮丧不已。许岩楷相信，连公子要比这一场大火更灾难，万一处理不慎的话，自己将在关外三县一败涂地，再也难有一块立锥之地。许岩楷以静制动，手上的热蒸馍被捏扁了，一疙瘩一疙瘩地喂进嘴里，囫囵吞枣地咽了下去，又瞥见连公子按捺不住，停在了人群中，破喇叭终于开始叫了。直到此时，陈小喊方才恍悟，其实连公子刚才跟自己的一番热言辣语，推心置腹，不过是一次错觉。连公子需要的只是耳朵，一只只张开的耳朵。因为他的口舌，他一肚子的锦绣辞藻，他的人来疯，如果没有了沙州城里的耳朵们来听，他便丧失了买卖和人气，也就一文不名了。陈小喊猜度，先时在县衙门前的广场上，杳无一人，自己即便是一条狗，连公子也会蔼然地蹲下来，跟狗说道说道的。目下，几乎半个城的沙州人麇集在一处，幸灾乐祸地看完了火灾，又将目光焊在了连公子的身上，他自然不会错失这一个重大机会的。如陈小喊所料，连公子提着灯笼，挨个儿照了一圈，末了将灯笼悬在了梵海的头上。连公子慨叹说：的确是胡家坊的三少东主，他们这爷父两辈人重义守信，一旦吐口，便背负了然诺，就算舍了这一世的身家，也一定要去兑现的。陈小喊听清了，这话既是对梵海的庇护，也是对自己的声援，便帮腔说：这胡家一门三兄弟，个个是孝子，梵义下了河西，替爹老子去寻一味药，山高路远的，至今未归。老二梵同，在替世兴堂的沈破奴打一座宅院，只为感恩神仙妙手的及时救护。剩下的这个碎弟弟梵海，当然也没有闲着，刚才吃了一顿棍棒，鼻脸都烂了，难怪连大名鼎鼎的连公子也气不过，打着灯笼，要在光天化日之下找一个说法。两个人一唱一和，言辞默契，洗脱了梵海身上的不白之冤，让棺材铺的掌柜和伙计们下不了台，尴尬至极。不承想，这只是连公子的开篇，他的重头戏还在后头。少顷，连公子又朗声道：

"诸位，胡家还有一个大手笔，就是要自己掏钱给义庄开一座家窟，世代供养。"

陈小喊："连公子，这口说无凭吧？"

"哼，我一个将死之人，岂能信口雌黄。"连公子孝衣孝服，一扫过去的流气与狡黠，笃定道，"这可是千真万确的事，如有半句妄言，我这个热身子去给义庄殉葬，去穿索氏一门的家传血衣，我也把这一颗脑袋捐出去。"

事关开窟的话，沙州城里的人其实早有耳食，但始终半信半疑着。此刻，如此确凿而清晰的机密，被连公子当众宣喻了出来，便成了板上钉钉的事。众人啧啧着，相互辩白，直觉得开窟造像这等规模的重大工程，远比什么五族共和、县承大人铰了辫子、革命军正在到来更要紧，也更令人遐想无限。在围观人士的这一世光阴中，天道衰微，福分寡薄，民生凋敝，谁也没有这一份在世的福报，能目睹一座佛窟的开启。但是现在，沉寂多年的千佛灵岩上将要动土，将有一座属于义庄的窟子打开天眼，人们不仅觉得实至名归，更为胡家坊的胡恩可一门上下的义举，纷纷竖起了大拇指，赞叹不绝。嘈杂声消停下来后，连公子的嘴里舞文弄墨，作结道：

"不错，义庄的老东主配得上这份仁慈的供养，索氏一门的厚德高义，猎猎风骨，值得整个敦煌人尊为楷模，奉为先贤。唉，只可惜呀，太可惜了。"

一席话，像吹来了一股腊月里的寒风，令众人悄静下来。

"唉，可惜的是，君子之泽，三世而斩。"此刻，连公子积攒了多日的恐惧、惊吓和茫然无助，终于彻底冰释了。这一段，连公子思前想后，昼夜琢磨，决定只有将隐隐而来的威胁和追杀事先张扬出去，自己才能找见一方庇护之所，才能苟活存命。又道："可惜的是，义庄的大少爷索朗，并没有承继老东主的风范。索朗居然走上了歪门邪道，拿起了墨笔，拜在了棺材铺的许掌柜门下，开始当徒弟，画棺材了。"

许岩楷怔了一下，浑身僵住了。许岩楷清楚，一切答案都不请自来，包括周围烈焰一般的嘲笑目光，似乎在告诉自己，这就叫活该，就叫咎由自取。许岩楷瞭看着那一片冒烟的废墟，地上残破的门匾，知道个人半生的心血已经付之一炬，焚为了灰烬，再也没有了回天之力。这么着，许岩楷忽然咧嘴笑了，笑得言不由衷，笑得凄凉。陈小喊也诧异不小，问说：

"大少爷这样，岂不是玷污了义庄的名望，难道老东主肯纵容他如此下三烂么？"

"所以么，索朗被圈禁了。"

"圈禁了？"

连公子提着哭丧棒，在空中画了一个大大的圆圈："正是！现在义庄的大少爷跟一帮女眷待在后院里，失去了人身自由，没有他爹老子的恩准，他休想出来。"

陈小喊骑在雪花豹上，突然发觉胯下的这个畜生不太听话，受了刺激似的。原来，许岩楷的脑子真的浑掉了，四肢着地，撅起尻蛋子，趴在了地上，冲着马头爬行了过来。许岩楷古怪地笑着，嗓音瘆人，令雪花豹的内心顿时不堪，误以为碰见了一匹怪兽似的。陈小喊勒住了缰绳，雪花豹鬃毛纷扬，突地一下腾起了前蹄，暴怒地嘶鸣了起来。

许岩楷明白，只有演好了眼前的这一出折子戏，自己方能全身而退，让义庄的迫害与恐吓戛然而止，适时收手。笨事绝不是笨人做下的，笨事一定是聪明人的产物。许岩楷从连公子的身上获得了灵感，但后者是泼皮无赖，断然不能学他。只有做得更极端，更下贱，沙州城的人才肯宽谅他这一次对义庄的冒犯，对索门的大不敬。许岩楷一身泥水，手脚并用，慢吞吞地钻过了高扬的马蹄，爬到了马肚子下头。陈小喊放开了缰绳，雪花豹重重地踏在地上，犹如一堵山墙似的，危峙耸立，不可一世。危险解除了，雪花豹放松了下来，尾巴扬起，屁眼里遗下来了一坨坨粪便。许岩楷止住了笑，瞭见那一堆冒着蒸汽的粪便暄软硕大，仿佛刚从笼屉里端出来的热蒸馍，散布着一股苜蓿的气息。这个季节，苜蓿刚刚上市，不光人吃，马也是靠它来贴膘增肥，更换毛色的。许岩楷一时间激奋不已，膝行了几步，两只手捧住了一坨马粪，慢慢掰开了，贪婪地嗅闻着一缕缕袅娜的气息，快慰道：

"热蒸馍，我的热蒸馍。"

陈小喊拨转马头，雪花豹挪移开了，将许岩楷的这一副嘴脸呈现给了众人。连公子一脸骇然，心生歉疚，自己的无心之过，不承想，居然让棺材铺的掌柜受到了刺激，脑子坏掉了，做出了如此猪狗不如的勾当。但连公子的内疚，犹如水面上划过的一道波纹，根本经不起推敲。一眨眼的工夫，连公子便袖手在侧，哼起了小调，瞥望着许岩楷这个替死鬼中了魔似的，摇身一变，成了日后关外三县一个经久不衰的笑话。二徒弟率着伙计们疯跑了过来，左拉右拽，抢前呼后，打算架住师傅，制止住他的这一番蠢行，但一切都为时已晚。许岩楷叨念着热蒸馍，我的热蒸馍，随后塞进了嘴里，甩开了腮帮子，陶醉地咀嚼了起来。热腾腾的马粪，裹挟着乱七八糟的汁水，滑过了舌头，顺进了食管里，即将完成另一次苍白的消化。吃毕了一坨，许岩楷又捧住另一坨，却被二徒弟恼恨地打掉了。一群人相帮着，将许岩楷举在了头顶上，发丧似的，一瞬间便消失了。

沙州城里的看客们陆续散了，连公子颇觉无聊，随手将白灯笼扔在了火灾废墟上。几粒炸裂的火星，点着了灯笼，噗的一下，一团火虚无地闪灭了。连公子喟叹道：我发誓，从今日开始，沙州城不是沙州城了，敦煌也不再是敦煌了，一切都将跟往日不同。陈小喊煞是费解，探问说：难道因为宣统皇帝的买卖破产了，洗手不干了，大家现在时兴铰辫子，革命军马上就要来了，你才有了这样的预感么？不，都不是，因为我可以暂时不死了，连公子苦楚一笑，再道：以后你见到的我，肯定也不会是今天的我，既然有人连屎都能吃下去，还吃得那么香，我想我必须闭嘴了。

这一瞬，陈小喊突然发现梵海不见了。梵海受了重伤，况且遭了那么大的侮辱，加之身有残疾，恐怕难以安全地回到胡家坊吧。惦念至此，陈小喊忙丢下了连公子，一甩马鞭，嘴里吆喊了一声，一道烟地跑远了，拐出了前面的巷道，消失不见。连公子张口欲喊，但声嗓中不曾发出任何一个字来，于是抬望着天空，感觉日光白花花的，仿佛充斥着一股羊油的膻腥。连公子的胃里不由得恶心了起来，转身扶住了棺材铺的门柱，开始呕吐。

陈小喊纵马跑过了山西会馆、乾州殿、三白楼，往西疾驰时，又掠过了守备署、观明堂和庆祝宫，但一路上始终没瞧见梵海的人影，心里越发焦躁了。这么着，陈小喊出了沙州城西门，挑了一个便道，往沙山北侧的党河方向上驶去，打算尽快绕到通往胡家坊的三岔路口，截住梵海，好载他一程。日光灼亮，晒得戈壁两侧的碎石能冒出油来，嗓子里也撒了一把碱面似的，吞咽困难。干热风的季节开始了，在敦煌一线，人们把这种燃烧的风叫火风，打在脸上的话，能活活脱掉几层皮。

风声中，陈小喊瞧见一匹快马迎面奔来，越来越近，越来越显，几乎快辨清了马上之人的鼻脸。就在两匹马错身而过时，陈小喊呵斥说：屎哪吒，你个贼疙瘩，居然给老子也不让路呀。这一时，梵同蓦地抬起头，吼叫说：小喊哥，原来是你呀。

两个人提住了缰绳，热络地攀谈起来，还是亲爱如初见的样子。梵同问了陈小喊去马迷兔的事，后者简略地应答了几句。梵同又问：你等的那个人找见了么？陈小喊灰败地道：尚未找见，但我愿意等，这辈子一定要等到他，把那一笔旧账算清楚。咦，究竟什么账呀，风流账，还是生死账？梵同揶揄道。陈小喊避而不答，目光却盯住了梵同马背上的行囊。不用问，梵同这是要出一趟远门了，行囊里装着水、锅盔和肉干，另有一卷睡觉用的生牛皮。果然，一问之下，梵同快意地说：

"小喊哥，我要过猩猩峡口，去一趟哈密城。"

"你不是在打新宅子么？"

"打宅院的事，交给我舅舅了，他在当掌尺。"梵同笼统地介绍道，"鸣山书院的山长丰鼎文，让我将一封急信送到哈密去，我只有三天的时间，否则一切将悔之不及。"

陈小喊道："咋了？你实话给我说知道。"

"哦，是这，"梵同的脸上呈现出了一种焦虑色，抚着马鬃，释解说，"莫高窟的藏经洞又丢了一批卷子、佛经和文书，王道士气得病下了，派人去找了丰鼎文。山长的门生们调查了半个月，断定偷运赃物的人并没有下河西，而是向西出了猩猩峡，估计在哈密一带了。"

岂料，陈小喊截住了话头，诡谲道：

"梵同，你给我念一首诗吧。"

"好我的小喊哥，都什么时候了，你竟然还让我咬文嚼字。"梵同怨怪道。

"听着，我保商护驾从来不免费，你也不例外。"陈小喊拨转马头，撒开了缰绳，雪花豹已然明白了主人的用意，四蹄奔腾着，不可遏止似的。又说："我给你开个最低价，就念一首诗吧。这条路我熟悉，我为你牵马拽镫，前后呼应，保证送佛送到西。"言毕，雪花豹早已像一阵急狂的罡风，吹送到了路的尽头。

此刻，梵同灿烂大笑，忙策马追撵了上去，吼喊开来："十里一走马，五里一扬鞭。都护军书至，匈奴围酒泉。关山正飞雪，烽戍断无烟。"

天空晴明，如同一块刚从窑炉里烧炼出来的瓦片，挂在头顶上，幽幽地发蓝。索朗从书案上抬起头，觑望了一眼窗外，心里灰突突的，不是个滋味。索冯氏蜷在炕角上，被一根绳子绑扎了，口腔里也塞上了一团抹布，早就放弃了挣扎。砚田里的墨汁干了，墨笔也坚硬如锥，索朗枯坐了整个上半天，哈欠连连，纸面上却只落下了五颗字：求告另家书。如果没有记错的话，这是索朗亲书的第九封信，意思都大同小异，翻来覆去的车轱辘话，哀求爹老子体恤一下不孝之子，开一条活路，让长子一家三口单另去过，此后的富贵贫贱，生死悲欢，皆由索朗一身荷担，概与爹老子无关，更与整个义庄无涉。自打被圈禁在了后院中，索朗的心就凉了，凉到了骨髓中，凉到了每一根头发里，与眼前的气候和天象，形成了分外鲜明的反差。前八封信，索朗都是托管家丁荣猫转呈的，一封追着一封，但都泥牛入海，爹老子那里连一个字的回音也不见。每天晚夕，丁荣猫都会来一趟隔壁的车马院，查看伙计们喂没喂牲口，圈里的粪土是否清扫，地上垫没垫干土。索朗与外界的联系，如今只剩下了丁荣猫这一条途径，他不得不珍惜，觍着脸，下着话，争取多打听一些消息，完全丧失了大少爷的架子。隔着高墙，索朗一般会问：太老奶这几日可安好？你传个话吧，就说想死孙子我了。或者问：我爸咋样了？你催他去党河边，去果园子里散散心吧，别老窝在家里，那样子会生出闷病来的。又问：我妈的心口还疼么？别让她下灶了，谁饿了，谁自己去拾掇饭食，天老爷也不会饿死一只瞎眼的麻雀，那么大的年岁了，该歇缓了。只有一次，索朗问及了弟弟，叮嘱说：你告诉索乘吧，乡学里的课业再紧张，他也得抽空来家里一趟，看看他的侄女，细君都大了。索朗的言辞充满了仁义，字头句尾里细心、体贴、周全，且故意高声大气的，想让前院里的爹娘老子适时听见，说不定会网开一面的。对大少爷的询问，管家丁荣猫往往隔墙扔过来一句话，好着哪，再无其他实质性的内容。见来软的不行，索朗一气之下更换了策略，喊下人们送来了一套笔墨，行止开始规矩了许多，安静地伏在了书案前。索冯氏见状，误以为丈夫幡然悔过，要习修课业了，要念圣贤书了，不由得喜上眉梢。不承想，索朗使出了一番吃奶的劲，搜肠刮肚，居然炮制出了一篇檄文，要求另家，要求跟义庄切割。索冯氏识字，带着小户人家出身的那番精明，粗看了一遍，便扯住撕掉了。索朗见个人的心血化作了一地纸屑，一把薅住了女人的头发，打得鬼哭狼嚎了起来。歇手后，索冯氏仍不依不饶地问：另了家，你靠啥养活我们娘儿俩？你是在沙州城里有店铺呀，还是在城外有几亩地？又逼问说：你是会榨油、熟皮子、弹棉花，还是能点瓜种豆，锄草浇水？这些话剜心，尤其从女人的嘴里讲出来，令索朗颜面尽失，五内俱焚。这以后，只要索朗开始伏案写信，就怕女人在一旁添乱，便先期用绳子捆扎了她，扔在炕上，才能静下心来。索冯氏倒也配合，一旦被缚后，悄静地保持着同一个姿势，不哭，也不闹，甚至连一个屁都不放。

这一时，几只雀鸟落在了窗外，飞上蹿下，争抢着地上的几粒草籽。索朗忽地立起了身，探头外望，雀鸟们一下子被惊走了。院子里空荡荡的，除了地上扔着的一大块日光，像一张栽绒毯子似的。索冯氏讽刺说：哒，你在看你小妈呀，你小妈还没出来，跟细君在里头睡觉呐，呵呵。索朗扔过去一只鞋，嗔骂道：娼妇，嘴夹住，再泼烦我的话，小心剜了你的口条。索冯氏不惧，抢白说：哼，这么快就护着你的小妈了，我算是看透了，义庄的名声只不过是一件光鲜的外衣，里头的麸皮糟糠、虱子虮子多了去了，真是恶心人。索朗被揭穿了，耳根子一红，拾起掉落下来的那一块抹布，又往女人的嘴里塞去，打算让其安静。女人突地叼住了丈夫的胳膊，咬住了一块肉，母狗一般。索朗的另一只拳头冲了过去，直接捶在了女人的太阳穴上。索冯氏嘤咛了一下，款款歪在炕上，又被覆压上了一床被褥，没了声气。索朗的手搓摸着胳膊上的一排牙印，气恼地说：好男不跟女斗，要不是看在细君的分上，我非日弄死你不可。

话虽这么讲，但索朗毕竟余怒未消，遂将这一段日子以来的不顺、失败和落寞，一股脑地记在了女人的户头上，归结在了这一场婚姻上。索朗撕掉了前头的那一页纸，重又研了墨，膏了笔，在抬头上愤怒地写下了两颗字：休书。既然爹娘老子是一枚硬核桃，啃也啃不动,不见丝毫的通融与宽赦,索朗无力御外,但内讧起来却是一点也不服输,尤其对自己的女人这只软柿子。休妻,撕毁婚约,遣回娘家,从此各世为人。现在结论鲜明了,但索朗必须铺排出几条令人信服的理由来,方能让父亲首肯,让义庄名正而又言顺。索朗的脑子里盘磨着,算计着,劈空结撰了起来。刚要落笔时,忽然听见斜对过屋子里的细君哭了,不是那种尖锐的啼哭,相反却带着一丝撒娇,一份惺忪。索朗忙将窗扇合上,又悄悄地切开了一条缝,目光挤了出去,豁然一亮。直到此时,索朗方醒悟了自己内里深处的另一份索求。女人的直觉真的像麻袋里装锥子,隐瞒不得,索冯氏猜得没错,索朗这一段时间辗转难安的病根之一,乃是女儿细君的奶妈,她叫宫法麦。

　　对过的帘子撩起了,宫法麦闪身出来,左胳膊下夹着细君,一送胯,便将右臂下的一卷炕席扔在了院中,用脚尖铺平了。宫法麦哄唆着细君,款款落座下来,扯开了胸口的襟子,捏着乳房,将乳头塞进了孩子的嘴里。天刚热时,管家丁荣猫从城里的谈记席子店订购了一批,每个房内一件,将旧的淘汰下来,用在了马院里。旧席子在热炕上用了一冬,烟熏火燎的,破绽开来,不如新的那么贵气和鲜亮。索朗蹙住鼻子,嗅闻到了一股淡泊的干草味,混合着沸腾的日光,让他立刻目眩神迷了起来。不用猜,炕席是用渥洼池里的秋芦苇编织的,有一种旷野的气息,但比炕席更令人陶醉的,却是宫法麦身上的味道。宫法麦轻晃着,一边叨念,一边防着细君呛了奶,常常喂上三四口之后,便将乳头取出来,停顿一下。细君也贪吃,找不见乳头时,腿脚乱踢,叽里呱啦的,像一只小兽似的,在奶妈的胸脯上乱拱。这么着,一些奶水溢了出来,将宫法麦的襟子濡湿一片,白白浪费了不少。索朗使劲抽吸着鼻子,除了刺激的奶香外,宫法麦浑身上下洋溢出来的那种成熟与慵懒,让他游离了许久的心,慢慢地落在了腔子里,踏实不少。宫法麦午睡刚醒,云鬟纷乱,表情惺忪。豁开的胸口上,外泄出了一片羊油般的光泽,细腻,匀称,端方,骨骼清丽,长颈妖娆。不经意间,索朗瞥见了她胸脯上的那两枚乳尖,犹如用戈壁大滩上偶然捡获的宝石磨成的玉扣子,别在了上头。索朗盯看着,仿佛瞻望着神主牌一般,充满了广阔的遐想。

天热了真好，一连数日，宫法麦在午后的这一段光阴里，都会出来奶细君。宫法麦坐在廊檐下哺乳的姿势，平衡了索朗被圈禁后暴躁的情绪，也让砚田中的墨汁时常干涸，让大少爷落笔无言，枯坐良久。不巧，索朗的这一番窥视，被索冯氏偶然察觉了。女人带着野人坊的刻薄和小气，讥诮说：小心烂了你的贼眼睛，小心看在眼里拔不出来呀。再后来，索冯氏干脆死了心，撕破脸说：你小妈的奶子大，裤带松，你去跟细君一起吃吧，别在我跟前装圣人的孙子了。对女人的这等挑衅，索朗一般不直面回击，他是个慢性子的人，只在心中酝酿着厌恶，分泌出仇意。这一刻，宫法麦喂完了右胸，又搬出了左面的乳房，交给了细君。宫法麦俯下身子妩媚的样子，令索朗忆想起了莫高窟里的一幅壁画，可壁画上描摹的究竟是菩萨，抑或是度母，他自己也拿不定答案。索朗吞咽着唾沫，用目光挪开了细君的脸，捧住了那一座饱满而圆润的乳丘，几乎落下泪来。

现在，索朗终于知道了，自己的败运和倒霉，一定是从该死的婆娘身上生发出来的。作为义庄的长媳，索冯氏的肚子太不争气了，下的第一胎就是个扎花的。索朗犹记得当天夜黑里，爹老子那种急迫的口气：下了个啥，裆里有肉没有？那以后，爹老子再也没进过一趟后院，没抱过一次细君，就连娃娃的满月酒也不露面，借口在佛堂里供灯，癞蛤蟆避端午去了。爹老子这样也倒罢了，他毕竟是义庄的顶梁人，牵挂着这一门的脉息，生怕有个什么闪失，怕断了后。岂料，太老奶和母亲身为女人的户头，同样对细君不待见，三天的热情过去后，偶尔才过问一下娃娃的现状，态度上也浮皮潦草的。果然了，婆婆和儿媳是一对天敌，索朗发现母亲对索冯氏正眼也不瞧上一下，遑论搭腔说话了。事发前，有一回索朗在熄灯前去给娘老子请安。闲章中，母亲轻蔑地说：哼，那个劈柴鬼，浪费掉我多少粮食，身材不见胖，尻子不见肥，以后拿啥来替我生养孙子。腊月间，管家和灶房里各自预备了几套吃喝用度的礼品，根据远近亲疏，一般要提前派送出去，给亲戚家行个礼性。轮到索冯氏的娘家时，母亲却改了主意，吩咐下人们，将几盒子点心扣下了，换成了一只带毛的猪头。丁荣猫提醒女掌柜，猪头算下水，拿不到台面上的。索柳氏却称，野人坊的人不会吃点心,他们怕甜。

野人坊虽说也称坊,但它从不在敦煌二十三坊的名录中。甚至相反,它被打入了另册,成了下贱和不齿的代名词。野人坊出来的人,鼻脸上都镌着两颗无形的字:野人。跟他们做买卖能成,谈贸易尚可,但要论及攀亲结缘,嫁娶儿女,则是一桩格外难堪的事,一般人难以抹开这个面子,去充当关外三县的谈资,让人评头论足。偏不巧,索朗的这一门姻亲,迎娶的就是野人坊一个小户人家的闺女,高低贵贱,品行成色,即便去问一个瓜娃子,也能掂量出来其中的差别。义庄的名声在外,盛名之下,人们自然会打听这门婚事的底细。尤其是那些家有闺女,闺女们又到了出嫁年岁的财东老爷,眼看着攀不上这一根高枝了,但也要问出个究竟,心死了也要死个明白。儿子的婚姻是爹老子一手敲定的,那些个日子里,面对沙州城内外尘暴般蜂拥而起的非议,包括义庄上下质疑的眼神,索敞闭口不谈,只专心地拎着纺锤,慢慢地在纺一麻袋的羊毛。有一回,管家丁荣猫在午饭时试探着问了一句,索敞忽然不悦了,呵斥道:端住你的碗,填你的饭,这事还轮不到你来插嘴。的确,义庄的老东主一直在等一个恰当的机会,能让他一吐心扉的,必定是彼此的名望和地位相匹配,又能相互体己的。那年开春后,知县大人计划率领各个坊的耆老,在南门外祭祀土地爷,给耕牛披红,遂特地派遣了一辆呢子车轿,去了一趟莫高窟的开元寺,将印光法师接进了城中。仪式完毕,索敞在听月阁设了一桌素斋,印光法师坐了首席,旁侧里还邀请了几位主要坊内的耆老,另有鸣山书院的丰鼎文诸人作陪。席间,索敞故意抛出了这个话题,他将长子和未来儿媳的生辰八字写在纸面上,探问法师,到底合不合阴阳。印光瞄了一眼:合,肯定合,你老东主千挑万选的人,心里早有一本明账了吧。索敞又道:可沙州城内外的人们传言,这是一户野人坊的人家,来路不明,生计贫寒,似乎配不上索家的门槛。印光法师回说:贫也一念,富也一念,所谓的门槛不过是人们心中的魔障罢了。闻听此言,索敞拍案道:正是如此,别看这是一户曾经败落的小买卖人,但他们的恩义与气节,却是我索某人平生仅见。当着敦煌一带各位头面人物的面,义庄的老东主讲了这么一则故事:

原来，这户姓冯的人家传到了这一世时，日子过得并不差。在阳关左近的南湖，当初野人坊的几十口子人开枝散叶，繁衍出了近百个家庭，户与户之间，或多或少地存在着转折亲。这个坊的人大多在田里务劳庄稼，也有少量的当货郎，游走八方，做着针头线脑的营生。冯家的男将头脑聪颖，看见沙州城外的旱田最适宜种甜瓜，种甜瓜就需要压沙保墒。于是，他便雇了几个伙计，在党河上游里挖沙兜售，一下子就成了富户，也成了出头的椽子，惹人嫉恨。意外的是，最大的嫉恨来自他的亲房姑舅们，姑舅们也不明着对抗，却在私底下构陷。一般来讲，秋冬季节挖了沙，屯在河滩上，开了春是最紧俏的售卖时间。但是连着好几年，这家人挖出的沙竟无人问津，价格低到了鞋底子上，连人工费都快保不住了，还是卖不掉一车。相反，姑舅们的沙却卖得红火，车马络绎不绝，后来居然还要先缴定金，隔天才能兑现。姓冯的小财东心里一直盘磨，这河沙都是从一条水里取出来的，岂有你热我冷的道理，一定是自家的沙子出了毛病吧。这么着，小财东留了个心眼，专门在月明之夜藏在了河滩上，查看究竟。果然，后半夜的天气里，姑舅们全部出动了，拉来了几马车的灰土，扬撒在了他自己的沙堆上。姑舅们撤退后，小财东趁着尚未起风，证据还没灭失，抓了一把灰土放在舌头上尝。这一尝，答案便有了，原来姑舅们扬撒的是强碱土。这种土腐蚀性太强，别说会毁了瓜秧麦苗，连他个人的舌头都脱了几层皮，差一点就做了哑巴汉。索敞介绍完了这些，啜了一口热茶，似乎自己的舌头也很无辜。在座的诸位明白，故事的关键还在后头，这仅仅是一些琐碎的铺陈罢了。

每年的春末，也就是在清明节前后，索敞都要只身赴一趟野人坊，在那一座葬埋了索门郡和索门友二位先人的墓前，下跪磕头，并祭扫一番。索敞是作为索门的后人去的，悄静地去，黯然回返，尽一尽个人的本分，所以很少有人识得他。事实上，每次抵达时，墓地早就被祭扫过了，野人坊的后裔们铭记着前世里的二位恩人，将最好的供品摆满了整个义园。站在偌大的义园中，索敞看见坟丘整饬一新，草木葱郁，地上纤尘不染，心中总会潮起一股恳切的感念。先人们的骨殖或许早已朽烂了，但他们洒布下的恩泽，犹如这个季节里的万物，重新勃发，让天道不息，让生命轮转。

那一年，祭扫毕了，索敞在义园附近转悠，冷不丁在河边碰见了一个伶仃的女娃子。其时，河水冷酷，封冰尚未全部融化，但女娃子端着一个铁簸箕，一直在洗沙。她的两手骨骼突出，十指瘦削削的，皲裂、出血，像干瘪下去的萝卜条。索敞不解，便探问她是哪家哪门的，谁的子嗣，干么如此徒劳无功地在洗沙。女娃子见索敞是生人，也就不隐瞒，快嘴急舌地说出了大概的内幕。女娃子姓冯，是挖沙的小财东的独女，自称家里受了叔伯们的拖累，买卖已经毁了，伙计们纷纷投靠了别的掌柜，爹老子也病下了，无钱医治。索敞觉得事有蹊跷，忙将女娃子塞进了车轿中，一路护送到了野人坊。进了院子，索敞瞭见冯家四壁空空，一贫如洗，凡是值点钱的家当都被伙计们搜腾走了。老两口蜷在炕上，呻唤不止，身上浸满了脓血。索敞捧住了小财东的手，骇然发现，对方的指甲皮全部掉光了，骨茬狰狞，血肉发臭，根本无法愈合。究问之下，索敞才知道，这是洗沙时被强碱土腐蚀的，又没有另外的防护措施，才落到了这个境地。索敞探问说：即便歹人们暗中下了害，那些河沙不要也罢，你干么自己遭了罪，又让闺女蹲在寒天冷地里继续洗沙呀？这一时，小财东笃定道：哦，坏良心的事我不能干，天气暖和了，南风一吹，会将强碱土吹到义园里去的。强碱土毒性太大，万一吹过去了，义园里将寸草不生，花木遭劫，肯定会变成一块废田。索敞忍住了激动，再问：那一座义园在你们野人坊的心目中，到底是一个什么样的位置，竟让你如此舍了身家性命，不管不顾地去维护它？小财东斟酌再三，突然间热泪扑面，笃定地说：打个比方吧，这义园就等于是整个野人坊的一座佛窟，一座露天的莫高窟，只要还剩下一口气，我们就要世代供养下去。索敞称，闻听了此话后，他便匆匆告辞了冯家，一个人跑到了义园里，美美地哭了一鼻子，将那些热言辣语，全部转述给了地底下的先人们。

索敞也磊落光明，当众坦承道，那一面之后，他便差了管家频频去往野人坊，又唯恐伤了对方的自尊心，所以一直不动声色，暗中救助着冯氏一家。小财东的手是世兴堂的沈破奴医好的，河岸边掺杂了强碱土的几十吨沙子，也是义庄的伙计们统统买光，丢在了戈壁大滩上，让风吹化的。要紧的是，庄稼把式们买沙压瓜时，又开始在冯家门口站队求购了，他的姑舅们以次充好、哄抬价格的行径，反倒害了他们自己。这么着，三四年的光阴过去了，冯氏家道勃兴，比先时更加隆盛了，却也不明白究竟是谁的菩萨心、霹雳手，曾经将他们从困境中宽释了出来，洒布了恩慈的佛雨，造化了今日的福田。那个在寒风中洗沙的女娃子，始终让索敞念兹在兹，莫名地惜疼。索敞派人打听了一番，知道她也到了出嫁的年岁，忽然心生一念，欲将她揽入义庄的门下，做自己的儿媳，延续索氏一门的血脉。

作为义庄的当家人，索敞谨慎行事，恪守规矩，不想让冯家人觉得他以大欺小，倚强凌弱。拿定主意后，索敞专跑了一趟鸣山书院，求请山长丰鼎文亲自出面，择机去野人坊提亲。这个角色是索敞精心挑选的，在河西一带，山长丰鼎文声名显赫，多少豪门强族欲结交他，大都失望而归。丰鼎文性子倔，身上有读书人的那份清高，一般人很难与他有世俗意义上的来往。但对义庄的央请，丰鼎文不仅痛快地应承下了，还在三天之内作结了此事。绍介至此时，丰鼎文站了起来，接续说：那可真是一家实诚人，老实本分，吃斋信佛，等两方的亲家见面时，男将才认出了义庄的老东主，也恍悟了幕后的这一切。宴席上，丰鼎文率先拍了板，慨然道：人抬人，僧抬僧，老东主不拘一格，礼贤下士，绝对是当世之楷模。又宣喻说：我看能成，这一件姻缘门可当，户可对，郎才女貌，在下不揣冒昧，以茶代酒，先给老东主恭喜了。众座皆欢，纷纷起身效仿。

听月阁上的这一席交谈，迅速传遍了沙州城，也传到了敦煌二十三坊，不仅平息了人们的疑惑，更将义庄的地位和声望，抬升到了一个难以企及的高度。就在大家翘首引颈，意欲围观一场奢侈而浩大的婚礼时，索敞却打出了一张冷牌，挑了一个农忙的日子，派出一顶轿乘，将新娘子和两位亲家悄悄接回了家，吃了一顿拉条子，算是办完了婚事。事后，各个坊的耆老们在教训后人时，常常会拿这个做比喻，啧啧称道，什么叫人低成王，水低成海，义庄的这一番作为，便是一则鲜明的例子。

那日的宴会，索朗是后半程赶去的，因为印光法师连日劳顿，略感头痛，甚至没动一下筷子。爹老子急喊他去，命其亲赴一趟莫高窟，将法台护送至开元寺，怕有闪失。索朗记得，到了宕泉河边时，印光法师居然从车轿上跳了下来，在河水里洗了脸，印堂发亮，面色红润，哪里有一点点不适的迹象呀。临别前，印光法师抚着索朗的肩膀，舌头咂摸着，欲说还休。末了，印光法师只赠出了两颗字：保重。

这日午后，索朗一面落泪，一面将目光挤出窗缝，落在了宫法麦的胸脯上，慢慢地失了三魂，丢了六魄。往事般般，犹如秋末时家里预备要腌制的菜蔬那样，自里至外，渗透出一层咸腥的结晶，吞也不是，吐也不成。炕上的索冯氏声气皆无，被一床被子覆压着，果真像娘老子嗔怪的那样，一个劈柴鬼，瘦得不成样子。细君诞下来不久，三天的高兴劲刚过，索朗便从家里人僵硬的表情上，觉出了自己的短处，以及个人的不孝。待女人刚恢复不久，尤其是索朗被圈禁之后，除了怨天怪地、咒东骂西之外，他每天的全部精力都花在了炕上，用足在了女人的身上。索朗用功甚勤，不分白昼黑日，天天花样百出地日弄着女人。唯一的目的，便是发愿让索冯氏的肚子再次鼓起来，给义庄交出一个挡里有一疙瘩肉的男婴，承继下这一门的血脉。然而，倒槽掉牙、气结郁愤的事偏偏不请自来，每一回索朗筋存蛮力，血带勇武，骑在女人身上时，竟仿佛骑在了一根劈柴，一把笤帚，一根铁锹把子上头。不管索朗如何策马，如何驰骋，女人只是一味地睁大了眼睛，冷寂得像一块缸里的压菜石，连个哼哈的声音也听不见。事毕，索朗滚落下来，浑身开始塌陷时，女人这才活转了过来，总会叨念这样的话：哎哟喂，我身上的血干了，我的气也撒光了，我不过是个空皮袋罢了。索朗不吱声，开始暗中留意，讶异地发现，索冯氏的月信出现了紊乱，上个月有，这个月无。即便能挤下来一星半点的东西，竟也稀罕得像鸣沙山里的云彩，一层棉絮似的，干脆下不了一场透雨。索朗再问时，女人便懒散地说：唉，我是让那些强碱土害的，它们烧光了我的气血，我现在真的是一只空皮袋了。下人们遵命送来了一套笔墨，索朗开始写另家书的那几天，在砚池里洒了几滴水，慢慢研磨开来。索朗讥讽说：你呀你，你肚子里要是有墨汁这么大的一坨水，老子的种子也能发芽，不至于打不出一颗粮食。女人冷笑，款款地蹒跚了过去，在砚田里啐了一口唾沫，回说：呸，别忘了我是野人坊的人，跟窗户外头你那个小妈不一样。那之后，索朗便安静地坐在窗下，张开耳朵，听风辨音。

细君咿呀一声，吐出了乳头，吃饱了，好像身上灌满了力气，腿脚踢蹬着。宫法麦将细君放在席子上，任由她撒娇，自己却懒洋洋的，眯眼打望着天空。日光白雪雪的，斜过了廊檐，将宫法麦照得一半白，一半黑，犹如正午时分佛窟墙上的一幅壁画，阴阳莫测，虚幻不已。细君现在已经会爬了，肉肉的，刚要爬出席子时，被宫法麦的脚一勾，回到了原处。再一勾，又回到了宫法麦的两腿间，被轻轻夹住了。后来，宫法麦拿来了一只绒布兔子，丢在细君眼前，抓呀，抓兔子呀，嘴里一再吆喊着。细君刚要抓住时，兔子却跑开了，宫法麦又开始吆喊，诱使着娃娃尽早发育，骨骼能匀称起来。

见女儿细君几次抓取无果，屋内的索朗一下子急了，冷不丁地推开了窗子，探出头去，呵斥说：瓜女子，抓耳朵呀，抓兔子耳朵。这一喊，院子当中的大人娃娃都停顿了下来，回过头瞥望着索朗。索朗一时兴起，竟然忘了门的方向，直接跳上了书案，翅身从窗户里跳了出去。宫法麦臊死了，颊面上彤红绯赤的，连忙掩住了胸口，一只手系住了纽襻。宫法麦抬头，呢喃道：大少爷。

索朗没应答，一直掩饰着个人的冲动，仿佛只为细君而来，用脚尖轻轻踩了踩女儿的屁股，教诲说：瓜女子，抓兔子要抓耳朵的。细君尚小，听不懂人话，但冥冥之中爹老子的不悦与开示，让她灵光乍现，啪的一下，攥住了兔子耳朵，揽在了怀里。细君简直乐坏了，抱着兔子打滚儿，犹如一只肉球，兀自玩耍了起来。索朗教子有方，眉眼上隐现出了一份得意，这才将目光飘移开来，款款落在了宫法麦的身上。宫法麦埋着脸，额上孵出了一层细汗，太阳穴鼓胀，不时地抬起手，将掉落下来的一缕头发别在耳后。空气中有一丝土胰子的气味，油脂少，略酸，若隐若现。索朗先时从索冯氏的口中得知，现在沙州城的妇人们时兴一种新的洗脸方法，先将土胰子泡水，再加入一滴食醋，羼杂上碾碎的鸡蛋皮，据说可以养颜生姿。索朗心猜，宫法麦也一定不能免俗，在照这个方法洗脸吧。

日光像一只白罩子，将他俩罩在了院子中央。索朗发现，宫法麦踩住了自己的影子，但他的身上既不疼，也不惊叫，反而潮起了一种前所未有的安定感，阴凉，广阔，盛大，类似于一种佛前的皈依。索朗避重就轻，笑说：这个瓜女子，我不提醒她，她就不明白兔子长耳朵的道理。索朗的话带着讨好，又隐含着一种挑衅。宫法麦护犊心切，反问说：是么，抓耳朵就能抓住么？索朗一怔，终于和宫法麦搭上了腔，心下暗喜，忙着点头。宫法麦忽地掉头而走，打起帘子，进了屋，又撂下一句话来：大少爷，你等等。宫法麦这么仓促地挪开了脚，让地上的影子无依无着，索朗一时间头重脚轻，把持不住自己，便狼伉地往帘子那头栽去。这么着，索朗瞧见影子在前，自己尾后，蝉联着进入了屋子。末了，索朗醒转了过来，影子不可靠，影子并没有跟着进来，立在炕头下的只有自己。

宫法麦跪在炕上，刚刚打开了一只包袱，里头的麻雀呀虎头呀小鹿呀羊羔呀长虫呀，等等的，摆了一炕，皆是一些碎花布缝下的玩具，活物一般生动。见索朗站在炕下，宫法麦释解道，这都是她以前给自己的娃娃弄下的，现在都归了细君，只要细君高兴就行。索朗始终不语，盯视着宫法麦雪白的颈子，弧形的腰身，以及那一团石磨般浑圆的臀部，口舌中的津液登时开了闸，春水泛滥。终于，宫法麦找见了，掉转过身子，盘膝坐在炕头上，将一只布老鼠举在了索朗的眼前，嘻然说：老鼠没耳朵，你怎么抓呀？索朗不费脑子，笑答：瓜女子，当然抓尾巴了。岂料，宫法麦将布老鼠的屁股举起来，订正说：没尾巴，这只老鼠没长尾巴。索朗假嗔道：瓜呀，真是个瓜女子，天下的老鼠都有尾巴，莫非你忘了缝上一个。宫法麦忽然咯咯大笑，将粉红色的舌头伸出来，舌尖上挂着一根白粗布缝制的细尾巴，原来是她刚刚咬下来，藏在嘴里的。索朗被这个女人的顽劣与率性惹失笑了，偏腿坐在了炕头上，接住她吐下来的那一根老鼠尾巴，搓摸了半天。索朗道：的确，没长尾巴的话，这老鼠就难抓了。可人呢，人也没长尾巴，咋抓么？宫法麦探问：大少爷，你在说你么？索朗疑难地点了点头：当然了，我也是人之一份子，我就没长尾巴嘛。这个关节上，宫法麦突然扑将过来，出手如电，一下子扣住了索朗的下身：我抓住你了，大少爷。索朗迷离了片刻，一眨眼便将宫法麦卸在了炕面上，又一耸身子，跳将上去，仿佛自己是关外三县的一名游击骑手。

恍惚中，索朗依稀听见了门外头女儿细君琐碎的笑声，奶声奶气的。这声音刺激了他，也令他口渴。于是索朗闭上眼，将嘴巴送到了宫法麦的胸前，埋在了那一片羊油般的光晕中。

天色昏黑时，窗子突然被敲响了。

一个声音压抑地喊：大少爷，在里头么大少爷？索朗吓醒了，忙挣脱开宫法麦的搂抱，爬出了被窝，匆忙穿衣在身，跳下炕，闪出了门。薄暗中，心慌不已的索朗瞧见管家丁荣猫抱着细君，气得直跺脚，一再唉声叹气的。索朗红着脸，故作镇静地问：咋了，我爸答复我了，让不让我另家呀？丁荣猫隔着门帘子，低声叱骂了一句，吆喊奶妈过来，将瞌睡中的细君递给了宫法麦。索朗再问时，丁荣猫道：嗯，你爸回了一封信，不过我没带在身上，在后面的马院里，你现在跟我去取吧。

言毕，丁荣猫先自走了，解下腰带上的钥匙，打开了偏门。索朗几乎忘了刚才的尴尬，一路碎步，一直尾在后头，左兜右转的，绕过了草料房、铡草间、豆棚和青储坑，又穿过了骡马院子和草驴圈，到了顶里头的一间明屋。索朗知道，这正是管家的睡房，自己以前还来过几趟。恰是晚饭的时辰，邻舍们家里的柴烟弥散了过来，漾荡在半空中，像一条条孝布，充满了灾难和不祥。但是此刻，索朗的心并不在这上头。索朗尚不明白，这日晚夕里，一切都走上了歧路，从此将万劫不复。

索朗进了屋子，一头撞在了丁荣猫的怀里，便责问对方干么不点灯。丁荣猫没吱声，定定地泥塑着，突然恓惶开来，哭得像个娃娃似的。索朗头皮一麻，拽住了管家的胳膊，催问说：这咋么？家里发生了什么？我爸我妈和太老奶都好么？丁荣猫哭了半晌，这才止息了下来，搂住索朗的脖子，哀恳道：大少爷，你答应我一件事。这件事除了你我之外，不会有另外的人知道，包括你爹娘老子也不行。索朗点头答应。丁荣猫这才摸出火具，点了灯，将一页纸递给了索朗。索朗误以为这是爹老子的回信,忙凑在灯下,展纸一瞧,却见抬头上只有两颗字:休书。索朗一怔,认得是自己的笔迹,瞥望着丁荣猫,不明白这家伙要搞什么把戏。管家从索朗的手上取走了那一页纸,喂在油灯上,仔细焚化后,将灰烬扔在了地上。

这一时,丁荣猫方说:大少爷,我说一句,你跟着我学一句,咱们把口径一致了,千万别出任何麻烦。索朗狐疑着,照例点了点头。丁荣猫先说:少奶奶死了,她得了急症。索朗的脑子里轰的一下,瘫坐在了炕上,嗳嚅道:少奶奶死了,她得的是急症。丁荣猫又说:可能是心口病犯了,一下子就过去了,来不及去喊大夫。心口病犯了,走得很突然,来不及去喊大夫,索朗跟说。唉,天可怜见的,细君成了一个没娘的娃了,丁荣猫指导说。索朗再也念不下去了,顺着炕头滑了下来,坐在地上,鼻涕和泪水敷满了颊脸,哭得无声无息。丁荣猫叮嘱说:大少爷,你千万记住了,少奶奶必须是后天死的,可不是今天,你千万给我腾出一点时间,先把你爸那里稳住了,不能让他受打击。索朗忽然折身,用脑袋撞击着墙壁,鼻血也淌了下来,铺天盖地的悲哀郁结在了心中,连哭声也被埋没了。丁荣猫劝慰着,抱住了索朗,将他按在了炕上。末了,丁荣猫在烟杆子里填了一些黑色的烟膏,喂上火,递给了索朗:大少爷,抽几口这个吧,抽完了,什么伤心也就没了。

事实上,这日下午,索冯氏是用一根粗麻绳,将自己挂在了义庄墙外一棵阔大的左公柳上的。索冯氏的身上,揣着一页没有内文的休书。管家丁荣猫出了门,打算进一趟沙州城,却一时内急,跑去林子里撒尿时,意外地发现了索门的少奶奶。当时,索冯氏的热身子已经凉透了,风带走了她在这一世里的全部温度。

## 卷十二

不错，梵义在乡学里的确学过舆地这门课业，还考过不错的分数，但所谓的赤县神州，江河形胜，南疆北土，大多是从先生的嘴里白描出来的，口说无凭，天花乱坠。当时听来，梵义觉得天下之大，引人遐思，好男儿自当仗剑行走一番。岂想，记忆就像沙漏里的流沙，从脑子里流失下来，吹进了鸣沙山里，踪迹杳然。被幽禁的这几日，梵义先是狂躁、害怕和不安，后来察觉出没有什么危险后，他的全部心思，便放在了那一座巨大的沙盘上。

沙盘的底座，镶嵌在一棵剖开的巨大的胡杨木身上，总计三段，对接起来的。沙盘宽不过一米半，却足足有七八米长，横在堂屋的中央，仿佛酣睡中的一匹龙，筋骨饱满，力道非凡，头脚周边散发出一层清漆色的光。梵义心知，呈现在沙盘上的各种地貌和造型，跟莫高窟一带的塑佛工艺一致，先打出一个简约的棉絮和木头胎子，再敷上一层黏土与胶泥，而后用墨笔描画表面，完成最后的收尾。沙盘各处，密密麻麻地植入了一些指甲盖大小的木简，木简上有墨笔书写的地名，标识出了每一座关隘、每一段万里墙城、每一座城池与每一条河流。沙漠上真的有沙，戈壁大滩上果然撒满了细碎的砾石，祁连山上有草木，皇城草原上铺满了头发丝般的草屑，一切都栩栩如生，仿若梦境一般。那天刚跨入这座院子，被众人迎请进了堂屋，梵义第一眼看见沙盘时，便欣喜无比，扑在上头寻找。不出意料，梵义找见了沙州城和莫高窟，找见了整个敦煌，也顺利地找见了党河、玉门关和阳关。唯一遗憾的是，梵义没能看见胡家坊，更没有发现家里的那一座高房子。但沮丧很快就消失了，梵义简直看痴迷了，每天天不亮就立在沙盘旁，即便入了夜，他也会举着一盏灯台，流连忘返，叨念不已。偶尔，梵义俯在沙盘上，查看河西一线的某一个局部，也偶尔骑坐在窗台上，目光雄视，一览全局，犹若自己就是一介统领百万将士的兵马大元帅。梵义一面诧异，一面暗自钦佩，直觉得制作沙盘的这个工匠乃是天人，一定得了天老爷的秘示，否则不可能如此巧夺天工，将天下大势尽收指尖，融为一体。

前日夜里，洪皮海来送夜宵时，梵义憋不住了，便将疑问抛给了对方。洪皮海不痛不痒的回答，令梵义煞是失望，一切想象中的天赐神授，居然被这个家伙糟践光了，好像明珠暗投了一般。洪皮海当时说：皇帝退位了，现在天下共和了，兵营里的东西被卡兵们胡乱堆在街上，一串麻钱就能买一个旗人的丫头，这根木头不算啥。梵义问：这么说，沙盘也是兵营里的器物了，那没了沙盘，塞防怎么办呀？洪皮海戏谑道：现在不是鞑子们的天下了，到处都在等着革命军来收编，也就幸亏我抢出了它，否则早就被劈了柴烧掉了。

纵然扫兴至极，但梵义清楚，他必须抓紧上路了，所以对这个沙盘能多看一眼是一眼，能默记一段是一段，须臾不敢懈怠。几天下来，梵义惊喜地发现，自己的脑子里已经装入了一座无形的沙盘，一卷翔实而缜密的地图。这让他觉得即便被莫名地幽禁了几天，但功不枉费，起码有一点点额外的收获。另外，梵义的脊梁骨也硬朗了不少，胆气陡升，觉得对整个西北一线默会于心，耳熟能详，早已在心里踏行过无数遍似的，没有什么能难倒他，再也没有什么过不去的坎。

梵义趴在沙盘前，又在闭目默记，身后的门开了，洪皮海端着早饭进来。托盘上立着一碗羊肉粉汤，汤面上撒满了芫荽和葱花，另有半块鏊饼、一小碟咸韭菜。粉汤浓香四溢，打扰了梵义的思路，遂睁开眼道：洪哥，你这样天天喂我，不是牛羊肉，便是各色野味，莫非催熟了我，你们好动刀子宰我，就像杀年猪那样？洪皮海吐着舌头，一脸愧色：趁热吃，快趁热吃，凉了会板结在肠子里的。梵义却也不急，反诘说：还是照昨天的规矩吧，你来考考我，假如我能答对的话，我全都吃光，把碗也舔干净。洪皮海搔着头皮，羞臊地说：我一个摆洗脸摊子的，肚子里装的全是下水，平生没喝过一滴墨水，你就别难为我了。梵义讥讽道：对呀，一个摆洗脸摊子的，居然将我胡某人赚到此地，扣押了好几天，你能说他不是一个老贼娃子么？顿了顿，又道：这么吧，昨日你考了我新疆那一块的舆地，我涉险过了关，今天换个方向，你来考考我西安城以西的情况，看我能不能应答出来，快来。言毕，梵义掉转过身子，背对着沙盘，闭目静等着对方发问。

这一时，梵义的脑海中，出现了一片平坦如砥的关中大地，麦浪翻卷，烟树缥缈，八百里平原上秦腔飞扬。梵义犹记得那句话，南方的才子，北方的将，陕西的黄土埋皇上。在冥想中，梵义的思绪跃过了几座起伏的丘陵，果然看见了那一座壮阔危峙的方城。沿着西安城西向，他穿过了兴庆门，掠过了咸阳和宝鸡一带，进入了陕甘交界线上的关山当中。关山叠翠，峻岭衔接，犹如一道巨大的天然屏障，拱卫着东侧的西安城那一片中枢之地。下了关山，北路是平凉、六盘山、静宁和靖远，而南线则直指天水、甘谷、陇西和定西，南北两线最后总缟于兰州城。梵义的思绪干脆停不下来，在兰州城只逗留了短短的几秒钟后，又策马西去，越过了黄河、红城子、乌鞘岭、古浪驿，一口气进入了河西走廊上的凉州、永昌、山丹和甘州，直到目下置身于此的肃州城。悄静中，梵义睁开了眼，怨怪说：洪哥，你怎么不考我了，这早饭我可要罢食了？孰料，洪皮海嬉皮笑脸地伸过来一只手，手上抓着满把的小木简，木简上头皆是一些墨写的地名。洪皮海释解说：你自己刚刚考完了，你走过一处，我就把那一处的地名摘了下来，次序也不乱，你现在核对一下吧。梵义目瞪口呆的，但兑现了诺言，兀自端起了饭碗，嗔怪道：你不是个摆洗脸摊子的，你就是个鬼。

的确，洪皮海是个鬼，但他不伤人，不害人，也不是青面獠牙的那种恶煞。相反，这些天里，洪皮海的脸上始终挂着一种笑，嘴角咧到了耳根子附近，牙齿锈黄，含着胸，简直就是一个活脱脱的乐呵鬼。不管梵义如何申斥他，对方从来不恼，但对梵义的严防死守，昼夜盯护，却又显出了他的精明和手段。共和的那天，也就是肃州城的鼓楼上撒下传单的那一日，梵义被洪皮海率着的一帮少年裹挟而去，在城中转跶了半天，最后落脚在了北门外的沙山旁。这是一座幽闭的宅院，梵义进门后，便嗅闻到了一股尘封而森冷的气息，可能许久也没有人入住过了。马和行囊被单另带走了，似乎去了后面的车马院，偶尔还能听见马的嘶叫。前院里除了寡落落的一个梵义，每天进出的就只有洪皮海这个乐呵鬼了。刚开始，梵义还带着惊惧，天天质问道，干么绑我，你就算将我大卸八块，也剔不出几斤好肉来，说不定还磨损了你的刀子。但不管怎么问，乐呵鬼只是一味地笑，不说是，也不说不是。梵义没了辙，又朝洪皮海扔过去一只碟子，想激怒他，让他亮出底牌。碟子被避开了，碎在了地上，乐呵鬼依旧老样子，腰弯得像一把弓，奴才相十足。有天中午，梵义去院子一隅的茅厕里撒尿，见左右无人，蹬着树，一溜烟地攀上了围墙。梵义觑望着墙外，见周围沙山横亘，赤光连绵，即便逃出去也没个活路。况且，一声呼哨过后，一群急装劲服的少年闻声赶来，互相攀住臂膀，兜成了一张网，就怕他跳下去有个闪失，打算接住他。梵义灰了心，自己乖乖地爬将下来，知道已经被彻底困住了。见对方一日数餐地前来伺候，又没有丝毫的恶意，即便内里着了火，梵义也无计可施。梵义心猜，事情可能正在发酵，干脆按兵不动，以静制变，看他们如何声张，又如何料理吧。后来，梵义的心思埋在了沙盘上，反而轻松了不少，对洪皮海也渐渐地滋生出了一丝好感。

　　吃毕了羊肉粉汤，洪皮海拾走了碗筷，将桌子抹干净，又挤出了一丝笑，笑容陈旧。梵义道：沙盘我已经看够了，烂熟于心，今天我想去外边走走，这总可以吧？洪皮海突然变色，抢先横在了门端里，急迫道：不成，哪达也不能去，今日里要给你上课。上课？梵义一头的疙瘩，询问说：上什么课？谁来给我上课？洪皮海表情狡黠，朝着门外面击了几下掌，仿佛扔出去了一道道金字令牌似的。

　　不一时，院门开了，一个少年引着一群人乌泱泱地进来，在堂屋门前列了队，高矮胖瘦，黑白俊丑，一字长蛇般地立着。洪皮海敛住笑，表情肃穆下来，又恢复了以前那种头羊的嚣张，摸一个头，报一个名号，放一个人进来。梵义狐疑地坐着，像在看敦煌六合班上演的大戏，不明白洪皮海究竟在搞什么鬼把戏。但伶仃了这么些天，现在被诸多的陌生人所簇拥，所敬慕，梵义毕竟也是一名少年人，内里不免有些得意和骄矜。洪皮海逐一介绍，说这个是拉大车的二牛，这个是在北面滩拾粪的侯八，这个是偷羊贼雪癞子，这个贼娃子叫丝儿兔，专跑快马的，那个是挖矿的张家爸，塌鼻子的那个叫犬公公。梵义眼花缭乱地听着，瞭见他们陆续跨进了堂屋，环在了自己面前，纷纷抱拳作揖，便也站了起来还礼，回说了一大堆吉祥的话。洪皮海又放进来了七八个人，这才结束，一路小跑过来，立在了梵义的身畔。洪皮海释解说：这些都是来给你上课的土先生，千万别小觑了他们，虽说比不上肃州书院里的夫子们，但这些贼可都是河西一线上的老狐狸，令人刮目的人物。梵义激奋极了，蹙住鼻子，觉得他们身上的羊骚味、汗腥气、脚臭味、烟叶味那么亲切，那般熟悉。梵义绵里藏针地探问说：岂敢，我一个后生，只有支起耳朵受教的份儿，却不知这些土先生授什么课业，替我灌哪一门的顶，加持何方的功业？洪皮海略一思忖，指着说：丝儿兔，你先说说取水吧，出门在外，水是第一要紧的事。

　　丝儿兔款款出列，两手合十道：的确，出门在外讨生活，假如在绿洲上行走，水不是个问题。可一旦迷了路，误入了沙漠和戈壁干滩，水就是人的天，也是人的命。不过，这找水取水的秘诀，其实又分为冬夏两种，不一样的气候，必然有不同的手段。梵义凝眸谛听，想不到，这个瘦若柳丝的老汉，居然出口成章，一张算盘打得有板有眼。丝儿兔又道：先来讲讲寒冬腊月天吧，其实在这个季节上，人们取的不是水，而是雪和冰。在沙漠上取冰雪，先要找见沙眼，设若发现背阴的坡面上，有一处漏斗状沙眼的话，那底下或许就有一座沙坑，埋存着上一场降雪后来不及融化的东西。在干滩上，积雪也往往在背阴处，量大量小，只凭个人的造化了。这一刻，丝儿兔郑重地告诫说：下面的话一字千金，请这位小哥耳朵听仔细，心里扎下根，因为这是救命的不二法门。梵义致礼，忙虚心听去。丝儿兔接续道：取水的人常常因了心中着火，五脏渴急，一见了冰雪，便忙不迭地扑将上去，连吞带咽，恨不得灌上一肚子。但这偏偏是寻死的吃法，万万要不得，重则立时毙命，神仙也没办法，轻则立患喉疾，颈项隆肿，声音失常。在这样的危急情状下，须采纳英国人流行之治喉旧法，将鞋子当中带脚汗的袜子脱将下来，缠绕在脖子上，方可治愈。

一席话，惹得众人狂笑开来，像煤油被点燃了一般热烈。梵义也在笑，笑毕了，探问说：英国人是何方神仙，你见过英国人么？丝儿兔梗着脖子道：当然见过了，上半年在阿拉善碰见的，西北考察员，大鼻头，蓝眼珠，他当时就是这么治喉疾的。洵不虚言，因为自光绪年间始，这些洋大人开始频现于河西一线，如走马灯一般。梵义就在敦煌见过几个，不是传教团的，便是做贸易的，后来也就见怪不怪了。丝儿兔再道：千万记住了，这取冰雪煮水，一定要滚沸，滚沸至水面上开出了一朵牡丹花，而后待泥沙沉淀后，那种带有苦咸的水方可入口。至于夏天么，则是另一套法子。夏天时火风炽烈，脚下冒烟，不论身处沙漠还是戈壁干滩，一旦发生了缺水的事故，千万莫慌。这时候，第一要紧的急务，就是找见一具死骆驼的尸骨，判断它的眼睛瞥向何处。骆驼这东西总共有十三像，马耳、鼠目、兔口、羊鼻、龙项、虎背、猪肾、狗卵、鸡腿、牛蹄、猴毛、蛇尾、鹅头，集天下灵兽的优点于一身。骆驼行走时，总记得最后一处水源地，它临死前瞥向哪里，那里便有荒漠甘泉。言毕，丝儿兔却步退了回去，一脸的平静。

洪皮海又挑了一位：二牛，你来说道说道吧。

二牛是个尕罗锅，迈步出列，作揖道：这位小哥，我知道你出门在外行远路，世上最孽障的人就是出门人，我其实没什么可叮嘱的，只嘱咐你一句吧。但凡走长路，不管是骑马，还是骑骆驼和驴子，牲口最容易发热了，所以每次临行前，务必要给牲口灌以清凉散或大黄，如此方能骁行千里，一路上无虞。哦，再追说一句吧，一旦到了干滩或沙漠地带，牲口只能吃芨芨草和白草，最忌讳吃另外的两种草，一个叫闹草，另一个叫断肠草。万一误食了的话，你就赶紧走人，自己保自己的命去吧。末了，二牛从怀中摸出来了一卷草纸，恭顺地递给了梵义。梵义虚礼接住了，打开一瞧，看见了这两种毒草枯干的标本，认真地记在了心头。另一个人趋了出来，梵义瞭见对方的手里挂着一只羊铲，心下一惊，眼底里瞬时冒出了一团火星。然而，在北面滩上拾粪的侯八却是个结巴子，踉跄的声嗓一再提醒着梵义，他并不是一尊恶煞，只是个可怜的下苦人罢了。侯八说：这位小小小哥，出门在在在外，免不了生火火火做饭，按照火火火力的大小，骆驼粪为为为贵，牛粪次次次之，羊粪蛋又又又次之，马粪最最最下，你千万别别别拾错了，要不就吃不不不上饭了。犬公公的鼻子塌掉了，不是那种天生的缺陷，似乎是跟人打架时挨了一铁锤，直接塌陷在了口腔里。犬公公上前，嘟囔说：小哥，你一个人出门倒也罢了，假如往后是一支骆驼商团出行的话，切记要随队带上一只狗。嗯，狗可以做伴当，一路上解解你的心慌，另外还可以警戒四方，不管是狼，还是土匪与歹人，世上可没有不怕狗的主子。犬公公先自笑了，笑声鬼祟，又道：不过么，倘若决定带狗的话，一定要带母的，公狗跟男人一样不可靠，只要碰见了寡妇和窑姐，公狗就会有背主的心。母狗不一样，母狗走在沙漠和戈壁干滩上时，附近的野狗们一般都会翘起尾巴来投靠。到了那时候，你只需支起一口锅，预备好一把盐巴、花椒和沙葱，你就能喝上一口狗肉汤，补足你在路上耗费掉的体力了。

梵义明白，眼前这些其貌不扬的家伙，一个个可都是河西走廊上的博物君子，不仅上知天文，下知地理，也许还洞察了前世与今生中的全部人生奥秘。那些朴素而笨拙的话，像是玩笑，也像是不经意的开示，让梵义铭记于心，实难忘却。偷羊贼雪癞子和挖矿的张家爸出了列，都想抢着发言，各不相让，还差一点翻了脸。这个关节上，门端里冲进来了一名少年，神色慌张，搭在了洪皮海的耳边，嘀咕了几句。洪皮海闻听后，哎呀一声，仿佛体内的一根梁木断了，落座在了凳子上。洪皮海失声问：王澍王大人殁了，消息确凿么？少年笃定说：的确，王大人下世了，胡同里已经搭起了灵堂，还给咱们洪门发来了白帖。洪皮海怔忡着，随手一挥，少年立刻领会了，忙将堂屋中的这一帮博物君子引了出去，在院中相互辞别，悉数遣散。梵义目睹此状，约略猜中了几分内情，但此刻不是多嘴的场合，便将一肚子的狐疑暂且压下，故意流连在沙盘旁，耳食着周遭的一切风吹草动。

不一时，少年复又进来了，悄悄掩上门，垂手肃立。洪皮海暴怒道：狗日的，那些杂种游击究竟到了哪达了，按照契约，昨日太阳落山之前，他们就应该来这里给我复命交割的，这一晃又是一天了。洪皮海截铁的神态，断然的口气，全然没有了当初洗脸摊子上的那一份卑微和诏媚，却更像一位坛主，一介护法。少年回说：怕是路上耽搁了吧，听说马鬃山和龙首山的强人们南下了，祁连山里的土匪也北上呼应，双头夹击，下河西的这一条路如今成了一根鸡肠子，时断时续的，保不准……洪皮海截断了对方的话，慨然道：我可管不了那么多，我只按契约办，如果他们吊儿郎当、不打粮食的话，休想拿到我一角钱的酒资。少年跟说：可不是么，当初走了眼，才相信了这一帮杂牌军，以后再遇到这样的贸易，还得指靠咱们自己，千万不能让旁人打洪门的算盘，吃洪门的利息。

洪门，这个陌生的辞藻，令梵义思想再三，却也咂摸不出其中的意蕴。但梵义猜度，这个词比铁还硬，比天上的星宿更加神秘。念想至此，梵义再也不愿恋栈了，忙趋前一礼，道出了辞行的意思。梵义说：洪哥，你收留了我这么多天，关爱备至，呵护有加，再叨扰下去的话，我就该让乌鸦啄掉眼睛了。洪皮海见他面露威棱，主意已定，料想再强留下去的话也将伤了和气，便率直地说：是这，本来打算等一支飞行游击来我这里复命交割后，今早上再送你启程上路的，却不想他们在路上被绊住了，延宕到了现在。哦，如果你不介意的话，相关的票据，我会随后差人送到敦煌，送去沙州城。洪哥，复什么命？交割啥？什么票据呀？梵义一头雾水，不明就里。洪皮海嘻然道：呵呵，你在肃州城的邮驿门口大包大揽，充当邮局长，接下了那么多的信函和急件，难道你忘了？不过你放心吧，在你逗留的这几日，游击们已经照我的吩咐，下了一趟河西，送往凉州城投邮去了。听说，天下共和了之后，革命军已经收编了凉州城的各个衙门，邮驿也照常开张营业了。这番话本意是劝慰，想让对方心情宽释的，但字字入耳，梵义却听出了一种责难与不屑，遂开始自责，开始不安。梵义歉然道：我真该死，我辜负了投邮的人，尤其对不起王澍王大人。我刚听见的，王大人已经下世了，那些书信可都是他一生的呕心之作，这让我如何面对他老人家的在天之灵呀。

洪皮海忽然惶惶然了起来，抽了自己一个嘴巴子：唉，看我这一张狗嘴，里头真的没有象牙，也没有开过光。我的意思是说，那些跑腿的苦力活，尽量让游击们去干吧，我能将义主你挽留在肃州城中，多待一天，就能让我们洪门上下的人，多一天沾吉的机会，这真是莫大的荣幸呀。这个关节上，梵义真的恼怒了，申斥道：义主，什么义主？你我素昧平生的，别给我穿这件袈裟，灌这碗米汤了。突然间，洪皮海双泪长流，慢慢弯下了腰，伸手搀住梵义的胳臂，将其款款送至了门端里。洪皮海轻语道：义主，你推开门，你自己去看吧。

门霍地打开了，日光从天上垂布下来，像一幕漫长而恳切的恩情，让梵义遁逃不得。

千思万想，梵义竟也料不到，原来门外的庭院中跪伏着一大群人，犹若朝佛上香的那样，对着自己叩头不止。人群中有男有女，既有苍髯老者，亦有半大的娃娃，一概哭喊着义主，义主来了，义主安好。梵义急忙迈出了门槛，一时间惊得面色煞白，赶紧将前排中央的一位耄耋老人搀扶住，请他快快起身，有话仔细说来，莫要如此行礼，折煞了无辜的后生。洪皮海尾了过来，绍介说，这位是他的父亲，也是洪门的当家人、总协调，今日里率了洪门的部分代表，专给义主来磕头，顺便也为义主来送行的。梵义心知，一切都大错特错了，自己本来是西门上的猴子，却被大家误以为是东门上的旗子，这该如何是好呀。当家人满头白雪，情绪激动，颤颤巍巍地攀住了梵义的手，看着他的眉眼，盯着他的五官，似乎要将这一切刻画于心，铭记不忘。梵义喊了一声大大，扑腾跪下，认真地磕了一个头。待磕下一个时，却被洪皮海拦腰抱住了，强行按在了一把椅子里。

天光峥嵘，一些云朵挂在肃州城的头顶上，那么安详，那么静谧。梵义被拥戴在中央，众星捧月一般，此时倒也不急了，明白事情总归到了发酵完毕的一刻，水落石出，谜底也将慢慢揭开了。果然，当家人噙着泪，惜疼地说：

"老朽此生有福了。老朽终于亲眼看见了敦煌义庄的后人，有了报恩的机会。"

梵义道："大大，我并不是义庄的后人，也不姓索。"

"哦，义主，别再争执了。"当家人面色庄重，不容置辩，笃定说，"义庄的几辈子先人一直这么低眉，慈心于世，不计功名，恩泽广被。义主你的身上，同样也有这样的品质和家风。不过么，在河西这一条路上，谁忘了索门的恩德都行，但肃州城的洪门却不能忘，也永远忘不了。"

"大大，你真的认错了人，我可不能冒名贪功呀。"梵义抗辩。

"义主，我活了大半辈子，活得只剩下了这一把贼骨头，我岂能走眼。"当家人一挥手，一名少年牵着一匹大马踢踏而来，扬鬃甩颈，咴咴而鸣，慢慢地立在了庭院当中，仿佛一块巨石，高大而威猛。梵义一瞬时激动开来，知道这恰是自己的胯下坐骑，几日不见，它一定经过了精细的饲养，此刻睛存怒脉，身有傲骨，头尾的筋骨与肌肉，竟然像握拳一般健硕。洪皮海吆喊一声，少年会了意，让大马掉转过身子，将浑圆的臀部展示给了众人。当家人喜悦至极，慨然道：

"义主，即便你谦逊仁和，泯然于路人，但是这一枚火印，却泄露了你的身份和行踪。"

洪皮海插话："你刚进了城，洗脸的那个工夫上，我就认出了你。"

"你摆个洗脸的摊子，就为了迎候义庄的人？"梵义探问。

"不错，那个洗脸摊子是老朽摆的，摆到了我六十岁的时候，才交给了儿子。"当家人好像年轻了几岁，笑说，"行长路的人，一旦进了城，第一件事就是洗脸。一洗脸，你的行藏和机密，一般会暴露出来，想遮掩都没办法。义主，老朽恳请你，别再辞让了，就让肃州城的洪门上下，给大少爷索朗你，给老东主索敌大人，给敦煌的义庄行一个格外的礼性吧。"声音尚未落地，庭院中的众人呼啦啦地又跪下了，再一次将梵义逼上了恩主的位置。

"且慢，容我消化一下，将这个天大的误会辨识清楚吧。"

梵义懵懂着，萧然起身，站在了坐骑旁边，伸手抚住了那一枚火印。火印是用一套烧红的铁模具烙印上去的，在一个碟子状的圆圈内，镌印了一枚颜体的汉字：义。梵义在心里梳理了一遍，从世兴堂的沈破奴督促他下河西寻药，再到义庄赠马，匆匆离开了沙州城和敦煌，一路上辗转跌仆，以至于沦陷在了目下的境地中。梵义懊恼自己，骑行了这么久，居然丝毫没有在意过这一枚火印，不能算吃亏，但至少是一次教训。眼前，坐骑被浣洗一新，换上了新蹄铁，鬃发也被修饰过了，一枚"义"字在丝绸般的皮毛上颤动着，鲜烈，高迈，力道十足。梵义的坚辞不就，也让洪氏父子耐下了性子，将事情的原委粗略地介绍了一遍，方解开了梵义内心的不堪与局促。

原来，雍正年间肃州官仓的那一次失火，参将朱纯恺捕获了六个碎娃娃，又拿获了他们各自家里的大人，意欲杀头抵罪，瞒天过海，保全他自己的性命与乌纱帽。那一个节骨眼上，索门的老先人索同海穿起白衫，上书"纵火者是我"，迎风顶罪，投入了官衙，后来不幸瘐毙了，冷身子换回了那一批人的热肝肠。事毕，这几家人秘密商议，组成了一个寻恩小组，远赴敦煌酬谢完了索同海的家人，返回之后却并不曾解散，而是公推出了一位头领，歃血盟誓，相互砥砺，静候着再一次报恩的机会。这个头领便是洪皮海的先祖，等他下世后，又是洪家的长子因袭了这个位子，代代传承，相袭不辍。眨眼间，十几辈子人的光阴过去了，先时的六个儿子娃娃，如今早已开枝散叶，人丁隆盛，分布在了河西走廊一线上。这一群伺机报恩的人，始终自称洪门中人，一向不为外界所知，但相互提携，彼此照应，仿佛被一幕漫长而恳切的恩情，共同笼罩着，谁也不肯舍离。

然而，洪门内部自有一条铁律，那就是任何人，绝不能踏入敦煌之境，更不可上义庄去叨扰，怕引发不快，怕勾起恩主们的伤心往事。寒暑易节，春来秋去，洪门中人始终埋身于肃州一带，不舍昼夜地谛听着敦煌和沙州城内的大小动静。尤其是来自义庄的任何头痛脑热，风吹草动，一定会让他们寝食难安，忧心不已。洪门上下的人立意已决，他们始终在等下一个机缘，那就是义庄的子弟们忽然佛光乍现，进入了这座肃州城，好让他们有一个表白和磕头的场合。许多年了，他们在进城的闹市口，专设了一个洗脸摊子，轮流守望，不敢怠慢。洪门中人笃信，一俟恩主的后人们进入了肃州城，他们肯定会在第一时间感知到的。因为在这一份口口相传的洪门秘史中，恩主即菩萨，菩萨即恩主，他们是一命双身，曾经泼出了性命，捐出了热身子，搭救过自己。遑论，眼前的梵义还骑着一匹镌印了"义"字的良骏，此乃义庄的名号，除了敦煌索门，谁也不配享有这一份莫大的尊荣。般般事例，俱在眼前，除非他是一个瞎子，除非他的天良被狗吃了，否则没有一个人愿意舍弃报恩的机会。闻听了这些肝胆之词，梵

义也好歹厘清了这一团缠麻,哀恳道:

"大大,我不是索朗,我也不是义庄门下的人。"

当家人摇头,一再撇嘴道:"义主,我信你的话,我也信你。可即便你不是义庄的人,你也一定跟索门有极深的关系。"

"是这,这匹马是义庄的老东主赠给我的,所以才有这一枚火印。"梵义释解道。

"哈哈哈,这不就对了嘛。"当家人大喜过望,白发摇曳着,将手中的一根胡杨木拐杖敲击在地上,朗声说,"诸位,可都听见了吧,义主刚才亲口坦承的,这一匹骏马乃是义庄的赠物,是索敌大人亲自赠予他的。老朽活了这么久,只听说过向皇帝借马的,却头一次见识了义庄赠马。倘若是一介凡夫俗子,如果彼此之间没有一层换命的信任,何以有慷慨赠马这样古今罕有的豪举?马是人的另一条命,赠马相当于捐出了一条命。"众人纷纷称是,围拢了过去,伸手探摸着骏马浑身上下那缎子一般的皮毛,仿如抚摸着一段旧日的恩情。

"晚生姓胡,古月胡,来自敦煌的胡家坊,家父名讳恩可。"

"胡恩可?"

梵义点头:"正是家父。"

"哦,终究是万水归一,天下人心同此念吧。"当家人乐不可支,攥住了梵义的手,公开宣喻道,"义庄赠马,那是感激令尊大人的一番高义,投桃方能报李,人世间的一切热心肠自古如是,概莫能外。列位,大家睁开眼睛全都认清了,正是这一位少东主府上的胡恩可大人,曾经发愿要替义庄,替恩主一家在莫高窟的千佛灵岩上,开一座索氏家窟。开窟供养,造像礼拜,这也是咱们洪门几辈子先人的心愿呀,但我们想干却干不了,也不能干。毕竟敦煌乃是一方圣土,有心而无力,所以才打住了我们的手。现在好了,义庄的恩德就像眼前这一片朗朗乾坤,万丈光焰,不仅照着肃州的洪门,也照着敦煌的胡家坊,他们率先做了这一份功业,也算是了却了洪门上下几百口子人的心愿。"

"岂敢,胡家不敢贪功。"

梵义敬谢不敏。又心猜,这河西一带的消息,真的像尘暴和罡风一般,吹得满世界都是沙子,全然没有了机密。梵义辞让着,表情一再蔼然，却又抵挡不住对方的热烈言辞。

"哦，人抬人抬出伟人，僧抬僧抬出高僧。既然佛是天下人的太阳，天下人又是佛的弟子，那么肃州洪门现在想跟着胡家的少东主一起去沾吉，继续偿还了这一个念想，勠力一心地将窟子打成，将佛祖和菩萨礼迎进去，来做我们这一世供养的坛城吧。"当家人一番示意，立刻有几名少年席卷了过来，将一张供桌安置在庭院当间，上面又摆布了净水、佛经和鲜花等清供。当家人双手合十，郑重一礼：

"少东主，老朽有一个不情之请？"

梵义点头，郑重还礼。

"嗯，是这。等窟子打成了，开始在里面塑佛造像时，可否派快马来肃州知会一声，老朽好有个准备。"这一时，当家人突然泪下如雨，声嗓哽咽地说，"将来给佛像装藏的话，也有我们洪门的一份。少东主如果首肯的话，我发愿从今天开始，要蘸着自己的指血，抄一部佛经。我还要磨一块铜镜，磨得像头顶上的天空这么明净，款款地装在佛像的胸口上，祈请上佛救赎并加持这个苦寒的人世间。"

"大大，我答应你老人家了，我一定照办。"梵义笃定道。

"哦，老朽另有一个不情之请？"

"尽管吩咐吧。"

不待梵义有所反应，当家人猛地拉拽住了他，往下一沉，居然双双跪在了供桌前的蒲团上。梵义懵懂着，见当家人磕了一个头，他自己也便磕了。当家人总计磕了三个头，梵义也如数完成了。末了，洪皮海趋前，恭顺地给他爹老子递上了两封红帖。当家人皓首银发，瑟缩地跪着，带有一份激动，亦有一份凝重。这么着，当家人将其中一封红帖交给了梵义。梵义接在手中一瞧，登时骇然不已，几乎瘫坐在了蒲团上。红帖上有一行金粉字：

### 义结金兰

"义主，受我一拜！"洪皮海朗声道。

这一瞬间，廊檐下，庭院中，门端里，几乎所有的洪门中人，齐刷刷地跪伏在了地上，行礼如仪，叩首不止。这些身衔恩泽、没齿不忘的肃州百姓，既像是对着供桌上的佛像礼拜，也像是朝着当家人和梵义一表心迹，愿意死心塌地地追随。梵义失了三魂、丢了六魄似的，不知该如何应对。当家人却再次拉拽住了他，两个人率先站了起来，鹤立鸡群一般。当家人抿着笑，用袖子掸净了梵义裤脚和肩膀上的灰土，又整理了一番梵义的衣冠。梵义嗫嚅着，张看了一眼肃州的天空，头顶上空白无物，却又充满了深渊般的奥义。

就在梵义万般无奈、骑虎难下的当口，门外头突然传来了一阵杂沓的马蹄声，喧闹无比。几名少年抢先跑了出去，显得训练有素，机敏过人。洪皮海沉着老练，立马嗅闻到了其中的端倪，对梵义热络地说：义主，那一帮子快马游击回来了，信件和包裹肯定投邮出去了，你就放宽心吧。当家人也附和道：是呀，无事一身轻，贤弟就在肃州城里多住一些日子吧，郊外的沙枣花快开了，我抽空陪你去摘采几枝，放在瓶子里闻香吧。太多的热情，太周密的礼数，反倒让梵义生出了不少的急迫心。梵义拱手，冲着当家人一揖：

"大大，我这就告辞了。"

"你错了，这里没有什么大大，只有愚兄我。"

"大大，我要下河西，走一趟焉支山，去替家父找一味救命的药。"执拗道。

洪皮海恳切道："我陪你去吧，义主。"

"都不必了。"

这一刹，人欢马嘶、沸反盈天的门端里，突然响起了一声炸雷般的嗓音。梵义掉转过头，惊讶地看见了这一群长途奔袭，此刻早已狼狈不堪的敦煌游击。梵义一时欢欣，自己虽然不能逐一叫出蒋斧、卡利班、昆莫、李无亏、项楚、茹老二的名字，但对方那一张张沙州人特有的表情，包括那一口浓烈的土语，仍让他觉得亲爱如素识，心无芥蒂。蒋斧款款上前，对洪门的当家人虚了一礼，截铁道：

"胡家坊的少东主下一趟焉支山，我等必当左右随护，分文不取。"

羊脂二条上，新近开张了一家罐罐茶店。

茶店门脸不大，顾客稀落，谈不上什么买卖。敦煌人常说，一日无茶则滞，三日无茶则痛。又说，宁可一日无粮，不可一日无茶。但目下恰巧是忙碌季节，沙州城的行商坐贾们纷纷出了城，追金逐银去了，城外二十三坊的地里，也陆续开始了间苗浇水，谁也没有了吃茶的闲心。一大早，索敞打帘子进来时，照例觑见了几个碎娃娃趴在桌子上，正在掀牛九牌。谁输了，便主动把额头支起来，挨对方的一个凿栗子。挨完了，疼得嘴角一咧，又继续洗牌发牌，彼此攻讦起来。一连数天，索敞给家里人交代说，这些日子他一直在陇西坊，查看水情，巡视河堤，尽一尽总渠正的义务。往往，骡马车轿在城外溜达上一圈，然后悄然进入了沙州城内，要么在火神庙，要么在李氏祠堂左近，索敞便借口下来，声称去搭一下陇西坊的顺风车，提前跟李豆灯商议一下。待伙计吆着车马消失后，索敞就摇曳大步，转过宽后街，直接坐了这个茶店里。索敞不喜欢熬茶，嫌其苦，畏其涩，一般只点两样东西，一盘炒熟的麻子、一碗玫瑰水。这么着，索敞落座在了临街的窗户下，目光外探，对面仓鼠街口上的一切动静，便清晰地呈现在了个人的眼前。

碎娃娃们每一轮玩到了酣处时，大多立起了身子，站在条凳上，将手中的牌叶子掷在桌子上，摔得山响。掀牛九是河西走廊上的一种牌戏，牌叶子是用生牛皮揎制的，透明，油亮，质地生硬。每一次听见牌叶子摔落的声音后，索敞都会惊上一跳，也都要回头瞥上一眼，知道不过是牌戏后，沮丧和灰败便从脸上飘失了，内里会踏实不少。这一段日子过得太窝心了，长子索朗那里看似灭了火，但索敞心知，火星子犹在，那一封封请求另家的通牒，不是煤油，便是火具。另一件事则更加幽微，难以与外人道，却始终磨折着索敞的心，令他失眠了良久。竟忘了从哪一天开始的，反正一入了夜，吹熄了灯，索敞的脑袋一落在枕头上时，便听见了地底下，那种渗流而出的声音，咚咚咚，一声，再一声的。于是，整个晚夕就此塌陷了，报销了，直到漠漠的天光照在了窗户纸上，声音才寂灭下去，索敞方能丢个小盹儿。妻子索柳氏获悉了内情，讶异地说：我的妈呀，那可是捣地鬼的声音，捣地鬼来义庄了，可我怎么闻听不见，我的耳朵坏了吧。索敞厌恶这种乱语三千的腔调,讥讽说:你个老贼娃子,你一旦睡着后,浑身的窍门都关住了,你咋能听见呀。索柳氏见丈夫在炕上夜夜烙饼,没几天,腮帮子就瘪了下去,惜疼之余,便献计说:干脆把这个旧炕打掉,再盘一座新炕吧,说不定盘了新炕之后,那些妖魔鬼怪就找不见路了,烧死它们。索敞恼恨地回了一句,嘴夹住,一起身就走了,在外头抽了整整一夜的烟。

为了给浴佛节预热,莫高窟的各个主寺提前举办了一系列的小型法会,迎接四乡八邻的香客。有一天早起后,索敞突然心血来潮,坐着车轿出了一趟门,但他既没有去千佛灵岩下的大佛前焚香,也没有去宕泉河边,听一些艺人弦索不断,唱什么敦煌曲子词。索敞特地绕开了莫高窟,一头钻进了三危山里,叩响了桑楚寺的山门。在麻衣相士的跟前,索敞讲了最近的困厄与愁苦,诉苦说,那种掘地三尺的声音,几乎快把自己逼疯了,可否求一纸良方,让个人能稳静下来。不料,麻衣相士却道,万物复苏,草木葱茏,你家里一定斥土造屋了吧,此乃土地公给你的回音。言毕,麻衣相士挑了一担子粪汤去浇菜,留下索敞一个人去参悟。索敞怏怏地下了山,内里的郁闷,仿佛一缸发酵坏了的蔬菜浆水,越发地不快。但是,当车轿在回返的途中,路经莫高窟时,索敞瞭看了一眼千佛灵岩上那些密如蜂巢般的洞窟时,突然一拍大腿,立刻醒悟了。

索敞笃信,属于义庄的那一座家窟,一定已经动土了,开工了,掏挖了。胡家坊的老财东对义庄的诺言,正在由他的后人们慢慢兑现,所以土地爷来传话了,来报喜了。索敞心知,胡家坊的人没有反悔的理由,他们正处在家道中落的阶段,义庄的援手、义庄的赠马,尤其是他于不久前,秘密转交给胡梵同的那一张汇票,一定在时刻提醒着对方,切莫忘了君子一诺,言出必行。果然,这个预感得到了某种验证,胡家人正在党河之畔的宅基地上大兴土木,在替世兴堂的沈破奴一家免费开屋斥院。听到这一个消息后,索敞的心忽地落在了腔子里,也坐实了义庄的家窟,目下已经开凿了的念想。天哪,这真是一个美好的开端,一切都天高地阔、云淡风轻了起来。唯一遗憾的是,那个叫沈破奴的可以站在工地上指手画脚,提前介入,索敞却断然不能去那一座新开的窟子里瞻望。因为窟子是用来供养的，也是许愿给索门的，在未开光之前，一切都充满了神圣的教条，不可逾越。

既然牌叶子的声音，并不是臆想中的捣地鬼闹的，索敞遂宽释了下来，嗑着麻子，打望着仓鼠街口上的动静。快嗑了有半碟子了，索敞的唇边沾满了麻衣，始终挂着，惹得几个娃娃讥笑不止。麻子油大，易上火，所以索敞啜了几口玫瑰水，一来败火，二者口腔内清爽，有一丝植物的氤氲在舌尖上吐纳。不用问，这一定是苦水玫瑰，索敞的口舌刚一品咂，便料定它来自乌鞘岭东麓的平番县。索敞的舌面上含着一粒干玫瑰，用唾沫慢慢濡湿后，想象它一瓣一瓣地打开了，怒放而起，满嘴生辉。这是一种隐秘而玄幻的快感。索敞在心里哀告说：要是娥娘在就好了，她会看见我像菩萨那样，口吐清芬，花雨遍洒，专此来这里接应她的。一念及娥娘这个名字，索敞迅速潮起了一种不可遏止的冲动，觉得裆里发热，胯下火烫，即便现在灌下去十七八碗的冰水，也难以浇灭身上的这一场火灾。这一时，娃娃们又玩到了紧要处，站在条凳上掷牌叶子，这个喊"一窝鱼"，那个出了一套"摆"，最后一个居然掷下来三个"天"，完美收官了。输了的开始抵赖，围着桌子疯跑，钻下蹿上的，只想逃避惩罚。赢的人当然不肯罢休，顺着桌子的空隙追撵着，不依不饶的。岂料，后头追的人突然被绊倒了，重重地摔在了地上，妈呀一声。饶是半大的娃娃，骨头软，也不嫌疼，又一骨碌爬将起来，往地下一瞅。这娃娃尖喊说：哎呀，见鬼了，鬼圪蹴在这达喝茶哪，你们快来看呀。

尖喊了几嗓子，除了索敞外，茶店的伙计们也懒得出来搭理。索敞本来在冥思中，此刻被无辜打搅了，心下不悦，丢下几枚麻钱，付了茶汤费，打算掉头出门。又见这一帮顽劣的娃娃奇迹般地悄静了下来，拢在墙根下的一张桌子前张看着什么。索敞心生好奇，便也簌簌地跑了过去，一探究竟。这么着，桌子旁的一个陌生客停下了手中的墨笔，举起一页纸，让娃娃们挨个儿看了一遍，问说：像不像，像不像前面的这位大大？娃娃们盯望着索敞的五官，又瞄了一眼画纸，相互印证了一番，齐刷刷地喊：像，太像了，像死了呀。索敞立刻明白了，自己已经被画下来了，画在了那一张纸上，当众翻脸的话，岂不是引来了外面的路人,让自己的行踪暴露殆尽,前功尽弃嘛。诸多年来,索敞始终深埋简出,将身上的羽毛收敛得很紧,就怕万一招摇,泄露出一些吉光片羽的话,难保不被旁人盯上,从而大做文章。此刻,画在纸上的那一张鼻脸,那一副五官,已经不仅仅是索敞个人的了。它代表了整个义庄,也代表着上几世的先人们,以及用头颅和血衣换来的地位,积攒下的声名,留下来的福田与广阔的阴凉。不料,忧心终于成真了,这一张画像,便是敦煌人做下的第一篇文章,或许,更棘手更毒辣的还在后头。一念至此,索敞的脊心里,登时孵出了一层细密的汗珠,歪着脑袋瞧了瞧,也违心地附和道:像,太像了,像死我了。当事人这么一首肯,等于牌打明了,娃娃们也就没了兴趣,一哄而散,跑到街上去玩了。阒寂中,索敞虚了一礼,搭腔说:这位兄台。对方也慌忙起身,回复道:老东主。

这一刹,索敞几乎不相信自己的眼睛了,却后几步,目瞪口呆的。

对方伸手作完揖,腰身耷拉着,像一把直角尺,忽然瘫在了桌面上,这才稳住了整个身体,尻子也慢慢地落在了凳子上。索敞思忖,娃娃们说的没错,这真是一个鬼,鬼圪蹴在这里喝茶哪,难怪自己刚才进门时未曾察觉到对方。按着这个病况看,他的脊椎骨要么是后天断掉的,要么就是前世里做了一回恶煞,遭了业报,天老爷才让他带着如此的惩罚,畸形地活在这个人世上。对方的羸弱和不堪一击,让索敞迅速宽释了下来,高高在上,捏住了那一页画纸,盯看着墨笔勾勒出来的自己。索敞心中慨叹再三,太像了,简直跟镜子里的一样像,入骨三分,画魂描魄,只用了寥寥数笔,便将自己的形象呈现了出来。虽然这么想,但索敞嘴里却说,哎哟喂,真可惜了这一张字纸,本来是抄写圣贤语录的,却浪费在了我的身上,实在是有愧呀。对方的胳膊挣扎着,送过来一只干净的茶盅,沏满了茶汤。索敞接在手上,啜了一口,探问道:让我猜猜你吧,你如果不是一个画匠,就一定是塑匠,敢问你的户头在莫高窟,还是在东千佛洞,或者是别的所在?对方浅笑着,将毛笔和一方耳朵大小的袖砚包起来,扎上了绳结,款款揣入了怀中。索敞再问:这位兄台,我见你面生,请问你是沙州城的,还是城外哪个坊间的人,说不定等下次邂逅时,你我会交成莫逆？对方只是一味地笑，始终不作答，后来竟然佝偻起腰身，蹒跚而走，打算离开茶店。这种无礼而又粗暴的举止，一下子激怒了索敞，忙伸手摁住了这个孽障人的肩膀，将其按坐在了凳子上。索敞怒斥道：

"瞎屄！回完了我的话，你再走也不迟。"

岂料，对方忽然踏实了，笑说："嗯，你终于发怒了，我看见了你发怒的样子。"

"呃，"索敞一怔，顿觉马失前蹄了，"你故意的？"

"老东主，我先前没回答你的话，只因为你看不起我，你高高在上，觉得我是一个废人罢了。"对方复又站起来，半截身子一揖，"我现在之所以开口，只因为你发怒了，终于有了普通人的性情。但太过了也不好，震怒毕竟是一座悬崖，人会滚下来的，终究要平起平坐。"

索敞忙掩饰："你喊我老东主，你认得我？"

"并不！"

"并不认得我，那你干么躲在了暗处，偷偷摸摸地画我的形，绘我的影，还摸我的脉，又来升我的血压？"索敞觉得自己被佛面剥金了，又不甘心被一个劈柴似的孽障人所洞悉，于是反扑道，"我现在不知道，你画下我，究竟是去作法施咒，还是替我招魂。反正城外二十三坊的人家中，这样的妖术是家常便饭。"

对方答："刚才画你，是因为那一刹那间，你脸上的傲慢，你的不可一世。"

"是么，我倒不觉得。我刚才只是一个嗑麻子的人，喝玫瑰水的人，没有招惹谁。"索敞从没受过如此的奚落，同时，他也根本没见过一个如此下贱的匠人，居然不卑不亢，应答自如。又道："如果你现在没户头的话，我倒可以给你一个吃饭的机会？"

"谢过老东主，那碗饭你留着吧。"对方答。

索敞接续说："沙州城最有名的寿材店是许记，敦煌一带最负盛名的彩绘高手叫许岩楷，前一个被一场火灾烧光了，后一个现在彻底疯了。我如果捐一笔钱，在城里的要害地段，开上一家同样性质的店铺，由你来当掌柜的，你总不会拒绝吧？"索敞小心翼翼地，唯恐触碰到和死亡有关的一些辞藻。那是他的忌讳,亦是他的畏惧之一。

"不必了。"对方再次婉拒,答复说,"你的傲慢告诉我,那只是嗟来之食。"

索敞不让半分:"你一定看错了,那不是傲慢,那叫骄傲。"

"或许吧。唉,看来我等的那个人,他今天不会来了,我也该走了。"对方站了起来,但他佝偻的腰身,在索敞的眼睛里,不过是一种龌龊与低贱的象征。他移开了凳子,蹒跚着向门外走去,丢下话来:"在敦煌,在整个关外三县,我还从来没见过像老东主你这么骄傲的人,太骄傲了。呵呵,我现在知道你是谁了。"

"你知道了?"索敞问。

"的确知道了。"

荒凉中,索敞枯寂地坐着,一口气将那个可憎之人留下的茶汤,统统灌在了自己的肚子里。与玫瑰水相反,这种酱油色的茶汤,先是在舌面上搅起了一股浊流,生涩,苦咸,齁人。但是,当一切都尘埃落定了之后,另一种曙色般的回甘,慢慢地卷土而来,遮天蔽日地漾荡在口腔中,令人怀想和流连。索敞思想道,玫瑰水毕竟寡淡了,那一丝氤氲,那一股清芬,真的好像经书上所讲的那样,如梦幻泡影,如露,亦如电。这一刹,索敞将个人的生平,忽然剖成了两部分。索敞觉得,在那些飘逝了的光阴中,自己其实就是一碗干玫瑰泡成的水,虽然绚烂,虽然斑斓,却一点也经不住熬煮。从今而后的日子里,自己需要脱胎,必须换骨了,应该就像一碗罐罐茶这样,浓烈,放射,冲劲十足,充满大悲大喜的历程。念想至此,索敞竟而被一个唐突的想法吓了一跳。他隐约地明白,个人的心里有一根刺,这根刺叫嫉妒。

是的,他嫉妒这个劈柴样的废人,这只抽掉了脊梁骨的狗,这个下贱而卑微的匠人。狗儿子,大天白日的,公然拒绝了义庄的央请,驳了自己的面子。索敞咂摸着,要说骄傲,这个陌生的家伙,他说的每一句话,他的口气,都要比自己骄傲十倍。

索敞攥着那一页纸,盯看着墨笔画下的这个人。

他的面目高扬,冲着窗外的日光,双颊隆阔,眼窝深嵌,鼻梁高挑，下巴一带的短须上，布满了一股睥睨之气。索敞笃信，他是义庄的子孙，他是如今敦煌索门的当家人，他就理当如此。傲慢也好，骄傲也罢，那都不过是他身上自然而然的品质。但是，刚才那个可怜的孽障鬼，竟然像小丑一样不识抬举，跳出来质疑他的人格，挑衅他的尊严。索敞简直气炸了，一种被深刻冒犯了的情绪攫住了他。索敞当即撕碎了这一张画纸，扔在了桌上，天女散花似的。犹不解恨，索敞从柜台上取来了一只工具笸箩，翻来拣去，扔掉了针头线脑，扔掉了刷子和排笔，扔掉了皮尺，扔掉了锥子，终于找见了一套火具。索敞打着了火具，三两下，便将那些散落的纸屑烧成了灰，吹了一口气，全都吹光了。末了，索敞的目光，落在了那一把锥子上，仿佛与锐利的锥尖，擦碰出了一道无形的火花。索敞将锥子掖在了手心里，打起帘子，抬步跐了出去。

这一刻，世上的一切都很明亮，匍匐在一片佛赐的日光下。惟独一团烂皮袄似的云彩，遮在头顶上，给仓鼠街口一带投下了一坨暗影。四下里无人，索敞簌簌簌地追撵了上去，一把卡住了那个孽障鬼的脖子，不问三七，便用锥子凿了下去。

这个可怜人的腰早就断了，即便腰断了，他也没觉得损失过什么。唯一的欠缺，就是再也看不见头上的蓝天，看不见老鹰和风了。他佝偻着，迈着碎步，目光一直盯视着脚下。地上是一些白花花的日光，白得瘆人，这是他常年在窟子里难以见到的。但是，喜悦刚来，沮丧却如影随形，一朵烂皮袄似的云彩，将一块颜色更深的阴影罩了下来，将他笼盖在了当中，一直跟着他，始终也不肯宽释。突然，他的颈子被卡住了，一股野蛮的力量咆哮着，从背后扼住了他，他朝后跌倒了下去。就在倒下的那一瞬，他窥见自己怀里的那一方袖砚飞了出去，落在了地上。紧接着，他的脸上布满了一种针刺般的疼痛，疼痛烧成了火，连绵一片，燎原而起。他已经把持不住了，对身体完全失了控，躺在地上摔滚着，扭曲着，犹如一只破麻袋。末了，一些莫名的液体漫流着，敷在了颊面上，让那些针刺的疼痛越发尖锐了。他相信，这狗日的不是水，也不是血，肯定是煤油吧。

他像蛤蟆一样趴着，两只手在地上探摸着，左抓一下，右扫一下。他惦记的是那一方袖砚，如耳朵一般大小的宝贝，跟了自己十几年了，须臾不曾离过身，此刻却丢失了，这简直快要了他的命。袖砚是阴举人赠他的。当初他在阴家坊干活时，勤快，肯卖力，手下的活也细，很快就获取了雇主们的称誉。阴氏乃当地世族，势大名炽，在敦煌一带跺上一脚，鸣沙山上的沙脊，也会矮下去三分。活干完了，他打算捆行囊走人时，阴举人找到了他，让他给那一院房子换瓦。在敦煌二十三坊中，住瓦房的人不是财东，便是乡绅，一般人财力不够，只能住干打垒的平顶房。阴举人年轻时高中全县第一，但此后再无寸进，又随着家道中落，一年年地老朽在了坊内。那个夏天，他站在半空中，将旧瓦陆续撤了下来，又铺上了一叶叶簇新的炼瓦，让梯子下的阴举人啧啧称奇，眼神异样。后来，他还自费购来了漆彩，将锈蚀的窗牖和门楣描摹一新，改了天，换了地。临走前，阴举人置办了一桌酒，双方在推杯换盏中，老者表达了想让他入赘的念头。

阴举人只有这么一个后人，扎花的，天生的病胎子。在换瓦的那些天，他时常瞭见她在围墙外吐血，吐一口，便抓住地里的一朵棉桃，又擦嘴，又擦舌头，让白的染红，让脸色慢慢地成了锅底的油黑色。他不忍心拒绝阴举人的关照，嘴上虽然应承了，肚子里却七上八下的。料想不及的是，说好的秋末上的迎娶，却在夏至的那天接到了噩讯。女方在吐血时，一口气没缓上来，当场夭亡了。葬埋了女方后，他以招女婿的身份，在阴举人的膝下尽孝，平时也不跑远，就近揽一些活计。谁知，阴举人也没扛住丧女之痛，过度的悲戚撂倒了他，令他一病不起。咽气前，阴举人将这个未过门的招女婿喊来，殷殷嘱托他，命其将来打掉这一院房舍，带着钱去鸣山书院求学。阴举人夸说，以他的天资和禀性，将来博取的功名，绝对不在自己之下。这一方袖砚，便是阴举人临终前的馈赠。

袖砚约莫有一只耳朵那么大，既非珍贵的石材所镂刻，亦非圣湖里的塘泥所烧制，却是从一块炼砖上截取下来的。阴举人只讲了袖砚的半截子来历，便魂归道山了，让这个无辜的招女婿，在后来的日子里充满了遐思。据说，阴氏的一位老先人早些年揭过皇榜，吃过俸禄，曾在嘉峪关一带指挥着工匠们，修葺过万里墙城。当工程全部完毕，只比当初的测算，多出来了一块炼砖。先人将这块炼砖带回了敦煌，剖开制砚，分赠给了家里的儿孙，指望着他们勤读诗书，求取功名，光宗耀祖。当年，阴举人就是带着这一块袖砚，走上了乡试的考场，所以一直珍存着，视之为传家之宝。袖砚泛滥着一股生铁的光，圆润，敦实，朴拙。在浅浅的砚田额顶上，勾勒出了一轮圆月，一棵桂树，一只小猴子卷起长尾，挂在枝条上，双手打捞着墨池里倒映的月轮，大概是蟾宫折桂的寓意吧。抬埋完了阴举人之后，他并没有卖掉房舍，却鬼使神差地成了家，还免费当了爹老子。

那年冬天，关外三县遭遇了一场铁灾，下了一尺厚的暴雪。半夜时，他听见院子里轰响了一下，扔进来了一件东西。他提灯出门，没发现别的，却瞭见了一个光屁股的娃娃，躺在雪地上大哭。他赶紧将娃娃抱进了家，塞在热炕上，方救了一命。他房前屋后地找寻了一圈，又悻悻地回来了，猜想一定是哪个心碎的人，走投无路了，才割舍下了亲生骨肉，扔给了他。他既当爹，又做娘，粗手笨脚的，天天用饭糊糊灌娃娃，不知黑白地拉扯着。开了春，家里突然闯进来了一个妇人，还没开口言传，娃娃便一头扑将过去，投在了妇人的怀里。后来妇人没走，也不肯走，因为她实在是无路可走了，只说前头的婚事上吃过亏，前头的男人死了。他盘磨了再三，将事情捋来捋去，仔细地梳理了一遍，觉得妇人能返回来找娃娃，至少说明她身上尚有恩义，天良犹在。这么着，他将自己的被褥，扔上了热炕，跟妇人睡在了一起。妇人感恩他，硬要让娃娃改名换姓，姓他的姓。他断然拒绝了，说还是姓乔吧，老鹰并不知道自己姓鹰，不是还照样在高天上飞嘛。

一家人没过上几年的好日子，就被逐出了阴家坊。他的不劳而获，他的鸠占鹊巢，尤其他是外姓人，无根无基，始终像一根意外的楔子，让整个坊间的人如鲠在喉，不吐不快。被逼之下，他妥协了，在戈壁干滩上打了一座地窝子，安顿下了妻儿，自己又拖着残废的身子，在外头奔波，挣一些活命的银钱。昨日里，他接获了消息，便连夜从莫高窟下来了，进了沙州城。对方是一位颜料商人，从祁连山里背来了佛头青、云母和石绿，答应在仓鼠街对过的罐罐茶店里交割的。不承想，对方却爽了约，害得他苦等了大半天，又遭了这么大的罪。他的心里再三哀告，求你了，把袖砚还给我吧，不给的话，干脆把我的命也拿走。

他摔滚着，蛤蟆一样地跌来爬去，却始终也摸不见那一块袖砚。

渐渐地，他反应了过来，不是摸不见，而是自己瞎掉了。眼睛里的这一团浓黑，洇开了，扩散了，仿佛一只暴力的大手，将他死死地摁在了张芝墨池中，再也抬不起头来。他僵住了，跪在地上，觉得浑身哭了起来，但眼睛里淌下来的却不是泪水，而是一道道流火，是煤油，几乎快将自己烧成了灰。

恰在这时，他的手被人攥住了，一个声音急迫地喊：天哪，弦子哥，你咋的了？他拉住了对方，镇定地说：快把袖砚寻给我，袖砚就在地上，小心碎了。末了，袖砚果真回到了他的手心里。他玩转着，搓摸着，好像手指上长了眼睛，发现袖砚仍旧囫囵着，猴子还在，月亮还在，桂树上也一片婆娑。他咧嘴一笑，将袖砚款款地塞在了怀里，放下心来。那个人又尖喊说：弦子哥，你忍一忍，我把你抱在车上，送你去世兴堂看大夫吧。他迷瞪地问：你是谁，你干么喊我哥？对方回说：我是苏食呀，胡家坊上的苏食，你认得我的。这一时，他突然抽心一疼，浑身的骨骼全部塌落了，塌在了脚下。他知道，天黑了，自己这一盏灯，此后在这个荒凉的人世上，也就熄了。

这一阵子，管家苏食忙死了，连个放屁的工夫也没有。老掌柜躺在病榻上，梵义下了河西，梵同又西出了猩猩峡，胡家上上下下的事情，都压在了他这个管家的肩膀上。这天，苏食监督着伙计们给地里浇完了水，浇果园子的时候，他忽然想起车马挽具店要进一批货，蒙古那边的上等货，忙套上了大车，一路颠簸着进了城。路过仓鼠街口时，苏食打了个盹儿，车子嘎吱一声急停下来时，他险些从上头摔下来。驾车的辕马喷着鼻息，垂下了头，马蹄子上仿佛灌了铅水一般，纹丝不动。苏食骇然一惊，发现路上跪着一个血人，鲜血扑面，从两只眼窝中直接洇涌了出来，犹如喷泉。天哪，这个人还活着，手在地上摸索不停，找魂似的。苏食一眼认出了他佝偻的姿势，认出了这个人，忙跳下车去，一下子抱住了对方，哭喊着，叫出了他的名字。

一帮在街上疯玩的娃娃跑将过来，一个个全都吓呆了。苏食哀求着，让娃娃们抱住了郭弦子的腿，他自己叉住了后腰，将其抬放在了车上。郭弦子躺下了，此刻，他再也不必卑贱地弯下腰，低人一头了。郭弦子侧卧着，脸上挂着一种被伤害之后的寂灭，一种被逼到了绝境中的放弃。苏食拿起了鞭子，刚打算吆马时，却被郭弦子一把攥住了，探问说：老东主还好么？我惦记他，惦记得眼睛里都快哭出了血来，就像现在这个样子。苏食哭噎道：还好，老东主他都好，他也一直唠叨你来着。郭弦子苦笑说：管家的嘴，真是不可信，我知道你在骗我，但我听了很舒坦。不过么，你也骗一回老东主吧，他要是问起我的话，你可千万别提今天的事。嗯，我记住了，我不提，我就说弦子哥一直待在莫高窟，从没进过城，我也跟他没照过面。苏食盯望着那一张破碎的五官，发现血开始流得少了，但一些带血的气泡冒出了头，扑哧，又扑哧，软弱地爆炸开来，越来越乏力了。苏食安慰说：弦子哥，你千万提住一口气，别睡过去，我这就送你去世兴堂，让沈先生给你止血疗伤吧。郭弦子仍不丢手，死死地拉拽住了管家，叮咛道：不必了，你只管把我送到阴家坊外，交给我婆娘，让她趁着我的身子还热，给我随便穿上一件老衣，我不讲究的，干净就行。这一瞬，苏食强行挣脱了对方的牵绊，捧住了郭弦子的脸，释解说：弦子哥，嫂子不在阴家坊外的地窝子里住了，她早就搬进了沙州城，就住在挽具店后头的马院里，离这里不太远，你不必操心了。闻听此言，郭弦子松懈了下来，喃喃道：嗯，我知道，这都是老东主的意思，谁也拿他没办法，他的话就是金口玉言，他的嘴是佛祖爷爷开过光的。苏食喝阻道：弦子哥，你少说两句吧，别浪费自己的真气了，咱们这就走。孰料，郭弦子根本不听，又唠叨：唉，实在是对不住了，老东主交代过的窟子，我才开始掏挖，报应却来了。

刚将车头拨转过来，苏食的鞭子才扬起了一半，却见沈性元跑了过来。

性元扯住了辕马的笼辔，一直不丢手。辕马甩着头颅，踢踏着，也不知性元究竟给辕马耳语了一句什么话，这个畜生居然一下子悄静了下来，臊眉耷眼的，放弃了挣扎。性元沉下了脸，站在车架旁，仔细查看了一番郭弦子的伤情，忽然间浑身发抖，仿佛她自己的身上在疼。这个节骨眼上，义庄的二少爷索乘从羊脂二条街上跑了过来，追喊着性元的名字。性元怒斥道：天哪，快闭嘴吧索乘，过来帮我摁住他的肩，管家叔，你也快下来，来帮我按住他的头。两个人依言跑过来，按吩咐照办了，又见性元打开了肩上的书包，先掏出了一沓书本，又摸出了一包药粉。

性元解开了药包，没用手，嘴里吹出一口口气，直接将药粉灌在了郭弦子的眼窝里，敷上了厚厚的一层。郭弦子犹如一块哑石，纹丝未动，事实上他已经昏死了过去，对外界的一切都麻木无知。半晌后，血彻底止住了，性元方歇了手，额头和鼻梁上已然沁出了一层汗。性元喟叹说：幸亏带了创伤粉，要不就有大麻烦了，乡学里的一个同窗昨天受了外伤，我从家里带了药粉，谁知道他今天没来上课，反倒用在了这里。苏食感激道：性元，我替你弦子叔谢谢了，你真是佛祖显身，菩萨心肠呀。性元截住了话头，催促道：管家叔，你只管慢慢地赶车，别太着急了，走稳一些，先将病人送去世兴堂吧，我现在得跑一趟临洮坊，我爸今早上去出诊了，我马上喊他回来。

大约半个时辰前，乡学里下了学，这一年的春假正式开始了。

性元出了学校的门，一门心思地往家里赶，心里念叨着母亲的话。昨晚夕，母亲就叮嘱过好几遍，说胡家坊的老财东在给沈家打一座宅院，一帮子工匠没白没黑的，力气出疯了，汗也流了一河滩，再不表示一下的话，实在过意不去。母亲买了一只大羯羊，通宵做了一案板的碗蒸肉，打算在中午前后，一起送往城外的胡家坊。不承想，索乘这个没眼色的家伙，半路上拦住了性元，非要拽着性元去僻静处说话。性元当场恼了，砸了索乘一书包，先自跑掉了，岂料现在又被对方黏上了。

管家苏食吆赶着大车，慢吞吞地拐出了街口，听不见响铃了。性元掉转过身子，阴笑说：索乘，念在你刚才还像个人，帮了我的分上，你现在有屁就放，我来答复你。索乘倒也不计较话里带刺，嘻然说：性元姐，托你送给胡梵同的那一封信，你到底有没有交给他呀？

我爸问了好几回，我都口说无凭，我只好央求你了。性元信步往前走去，索乘尾在了后头，样子巴兮兮的，一直在等待答案。性元怨怪道：哎呀，梵同那个小贼疙瘩，也真是不懂礼数，他接到了义庄那么大的一张汇票，居然连个咳嗽也没有，他白读了一肚子的圣贤书本。性元怪笑着，在索乘的脑门上凿了一记栗子，打发说：你放宽心，等梵同回来后，我让他认真写一份回执吧，你别跟着姐姐我了，让旁人看见，还以为我抢了你狗嘴里的骨头哪。

这番光景中，先前的那一帮鼻涕娃娃，正坐在一棵左公柳的树荫下，玩着杏核子。性元擦身过去时，耳食了几句零星的话，似乎听见了一个机密。性元立刻警觉起来，慢慢地踅了过去，从书包里摸出了一小把冰糖，给每个娃娃塞了几粒。性元甜笑着，伸手摸了一圈娃娃们的脑袋，哄唆说：乖，你们一个个都是儿子娃娃，长大了不是张飞关羽，就是秦叔宝和岳王爷。好了，你们哪一个站出来告诉姐姐一声，刚才是谁欺负了那个孽障人，那个罗锅汉子？又是谁扎烂了他的脸，放了他眼睛里的血？这么着，娃娃们的目光，迅速聚集在了一起，又齐刷刷地焊在了索乘的脸上，并低声说出了义庄二字。性元一回眸，发现索乘早就跟了过来，立在自己的身后，悉数听见了。

一切都为时晚矣，性元瞭见索乘突然捂住了脸，蹲在了地上，哀嚎道：这不是真的。

# 卷十三

那一瞬，索敞分明觉出了一种虚无。虚无抵消了他的愤怒、他的怨怼，甚至也抵消了心中滋生出来的那一番恶毒的快意。锥子扎下去时，索敞并没有听见骨骼碎裂的声音，也不曾听闻到那个孽障人的哀嚎。相反，这一根尖锐的针，仿佛扎在了水皮囊上，声息全无，只让一股股发烫的液体喷溅了出来，洒在他的身上。索敞的手法很准，起意说，既然你画了我的形，描了我的像，那我只好灭了你的两盏灯，让你陷在永世的黑暗中，彻底泯灭了对我的记忆。得手后，索敞方松开了对方的脖颈子，簌簌而走。诡谲的是，索敞并没有跑出羊脂二条，也没走宽后街，却低下头钻进了仓鼠街内。冥冥当中，或许索敞还记得，仓鼠街的尽头是火药局，平日里禁绝行人，禁绝烟火，连一只麻雀也懒得去。

这么着，索敞浑身是血，跟跄在了逼仄的巷道中。虚无犹如一根麻筋，时时发作，令他四肢发软，不良于行。索敞扶住墙，又走了一截路，终于看见了娥娘的院门。这时的心情，好比一个远路上的香客，望见了大雄宝殿似的，索敞生出了一份获救后的释然。与前些日子不同，门上没挂锁，虚掩着，索敞不问三七，径自闯了进去，忙插上了门杠，落了锁。院子还是那么整洁干净，墙面粉白，只不过挂在瓦脊上的枯干藤蔓，现在绿意盎然，夹杂着一坨坨繁茂的花朵。索敞来不及看，也不想看，腿一软，便蹲在了墙根下，哇哇哇地呕吐起来。呕到一半时，眼眶中漾开的一滴水，瞬时模糊了视线。索敞发现，去岁的那几棵葵花，至今没有刈除，仍旧低矮地兀立着，如握拳大小，样子很旧。呕吐是汹涌的，索敞心中潮起的那一股恶心，让他找见了虚无的证据。嗑下去的麻子有米粒那么大，尚未消化。灌进去的玫瑰水，带着一丝轻薄的血色，让他忆及了刚才的那一场暴力。过了半晌，索敞吐完了，用袖子揩净了嘴角，往屋子里趱去。

这一时，索敞看见娥娘攥着一把剪子，惊恐地立在廊檐下。

娥娘盯看着来人的鼻脸，目中有一丝惊惧，但更多的却是狐疑。别过来，我有剪子，你别惹我。娥娘一边退却着，一边嚷嚷，脊背贴在了墙上，遁逃不得。娥娘的脚下支着一只凳子，摆了一盆水，头发纷乱，上身裹着一片肚兜，显然是被这个浑身血迹的人突然打断了洗浴。你千万别过来，你把门开开，你赶紧走吧。娥娘的冷漠，一下子激起了索敞的不快，又往前一步，进逼了上去。娥娘忽然将剪子顶在了自己的下颌上，又重复了一遍让他离开的话。索敞刚从虚无中脱身，却又再一次陷入了迷离，不由得仰看了一眼天空，觉得这人世上到处都是墙，谁都跟自己过不去，谁都在捉弄自己。

索敞轻蔑一笑，从身上摸出了那一把锥子，插在门框上。索敞坦言：我刚杀过人，真的，半个时辰前，我杀了他。就在娥娘分神的那一瞬，索敞疾步抢了上去，轻易地缴下了她手中的剪子，一扬手，抛向了屋顶。索敞催喊说：淡萍，哦不，娥娘，你快帮我找一套干净的衣裳吧，我不能穿这一件血衣，我快疯了。这个很私密的称呼，令娥娘大为意外，忙捂住了嘴巴，狐疑之色越发凝重，仿佛这个陌生人的身上，埋着无尽的机密。言毕，索敞一直等待着，瞭见娥娘花容失色，衣衫凌乱，玉体半掩，脖子下的那两根瘦削的小锁骨，犹如冰封的铁背鱼，嵌在了女人透明的肌肤下，灵动、细腻，惹人怜爱。娥娘的样子迷惘，胸前累累，仿佛那一片单薄的肚兜下，揣了两只肥硕的白兔子。索敞绍介说：娥娘，你恐怕不记得我了吧，上一回，我跟猫子那个贼来过，你还擦了我的靴子，当时院子里有雪。娥娘蓦地听懂了，恍惚地问：老东主？索敞点了点头，不错，这就是娥娘的嗓音，那么甜，那么沁人，仿佛从清水里捞出来的一把嫩芫荽。索敞哭丧说：娥娘呀，找你找得我难辛死了，从四月八开始，我就在找你，我差一点就把沙州城，把莫高窟和三危山，把整个敦煌统统掘地三尺一遍。娥娘，你快说，你究竟去了哪达，让我今个天才找见了你？你给我一个实话吧!

积攒了许多个日子的苦楚与酸辛,此刻崩溃了,一时间覆水难收,泛滥在了索敌的体内。这一时,索敌泪下如雨,哭得像一个娃娃,攀住了娥娘的胳膊,究问不停。娥娘怔忡着,被这个老财东的颠顶与无礼,被一种莫名而来的亲昵所困惑,顿时哑然无语。娥娘心猜,要么是他风气犯了心,要么是他身上有一种深刻的落寞,急欲一吐为快。果然,索敌哭毕了,哀告说:前些天,我去了水月庵,我去找你了。娥娘,你的头发现在还在呀,在就好,我不忍心看见你当一个姑子。

"当姑子?"娥娘惶惑着。

"嗯,我就怕你削发为尼,心如死灰,跟这个红尘凡世一刀两断。"索敌迫切地诉说着,完全顾不得对方的情绪,"我来过好几次了,门上天天挂着锁,娥娘你究竟去了哪达?"

"老东主,你说你杀了他?他真的死了?"

索敌忌讳这个话题,忙催促:"快去给我煮一罐子茶,找一套干净的衣裳吧。"

望着娥娘进了门,索敌慢慢地松弛下来,除下了身上的血衣,一屁股坐在了廊檐下。索敌也不客气,将那一盆水端过来,搁在两腿间,又将脑袋埋在了水中。温凉的水,让索敌烧红的神经,慢慢冷却了下来。这一时,生于敦煌,活于敦煌,往昔的一景一幕,犹如这水中的幻影,令索敌唏嘘不已,反躬自省。索敌思忖,先前在义庄时,无论屋里,还是院外,所有的人都对自己敬而远之,仿佛供在桌上的一只净瓶,鲜少烟火,毫无人气。先时的自己,看似高高在上,深居简出,其实不过是一个聋子,一个哑巴。然而,自从头一次碰见娥娘后,也不知中了什么邪,索敌板结的内心出现了松动,开始惦记上了这个女人。索敌忧心她的吃喝,她的头疼脑热,她的三长两短,也时刻冥想着她的一颦一笑,她嫩芫荽一般的嗓音。这么一来,索敌的心随之有了牵扯,一双腿脚也明白了主子的意思,带着他,偷摸着出了义庄的大门,三兜两转,便到了仓鼠街的尽头。令人懊丧的是,每一回都是铁将军把门,与娥娘缘悭一面,索敌事先编织好的一番借口与说辞，大多成了镜花水月，一次也没派上用场。索敞攥着那一枚锁头，知道它是冷的，体会不了自己的万般心情，又不敢拖宕，便仓皇地离开了。但是，择日不如撞日，刚才的这一桩突发事件，竟然阴差阳错地将索敞送到了这个小院，又将娥娘天女下凡，呈送在了自己面前。索敞的内里，潮起了一股感念的汁液，他终于踏实了下来，有了一份皈依的念想。索敞突然从水中拔出了头颅，仰天一叹，嘴里也喷射出了一口水花。刹那间，日光替那一道水花，镶上了一层七彩的虹霓，漾荡在了头顶。索敞觉得，这可能就是一种吉兆吧，所谓的佛光，也大抵如此。

索敞打了土胰子，将个人清洗干净后，顿时神清气爽了不少。娥娘在屋子里忙碌着，窸窣的声音，犹如一位优良的妇人，在迎候家里的男将一般。索敞穿着单衣单裤，将那一件沾满了血迹的罩衣卷起来，跑到了墙根下，打着火具，喂了火，迅速将其焚化了。在火焰升腾的那一刻，旁边那几株干枯的葵花，也慢慢地垂下了盘子和躯干，化成了灰烬。末了，索敞将一盆发红的脏水泼了出去，收拾停当后，方背起手，站在了门端里。索敞轻喊了一声娥娘，打起帘子，款步入内。

这一日的光景里，索敞盘膝坐在炕上，隔了炕桌，对着眼前的娥娘絮叨不止。娥娘是一个懂规矩的人，知道自己野鸡无名，草鞋无号，始终不肯坏了礼数，坐在炕上去跟老财东平起平坐。索敞执拗，见请不动娥娘，便连拉带拽的，才将女人安顿在了对面。在喋喋的诉说中，索敞发现，娥娘一直低眉耷眼的，不愿正视自己一眼。明暗中，有一片泪光烁闪着，洇在娥娘的颊面上，不曾风干。然而，这并不影响索敞的心情，反倒刺激了他，让他一瞬间产生了舌灿莲花、指天说地的大好欲望。啜了一口茶汤，索敞舌下生津，幽默道：

"娥娘，把你的大襟衣裳拿来，让我试试吧。"

东西被递了过来，索敞勉强穿在了身上，浑身紧绷绷的。

"哦，还有你的头巾。"又说。

头巾原是方形的，索敞打了一个对折，叠成了三角形，包住了脑袋，在颔下系了一个结。索敞盯看着娥娘，好像她的脸是一块水银镜子，能照见自己。果然照见了，娥娘约略一笑，刚才的阴翳一风吹净，似乎告诉了索敞，她已经接纳下了这个不速之客。头巾有四样色，黑红绿白，一般是敦煌的妇人们戴的，目下却戴在了一个男将的头上，颇显出滑稽来。索敞道：

"四月八的那天，我就这样男扮女装，去水月庵找你的。"

娥娘哑默着。

"哦，我当着你的面吃个咒吧，我一直觉得，娥娘你应该是我户头上的女人。"索敞觉得，他需要的其实是一只耳朵，不发问，不反驳，能让自己掏心挖肺，一吐为快。又道："我怕你丢了，怕你出家，我一直惦念着你，真的。"

按着索敞的说法，浴佛节的当天，他坐着家里的车轿，天麻麻亮时便出了门。这天，去往莫高窟的官道上，人稠稠密，骡马沸腾，锣鼓喧天。这一片深踞于宕泉河畔的小小谷地，自古就被称为善国神乡，沙门道进，驰往敦煌，石窟丛聚。每年到了这一日，礼佛和浴佛的仪式，便分别在沙州城和莫高窟两地举行，不分高下，各呈其妙。礼佛亦叫行像，由专门的机构行像司和行像社主持，于前一夜在沙州城内击钟鸣号，召集僧俗两界，准备行像。八日一早，环城竖起了各式各色的幡幢，在弦乐班子的吹吹打打下，参与行像的人群，仿照释迦牟尼生前出游四门的旧例，出佛像于四门，绕重城而一匝。那一刻，幡花溢路，宝盖施空，笙歌赞奏，法曲争陈，整个沙州城里的人们倾城出迎，犹如临时搭建起了一座随求之场。行像结束后，便在一处事先选定的地点结集，举行祈愿活动。除了向佛像供奉鲜花、念诵佛经、转读愿文外，还要施舍五谷，延请诸佛菩萨、梵释四王、龙天八部前来护持这一方水土。遗憾的是，如今天下共和了，河西一线的坏消息马不停蹄，县衙上下在等待收编，也早就断了他们个人的薪资与饮食炊烟，今年的礼佛一事当然无从谈起。莫高窟乃化外之地，包括雷音寺、开元寺、灵修寺和金光明寺在内的大小寺庙，提前一个月就在沙州城内张贴告示，广泛宣喻说，浴佛节照旧，供养一如往昔。事实上，索敞的车轿里装了香火纸符，也塞满了干果鲜花，但他在半路上邂逅了一个相识的乡绅，忙借口头痛，便将所有的供品转移了过去，且再三央请对方，将它们悉数焚化在大佛脚下，以示虔敬。了却了这个手续后，索敞催喊着伙计，将车轿趸开了官道，一头驶进了三危山里。

水月庵乃一座兰若小寺，在桑楚寺的后身里，更为幽僻。索敞怕碰见熟人，绕开了山道，自后山一带登行，沿着一片灌木林，慢慢摸了上去。刚到了寺墙外，索敞便听见了一阵阵钟磬声，知道法会开始了。

水月庵只接待女香客，男将们一般都被阻在了桑楚寺的下头，由一班女尼来回逡巡，看寺护院。据传，后山这一片曾是观音菩萨的道场，与整个焦干枯竭的三危山迥异，这里草木繁茂，时有泉水喷涌，鸣禽啁啾。索敞在寺墙外转跶了半天，不得入门，便灰败地坐在林子里歇息。恰在这时，几个山里的男人挑着水担子经过，一路扬洒，一路抱怨，说今个天出家的女施主们太多了，剃完发，受了戒，还要香汤沐浴，水简直不够用了，累得他们的腰杆子都快折了。这些话像一束火苗，让索敞的心里起了火灾。待他们走远后，索敞悄悄拽住了最末的一位，哀恳再三，又奉上了几块银元，这才临时挑上了那一副水担子。索敞当了大半辈子的财东，肩膀嫩，从来没下过苦，一路跟跄着走到了寺门口时，桶子里的水几乎洒掉了一多半，连一只青蛙也解不了渴。索敞的慌乱，引起了一个女尼的警觉，横在了门口，究问他的真实身份。索敞刚辩白了几句，女尼便脸色生变，将桶子里的水泼在了他的身上，将他浇成了一只落汤鸡。女尼指着索敞的脚，申斥说：哪有担水的水客子穿这么贵气的靴子，这是彭家靴子坊定做的，快滚吧，再图谋不轨的话，少不了吃打。索敞当即羞臊死了，惶惶而走，又潜在了林子里，不肯下山。

头顶上，飘满了水月庵里传来的清凉的钟声，又瞭见一根黑色的烟柱，挂在天际上，经久不散。索敞知道，仪式开始了，这些黑烟是那些持了舍离心的女人，刚刚烧掉了俗家的衣裳，即将披上戒衣之前的信号。那一瞬，索敞想起了娥娘家门上的那一把锁，猜度说，娥娘的心肯定比锁还冷，还硬，还要百般锈蚀，再也难以打开了。跟来的伙计护主心切，虽说不了解内情，但见老掌柜急出了一头的疙瘩，便献上了一计。伙计言毕，消失了一阵子，等再回来时，怀里居然抱着一套女人的衣裳和头巾，直接将索敞改头换面了，装扮成了一个女香客。索敞脱略了往日的形迹，浑身僵硬，一时间畏怯极了。伙计却宽慰说，山腰上有一帮唱敦煌曲子词的女人，穿上戏服后，将旧衣裳挂在树上，他先帮着老掌柜借用一下，完事后再去归还也不迟。索敞不再迟疑，忙穿起了斜襟的大袄，用头巾包住了半个脸，矮下肩膀，混在乌泱泱的女香客当中，进入了水月庵。

水月庵的门口挂了一副对联：山静尘清，水参如是观；天高云浮，月喻本来心。

在院子里，索敞既没有焚香，也不曾献供，而是钻进了戒房里，查看四月八这天所有剃度者的名录。也合该倒霉，正在索敞逐字逐行地查找时，前面的那个女尼进来了，又一眼认出了那双靴子，抓了一个现行。索敞释解说，他是来找一个女香客的，叫淡萍也好，称娥娘也行，听说她要在这里出家修行，她爹妈急死了，这才委托自己来劝阻的。女尼详查了半晌，见索敞说得有鼻子有眼的，也不像一个歹人，便信任了他。女尼的肚子里有一本明账，笃定道，没有一个叫淡萍的，也没有一个叫娥娘的，因为这个名录就是由她本人签订下的。罪过的是，这个强硬的女尼在临走之前，又将戒房的门反锁了，警告说，待白天的法事完毕，才能宽释他，让他下山回家。这么着，索敞被关在了屋子里，昏天黑地地熬到了前半夜，方被逐出了山门。那一时，伙计早就没了人影，估计是等不到他，兀自回了沙州城。伙计是死是活，倒在其次，但他带走了老掌柜原先的衣裳，让索敞下不了台，只好继续男人女装。索敞又冷又饥，连滚带爬地下了山，一个人在官道上簌簌而行，仿佛一个野鬼似的，喊天天不应，叫地地不灵。

天亮时，索敞终于看见了沙州城的东门，慢慢尾在了队列的后头，准备入城。城门洞里的风大，索敞刚进去时，头巾便被吹跑了，素面寡脸的，一时间没了奈何。不巧的是，迎面走来了鸣山书院的山长丰鼎文，一下子见了故人，惊问索敞干么如此的扮相。索敞镇定下来，敷衍道：昨日里在莫高窟下浴佛，浴佛便要不分男女，轮番做戏，让上佛喜悦才是。丰鼎文又问：那你男扮女装，唱的是哪一折子呢？幸亏索敞以前有所耳食，便答：我唱的是金刚光明之部的祈愿文。随后又吊起嗓子，哼唱了几句，不外是休兵罢甲、铸戟销戈、万里澄清、三边晏静之类的陈词老调。听罢了索敞的戏文，丰鼎文也不再多疑，但脚下却不挪窝，一道逼视的目光，令索敞一面尴尬，一面踉跄不已。索敞心知，因为前几日的那一次拒绝，丰鼎文对自己有了别样的看法，此刻的眼神，便是一种鲜烈的态度。索敞作揖辞别，忙雇了一辆路边的车轿，埋在了里头，生怕再被熟人窥见，仓朗朗地回到了家。到了家中，索敞除掉了那一身女人的衣裳，方得到了大的解脱，大的宁静。

此刻，索敞再一次身着女装，云淡风轻地述说着这些隐秘的过往，仿佛在讲述另一个人，另一幕光阴。索敞的口气中，既有居高临下的卖弄，亦有一种刻意的讨好，连他自己也暗自诧异，如此罕见的卑微与迎合，居然仅仅是为了让娥娘纾解眉头，脸上开出一朵花来。

终于，娥娘扑哧一笑，捂住了嘴巴。索敞欢愉地说："娥娘，你应该是我户头上的女人。见了你，我才觉得自己活得像个人，不那么假了，也不害怕身上的血迹了。你是我的一味药，治好了我的病，我心里服属你了。"娥娘的笑意如水银泻地，忽地飘失了。索敞又道："不出意外的话，我会邀请一位德高名隆的乡绅，或者一位满腹诗书的贤达，改日来你这里，给你下一封喜帖的。当然了，我先得给家母告知一声，求得她老人家的理解和宽谅，毕竟纳二房的事，在我索氏这一门是从来没有过的，我算是破例了。"索敞摘下了一串旧佛珠，挂在了娥娘的脖颈子上，哀恳道："娥娘，你先照顾好个人，待我择一个吉日，就带你去拜祠堂，拜我的娘老子，让她把你认下。"娥娘在炕头边的炉子上取来铁壶，将开水注在了茶碗里，轻轻推了过去。娥娘抬头问：

"你是义庄的老东主？"

索敞一怔："哎哟，难道猫子那个鬼，那个贼娃子，他从来没告诉过你么？"

"你刚才杀了他？就刚才？"娥娘问。

"不不，你误会了，娥娘你完全听岔了。"这一时，索敞终于找见了娥娘低眉敛目，始终不快的原因了，"呵呵，我干么要杀自己的管家呀，况且他还是娥娘你的表叔哪。"

娥娘凝眉说："老东主，你赶紧下炕，回家里去吧，你不该坐在这里卖嘴。"

"你这是要逐客呀？"

"义庄的女东主殁了，听说害了心口病，一下子就过去了。"娥娘口气冰冷，又补充说，"我前头回来的路上，看见义庄的伙计们在搭灵棚，在举丧，和尚跟道士也进去作法了。"

闻听此言，索敵突然慌了，四肢冰凉，大喊了一声我的妈呀，便从炕上滚落了下来。索敵来不及穿鞋，也忘了换衣，一路哀嚎着冲出了院子，卸下了门杠，撕心裂肺地奔出了仓鼠街。这一日，沙州城的人们纷传，义庄的当家人女里女气，跣足而奔，哭天抢地的，公然在大街上哭丧。吊诡的是，事后证明，这位声名显赫的敦煌义人，哭的居然是儿媳妇索冯氏，哭的是下一世的后辈，还一头扎进了义庄的大门，不问青红皂白，直接跪在了灵棚中，纳头便拜。人们品咂着索敵的这一系列怪异举止，一方面觉得毕竟是义庄，从来义字当先，一视同仁，却又感觉到这严重悖逆了三纲五常，损毁了人们心中的一部分道德禁忌。然而，缭绕在义庄上下的那些纷纷扬扬的冥纸，暂且包住了这一团暗火，一切都被按下不表。

见索敵失神地跑掉了，娥娘也追出了屋门，冷不丁瞥见了插在门框上的那一把锥子，惊了一跳。娥娘不曾拔下它，反而觉得它可能会辟邪。

赤日如沸，火盆当空，地上的一切都在冒烟。

这种烟没有颜色，袅娜着，蒸腾着，将所有的水分都吸食干了，却仍不罢休。又一炉炼砖出窑了，临时抓来的脚夫们不敢怠慢，等不到炼砖变凉，你一背篓，我一筐子，将它们从火烫的窑炉里搬运了出来，一堆一堆地码在了场地上，等着卡兵们验收，等着买主来拉走。梵同人虽小，但舍得卖力气，既没有用背篓，也没用筐子，而是在肩膀上扛了一根木板，木板上坐着几十块炼砖。梵同一旦找见了平衡，便加快了步子，来往穿梭，干得比旁人多出好几倍。很快，窑空了，另一拨制砖匠又开始往里面填新砖，火工们也在劈柴砸炭，准备生火淬炼。

搬完后，梵同回到了白杨树荫下，将那块木板斜斜地支在树杈上，人便躺了上去，抓紧凉快。梵同斜觑了一眼，瞭见陈小喊蹲在旁边，头上开了锅，汗下如浆，却不知疲倦地拿着一根树枝，在地上画着一张图，潦草，凌乱，无人知晓其中的内容。在被羁押的这些日子，陈小喊天天如此，白天画，晚上便用脚后跟擦掉了，次日接着来。梵同支起了耳朵偷听，听见陈小喊像一介老僧诵经似的，叨念说：往西，七十里，青山头，有水；再四十里，黄牙湖墩，有庙一座，喇嘛三个；往南撇，羊池大泉，无水，也无井，遍地闹草，切记；再撇向西六十里，地名叫白疙瘩，有一座破城，有银矿，今已废；又折北行，约五十六里，乌可乌苏，有水草，水草均佳；百里，至奢阿山，均有泉水或井；又西行，六十六里，至莫泥河尾，水苦，闹牲口肚子，不可饮。

这么着，梵同趁机开了腔，截住了陈小喊的话头：错了，从奢阿山到莫泥河尾，应该是六十一里，你多出了整整五里路。陈小喊的一张算盘被打乱了，瞪了一眼，申斥说：哎哟，人的旁边一定不能有乌鸦，尤其不能有一只叫屎哪吒的乌鸦，乌鸦一聒噪，老子的脑瓜就成糨糊了。梵同反问道：小喊哥，你现在后悔了吧，跟着我吃这一趟苦？挣不上钱不说，还被当成了罪囚，陪着我在这达当苦力，也真够难为你的了。梵同咧开嘴，一直在抽气，指头上被炼砖烧起的水泡明晃晃的，随时都可能破裂。一种钻心的疼痛，像灰尘一般，布满了梵同的五官，几乎快变了形。陈小喊见猎心喜，挖苦说：哎呀，谁刚才丢了一个臭屁，这么难闻，梵同你要是把这个臭屁吞下去的话，我一定有赏。梵同唾面自干，乖乖地张大了嘴巴，虚吞了几口。这一时，陈小喊从怀里摸出来了一只巴掌大的羊皮药包，扯开绳子，仔细抠出了一坨油膏，依次抹在了梵同的每一根指尖上。梵同的心里潮起了一股沁人的清凉，燎泡霎时不疼了，也不烧了。梵同赞叹说：这是什么神丹妙药呀，简直手到病除，小喊哥你真的是一介游侠，这人世上还有你不懂的事情么？陈小喊诡笑，警觉地说：小贼，你别给我灌米汤了，你肚子里究竟有几根肠子，我比你还明白，趁早闭嘴吧。梵同喟叹一声：的确，天下之大，知我者，莫如小喊哥了。

油膏是焦黑色的，在这样的天气下，不曾融化，也不变质，呈现出一种胶质状。据陈小喊介绍，这是祁连山里的土著人酝酿的秘方，大概用了雪豹、麂子、松鸡、獾和雪狐的油脂，炖在一个药锅里熬炼出来的。油膏药性极寒，专门疗治各种烧伤和烫伤，效果奇绝，但因为药材稀缺，所以也千金难购，世人罕闻。梵同心猜，对陈小喊这种常年奔波在戈壁干滩上的保商游击来说，上无片瓦，下无寸土，类似的油膏差不多就是换命的宝贝，难怪他如此珍惜。又想，这陈小喊真是一个邪人，猫道狗道上的事情他全都知道，祁连山里的秘密他也清楚，这家伙简直就是一个谜，现在不剥削他一下，还真就枉费了天老爷赐给自己的灵慧。

一念天堂，一念地狱，梵同忽然鬼祟了起来，把肚子里的一张算盘打响了。陈小喊用完了药，将指尖上残剩下来的一星半点，仔细地抹回在了羊皮药包内，折叠起来，又用一根绳子扎紧后，款款揣进了怀中。梵同谄媚道：小喊哥，我可以出个好价钱，让你拒绝不了。喂，屎哪吒，你的钱说的话我听不懂，我这次陪你来一趟哈密，也不是为了挣你胡家的钱，趁早把嘴夹住，别再放屁，陈小喊断然道。梵同不理睬，又喜滋滋地说：小喊哥，以往你只让我背一首诗，干脆现在三首吧，我给你背王维、李白和岑参，保管让你听了舒服。陈小喊明白对方另有所图，讥讽道：人小鬼大的，你可千万别糟践了自己的学问，现在你连乡学都念不动了，窝囊在家，我还真替你捏一把汗哪。这句话一下子戳到了梵同的痛处，哀告说：临来前，乡学的总教到胡家坊找过我，让我继续去念书，还说我是最有希望进入鸣山书院深造的人，但是我爸躺倒了，一问三不知的，梵义又远走焉支山，这个家我不扛的话，也就没指望了。陈小喊见他如此恳切，便也转换了口气，夸赞说：百善孝为先，你能这么考虑，说明你胡梵同是一个孝子，我没有白白结交你一场。梵同料想火候到了，遂亮出了真章，诡笑说：我这个孝顺不算啥，但我知道另有一个人，忠孝双全，一诺千金，要比我强上几百倍也不止。陈小喊狐疑：呃，还有这样的人呀，说来听听？

这么着，梵同仰看着天空中哗哗作响的白杨树叶，一些密集的光斑渗透下来，烁闪不定，在他的脸上布满了回忆的波纹。梵同道：

这个人还是少年的时候，就一直在万里墙城的北边，在靠近蒙古人的那一带牧马。他的爹老子是一个有名的马锅头，爱马，识马，养马，一门人就靠这个讨生活。每年冬上，他的家里人都会去草原深处，低价购来一大批瘦马，精心饲养上几个月，待来年开了春，草木发了芽，便吆着这群马进入河西，高价卖出去。他家的马一直很抢手，在四郡两关一带数一数二，等于是一块金字招牌。买卖一红火，自然就引发了旁人的嫉恨，偏偏这种嫉恨不是别的马锅头施加的，而是来自一个老财东。老财东有一个公子，姓匡名随，跟这个少年岁数相当，但秉性殊异，在方圆几百里的牧场上欺男霸女，恶名远播。这匡随除了日弄女人、偷鸡摸狗、耍赌博之外，最喜欢的一件事就是养马，他家里的骏马灵骥也不在少数，关了整整几座马厩。有一年，匡随听闻少年的家里买进了一匹良驹，不是蒙古马，也不是河套马，却是一匹真正的阿尔金的长行马。匡随不请自来，牵着自己的几匹母马，要求配种。这个蛮横的要求当即就被拒绝了，少年的父亲说出了理由，各是各的脉，稗草怎么能跟酥油草长在一起呀，绝对不可以配种。匡随折了面子，当然不肯善罢甘休，于是去找了一个坏术士，求得了一套施咒的方子。事发那日，少年的父亲骑着阿尔金马出了远门，半途中打尖时，匡随指使人在马的四蹄上作了法，烧了冥纸，念了咒。结果，阿尔金马在撒腿奔行的过程中，骨头突然断了，将主人掀了下来，当即送了命。父亲不明不白地死了，少年当了家，也成了一个马锅头，带着家人和伙计们继续养马贩马，不仅生意上没有败落，反而越做越大。因为那些年，朝廷在西陲连番用兵，马的买卖最是红火，也最有赚头。匡随一家也不消停，但比起少年的一番作为而言，还是逊了一大截，嫉恨像一块发面，再次在他的心中发酵了起来。

八年前的腊月里，少年从蒙古买进了六十匹马，辗转回家，又在万里墙城下搭建了几座大型的马厩，储备了各种饲料，打算好好地喂养上一冬。不承想，匡随瞅准了这个机会，暗中使诈，一把火将马厩点着了，火烧连营，烧得片甲不留。六十匹马全死了，要命的是在救火的当中，一帮伙计也死的死，伤的伤，留下了七八个光屁股的孤儿，一人一张嘴，就指靠着少年来养活。少年已经一贫如洗、走投无路了，被逼之下，冒险干起了保商和走私的营生，跟官府猫捉老鼠，挣一些生死的银钱。也许，就是在这样的历练当中，少年终于长成了一个顶天立地的汉子，一个精良与纯明的人。

言说至此，梵同指着远处的窑炉，指着那些填炉的制砖匠，生发感慨地说：以前在敦煌时，我爸和梵义老训诫我，说这一世的光阴里咱们生而为人，一定要做一个精良的人，纯明的人。但何为精良，何为纯明，说实话我心里根本没底，也浮皮潦草的，不解其意。小喊哥，在这几天被扣押，尤其在这个砖厂下苦力的日子里，我才实打实地体悟到了这句话，也明白了父兄对我寄予的殷殷厚望。梵同道：小喊哥，你来瞧，那些人手中的砖坯子，现在不过是一坨红泥，软弱，薄脆，水分大，不小心掉在地上就会摔碎。可是一旦入了窑炉，被大火烧制上几个时辰后，它们统统就变了，有了筋骨，也有了血气，变成了一块块结实的炼砖，刀锯切不断，锤头也砸不碎。我现在终于明白了，所谓的精良和纯明，其实就是让我去做一个像炼砖一般的人，做一个像小喊哥你这样的儿子娃娃。

自始至终，陈小喊不发一语，但他颊面上的咬筋在动，在抽搐，似乎心底里刮过了一场罡风，令其难以自持。梵同说到了酣处，并不在乎对方的情绪，接续道：

嗯，上天有眼，天老爷那里真的揣着一本明账。一个偶然的机会，那个少年在出外保商的途中，从一群狼的嘴里救下了一个人。这个人不是别人，正是那个坏术士。坏术士良心发现了，和盘托出了匡随做下的那些滔天罪孽，还愿意去官府做证，哪怕自己被砍了头，被五马分尸。就这样，少年终于知道了真凶，带着残剩的家人和一帮子孤儿去上坟，并发下毒誓，一定要取了匡随的狗命，剜下他的心带回来，祭在亡人们的面前。孰料，匡随那个贼因为恶习不改，早就气死了爹娘，败光了家产，在那一带声名狼藉了。听说少年在四处找他，吓得他魂飞魄散，慌忙翻过了万里墙城，离开了马迷兔一带，偷偷潜进了沙州城。匡随清楚，他一定逃不出这名少年的追杀，这世上除了有一个地方可以暂且寄住他的脑袋外，剩下的全是死路。这地方就是县衙的大牢，可以让他躲一时，却避不了一世。匡随的脑子不瓜，每一次刑满开释后，他又迅速犯案，成了大牢里的常客，立意要把这一碗牢饭吃到死，可见他也是一个厌货。这六七个年头里，少年变成了一条铁汉子，长期驻守在了沙州城中，一方面保商挣钱，另一方面在等候着匡随出狱，兑现他当初的然诺。

梵同叨念说：我知道，这个汉子前不久去了一趟马迷兔，又给孤儿们送钱去了，现在他来到了哈密，远在天边，近在眼前，他就蹲在我的旁边，他姓陈，大名叫小喊。

言毕了，梵同再瞥望陈小喊时，诧异地发现对方早已双泪长流，肩膀战栗，迷离地仰看着天空。半晌后，陈小喊咧笑了起来，笑得比哭还难看，问说：屎哪吒，你这些不打粮食的话，都是从哪达拾来的？你实话给我说知道吧。梵同一番矜持，回说：车马店和客栈里的人多了去了，我从这个的嘴里掏一点，从那个的口中拾几句，我织出了一件百衲衣，我拼凑出来的，敢问有错么？

陈小喊警告道："这是我陈小喊这一世的唯一秘密，如果有第二个人知道的话，你我从此便是路人。"

梵同伸手："小喊哥，拿来吧。你知道我，我不见兔子不撒鹰的。"

"哎哟，你这个小贼，我的羊毛都快被你薅光了。"

话虽这么讲，但陈小喊仍然欣慰，乖乖地从怀里摸出了那只羊皮药包，递了过去。梵同接住了，道了一声谢，一道烟地跑远了。砖厂的白杨树荫下，坐着一大堆被临时抓差的脚夫，苦着脸，每个人都在吹着指头上的燎泡，好像吹出来的是仙气，可以止痛疗伤似的。梵同心知，他们跟自己一样，并非真正的苦力，大多是商贾、学子、僧侣、塾师和乡绅之类的，平时不谙劳作，一旦动弹起来，皮肉之苦便在所难免。梵同巴兮兮的，哀求他们叉开十指，而后仔细地将油膏擦抹了上去，抓紧疗治。在这个焦干酷烈的天气下，梵同的义举，犹如带来了一阵阵慈悲的酥雨，让众人立时稳静了下来。大家感激地盯望着这个晴朗的少年人，惊异地发现，手不烧了，骨头不疼了，明晃晃的水泡也消了下去，慢慢地刨囵了。有人向陈小喊打问他伴当的名字，不一时，人们都在纷传，说他叫胡梵同，来自敦煌的胡家坊，上过乡学，懂得不少的诗书礼仪，且是第一次走出猩猩峡，来到了口外。梵同倒不在意这些啧啧啧的赞美声，他沉浸在疗治中，很快就将羊皮药包里的油膏用光了。遗憾的是，砖厂最偏僻的墙角下，还剩下了一个人，样子并不热情。梵同踅了过去，用一根树枝将药包刮了几遍，好歹刮下了一丁点油膏，忙喊他伸手，快点来抹药。突然，对方扑将而来，一把扼住了梵同的腕子，低声呵斥道：别动，听我说。

砖厂的围墙和屋顶上，站着十几个卡兵，手上端着长枪，游走不定。

梵同疼得直咧嘴，但腕子被对方捉牢了，无论如何也脱身不得。梵同抬望时，瞭见此人宽额硕眼，眉骨隆盛，下巴上挂着一部干净的黑须，头上戴了一顶别致的小帽。梵同心下了然，此君乃是一名异族人士，脸上始终挂着一丝微笑，并无一点点的恶意。对方持续微笑着，慢慢松开了梵同的手，又努了一下嘴，叮嘱说：咱俩下棋吧。

这么着，梵同看见脚下的泥壤上，早就刻画好了一副棋盘，棋子也预备妥了，自己是白杨树叶，对方是一把碎石子。这种棋叫走方格，无论在陕甘大道上，还是在羊肠小路中，几乎是妇孺皆知的一种民间游戏，梵同自然也熟谙此道。梵同落下了一子，对方也投了一手，迅即厮杀开来。这一时，对方开口道：我是来接应你们二位的，等午饭开吃的时候，场子里一乱，你们便跟着我走，千万别开口言传，暴露了口音。梵同顿觉后心里一片冰凉，仿佛日光不再是火，而是从天空中伐下来的冰块，淹没了自己，寒冷入骨。又再三思忖，自己初来乍到，在哈密这一座人生地不熟的旱码头，究竟是谁肯舍了性命，与这一帮绝望的卡兵作对，前来援手呀。撇清了个人，梵同又断定陈小喊也与此无染，因为他从没有提过上。梵同一面下着棋，一面佯作镇定地问说：敢问兄台，在下跟你素昧平生的，我只不过被扣押了数天，搬搬砖头罢了，又何必让你冒这个险哪？对方吃掉了梵同的几枚棋子，重开一盘，回说：好我的尕哥哥，话不能这么轻巧，你被羁押了，在砖厂里下苦力，却不知道外头已经闹翻了天。哦，要不是当家人不点头，恐怕这里早就被攻占了，呵呵，卡兵们手里的那几根烧火棍，屁都不是。梵同探问道：当家人到底是哪一条路上的老财东呀，这么重的恩遇，让我如何承担得起？闻听此言，对方登时肃穆了下来，眼眸闪亮，绍介道：当家人就是咱们的哈密王，尕哥哥你从敦煌捎来的那一封急件，不就是专递给哈密王城，请当家人亲自接收的嘛。

梵同一下子蒙了，看了看自己身上的囚衣，又盯视着对方身上同样的囚衣，完全堕入了迷雾当中。对方却嘻然道：你尽管放宽心吧，这达有我们的眼线，你被羁押后换下来的那一身衣裳，已经被偷运出去了。信呢，山长丰鼎文寄的那一封急件，现在去了哪达？梵同扯起声噪，急迫地问。对方却不紧不慢，落下一子后，悄静地说：丰鼎文先生拜托当家人办的事，已经料理干净了，你只管下棋，咱们稍后便走，快开饭了。梵同狐疑地问：你口说无凭，让我怎么信任你？对方笃定道：简单一点吧，我爱下棋，你就叫我棋手好了，我是哈密王城的侍卫长，你必须信我的话。

棋盘内，绿叶代表的一方下得很难看，总是被石子截断，成了废棋。梵同早已没了兴致，简单地应付着，另一个念头却破茧而出，充满了警觉，生怕这是一个陷阱。

临出敦煌的前一日，梵同还在新宅子的工地上，一面给舅舅当助手，一面操心着家里的杂事。接到义庄的那封请帖后，梵同也没在意，到了吃夜饭时，偶尔提及了此事，却被舅舅训斥了一番。舅舅道：你现在歇缓下来，去河里洗个澡，把脏指甲铰了，头发也剪一下，明日务必穿一套像样的衣裳去。梵同有些失笑，不就是一张请帖嘛，干么大惊小怪的。舅舅抬手给了外甥一个抽脖子，嗔骂说：贼疙瘩，这可是义庄的老东主发来的，他当你是个人，你就不能吊儿郎当，作践自己吧。

这么着，次日一早，梵同浑身鲜亮地去了义庄，带了一副花馍馍，一袋冰糖，一袋茯茶，给老财东索敞行了一个礼性。虽说隔着辈分，但索敞对梵同煞是礼遇，不仅给他填了一次烟杆子，沏了茶，还仔细地询问了胡恩可最近的病情，又问了梵同辍学在家的事。索敞唉叹道：俗话讲，灶房里不能放闲柴，家里不可有闲人，胡家即便有天大的难处，这个课业万万不能断了，你爹老子要是能开口的话，肯定和我是一个主张。梵同谢过了老财东的美意，回复说：课业是一辈子的事情，也不急在这一年半载，等家里的这一团缠麻有个头绪后，我再学也不迟。闲章言毕了，索敞方从怀中摸出来一张汇票，交给了梵同，让他仔细收好。梵同惶恐地问：老东主，这么大额的一笔钱，你这是要做啥？我可没有能耐去拿。见梵同懵懂，似乎也不了解那一桩契约的隐秘内情，索敞便直脱脱地说：你爸犯病前，答应替义庄开一座窟子，高帽子我戴上，名声么，我索某人也享上，但我实在不忍心见你们胡家又劳心费神，还要另外花上一笔心血钱，这让我时时不安。又仔细道：你爸病程绵远，需要慢慢地疗治，开销一定小不了，又听说你们在给世兴堂的沈破奴打一院宅子，我怕在钱上绊住你们的手脚。这张汇票么，一来可以解解你家里的难肠，二者，钱到位的话，开窟子的进度或许可以加快一些，不至于三天打鱼两天晒网的。梵同恭敬地站着，犹若面对乡学里的总教一般，丝毫不敢造次。梵同答复说：老东主，替义庄开窟子的事，我的确听家父和家兄讲过，但如今我爸躺倒了，我哥又下了河西，具体的详情我还不太清楚，这个钱我不能拿，侄儿却之不恭了，还请老东主恕罪。

那一时，饶是像索敞这般内敛深沉、从不轻易动情的人，闻听了此话后，也暗自歆羡不已。这个一脸澄净的少年，居然不卑不亢，从容作答，身上没有一丝紊乱和张皇之气，让人无隙可乘。梵同再道：老东主，我哥梵义怕是快回来了，待他一到了敦煌，我就催他赶紧来拜见你，他毕竟是长子，现在主持着胡家的大小事情，你就宽谅侄儿吧。索敞笑而不语，脸上却有一种封门闭户的表情，明白此路不通。

恰巧，义庄的门外传来了一阵响铃，管家丁荣猫三鞠六躬的，礼让进来了一位贵客。梵同忽见了鸣山书院的丰鼎文，忙退至门端里，表情恭顺，扪心静听。索敞和丰鼎文各自一礼，先后落座下来，少不了说几句客套的闲章。索敞道：哎呀，上佛吹来了什么样的风，居然将山长你送进了寒舍,真是有失远迎了。丰鼎文乃性情之人,率直地讲:在下无事不登三宝殿,时间迫切,我就长话短说了,我是来问老东主借一匹快马,借一个伶俐之人,帮我去一趟口外的哈密,呈送一封急件的。索敌停了半晌,听见丁荣猫在一旁咳嗽,似乎有意在提醒自己,先打住,静待下文。果然,丰鼎文释解道:莫高窟新近丢了一批卷子、佛经和文书,下寺的住持王圆箓发觉后,派了弟子们在沙州城里遍寻无果,只听说求购得手后的一伙商人,半个月前就离开了敦煌。不过哪,这帮贼人消息灵通,知道河西一带民众起事,纷纷闹了共和,遍地硝烟,杀人无算,于是他们掉头西进,打算取道新疆,穿越葱岭进入印度,而后再搭乘海轮回国。目下,我估计他们至多也只走出了猩猩峡,抵达了哈密左近。丰鼎文又道:幸亏王道士爱窟心切,及早发现了这一桩悖逆佛祖的勾当,否则即便丢失了整个千佛灵岩,丢了莫高窟,这满敦煌的人还被蒙在鼓里头哪。现在王道士气得病下了,天天在喝汤药,下寺里的几个小道士也是手无缚鸡之力,只好一趟一趟地来央求鸣山书院,请我出面将那一批宝物追回来。丰鼎文唉叹说:屋漏偏逢连夜雨,这些天正是书院的学子们闭关辩论的季节,况且书生们一向羸弱,一个个都是嘴上的功夫,有马不能骑,有路不会找,所以今个天我才打上门来,向义庄求人借马。梵同看得很清,老财东听罢了山长的诉求,脸一下子黑了,跑出门去,在院子里大声咳痰。管家丁荣猫在一旁帮腔,声称目下恰是买卖的旺季,地里的农活也到了节骨眼上,义庄实在是抽不出一个人手来,去荷担山长的重托。偏在此时,大少爷索朗又在后院中吼喊,嘴里塞满了糯子,不明白他到底在嚷嚷什么。索敌咳完了痰,复又进门,堆笑说:山长你听听,我那个贼儿子在发高烧,烧得在说胡话,真是指靠不住啊。索敌提议:是这,干脆我出一笔酒资,多出一些,请一个保商的游击将这封信送至哈密,两不耽搁,这样如何呀?丰鼎文当即说:罢了罢了,游击我也会请,但我信不过那些专门逐利的家伙,他们的身上毫无信义。言毕,丰鼎文匆忙告辞了。

梵同清晰地发现,山长一走,索敌忽然瘫坐在椅子上,追悔莫及地说:哎哟,我细心维了他一辈子,今天却惹下了,我真是一个猪脑子呀。梵同的心中闪过了一丝亮光，明白自己该做什么了，便趁着乱，悄然踅出了义庄。

在城外的砾石干滩上，梵同气喘吁吁地截住了山长的车轿，郑重一礼。

丰鼎文认得这个乡学的学子，也了解对方是胡家坊老财东胡恩可膝下的次子，却并不在意，身上仍然弥漫着先时碰壁之后的郁闷和不快。梵同恳切道：假如山长信得过，并能给学生一番鼓舞的话，我乐意当一匹驿马，跑一趟口外，去了却先生的这个心愿。丰鼎文盯望着这个清秀而大胆的少年，顿生好感，却考问说：你想当毛遂呀，毛遂可不是那么好当的，你凭什么要夸这个海口？梵同答：当然凭胆量，胆量才是头等的品格。又问：出了沙州城往西，少说也有八九百里的长路，这一路上危机四布，坎坷异常，你以前可曾走过？梵同心知，自己的每一个答案，皆是呈给先生的奏章，便也不敢马虎。梵同回复说：先生，路都是人开开的，就像天上的路是鹰开的，水里的路是鱼开的，只要一个人愿意去走，双脚踏在了地上，没有什么路是开不开的。哦，家父曾经讲过，我们这一世的生死光阴，便是活在这一条路上，要么向西闯口外，要么往东下河西，这或许就是一道天命，谁也逃不过天老爷赐下的这一份课业。丰鼎文含蓄一笑，拈须说：咦，你凭什么这么自信？其实这件事跟你瓜葛不上，你却来主动请缨？那一刻，梵同内里血勇，浑身沸腾，便也义无反顾地说：先生，莫高窟丢了佛经，千佛灵岩上丢了文书与卷子，这就等于整个敦煌丢了魂，失了魄，抽掉了主心骨，丧失了精气神。我是敦煌的一个儿子娃娃，吃的是上佛恩赐下的五谷杂粮，喝的是菩萨降下的天堂圣水，如今到了羔羊跪乳、乌鸦反哺的一刻，我岂能袖手一旁，冷暖不知。

至此，丰鼎文再也不发问了，拖着战栗的躯体，从车轿上爬了下来，将一只锦囊托付给了梵同。锦囊内揣着一封手札，虽说只有几页纸，但在梵同的心目中，它却重若千钧。丰鼎文叮咛道：记住，地址是哈密的王城，人人皆知，你去了直接投进去，剩下的事自然会有人料理。丰鼎文惜疼地抚了抚梵同的肩膀，既没道珍重，亦不说一路顺风，只是轻推了一下，便放飞了这名少年。望着梵同远走的身影，丰鼎文在干滩上坐了整整一天，泪水把脚下的乱石都打湿了。与上回不同，这一次的眼泪是哑的，晒了一天，竟然也没有晒干。

梵同走了，直接去了沙州城，在家里的车马挽具店找来墨笔，匆匆写下了一纸便笺，给舅舅说明了事由。伙计们在马院里忙碌一阵后，挑出了一匹脚力不错的快马，抓紧配置了鞍鞯、水囊和干粮，交给了二少东主。真的是越忙越乱，越乱越忙，偏在这时，梵同瞥见世兴堂的千金沈性元兜了过来，堵住了自己。梵同求告说：性元姐，我碰巧要出一趟远门，拜托你将这封信送到胡家坊去，亲手交给我舅舅吧。性元大不咧咧的，在梵同的额头上凿了一个栗子，嗔怪道：没大没小的，我是你们胡家的伙计呀，干么泼烦我？性元也掏出了一封信来：喏，这是义庄的索乘让我转交给你的，催死鬼，害得我翻墙逃出了乡学，浪费了一堂国文课。梵同接住了，打开一瞧，却是一张大额汇票，立时明白了因果。梵同递还了过去：性元姐，你原还给索乘吧，这个我不能收。性元抢白道：咋了，你驳我的面子的话，那也休想让我替你跑腿，这么大的太阳，我可不想让你们两个当猴耍。没了奈何，梵同便乖乖地妥协了。性元终究是一个宅心仁厚的女子，心细如发，待看清是一张汇票时，忙在旁边的裁缝店里借来了针线，将义庄的这一大笔赠款，仔细地缝在了梵同的衣裳内衬中。

梵同拨马上路，出了城门后，突然觉得一个人寥落无比，心中顿时惝惶了起来，便绕着沙州城转达了一圈。不承想，半途中拾来了一个好伴当，只花销了一首诗的代价。这下子有了陈小喊在侧，前头纵然是千沟万壑、荆棘丛聚，梵同也视若通衢大道，不再畏惧。

双骑轻浮，如泛沧溟。

事实上，陈小喊在去往口外的沿途上，有众多的故友旧识，打个招呼，便能更换了胯下的疲马，再骑上另一匹筋骨健硕的坐骑，星夜疾驰，从不歇息。三日后，这两个伴当终于站在了哈密城外，排上队，等待着放行。那一刻，梵同瞭见门楼上的大清龙旗不见了，代之而起的是一面五色国旗，在风中瘦削地飘拂着，有一种凄清的味道。值守关城的卡兵们虽说铰掉了辫子，但身上仍旧披挂着那一套旧式的军服，吃驴子喝马，气焰熏天。在交验过所时，梵同和陈小喊被当场扣住了，统统关在了瓮城中。陈小喊一时失控，跟几个卡兵冲突了起来，方才得知，所谓羁押的理由，不外是要核验一下过所的真伪，以防歹人和土匪过境。要命的是，这个核查的过程短则一日，长则数天，完全看当地护军使的心情如何了。

夕光落地，从天山上吹来了一股黑色的风，仿佛吹给亡人的埙声，令人毛骨悚然。半夜时，梵同和一群被羁押的人，又被秘密转移到了城南的一座砖厂，全部除下了身上的衣裳，换上了囚衣。搬砖的搬砖，制坯的制坯，烧火的烧火，他们顿时变成了一群无名无姓的苦力，昼夜不息地围着那几座窑炉连轴转，一个个连死的心都有了。同来的一名苦力原为珠宝商，哥哥在迪化当差，私下里给梵同泄露说，自从共和之后，原来驻扎在哈密一带的清军两个马营，一个步营，早就断绝了粮草与薪饷。绝望之下，他们改旗易帜，观风使舵，公推出了一名首领，自称护军使，继续扼守在兰新一线的东西两头，从中渔利，大发国难财。论及这砖厂背后的黑幕时，珠宝商绍介道，别看整个口外乃不毛之地，焦旱遍野，但地下水源却殊为丰沛，取之不竭。多年前，林文忠公则徐，因为严禁英人的鸦片入关，遭到了朝廷的流戍，被发往新疆的伊犁一带，后来又奉命督办新疆的水利事务。林文忠公考察了哈密和吐鲁番两地，熟勘地形，于是便发明出了一种取水的窍门，在地底下掏挖水道，箍窑成渠，称之为坎儿井。这种红泥烧制的炼砖，仿佛一块块精铁似的，恰是构筑坎儿井的最佳材料。尤其到了目下这一个季节，到处都在挖井开渠，炼砖的价格一路上涨，卡兵们自然不会坐视这一个财源滚滚的机会从眼前流失。梵同知道了，这些跟自己一样被羁押的人，除了一日三顿粗劣的吃食外，基本上都是免费的劳力，任由卡兵们剥皮剐油，随意打骂，又无从抗拒。梵同投下了一子，终于赢了对方一盘，高兴之余，内心也慢慢地生出了一双翅膀，恨不得翻墙越瓦，即刻飞出这一座囹圄。梵同叫来了陈小喊，将棋手的话仔细说知道了，于是三个人提住一口气，警觉地盯住了砖厂的大门。

午饭时，三个挑着担子的人进来了，卸下了番瓜包子、馍馍、锅盔和两桶子萝卜拌汤。脚夫们蜂拥上前，抢食一般，生怕饿下了肚子。趁着乱，棋手率着梵同和陈小喊去了茅厕，匆忙跟送饭的三个人互换了衣裳，再先后出来，拿起了铁勺，佯装着替大家分食。完毕，棋手领头，出门时跟卡兵们用哈密话打了招呼，快速拐过了前头的街角，钻进了一条偏僻的巷道中。巷道里事先停着一辆车轿，四下无人，梵同和陈小喊尚未反应过来，便被棋手拦腰抱起，塞入了那座轿厢内，落下了帘子。棋手跳将上去，坐在车帮子上，甩了鞭子，嘴上一吆喝，车马迅疾驶离了这一片危险之地。

　　一路上颠簸异常，梵同和陈小喊好似两枚弹丸，在轿厢内仆来仰去，把持不住。车马碾压起来的灰土很重，从车窗和帘子下灌了进来，呛得人几乎窒息了一般。屎哪吒，你搞的什么鬼，这家伙啥人，咱们现在又去哪达？即便像陈小喊这样走南闯北、见多识广的飞行游击，到了这一刻，身上也不免露出了惊惧，对前程充满了莫测与茫然。梵同却道：小喊哥，你只知道贼吃肉，却不明白贼是怎么挨打的，咱们这就去领教一番吧。陈小喊简直沮丧极了，撩开了帘子，打望着哈密大街小巷上的景致，忽然道：喏，那不是哈密王城嘛，难道……梵同嘻然说：呵呵，这下你知道了吧，咱们可不是什么罪囚，也不是去挨打的，现在你我可都是哈密王的客人，等着当家人的隆重款待吧。一时间，陈小喊目瞪口呆的，讶异地说：梵同呀梵同，你就是一介人精，居然惊动了哈密王的大驾，这可真是天大的面子呀。又道：你小子究竟对我藏了几手，你给我实话说知道吧，千万别再让我一惊一乍的，对你这个小贼娃子生出许多的钦佩来。

　　梵同不再作声，目光远眺而去，但见无垠的天空下，一座高广宽阔的城池矗立于眼前，黄土夯就，蒸米筑城，俨然是一派繁华鼎盛的所在。哈密王城的城门上坐落着一座角楼，两侧的砖雕上，镂刻着牡丹、芍药和月季等四季植物。门额上悬着一块巨匾，约略有汉文、回文和蒙古文等。汉文是肃穆庄重的颜体，自右至左，上书四颗字：哈密王城。陈小喊在一旁絮叨着，释解说，哈密，乃汉代伊吾庐地，一直服属于中原朝廷。清初时，因这一部落有功于朝廷，遂设立了"哈密王"这一封号，绵延不辍，世袭罔替，在西疆一带犹如国中之国。目下的这一代哈密王，下辖民众十二苏木，每一苏木，一共有一百五十余户人家，置一长，均为哈密王当差纳税。梵同忽然察觉，车轿并没有歇停下来，而是驶出了北门，越过了一条陈小喊称之为阿雅尔的小河，径自来到了一片果木成林、绿柳四垂的湖畔。

果然，车子款款停住后，棋手打起了帘子，礼让两个人下来，欣慰地说：小西湖到了，管家正在恭候二位，快随我来吧。棋手率着他们，先去了一座临时的帐幕，除下了身上的囚服，换回了自己来哈密时的那身衣裳。梵同和陈小喊互视了一番，这才找见了旧日的感觉，也开始对棋手深信不疑了。

这一刻，管家立在一片葡萄架下，须发皆雪，腰杆挺拔，一袭白色的袷袢雍容华贵，显出了他的权威和气象。棋手居中，依次绍介完双方后，梵同深深一揖，道了谢意，并说了吉祥的话。管家也回了礼，说了吉祥的话，忙请二位落座。下人们如走马灯似的，在桌子上布满了吃食，杯盘如云，肉香四溢。陈小喊一点也不客气，大快朵颐了起来，饿死鬼转世的样子，悄语说：梵同呀，这可是十八碗，哈密城里最上等的待遇，我跟着你享福了。管家始终挂着笑，亲自给客人们灌了两碗西红柿汁，又注了几滴蜂蜜水，让他们快快解渴。梵同尚有一些拘谨，请管家也一同用餐，毕竟是午饭的时间了。管家却抱臂坐在桌旁，如同一位慈祥的叔伯一样，一味地劝吃劝喝，殷勤至极。这个关节上，梵同瞭见下人们牵来了两匹马，毛色油亮，肌肉成团，站在了葡萄架外，马背上已然安顿好了水囊、干粮和铺盖卷。一匹是陈小喊的雪花豹，另一匹大马则是梵同骑来的。见了自己的坐骑，梵同好像见到了这一世里的生死伴当，心中忽然潮起了一份感念，暗自哽咽。这么些天来，在哈密的不堪境遇，竟仿佛南柯一梦，让他顿然生出了一种再世为人的幻觉。管家催说：吃饱些，吃饱了你们就要去赶长路，尽快出城去吧，估计砖厂里现在已经发现你们失踪了，耽误不得的。梵同放下了碗筷，抹着嘴，饱嗝连天地说：叔，真的饱了，快撑死了。陈小喊悻悻地停下手，翻了翻白眼，感觉肚子才刚刚半饱。闻听此言，管家款款起了身，冲着客人们抱拳一揖，慨然道：

"两位，咱们就此别过，望你们顺风顺水，早日还家。"

梵同弯腰，忙虚了一礼。

"喏，你们这一趟衔命而来，不负所托，回敦煌后就可以有个满意的交代了。这个包袱里，便是鸣山书院的丰鼎文先生寻找的佛经、文书和卷子，一样不差，一件不少。"管家挥了挥手，棋手捧着一只明黄色的包袱过来，郑重地递在了梵同的手里。管家又道："幸不辱使命，能在哈密一带截住这些莫高窟的宝物，你二位居功至伟，消息传达得太及时了，哈密王城不过是应故人的请求，做了一些该做的事罢了。另外，等见了山长之后，请务必转达哈密王对丰先生的致意。"梵同心知，包袱里的这些宝物失而复得，重归敦煌和千佛灵岩，其间一定埋藏着哈密王城付出的不少心血，隐含着众多哈密子弟的劳苦与艰辛。然而，如此的波折和磨难，此刻在管家的口中，却是云淡风轻，日月无迹，一如这湖畔的微风，看似无，实则有，充满了一种天地间的机密。梵同忽然下跪，磕起了头，感激道：

"叔，容许我代表山长，代表莫高窟，也代表敦煌，叩头谢恩吧。"

管家欲劝止，却也来不及了，看见梵同伏在了地上。

"我还要替这只包袱磕头。"

梵同行礼如仪。

"不必了。"管家一把拽起了梵同，抚住他的肩膀，虔敬地说，"这个在下承受不起，万万不可。要知道，天下所有的经书，其实是同一本书，名字就叫爱。爱需要去慢慢养育，爱等待着人们的皈依，天下之大，同此一理。"

梵同肃穆下来，犹如被开示了，喃喃道："爱！"

"是的，有多少信仰，就有多少笑容。"

管家始终微笑着，松开了梵同。

"叔，你的襄助，以及哈密王的大仁大义，梵同没齿不忘。告辞了，还请大家留步。"

"也好，你们抓紧出城吧，我唯恐生变，耽搁了你们。"这一时，管家拿出一枚镀金的腰牌，递在了梵同手中，殷殷叮嘱道，"此乃我们哈密王城的符券，你仔细收好了，日后但凡出了敦煌往西，走口外的话，它一定会给你开山辟水，搭一条人世上的光明路。"

"天哪，黄金腰牌！"陈小喊失声道。

梵同接住了，发现它是烫的，带着管家的特殊体温。

不料，这个节骨眼上，小西湖的另一端飞来了一匹快马，一个精壮的汉子被棋手领着，疾步闯进了葡萄架下。梵同瞭见，管家的面色一紧，匆忙探问道：情况如何了？井坑里有无生人？对方黯然地回答：塌方的坎儿井已经挖开了，里头的确有生人，已经接上话了，但塌落下来的土方实在是太多，一时间难以救援，现在只好停下了。管家再问：当家人呢，当家人有什么训示？我照办就是了。精壮汉子瞥望了一眼葡萄架下的两个陌生人，欲言又止。管家催他但说无妨，不必顾忌。汉子仔细道：当家人刚才发下话来，让家里抓紧采购三万五千块炼砖，赶快运到井难的地方，这样的话，工匠们一边箍井，一边掏挖，如此才能将井下被困的兄弟们抢救出来，才能活命。

此言一出，管家立时哑默了起来，踱着步，焦虑和不安写在了脸上，沉痛不已。

一旁的侍卫长愤懑地说：气死了，那个狗护军使显然是在落井下石，他明明知道郊外发生了井难，需要大量地用砖，可偏偏今天早上又哄抬了价钱，一块炼砖几乎翻了一倍，我看他就是冲着咱们来的。管家沉思着，伸手摘下了葡萄架上的一枚枯叶，又整理了一下刚刚发出来不久的蛤蟆卵大小的葡萄籽。棋手赳赳然地说：干脆呀，一不做二不休，咱们攻占了砖厂，将里面的那些无辜人开释出来，再把炼砖全部抢运出去，这好歹也是替天行道的事，想必当家人一定会答应的。岂料，管家一下子火了，痛斥道：放肆，如此动刀见血、杀人害命的勾当，只能是匹夫之勇，你这些不打粮食的话，殃及的是哈密百姓，你最好去漱漱口，别脏了大家的耳朵。棋手被训斥后，却并不曾离开，而是服帖地站在旁边，面红耳赤了起来。

半晌后，管家终于斟酌完毕，瞭看了一眼周围的风景，交代侍卫长说：快去，你这就去跟护军使交涉一下，就说我哈密王城愿意抵押这一座园林，愿意用整个小西湖，换他三万五千块上好的炼砖，事不宜迟，越快越好。蓦地，棋手哭丧起了脸，泪水在眼眶中打着转转，哀告说：使不得呀，这个小西湖是祖上传下来的，传了好几辈子人了，这么败家的事，你也不经过当家人的首肯，岂能轻易地抵押出去。棋手又生怨道：天哪，卖了小西湖，让当家人的脸往哪达搁，哈密人难道不戳当家人的脊梁骨嘛。很显然，管家立意已决，笃定说：其实，脸只是一张皮，如果井下的那些弟兄命都不在了，你抬着一张虚荣的脸皮，就能赎回他们珍贵的命么？不必再啰唆了，当家人虽说此刻在呼赛巴什的苏木里处置井难，但我相信当家人跟我是一个意思，如果有罪的话，我一个人扛得住，将来是杀是剐，这都与你无关。岂料，侍卫长却冷笑了起来：好我的管家哥哥呀，你也就太幼稚了，那个狗护军使现在要的是现钱，要的是真金白银，他随时都想开溜，别说一个小西湖了，你就算把整个哈密王城抵押给他，他还嫌累赘，他也怕泼烦。一席话醍醐灌顶，路明显被堵死了，管家一时无措，气得浑身哆嗦，白色的袷袢也剧烈地抖动着，泄露出了他焦灼不安的内心。

在一旁，梵同仔细地听完了，大致明晰了事情的前后因果。心猜，哈密王城一定是遇到了巨大的难处，目下被钱财绊住了手脚，所以才如此的窘迫，也如此的左右失据。梵同不假犹豫，撩开了衣襟的内衬，用牙齿撕断了边角上的针线，取出来一个信皮。梵同掏出了信瓤，恭敬地呈递给了管家，哀恳道：

"叔，这张汇票或许能救急，你们快用吧。"

管家狐疑地接在了手中，待看清了上面的内容后，不由得趔趄一番。管家惊愕地问："少年，你究竟是什么人？为何在口外，在新疆，在这么长的远路上，随身携带着这么一大笔钱？"侍卫长也警觉地跑了过来，瞄了一眼汇票，同样逼问道："这位尕哥哥，你带着一张如此大额的汇票，难道就不怕遭劫，不怕被杀么？"

"是这，这一笔钱是有正当来路的，每一分，每一厘，也全都干干净净。它是敦煌义庄的老东主交给我们胡家，要替索门在莫高窟，在千佛灵岩上，开一座家窟所使用的资金。"这么着，梵同简略介绍了个人的身世、胡家与索敞的契约，以及仓促出门时来不及处置，只好随身携带了汇票的全部过程。陈小喊自然也没闲荒，拍着腔子，慨然做证。梵同再道："哈密王城对我们二人的恩遇，对山长丰先生的信任，包括对莫高窟的此番援手，本是比天高，比地厚，梵同此生恐怕难以报答。区区一张汇票,只能略表心迹,还盼诸位宽谅与理解,赶紧笑纳下了,抓紧去救人吧。"

管家内热外冷,拒绝道:"这是旁人的定金,岂可轻易转赠,随意挪用。"

"不,窟子是人造的,人命却是天赐的,所以一条命比任何窟子还金贵。"

"汇票就是契约,里头有信义二字。"管家道。

"不错!但是在信义之外,另有天理。这天理就在于,窟子一般是冷的,井坑却是发烫的,下头埋着的那些人,他们一个个可都是热身子,等待着救援,等待着重见天日。"梵同激奋起来,再也不管不顾了,恳切说,"咱们现在多一句争执,就会多耽误一分光阴。我实心求你们了,敦煌千佛灵岩上的一百座窟子,也抵不上这里的一具热身子。"

"这位少东主,如何称呼你?"

"晚生姓胡,名梵同,来自沙州城外的胡家坊。"梵同答。

倏忽间,管家将汇票交给了侍卫长,转身搂住了梵同,紧紧地拥抱了这个敦煌少年。

# 卷十四

"梵义，你还想赎买了她么？"蒋斧问。

"不，干脆劫了。"

这帮人在凉棚下吃喝着，心不在焉，不时地抬头觑望一下，捕捉着市场上的动静。甘州城外，真正做买卖的人少，大多是来看热闹的，表情上挂着革命者的鄙夷，左鼻孔里一哼，右鼻孔里一哈，样子骄傲极了。有的人当众烧了铰下来的辫子，也有人将旗人褂子上的马蹄袖剪下来，套在了狗的腿上，用一根绳子拽在尻子后头溜达。远处的门楼上，五色国旗插满了城堞，半人高的油漆字站在墙上，均是一些五族共和、驱逐鞑虏之类的标语与口号。偶尔，城楼上的士兵们扔下来一挂鞭炮，炸响在空中，不是惊了马，便是吓坏了骡子，一时间鬼哭狼嚎的，局面顿时失控。七天前，从陕西发来的一支革命军，继攻克了兰州城后，又西渡黄河，进入了古浪峡，接连收复了凉州和甘州。沿路上，朝廷先前布防于河西走廊一线的各个兵营，要么哗变倒戈，拥戴军政府，要么一夜之间崩溃，作鸟兽散。稍有一官半职的，携卷着搜刮而来的金银细软和家眷们，纷纷连夜遁逃，不知所踪。自打天下共和了之后，甘州南门外的这一片荒地上，便自发形成了一个集市。原先满族营里的旗人们，在绝望之际，被迫生出了舍离心，将家里的花瓶、镜子、衣物、屏风、炕柜、桌椅、骡马、地契、门板、匾额、五谷杂粮与各式古董，搬放在了光天化日之下，作价贱卖，意欲带上一笔现钱，尽早东归，撤离这一片狼烟之地。甘州的土著们背着手，来去转达，一边啐唾沫，一边骂着鞑子，心里高兴得像一大锅刚刚烧滚的开水。偶尔，也有丧尽天良的老财东进入市场，手中扯拽着一根麻绳，麻绳后头往往捆缚着一名女子，据说不是丫鬟，便是姿色全无的尕婆子。女子们的口中塞实了抹布，头发上插着草标，在毒日头下晒上一阵子后，人便失去了哭闹，任由老财东随意讲价，替她另寻一个未知的归宿。土著们最喜欢这种贩人的场合了，一个个笑得咧开了满嘴的大槽牙，要么拨弄一下女子的耳朵，要么摸摸人家的下巴，反正沾了光，揩了油，将指头含在嘴里，唧个不停。一旦遇上了长相标致的，土著们也懂得起码的规矩，君子动口不动手，只啧啧不断，却从不冒犯，好像身上贴满了封条。土著们一般会夸赞说：哎呀，白脖子。哎呀，毛眼睛。哎呀呀，我的尕心疼，我的白肉肉。

有了市场，周围便有了卖吃喝的摊子，巧嫂子就是一例。

昨日晚夕，梵义跟着蒋爷他们这一帮飞行游击路经南门时，早已人困马乏，只好在路边打尖，落座在了巧嫂子的店内。巧嫂子是甘州城里的一个老招牌，分号颇多，见缝插针，这里不过是一个临时搭建的凉棚，锅灶和案板都在露天下，一切从简。伙计拎着一桶面汤过来，每人一碗，撒了芫荽和蒜苗，先解渴，后吃面。巧嫂子不小了，满脸褶子，头发斑白，但她有一手上好的茶饭手艺，尤其是菜拌拉条子，远近知名。梵义发现，蒋爷他们跟巧嫂子颇为熟稔，一口一个姨娘地叫，这个拿一根黄瓜，那个取一只蒸馍，随意极了。半晌后，饭食端了上来，多得冒尖，凉棚下顿时传出了一阵阵喉咙的响。梵义吃得淌汗，一扭头，却见巧嫂子蹒跚过来，偎坐在了自己跟蒋爷中间。在这样的天气下，胖人就是火炉子，而巧嫂子更是一座大窑炉，令梵义生畏。巧嫂子剥了几瓣蒜，扔在蒋爷的碗里，又塞给了梵义，嘻然说：吃面不吃蒜，味道减一半，哦，你们不是前几日才离开甘州的么，怎么又折返回来了，这次去哪达发财呀？蒋爷道：姨娘，次次路过都来打搅你，真是过意不去啊，上次我们下了一趟凉州，身上有买卖，这次去焉支山，却是无事一身轻，专门陪着你旁边的这位少东主去的。梵义起身，虚了一礼。巧嫂子兀自惊叹道：哎哟，这么标致的少年呀，你将来不是带兵的元帅，便一定是朝堂上的宰相，难怪西天上的日头都这么亮。梵义一时尴尬，将鼻脸埋在了粗碗中，思忖道，买卖人的嘴，尤其是女人的嘴，真的好像抹了一层酥油似的，哪里都吃得开。这一时，梵义窥见巧嫂子摸出了一张字条，摁在桌上，悄静地说：你们看看这个吧。蒋斧依言看了，面露惊惧，又将字条推给了梵义。梵义一瞧，但见上面有一行墨字：好心人，求你给我一刀，送我上黄泉路吧，我给你磕头求请了。此时的巧嫂子，已经由喜转怒，浑身粗鲁得像一只愤怒的皮球。梵义低语问：姨娘，这求死的人是谁，现在何处？巧嫂子努了努嘴，指示道：往左手看，十丈远的台子上，那个插了草标的丫头。末了，又叮嘱道：小爷们，你们千万别鲁莽，她的周围有歹人，万一被发现的话，这丫头准定活不过今晚夕的。

梵义却并不理睬这一茬，内里腾起了一堆火，丢下饭碗，仓朗朗而去。

台子的周围，麇集了无数的看客，一边围观着被兜售的丫头，一边指指戳戳，喊她小白鞋。旁边有一个西瓜摊子，梵义蹲下来，佯装挑西瓜，耳朵张开了，目光也泼了上去。丫头年岁不大，约莫有十六七的样子，蓬头垢面，衣衫褴褛，笔挺地站在台子上，闭了双目，似乎不忍心去张看一眼这个无情无义的荒凉世间。丫头的鞋面上蒙了一层白布，这是挂孝的意思。果然，旁边立着一块牌子，上头字迹鲜明，明码标价：卖身葬父，付讫银洋六十，即刻领走。土著们私议着，啐着唾沫，显然被这个天价激怒了，嚷骂说：哎哟喂，这究竟是卖人，还是卖麒麟和凤凰呀，连天上的龙肉也没有这么贵，这个小白鞋一定是疯掉了。这些闲话没有被一风吹净，而是飘到了小白鞋的耳朵里，令她的五官覆上了一种生不如死的表情。梵义觑见，这丫头晒得颊面彤红，神色暗沉，却始终紧绷着两条腿，尽力站着，身上有一种别样的期许与盼头。梵义猜度，她之所以如此的勉为其难，绝非像牌子上所宣喻的那样，要去卖身葬父，而是有一种可怖而黑暗的力量挟制了她，威逼住她，让她不得不如此顺服，如此就范。念想至此，梵义便觉得这中间大有隐情，目光逡巡了好几趟，也没有从附近的看客们头上，挑剔出一两个可疑之人来。

梵义捺下性子，抱着两只西瓜回到了凉棚下，招呼一帮子游击快来吃。梵义喊来了蒋斧，将巧嫂子拉到了一个僻静处，央告说：姨娘，你手里的这个字条是如何得来的？事关人命，请你仔细说知道，我们心中也好有一个尺码。巧嫂子一怔，吓唬道：小爷们，赶紧吃饱了肚子，你们哪达的鬼，去害哪达的人吧，这个旱码头上的泼烦事，千万别出头，也别逞能。梵乂抢白说：人命一条，浮屠一座，她虽然想求死，实则是在喊救命，我们岂能坐视不管。巧嫂子太胖了，犹如一只风箱似的喘息不定：小爷们，人世上已经被祸害乱了，这甘州城里少不了北边沙漠上来的强人，也不缺祁连山中下来的土匪，先前兵营里的那些鞑子也在浑水摸鱼，我劝你们趁早歇手吧，你们也是有爹娘老子的人。蒋斧插嘴说：哎哟姨娘，我一直当你是一位胖菩萨，你把那个丫头当成自己亲生的，吐个口便是了，这又不是剐你身上的油。闻听此语，巧嫂子款然坐了下来，咧笑说：姨娘刚才是在试探你们哪，看看你们裆里有没有那一坨儿子娃娃的肉，嗯，这下我不说不是人，你们乖乖听着。

其实，巧嫂子也没讲出个究竟来，三言两语就作结了，反倒给梵乂和蒋斧留下了更多的谜团，增加了更大的困惑。姨娘，她就这么站了两天了，一直没卖出去呀？蒋斧问。对，明天是第三天了，撒点盐的话，准保会晒成一根腌黄瓜的，能下饭吃。巧嫂子回道。蒋斧又问：当初她来到了南门下，是一个人呢，还是有另外的伴当？巧嫂子忆想道：我当时忙，也没看清，后来人们呼啦啦地围了过去，我这才知道一个白白净净的丫头站在了台子上，自己在叫卖自己哪。哦，你们快瞅瞅，她现在晒黑了，不像黄瓜，倒像是一根茄子了。蒋斧唏嘘说：六十块大洋，够买一座衙门官邸了，她还真敢给自己开价，她到底是什么路数，怎么就沦落到了这个地步，这里头一定大有文章。巧嫂子扑哧一笑，凭着生意人的精明说：秃子头上的虱子，这不明摆着嘛，她用这个价码吓退了买主们，其实就是不想卖。蒋斧诧异道：不卖，那她是敦煌六合班的戏娃子，在甘州城下演戏呀？恰在此时，一个伙计拾了一摞脏碗抱在怀里，脚下不当心，被一块西瓜皮滑倒了，直接摔在了地上，扔出了一地的荆棘。巧嫂子虽说浑身累赘，但一矬肩膀，一道烟地扑将上去，一屁股坐在了伙计的胸膛上，左右开弓，将其直接开成了一座染坊，打了个半死。一帮保商游击愕然不已，仿佛看见了《水浒传》里走出来的孙二娘一般，立时规矩了下来。

这个过程中，梵义始终稳静不语，捏着那一张字条，翻过来掉过去地详察。梵义断定，这一行清秀隽永的小楷字，从容，冷静，结构周正，功力不凡，绝非出自等闲之辈。倘若真的是这一个插了草标的丫头写下的，那对方的身世必定另有一番说辞，她站在城门下的所谓卖身葬父，只不过是虚晃一枪。梵义瞭看一眼远处的那个丫头，然后又盯住这一行墨字，心思缥缈，寻找着其中的神秘关节与因果，一时间，几乎快被手中的字条迷住了。巧嫂子旗开得胜地过来后，梵义又恳求了她，请她再复述一遍字条的来历。

于是，巧嫂子旧话重提，又绍介了一遍。原来，当日午时刚过，吃客们颇多，她正在锅台上忙碌着，忽然听见南门外炸了群，人们纷传道，那个小白鞋晕倒了，晕死过去了。巧嫂子料定，没别的原因，一定是晒晕了，遂端上一碗凉凉的面汤，紧着跑了过去。小白鞋栽倒在地上，尘土扑面，气息奄奄，周遭却没有一个人过来援手，但巧嫂子清楚，其实暗中有无数双的贼眼睛在盯看着，在张网以待。巧嫂子给小白鞋灌了面汤，又掐了人中，仍不见对方醒转过来，情况堪危，便当即发作了。巧嫂子的发作类似于撒泼，啐着唾沫，跺着脚，指东骂西的，喝令附近的人们统统滚蛋，不许偷窥。巧嫂子当时扯开了声嗓，尖骂道：谁敢看，我就把脏血泼在谁的鼻脸上，这是妇人们身上的事，一个月一次，不懂的话，回去问你娘老子，问你的姊妹们去吧。果然，这句话就像一道灵验的咒语，人们捂住眼睛跑远了，生怕觑见了不洁之物。巧嫂子仍不罢休，抓住了几个骆驼客，央求借用一下他们的帐幕。不一时，帐幕临时搭建了起来，辟出了一块方寸之地，将外面的尘世隔绝了出去，慢慢地悄静下来。借着这一丛阴凉地，巧嫂子又灌下了半碗凉面汤，小白鞋哎哟一声，终于吐出了一口浊气，睁开了眼睛。巧嫂子问：你一个姑娘家的，没皮没脸，就算想卖了自己去葬父，也不能开这么大的价码吧？哦，你爹老子又不是知府和道台，想睡金棺呀，还是想睡银棺？小白鞋不语，只是一味地哭，嘴上挂了锁子似的，撬也撬不开。巧嫂子又道：我这下明白了，你是被歹人们掳来的，站在这个台子上被迫卖身，六十块大洋也是他们开出的价码，其实根本就不打算卖了你，你只是一个幌子罢了，那他们究竟想勒索个什么？小白鞋哭出了声，死死地拽住了巧嫂子的大襟，一来怕她走掉，二者，也疑心对方的身份，不肯相告。巧嫂子嫌怨地说：现在还不到你哭丧的时候，等他们把你卖进了窑子里，你再美美地哭一场吧，你不说实话，就当我这一碗面汤喂了狗了。

恰在这时，帐幕外传来了一阵嘈杂声，几个男将鬼祟地贴了过来，机会终于错失了。隔墙有耳，小白鞋无法开口，幸亏帐幕中圈进来了一个算命先生的案子，桌案上有墨笔和纸，她便趴在了那里，仓促地写下了这一张字条，塞给了巧嫂子。这一瞬，帐幕被拆除了，巧嫂子不再多话，惶惶而走。令人错愕的是，小白鞋扑打完身上的灰土，插好草标，重新站在了那一座台子上，好像她真的值六十块银洋似的。巧嫂子讲述完了这些，愤懑地说：

"哎哟，落难的凤凰不如鸡呀，谁能料到，焉支山凉灯村的人也有今天。"

梵义诧异道："姨娘，你是说她是凉灯村的人？"

"对呀。你瞧她身上的那一套衣裳，别看脏了破了旧了，却是一匹上好的料子做的，掐金走银，低领盘扣，居然还这么招摇。唉，除了焉支山下凉灯村的人敢穿，甘州城里的大户子弟们哪个敢，都怕坏了规矩不是。"巧嫂子做买卖久了，消息灵通，又道，"凉灯村里的人不是皇亲国戚，便是八旗的后人。虽说祖上都被贬了，流放在了焉支山下的草场上给朝廷喂马，但瘦死的骆驼比马大，先前的架子还没塌。"

蒋斧插话："我们正要去焉支山下，去一趟凉灯村的。"

"快歇缓吧，你们去不了了。"巧嫂子一挥手，招来了刚才挨过打的那个伙计，替客人们各续了一碗凉面汤。伙计的鼻脸早就肿了，眼眶发乌，老鼠怕猫似的，紧躲着掌柜的。巧嫂子又说："皇上一倒，朝廷也完蛋了，凉灯村的人就像被打断了脊梁骨的癞皮狗一样，逃的逃，死的死。为什么？因为祁连山上的土匪们下来了，凉灯村就是一块大肥肉，抢了三天，烧了五日，由着他们糟蹋光了。"

听罢此话，梵义一下子灰心无比，仅存的那一点求医问药的念想，那一份对父亲痊愈的期冀，便也像一盏油灯似的，慢慢地凉却了下来，几近于熄灭。梵义的内里恓惶不止，盯看着手中的这一行隽永清丽的墨字，一份天然的好感，一种对字纸的信赖，让他渐渐地滋生出了舍下这一具热身子，要么劫法场，要么赎买人，救小白鞋出离这一片火海的想法。梵义思忖道，远的暂且救不了，但近在眼前的这一座修罗之场，于生死之际，分明是天老爷发下来的一份试卷，也一定是对自己的探问，岂能撒手不管，一走了之。这么着，梵义的心中升起了一股少年的血勇，骨骼铮铮，心若磐石。岂料，梵义刚说出了这么个想法，蒋斧却惊得张大了嘴巴，抢辩道：梵义，你疯了呀，脑子烧坏了么？这可不是敦煌，这是在甘州城，你我两眼一抹黑的，这跟抢着睡棺材有什么两样？巧嫂子也附和说：人是一疙瘩肉，里外看不透，这南门下的妖魔多了，一个个都披着人皮，我可不情愿明年的这会儿，你们再来泼烦我，催我去庙里给你们点一周年的祭香。梵义笃定道：既然劫不走人，那就赎买吧，如果六十块大洋能救下一条命，这个债我来扛，我砸锅卖铁，也不忍心见她像一头牲口那样被作践。蒋斧苦笑着：梵义，钱呢？你浑身上下搜罗一遍，恐怕也凑不够六十块银洋吧，你干指头蘸盐，拿啥去赎买人？梵义慷慨地说：我有一匹马，我再借你、卡利班、昆莫、李无亏、项楚和茹老二的坐骑，把这些马统统卖掉，筹了款，先解决眼下的难题。哼，大不了，我把你们一个个背回敦煌，还了诸位的钱，你们再去玉门镇的左家各买一匹良驹。蒋斧被一口面汤呛住了，噗的一声喷了出来，怒目道：梵义你个糊涂匠，我们好心保你这一趟下了焉支山，你不说半个谢字也就罢了，反过来却在我们身上打鬼主意。你知道么，在真正的游击眼中，马就是一个换帖的兄弟，马也是自己的另一条命，岂可出卖，岂能用金钱衡量？梵义知道自己捅了马蜂窝，忙作揖哀告，请蒋斧消消气。周遭的一帮子食客循声瞥望过来，不明白发生了什么事，梵义黯然地埋下了头，似乎干了亏心的勾当。

半晌后，梵义又被另一个念头攫住了。

梵义嘻然说：干脆先预订了，把小白鞋提前预订下来，待我明日一早进了甘州城，给弟弟梵同，给肃州的洪门同时发出去一封急件，让他们替我筹钱，然后各寄一张汇票过来，如此方可解了燃眉之急。梵义被这个大胆而刺激的想法鼓舞了，兴奋莫名，释解说：敦煌出三十，肃州的洪门也出三十，两厢里一凑，不出三五日，我就能救下小白鞋了，给她开一条生路。旁侧里，巧嫂子的手上多了一根葵花叶子，当作蒲扇一样，朝自己的肉上扇着凉风，诡谲道：人家明明不卖，你偏要买，我还真没见过像你这样的少东主。梵义反驳说：钱的话，谁都能听懂的，我相信这个路子可行。这一时，巧嫂子发笑了，身上的肥肉开始打战，揶揄道：这位小爷，日头还没落山哪，你怎么就开始说昏黑的话了？你的确不知，自打天下共和，革命军收编了甘州城之后，这金铺、钱庄、邮驿和汇兑庄都已经关张歇业了，你去哪达发急件？你又在何处兑付汇票？夕光下，巧嫂子指着南门外的一堆堆商贾，绍介道：瞧见了吧，那些急着发财的大小掌柜，也走不通钱庄和汇兑庄这两条路，只好花了大价钱，雇上几名刀客，脑袋别在了腰带上，冒险押着一大笔一大笔的现钱上路，呵呵，说不定哪一天就栽了，连埋尸的地方也不知道。

梵义虽说平日里也帮衬着家里的生意，但毕竟道行浅薄，不谙此路，忙向对方讨教。巧嫂子仔细说：退一步讲，即便现在有一两家暗地里开张营业的汇兑庄，但现银不足，汇水却日见上涨，比如你从敦煌汇甘州三十两，汇水起码也在十两左右，所以河西这一带的贸易大为失色，城里的店铺几乎垮了一多半，如今挣个钱呀，简直比吃屎还难。蒋斧也喟叹说：确实，甘凉道断了，河西的路断了，连一根针、一粒芝麻都难以输送。梵义不再幻想，也不再执拗了，但这些话像撒下的一把草籽，终将在未来的某一日，发出灵感的芽根，在他的心中漫山遍野地肆虐起来。梵义道：再等等吧，相信办法总比想法多，今晚夕咱们就睡在南门外，太热了，甘州的蚊子也太多了。蒋斧哎哟一声，问说：不走了，不去焉支山下的凉灯村了？梵义沮丧地答复：既然路断了，再走的话，也无非是一条死路，不如就地扎营，让大家吃了西瓜，美美地歇缓上一夜吧。

这个关节上，巧嫂子突然抬起了肥硕的尻子，瞭看着远处：你们瞧，小白鞋不见了。不见了，谁掳走了她？这背后一定有人！蒋斧喝问。梵义发现,太阳淹没在了地平线之下,一道薄暮笼盖在了祁连山北麓,笼盖在了这一片炽热的绿洲上,那座台子周围空空荡荡的,而附近游走的商贾们波澜不惊,谁也不会在意的。巧嫂子唏嘘道:放宽心吧,今天没卖掉,明日还会接着来卖的,小白鞋那个死妖精呀,揪心死我了。

果然,像预料的那样,次日一早,待梵义和一干飞行游击陆续醒来,懒散地去了不远处的湖畔,洗完脸,漱了口,乌泱泱地回来时,小白鞋竟然又站在了那座台子上,插着草标,继续兜售着自己。像前一日那样,小白鞋双腿紧绷,腰脊挺拔,站成了一根木头桩子,既不哀戚,亦无顾盼,挂着一种灰烬般的表情。梵义心中的迷雾犹在,丝毫也没有解除,所以耽搁了吃喝,看着面前的一碗羊汤渐渐地变凉了,泛起了一层油脂。巧嫂子供应的早饭,一般是拌汤和锅盔,但今天不同,满满一大锅羊汤沸腾着,将蒜苗和芫荽的香气一再拂远,令南门下的人们蹙紧了鼻子,口舌生津。巧嫂子喋喋地说:附近崔家庄的羊圈让狼给闹了,咬死了一大堆,庄主后半夜里差人送来了一只羯羊,肥得跟我一样,切下了整整一案板的肉。又扯开了声嗓,喊叫八方地说:大家都来吃呀,吃饱了好上路,你们有心了丢个麻钱,没钱了给个笑脸,反正我也不图这个发财,放开肚子吃吧。

不要钱的饭,不吃白不吃。一时间,凉棚下麇集了不少的人,有皮子匠、骆驼客、马锅头和行商,也有弹棉花的、卖种子的、货郎与弹弦子的贤孝艺人,纷纷伸出了手,乱作一团。挨过打的那个伙计苦瓜着脸,舀一碗汤,嘟哝上一句,再往汤面上丢一把调料,好像天底下的人都欠了他八辈子的钱似的。端上羊汤的人要么蹲着,要么坐下,从夹袄里掏出了干硬的馍馍或鏊饼,掰碎后,泡在了碗里,一眨眼就酥了。他们一边吞吃着,一边凝望着巧嫂子,直觉得对方就是一位在世的观世音娘娘,用一碗羊汤送来了福音。游击们陆续吃毕了,去了旁边的林子里,打了水,先是饮马刷马,伺候饲料,又忙着将夜晚露宿的行李捆扎起来,安顿在了马背上。蒋斧打着饱嗝,在烟杆子里填上了烟料,喷出了一口浓烟,自长条桌对面吹送过来,罩在了梵义的头顶,犹若一顶淡黑色的紧箍帽子。蒋斧讥讽道:真没料到呀,我们保了一路的人，原先并不是什么正人君子，而是一个花痴。梵义慌忙从远处敛回了目光，羞臊地说：好哥哥，你就别薅我身上的羊毛了，我只是不忍心罢了；这么一个清白的女子像牲口一样被贩卖着，如果见死不救的话，上佛也会怪罪下来的。蒋斧更换了话题，虚了一礼说：梵义，说心里话，其实我们几个挺钦佩你的，你真的是一个儿子娃娃，脊梁骨硬，肩膀上敢扛事，自己也有主见。梵义匆忙道：拜托，先别忙着给我穿袈裟，也别给我灌米汤了，我能有什么德行呀，我的这张脸还要用一辈子的，千万别当面撕了。嗯，胆量，我们钦佩的是你身上的胆量。蒋斧夸赞完，又追问说：梵义，你还想赎买了她么？这一时，梵义沉吟道：咱们这一帮穷鬼，靠什么去赎买，干脆劫了，替她开一条生路吧。蒋斧突然起身，打算去林子里张罗弟兄们，临走前抛下了一句话，慨然说：梵义，将来是杀是剐，将来让天老爷去算账，不过哪，咱们现在要结成一伙子生死伴当，闹出来一个天大的响，大不了杀进紫禁城去，弟兄们坐北朝南，竖旗为王。言罢，蒋斧簌簌而走。

梵义盯视着蒋斧的背影，内里潮起了一股滚烫的肝胆之气，血勇不已。孰料，梵义还没有来得及消化这一份信任，心情却又像滚石一般，坠落在了谷底。因为，一只羽毛斑斓的公鸡出现在了梵义的视野中，张着翅膀，仿佛它就是落草为寇的老鹰。

这一刹，梵义知道，故人来了。

公鸡摇曳着，站在王成彪的肩头上，趄趄然的，色彩鲜亮，不可一世。王成彪暗黑着脸，也不吭气，径自落座在了梵义的对面。梵义赶紧起身，隔着一张长条桌，抱拳揖了一礼，喊了哥哥。岂料，王成彪干脆不搭理对方，支起胳膊，让公鸡款款走了下来，站在了桌上。梵义又喊了一声哥哥，王成彪继续装聋作哑，竟然从梵义的碗里舀了一勺汤，接在手心里，喂给公鸡啄吃。这么着，梵义也生出了一份顽劣心，揶揄道：老房子不塌，新房子才漏，有个人声称自己活不过这几天了，却比谁都活得长久，自欺欺人罢了。王成彪兀自伺候着公鸡，嘀咕说：鸡爷，你老人家如果嫌吵的话，不妨过去啄上一口，让老鸹快点闭嘴吧。梵义呵呵道：鸡爷，你老人家也要当心才是，小心有的人当面给你抹蜂蜜水，背后却来拔你的毛，然后再炮制出一封鸡毛信，投给延安府东门王百令大人的宅下。凉棚下生意红火，熙来攘往，很多客人端着手里的热羊汤，拢在了这张桌子的前面，惊诧地打量着这一只骄傲的公鸡，又对王成彪怒目以对，厌恶他的嚣张与无礼。巧嫂子却见怪不怪，拎着一片葵花叶子，左扇一把凉风，右打一下苍蝇，吆喝着南门下的行人们，对这一只公鸡的捣乱熟视无睹。梵义接续说：其实吧，鸡毛信就是一封白帖，写信的人起了歹念，暗藏祸心，自己报了自己的死讯，却不知白发高堂获知了那封信之后，该是如何的肝裂肠断，疾首痛心。不过吧，幸亏天老爷还没瞎掉，天老爷就站在头顶上，知道那个不孝子还混迹在这一世的光阴里，抱着一只公鸡，在干亏人的勾当。王成彪对这样的詈骂不为所动，即便梵义的话字字锥心，令他心荆肉棘，但面色上依旧像一池平静的湖水，连一丝涟漪也不曾泛起。梵义再一次激将说：我曾经信了他的话，相信他是河西长路上一名优良的游击，心揣烈焰，横扫东西。不为别的，只因上一次临分手前他对我说，少年，你千万记住，你骑在马上时，一定要昂起头，你只有昂起了头，马才有精神和力量，你也才可以听风辨位，言出法随，不至于把这一条路弄丢了。言说至此，梵义忽然眼睛一软，目中模糊了起来，又道：上一回，我曾经答应过他，待再次见面时，我一定要喊他一声哥哥，换命的哥哥，割头的哥哥。不承想，我这个哥哥却玩物丧志，耽溺于一只公鸡，撒下了一个个的弥天大谎。唉，我真的走眼了，老鸹真该来啄掉我的这两颗瞎眼珠子。这一刹，王成彪款款抬起头来，逼视着梵义，问说：

"少年，让我记住你的名字吧。"

梵义答："姓胡，名梵义，来自敦煌胡家坊。"

"哦，那我拜托你一件事吧，梵义？"

"尽管说。"

"记住，我所有的话都是算数的，一字不改。"王成彪突然撩开衣襟，摸出了一把砍刀，掷在桌子上，截铁地说，"兄弟，这一世的情义，今天真的就要了结了。来世少年的时节，你我再做一次相会的盘算吧。我认你，梵义弟弟。"

恰在这个节骨眼上,凉棚下秩序大乱,人惊马跳,惨叫声烈。梵义回眸一觑,但见形色不同、身份各异的吃客们东倒西歪,一个个捂住了肚腹,要么躺在地上打滚,要么开始呕吐,空气中弥散着一股呛人的尘土,一种馊臭的恶劣气味。王成彪拍着桌子,哈哈大笑,笑声中带着一种魔法似的,令更多的人趔趄不已,栽倒在了地上。一个算命先生模样的家伙抢过来,扯住了巧嫂子的胳膊,逼问说:婊子,你在羊汤里放了闹草,你究竟是何人?巧嫂子委屈地尖喊:亏死你先人了,白吃白喝的,现在却要猪八戒倒打一耙,往老娘的脸上抹粪汤,滚尿吧。另一个骆驼客穿着光板皮袄,端着碗,踉跄地奔了过来,用筷子挑起了一片肉,质问道:你个肥婆娘,你实话说,这到底是羊肉,还是狼肉?巧嫂子难过极了,拖着哭腔说:你个不长眼睛的瞎汉,你瞧瞧吧,大羯羊的头和皮子还挂在杆子上,老娘能开黑店嘛。梵义内心狐疑,忙张看了一眼自己的伴当们,瞭见蒋爷他们刚刚从林子里趑过来,一人牵着一匹马,神清气爽,面色英武,马背上的一应行李早已捆扎停当,随时都可以上路。梵义暗忖,不知道在哪里积了善功,烧了高香,伴当们竟然全被豁免了,逃过了这一劫,没被羊汤里的闹草撂翻在地。凉棚下,争执犹在,爹哭娘嚎的,又有不少的吃客陆续倒地,躺成了一片人肉席子。那个卖西瓜的摊主像一根蚯蚓似的,慢慢爬行过来,一把抱住了巧嫂子的大腿,喝问说:你个娼妇,你是凉灯村的人吧,你故意在这里摆摊开店,好让大家都着了你的道,全被闹草给麻翻了。巧嫂子被围困了,但脸上并无惊惧之色,拎着那一根葵花叶子,扑打着周围的苍蝇。炉灶旁,挨过打的那名伙计也是一副气定神闲的嘴脸,用铁钩子从汤锅中捞起了一扇羊排,扔在了案板上,又用一把菜刀仔细地剔除着上头的肉。巧嫂子被泼烦坏了,指着伙计开骂:你个坏尻,老娘被这三条疯狗撕咬住了,你是不是很开心,觉得替你报了昨晚夕的仇呀?伙计闻声,突然举起明晃晃的菜刀,一道烟地冲了过来,怒骂说:哪个狗日的胆敢碰一下我干娘,我非剜了他的心,抽了他的脚筋,把他做成一碗杂碎不可。

或许,这些人中毒太深了,梵义清晰地看见,伙计只戳了一指头,又戳了一指头,再戳了一指头,卖瓜的,算命的,以及那个骆驼客，纷纷像风中的落叶，飘失在了地上，奄奄一息。大庭广众之下，巧嫂子哀叹道：哎哟喂，真是对不住我这一块金字招牌呀，我供了它半辈子，才挣下了这么一个好名声，可是说毁就毁了，谁都想来糟蹋上一番，我现在连死的心都有了。伙计弯下腰，在地上的那三个人身上搜查了一遍，统共找见了七把刀子，扬手扔在了梵义面前的桌子上。巧嫂子哭诉道：你个坏尿，你实话说，你究竟在汤锅里下没下闹草，让你的叔伯们这样子下跪磕头，成心来伤我的脸，折我的寿？伙计辩白说：一根闹草就能麻翻一匹马，两根的话，便能麻翻一匹骆驼，叔伯们躺了这么一地，少说也有十几号人，我的汤锅里除了蒜苗和芫荽，你要是能找出一半根闹草的话，我当场死给你看。这一时，巧嫂子貌似醒悟了，讶异道：天杀的，那只大羯羊原先是被狼咬死的，狼的牙齿里当然有毒了，所以才坏了这一锅羊汤，才这么伤天害命的。伙计咧笑说：对着哪，真的对着哪。

梵义一面耳食着主仆二人的斗嘴，一面盯视着王成彪，渐渐地琢磨明白了。先前王成彪对自己的冷漠，一是在拖延时间，二是怕梵义乃无辜之身，担心他不明就里地卷入眼前的这一场乱局，伤害了彼此的情分。梵义判断，这是一场预先安排好了的大戏，才刚刚起了响板，奏开弦子。果然，待凉棚下的最后一个吃客摔倒后，王成彪捧住桌子上的公鸡，塞在了梵义的怀里。王成彪托付说：

"兄弟，等一下替我记个符，念个愿，将它放生在那片林子里去吧。我这样一个将死的人，以后会睡得很沉，再也不必麻烦鸡爷来打鸣，鸡爷来报时了。"

梵义不语。

"另外，这个包袱里头有一块骆驼身上的火印，还有一副骆驼的门牙。半年前，哥哥我保了一支向西的商队，却在瓜州一带出了事，全部折光了。对不住呀，你在腰站子碰见我的时候，我才逃生出来，但我没给你吐过一个字。"王成彪将一只拳头大小的包袱，托孤般地搁在梵义的手边，"商队赔光了，我彻底败了。按着游击这一行的规矩，这是给雇主的信物，好让对方知道。"

梵义寒凉地问："交给谁？雇主是哪个？"

"孔祥鹤。记住了，雇主是焉支山下凉灯村的孔大先生。"

"什么？"

梵义魂飞魄散。

王成彪缄默着，仰看了一番甘州的天空。待他再低下头时，梵义瞭见一股褐色的血水，从他的嘴角上淌了下来，鼻脸煞白。王成彪叮嘱说："兄弟，你也不必鞍马劳顿，再去跑一趟焉支山了，因为凉灯村已经被土匪们毁了，孔大先生此刻就站在南门下，我得走了。"

言毕，王成彪抓住了砍刀，用袖子拭净了刀刃，扛在肩上，埋下头走了。蒋斧等一帮子飞行游击拽住马匹，让开了一条路，目送着王成彪慨然离去。甘州城的南门下骡马喧天，人头攒动，新的一天开始了。刚刚发生在凉棚下的这一切，仿佛只是沟渠中泛起的一朵浊浪，无足轻重，无影无息。那一把大砍刀裹挟着一股瘆人的寒意，通体烁烨，分外肃杀，径直走向了台子上站立的小白鞋。

这一刹，梵义忆想起了王成彪对自己的千般好，万般厚爱，又盯望着对方枯槁而苍茫的背影，分明在他的脊背上，发现了一颗无形的墨字：死。梵义再也坐不住了，赶紧将桌子上的七把刀拿将过来，逐一分发给了蒋斧、卡利班、项楚、茹老二、昆莫和李无亏。没有多余的废话，刀子就是一副铁嘴铜牙，刀子的话，其实谁都能听懂。梵义将最后一把刀子袖在了手心里，一路碎跑，追撵了上去。听见了身后的脚声，王成彪突然停了下来，头也不回，呵斥道：胡梵义，胆敢再走一步的话，信不信我杀了你？梵义回说：保商的游击是不会杀人的，他只挣钱，他不想让两只手沾上血腥，但刀客不一样，刀客要的是公义与天良，他连死都不怕，还怕杀人么。王成彪暗笑一声：那好，那你说说看，在下究竟是一介游击，还是一名刀客？梵义追了一步，却被王成彪肩上的砍刀逼退了，仿佛他的后脑勺上另有一双眼睛。梵义道：不管哥哥是游击，还是一名刀客，反正他是我这一世里的伴当。既然是伴当，我就不能丢下他，让他一个人落怜，一个人受罪。王成彪思想了一下，点头道：嗯，兄弟当然就是伴当，伴当却未必是兄弟，梵义你占了两样，我真的很知足了。

这时候，从林子里跑出来了两个马锅头模样的粗黑汉子，刚刚拉完了屎，边跑边系着腰带。两个人见情势生变，丝毫也不敢马虎，动作迅疾，一道烟地抢上了那一座台子，突然叉住了小白鞋。王成彪也不甘人后，身形一闪，疾步掠了出去，滚石一样地停在了台子上，刀尖已然逼住了对方。梵义率着蒋斧诸人，栅栏似的围拢在了台子下方，一时间搭不上手，也帮不上忙，简直急出了一头的疙瘩。小白鞋被捆缚在台子当中，动弹不得，此刻突见一个陌生人从天而降，来路不明，她仍旧素着一张脸，目光绝望极了，对个人的生死也早已弃之不顾。这个关节上，其中一人开口问：祁连山上的鹞鹰多，黑河水里的鱼鳖多，但不知这位兄台在何处挂户，在哪里止渴？王成彪淡然地说：鹞鹰看护的是天空，鱼鳖打扫的是地土，假如碰上了一两个土匪，我当然要替天行道，照单全收。话音未毕，一刹那，刀光烁闪，出手如电，王成彪已经将刀尖钉在了对方的锁喉上，一股刺鼻的血水喷射了出来，马锅头晃了晃，便一头栽在了地上，碌碡似的滚下了台子。另一名土匪见状，面露恐惧，仓皇地问：好汉，河西道上的路宽，莫高窟下的佛善，听你的口音是敦煌人，你真是蚂蚁穿皮靴，装自己是一只大牲口，又何必来蹚这一道浑水，打搅别人的发财梦哪？王成彪突然剧烈地咳嗽了起来，咳得很难过，一只手提刀，另一只手捂住了心口，好像身体内的骨骼全部毁坏了，崩塌了，难以支撑住自己。梵义急得直冒汗，却也不敢唐突地跑上去援手，因为他发现王成彪跟这个土匪已呈犄角之势，谁先松懈，谁就第一个送命。

不承想，在这个千钧一发的关口上，王成彪挣扎一番后，再也挺不住了，手一松，砍刀掉在了地上。随后，人也慢慢地软了下去，跪在了台子上。

马锅头哈哈大笑，丢下了小白鞋，趋上前来，甩手扇了王成彪几个耳光。耳光嘹亮，王成彪的口鼻里登时鲜血四溅，形容尽毁，却连一句哀嚎也没有。马锅头叫骂说：杂种，你真的是在屁上画老虎，吓唬老子的锤子呢，你使出了这么下三烂的手段，在饭碗里下闹草，让我的伴当们跑肚子拉稀，说吧，那个该死的孔祥鹤究竟给了你多少钱？一旁的小白鞋闻听了孔祥鹤这个名字，一时间表情错愕，惊喊说：我爹呢，我爹怎么了？王成彪抹了一把脸上的血水，红面关公一般，苦笑说：执臣呀，你千万别怨怪你爹了，此番这个土匪头子来夏明烧了凉灯村，绑走了你，将你押在甘州城下叫卖，无非是想羞辱令尊，逼迫你爹交出那一张疗治牲口的药方，好让他们这一帮歹人发瘟疫的财，喝百姓的血，咂整个河西走廊的骨髓罢了。马锅头听罢，一下子笑疯了，笑得前仰后合，抬起脚上的皮靴，一阵乱雨般地踢踹在了王成彪的身上，断喝说：快闭上你的臭嘴，来夏明不是你叫的，老子在祁连山下，在甘凉道上，横行了这么多年，还从没见过哪个人如此放肆，敢直呼老子的大名。王成彪像一只被戳烂的麻袋，瘫在地上，却也朗笑了起来。王成彪快慰道：来夏明，你这下子失算了，甘州的城门马上就要打开了，等一下孔大先生就是一尊香音神，一位飞天娘娘，要将那一张药方天女散花地撒出去，今年的瘟疫有救了，今年的牲口们也有福了。

　　梵义惊悚地闻听着台子上面的对话，回头觑望了一眼城门楼子。这日晌午，天上无云，地上无风，五色国旗犹如一卷陈旧而疲沓的小羊皮，耷拉在天际上，跟世事无关，与生民无涉。楼门下聚集了滚滚如烟的小商小贩，一个个灰着脸，等待着城门开启，卡兵放行。梵义猜解不出，其中哪一位才是闻名河西的孔大先生，究竟哪一张面孔，才是传说中的医门大士孔祥鹤。念及自己一路上坎坷跌仆，辗转而来，就是为了求请一纸秘方，去疗治爹老子的沉疴一病，可如今孔祥鹤近在咫尺，却无缘一瞻本尊，梵义蓦然间张皇了起来，逼视着台子上的来夏明，心里头暗暗地磨亮了一把刀子。先时，梵义耳闻过来夏明这三个字，知道对方是河西走廊上的一条悍匪，时常劫掠商团，杀人害命，奸淫妇人，犹如一道黑暗的影子，来无踪，去无迹。目下，这个土匪头子竟然现身于甘州城外，只为了勒索一张疗治瘟疫的药方，实在是出乎梵义的料想。这一刻，来夏明也同样被这一意外震惊了，气急败坏地说：该死的孔祥鹤，他手里的那一张药方就是金子，就是银子。一旦瘟疫爆发了，我就可以堆金砌银，招兵买马，称雄整个河西大道了，但孔祥鹤这个老贼堵住了我的财路，打乱了我的算盘。来夏明绝望极了。一个土匪头子的绝望，恐怕是天底下最真实的绝望。来夏明又愤懑道：孔祥鹤这个老匹夫，简直太让我难堪了，他宁可不挣钱,不顾自己闺女的性命,现在反倒要天女散花,把药方公布出去,哦,我要杀了他,只有杀了他,我才能夺回那一张药方。不待来夏明拔脚离开,王成彪忽然就地扑了过去,抱住了对方的腿。任由土匪头子如何踢踹,怎样辱骂,却也挣脱不了王成彪的束缚。

末了,王成彪最后一击地说:来夏明,你妄想吧,你杀不了孔大先生的,他老人家的生死在他自己的掌握之中,一个时辰之后,他就会毒发身亡的。来夏明听罢,面如土色,冷寂地弯下了腰,将袖中的一把短刀,攮入了王成彪的心口,终于让这名游击彻底地闭上了嘴。

来夏明尚未缓过神来,突然被一把长刀勒住了脖颈,一只膝盖也抵在了他的脊背上。等梵义跳上台子后,发现卡利班率先发难,出手迅疾,早已控制住了土匪头子。蒋斧诸人也如铁桶一般地箍在了来夏明的前后左右,一时间围了个密密实实,唯恐他的喽啰们从凉棚下驰援而来,少不了一场殴斗。梵义不忍心去看王成彪的尸首,那流淌一地的鲜血,让他忆起了东巴兔的山洞中,那个牧羊人飞溅的脑浆,也令他想起了肃州城外的戈壁干滩上,那一只公鸡的惨死。梵义突然背转过身子,喉咙中充斥的一阵阵恶心,一种万念皆空的感觉,让他孵出了一身的冷汗。这一刻,卡利班吼喊说:梵义,杀不杀?梵义僵硬着,对此无动于衷。蒋斧也追喊:梵义,你快给一句痛快话吧,究竟杀不杀这个畜生?梵义的脑子乱了,乱成了一锅糨糊,艰难地抬起了脚,打算下了这个台子之后,一走了之。恰在此时,从恐惧和无助中醒转过来的小白鞋,疾步上前,扯拽住了梵义,逼问说:

"你还是个儿子娃娃么?如果是,你就别逃避,你知道该怎么办。"

梵义茫然:"你是谁?"

"小女子姓孔,名执臣,来自焉支山下的凉灯村,孔大先生正是家父。"孔执臣弯腰一揖,截铁地说,"这位少年,你快发下话去,只有杀了来夏明这个匪首,才能保全那一张药方,也才能扑灭刚刚发生的这一场瘟疫。你再迟疑下去,你就是河西这一条路上的大罪人。"

"如果孔大先生是我,他也会杀人?"梵义反问。

"唉,我此刻才理解了父亲大人的苦心,也感悟到了他老人家圆通深沉、悲智双运的菩萨境界。我在甘州城下晒了三天,土匪们就想拿我这一具臭皮囊，去换取父亲手中的那一张药方。其实我也明白，这么些天里，父亲一定昼夜无明，心如刀割，但父亲身为凡胎俗子，却做了佛陀的盛举，他没有被降服，他宁可舍掉自己的女儿，也要保全那一张天赐的药方，让庶民百姓得到一个没有瘟疫、能吃饱穿暖的好年景。"孔执臣笑了。这种笑犹如历经了寒霜之后，绽开在萧索枝头上的点点梅花，尽管寒凉依旧，却仍然带着一丝迤逦不绝的馨香，破空而来，令人铭记。不愧是大家闺秀，诗书熏陶，孔执臣一旦开了口，腹中自有一册锦绣文章，令周遭的人们扪心倾听，心火骤燃，一个个难以自禁。孔执臣噙着眼泪，又道："刚才这位侠义哥哥说过，父亲服了毒，抱着必死的决心，已经来到了南门下。瞧瞧看，这么多的人，我不知道父亲究竟在哪里，我既不能去找他，也不能喊叫他。他这么干一定有他个人的主见，我怕坏了父亲的计划，打乱了他的盘算，玷污了他心中的明镜。真的，这一世的光阴里，我能有幸做了孔大先生的后人，这是上佛对我的恩遇。假若说还有什么遗憾的话，我只恨自己是一介女儿身，一不能上马击狂胡，二不能下马草军书，做不了这祁连山下、河西大道上的当世护法。但是这位少年，你能，你们都能。"

梵义喃喃："当世护法！"

"是的，每一个优良的少年，必定是这人世上的热血护法。"孔执臣道。

护法！梵义被这个词击中了，心里咂摸再三。

这个节骨眼上，甘州的城楼上响了三炮，漾起了一股股淡青色的硝烟。南门打开了，出城的人跟入城的人交织在了一起，马嘶驴欢，鸡飞狗跳，好像一大锅红白喜事上的头肴汤，鼎沸异常。一股股尘土也被践踏起来，弥漫在了头顶，犹如一团呛人的云，挥之不去。突然间，有人不断地扔出了一摞又一摞的字纸。字纸纷扬开来，遮蔽了天际，仿佛一阵阵罡风吹送而来的大片大片的雪花，自天而降，连绵不停。人群停顿了下来，一个个仰天张望着，又伸出了丛林般的手臂，开始争抢着记载了孔大先生秘方的那些传单。孔执臣捧住了脸，一面激奋，一面战栗，泪水从指缝中渗流了下来，打湿了胸前的衣襟。

梵义撇下了孔执臣，悄然过去，冲着蒋斧和卡利班点了点头。

不过，梵义并没有允许他们在旁边动刑，而是抬起下巴，示意了一下远处的密林。末了，梵义又偎立在了孔执臣的身畔，一语不发，顺着她的目光迢递而去，盯望着南门下的景象。字纸在空中散花，婆娑而下，梵义忖度，它们已不再是一页一页简单的药方了，它们应该就是佛陀降下的一场甘露，一幕法雨，专为众生而来，普度而来。梵义明白，这些游走八方的小商小贩，将会带着这一纸药方，宣喻东西，撒播在整个河西走廊一线上。此乃孔大先生深思熟虑之后的一记绝招，慈心深广，出人意料。这一瞬，梵义讶异地看见，有一张传单从空气中快速地滑了过来，便二话不讲，一把抓住了，展开在眼前。不错，纸面上依旧是那一种熟悉而亲切的小楷墨字，清丽，雅致，娟秀，结构周正，笔法冷静而从容。一切都豁然了，再也清晰不过，梵义忽然找见了甘州城下这一座坛场的根由。梵义压抑着内里的激动，探问说：这些传单一定都出自你的墨笔，是你一页一页誊抄出来的，对吧？孔执臣噙着泪，认真地点了点头，回说：是的，整整一个秋冬，父亲将我锁在书房里，明面上说是让我练字，却又不让我临摹法帖，天天都在抄写同一张药方。原先，我还怨怪过父亲，不过现在我明白了，父亲的眼睛麻了，他抄写不了，只有靠我了。梵义感喟说：那你一定抄了不少，你用掉的墨水，恐怕都能灌满沙州城里的张芝墨池了。孔执臣唏嘘道：嗯，要是知道今天这个样子，我一定不睡觉，不吃饭，多抄写一些，可惜这世上没有卖后悔药的。梵义惜疼地说：抄了那么多，你的手一定很疼吧？孔执臣哑默起来，目光挂在了天上，但头顶上干干净净的，仿佛法事已毕，已然空旷寥落。梵义将手中的这一张传单折叠起来，塞入了怀中。

忽然间，有人从身后跑过来，拍了拍梵义和孔执臣的肩膀。梵义猛一回头，却见是那个在凉棚下买卖吃喝的女掌柜。巧嫂子红着眼睛，低声道：你两个快跟我走吧，去一趟百灵庙，孔大先生恐怕熬不过半个时辰了。梵义打了一声呼哨，招手让项楚和茹老二牵来了两匹马，将孔执臣和巧嫂子安顿上去，率先朝西走了。梵义又叮嘱昆莫和李无亏，一定要将王成彪的尸首照看妥当，别玷污了亡灵，最好是再找一辆马车，拉上王成彪，尽快离开这个是非之地，速速在百灵庙碰头。刚才在甘州城下的这一阵骚乱，引起了革命军的极大警惕，一排卡兵立在城垣上，对着天空放枪，试图驱离城门外聚集的人群。梵义也丝毫不敢懈怠，跃上马背，拨转马头，一根箭似的射了出去。

掠过那一片树林时，蒋斧和卡利班从林子里跳将出来，脸呈凶相，脚不沾尘，仿佛都是《三侠五义》中的角色。梵义忙勒住了缰绳，又重复了一遍先前的话，令大家在百灵庙集结。岂料，两个人却拦在了前头，躬身一揖。蒋斧递上来一把刀子，刀刃上带着鲜明的血迹，煞是腥臭。蒋斧道：梵义，你的伴当死了，他的仇已经用土匪头子来夏明的血洗清了，一命偿一命，这下子公平了，你尽可放宽心。梵义盯着那一片刺目的血水，心有余悸，不想接，也不敢接。旁侧，卡利班双手呈上来一只小包袱卷，决绝地说：这是凭据，梵义你打开看看，收验一下，好让这一桩恩仇赶紧了结了。梵义沉吟着，暗自猜度，不错，生有所托，死有凭据，这虽是蒋斧他们这一行的铁律，但更是一个坎，一次对我的试探，假如我不接下来的话，一定会被这些飞行游击耻笑，我也不配跟他们结伙为伴，一搭里去闯开一条生路。念想及此，梵义便不再犹疑，一手取来了刀子，一手接住了包袱卷，慢慢打开了。事实上，证据不是别的，只是被割下来的两只耳朵，失血，苍白，好像祁连山里的土著们捡来的坏蘑菇。梵义苦笑一下，又将刀子和耳朵郑重地交给了两个游击，仔细道：嗯，我哥哥王成彪的仇这下结清了，我心里有数，改日再拜谢你们不迟，但现在另有一件要紧的事，还请二位襄助？蒋斧和卡利班虽然再三点头，但目中迷惘，难解其意。梵义说：求请你们抓紧去一趟林子里，把这一对耳朵还给来夏明，再挖一个坑，认真将他葬埋了，好歹让他有一个全尸吧。卡利班眼睛一瞪，跳着脚说：哎哟喂，好我的梵义菩萨，一个土匪头子的烂肉破骨，狼吃了，狗嚼了，才是不错的归宿嘛。梵义却道：谁都是父母所生，他在这一世里做了贼寇，错在他的心，而不是他的身，他这一回去了阴间，见了自己的爹娘老子，总不能让他没了耳朵，听不进去教训吧。蒋斧深沉地盯望着梵义，慨然答应了，返身而去，隐没在了密林中。见蒋斧这么快地妥协了，卡利班也没了奈何,扑哧一笑:也好,我这就去给他缝上,我以前劁过猪,我懂这个门道。

松开缰绳前,梵义看了看自己的手,竟不相信刚才真的抓住了那一把杀过人的刀,握住过那一对死人的耳朵。这一霎,梵义忽然觉得自己被治愈了。自打那一个耻辱的夜晚,在东巴兔的山洞里滋生出来的心魔,此刻流光了血,淌完了脓,除掉了伤疤,竟然完全复原了。梵义夹紧了马腹,吆喊一声,朝着百灵庙的方向疾驰而去。

百灵庙不大,后身毗邻着大佛寺,绿树成荫,一派幽静。百灵庙原先是一座独立小寺,但因为大佛寺名头太响,香火旺盛,后来渐渐地服属了过去,成了前者的一片菜园子。服属的依据,便是百灵庙大殿的抱柱上,照例挂着一副大佛寺中供养睡佛的著名楹联:一觉睡西天,谁知梦里乾坤大;只身眠净土,只道其中日月长。而今,这里没有了钟磬和木鱼,也没了僧侣与诵经,只有几个菜农蹲在地里拔草,另有一只猫卧在窗台上,哈欠频发。梵义拴了马,紧着跑了进去,远远地闻听到大门旁侧的明屋中,传来了一个女子的哭声。不用问,她就是孔执臣。显然,哭声已接近了末尾,犹如暮色升起时的情景,喑哑之中,带着一份无孔不入的哀伤。梵义刚要掀帘子进去,却见昨晚夕被巧嫂子暴揍过的那名伙计,一边抹着眼泪,一边扑打着晾晒在庭院中的一匹麻布。麻布约莫有五六丈长,在日光下带着一种惨白的光。梵义掉头过去,相帮着伙计,将晾绳上的布匹慢慢扯拽着,往平整里处理。不是平常的麻布,顶多是粗劣的布坯子,经纬紊乱,网眼大,也有些硌手,仿佛被多次浆洗过的那样。果然,梵义嗅闻到了一股刺鼻的药草味,像杏仁一样苦中带甘。梵义开口问:小哥,这是做啥的?伙计认得眼前这个敦煌口音的少年,知道他跟巧嫂子有过交道,便毫无芥蒂地说:还能干啥呀,这是裹尸用的,这么寒碜,这么丢脸,连要饭的死了都能睡一张干净的席子,他孔大先生却这样糟践自己。梵义愕然极了,手抚着那一匹粗糙的麻布,惊问说:听说孔大先生中了毒,没几个时辰了,小哥你赶紧去请甘州城的大夫来一趟,兴许还有救吧。伙计忽然摊开了手脚,坐在地上啜泣起来,哀告道:

"他自己就是一个有名的大夫,他想死的话,谁能拦挡住他呀。"

梵义的心也碎了:"孔大先生何必走这一条绝路呀。还来得及的,我这就去请大夫。"

"不必了,真的。他服下了自己配制的毒药,他早就掐算好了时辰,也安排妥了个人的后事。他毕竟是孔大先生,他想做的事情,旁人也只能干瞪眼。"伙计似乎憋了一肚子的怨气,此刻方释放出来,喋喋道,"自从土匪们闯进凉灯村,绑走了大小姐,扣押在甘州城下假装贩卖,想逼迫孔大先生交出那一张药方时,他就生出了赴死的心。"

"可传单撒完了,土匪头子来夏明也被干掉了,这个仇现在结了呀?"梵义道。

"不错,那都是因为仰赖了你们,仰赖了王成彪,你们都是河西大道上的梁山好汉,在替天行道。"伙计是一个合格的知情人,释解说,"孔大先生来甘州城下撒传单,他怕万一撒不出去,又被土匪们捉拿了,所以在离开凉灯村之前,他就事先灌了毒药,然后才上的路。"

梵义立刻恍然了:"即便传单丢了,药方还在他的脑子里,来夏明自然不会放过他。孔大先生不愿受辱,所以事先服了毒,宁可玉碎,也绝不苟全。"

"唉,你们虽然是及时雨宋江,是打虎的武松,但也来晚了。"

"孔大先生呀。"

长叹一声,梵义几欲落泪。

按照伙计的介绍,孔祥鹤在女儿执臣被来夏明绑架了之后,便带着一肚子的毒药,离开了焉支山下的凉灯村。半路上,孔祥鹤邂逅了那个游走东西、保商活命的王成彪,偏巧他们是旧识,便相携做伴,一起西行,踏上了赴死的路。数月前,孔祥鹤将一支装运着药材的骆驼队交给了游击王成彪,雇他押往关外三县。不承想,这一趟贸易折在了路上,赔了个精光。王成彪匹马返回,打算去焉支山下给雇主做一个交代,但在半路上知晓了孔祥鹤的意图后,他骇了一跳。在这个生死之际,王成彪闭上了嘴,不再提骆驼队的事,而是策马进入了甘州城内,提前排摸,巧妙布局。孔祥鹤医术高明,泽被四方,多年来,经他的雨露之手救下的患者不计其数。巧嫂子当年生头胎时难产,又遇上了血崩,恰是孔祥鹤将她从鬼门关上抢了回来,母子平安。这名伙计原本是一个孤儿，身上长满了鱼鳞癣，遍体恶臭，那年冬天差一点冻毙在了郊外的旷原上。孔祥鹤将他托付在了百灵庙，除了照顾吃喝外，还内外兼治，隔三岔五地来这里一趟，用一种特制的硝石水擦洗他。擦了有一年半，鱼鳞癣不见了，孤儿的身上光滑得像一张羔子皮。待他又长了几岁后，孔祥鹤安顿他去了巧嫂子的店里，端上了不错的饭碗，凭着力气吃饭。王成彪了解他们之间的关系和脉络，话一开口，巧嫂子就不打折扣，当晚便在南门外盘下了一座凉棚，另外砌起了一座神仙灶，买卖吃喝。前两日，来夏明手下的喽啰们煞是警觉，渴了吃西瓜，饿了嚼馍馍，瞅都不瞅一眼凉棚。王成彪藏匿在暗处，急出了一头的疙瘩，如果第三天再救不出孔家的女公子，等孔大先生到了南门外撒传单的话，乱上添乱，自己纵有三头六臂，也只能喊天天不应，喊地地不灵了。巧嫂子身上同样开了锅，急乱之下，不是跟客人吵嘴，就是骂伙计，越骂越上火。巧嫂子心知王成彪人单势孤，也不征求他的意见，靠着平日里在生意场上练就的嗅觉，耳听八方，暗自踅摸着一两个可能顶用的帮手。天老爷降赐，后来巧嫂子瞅准的好汉不是一两个，而是五六位，一个个都是急装劲服、快马横鞭的样子。巧嫂子也干脆，用小白鞋求死的字条试了试，对方果然炸了群，赤了脸，攥着拳，一心要劫法场似的。巧嫂子明白，水开了，锅盖是压不住的，况且那一名姓胡的少年人，好像对孔大先生的千金格外牵挂，分外上心。当晚，巧嫂子就花了大价钱，买来了一只大羯羊，连夜炖煮上了。应了河西一带的老话，不吃肉的贼，不能叫贼。果然，一大早，肉香四溢之时，隐藏在南门外的土匪们便着了道，将羼杂了闹草的羊汤，灌进了各自的肚子里，为劫走孔执臣打开了一扇方便之门。

这以后，巧嫂子和伙计的心思，完全扑在了恩人的身上。他们挤进了城门下的人群中，帮着孔祥鹤扔完了所有的传单，又见他口鼻里血水迸发，毒性发作，一点也不敢耽搁，赶紧将他抬上了一辆马车，护送进了百灵庙。到了这个安全之地，巧嫂子和伙计方明白，其实孔大先生早就死意已决。孔祥鹤不仅事先派人送来了一匹裹尸布，而且提前在菜园子里购了一块地，雇人挖好了一眼墓穴。

闻听了这些话，梵义的心中罩上了一层阴影，一番凄凉，自己千里路上前来求医问药，竟碰壁于此，一无所获，也可能是缘分不够所致吧。但是，这不过是一种自私的遗憾，梵义并不绝望，因为他目睹了一幕舍身饲虎、割肉贸鸽的人间义举，体悟到了孔大先生慈心于世的襟怀，又为王成彪以死践诺的豪情所感染。这一刻，梵义内心的另一只眼睛苏醒了，男儿的骨骼也在一瞬间淬了火，渐渐地结出了一种前所未有的精华。真的，梵义不仅不黯然，相反却充满了欣喜，为自己置身其中而暗自庆幸。

日光灼亮，空气中飘着几只菜蝶，明屋里的哭声若有若无，似乎只剩下了一些哽咽与诉说。梵义扪心静气，手抚着晾绳上的这一匹麻布，蓦地想起了祁连山上的土著们唱过的一支谣曲。谣曲说，一定要善待你的女人和孩子，因为等你死了，他们会帮你缝下尸衣。梵义思想说，是的，这明晃晃的人世上，或迟或早，谁都会披上这么一块布匹的，因为大家终将要在一起。又笃定地想，但在最后披上这一块尸布之前，有太多的事要办，有太多的人需要结交，还有太多的路要去走一走，一定要赶紧。伙计忽然靠过来，催促梵义快丢开手，说麻布是用药水特地浆洗过的，方子也是孔大先生自己配的，说不定有毒。梵义问为啥。伙计止住了刚才的悲伤，一脸顽劣地说：哎哟，别看孔大先生是当世的华佗，河西大道上悬壶济世的仁医，但他这辈子只怕一样东西，怕毛毛虫，还怕他下了世，埋在那个坑里后，蛆虫会咬了他的肉，唼了他的血，所以才……梵义凝重地说：讲一句冒昧的话吧，像孔大先生这样恩德广被的大人，下了世之后，实在也应该设一座水陆道场，做一个光明的坛场，再请一帮子和尚与道士来念经，而后好好厚葬了他老人家。伙计的确是一名合格的知情者，释解说：孔大先生已经留下话来，死了，速葬，最好在三个时辰之内，一不要弦子唢呐，二不请僧侣和牛鼻子道人，更不需要焚香献供，哭哭啼啼，他嫌这些太泼烦了，让他死不踏实。伙计又道：孔大先生先前还吃了咒，谁胆敢让他睡棺椁，谁要是让他穿上了寿衣，他就把亡魂留在人世上，一辈子跟他过不去。这是为何？梵义狐疑道。伙计吐一吐舌头，开示说：生不带来，死不带走，寿衣上一般没有口袋，棺椁也显得多余，孔大先生就怕大家累赘他，给他捎上一些乱七八糟的东西，让他走不利落。梵义哑默着，一位奇崛、古怪而又可爱的大先生形象，在他的心目中被勾画了出来，让他情不自禁，急切地想一睹孔祥鹤的尊容。恰在这时，明屋的帘子一响，巧嫂子火急火燎地奔了出来，指着伙计吆喊说：哎哟喂，你个挨打的小坏厾，快去菜地里拔一棵白萝卜吧，孔大先生想吃白萝卜了，还不快跑呀，小心我剁了你的蹄子。

梵义闻风而动，跑进了菜地后，抓起一只小铁铲，刨开了一棵绿秧子周围的沙壤，小心翼翼地拔出了一棵大萝卜。沙地里的萝卜最好了，水分大，质地瓷实，足足有一米多长。梵义在水桶里淘洗干净，抱在了怀中，努力平复了一番内心的兴奋。末了，梵义撩起门帘，跨进了屋子里，忽然被一种阴冷的黑暗彻底笼盖了。

适应了之后，梵义这才看清，孔祥鹤身形蜷曲，鸠面鹤发，犹如一根瘦削的竹竿，塌陷在躺椅中。巧嫂子切了一片萝卜，好话哄唆着，喂给了他。孔祥鹤身劳心疲，其实已经不能进食了，抿在了唇齿间，咂摸着萝卜的汁液。一旁的孔执臣战栗着，哽咽着，刚刚将手中的一册医书合上，却见孔祥鹤登时不悦，身子挣了挣，剧烈地咳嗽了起来。孔执臣哀告说：爹，你真的全都背诵完了，这个方子你刚才都背了不下七八遍，准确无误，你也该歇缓一下了。梵义明白了这里的局面，一方面为孔大先生的安危着急，另一方面也替孔执臣抱屈。在这样的生死关口上，一个弥留的人竟然抓住书本不放，还在背诵上头的文字，这的确是一件古今罕闻的事迹。巧嫂子用手巾揩掉了孔祥鹤口中的痰，后者拼着力气，催促说：我再来背一遍，执臣你盯住了书本，你来考我吧。孔执臣突然恼了，中了邪似的，三下五除二，将那一本医书撕了个粉碎，扔在了地上。孔执臣祈求说：爹，你消停一会儿，也就能多陪女儿一刻，你别再这么倔了，女儿的心现在都快疼死了。梵义拉拽住孔执臣，将她按坐在了凳子上，劝慰再三。岂料，孔祥鹤仍旧不依不饶，喝问道：你干么要撕了书，你太放肆了，你不知道这字纸上都是圣贤的语录，是一辈又一辈的医门大士的心血结晶么？唉，你这个贼疙瘩，让我死也死不瞑目。这些话仿佛一盆火油，泼在了炉子上，眼睁睁地就要炸了。

不承想，孔执臣冷笑了一番，揶揄说：爹，你的脑子真的糊涂了，刚才你让我考你，我瞄了一眼就记住了，可你却颠三倒四的，折腾个不休。悲伤再一次攫住了孔执臣，瑟缩着，哀告着，但也无济于事。孔祥鹤喘上了一口气，咄咄逼人地说：你别自大了，这方子上统共有四十七味药，你说你记住了，骗鬼的话，拿在大天白日里讲，我是你爹老子，我都替你汗颜。梵义明白，这一对父女冤家，一定是针尖与麦芒的关系，要想分出个胜负来，非得鲜血淋漓不可。梵义低语着，央求孔执臣不要冲动，千万要依顺着老人。孔执臣拨开了梵义，执拗地挑衅道：爹，假如我能一口气背诵出来的话，你能不能不死，可不可以给我服个软？孔祥鹤苦涩一笑：执臣你背吧，我正洗耳恭听哪，至于死不死的事，容我听完了你的课业，我再答复也不迟。这么着，孔执臣立在了爹老子的面前，口吐莲花，舌灿滔滔，一泻千里地将这张方子上的药名与大概的剂量，悉数诵念了出来。

这当中，梵义始终盯视着孔祥鹤，瞭见他双目微合，神色紧张，一直在掰着指头，数着孔执臣嘴里的内容。孔执臣刚刚念毕，孔祥鹤便睁开了眸子，怒射寒光，数落道：哼，果真少了两味药，像你这样粗枝大叶的记性，简直太让我失望了。孔执臣却呵呵一笑：爹，你数你的指头，但我有我的算筹，我可是不多不少，恰好背出了四十七味药材的名字和剂量，你千万别冤枉人。话说至此，孔祥鹤突然兴奋起来，一连说：当然了，这恰恰是我要告诉你的，这个古方为父已经研读了许多年，半年前才参透了它，它不应该是四十七味，它还缺了两味，只有补足了这两味，它才能是佛陀的甘露，菩萨的神丹，人世上救命的药汤。梵义观望着这一唱一和、一喜一怒、一冷一热的场景，拼命控制住了情绪，生怕自己像巧嫂子那样失笑了出来。孔执臣道：爹，我背诵的只是这一张古方，至于你参透的那两味药，当初并不在那一本医书当中。这一刻，孔祥鹤的身体内，仿佛刮过了一场迅疾的罡风，表情扭曲，煞白如纸。孔祥鹤勉力坚持着，目光示意了一番。孔执臣忙俯身过去，贴耳谛听着，一个劲地点头答应。言毕了，孔祥鹤又究问说：记住了吧？一定要记牢。孔执臣喃喃道：爹，你放宽心吧，我全都记下了。

这么着，孔祥鹤慢慢松弛了下来，嘴角上淌下了一股黏稠的血水，含混地说：这下我可以去死了，我终于给执臣服软了。唉，我当初嫌毒药太苦，偷懒少喝了一两口，结果拖延了这么久，泼烦了你们大家，实在抱歉得很。一片老泪，敷在了孔大先生的颊脸上，巧嫂子拿着手巾，不停地擦拭着，自己也哭成了一个滂沱的泪人。巧嫂子道：先生，我知道你舍不得走，你还另外牵念着一件事，这件事不了了的话，你一定扯心。这一日，在甘州城，在百灵庙，在这个晴明又酷热的晌午，巧嫂子竟然诡谲而无端地说：

"先生，你瞧瞧，执臣的姑爷来看你了，你不能死的。"随手一指梵义。

孔祥鹤疲倦地问："谁？哪一个？"

"哎哟，还能有谁呀，就你跟前站着的这个俊朗的少年嘛。"

巧嫂子乱点鸳鸯谱。

"孔先生，这，事情并非……"

梵义惊出了一身冷汗，闻听巧嫂子的嘴里打不出一粒粮食，对生者颠顸，又对一个垂亡之人如此不敬，登时不快起来。梵义扑身上去，跪在地上，恭敬道：侄儿姓胡名梵义，来自敦煌沙州城，本来是去焉支山下的凉灯村拜访先生的，却不料上天眷顾，竟在这里能一睹先生的风范，真是三生有幸啊。直到此刻，梵义方觉得积攒了一路的肺腑之语，如岩浆喷涌，又如烈焰蒸腾，终于找见了一个值得倾诉的对象，一个可以让自己宽释下来的所在。不承想，梵义刚倾吐了几句，巧嫂子却又使出了一招更辣的手段，双手扯拽住了孔执臣的胳膊，迫使她也下跪在地，与梵义齐头并肩。梵义沮丧不已，懵懂地盯视着这个肥硕的女人，瞭见巧嫂子眼神丰富，频打暗语，好像在说这没啥大不了的，天塌下来由她一个人扛。梵义毕竟是一介少年，尚不谙熟这人世上的种种世故与人情，但起码具备了一种叛逆的筋骨，又接续道：刚才在南门下，见先生振臂一呼，抛撒传单，将自己苦心研磨出来的一张药方，赠予了庶民百姓，赠予了这河西大道上的每一个生灵。先生的高义大爱，先生荷担正法的慷慨之举，堪称人世上的典范之一，让侄儿恓惶，更让侄儿铭记于心。言说未毕，巧嫂子觉得简直太泼烦了，截住了梵义的话头，呵斥道：执臣，还愣着干啥，快给你爹磕头。姓胡的，你也看明白了，这上头躺着的是你的外父。你跟执臣一起磕，磕三个，一拜天地，二拜孔大先生，第三个拜你们俩这一世的姻缘吧。

这一刻，孔祥鹤面目寡削，犹如千佛灵岩上一座破败的龛笼中的小石像，颜色剥落，挂满了凋敝的尘索。紫黑色的血，从孔祥鹤的嘴角上淌了下来，长流水似的，再也止不住了。梵义不愿拂了巧嫂子的一番机心和好意，但内里实在是出于对孔祥鹤的真正亲近，遂膜拜在地，认真地磕完了三个头。身畔，孔执臣的声嗓早就哭哑了，叩了头，几乎晕厥了过去。梵义相帮着，将孔执臣安顿在了明屋的炕上，又规规矩矩地立在了孔祥鹤的旁边。

"哦，敦煌来的。月牙泉的水还好么？莫高窟的大佛，大佛还在么？"孔祥鹤问。

梵义答："都好。水是清的，大佛也无恙。"

"那就好。"孔祥鹤气若游丝，一丝欣慰的笑意，掠过了他的表情，喃喃道，"莫高窟是人挖的，可月牙泉是神造的，敦煌就是一个人神丛聚的地方，清者自清，浊者自浊。虽说一切都是天命，但一个人如果有了一颗向佛的心，就等于握住了一颗珍贵的舍利。"

梵义恭顺道："先生是在开示侄儿，侄儿记下了。"

"是世兴堂的沈破奴叫你来的吧？"

"正是。"

孔祥鹤唏嘘道："太对不住了，我知道你是来求一张方子的，可我的脑子现在空了。"巧嫂子过来，揩净了他的嘴角，又在他的唇齿间喂了一片萝卜。孔祥鹤说："你姓胡，名叫梵义，这个我还记得。梵义，你把执臣领回敦煌吧，焉支山不能去了，凉灯村也不能去了，她现在就是一个孤儿，我托付给你，你去照顾吧。"孔祥鹤哑摸着萝卜上的汁液，黯然地说："不甜，一点也不甜了。"

言毕，孔祥鹤咽了气。

花了整个下半天的工夫，直到夕光降临，甘州城一带更声渐起、万户点灯时，梵义带着蒋斧他们，才用药汁浆洗过的那一匹麻布，将孔祥鹤仔细地包裹了起来，下葬在了百灵庙的菜地里。事实上，不是一座坟，而是两座。在孔大先生的身边，梵义又花钱购了一块地，将这辈子结识的第一位异姓哥哥王成彪也葬埋下了。照着孔祥鹤生前的叮咛，一无香烟和供果，二无灵堂与祭奠，即便孔执臣个人的身上，也见不到哭天抢地、寻死觅活的绝望样子。干完了这些，刚歇息下来，梵义忽然瞭见巧嫂子从山门外跑了进来，一脸的仓皇。巧嫂子是来告辞的，那个伙计从外面打探回来后说，来夏明的喽啰们已经治好了闹草的病，先是拆了南门外的那个凉棚，又捣毁了城中的几个店面，扬言要捉拿了巧嫂子，白刀子进去，红刀子出来。巧嫂子打算带着伙计连夜遁逃，一路往东，去凉州城里寻一条活路。巧嫂子慈心善目，一再催促梵义他们也抓紧上路，千万不要出一点点闪失。梵义蓦地生出了一种不舍，却又及时控制住了个人的激奋，说了一些吉祥的话，深深一揖。

这个关节上，明屋的帘子打起了。孔执臣的头顶上，挂着一根长长的孝布，鞋面上的那两块白布也被粉饰一新，款款地走到了梵义的跟前。梵义暗自惊诧，原来穿麻戴孝的女子，竟然可以这么端庄，这么飘逸，这么肃穆，犹如一尊香音神似的。孔执臣开口说：

"梵义，给我一匹马，咱们走吧。"

## 卷十五

哎哟，猫子这个贼疙瘩，不该叫这么个名字，他前世里肯定是一匹骡马，竟然还能站着睡着。索敌从窗缝里瞄了出去，见丁荣猫立在门前，身子摇曳着，半是迷糊，半是打盹，却始终也栽不下去。房檐水很大，从屋瓦上汹涌而下，在索敌的视野中，形成了一幕幕浑浊的帘子，反倒辟出了一份静谧，令他顿生了一种自在与惬意。敦煌一向赤旱，缺雪少雨。一入了夏，敦煌的雨就像佛祖显灵一样，稀罕，珍贵，来去无踪，毫无征兆。可今个天不知咋了，天还未亮透时，打过一阵雷，划了几道电，天就破开了一个口子，一直浇浇淋淋地下到了现在，仍然没有歇缓的迹象。雨一大，院前屋后的苍蝇简直就疯掉了，结团成伙地往窗子里扑，让人的心里像一间茅厕似的，龌龊不堪。先时，丁荣猫拿着一个抽子，在空气中劈打着苍蝇，嘴里骂骂咧咧的。打着打着，人就变成了一匹骡马，站着睡成了这么个尻样子。抽子是骡子的尾巴硝成的，鬃毛林立，吊在丁荣猫的手中，忽来荡去，更是验证了索敌的此番猜想。这个货呀，其实应该叫丁骡子。这么一失笑，惊醒了管家，丁荣猫抹了一把嘴角上的涎水，看见了窗口内的老掌柜。这一时，索敌有了攀谈的心情，索性打开窗子，沏了一碗罐罐茶，搁在窗台上，催管家快喝。索敌道：你个骡子，刚才吓我一跳，我还当甘州传来的瘟疫打了你的头，让你得了疫病哪。呃，我才不乐意当骡子做马，我属猫，我身上有九条命，哪一条命都是服属老东主你的。管家吹了吹汤面上的茶叶末，又道：今年的瘟疫没爆发，据说只在焉支山下出现了十七八例，得病的牲口也宰得及时，人们又用了一张防治的方子，效果明显，疫病才没有大面积蔓延开来。索敞喜欢这个家伙的伶俐，荒野大漠，头头是道，不管问啥，他都能说出个子丑寅卯来，肚子里有货。索敞盯望着管家的鼻脸，讶异地问：你眼睛是红的，你哭过？丁荣猫又抹了一把脸，反问说：我哭了么，这是房檐水吧？这个该死的天气。索敞抬望着天空，的确，天似乎破了，雨像倒灌下来的一样。丁荣猫哀叹说：狗日的，要是连下上三天的话，今年就是荒年了，这种板结雨下到地里头，庄稼发不出来，肯定就锈死了。作为义庄的庄主，索敞一向高高在上，不事稼穑，对所谓的板结雨并不操心。但这天午后，索敞却说了一句错话，说完就后悔死了，恨不得把手伸进裤裆里，掐住自己的卵脖子。索敞说：你个下贱的麦客子，现在还改不掉你的脾性，荒年咋了，有我的一碗，就有你的一口，你担心个屁。言毕，索敞不幸地发现，丁荣猫的眼底里，有一星火光迅即熄灭了，人也尴尬地一笑，靠墙蹲在了窗台下。

即便说错了，但索敞从来不是低头的人，有的是弥补的手段。

索敞续了茶，喊管家再喝，问说：今早上你们从坟上回来，一切都顺当吧？丁荣猫道：嗯，没有比这一桩丧事办得更顺当的了，娘家人没闹，细君那个娃娃也没哭，倒是大少爷伤心不少，还差一点跌进墓坑里，幸亏被二少爷拉拽住了。索敞心里煞是鄙夷，慢慢地在烟杆子里填了料，递给了管家，让他也抽吸上一顿，趁机解解乏。又问：你一天到晚抛头露面的，家里的大小事情都靠你操持，那沙州城的人对我料理这一桩丧事有个什么看法，你说给我知道吧。丁荣猫的嘴吧嗒着，一股烟雾弥散开来，让索敞觉得房檐水是蓝的，有一些呛人。丁荣猫咳了两嗓子，宽慰说：照你的吩咐，子时刚过起的灵，后半夜悄悄葬埋在了荒滩上，那个时辰上，别说沙州城的人，恐怕连菩萨都睡熟了，谁也没看见，自然没有人去嚼舌头根子的。索敞对这个答案相当满意，也为自己的缜密安排，滋生出了一份欣喜，但心中仍有最后的一根刺，不吐不快。遂问：那天连公子也跑来哭灵了，他那一张破嘴，后来就没说些什么，没喷粪汤，没玷污咱义庄吧？眼前的房檐水连绵如织，有一种透明的深蓝，犹如回忆的帐幕，令索敞有一丝惊悸，又有一份惴惴不安。

那天，索敞跑进了义庄的大门，一路踉跄，直接扑入了后院。灵堂已经搭建了起来，一些纸火匠忙着扎花，忙着挂挽幛，忙着搬东弄西。谁也没在意这个男扮女装的人，竟是声名炽烈、不苟言笑的老掌柜。在仓鼠街闻听了噩讯后，索敞嚎哭了一路，哭得沙州城的百姓们立在街道上，拔长了脖子，纷纷看稀罕。进了家门，索敞不问三七，拨开了人群，吼喊了一声我的妈呀，便伏身在了地上，朝着灵位磕头不止。头顶上挂着一串串的纸元宝，桌案附近站着一些纸鹤、纸松和纸房子，不见索朗，也不见索乘。义庄的人似乎商量妥了，全都避而不出，专门腾出了地方，先让当家的主心骨哭上一鼻子，他们才好接续。索敞真的哭美了，又是如泣如诉，又是掏心挖肺的，几乎将这一世里的眼泪悉数洒在了地上，还险些背过气去。换气的间隙，索敞闻听身后又有一个人在嚎啕，在说道，在频频叩首。索敞误以为是自己的哪个后人，也就粗心掉了，继续埋在了巨大的悲伤中，一边哭，一边喊着娘老子的魂魄。半晌后，索敞被一双手搀了起来，目光迷离地认清了原先是连公子，登时一头雾水，狐疑不堪。连公子却只字不语，指了指神主牌，催他去看看。当索敞的目光辨识完毕，知道这是儿媳索冯氏的灵位后，腿脚上立时灌满了铅水，走也不是，哭也不成，表情上一片荆棘色。当时的连公子换了个人似的，既不跋扈，也不嚣张，更不愿看见老掌柜的窘状与狼狈，只身跪在了草垫子上，哭得含蓄了起来，仿佛自己才是一个忠诚的孝子。趁着这个空当，索敞除下了身上的女装，趔出了灵堂，打算偷偷走掉。岂料，雇来的丧事班子里的匠人们，齐刷刷地站在门端里，盯看着义庄老财东的这一系列怪异举止，让索敞的心里发毛。索敞恼了，叱骂说：看啥呢，看你爹的尿哪，不想挣这个钱的话，全给老子滚蛋。

那一日，可谓是悲欣交集，冰炭两重天，索敞将自己反锁在堂屋里，仔细思想了大半夜。喜的是去了一趟仓鼠街，终于见到了梦牵魂萦的娥娘，说了该说的话，袒露了心曲。但哭错了灵，跪错了人，流错了眼泪，这无论如何都是一件丑闻，恐怕让义庄成了人们嘴上的谈资，像麻子一般被嗑来唾去，玩味不止。于是，停灵七日的这一个阶段，索敞再也没出过门，但凡有大小的意见，均是隔着这一扇窗子，对相关人等发布下去，免得被吊客们碰见，又得磨一阵子牙齿。目下，管家亦不例外，主仆二人的位置泾渭分明。丁荣猫回说：哦，你就放宽心吧，连公子那只鸡，以前还打打鸣，闹腾上一两下子，现在他知道了危险，明白有一把铁锥子在时时等着他，所以也就暂时闭上了破嘴，言传少了。索敌从管家手里要回了烟杆子，也不嫌弃，叼在嘴上抽吸了几口。这是一番暗示，一种平起平坐的待遇，索敌做得滴水不漏。索敌嘀咕说：连公子表面上来哭灵，其实是来号我的脉，打我的算盘的，他想结交义庄，我偏偏不开这扇门，让狗日的哭去。丁荣猫甩打着抽子，赶开了周围的烟雾，附和道：咬人的狗不叫，爱叫的狗不咬人，别看连公子的那一张破嘴平时虚张声势的，其实他就是一个可怜人，胆小鬼，跟当初我做麦客子的时候一样，谁不想攀上义庄的这根高枝呀。终于等来了这句话，索敌遂借坡下驴，故意虎下脸说：猫子，可别这么糟践自己，你跟连公子那个厌货不一样，你是义庄的家里人，哼，下次说错话，小心我紧你的皮。主仆二人互视了一眼，呵呵呵地笑开了，仿佛义庄上下没丝毫的变故，跟先前一样。

　　索敌眼尖，发现丁荣猫的裤腿上沾满了泥浆，一双鞋子也塌了。不用问，他们后半夜去城外葬埋亡人，又遇上了天亮前的大雨，一定吃了不少的苦头。索敌二话不讲，拎着一双靴子，搁在了窗台上，催逼着管家换鞋，把旧的赶紧扔掉。丁荣猫合十说：好我的东主呀，这可是彭家靴子坊定做的，我穿不起，即便穿上了，也让人笑话。索敌嗔怪说：出了义庄的大门，你就是我的化身，你不配穿，还有哪个贼能入了我的法眼呀？你穿不穿，不穿的话，我就隔墙扔了？丁荣猫没了奈何，坐在廊檐下换鞋，心猜，不知老东主今个天咋了，这么嘘寒问暖的，不像是在犒赏下人，反倒像是让下人们跟他分享什么似的。索敌的快意不见退潮，又冷不丁地问：你在城里订的那一个院子如何了，怎么就听不见动静了？是不是又被钱打住了手？哦，猫子你实话说，还短多少，短多少我掏多少，干干脆脆地割过来，落在你的户头上，这样我也就踏实了。丁荣猫被这个突然的问话难住了，思忖了片刻，破笑说：是这，老东主你不问，我倒忘了告诉你，也怪这一段太忙了，屁眼大的把心都丢了。哦，那一座院子本来是付了定金的，可房东又反悔了，收了回去，我还真生了几天的闷气哪。索敞闻听，一时间板起了脸来，刚想说一番宽慰的话，却见丁荣猫腾地起了身，踅身而走。管家说：我去看看沈先生吧，他给姨娘问诊来了，这么久都不见出来，不会有啥麻烦吧。听着那一双彭家坊的靴子走远的声音，索敞有些许不悦，嘀咕道：刚想跟你说道说道娥娘呢，你个狗儿子，居然不给我这个机会。

雨下得一过分，院子里就积满了水，几乎淹了脚脖子。

敦煌久旱，人家院落里一般不挖泄洪沟，任由天老爷高兴了洒下一两滴，眨眼便又蒸发掉了。管家去往后院时，惜疼脚上的这一双靴子，便拎起一把铁锨，踮着脚，在泥地上挖开了一个槽，将雨水引向了花坛一带。看着积水浅薄了起来，管家有些失笑，心说，这个老财东呀，送啥不好，偏偏大热天的送人一双靴子，真是怪异。不过，联想到索敞近些日子的一系列反常举止，又咂摸着索敞刚才欲说还休的那一番表情，管家暗自忖度，义庄的戏已然奏了响板，拉开了弦子，一切才刚刚开始。摘了草帽，管家甩打着上头的水，一时鼻酸。这种灰败而黯然的情绪来了许多天了，因为义庄的丧事，管家一直控制住自己，不许爆发。现在丧事了了，它忽然变成了一根针，扎在嗓眼上，吐也不是，咽也不肯。老掌柜毕竟是阅人无数的主子，刚才发现他的眼睛红了，但随之而来的疲倦和哈欠，又说明他已经快被这一场狼狈的丧事搞垮了，所以也再没究问下去。管家暗自期许道：猫是不是真的有九条命呀，如果是，那我放手一搏，又有何不可。

雨水扯起了一幕雾茫茫的帘子，管家突然发现一个人从灶房里闪了出来，煞是鬼祟，忙追撵了过去，将对方堵截在了门口。不是旁人，原来是大少爷索朗，像一个贼娃子似的，手里捧着一罐油泼辣子。不待索朗开口，管家一把捂住了他的嘴，将他揉进了灶房中，用脚后跟闭上了身后的门。

悄静了一番，管家借着门头上渗进来的一缕天光，叮咛说：要是碰上你爸，你得像个儿子一样，不能再顶撞他，也不能无视他，你要亲亲热热地喊上一声，我可警告你。索冯氏的自缢，以及随之而来的七天丧期，几乎榨干了索朗。眼前的这个大少爷，一没了眼泪，二丢了皮相，形容单薄，只剩下了一副骨头架子。闻听了告诫的话，索朗不以为然，轻蔑道：那个老不死的，休想让我再喊上一声爸，我这辈子没爸了，我爸死了。其实，管家心里比谁都清楚，这父子俩的恩怨，已经抵达了着火点，稍有一粒火星子的话，便会燃起一场冲天的火灾，说不定还能将整个义庄焚得一干二净，片瓦不存。管家隐忍着，继续劝慰说：你女人往生了，人也抬埋掉了，伤心归伤心，但日子还得过。大少爷，义庄是有面子的，你爸最在乎这一张脸，你总不能让老的给小的下话吧？索朗搁下了那一罐油泼辣子，抄起了擀面杖，孙猴子似的杂耍了起来，一砍，一剁，一戳，一指。仇恨像一股气，令索朗的瘦筋薄骨暴露了出来，面目狰狞。索朗愤懑道：他的面子金贵，那我的里子就一文不值了么？哼，他让我难堪死了，以后在敦煌我也难有立锥之地，我真的白白姓索了，我恨透了这个家。管家是有立场的。管家的立场无疑站在了老财东的一方，因为在丁荣猫的眼里，索朗不过是一个废物，尽在掌控当中。管家威胁道：狗儿子，你别忘了，你女人是咋死的，她是被你逼死的。什么心口病犯了，什么一口气没上来，这全都是谎话。索朗还不消停，骑坐在了案板上，拿起菜刀，又将一只胡萝卜剁成了碎末，仿佛胡萝卜正是仇人的尸骸，洇出了一大片殷红的血渍。索朗决绝地说：他跪错了，他也喊错了妈，这都是他老糊涂了，可他居然气急败坏，下令伙计们拆毁了灵堂，烧掉了全部的祭品，让那个可怜的野人坊的女人干巴巴地停了七天七夜的灵，只在鼻脸上苫了一小块布。这也倒罢了，更可恶的是他花了那么大的价钱，买来的棺木，竟然是杂庄辛仗和家里的那一具废品。呵呵，不错，那口棺木当初是我彩绘的，但里头洒了狗血和鸡血，下了咒，施了法，他是明明知道的，他就是要故意寒碜我，羞辱我。

　　胡萝卜沁出的汁液，越来越像一摊血了，令管家预感到了一丝不祥。丁荣猫劝慰了半天，但嘴长在对方的脸上，他终究也是奈何不了。索朗切齿道：老不死的，就因为我女人生了个细君，没生出一个裆里挂肉的后人，整个义庄就开始嫌弃她，诋毁她。如今死掉了，这女人睡不了索门的祖坟，让他一句话，干脆给葬埋在了戈壁干滩上，说不定现在已经被狐狼刨了出来，当了过节的点心。管家仔细地闻听着，渐渐明白了过来，别看大少爷近些日子耽溺于酒色，沉湎于丧妻之苦，但他内里的仇恨，却如一座刚刚开挖的窟子，将越挖越深，越挖越无底下去，并且在里面装填了无数的仇怨、叛逆、怒火与反击。

一念至此，管家背转过身子，偷偷揩了一下眼睛。管家清楚，这一段时间他的眼睛一直是红的，除了不忍之外，他其实也在熬时间。熬到了一定的程度，他的眼睛才会温润起来，也才能黑白有序，看透人世上的这一幕。

灶房的窗子开着，几根棂骨残破不堪，积满了厚厚的油烟和灰土。管家盯望着义庄的前院，雨水杂沓地泼将下来，仿佛一群惊马的蹄子，声音可怖。天的确漏了，让不远处的白墙绿瓦，让明净的堂屋顶上的脊兽和彩饰的木雕，让高大巍峨的门楼，纷纷塌落在了雨水的幻影中，有一丝虚弱，亦有一种飘失与凋零的前兆。管家不动声色，一直凝望着窗外，慢慢收住了个人的酸辛。这一日，在管家幽深的心目中，这个古老的望族，这一座气数已尽的经典宅门，已经统统浸泡在了一潭浊水中，在逐渐变酥，在坼裂，在离析而散。

命吧，这可能就是一份天命。天命来了，任谁也拦挡不住，更不能三心二意。管家认真咂摸着，掂量着，心说，这既是义庄和索门的命，同样也是丁荣猫个人的天课，现在全都来了，自己就不能跟天命闹别扭。只有随顺下去，只有顺水推舟，一股脑地走到底，方能拨云见日，获取一种别样的解脱和慰藉。管家沉郁着，又叮嘱自己说：千万不能讲威胁的话，因为敬意是勒索不来的，虽说这个大少爷已经被洗劫了尊严，剥夺了身上的全部廉耻，但他业已跟自己捆绑在了一起，成了个人命运的一部分。一念天堂，一念地狱，管家分明觉得自己站在了一根悬空的绳子上，在这样恶劣的天气里，摇曳不定。

忽然，索朗扑了过来，亲热地搂住了管家的脖颈子，恓惶了几声。管家面露不解，一再用好话哄唆着，怕隔墙有耳，让旁人误会。索朗伤感了一阵子，松开了管家，目光若刀，一直逼视着对方。管家一时悚然，木然地迎对着，开始疑心自己刚才的那一番念想，是不是被这个大少爷知悉了，洞彻了，变得像一滴房檐水那样，无足轻重。

终于，索朗开了口：猫子哥，你先前就是一个麦客子，靠割麦子吃饭，看人的脸色度日，那你想不想当一个真正的管家？管家惶惑了：大少爷，我这不是好好的嘛，我现在就很知足，我没过分吧，你的话让我的肉都在跳。索朗不在意对方的谦逊，又道：猫子哥，我意思是说真正的管家，而不是像你现在这样，只不过是一个特殊的伙计，一个天天能跟主子说得上话的下人。管家一再退却着，暗自甄别着，隐约觉出索朗的这一席话，才是一次强逼，一种勒索。果然，索朗说：我想让你当一名真正的管家，我说了算，你也说了算数。索朗攀住了丁荣猫的肩头，诡笑着，截铁道：将来，在沙州城，在敦煌，在整个关外三县，你就不再是一只可怜兮兮的死猫了，你来当虎做豹，不管马上马下，起码能跟我平起平坐。管家一时怔忡，知道自己脚下的这一根绳子更加晃动，更加叵测了，简直无语作答。索朗已经到了兴头上，热络地说：猫子哥，千说万说，不如磕头一拜，我跟你换帖吧，咱俩结交成异姓兄弟，往后有福同享，有难了，你我一搭里扛上。

在这个冰锅冷灶的厨房内，索朗也不太讲究，捉了三根当火媒使用的细长麦草，点着了，插在案板上的一团酵面疙瘩上，权且当作了盟誓的供香。索朗跪下了，管家也没了顾忌，挨着大少爷跪在地上。索朗道：天老爷，关老爷，请二位仔细听来，自今日起，我跟猫子哥义结金兰，结拜成这一世的兄弟。以后，有宽身的地方，我们一起用甜，万一到了活命的窄处，我们一块分担，一起吃苦。事已至此，管家忽然卸下了心里的羁绊，重复了一遍索朗的话，跟着叩首。索朗又道：索家的老先人们，一辈一辈地捐出了脑袋，凭的就是一个义字当头，所以才有了义庄的今天。我索朗不孝，现在也举一个义字，谁胆敢玷污了门风，谁要是当缩头乌龟，谁无情又无义，那我只好佛挡杀佛，人挡杀人。管家跟着磕了第二个头，又听见了下面的话：天老爷关老爷明鉴，从今天开始，猫子哥明面上还是一个管家，但私底下却是我的兄长，我索朗以细君这个没娘娃的名义起誓，我以后倘若有一点点的悖逆之心，我不得好死，我碎尸万段，我就像这一根指头。话未落地，索朗冷不丁拿起案板上的菜刀，径直地剁向了自己的指头。管家不愧是割麦子的行家，懂得用刀，也懂得去势，忙抬手磕了一下索朗的肘关节，令刀锋滑脱了，滑向了别处。饶是如此，菜刀落下来的一瞬，还是见了血，削掉了索朗的一块指甲盖，令其抽心一烂，不忍窥探。

灶膛里的柴灰，一般是止血的灵药，无毒，无味，效果神速。管家抓着一把柴灰过来，慢慢敷在了对方的伤口处，安慰再三。血水带着气泡，淌了一案板。刚开始可能是不疼的，索朗从案板上捡起了那一块指甲盖，扔进了炉膛内，听见火焰刺啦一声，很快又平静了。让管家讶异的是，索朗一不喊疼，二不呻唤，相反却痴迷地咧笑着，笑得很寒凉，也很讳莫如深。敷完了柴灰，管家意欲出门，绍介说，世兴堂的沈先生恰恰就在义庄，你不妨喊他来，请大夫及时包扎一下。岂料，索朗当即拒绝了，扯拽住管家的袖子，撒娇道：

"猫子哥，都已经结拜了，对吧？"

丁荣猫点头。

"哦，那愚弟也就不客气了，恕我冒犯。"索朗乜斜着眼睛，诡笑说，"其实，神仙药就揣在哥哥的身上，千求万请，不如哥哥的一次施舍。"

一怔。

"猫子哥，求求你，再给我一块烟膏吧。这么些天来，要不是你给的那些烟膏，我恐怕也度不过这个劫，活不到现在。"乞求的声音，仿佛宰牲季节里的羊只，咩咩咩不停。又道："你说过的，抽吸上一顿烟膏的话，悲伤算个屌，心碎也算个屌。我现在手不疼，心里也不苦，真的，除非你给我一块。"

管家呆立着，先时结拜的一幕，方才这一只羊所吐露出来的那些慷慨辞藻，那三缕轻若游魂的麦草淡烟，渐渐地消弭了，山高月小，水落石出。管家心知，大少爷的这一系列举止，真正的目的，无非是想赚走一块金贵而稀罕的大烟膏，一饱他的瘾头。为了这个口腹之欢，他竟然连续上演了两折子的戏，一出叫桃园结义，另一出则是苦肉计。这一时，管家宽释了不少，一切都不那么意外，一切也都在料想当中，不喜，不怒，不嗔，也不怪。管家解开了衫子，从腰上拆解下一圈又一圈的缠布，摸出了一只小牛皮的烟囊，扔给了索朗。索朗赶紧从身上摸出烟枪，填上了料，吞下第一口时，鼻脸上忽然亮了，好比溺水的人，终于抓住了一根搭救的绳子。索朗催说：猫子哥，你也来抽，抽上了这些神仙丸，什么不快都忘得一干二净了。管家回说：只有狗才抽，狗才会上瘾。我好歹还是个人，不在畜生界里。索朗躺在墙角的麦草垛上，哀告说：我知道你在骂我，但我不计较，只要猫子哥不断顿，以后给我供上烟膏，我时时处处都听你的。管家哑默着，收拾完了案板上的秽物，刚捧住那只辣椒罐子时，却听见索朗说：

"别动，这个我有用。"

"哼，你有一杆烟枪就够了，还用吃饭呀？"管家讥诮。

索朗道："宫法麦要割奶，让我来取辣子。"

"说啥？"

"哦，细君大了，也该吃一点五谷杂粮了，总不能天天叼着宫法麦的乳头，惯出毛病来吧。"索朗喷吐着，像在说一件遥远的事，"宫法麦打算在她的乳头上抹一些油泼辣子，细君辣上几下，也就把奶割了。唉，一个扎花的没娘娃，猪嫌狗不爱的，义庄上下没一个人善待她。割了也好，省得她爷爷心疼那一笔钱，还把毛病看在我的身上。"

管家惶惑地问："你是想辞退奶妈呀？"

"看你猫子哥说的，你没有女人，你当然不懂这个门道了。"索朗又填了一次烟泡，举着火，忽然淫荡地笑开了，"宫法麦的那一对好奶子，辞了她，我还真舍不得哪。细君跟我抢，自然是抢不过的，除非那个老不死的撺走了宫法麦。"

"为子而傲，必不能孝。我可警告你，你这是在玩火。"

"对，我就在玩火，咋了？"索朗不屑道。

管家沉吟说："你是大少爷，义庄的这个盘子，迟早由你来接手，你可不能辜负了。"

"哼，他不让我舒坦，那我也可以废了他。"

"废了？"

索朗阴笑："对呀，连当今的皇帝不是也被废黜了嘛。"

管家一道烟地扑了过去，蓦地伸手，一把抓住了索朗的裤裆，捏住了那三两悬吊的糟肉。索朗疼死了，却又喊不出来，直觉得两只卵子快破了，快碎了，气都喘不上来。管家低声说：狗儿子，既然我刚才跟你结拜了，我居长，你为弟，那你就得听我的。记住了，你最好老实一些，将来还能在义庄说了算，你爸毕竟年纪大了。假如你现在猴急，忙着抢班篡权，你弟弟索乘就是你将来的主子，你连吃饭的家伙都端不牢。索朗疼出了一身冷汗，反问说：猫子哥，你在我身上押宝了，你看好我？管家松开了手，笃定道：听着，你只要规规矩矩的，这大烟膏我就不会断顿，我天天供你，否则……

这一时，庭院中传来了一阵脚步声，管家丢下了索朗，籔籔而出。

世兴堂的沈破奴一手打伞，一手拎着药箱，刚刚审查完索佟氏的病状，走出了女眷们的院落。管家迎上前去，相帮着拿住了药箱，说了一路的辛苦，将其引到了堂屋的门前。索敞脸上一喜，紧着开开了门，本打算邀请沈破奴进去喝喝茶，自己再诉说一番心中的苦衷，求请对方帮帮忙。岂想，沈破奴一直素着脸，不肯入内，似乎只打算三言两句地讲完，而后掉屁股走人。沈破奴的冷漠，有一种拒人于外的感觉，实在是太出乎索敞的意料了，也就只好垂手立在屋檐下，先说了几句感谢的话。管家知道避嫌，忙称自己要去街上的澡堂子泡一泡，洗洗垢痂，剪剪头发。索敞清楚这一阵子丁荣猫忙疲沓了，脸色亦不正常，忙叮嘱说：你消停去吧，顺便扯上一匹好料子，给自己做几身衣裳。哦，对了，早的话，你去听听戏吧，六合班又开始唱大戏了，好像是《辕门斩子》。管家揖别了沈破奴，戴上草帽，出门前回望了一眼，心里哑摸了一番老财东的话：斩子，辕门斩子。

四下里阗寂了，沈破奴目光萧索，一直抬望着空中的雨雾，自语似的说：老东主，姨娘的情况还好，脉象也正常，可能是上了年龄的病吧，并无大碍，好好地歇缓上一阵子，兴许就能下炕走路了。索敞一时受了冷落，心猜，这个大夫跟以前大不一致，不仅不亲热，不客套了，反而有一种戒备的神色。索敞回说：就是就是，年龄一大，满身各处的零件都老旧了，这也是没办法的事。她最近胡话说得厉害，一会儿看见了鬼，一会儿又碰见了上几辈子的先人，所以请你来给她把个脉，下个方子。沈破奴伸手，让雨滴打在了指头上，轻笑说：这个我可治不了，你最好请一个法官，来给姨娘作作法，燎擦一下，驱驱邪祟，恐怕也就成了。话中有话，索敞不是个糊涂人，一下子听了出来，便释解说：唉，家门不幸呀，大儿子索朗的媳妇下了世，丢下丈夫和一个吃奶的女娃娃，可能也有些不舍，阴魂逗留在这个院子里，让家母无明无昼地说胡话。沈破奴附和道：真是可怜了女娃娃，还那么小。目下，机会之门忽然敞开了，索敞敏锐地抓在了手中，忙请教：

"或许，冲冲喜如何？"

沈破奴用目光征询。

"哦，先生，索某不才，想烦请先生跑一趟腿，替我去仓鼠街下一份聘帖。"索敞恭敬下来，认真作礼，又忙不迭地说，"对方是仓鼠街的一个年轻寡妇。虽说是再醮之人，但礼数不可缺，下聘帖的事，非得是沈先生这样德高望重之人才能担当。"

"怎么，今早上才抬埋了旧人，大少爷这就要迎娶新人了？"

索敞登时臊红了鼻脸，绍介说：先生，你听岔了，不是犬子索朗要续弦再娶，而是我。我此番要纳一位偏房，一者，家里多一个人手，上可以服侍老的，下可以照顾小的；二者，或许能借这一门事情，冲冲邪祟，尽早还义庄一个太平日子。索敞明白，在沈破奴这样的读书人面前，不妨知无不言，把话一竿子说到底。又道：先生，索朗他妈是一个病胎子，炕上炕下都不管用了，苦熬了做男人的，这件事，我已经征求了家母的意思，她也没反对。再说了，索门上几辈子的先人也有过这个先例，我并没有悖逆祖制，还请先生宽谅。沈破奴用雨水洗了手，淡然一笑：老东主，像这么大的事情，肯定要轰动沙州城，轰动整个敦煌的，沈某个人觉得，非得让鸣山书院的山长丰鼎文出马不可，在下人微言轻的，的确承担不了。索敞急了，一把扯拽住沈破奴的袖子，哀告说：哎哟喂，先生有所不知，我前一向跟丰鼎文闹了些误会，我真的开不了口，这才央请先生你去辛苦一趟，没旁的意思。沈破奴屈身一揖，截铁道：老东主，沈某缘浅根微，德薄才略，恕我难以从命。不过哪，我先提前恭喜老东主了，这毕竟是义庄的又一例传奇事迹，说不定沙州城的人可以跟着沾光，敦煌也跟着沾光了。这一盆水,甚至比头顶上的房檐水还冰凉,兜头泼在了索敞的身上。索敞尴尬地咧笑着,见沈破奴已然移步,往大门口走去,便簌簌簌地尾了上去。到了门楼下,沈破奴瞄了一眼上头的金色匾额,交代说:

"老东主,记得请一个法官吧,越快越好。"

索敞警觉地问:"沈先生,你看出啥了?义庄的头顶上有什么邪祟么?"

"唉,老东主,你就别藏着掖着了。少奶奶这回殁了,你既拆了灵堂,又买了一具洒过狗血和鸡血的棺木,作践了亡灵。其实你心里最清楚,少奶奶不是害心口病死的,你不想声张,只好佯装不知罢了。"沈破奴口气仔细,不怒自威地说,"少奶奶的脖子里有一根勒痕,肯定是上吊死的,沙州城的吊客们都看见了,也传遍了,要说义庄有什么邪祟的话,一准就来自这个冤死的亡魂,还是快请法官吧。"

索敞慌了:"沈先生,你留步,再替我开示一下吧。"

"对不住了,我还得去一趟别处,另有一个病人更要紧。"沈破奴打着伞,隐没在了广大而漫溃的雨幕中,又丢下话来,"唉,那个病人被恶魔扎了一顿锥子,眼睛全瞎了,脸也烂成了一张破席子,流血生脓的,他这辈子全毁了,被恶魔毁掉了。"远远地,一阵风再次吹来了沈破奴的喟叹:"天老爷,你要下就下大吧,下一场有情有义的大雨,把这个人世上的罪孽都洗干净了,你才能配得上这万千生灵的膜拜和供养。天老爷,你听见了么?"

索敞颓丧地坐在门槛上,脱下脚上的鞋子,先扔了一只,又扔出了另一只。鞋子没有追上沈破奴,掉在了水洼中,连一滴水花也没有溅起。索敞被生硬地拒绝了,这一幕前所未有的遭际,并不曾引发他的愠怒和暴戾,除了震惊之外。索敞老半天都回不过神来,神思恍惚,表情倦怠,两手扶住了门框,想让自己慢慢地稳静下来。

恰在这时,二儿子索乘像从涝坝里捞出来的一样,水淋淋地踅了过来,蹲在了索敞的面前,一再地盯视着爹老子。索敞被看毛了,呵斥道:你看个尿呀,你咋这样看老子呢?索乘回答:爹,我就看看你跟我像不像,嘴脸一致不一致。索敞被这种蠢话惹笑了,抚了抚儿子的头，讥诮道：老子就是你的模子，你当初是从老子的模子里倒出来的，当然像我了。索乘伸出手说：爸，你给我两块大洋吧，我想去玉门镇的同学家里一趟，他骨折了，休学了半年，我想去探视一下。索敞抬起腿，在儿子的肚子上轻踹了一脚，嗔怪说：滚开，哪达的鬼，快去害哪达的人吧，老子又不是开钱庄的，让你们天天勒索，时时盘剥。

索乘似乎知道这个结果，咧笑了起来，乖巧地说：爸，你不给钱也行，那我送你一样东西吧，你快点闭上眼睛。索敞依言，将眼睛闭合上了，感觉儿子在自己的手里塞了什么。索乘送完了东西，掉屁股跑了，离开了义庄。索敞睁开双目，瞭见了手中的东西，一下子愣住了，像被钉在了门槛上。

一把铁锥子，新锥子。

下半天时，雨仍旧没有减退的样子，连绵而下，将沙州城和敦煌二十三坊，悉数泡在了水中。胡家坊的男将们，一整天都站在自家的大田里，不是开渠排水，就是施救倒伏下去的秧苗，忙得连个放屁的工夫也没有。女人们也没闲荒，先在灶房里忙乱一气，烙了撒满甜豆子的烫面饼，炒了洋芋丝，再逐个卷裹起来，盛了食盒中。烫面饼太干，吃了拉嗓子，女人们要么做一碗蔬菜拌汤，要么打一个鸡蛋汤，总之不能亏待了男人。另有三两个心思巧妙的女人，灌上一壶烧酒，打算带到地头上去，除了给男人解乏，还能把身子暖和一下。其实，男将们根本就没有吃喝的念想，这么大的水下来了，待日头一出来，晒上小半天，全部的庄稼都将板结在地里，灾年恐怕已经成了现实。

开年不顺，刚过了清明的节气，就有坏消息从凉州、甘州和肃州一线传过来。坏消息都是有鼻子有眼的，先说凉州的丰乐镇有几头牛烂了嘴，长了疮，而后又说焉支山下的马场中，一批骡马烂了蹄子，烂了眼角，当即就被宰杀了，一把火烧成了死灰。自古以来，河西走廊便是一条繁华的贸易孔道，一驿过一驿，骑驿如流星，各种商团和驼队不绝如缕，星夜疾行，潦草得如同一幅旷野上的行迹图，也像一面白墙上的雨漏痕，杂沓不已。这当中，难保会有哪一头骆驼或骡马的蹄子上沾染了邪祟，被施了咒，作了法，将晦气一路带了过来。坏消息一般也没有缰绳，甚嚣尘上，马不停蹄，令沿线的百姓们惶惶不安，知道是瘟疫来了，却又不敢大声言传，唯恐让噩讯盯梢上自己，引起一连串的祸患。孰料，目下瘟疫尚未敲门，一场板结雨却率先下来了，下得人们在心里哭喊着，眼睛里能淌出血水来。狗日的灾年，前些年还昏睡着，一问三不知，突然间就醒转了过来，露出了狞厉的牙齿和爪子，眼看着将要打落人间，开始祸害敦煌了。

胡白氏迈着小脚，一路穿过院子，急忙躲在了高房子下。高房子的台阶上布满了泥浆，雨水横流，胡白氏想上去，但一点把握也没有。性元，性元你下来一趟，来吃酸杏子吧。胡白氏吆喊了几句。性元从上头回话说：等一下子，我在给胡大大换尿褯子呐。胡白氏端着半碗发青的李广杏，内里一酸楚，比吃了几颗这种未成熟的当地杏子还要恓惶。胡白氏揩着眼泪，嗫嚅道：哎哟喂，天老爷，这是胡家哪一世里修下的福报、攒下的功德呀，竟然让一个白嫩嫩的黄花闺女来掭屎端尿，左右服侍，真是生受不起哪。胡白氏哭了一阵子，仰看了一下头顶上沉重的铅云，又哀告说：天老爷，你手里有一根墨笔，求求你替我把这一笔情义都记下来，一笔也不要落掉，等梵义和梵同回来后，我再让他们报答也不迟。一念及两个儿子，胡白氏的心登时悬了起来，有一种牵扯，一份莫名的痛楚。梵义往东，梵同向西，兄弟俩走了这么久了，既没捎来一句话，也没给自己托来一个梦，简直让人像是掉在了油锅里一般，倍感煎熬。纵然又心虚，又胆怯，但胡白氏明白，眼前的这个家，还得由她个人来操持。除了高房子内的病人，以及一天至晚游东窜西的三儿子梵海，仅仅是娘家弟弟带来的那一支施工队，少说也有十几张嘴，都要靠胡白氏早晚经营，一日三餐，顿顿不差。没了奈何，胡白氏邀了隔壁邻舍家里的几个妇人，擀面的擀面，蒸馍的蒸馍，炒菜的炒菜，让院里院外的人一个个吃成了长流水，没有一个不咂着舌头，夸说味道好的。

不料想，昨晚上又发生了一则插曲。

晚饭前，胡白氏去南边的天水坊买醋，徐家醋坊的醋是纯粮食酿的，不掺假，不生蛆，味道有一丝甜，价钱还公道。提着醋桶子，胡白氏刚迈进了胡家坊的巷道口，就碰见了一支骆驼队在卸货，靠着水渠旁的一排白杨树，开始扎营盘。胡白氏多了一句嘴，问说：你们是哪达的客，怎么浑身土苍苍的，脸上还有新伤，好像吃过大亏的一样？领头的绍介说：我们是一支运输队，从青海的柴达木长途而来，刚刚下了当金山口，现在到了沙州城外，方才找见了活命的路。胡白氏惜疼这些人，问路上究竟发生了什么。对方哇的一声哭了，连喊了几声姨娘，说祁连山的南侧暴雪下成了灾，地也震了，山也走了形，人畜伤亡了不少。领头的恐惧无比，盯看着天空，坦言道，有一大片黑云始终追着他们跑，估计马上就要来敦煌了，所以才打算支起帐幕，就地避难，尽量躲过这一场天灾。胡白氏瞅了瞅那一座脆弱的帐幕，想起了两个远路上的儿子。人在他乡，可能一步一个难，谁都是爹妈生下的骨肉，能搭救一把，其实也费不了什么气力。这么着，胡白氏将骆驼队领进了自家的马院，给牲口上了饲料，给男人们腾出了几面炕，烧了罐罐茶，让他们随意。为了这些陌生的客人，晚饭多炒了一盆子羊肉胡萝卜臊子，多擀了几杖子长面，一视同仁，咥的都是捞面，让骆驼队的人吃得直冒汗，蹲也蹲不下去，一个个地站到了后半夜。麻麻亮时，天真的破了，胡白氏知道，这些人所言不虚，从青海追过来的黑云罩在了头顶上，天地间充斥着一种不祥的预示。果然，雨下得没完没了，地上的水泡数也数不清。

　　候了半天，性元也没下来，胡白氏便发了狠，打算干脆爬上高房子去，跟性元说道一阵子，替换一下她。不巧，胡白氏瞄见一个黑影翻过了马院的墙，跳进了前院中，一瘸一拐地趸了过来。梵海，你鬼祟啥呢？胡白氏喝问道。梵海跑了过来，跟娘老子一并站在了高房子下，躲着雨，身上瑟瑟不堪。这个碎儿子身有残疾，自小至大，胡氏夫妇就有一种说不出口的内疚，觉得亏欠了他，有负于他。恰是出于这么个心理，爹娘老子骄纵他，两个哥哥让着他，渐渐地，放野了梵海的性情，忽略了梵海身上的那些粗陋与暴戾。胡白氏用袖子揩净了儿子脸上的水珠，叮嘱他以后千万别再翻墙越瓦，要懂一点规矩。梵海不听，尖喊说：撵他们走，快撵他们滚蛋，我一听见骆驼打喷嚏的声音，我头就炸了，我也快吐了。胡白氏见状，哀恳道：你个糊涂匠，巴掌不打上门的人，你忘了你爸说过的话么，在晚饭时放走一个客人，那就是大罪。再说了，他们可都是下苦人，这么灾难的天气下，胡家无非多出了几双筷子，多了几张嘴罢了，又吃不穷咱们。梵海执拗着，一把推开了娘老子，鼻脸像一只吹起来的猪尿脬。胡白氏趔趄了一番，李广杏撒了一地。梵海又喊叫：一帮子下贱的骆驼客，给我滚，别臭了我家的院子，臭了胡家坊。胡白氏一边拾着地上的杏子，一边拖着哭腔说：你再这样的话，我就去喊你爸，让他来治你的病，敲你脚上的孤拐。闻听此言，梵海忽然鬼兮兮地笑了起来，挤兑道：哼，我爸已经是一个活死人了，你有本事，你就去喊他下来。反正我浑身都是病，我还是个瘸子，你们也没让我长上一副健康的孤拐，你们全都欠我的。胡白氏立时晕了，靠在了墙上，慢慢地滑落在地，一屁股坐在了水洼中。这种揭短刨坟的话，头一次从梵海的嘴里喷出来，胡白氏死的心也有了，恨不得一头撞在墙上算了。这个关口上，性元从高房子上款款下来了，素着脸，冷着眉，直接站在了梵海的眼前。梵海嗫嚅了一句姐，声音像蚊子，轻得谁也没听见。性元道：

"胡梵海，你打一盆水来。"

很快，梵海就拎来了一桶水，支起一个木盆，接满了水。性元二话不讲，将一堆气味恶劣的尿褯子丢在了盆中，又扔下一块土胰子。性元发话了：

"快蹲下，把这些都揉搓了，洗得干干净净。要是有一块污渍，可别怪我不客气。"

梵海苦瓜着嘴脸，几乎快哭了出来，但抗不过性元满面威棱的表情，便悠悠忽忽地蹲了下去。梵海又开十指，刚浸在了盆子里，又突然拔了出来，哀求道：性元姐，这上头都是屎，都是屎，我真的恶心，我洗不了。性元哼了一声，在他的额头上凿了一个栗子，教训说：你胡梵海刚才满嘴喷粪，大惊小叫的，你咋就不恶心自己呀？一时间，梵海绝望极了，央求道：性元姐，你就饶过我这一次吧，干脆我掏钱，让哪个伙计去洗，洗干净就是了。性元断然拒绝了，讥讽说：你爹娘老子当初拉扯你，不就是一把屎一把尿的么，他们怎么就没恶心、没呕吐呀？哎哟，现在到了让你孝敬的年纪了，你反倒挑三拣四，开始嫌弃他们了。梵海蹙住鼻子，沮丧地抓住了那一堆东西，求援似的喊了一声妈。性元又说：胡梵海，别让我看扁你，你今天洗不干净的话，我沈性元就没你这么一个弟弟。

梵海开始洗了，动作蠢笨："姐，这怎么洗呀？"

"用木板，先把屎瓜瓜刮下来，再慢慢搓。"

"嗯，先刮，再搓揉上几遍。"梵海叨念着，复述着这些程序。

性元道："等彻底洗干净了，再用清水淘三遍。记住，少一遍都不行。"

胡白氏目睹了这一幕，心里喊了一声天良呀。又斟酌道，这人世上的事就是如此吊诡而反常，老鼠害怕猫，真是一物降一物。别看梵海在家里横惯了，仗着年岁小，身有疾患，干的却是一些烈性而霸道的勾当，三天不打，便上房揭瓦。现在却好，性元这么个闺女，脸一拉下来，梵海就知道了好歹，好比孙猴子再怎么顽劣，翻上多少个筋斗，也逃不出如来佛的掌心。性元见有了效果，一面督办着梵海，一面捡起了地上的杏子，在袖口上擦了擦，喂在了嘴里。胡白氏不忍，捉住了性元的手，翻来掉去地看了好几遍，毛糙，生硬，长满了肉刺，知道在这么些日子里，苦熬了这个闺女。胡白氏哀告说：性元，我去剜一点羊油，给你抹抹手吧？性元诡笑说：不行，我的手是专门扇耳光的，不能那么绵，我看哪个敢造次，我绝对不客气。胡白氏捂住嘴笑了，发现性元也笑得很难看。这种被雨打落的杏子还未熟透，酸得让人掉牙，但在这样的场合下，性元也是有苦不能讲，只好乖乖地咽下了这一颗杏子。

在胡恩可一家兑现诺言，替世兴堂的沈氏打一座宅院的过程中，日子渐渐长了，天也热透了。气候一变，沙州城内外的病人们日渐增加，除了在店里坐诊外，沈破奴还频频拎着药箱，穿街走坊，四处出诊，照顾一些行动不便的旧相识。胡恩可依旧躺在高房子上，病若沉木，无声无息。沈破奴丢不下他，但又分身无术，一天到晚干着急。不料，在这个节骨眼上，管家苏食也跑了过来，给他增加了一块额外的砝码，又套上了一副重轭。在胡家车马挽具店后头的马院中，沈破奴第一次见到了郭弦子，当即吓傻了，惊出了一身冷汗。郭弦子的整张脸已经烂完了，那些密密麻麻的锥子眼里，淌下来的黏稠的脓血，如同沤坏了的动物下水，腥臭难闻，招惹来了大半条街上的绿头苍蝇，打也打不走。脸倒在其次，毁了一张，也许会复生一张，不至于伤及性命。最危难的是郭弦子的那一双眼睛，事发后没几个时辰，便泄光了生气，慢慢地干瘪下去，塌陷在了眼眶中，犹如两粒晒干了的葡萄籽。沈破奴不认得这个病人，但苏食的一句话，让他明白了这个人的斤两，于是一丝不苟了起来。苏食当时说，此乃弦子哥，跟老东主是换命的交情，沈先生你一定要保住他的命，哪怕他瞎掉了，留一条命也行。一连数日，沈破奴施用了保守的方子，只外敷一些创伤药，不敢再进一步。沈破奴将自己关在世兴堂内，翻遍了各种医书，又去了一趟鸣山书院，找了一些秘籍与药典，慢慢地归整出了一套方案。眼球摘除了之后，病人又静卧了十天半月，一切都开始向好。到了拆药巾的那一天，沈破奴忐忑极了，毕竟这是他行医问药了大半生的一次重大拷问，他自己也没有十足的把握。那一刻，盯望着病人脸上的那两个黑窟窿，沈破奴迫切地问：状况如何？不承想，病人却很乐观地说：狗日的，灭了我的灯，我这下子黑了，不仅天黑了，人也黑透了。苏食问说：弦子哥，疼也不疼，你到底撂个准话，好让沈先生心里清楚，给你开下一步的方子呀？病人揶揄道：差一点就忘了，割下来的那两个东西呢？哦，千万别喂了狗，我还想拿回去，埋在莫高窟，埋在千佛灵岩下，等我百年之后，我还要跟它葬埋在一起的。病人下了炕，张着双臂，走到了院子当中，立在了火辣辣的日光下。病人环顾地问：现在是白昼天呀，还是后半夜？究竟是日头照着我，还是我自己的身上发烫？苏食如实告知了。病人闻听后，忽而惨笑了一声：也好，灯灭了就灭吧，反正我在窟子里忙碌时，眼睛也是黑的，派不上大的用场，但我的手心里长了一对眼睛，我还能看见的。沈破奴被这些狠话震撼了，从弦子哥的身上，他依稀看见了胡家坊的老东主，以及那种惯有的决绝、慨然与无惧的神色，心下一热，犹觉得肩上的担子更重了。末了，病人朗笑了起来，笃定地说：狗日的，他终究没料到，我的手心上有一对天眼，菩萨降赐的天眼，他扎不瞎，他也灭不了。

狗日的，这个隐讳的称呼，这一声无明的叫骂，同样像一个巨大的问号，横亘在苏食和沈破奴的心头，狐疑不止。苏食再一次问：弦子哥，究竟谁害了你，你尽管说出他的名字来，我发誓，我代表老东主，举胡家的全部之力，一定要争个说法，替你讨一个公道。郭弦子反问说：杀了他，你也让我的眼睛亮不了了，你还是不要知道的好，何必哪，我现在稳静多了，你们抓紧去照看老东主吧，他那里更要紧，也比我更危险。苏食是一条硬汉子，气血喷涌，截铁道：狗日的，他这么害了你，他就是跟整个胡家为敌，我掘地三尺，一定要找见他，否则，我就不是爹娘生的，不是粮食养大的。这一时，郭弦子却说：给我派一辆马车，送我回千佛灵岩吧，莫高窟在等着我哪。

虽说有一份灰败和憾意，但郭弦子终究站了起来，活在了这一幕光阴中，这仍让沈破奴产生了一点点稀薄的欢愉，一种庆幸。那日晚饭时，在沙州城西北方角楼下的家中，沈破奴破例喝了一盅子烧酒，哼了一段戏文，当成了对自己的犒赏。性元见父亲心情大好，便催逼着他，要一起干一杯。拗不住女儿的娇蛮，沈破奴喝红了脸，遂试探说：既然乡学里的先生们都去了鸣山书院，去参加山长主持的辩论了，那放假的这些日子，你帮爸干一件事吧？性元道：也好，念书念得我脑袋里快生蛆了，是帮你整理医书呀，还是去世兴堂站柜台？是这，沈破奴沉吟着，他明白个人的真正目的，此刻却不宜相告。遂说：你就去胡家坊的高房子，照顾你胡大大吧，灌个水，喂个饭，换洗一下尿裤子，给他多翻翻身，别生了褥疮。闻听此语，性元的眼睛瞪得像一对大铜铃，惊呼道：好我的爸哟，胡大大是男将，性元是个女的，还隔了辈分，你这不是授受不亲嘛。沈破奴颇为开化和文明，又靠着一身的医术游走沙州城以及关外三县，医世疗心，对当地的一些旧俗与观念成见也深。趁着酒兴，沈破奴讲述了自己偶尔充当接生婆，还给女人们割瘊子取痣、拔牙、拔火罐、扎干针之类的一系列经历，开示说：在一个合格的医士眼中，没有男，也没有女，更没有贫贱和富贵，病人只有一个身份，那就是病人。性元却惊讶于另外一点，探问道：古代真的有女医官呀，锦衣华服，出入朝堂，竟然那么威风？得到父亲的肯定后，性元便爽快地答应了。

事实上，此乃沈破奴提前投下的一枚棋子，抢了先手。

在父亲的引导下，性元只学了一遍，就迅速上了手，做得比旁人更仔细，也更耐心。揭开被单，窥见老财东那一具瘫软的肉体时，性元撇过了头去，脸红得像一根辣子，羞臊极了。虽说性元偷偷地翻读过家里的医书，见过一两页隐晦的图示，也看得懂某些男女之间交合之道的文字。但像目下这样，头一次面对男人的躯体，尤其是擦拭秽物时，不免会触碰到两腿当中，那一坨男人的硕大东西，这让性元难以下手，尴尬至极。沈破奴见状，只用了淡然的一句话，就破除了女儿的这个心魔。沈破奴说：呃，你就当躺下的是我，是你的父亲，他已经无知无觉了，你只不过是在病榻前尽孝而已。这么着，性元完全释然了，干得更欢实了，一天两三次地前来点卯，钻进高房子里忙个不停。胡白氏惜疼性元，倒凉开水，送手巾，端吃喝，天天说上一箩筐的好话，竟也劝不住这个傻丫头。除了照料日常，性元还学会了喂汤药，一勺一勺的，病人的下巴附近很卫生，气色也滋润了不少。有了女儿的帮衬，沈破奴解脱了出来，每天干完世兴堂的活计后，便去了新宅子的工地上，跟梵义的舅舅他们说说闲章，解个心慌，看着新建筑慢慢地有了大致的轮廓和规模。

又喝了几口，沈破奴开始告饶，说不能再贪杯了，虽说自己的手术成功了，但毕竟病人被摘掉了一双眼球，这种喜庆应该是有分寸的，君子应慎独。性元问：是在仓鼠街上被扎瞎了眼睛，后来又被梵义家的管家苏食接走的那个孽障人么？沈破奴一下子清醒了，首肯道：对对对，我都忘了问性元你了，当初如果不是你给他及时上了创伤药，后果难料呀。你说说看，那个郭弦子干么牙齿很硬，对我和苏食不吐实话，究竟是哪个恶鬼，干下了这样丧尽天良的事？性元立时肃然了起来，笃定道：他用鸡蛋碰石头，碰在了敦煌牌子最亮的那家人门口的石狮子上，丢了一对眼珠子，倒捡了一条小命，却是不幸中的万幸。沈破奴不假思索，悄静地问：义庄？性元果断地补充了一句：索敞干的。

孰料，过了没些天，也就在今日晌午，沈破奴正在世兴堂里坐诊，义庄突然派来了一辆车轿，将他邀了上去。马车一路上颠簸着，沈破奴心惊肉跳，心绪犹如车厢顶上摔下来的雨滴，紊乱，激溅，充满了不测。沈破奴一度猜想，会不会是性元在外面逞口舌之快，将这个机密透露了出去，义庄才如此地兴师问罪，拿自己去过堂。后来进了索门，一问方知，原先是索佟氏最近一直在说胡话，老掌柜忧心母亲的身体，才有了这么一折子。沈破奴虚惊了一场，心也就落在了腔子里。看完病，留下了一张方子，待沈破奴辞了索家的车轿，打算一个人徒步回去时，却被老掌柜拦挡在了院子里。那一时，沈破奴内里激愤，憎恶地盯视着索敞的那一张脸，又忆想起了郭弦子破碎而嶙峋的表情，不由得想出了一个词：伪君子。沈破奴是有涵养的，但有涵养并不意味着这个人的血管中没有火油，也没有胆气。当义庄的老财东说东道西，既要辩白对亡灵的苛责与盘剥，又要纳妾娶新，替自己涂脂抹粉时，沈破奴再也按捺不住了，所以才有了那么一声仰天长叹，指桑骂槐。果然，这是一场有情有义的雨，下到了现在，仍然没有停下来的迹象，一直在洗刷着这个人世上的罪孽与不平。沈破奴痛快极了，一向温文尔雅的他，决定在这个晚夕里，夜宴一场。于是，他特地去了一趟集市，称了十斤苞谷酒，拎了一只大猪头。

见梵海洗得差不多了，性元也就不再折磨他，自己挽起了袖子，将所有的尿褯子淘了三遍，挂在了屋檐下，去慢慢晾干。这些用棉布裁剪下的尿褯子，大小不一，形状各异，在清风中拂荡着，犹如性元的功绩，令人一目了然。性元叮嘱道，胡大大已经安顿好了，至少子时之前，不用去服侍了，她这就要回去，去一趟院外的工地上。胡白氏摩挲着性元的手，又想给她擦一点羊油，话到了嘴上，却没讲出来。梵海巴兮兮的，一直指望着夸奖，但性元坚不吐口。相反，性元在临走前，冷不丁地问：

"梵海，你两个哥哥回来后，问你这些日子都干了些什么，你咋说？"

"哼，他们才不会问，他们一向看不起我。"翻着白眼，梵海空虚地说，"再说了，一个瘸子能干啥，奶奶不疼，舅舅不爱，顶多就是追鸡逐狗、骑羊打猪了。"

性元莞尔："梵义和梵同要是问你，你就说自己在念书。"

"姐，你就别给我戴高帽子了，一说念书，我的头现在就炸了。"

"你念的是这本书，姐姐专门带来给你的。"性元从身上摸出来一本黄旧的书籍，塞给了梵海，"喏，我保证你看上一眼，眼睛都拔不出来。仔细些，小心姐姐来考你的课业。"

梵海接住了，大喜："《三侠五义》呀。"

"三侠六义，加上梵海你这一义。"

性元嘻然道。

倘若不是院落的外面，缺了一堵沙州城的高墙，性元还真觉得走进了那一座西北角楼下的旧家。胡家坊的老财东馈赐的这一片新宅子，原模原样，尺码吻合，几乎完全复制了过来，让沈氏一门毫无陌生感，反倒有了一种更深的亲切。沈破奴在家里嘀咕过，说这就是胡恩可的缜密与老练，原样誊抄，旧貌新颜，几乎让人难以拒绝。又剖析道，面积弄大了，花销就上去了，沈家便有了推辞的借口，如果弄小了，又枉费了心意，送了还不如不送。性元尚不谙人情世故，曾经不止一次地问过父亲，胡家人干么如此慷慨，花费一笔巨资，打这么一座宅子，偏偏要送给沈家呀。沈破奴沉吟道：这或许就叫人抬人，抬出大人。性元问：那然后呢？沈破奴语气深长地说：然后就是僧抬僧，抬出高僧，剩下的就看咱们的了。对这些禅机密布的话，性元多半不解，也不愿意去求解，但她看着自己的另外一个家渐渐地起了墙，架了梁，铺了瓦，安了窗棂，上了门板，连院子和花坛都已经砌出了一个大致的形状时，内里还是漾荡着一种由衷的喜悦。在高房子上伺候老东主的间隙，性元时不时地趴在牛肋巴窗子上，瞭看着下面的工地，越看越高兴，越高兴便越有了精神头。

这一时，雨水扯天漫地的，坊内的巷道中烂泥翻卷。性元离开了胡家，戴着草帽，披了一件薄皮子的雨衣，往新家跑去。远远地，性元便嗅闻到了一股炖肉的香气，在这个清凉的下雨天，显得格外馋人。中午时，母亲沈戴氏交代说，苦熬了梵义的舅舅和匠人们，眼看着快收尾了，你爸想让他们喝一场酒，吃一顿肉，你伺候完了胡大大，就来帮个手吧。刚跑到门口，性元险些跟一群人撞了个结实，一举头，脸刷地红了。性元跟着梵义的辈分，羞赧地喊了一声：舅舅。

舅舅摘下了草帽，客气地说：沈小姐。

雨一下大，工程就歇停了，上不了泥，夯不了地。胡家目下最缺少男丁，伙计们也都在城里的各个店铺中忙碌，胡白氏揪心自家地里的作物，央求了弟弟，让他去排水，去固一固秧苗。舅舅带来的匠人们，平时就是不错的庄稼把式，一搭里去了，又一搭里回来，很快就把大田里的庄稼全部侍弄清楚了。新房子里临时用板材搭起了一张大桌子，匠人们围坐着，一边喝着罐罐茶，一边等着酒肉上桌。性元招呼完了，又跑进了灶房中，想催喊一下母亲，抓紧开席，别让大家饿过了劲儿。灶房内烟雾腾腾的，一半是炖肉的蒸汽，另一半则是炉膛中的湿烟，才盘下的炉子，当然不会那么干柴烈火了。性元驱了驱烟雾，喊了一声妈，冷不丁窥见母亲的旁侧，有一个五官俊秀的女子，正在相帮着，用铁钩子捞起了汤锅里的猪头肉。一切就绪后，沈戴氏绍介说：你这个姐姐叫辛仗和，下午跟着你辛家叔伯来串门的，性元你要嘴乖一些，喊姐姐。辛仗和攀住了性元的手，态度热络，轻喊了一句沈小姐。沈戴氏啧啧不休，口气像鸭子戏水似的夸赞说：哎哟喂，你这个姐姐的茶饭手艺不得了，汤里的调料是她配的，这一案板的长面也是她亲自擀的，你来闻闻，快闻闻，这个味道香呀，简直能把莫高窟的神仙们勾引过来。性元揶揄道：神仙们是吃素的，你别乱语三千，仔细你的话。沈戴氏不答，开始忙着切肉。辛仗和也抄起了一根擀杖，又开始擀一匹长面了。性元无所事事，只好呆立着，心里盘磨说，难道这个新家就这么开了张，但是胡家人没一个在现场，这岂不是鸠占鹊巢嘛。

一瞬间，性元的脑海中，掠过了梵义和梵同兄弟俩的面孔，不由得唏嘘了一番。

在院子的后身，沈破奴率着辛仗和她爸，绕墙三匝，观摩了一番，仍没有消停下来。辛氏父女的造访，让沈破奴煞是意外，原本只是简单的医患关系，彼此间并无私交，刚开始客气了几句，竟也没料到这个老者得寸进尺，丝毫没有告辞的意思。辛仗和她爸佝偻着身子，目光如贼，四下里蹒跚着，探摸着，审视着，嘴皮子也叨念不止。沈破奴出于礼貌，举着一把伞，追撑着他，怕他被下湿了，自己却累得够呛。转了几圈，客人指着围墙下的施工架子，诡谲地说：咱们上去一趟吧，上去了给你说。沈破奴觉得话中有话，忙搀扶住他，颤颤巍巍地登了上去。这一瞬，刚刚打出来的整个新宅子，仿佛一座沙盘似的，铺呈在了两个人的眼前，格局紧凑，新墙明瓦，透出了一种端庄而简净的格调。迷离的雨雾中，客人问：前头那一个飘飘忽忽的影子是什么？哦，那就是胡家老财东的高房子，他就躺在里头养病哪，已经有些时日了，沈破奴答。客人掉过头，又指着西边的一线白光：那是什么，亮悠悠的，好像是水吧？沈破奴一再耐下了性子，答复说：正是，那是党河水，雨这么下，恐怕党河里也发了大洪水，将河畔上的庄稼地都淹坏了，今年的年成怕是不妙呀。在这个沮丧的下午，客人并不见消停，复又指着更远处一片绰约的影子问：那是什么？我眼睛麻了，你如实告诉我。毕竟是书生，沈破奴仔细道：辛兄，那就是敦煌鸣沙山，它的后头便是月牙泉。这么着，辛仗和她爸问完了胡家坊周遭的山川形胜，掌握了毗邻的院落建筑，忽然埋下头去，用指头掐了又掐，遂在心中排出了一副卦象，坐实了眼前的这一幕风水。

"真可惜了。"

听到了一张乌鸦嘴，沈破奴惶然地问："辛兄，可惜什么，这可是新打的院子呀？"

"嗯，这院子自然是好，在敦煌也应该是数一数二的，一砖到顶，蒸米作浆，缝隙间勾勒得如此细致和漂亮，像极了江南一带小桥流水的庭院。"辛仗和她爸一口秦腔，疙里疙瘩的，显得太侉，也只认死理。又喟叹了一声，接续道："可惜喽，胡家的老财东那么精明，掐来算去，什么都想到了，也布置妥了，却偏偏欠了一样最重要的。缺了这一样，他的全盘构想便打了折扣。"

"辛兄，沈某不才，还望你开示，究竟缺了哪一样？"

客人手拈胡须："沈先生，你要是姓丁，那么这一切就全美了。"

"姓丁？"

"然也！丁者，钉子也。"

客人呵呵一笑，好像自己是天宫中的一名机要大臣。

"这如何释解？"

沈破奴内心骇然，惊魂不定，却仍旧维持着一种危险的冷静，求教道。

"我指给你看吧。"

按照辛仗和她爸的理论，远处的鸣沙山是流沙地貌，属水。胡家坊以西的这一片坡地种满了庄稼，接壤着党河，性质上当然也属水。俗话讲，木生火，水生金，但流沙吹拂，加之党河水一年四季下泄，将所有的运气和财富统统冲刷走了，对周围的生民毫无裨益。况且这两条水太旺盛，太过汹涌，即便有的家族出人头地，下了几辈子的苦力，又省吃俭用，赚取了不菲的钱财，却不过是流水般的财富，攥不紧，抓不住，将来还是如梦幻泡影，如露，亦如电。沈破奴悉心谛听着，暗自猜度说，人真的不可貌相，别看这个白胡子陕人佝偻着腰身，样子卑微极了，但他的这一套说辞却头头是道，令人无从反驳。辛仗和她爸笃定地说：胡恩可一定是得了高人的指点，破解了这一方风水，所以才精心结撰，暗中布下了这么一个局，将运势调换了过来。沈破奴听得云遮雾罩，始终窥不破端倪，只好继续不耻下问，尽力将伞罩在了客人的身上，自己却淋湿了大半个身子。辛仗和她爸说：喏，要是没有这一座新打的宅院，胡恩可的围墙下就是一片开阔地，命门皆敞，内部空虚，只能听凭流水的冲洗，他自己毫无办法。但现在不一样了，这一座新宅院根基牢靠，死死地扎在了坡地上，等于是一根定海神针，令胡家坊一下子稳固住了，风水向好，势大力沉。

如此深奥的讲析，远在沈破奴的学识和经验之外，不免再次探问，一来慰藉个人的惶恐，二者，亦欲探知其中的门道。于是，辛仗和她爸打了个比方说：一人、一家、一国，其实是同一个道理，也有同一样的风水和舆地。细数历朝各代，但凡是明主或一代霸王，无不是目光迢递、心思高远、结界深厚之人，将他们手中最重要的一块砝码，投射在这一片西陲之地。也无不是撒豆成兵，一路固防，解除自己的后方之忧，还中原与朝廷一个相当长期的太平日子。这个道理太简单了，像一碗水那么清楚，因为边界不靖、惊烽羽书、狼烟四起的话，一切就无从谈起。客人咳喘了一番，尽力保持着一种平静，应了那句老话，有理不在声高，又娓娓而道：先生，何以那些明主或霸王，一定要不惜花费巨大的资金与人力，耗费时日，在河西走廊一线修筑了万里墙城？何以在荒凉而空寂的嘉峪山口，扎下一座庞大的关城，驻防了重兵？哦，又何以在这祁连山下、鸣沙之畔、党河一带，一连番下了三手棋，设置了玉门关和阳关，又筑造了敦煌、瓜州和玉门镇这关外三县？沈先生，这其中的缘由，不证自明，你恐怕明白了吧？闻听此语，沈破奴发笑说：

"不错，这应该都是朝廷的定海神针，将全天下的上佳风水统统锁住了，尽收囊中。"

客人嘻然："恰是！聪明人不可细提，沈先生所言极是。"

"所以你方才讲，我应该姓丁？"

"可惜你不姓丁。"

沈破奴暗揣着一份期冀，追问道："姓丁如何？不姓丁，那又如何呀？"

"你来瞧，恰恰因为你不姓丁，缺了一样，所以新宅子的整个格局，总体上高于胡恩可的院子。这意思是说，既然沈家成不了一根钉子，锁不住这白花花流淌一空的财富和运气，那就变成一块大磨石也好，镇在这片坡地上，也有异曲同工之妙。"雨水肆虐，雾气漫流，辛仗和她爸危险地站在了施工架子上，左右指点，汗漫滔滔，"胡家的老东主慷慨仁义，请了沈先生你这尊大神，又赠予了这一座漂亮的宅子，镇住了周遭的风水。老朽断定，自此而后，胡沈两家一定大吉大利，凡事将逢山开路，遇水架桥，一切都不在话下，彼此两旺。不信你瞧，那一座高房子便是证据，因为缺少了你不姓丁这一项，所以它才代替了钉子，扎在了心脏地带，高高在上，一目了然。哦，虽说胡恩可发心善良，菩萨行止，但他毕竟是一介商贾，不会干那种亏本的买卖。可惜了，他如今病倒了，昼夜无明地躺在上头，仍然咬着牙，守住这一根钉子，还是让人心痛，令人扼腕。"

道成肉身，肉身成道。沈破奴一边闻听着，一边惊悚地想起了这两句话，不由得汗下如浆，心烦意躁，一时间身上开了锅似的。沈破奴感念于胡家老财东的恩遇，却又不忍他像一具尸骸般那样残喘苟活,至今仍在替他人施舍出一片片的余荫。可这一切,乃是沈破奴束手无策的事,他知道自己的医术与手段,已经走到了尽头,已经黔驴技穷了。剩下的事情,将完全归于天老爷的算计,归于一个人的命数,谁也无计可施。纵然有些灰败,心绪颓丧,沈破奴还是求教于这个满腹经纶的客人,问下一步该咋办。

"你过来,我说给你听。"

沈破奴乖乖地拢了过去,将耳朵贴在了客人的嘴边。

"什么,肉?"

"对,这也是一根钉子。"客人笃定道。

"辛兄,你这是玩笑吧。"沈破奴突然却后几步,先是瞠目,而后结舌,颊脸上一片彤红绯赤,"说真的,我不喜欢你这个说法。不过,这只是你的一家之言,我不计较。"

客人说:"唯有这样,彼此才可以阴阳相持,也才能红火两旺,有万利而无一弊。"

恰在这时,一记响亮的喷嚏炸开了,中断了对话。

沈破奴讶异地瞭见,女儿就站在施工架子下,铁青着脸,怒火满腔。性元浑身上下已经湿透了,一定受了凉,又一连打了几个喷嚏。性元催喊说:爸,找了你半天了,原先你在这里搞鬼,快开席了,舅舅喊你去主持哪。沈破奴简直懊恼死了,丢了三魂,失了六魄,竟不知道刚才的那一番怪力乱神之语,是否让女儿耳食了去,全部听见了。这种负疚与不安,令沈破奴手忙脚乱,一面应答,一面搀扶着辛仗和她爸,慢慢走下了两丈高的施工架子。性元一直兀立着,目光冷峻,待二人站在了院中时,恶狠狠地说:你,还有你,你们两个,一个是秦桧,另一个是万俟卨,最喜欢搞阴谋诡计了。言毕,性元打着喷嚏,扬长而去,丢下了两个面面相觑的长者,难堪不已。沈破奴赔罪说:辛兄,我可把她惯坏了,没大没小的,黄口小儿的话,你就左耳朵进,右耳朵出吧。辛仗和她爸抚着胡子,并不追究性元对自己的冲撞,反而激赏道:嗯,这个闺女,一双天足,悄然来,摇曳去,大大咧咧的,身上竟有男将的气息,将来可不得了呀。沈破奴忐忑着,仍在揪心刚才的那一幕尴尬,生怕那些机密的话,让女儿从此看轻了自己，落下什么把柄。客人似乎洞悉了沈破奴的心思，宽释说：这闺女已经大了，阳世上的有些事情，她早知道一天，未必是坏事，沈先生你不必介怀。沈破奴再三邀请客人去赴宴，却被对方婉拒了，只好赔着笑脸，说了吉祥的话，一路打伞护送到了门端里。这时，女儿辛仗和也过来了，手上的面迹没洗净，挽住了父亲的胳膊，意欲告辞。忽然，沈破奴感觉不妥，躬身一揖，探问说：

"辛兄，你今日到访，难道就没有别的事交代在下？"

客人摇首道："哎呀，毕竟是沈先生，果然是世间少有的聪明人。老朽临来之前，还真有一件小事揣在身上，但现在没了，可能半路上丢了吧，我也想不起来了。呵呵。"

"呵呵，既然丢在了门外，那就不想它了，咱们进来说话，酒刚刚烫好。"作势去关门。

"也好，天亮着，我也就不敢说暗话。"辛仗和她爸一身磊落，简洁地说，"是这，我这一次上门拜访，本想着沈先生一家有了新的宅院，即将乔迁落户到了这里，角楼下的那一座旧院子也就空荒了。老朽原打算求购下来，我们父女二人搬离杂庄，找一处清静的地方过日子。唉，也不怕沈先生你笑话，给这个姑娘提亲的人也有，但一见了杂庄的环境情状，媒婆子掉头就走了，再也不会登门。千计万算，要紧的是我今日堪舆了这里的风水之后，便打消了这个野蛮的念头。"

"辛兄，太不巧了，先前有人已经将旧院子订走了，我还收了定金哪。"洵不虚言，那一笔定金拿到手后，沈破奴悉数花在了这个工地上，几乎花光了最后一角银钱。此乃沈破奴的一桩心愿，实在是不想让胡家太破费了，所以只能暗中补贴，四处扔钱。又道："实在太抱歉了，这么大的雨，让你们白白劳苦了一趟。"

客人朗笑道："沈先生不必自责，即便旧院子还在，我也不买了，因为我不配。"

"辛兄何出此言？"

"哦，你千万不要误会，错在我，因为我的钱太肮脏了，每一块钱上都沾满了晦气与邪祟。我不想玷污了沈先生，将祸端引向你的这一座新宅子。"雨水浇漓，仿佛可以一洗心中之块垒。又说："先生不知，在老朽流徙到甘省，栖身于敦煌之前，我也曾在终南山和崆峒山一带习过法，修过道，对人世上的冷暖和兴灭无常略知一二，稍有心得。凭着这一双拙眼，我也知道，那一天义庄的老掌柜差人来，重金买走的不光是我那一口棺木，还买走了恶咒。"

沈破奴悚然："恶咒？"

"对！洒满了狗血和鸡血的恶咒，去让他自己半路上夭亡的儿媳妇入了葬，试图让亡灵永世不得翻身，也祸害不了现在的义庄。"辛仵和她爸一脸光明，剖解道，"我不信这个，我也不怕，那一口棺木本该是我睡的，可我当时一小眼，起了贪婪心，所以就售卖了。"

"辛兄，这怪不得你。"

"告辞了，沈先生。"辛仵和她爸款款一礼，眉目上云淡风轻，笑说，"我这就跟小女去一趟莫高窟，将这一笔钱捐了香火，好让佛陀的雨露，将它浣洗干净，成为救世的银两吧。"言毕，父女二人相携着，萧然离开，地上连一个脚印也没有。

半晌后，沈破奴方清醒过来，掩上了大门，掉头而返。

沈破奴浑身像灌满了铅水似的，一直忘了打伞，脚下踉跄不堪，内里也浑浑噩噩的，一派昏暝，难以稳静下来。宴席早就开始了，酒气四溢，肉香扑鼻，匠人们一边吆喊着，一边猜拳行令，山呼海啸，庭院上下弥漫着一种亲切的世俗气息。刚刚蹒跚到了堂屋门前，一个矮小的身影尖叫着，从里头闯了出来，不料脚下一滑，仆倒在了地上，又打滚而来，突然抱住了沈破奴的大腿，狂呼救命。这时，梵义的舅舅也冲了出来，立在廊檐下，提着一把明晃晃的斧头，叫骂道：

"狗日的，你胆敢再纠缠一下性元的话，我非剁了你不可。"

"我没纠缠，我是来看新院子的，我舍不得性元搬走。"脚下的人在嘴犟，一再辩白。

沈破奴低头，一眼认出了二棍子，忙对梵义的舅舅绍介说："哦，这是误会，他是我的老邻居，姓张。"沈破奴拽起了二棍子，叮嘱说："你也进去吃吧，都是一家人，别见外。"

孰料，性元却诡笑着过来了，嚷嚷道：

"二棍子，我给你留下了一只猪嘴，你就啃猪嘴吧。"

## 卷十六

　　下雨天去泡澡堂子，等于脱裤子放屁，白花钱，鲜有人这么蠢。在关外三县，雨是稀罕物，雨从云彩上落下来时，人们喜欢立在房檐下，一边数雨滴，一边把脑袋伸过去，浇成落汤鸡，也就算把澡洗了。这是白昼。设若晚上下开了，人们便用木桶接满了房檐水，拎进牲口圈中，上下脱个精光，用手巾擦完了身子，剩下的水又饮了骡马，可谓两不耽搁。下半天了，丁荣猫踅进瑶池澡堂时，看见一帮闲人站在街道上，袖着手，盯住地上的一只黑癞蛤蟆，正在打赌。具体打什么赌，丁荣猫并不操心，一嗓子喊来了掌柜的，买了号牌，又催他拿一把菜刀来。很快，菜刀来了，丁荣猫攥在手中，在个人的头顶上虚砍了几下，又在腿脚周围虚砍了一番。末了，丁荣猫摊开左手，用刀在掌心里虚划了三下，复又在右手心里虚割了三下。掌柜的收了刀，冷然问：刚从坟上回来的吧，想开些，走了的人都是享福的人，像你我这样还在红尘凡世上蹦跶的蛤蟆，一定得罪过谁，欠了这一份福报。丁荣猫回说：倒也是，你算是活精明了。掌柜的叨念了一句阿弥陀佛，打起帘子，请客人入内。

　　泡在澡池中，丁荣猫一下子被疲惫席卷了，觉得自己就像一根瘪掉的长茄子，内里乏力，骨头酥软，意识也飘失了许多。掌柜的刚才猜得不错，丁荣猫的确是从郊外的坟上回来的，他特意买了一沓冥亡钱，一捆香烟烛火，趁着这个下雨天，祭奠了一番那个可怜的女人。在荒滩上，丁荣猫蹲在坟头前，心中潮起了一股感激的波澜。丁荣猫清楚，要不是这个少奶奶决绝地用一根绳子勒死了自己，要不是这个命薄的女人性子火烈，用死亡这一块滚石，砸中了义庄的话，他还真的没有机会,去窥见这个森严冷峻的家族背后的空虚与不堪,也见证不了索氏一门的无情和冷酷。将近六七个年头了,丁荣猫由一个优良的麦客子,机缘巧合,摇身一变,戴上了敦煌最显赫的家族庄园的管家冠冕,孜孜矻矻,任劳任怨,不仅洗掉了两腿上的烂泥,也漂白了个人的身份。但他始终不敢造次,不敢冒犯,恰如其分地扮演好这个角色,还博得了上下一致的好评。然而,猫毕竟是猫,丁荣猫就像他的名字一样,长了另外一双眼睛,多了另外的一双腿,蹑手蹑脚,不眠不休,昼夜窥伺,寻捕着这个庄园内一切可能的破绽,一些隐秘的脉息。

丁荣猫心知,义庄之所以是义庄,必然有它的一份特出的素质,比如那位深埋简出、高高在上的老财东,表情寡淡,喜怒莫测,天天将自己闭锁在堂屋中,看似在喝茶、纺羊毛、念书或打坐,实则充满了警觉,外头的一切风吹草动,他都悉数掌握,心里头装着一块明镜似的。这不,老财东今日又问起了管家预订的那一座小院的事,显见,他一直记挂着,没准还在背后打着算盘,计数着这一笔买卖的步骤。丁荣猫虽然随口搪塞了过去,但他明白,对方是不会轻易疏忽掉的,偶尔提及此事时,老财东不外是在敲打他,让他仔细这其中的流水和分寸。做猫又能怎样,猫有九条命又能如何,丁荣猫笃信,那一尊埋在深宅冷院中的大神,不是虎豹,便是熊罴。倘若自己稍有不慎,虎豹一张嘴,猫就会尸骨无存,熊罴一伸爪子,猫瞬时便是一堆肉泥。不承想,偏偏在这个节骨眼上,娘家人势单力弱的索冯氏却起了寻死的心,一根绳子了结了个人。这不仅撕开了义庄头顶上,那一重重令人景仰与钦佩的帐幕,也让老财东的一系列疯狂之举,成了沙州城的不齿笑谈,也成了关外三县的一桩公案。索冯氏死了,这个孽障的小妇人半路夭亡,践踏了敦煌一带的风俗禁忌,虽说可怜,但也实属活该。天亮之前,索冯氏睡在那一口遭到了恶咒的杉木棺材中,被草草地葬埋在了这一片砾石荒滩中,过不了一段时日,她就将变成一座野坟。从马鬃山和万里墙城上吹下来的罡风,也将吹灭她的气息,擦掉她所有的痕迹,仿佛根本没来过这个人世上似的。焚完了香烟烛火,丁荣猫捡了几块石头,垒在了坟头上。丁荣猫一再叨念,死就死了吧，放宽了心，赶紧去另一个能活人的光阴里，开一条活路。临走前，丁荣猫默念道，假如将来我遂愿的话，我一定来替你砌一座新坟，竖一块石碑，让你不再是一个孤魂野鬼。但上述的誓词，丁荣猫并未发声，因为人世间的有些话，本来就是骗鬼的，当不得真。

水凉了，掌柜的进了门，又往澡池中添了一桶子开水，蒸汽袅娜，如雾似云。呃，我再泡泡，等一下你来，替我搓搓背吧。丁荣猫嘱咐完，又追加道：是这，你现在去一趟大红门，不，还是醉仙楼的味道好，你点一个扣肘子，一个八宝饭，一个干炸里脊，再拌一个凉菜，让伙计装在食盒里送来，等一下我一总结账，亏不了你的。掌柜的衔命而走，丁荣猫将身子埋在了水中。

义庄的这一桩丧事，停灵七日，加上先前隐匿不报的三天，总计有一旬那么长。自打索敲接了这个盘子，做了当家人之后，义庄一直风调雨顺，家道勃兴，殷实富足，连一只看家护院的狗都没有横死过。心口病？太老奶索佟氏闻听了孙媳妇的死因后，啐了几口唾沫，质疑道：她那么个不成器的女子，先是腿一撒，拉下来了一个扎花的细君，腿再一撒，早把心拉在了茅厕里，她还有心么？从那天开始，索佟氏就说起了胡话，上天入地，牛鬼蛇神，一般人不敢靠近。婆婆索柳氏本来就不待见这个羸弱的儿媳妇，这下好了，仿佛心上的一块疤疤愈合了，见天拿着一把桃木剑，在屋子里劈来削去，后来不小心闪了腰，躺在炕上也不消停。后院里乱作一团，吊客们像走马灯似的，川流来，络绎去。明面上是来致哀的，其实每一个人的鼻脸上都挂着灯笼，在打望索家的排场，偷窥义庄的奢华，顺便再瞧一眼传闻中的老财东的狼狈。岂料，吊客们失望透顶了，他们既没有看见高广而排场的灵堂，也没有发现祭奠用的香烟烛火，没有道场，更没有弦乐班子，一切都寒酸极了。那个横死的女人睡在一张床板上，脸上覆了一块巾帕，吊客们暗中察觉，她的颈项上有一根淤紫的勒痕，却谁也不敢说破。丁荣猫几次三番，将巾帕往下扯了扯，打算遮护住那一片异常，一转身，却又发现恢复了原样。见鬼了，真的见鬼了，但丁荣猫偏不信这个邪，刻意留意了一眼，竟发现是索朗干的。丁荣猫追到了马院，追进了自己的睡房，一把薅起了卧在炕上、正在吸食烟膏的索朗，问他胡日鬼个啥。索朗激愤地说：日他妈，他让我这么难堪，让我当了沙州城里的大活宝，那我就不能闲荒着，我也请世上的明眼人看看，这个老贼娃子是如何亏欠我的。丁荣猫威胁说：小心他销了你的伙食账，将来这里没有你能端住的饭碗。索朗却哈哈一笑：销了好，销了我就专心吃烟土，比什么都强。

索朗虽然牙齿硬，但他纯粹是门背后的光棍，一见了爹老子，身上竟然连一根筋都看不见。商量用什么样的棺木时，索朗道：干脆省几个钱吧，买一张芦苇席子卷了，扔在三危山里，反正她给义庄也没带来啥利益，半道上一死，自然入不了祖坟。当时，老财东正在纺羊毛，手也没停，冷不丁地说：糊涂匠，你先前不是画过一口棺木么，你既然画好了，那就肥水不流外人田，抬过来用上。又吩咐道：猫子你去一趟杂庄买回来，不管花多大的价钱，总得让亡者妥定、生者安心嘛。丁荣猫照办了，刚去杂庄就碰了一鼻子的灰，当价钱翻到了七倍后，辛家方松了口。辛家老汉怕被戏耍了，但钱的话，谁都能听懂，也乐意听。索朗当时没半个字的异议，伏下身子，认真地磕了两个头，代细君，也代自己，感念了爹老子的恩义。整个丧事期间，索朗怕女儿要娘，软磨硬缠，问丁荣猫讨了他睡房的钥匙，将奶妈和细君安顿在了里头。开头的几天，索朗寡着表情，还接待过几拨上门来的吊客。后来烟瘾一犯，从管家手里拿到了烟膏后，便闭门不出，腾云驾雾去了。有一日，鸣山书院派人送来了一批挽幛，要当着索朗的面，亲自转达一下山长丰鼎文的慰问。丁荣猫跑过马院，敲了半天的门，无人来应，却只听见了宫法麦哎哟哎哟的叫床声，以及细君的啼哭。末了，索朗衣衫不整地踅了出来，又问管家索要烟膏。丁荣猫怒斥道：再抽，再抽你就死在女人下头的那一张大嘴里了。索朗却诡笑：猫子哥，这一回的烟膏真好，吸上一口，我裆里的那三两金钱肉，一下子就变成了榔头。

丁荣猫像一介游魂，穿梭在义庄的院子里，一手操持着大小事务。丁荣猫心知，老财东貌似撒手不管了，但那一双雪亮而苛刻的眼睛，随时在窗子后头窥伺着，掂量着。也苦熬了这个管家，没睡过一个囫囵觉，没吃过一顿热饭，累成了一只空皮袋似的。眼下好了，刚才去剪了头发，修了面，丁荣猫又沉沉地泡在了澡池中，觉得附着在身上的积垢，忽然像一根玉米棒子，脱尽了颗粒，一瞬时清爽无比。这时，掌柜的进来说：来，给你搓一下龙脊，松一下神仙骨吧。丁荣猫惬意地闭上眼，依言趴在了池口上，将自己交了出去。

搓擦的过程中，丁荣猫觉出了不对劲，不像是瑶池澡堂那个掌柜的手法，生硬，粗糙，又带着一丝讨好。丁荣猫耳食着身后那一种粗鲁的喘气声，暗自将手中的一条手巾，绞成了一个绳套，埋在怀中。就在对方换手，刚俯下身子的那一刹，丁荣猫像泥鳅一般，滑下了池口，绕到了他的身后，用绳套勒住了他的锁喉。对方稍一反抗，丁荣猫踹中了他的腰眼，将其掀翻在了池水中，又抓过来一根顶门杠，按下了他的头。

澡池旁有一张枣木案子，罐罐茶还烫，另有一碟番瓜子。

丁荣猫啜了几口，才觉得危险已过，自己掌控了局面。那只脑袋在水中扑腾着，挣扎着，但刚一露头，就被顶门杠拍了下去，着实吞了一顿洗澡水，呛了个半死。喝毕了罐罐茶，丁荣猫余兴未消，遂松开了木头杠子，瞭见连公子从池水中站了起来，赤条条的，大喊饶命。其实，丁荣猫早料到了是这个货，却装出了一脸的讶异：哎哟，大水冲了龙王庙，连公子你这一只阉鸡，你干么不事先打个鸣，这差一点就让我背上杀人害命的罪孽呀。连公子苦楚不堪，一屁股坐在了池口上，哀告说：猫子哥，你看你，我给你搓背，我来舔你的尻子，结果你让我舔在了痔疮上。这是个臣服的姿态，丁荣猫私下里花了几个月的工夫，除了威逼，加之利诱，今天终于听到了这一句服属的话，心里登时像一团油糕似的，炸开了花，喷出了香气。但丁荣猫不动声色，依旧锁住了表情，呵斥说：我最讨厌旁人在我的背后偷偷动作，这次就算了，让你喝喝洗澡水，下不为例呀。连公子禁言了诸多的日子，此刻见了令他钳口哑默的人，不由得欢实了起来，口舌像一只癞蛤蟆那样，活蹦乱跳的，不吐不快。连公子探问说：猫子哥，你现在光着尻子洗澡，身上总没有揣着锥子吧？呃，锥子在义庄老东主的身上，今天临出门时，他没交代我带，再说了，你连公子近些日子的表现不错，老东主连夸了好几回，我听了也高兴嘛。闻听此语，连公子几乎彻底忘了形，忽地站了起来，甩着两腿之间那一疙瘩男人的东西，哽咽道：现在我啥也不怕，我就怕义庄的锥子，我可不想当那个可怜的瞽障人，被老东主当街扎瞎了眼睛，鼻脸也破了相，活着就等于死了。这是沙州城近来的一段传言，无据可考，无证可查，其热度仅次于索冯氏的死亡。丁荣猫听罢此言，愕然不已，却又声色内敛地说：连公鸡，你这个鸣打错了，这个屎盆子可不能往义庄的头上扣呀，仔细你的话，小心你手上的饭碗。连公子当场吃了一个咒，发誓说：好我的猫子哥，我咋能给老东主栽赃呀，但那个开茶水店的小掌柜是我的伴当，他亲眼看见的，他从来不会说假话。螺丝已经上紧了，不能再拧了，丁荣猫遂破笑说：你明白就好，那一锥子本来是你的，但老东主念惜你连公子的忠诚，所以……连公子接续说：所以我最近很乖，嘴上上了封条，很久没说过这么多的话了。丁荣猫转身，从炉子上取来了铁壶，续了水，刚刚坐下时，却不承想对方已经站在了身后，两只爪子搭在自己的肩膀上，说要松松骨。

丁荣猫懊恼极了，身形一偏，一个胳膊肘直接钉在了连公子的裆里。后者哎呀了一声，感觉自己的蛋碎了，蛋黄也淌了下来，忙捂住了那男人的东西，蹲在了地上。管家是麦客子出身，膂力十足，将连公子的脑袋再次按在了洗澡水里，淹了半天。丁荣猫再次警告道：我已经说过了，我讨厌别人在我背后搞鬼，你干么想找死。联想起前几日的一幕，又呵斥说：

"狗日的，不经我的同意，你干么跑去哭丧？"

连公子申辩："我是义庄的一条狗，也是老东主的一条狗。既然老东主跑去哭灵了，我就想表现一下，凑个热闹，博主子的欢心嘛。"

"呸，你个狗日的，你跟义庄的关系，只能通过我，我跟你单线联系，你绝对不能僭越。"自打收买了这一张破嘴后，丁荣猫始终小心翼翼的，但连公子的唐突之举，差一点就露了馅。好在丧事上万般凌乱，这一桩意外尚未惊醒瞌睡人。又道："实话告诉你吧，老东主很器重你连公子，但你只能在外围效力，也只能服属我一个人。你表现优良了，我传达上去，义庄自然有赏。你要是搞砸了，我还可以替你打个圆场，遮护你。记住老子的话，以后离义庄远点，离索家人也远点,仔细这个。"鬼使神差地,丁荣猫的手里多了一把锥子,寒光凛冽。

"猫子哥,我听你的,我只服属你一个人。"

"我等着哪。"

连公子忽然拽住了管家的胳膊,谄媚道:"投靠你以来,你是我的猫子哥,更是我的大福星,你的确给我带来了三桩好运气。第一,我这个从来没有户头的野狗,终于攀上了义庄的高枝,开始替老东主做事了,连家的坟头上肯定漾起了一股青烟。第二,我慢慢管住了自己的这一张破嘴,像你教训我的那样,闭嘴才能养神,也才有福报。往后,我除了舔你的尻子之外,我对任何人一律金口难开。第三嘛,就是我今天来的目的,我专门来交差的。"

"起来说话吧。"

"嗯,我现在要交账了,因为咱们发财了,这条发财的路还是你开开的,我只不过跑了跑腿。"连公子出去了一趟,转眼便拎着一只包袱进来,将三根金条,款款搁在了枣木案子上,"猫子哥,照你的吩咐,我带着你给的那一笔本金,在敦煌二十三坊放了高利贷。这三条黄鱼,不过是挣来的利息,本金还在河里养着哪,天天利滚利,一天也不见消停。"连公子的喜悦赤裸裸的,充满了真诚,但丁荣猫不为所动,甚至也没有瞟一眼桌案上的黄货。几个月前,丁荣猫辞退了那一座预订的院子,又凑了一大笔钱,暗中交给了连公子,让他如此这般地办理。果然没有走眼,这个沙州城内著名的泼皮无赖,还真有这一方面的慧根。连公子嘻然道:"这场雨下得太好了,让庄稼死了,田里板结了,一根青苗也长不出来。猫子哥,再下三天的话,灾年就确定了,央求放贷的人准会找我来磕头。到时候,我再上浮两个点,你就等着往家里搬钱吧。"

丁荣猫适时地纠正:"不,不是我,东家是义庄。"

"对,这是老东主的筹谋,当然也是猫子哥你的心血。"连公子犹记得刚才吃下的亏,表白道,"你吩咐我做的事,我只服属你一人,我甘心做你的一条狗。猫子哥,往后你只管在背后松开绳子,我在前头咬人。"

真是苦熬了你，老东主其实早就算筹出了这么个结果，知道有三根黄货的入账。丁荣猫拭净了身子，踅至了外屋，迅速穿戴整齐了，又嘱咐道：老东主交代了，这三条黄鱼，你连公子捉一条去吧，专门酬答你的。哦，剩下的两条么，你原回放在河里去养，反正不缺这个钱，就当成本金吧。言毕，丁荣猫打起帘子，悄然而走。连公子惊讶极了，掉头扑向了枣木案子，抓起了三根金条，眼睛呼哧一下就亮了。连公子掐了几下胳膊上的肉，知道这并不是做梦，忙将土胰子打在了黄货上，在池水中淘洗了几遍，感觉越发地光亮了起来。这以后，连公子躺在池口上，将金条依次立在了隆起的肚皮上，一呼一吸，上下晃动。蓦地，连公子发现竟然多出了一根，不是三根，而是四根。原来，他那两腿之间男人的东西站了起来，探头探脑，滥竽充数。连公子扫兴坏了，冲着那个方向啐了一口唾沫，心里嗔骂说：你个尿大哥，冒充哪一门子的黄鱼呀。话音未落，丁荣猫忽然返身进来，一脸肃然。

"是这。我思想了一下，你再追加一个点，统共上浮三个点。"

连公子回说："趁着这个灾年，倒也可以。"一骨碌没入了水中，掩饰住了下体上的满弓。

"嗯，你既然替老东主跑腿，那义庄的喜事，我打算跟你分享一下。不过呢，你知道就行了，嘴要夹紧。"丁荣猫明白，狗一定改不了吃屎，就像连公子这只公鸡，绝对忘不了打鸣。遂俯下身去，耳语道："老东主好事将近，恐怕下半年要纳一房姜了，所以上浮一个点，多挣一些上交，也算是咱俩的一点孝敬吧。"

"应该的。"

连公子应允了，心里却说，义庄的这个老贼娃子，身体可真棒。

天光暗沉了下来，出了瑶池澡堂，接过了掌柜的递来的食盒，丁荣猫打着伞，走在了沙州城的街面上。掌柜的追喊：你换下来的旧衣裳忘了拿，旧衣裳咋办？丁荣猫头也未回，撂下话说：扔了吧，旧的不去，新的不来。现在的这一身，是前不久丁荣猫抽空去徐尺子裁缝店定做的，走起路来，显得骨骼很轻，脚步高迈。到底是杭州料子，雨滴打在上头，径自弹落了，不沾，也不湿。脚下是那一双靴子，彭家靴子坊的招牌，丁荣猫走过半条街后，方找见了义庄老财东的感觉，八字步撇了起来，虎虎生威，舍我其谁的样子。事实上，靴子带来的不是轻巧，而是另一番长鲸吐纳的惬意，一种龙从云、虎随风的笃定。丁荣猫知道，自己的心胸终于廓开了，先前郁结在内里深处的那些不平、煎熬和挣扎，似乎已到了尾声，该有个盘点与了结了。有几辆出租的骡马车轿驶过来，车把式吆喊，坐不坐，雨这么大。丁荣猫一概拒绝了。下半天时，天阴得更重了，犹如抹了一层厚厚的锅灰。丁荣猫掠过了草场、地藏寺、学署，拐过了火神庙和羊脂二条，端直地进入了仓鼠街。

刚踱到了门端时，丁荣猫便听见了一阵金属的撞击声，忙推门进去，不由得骇了一跳。在大门背后的墙角里，娥娘竟然浑身精湿，撅起尻子，正用一把镢头和铁锨，在刨挖一个坑。坑已经有半腰深了，泥浆翻卷，湿滑无比，但娥娘不管不顾，一面哭，一面挥动着工具。丁荣猫搁下了食盒，失神地盯望着娥娘的背影，心里叫苦说：惊掉了，这个女人惊掉了，像一匹骡子那样惊掉了。娥娘察觉到了身后的异动，突然一转身，将镢头横扫了过来，眼看着就要剖开丁荣猫的五脏六腑了。丁荣猫自然不是吃素的人，避开了镢头，一个蹦子蹿到了旁边的树杈上，晃下来了一阵子疾风骤雨。娥娘扔掉了镢头，站在漠漠的雨雾中，胸前累累，不停地呼哧着，目中带着一种绝望色。丁荣猫喝问说：娥娘，哪个王八动了你的太岁土，偷了你的油瓶，你干么把气撒在我的头上？见对方不语，又问：我有十天半个月都没来仓鼠街了，今天一进门，你就鼻子不是鼻子，脸不是脸的，究竟是哪个狗日的拔了你的灯捻子，刨烂了你的锅头？娥娘仇视了半天，末了说：你个杀人犯，你终究会有报应的。

言毕，娥娘掉头走了，进了屋子。

丁荣猫咂摸了一阵子，便知道事情闹大了，自己的劫数来了。丁荣猫跳下了树，抄起铁锨，将脚下的泥浆重又灌了进去，填平了那个坑。原先的那几株葵花杆子，早已沤烂在了地上，也被统统掩埋了。这样一来，原先光鲜的衣裳，溅满了泥水，本来澄明的心情，也被搅成了一锅糨子。好男不跟女斗，念及这句话时，丁荣猫拎起了食盒，簌簌簌地出了门，想一走了之。不过，另一句敦煌老话让他及时踩住了刹车，又灰溜溜地返回来，哈下了腰，鼻脸上砌满了笑，轻喊了一声：好我的娥娘哟。

岂料，娥娘正盘膝坐在炕里头，面如沉铁，一味地在哭。面前的炕桌上，摆着一摞月子娃的小衣裳，有单，有棉，有开裆裤，也有弥裆裤，另有七八双虎头鞋，几顶小兜帽。丁荣猫见状，知道该来的还是来了，一切因果都避不过的，唯有硬着头皮，见势而为了。于是，丁荣猫丢下了食盒，抢上前去，抓住了一双虎头鞋，兀自嚎哭开来。哭也就哭了，反正没有实质性的内容，声嗓里干巴巴的，涌上来一些哽咽与絮叨。果然，娥娘止息了个人的悲戚，诧异地问：你个杀人犯，你哭啥？还轮不到你哭！鼻涕眼泪一股脑地下来了，糊在了虎头鞋上，丁荣猫用嘴啃着鞋帮子，舌头也舔着鞋底，尽量让自己难受起来，从身体中榨出一些酸楚的汁液。娥娘并不罢休，继续数落说：你真的是猫哭耗子，你做下的那些缺德事，天老爷全都看在了眼里，你等着吧，总有一天你要上法场的。

事后，待一切都平静下来时，丁荣猫方从娥娘的嘴中，得知了这一重大变故。

两个时辰前，娥娘发现水缸空了，去了一趟仓鼠街的街口，买了两担子水。水夫走后，忘了闭门，结果闯进来了一个驻防火药局的兵士。兵士肮脏极了，胡子也花白了，也不知从哪里闻听的，说这户人家中住着一个小寡妇，便带着满身的酒气，站在院子里聒噪。娥娘怕邻舍们笑话，赔着笑脸，还端出了一碗茶水，让其解酒。不承想，兵士掏出了几枚麻钱，丢在地上，嚷嚷说：日弄一哈，快让我日弄一哈呀。娥娘掉头进了屋，插上了门杠，魂飞魄散地趴在了窗缝前，盯视着外头的动静。也活该他倒霉，这兵士见娥娘进去了，误以为事情成了，忙解开了抿裆裤，摸出了男人的家什。兵士并没进来，先是趋到了围墙下的那一个角落里，掏出一线尿绳，一边放水，一边喊叫着娥娘。这一瞬，娥娘灰败地发现，自打开了年之后，但凡进出过这个家门的男人，不是在那里撒尿，便是呕吐，好像墙角下就是一座破茅厕，可以胡作非为。丁荣猫如此，义庄的老掌柜也如此，沙州城里的那一张破嘴连公子亦不例外。现在可好，居然连一个乞丐状的兵士也上门来欺辱，让娥娘一下子腾起了怒火，抓起剪子，立时冲出了屋子。丁荣猫分明记得，那一片阴暗的地头上，去年时戳着几株葵花杆子，盘子小，身形细弱，娥娘一直没舍得摘掉。丁荣猫曾经试探过几次，娥娘却警告说，谁敢摘了它，我就去水月庵削发出家，死心塌地地当姑子。在娥娘的心目中，这一座静谧的宅院不算什么，日子像没撒过盐的汤饭，无滋无味，也就没有了留恋的余地。娥娘之所以守在仓鼠街的尽头，时时将家里整饬一新，花木葱茏，其实只为了那几株干枯的葵花，那一块巴掌大小的田地。如今葵花被毁了，眼前又有人公然施虐，娥娘的心里堵得慌，简直快气炸了。意外的是，娥娘刚靠近那个兵士时，却见对方一个跟头栽倒下去，再也没能站起来。那个吃醉了酒的兵痞，被娥娘连拉带扯地扔进了屋后的猪圈里，现在还在睡，抱住一头母猪在打鼾。这么着，一种不祥的预感攫住了娥娘，她带着镢头和铁锨，挖了半个多时辰，挖出了一个坑，终于得到了答案，但这些都是后话。在丁荣猫干嚎的过程中，娥娘懒得细说，也不愿分辩。这一时，娥娘唯一能干的，就是攒足了口中的唾沫，将天底下最恶毒的咒语，喷在丁荣猫的头上身上，让他生蛆，让他腐烂，也让他去发臭。丁荣猫哭完了虎头鞋，又想翻翻那几件小衣裳，娥娘突然刺来了一剪子，幸亏被他躲过了。娥娘开口道：

"我的娃呢？"

丁荣猫变色："妈的，谁让你去刨他的坟了？没我的话，你干么挖开了那座坟？"

"你个该死的杀人犯。我只问你，我的娃呢？"

"娼妇，我早告诉过你，他死了，一生下来他就得了黄疸，浑身是黄颜色，他是个死胎。"丁荣猫咆哮着，夺下了剪子，将那几件小衣裳统统铰碎了。又道："我把他葬埋在了地里，现在早沤烂了，给那几棵葵花上了肥料，你刚才自己见过的。"

娥娘摇头说："我不信。即便他真的死了，可我也没找见一根骨头，你撒谎。"

"我没撒谎。娃娃的骨头都是有灵的，你一动它，它就会化成一道光，唰地飞走了。"丁荣猫牙齿伶俐，应对这样的究问，早就预备了一套说辞，"你记住，虎毒不食子，他也是我的娃，我日弄下的，我没有胆量去掐死他，捂死他。"

"我不干了。从今天开始，我真的不干了，姓丁的。"娥娘凄婉道。

"婊子，娼妇。"

"听着，你不把娃还给我，我就离开沙州城，离开敦煌，离开你。"娥娘口气阴郁，却带着一种不容置辩的强硬。又说："天下那么大，活人的地方多了。哪怕活不了，横竖就是一个死，我下到了阴间里，去陪我的娃，去给他喂奶，去拉扯他。"

剪子一滑，冷不丁戳在了管家的指头上，血水立时淌了出来。也不知是被鲜血激怒了，还是被娥娘绝情的言辞惹急了，丁荣猫再次想起了那一句敦煌老话。老话说，对付妇道人家，要么带上你的好话，要么带着你的鸡巴。一念至此，丁荣猫忍着痛，跳上了炕，将娥娘扳倒在墙根下，骑坐了上去。这一刹，丁荣猫嗅闻到了一股奇异的奶香，浓烈，醉人，弥散，从娥娘的胸前澎湃而来，几乎令人昏迷。丁荣猫二话不讲，用一根破布，捆扎住娥娘的手腕，撕开了她的衣襟。一双硕大而圆润的乳房，翻滚着，漾荡着，豁然一亮，让丁荣猫的内里，忽地腾起了一场大火，燎原开来。但是，这一股奶香迅速飘失了，替代而来的是一种尖厉的血腥气，挥之不去，让人疯狂。丁荣猫举起了指头上的伤口，诡笑着，瞭见血水一滴，又一滴，溅落在了娥娘的胸脯上，开出了一些妖魅的花瓣。在丁荣猫的眼中，这根本不是血，甚至也不是自己流下的，它应该是一股股火油，推波助澜，让自己身上的火灾肆虐开来，接天连地，几乎快将这一具肉体烧成了灰。

娥娘穿着一件肥大的捄裆裤，腰间缠着一条蓝布。丁荣猫解了半天，终于解开了腰带，却意外地发现了一只皮套。皮套是生牛皮新做的，半指宽，一拃长，用粗麻绳钉住了四个边角。丁荣猫辨识了一番，发现皮套内竟然插着一把明晃晃的锥子，一恼之下，便随手扔了出去。丁荣猫思忖道，疯了，真的疯了，这沙州城，这满敦煌的人，如今都揣着一把锥子，居然连娥娘这样的妇人，也在裤裆里藏了这么一件利器。天哪，这是什么世道，这是天老爷降下的什么光阴呀，让每一个人都心荆肉棘，朝不保夕，充满了一种不测与危险。或许，恰恰是因为这一把锥子的缘故，狠狠地刺激了丁荣猫，他突然间觉得自己的下体一下子鼓舞了，巨大地膨胀了起来。丁荣猫埋下身子，掰开了娥娘的大腿，专心地将他那男人的东西，一股脑地灌了进去。此后，丁荣猫伏在了娥娘的胸脯上，一面呻唤，一面轻喊说：白鸽子，哎哟喂，疼死人的白鸽子。

丁荣猫第一次喊白鸽子，约莫是在五年前的一个冬上。

那时候，丁荣猫已经逐渐在义庄站稳了脚跟，博得了从上至下的欢喜，但真正解除了索氏一门对他的质疑、考问与忧心的，却是一批药品的到来。那些年，嘉峪关以西战乱频发，朝廷在巴里坤和猩猩峡一线大举用兵，伤亡甚惨，连吃败仗。丁荣猫偶然从甘凉道上的麦客子们口中得知，在汉中囤积了一大批的曲焕章万应百宝丹，但路断了，谁也不敢发货，怕赔在里头。丁荣猫本是麦客子出身，打草割麦时，镰刀也不长眼睛，难免会有一些流血事件，还曾经用过一两次这种神奇的药品。凭着天生的嗅觉，丁荣猫去游说老财东，一定要抓住这个发财的机会。索敞属于外行，直言道，义庄除了城外的那些水田和旱地，就是城里的油坊与商号了，可从来没染指过这样的贸易呀。当然，索敞也对丁荣猫描述的这种神药半信半疑，仿佛听天书一般，呵呵了几句，准备作罢。当着老财东的面，丁荣猫的眉头没皱一下，用一把利刃划开了掌心，又从怀里摸出了一只药囊，将一小撮灰白色的粉末敷在了伤口上，血立时止住了。

曲焕章万应百宝丹来自西南边陲，亦称云南白药，对创伤性的疾患效果显著，一药难求。索敞被说服了，当即拿出了十几根金条，又点了几个索门的远房侄儿，相跟着丁荣猫，下了一趟陕西的汉中。两个月后，丁荣猫一行果然押着药品，一路蜿蜒地驶抵了瓜州，不日将进入沙州城。得到消息后，索敞急忙遣人去会合，又催令丁荣猫他们原路返回，将价值不菲的这一批药品，悉数捐献给了肃州总兵。肃州总兵文武双全，亲书了一颗斗大的墨字——义，又让最好的雕刻匠人镌在了一块胡杨木板子上，漆画一新，制成了一张匾额，回赠给了索家。至今，这块匾额还张挂在义庄的祠堂中，与先人们的灵位在一起，镇宅辟邪，诉说着那一段慷慨往事。这一票颗粒无收，还施舍掉了那么多的金条，丁荣猫虽然不解，但他大致猜出了老财东的广袤深意，也就闭口不问。那年冬上，丁荣猫终于坐稳了位子，上有老财东的信赖，下有伙计们的服帖，又拿到了索敞额外馈赠的一笔酬金，自然是踌躇满志，走起路来脚步也高迈了许多。这时候，丁荣猫想起了一个人。

丁荣猫虽然出身卑贱，但他知道哪一步叫感恩，哪一脚踩下去是索取，他在这一方面始终做得滴水不漏。或许是怕老财东疑心，也或许是生性如猫，一向谨慎，丁荣猫专挑了一个下雪的夜晚，拎着三盒子点心，跑到了东门外的一户宅院前，央求拜见一下老管家。没有老管家的慈心善举，没了他的举荐与擢拔，丁荣猫可能还在麦客子们的团伙中混达，在河西走廊上售卖劳力，在地里刨食吃。在义庄最后的生涯中，老管家得了肺病，咳嗽一声，吐一口血，人也瘦成了一把干柴火。老财东见他落怜成了这番样子，也就应允了，施舍出一笔钱，让他回家里去养老。刚开始，义庄还定期派人去上门，问个冷暖，探个情况，但后来获悉老管家患的是痨病，唾沫星子都能传染，走动也就慢慢地稀了下来，连年头节日的也没有了牵扯。丁荣猫始终记得这一份恩遇，偶尔还会跑过去串个门，却无一例外地吃了闭门羹，连老管家的面也没能见上。

这个冬夜里，雪花透迤，天地冰封，丁荣猫叩了门，见老管家的儿子出来了，忙讲了个人的心意。占耳哥冷然地说：你稍等，我去问问我爹吧。转瞬，占耳哥又出来了，紧着摇头说：你还是回去吧，我爹不肯见你，希望你以后别来打搅他。丁荣猫跪在大门口，跪了足足有半夜，膝盖冻僵了，浑身上下几乎成了一个雪人。这期间，丁荣猫听见了院墙内传来的一声紧似一声的咳嗽，咳得能吐出心，咳得能呕出肺。声音是鲜红色的，让那个罡风劲吹的深夜，布满了一种恐怖的气息。临走前，丁荣猫将三盒子点心，一包特意捎来的曲焕章万应百宝丹，款款搁在了门槛下，磕了三个头，转身走了。但丁荣猫多了个心眼，并没走远，而是藏在街角上窥伺。不一时，占耳哥开了门，将点心和白药取了回去，掩上了大门。丁荣猫当时便发咒说，只要恩人还在世一天，他就是我的菩萨和爹娘，我必当扪心供养，绝无二心。岂料，老管家没能活过次年的春天，包括他的丧事也是秘而不宣，就连义庄也没闻听见任何的风声。有一回，丁荣猫在街上邂逅了占耳哥，一问之下，方知老管家已经往生了。丁荣猫着实哭了一鼻子，还去庙里捐了一笔钱，做了一个小型的法会，超度了亡灵。此乃后话。

那天夜里，丁荣猫失望极了，又冷又饿，城门也落了闸，回不了义庄。踟蹰了半天，待看见远处一排明亮的灯笼时，丁荣猫忽然觉得被温暖包围了，于是三七不问，径直跨了进去。这是一家娼楼，地段偏僻，生意寥落，很不景气，门下养着七八个妇人，颜色平庸。自打成年了之后，丁荣猫对这种场合并不陌生，只要兜里有几个闲钱，他就会跑进去，解决一下男人的问题，灭一灭裤裆里的火。然而，服属了义庄后，丁荣猫一直压抑着这份欲念，一则忌惮义庄的名望，怕带来不必要的麻烦；二者，他也小心用钱，生怕在个人的花销上，让人发现他的秉性，留下什么泼烦的口实。那晚夕却不同了，丁荣猫在绣房里歇缓过来后，便有了人的七情六欲，开始了放纵。丁荣猫叫了一盘酱牛肉、一盘卤猪头，又开了一坛锁阳泡酒，在几个娼妇的怂恿下，很快就酩酊不已、醉话连篇了。老鸨是一个机灵人，听出了丁荣猫的一口秦腔，便让灶房里做了一碗酸汤面，请客官醒醒酒。丁荣猫只吃了一嘴，当即放下了筷子，探问说：这是谁擀的面，调的汤，竟跟我以前吃过的味道一模一样？老鸨回答：那个死女子太不像话，卖进娼楼里快半个月了，却一直不肯接客，声称自己的身上来了月信，怕给客人带来晦气。唉，这不，听见你是陕人，我便打发她去做了一碗酸汤面嘛。

吃毕，老鸨照着丁荣猫的吩咐，驱走了其他的娼妇，专门派这个做饭的丫头进来拾碗。薄暗中，女子始终埋着头，浑身上下却有一种格外凄楚的味道，说不清，也道不明。丁荣猫是见识过欢场的，一双眼睛盯在了女子的胸脯上，见累累如石，饱满、丰硕，仿佛两轮圆月一般，便当即想起了一个故人。女子临出门时，丁荣猫用秦音喊了一声娥娘，对方立时站住了，像被雷劈了一样，瑟瑟发抖，手中的碗筷啪的一声碎在了脚下。娥娘也认出了这个客官，用了地道的秦音，怔怵地喊了一声猫子哥,当即软在了地上。

天亮后,丁荣猫掏光了身上的钱,全都塞给了老鸨,要赎娥娘。老鸨倒也痛快,直言道:一个陕西冷娃和一个陕西瓜女子,乌鸦瞅上了老鸹,你俩简直般配死了,你赶紧领上了浪去,别祸害我了。丁荣猫害怕以后会有后患,遮掩道:她喊我表叔,因为老家遭了坏年成,这才流落到了敦煌,不信你问她。这时,一旁的娥娘哭下了,果然喊了一声表叔,声音脆生生的。丁荣猫雇了一辆车轿,一大早就将娥娘送进了城里,先安顿在了一家驿馆中。半个月后,丁荣猫在仓鼠街揭下了一张售卖宅院的告示,一切都似天意,神鬼不知。

早年间,丁荣猫进入了甘省,在河西走廊上开启麦客子生涯时,一直跟的是柴铜棒组。柴铜棒是一个表姐夫,关系不近,只那么含混地叫着。绿洲上的麦田是成片成片地黄熟,但祁连山下的要看天老爷的脸色了,日头照到了哪一片,麦客子们便去割哪一片。河西四郡地广人稀,陕省的麦客子们像一群一群的飞鸟,忽东忽西,时而勾连在一起,组团抢单,时而化整为零,分片包割。干了没几年,表姐下世后,丁荣猫便不遭待见,跟柴铜棒彻底闹掰了,负气出走,在其他的组里打过一阵子零工。后来,老家邻村的汤世瓶组接纳了丁荣猫,见他年轻麻利,力如蛮牛,很快就让他挑起了大梁,十分倚重他。那些年,因为竞争的关系,汤世瓶组在河西一带说了不少柴铜棒组的坏话,后者的名声臭了,连一桩生意也抢不上,便把病看在了丁荣猫的身上。柴铜棒天天在磨镰刀,扬言要砍了丁荣猫的脑袋,当尿壶使。不承想,柴铜棒在一次醉酒后,纵火点了东家的麦场,被人家的子弟乱棍打死,草草地埋掉了。柴铜棒组的人员被收编后,丁荣猫的地位升格了,俨然是汤世瓶的二把手,丢下了镰刀,只干一些算筹和接洽的事。

恰是在这时,娥娘头一次进入了丁荣猫的视野,彼此都没有太深的印象。那一阵子,娥娘也就八九岁的样子,瘦削削的,青皮寡脸,在灶房里帮厨,一口秦腔比谁都浓重。跟麦客子们不同,汤世瓶和丁荣猫吃的是单锅另灶,油水多,见天有肉。丁荣猫犹记得,每次开饭时,娥娘便端着托盘,将热腾腾的饭食送将过来,自己免不了要调侃几句。丁荣猫总问：瓜女子，你年岁这么小，名字里干么带一个娘字呀？你可把便宜占美了。娥娘千篇一律地回答：自小就这么叫，我也不明白缘由。有一回，丁荣猫和汤世瓶在谝闲传，将同样的问题抛了出来，究问再三。汤世瓶道：猫子，你可千万别小瞧了她，她虽然年岁小，可骨头老啊。骨头老，则意味着辈分高。丁荣猫又问她的爹娘老子是哪个，怎么就不见她呼爹喊娘的。汤世瓶却语焉不详。问急了，汤世瓶便敷衍说：裆里没那三两肉，一个扎花的瓜女子，你只当她是半路上捡来的吧。人世上的光阴禁不住过，倏忽间，丁荣猫因为一个天赐的机缘，离开了汤世瓶组，摇身一变，做了义庄的管家，也就跟过去的交情失去了联系。

不承想，丁荣猫购了仓鼠街的那一座院落，将娥娘偷偷安顿进去后，见她洗净了娼楼中的胭脂，粗衣素服，额头光净，如同做梦一般地出现在眼前时，自己几乎失声喊了出来。那一时，丁荣猫恍惚觉得，娥娘一定是今年割下来的新麦子做的花卷。好像刚刚揭开了蒸笼，娥娘还冒着热蒸汽，那么暄软，那么端方，一指头就能摁下去一个窝窝。

丁荣猫没浪费这个机会，将娥娘拦腰扛了起来，丢在了炕上。

果然，娥娘的身子是热的，火烫的，一阵阵迤逦的汗水与啜泣，几乎将丁荣猫淹没了，喘不过气来。丁荣猫懂得风月，那些娼楼中的妇人，一般是冷的、哑默的、僵硬的，而娥娘只是一味地在哭，不谙男女之事，充满了畏惧，一脸的恓惶。当丁荣猫抚住那两坨生动而澎湃的乳房时，直觉得眼前飘过了一片片白光，犹如雪白的鸽子的翅膀，扑棱棱地掠过，令人炫目，让他连死的心也有了。丁荣猫如获至宝，一边亲着，一边轻喊说：我的白鸽子，哎哟喂，疼死人的白鸽子。事毕了，周遭一片悄静时，丁荣猫抽出了娥娘的尻子下那一方沾染了血迹的巾帕，方明白对方还是一个黄花闺女，眼泪登时淌了下来。丁荣猫用了他特有的口气，发咒说：好月亮都在天上，好念想都说在了佛堂，阳世是虚的，情义却是真的，这一回碰上了，我甘愿把心搓成一根麻绳，将娥娘你死死地拴上。娥娘的身子仍旧是热的，喊了一声猫子哥，便晕倒在丁荣猫的怀中。

后来，丁荣猫才从娥娘的嘴里得知，他离开麦客子这个行当后，汤世瓶率着乡党们，又在河西走廊上漂泊了数年。汤世瓶是个心野的人，见这种苦力挣不了几个钱，便盘磨着另寻一条发财的宽路。偶然的机会，汤世瓶从一支北疆来的骆驼队那里获悉，马鬃山一带活不下去的人，现在都去了边境线上，在恶人的领地上兜售体力，种植一种有利植物，不出几年，全都赚得钵满盆满。当时，丁荣猫不解地问：啥叫有利植物，有利植物是咋回事？娥娘道：没咋呀，就是种大烟，恶人们把大烟叫有利植物。这是丁荣猫第一次知道，在更北的北方，另有这么一幕奇迹，遂心生向往。娥娘也问：听说恶人是三头六臂，身上长了毛的？丁荣猫笑了：不是恶人，是俄人，有时候沙州城里也会出现一两个，身上有狐臭，你最好躲开。汤世瓶预谋了许久，等夏天的麦子都割完，手上攒足了一笔钱后，在一个深夜里，带着老婆跑掉了。麦客子们白干了一夏天，找的找，等的等，巴望着汤世瓶回心转意，但一再地失望了，于是拖到了冬天。年关将近时，麦客子们归家心切，便把气撒在了无辜的娥娘头上，下了黑心，三哄两骗的，将其卖进了娼楼，而后消失得一干二净了。诉说完了这些，娥娘又险些晕了过去，说幸亏菩萨开了眼，碰上了猫子哥你。丁荣猫却吓唬道：记住，那些杂碎还没走，都在城里头浪达哪，你最好别出门去，小心他们绑了你。

　　今日里，丁荣猫再次轻喊完了白鸽子，疼死人的白鸽子，内里突然潮起了一股猛浪，插在了女人的身体中，迅即释放了出去，而后像一只空皮袋那样，趴在了炕头上。歇缓时，丁荣猫摩挲着娥娘的身子，感觉她是冷的，始终也不曾热起来，更谈不上火烫了。娥娘刚开始是什么姿势，末了，仍旧是那一个姿势，目光挂在仰衬上，悬在屋梁上，毫无一丝生气。像以前那样，娥娘容纳了他，放纵了他，这次却没有一句呼应，也缺失了表情，仿佛一具咽了气的肉身，随便由他日弄。丁荣猫有些心慌了，但另一个发现更让他震惊，娥娘的两只白鸽子早就喑哑无光，黯然消隐了。因为那一层锈蚀的血色，笼罩在了雪白的翅膀上，犹如一张冥纸，脆弱，悲伤，难耐，布满了不祥的荆棘。血是一种罪恶，亦是一句咒语。丁荣猫盯着自己指头上的伤口,暗自忏悔说,我的血打灭了她的灯,我的血,伤烂了她的心,我怕是一头牲口吧。这么着,丁荣猫解开了娥娘手腕上的绳带,亲吻着那一道淤紫的勒痕,眼泪婆娑了下来。丁荣猫心知,如果想让这一对鸽子再次雪白起来,扑棱棱地飞在头顶上,倘若要让这一个女人由冷转热,重新变成一具火烫的身子,目下别无他途,其实只有一条路可走。

"娥娘,他还活着哪。"

"娃么?"惊问道。

"对,就是咱们的娃,我日弄的,你生养下的。"到了这个关节上,丁荣猫终于揭晓了底细,和盘托出,"哦,我指的是你前头生养的那个,头胎还活着。至于去年生下的娃娃,真的死了,生下来便是死胎,喂了葵花了。"

"我不管,只要你给我一个娃,我便知足了。"娥娘央告。

丁荣猫暗自噙着泪水,抚弄着娥娘,笃定地说:"真的,当时刚生下来时,娃的确是黄颜色的,得了黄疸病,我送了人。"

"娃,我的娃在哪达?"娥娘一骨碌爬起来,套上了大襟上衣,又穿上了抿裆裤,潦草地绑紧了腰带。娥娘惊慌不已,拾起那只生牛皮的皮套,拔出了锥子,寒光一闪:"天哪,我的娃还在,还活着,菩萨在作践我,天老爷在惩罚我。我的娃哪达去了,你快说?"

"他好好的,已经不黄了,正常了。"

丁荣猫瞭见,娥娘果真热了,那一对白鸽子也张开了翅膀。

"猫子哥,求你了,你现在就带我去寻他,让我把娃领回来吧。这个家里有了娃,有了娃的哭闹,有了娃的屎尿,才会像一个家的样子。"见锥子无效,娥娘连爬带滚地跪在了炕上,哀告说,"我这两天奶胀得不行,胀得快炸了。这么好的奶水糟践了太可惜,快把娃领回来,全都灌在娃的嘴里,我的娃就不黄了,真的。"娥娘挣出了一头的汗水,喋喋道:"好我的猫子哥呀,娥娘天生就是一只蛾子,命不值钱,是你救了我,收了我。今天你再惜疼一下我的孽障吧,把娃还给我,我当牛做马,也要在今世里报答完你。"

"娃好好的,在他干爹干娘那达养着,胖了不少,也大了。"仍不松口。

"我求你了,猫子哥。不见娃,我天天都活在了恓惶当中,每天夜里都从梦里哭醒来,眼睛里都是血。"娥娘用了最卑微的口气,一再地哀恳说,"反正我是你丁家的人了,你把娃领回来,以后你咋日弄我,让我做啥,我连一个字的怨言都不会讲。"

"娥娘,你听着,现在还不到时候,我掌握着火候哪。等娃再大一些,你见了他,高兴还来不及哪。"丁荣猫下了炕,穿上了那一双彭家靴子坊的靴子,脑海里闪过了索敌的面影。开了门,雨下得没完没了,丁荣猫的半个肩膀立马湿了,忙将食盒拎了进来。

丁荣猫在炕桌上布了菜,一个扣肘子,一个干炸里脊,一个八宝饭,另有一盘浆水菜。丁荣猫夹了一筷子肉,朝娥娘的嘴里喂去,叮嘱说:记住,我是你表叔,你现在还是一个小寡妇,如果现在把娃领回来,你拖上那么一个油瓶,义庄的老贼娃子就绝不会娶你做小的。娥娘苦楚着:猫子哥,我可从来没答应过他,天地良心呀,他的确来过一回,在街上杀完了人跑来的,胡说了半天,像犯了羊角风一样。见娥娘不应,丁荣猫便将那一块肥肉吞在了个人的嘴中,嚼吃了起来:嗯,他那个老狗也太一厢情愿了,他做梦想娶你,我还舍不得哪。突然,丁荣猫的咀嚼停止了,汗也淌了下来,一时间表情扭曲。娥娘一直昏蒙着,扯住了丁荣猫的袖子,追问道:你舍不得我,干么还不管不顾,让那个老狗来闻腥,来打我的算盘?这时,丁荣猫从唇齿间剔出了一片红辣子,噗的一声,啐在了地上,回说:老狗现在疯了,等他再疯狂上一些时日的话,敦煌的天一定就变了。

丁荣猫辣坏了,随手拿起一把扇子,往口腔里扇风。丁荣猫忆想起来了,扇子是连公子落下的。那天仓鼠街一带积雪未消,义庄的老财东第一次上门后,便咬了钩。

娥娘,老狗以后再说,现在猪圈里多了一头猪,我去去就来,你稍等。丁荣猫下了炕。

梵义兀立在客栈的屋顶上,背着手,瞭看着暮色苍茫中的沙州城,心下激动,好像一锅的水慢慢开了,思绪翻滚,难以歇停。视野尽头，北门已经闭锁了，唯有门楼上的几盏牛皮灯笼，努力地放射出一种寒光，却又挣脱不了这广袤的黑夜的挤压。梵义跪了下来，朝着胡家坊的方向，仔细地磕了三个头，叨念了一番爹娘老子，还有两个弟弟。梵义默念道：爹，妈，儿子回来了，这一趟砸锅倒灶的，什么也没有寻见，两手空空地回来了，对不住呀。梵义没提防住自己，眼泪刷地下来了。

卡利班跑了过来，举着一把尖刀，喊说：梵义，羯羊捆住了，大家请你去开光，你快点宰了它，才好打平伙嘛。梵义当即拒绝了，借口自己怕血，事实上也真的怕血。卡利班执拗，站在屋檐下跳着脚，不停地央求着。这一时，昆莫和茹老二闻声过来，一人给了卡利班一个抽脖子，令其闭嘴。昆莫警告说：贼儿子，你记住了，以后梵义的手是拿印把子的，不是拿杀猪宰羊的刀的，你小心找打。茹老二也附和说：蒋斧已经宰掉了，羊肉早就炖在了锅里，还得一个时辰才能开饭吧。两个人以大欺小，掏出了一把零碎钱，塞给了卡利班，叮嘱他赶紧去一趟隔壁的店家，多买一些新鲜的苜蓿过来，让大家的马匹美美地过一次嘴瘾。的确，苜蓿刚刚下来了，这个季节的苜蓿，可谓是马的酥油茶，马的蜂蜜水。马如果连着吃上几顿的话，毛色便新了，身上也就滚圆了。这一路上真是累得够呛，马瘦毛长的，人现在打算吃打平伙，就不能亏待了胯下的坐骑。卡利班嘟哝着走了，剩下的两个人坏笑着，蹲在地上，用匕首划出了一块棋盘，开始下方格。梵义站在高处，思忖道，多好的伴当啊，没了他们的悉心照应，自己恐怕都回不来了。

梵义一行是天色将晚时进入敦煌，抵达沙州城外的。

不料想，四方的城门却落了闸，闭了锁，严禁行人进出。革命军贴出了告示，大意是在河西一带的瘟疫爆发之际，前来投宿沙州城与敦煌的所有商贾、行旅、马帮及骆驼队，须在城外留宿一夜，接受抽检，以资观察。布告上列出的一系列惩罚措施杀气腾腾，声言说，倘有违反者，所携之骡马骆驼等各式牲口一律毙杀，罚没全部之货品，当事人系狱。另外，革命军还请来了几个和尚与道士班子，在各个城门下弦索吹奏，设坛作法，念了不少的经，驱了不同的邪。目前来看，效果还相当不错，尚没有发现一例牲口异常的报告。城门下有几根石灰线，白花花的，刺目，威严，气味严酷，梵义他们被挡了回去，归心化作了无奈，垂头丧气地离开了。城防如此，本可以打马绕城，从戈壁干滩或者鸣沙山一带抵达党河边，而后再进入胡家坊。岂想，由敦煌二十三坊的耆老和乡绅们，于早年间组成的一家武和事老协会，手段更辣，条理更清，动员能力也更强。与革命军这样的缩头乌龟相比，武和事老协会在各个坊内按人口抽丁，广泛鼓动义捐，组成了一支支强悍的巡防队伍，犹如撒开了一张密密实实的大网，将敦煌绿洲护卫在了中央，昼夜不舍，严防死守。革命军是三心二意的，只驻防在关城之内，但那些提着钉耙、扛着铡刀、举着羊皮灯笼的民丁，知道身后是父老子弟，是田地和庄稼，是阖家性命，所以顷刻间撒布在了旷野与荒漠上，连一粒沙子，一缕风，一只雀鸟，也非要追查个青红皂白出来。平川之地，头头是道，但现在忽然没了辙，梵义遂率着这一支飞行游击，退回到了北门外。

失望归失望，但此刻置身于敦煌的天空下，一个个的眼睛活了，鼻子醒了，舌头馋了，胃口也开了。梵义连灌了几碗凉水，甜的，比砂糖还甜。李无亏买了一把熟芝麻，嚼了半天，让卡利班嗅闻到了他口中的香气，后者差点咬掉他的下巴。项楚更绝，从地上撮起一指头新土，吃进了肚子里，满面陶醉，哑巴说：老子活回来了，囫囵着回来了。暮色四合时，梵义仰看着东北向的旷原上，那一轮渐渐升起的白月亮，心里不免有些恓惶，也有些快慰。梵义思想道，天哪，这一条河西长路，究竟是怎么走过来的，又是如何九死一生，将这一具热身子，重新带回到爹娘老子的膝下，带回老家敦煌，来做一个交代的。好歹到了家，梵义不想亏待这些伴当，让他们露营扎帐，睡在前几日还下过大雨的泥壤上。梵义登记了一家客栈，要了一间大炕房，里头有一面夸张的土炕，又给孔执臣单另要了一间睡房，整齐而清洁。游击们卸完了行李，拴好马，骨头一撒懒，心思也就多了。蒋斧过来商量，向梵义申请说：干脆今晚夕打平伙吧，让大家扎扎实实地咥一顿羊肉，把一路上的亏欠补回来？梵义掏出了一块银洋，再三嘱咐说：别打平伙了，这个钱由我个人出，尽量买一只大的羯羊，再称一些酒来，让大家吃饱喝足，一醉方休吧。蒋斧却瞪起了眼睛：这咋行，规矩不能坏，坏了规矩的话，你以后咋办？这句不经意的话，梵义当时并没在意，但他很快就明晰了其中的分量，也了解了这一天夜里的惊变。

打平伙本不是敦煌当地的风习，属于青海湟水谷地，乃至兰州城以南的河州一带的规矩。多少辈子的光阴里，那些在寂寥的长路上讨生活的脚户哥、筏客子、货郎、擀毡匠、皮货贩子、茶叶商人，往往匹马单人，走哩走哩，眼泪花花就把天空打湿了。孤独像一根干骨头，撕不下肉，咂不出味道，却又卡在了喉咙中，咽也不成，吐也不是。一旦邂逅了旁人，人跟人就亲热得不行，说上一大堆闲章，费上一肚子的唾沫渣子，而后又各自西东，互相惦记得不得了。如果聚集上七八条汉子，又恰巧有人提议打平伙，那这一锅的水便开了，群起响应，莫不顺从。于是先去买上一只羊，宰洗完，炖烂在了锅里。到了吃喝的阶段，主事的人往往持有一颗公心，一视同仁，每只碗里都有大小相同的肉块，也有分量相等的心肝肺，包括肠子和肚子等杂碎，一样不落，一份不缺。吃喝毕，临分手前，再根据这一顿的具体花销，由每个人均摊，皆大欢喜。上路后，有了这几碗瓷实的羊肉垫底，有了人与人之间的攀谈与怜惜，再高的山，也如履平地，再深的水，也没不过脚膝。目下，这一群游击到了家，打平伙算是一种庆贺吧。蒋斧麻利灵干，衔命而走，很快就从街上扛来了一只大羯羊，丢在了客栈的院子里，卡利班也忙着磨刀。梵义不忍听见羊的咩咩声，踱到了前院，攀着梯子上了屋顶。

举目望去，整个沙州城安然无恙，镶嵌在一派暮色当中，棱角显赫，威风凛冽，矗立于广袤的地平线上，一如往昔。

武和事老协会所统辖的民丁，一俟发现客栈里的生人后，便不由分说，先要检查身份和货物，而后冲进后院，查看牲口的嘴和蹄子。即便毫无异常，也会有专人过来消毒，静观一夜，天亮之后才可放行。消毒匠是武和事老协会精心遴选的，大多上了年纪，办事一丝不苟。消毒前，先将一块石灰扔在桶中，浇了水，慢慢发开。石灰发成了粉末后，热气蒸腾，再往里头撒一些特制的药草，搅拌成稀糊糊状，仔细地刷在牲口的蹄子上。石灰水犹如烧碱，牲口们一旦沾上它，蜇得厉害，一个个惊得乱跳，但转瞬就消停了下来，好像抹上了清凉膏一般。暮色深沉时，梵义站在屋顶上，瞥见卡利班买了一车新鲜的苜蓿，运进了客栈，卸在了地上。在清冽的空气中，苜蓿散发出一股甘甜的气息，煞是好闻。不料，这种甘甜突然被混淆了，飘来了一阵呛人的味道。梵义凝眉一瞅，这才发现消毒匠踅出了后院，挑着两个桶子，整个人全都发白了。消毒匠站在客栈的门端里，犹疑了片刻，似乎打算将桶子里剩下的石灰水倒掉，却又有点舍不得。这么着，消毒匠拿起了一支大排刷，怡然自得，在客栈的围墙上写下了一行行大字。

梵义对这个浑身发白的人陡生好感，遂安静地坐了下来，欣赏着他一笔一画的举止。天色薄暗，倦鸟归林。梵义眯着眼，终于看清了消毒匠写下的每一颗白字，哦，原来是一句招徕客人的话：留人小店，茶水方便，来者通顺，去者平安，米面俱全……梵义叨念了几遍，忽然觉出了一份贴心的暖意，一种回到了家的宽释感，又打望过去，等待消毒匠接着写后续的句子。

恰在这时，一阵急遽的马蹄声，从客栈的西头密集地传来，两匹快马，一白一黑，犹若脱弓的箭矢一般，穿云裂帛，飞射而来。梵义惊魂地瞭见，那个浑身发白的消毒匠突然扔掉了刷子，动若脱兔，一挫身子，便横在了道路的中央。骑在马上的人也窥见了危险，大喊说：避开，快避开。但是，这样的警告连毛带草的，丝毫也起不了作用。就在两匹快马分列开来，打算一左一右地飞掠而过时，消毒匠却轻舒猿臂，两只手扣住了马的缰绳，拖行了几步，稳静地停了下来。马背上的人纵身而下，一个叫嚷说：完蛋了，这下被捉住了，我认输，明日赔你一块大洋吧。另一人痴笑了半天，讥诮道：哎哟，你这么赫赫有名的游击，居然被一个糟老汉给擒获了，说出去的话，人可就丢大了。对方哀告说：罚了不打，打了不罚，这件丢人事可不许乌鸦嘴呀，我提醒你。

其实，浑身发白的消毒匠毫无恶意，一直缄默着，将两匹马拉拽过去，拴在了客栈的门口。消毒匠拾起了刷子，开始给八条马腿刷石灰水，样子很耐心。倒是那两个刚才骑马的家伙，站在空荒的道路上，推推搡搡的，嘴上一直争斗不休。梵义失笑地闻听着，心中潮起了一股股滚烫的酸楚，仰面看了看挂在天上的月亮，思忖说，我的好月亮，你圆满的时候，我到家了，弟弟也来了，我先跟弟弟团聚了。这一刻，梵义再也控制不住自己了，冲着远处，大喊了一声：梵同。

声音像一根粗绳子，甩将过去，喊住了梵同，犹如套住了一匹尚未驯服的烈马。又喊了几声，梵同怔忡地踅摸过来，抬望着屋顶上的梵义，竟不相信这是真的。梵义咧笑说：你个小贼娃子，深更半夜的，你不在胡家坊里待着，干么在城外耍戏呀？一时间，梵同忽然淌下了眼泪，一边用袖子擦，一边喊问：哥，爸还好么？妈也好么？你是特意在北门外等我的吧？闻听此话，梵义猜出了个大概，截铁地说：对，爹娘老子让我专门来接你的，你们两个猫鬼神，把心丢在了外头的世界里，你们居然还知道回家的呀？梵同不知端倪，便信了哥哥的话，突然放声嚎啕开来，一下子躲在了屋檐下，不肯让人看见他的哭脸。

梵义找了大半天梯子，梯子却不见了。陈小喊干脆，直接将自己的肩膀支了起来，梵义踩稳当了，顺下了屋顶。岂料，陈小喊根本不撒手，肩上了梵义，在客栈门口晃荡了几圈。陈小喊简略地讲述了这一趟的情况，央求说：从哈密至敦煌的路上，你这个臭弟弟可没少欺负我，你替我做个主，教训一下他吧。这时，梵同也哭毕了，喜形于色，抢着肩住了哥哥，问个不停。梵义骑在了梵同的肩膀上，分明感觉到弟弟壮实了，精粹了，筋骨中布满了少年人特有的那种力气，心中宽慰了不少。下面问：哥，你是啥时候从焉支山回来的？上头答：哦，其实我一天也没离开过敦煌，我一直在。梵同聪颖极了，了然在心，喜滋滋地说：我也没离开过，我是专门出城来接你的。

说了半天的水话，不承想，真正来接兄弟俩的人出现了。

管家苏食偏坐在一头驴子上，悄无声息，瞥望着胡家的兄弟俩嬉闹完后，方咳嗽了一声。驴子的脚上没钉蹄铁，所以如何来的，又是如何靠近的，竟连陈小喊这样老练的游击也没察觉到。苏食虎下脸，申斥说：当兄长的没个兄长的样，成何体统，快滚下来，你以为你是秦皇爷荣归故里么？梵义一骇，赶紧从梵同的肩上滑下来了，苏食也跳下了驴子，手上攥着一根鞭子。兄弟俩不敢还嘴，规矩地立着，喊了一声叔。喊到了第三声时，苏食才破笑说：哼，我找遍了沙州城外的大小客栈，腿都快断了，原来你们在这里逍遥呀。管家是从一个胡家坊的小贩子嘴里得知的，说梵义他们傍晚入城时遭拒，恐怕在城外打尖呐。这么着，管家寻了一路，末了才在北门外找见了他们。这一时，苏食更换了口气，屈身一揖，礼数周全地说：两位少东主着实辛苦了，千里万里的路上，一定吃了不少的苦，今晚夕就暂宿在这里，我陪着你们吧。管家是爹娘老子的另一个化身，兄弟俩不敢怠慢，依次回了礼，简单问完了双亲的近况，这才踏实了下来。苏食催撺着梵同和陈小喊，让他们抓紧进去煮一些热茶，等一下要好好说说话。梵同扮了个鬼脸，知道嫌他小，听不得机密，便拽上陈小喊，牵着驴子进去了。不远处，消毒匠还在忙碌，梵义瞭见管家的表情再次垮了下来。

"少东主，人靠啥活着？"

梵义一愣："靠啥？嗯，在我看来，人活着就靠一口气吧。"

"对，此言不虚，人在光阴里活来活去，其实就是靠一口气撑着。比如你爸这一具病身子，躺了这么久，屎尿失禁，无知无觉，但只要这口气不输，他就是发烫的，活着的。"苏食铺垫完了，话锋突然一转，露出了枪戟矛戈，"那你这一趟回来，专门是给你爸来断气的？"

"叔，这话从何说起？"梵义惊了。

"少东主，你以后千万别再喊我叔，我苏某人担待不起。在胡家，我只是一个管事的身份，承蒙你爸不弃，将我这样一个外姓人，始终当兄弟一样看待，还委以重任，信赖有加。"苏食口气恓惶，瞭看着党河的方向，又道，"你们虽然喊我叔，但我着实拿你们当亲弟弟一般对待，平时你爸唱红脸，我就只能当白脸的曹操了。在你和梵同的眼中，我是胡家的一根鞭子，只问是非，不管亲疏远近，所以有些话先小人后君子，免得彼此不痛快。"梵义茫然地张看着，不知眼前这个忠厚沉稳的管家，烧错了哪一壶水，冒错了哪一股气，竟如此决绝。苏食低语问："少东主，你是不是带了一个女人回来？"

梵义一怔,恍然道:"不错!她叫孔执臣,焉支山下凉灯村的人。"

"听说,她还挂着孝布,正在服丧?"

梵义点头。

"呃,少东主,你太大意了,你打算将一个服丧的女子带进胡家坊,不是来给你爸断气的,难道是来添寿的?"苏食的脸色阴得像一张鞋底子,攥住了鞭子,"挂孝的人,鬼魅缠身,妖孽当头,身上不是晦气,便是邪祟。梵义你这样干,居心何在?"

"叔,容我释解一下,孔执臣的确戴了一路的孝,我虽说没挂孝,但我心中同样哀痛不已。这么些天来,但凡知道孔祥鹤先生服毒自尽,了解了她父亲为阻止这一场瘟疫的爆发捐出了性命,也知悉了她这样一个弱女子不甘凌辱、广撒药方的河西民众,无不动容,也无不惜疼她。"梵义的抗辩,来得猛烈而汹涌,丝毫不容对方置疑。梵义心知,此番让孔执臣进入敦煌,进入胡家坊,拦在面前的唯一绳索与羁绊,除却管家苏食之外,再无第二人。又道:"叔,在我们回来的路上,甘州城、肃州城、嘉峪关、瓜州和玉门县,听说还有凉州城一带,各处都插上了祭旗,为孔先生举丧。不为别的,只因凭着孔先生拿自己的一条命换来的方子,瘟疫灭失了,牲畜全都有救了。难道现在,河西大道上的生灵们纷纷活下来了,有人就要负了义,忘了恩,将孔先生的女公子弃之不顾,让她这个可怜的孤儿从此流落四乡,担惊受怕,没有人敢收留么?"这一根尖锐的钉子,钉在了同样是孤儿出身的苏食心头,令其抽心一疼,哑然无语。梵义笃定道:"凉灯村已经被毁了,焉支山也是回不去了。此后,孔执臣便是敦煌的一分子,端的是胡家的碗,穿的是胡家的衣,谁也不能另眼相看,当她是外人。"

这一时,苏食探问说:"少东主,这个不难,我一概照办,但性元咋办?"

"性元?性元怎么了?"梵义失声道。

"哦,是这,"按下了葫芦,又浮起了瓢,管家嗫嚅道,"傍晚后,性元都已经骑上了马,跟我走出了胡家坊,打算一起来寻你的。唉,结果性元又听那个小贩子说,你领回来了一个陌生女子,性元便掉头回去了,哭了一鼻子,现在肯定还在哭。我估计,性元吃了醋吧。"

梵义绽笑:"我只当她是自己的妹妹,她又何必吃醋哪。"

"你有所不知呀,性元吃尽了苦。唉,这么长的日子里,你爸躺在高房子上,要不是性元那个丫头擦屎端尿,一心服侍,恐怕也……"管家简略地介绍了一番,登时让梵义内里翻滚,五味杂陈,心中潮起了一道迫切的狂澜,急欲想见到性元的面。苏食感喟说:"一个马厩里,可千万不能拴下两头母马,要不然,够你梵义喝一壶的了。"

"有了,我知道该怎么办了。"梵义一喜。

"咋办么?"

梵义灵光乍现:"叔,你这个老光棍年纪不小了,炕上也该多添一只枕头了吧。"

"少东主,你乱嚼牙茬。"鞭子飞了过来。

"你等着,我这就去喊一声小婶子,我来当你们的月老吧。"言毕,梵义跑了。

## 卷十七

客栈里黢黑一团,鸦雀无声,连一粒灯光也不见,一句人声亦不闻。

梵义没在意那么多,刚才的急中生智,抛下的那一句话,让他卸掉了横亘在心上的磨盘,没了罪愆,没了负累,一下子释然无比。苏食的鞭子追了过来,又在半途中敛了回去,想必他也不愿意恩将仇报吧。但管家是个认死理的人,一旦纠缠住,不把肚子里的唾沫渣子说完,他就不肯罢休,梵义最惧的就是这一点。三十六计,走为上。梵义跑进了客栈,喊梵同,喊蒋斧,喊卡利班,却无一应答。借着银色的月光,梵义奔向了大炕房,撩开门帘,趸身而入。突然间,左右两侧飞扑出来几条铁塔汉子,叉住了梵义,令他动弹不得。

谁?

梵义一时惊魂,断喝了几声,也没答案。铁塔汉子们得了手,用一根牛皮绳,捆缚住了梵义,又在他的身上披了一块布匹。梵义挣脱不开,汗下如浆,却也没有失措,更不曾告饶。稍顷,苏食也埋头追了进来,同样遭了暗算,被当场拿获。不过,捆绑管家的不是绳子,而是他手中的鞭子,真应了那句作茧自缚的老话。梵义一直忧心弟弟和游击们,暗忖说,多半不会是土匪,因为沙州城外密布着民丁,稍有风吹草动,土匪们也遁逃不了。昏暝中,梵义嗅闻到了一股清冽的味道,新鲜的苜蓿,肯定来自那一双狗爪子。这么着,梵义不由得朗笑了起来,笑得周遭的人,一个个孵出了鸡皮疙瘩,挂了一头的雾水。

笑毕了,梵义问:卡利班在么?在哪,对方答。又问:蒋斧呢?

也在,蒋斧答。梵义又问及了李无亏、昆莫、茹老二和项楚,原来每一名游击都在,一个不落。陈小喊人呢?这时,从大炕的角落里,传来了一声懒洋洋的话,回说:这跟我陈小喊没关系,我现在只想睡上一觉,睡死算了,大家最好别泼烦我。梵义惦记着远路上的客人,又问:执臣在么?问了三遍,竟无人应答。梵义最后问:梵同也在么?哥,我在哪,就在你的对面,梵同爽快地应道。梵义申斥说:你个小贼疙瘩,胳膊肘子往外拐,看我等一下怎么拾掇你。梵义虽然略带不快,不明白弟弟何以迅速跟游击们串谋在了一起,拿自己大做文章,但料想没有危险,也就沉静了下来,任由他们捉弄。

开张喽!

昏黑中,蒋斧喊了一声嗓,众人骤然围了上去,再次将梵义架了起来。梵义抗拒不得,只觉得自己被抬举着,离地三尺,几乎挨近了头顶上的仰衬。接着,梵义又被款款地放了下来,安顿在了大炕的中央,盘腿坐定。卡利班过来,重新整理了梵义肩上的那一块布匹,犹如一件斗篷似的,罩在了他的脊背上。这一时,弟弟梵同和众游击分列两厢,悄静地坐在了炕头下方的长凳上,一派左文臣、右武将的气势。自小,梵义就爱看敦煌六合班的秦腔,对那些上至庙堂、下至草莽江湖的戏文烂熟于心。但此刻,游击们唱的究竟是哪一折子,梵义却无从细究,只得依顺下去,看他们能否说出个子丑寅卯来。梵义兀坐着,瞭见一双双眼睛在黑暗中烁闪不定,巴兮兮地盯望着自己,充满了机密。果然,蒋斧是带头的家伙,蓦地起身,对着高高在上的梵义深深一揖,慨然道:

"梵义,大家结社吧!"

一怔。

"哦,是这,从甘州城回来的路上,弟兄们私下里已经谈议过了,其实人是假的,情义才是真的。在这一世的光阴中,我们这一伙子人的命,干脆就交给你,追随你,去活成一个人的样子,活出一些骨气与血性来吧。"显然,蒋斧的肚子里早有一套笔墨,业已拟定了一篇慷慨文章,目下只不过是在照本宣科,强行宣喻,打算将梵义逼上梁山罢了。又道:"恕我不恭,我已经跟弟兄们商量妥定了,与其在河西一线上三心二意地干游击，做蚂蚱，当雀子，倒不如咱们抱起团，成龙作虎，一趟子把这个乱世的水搅浑，将这一条闭塞的走廊打通，开一条活路出来。梵义，事情明摆着，开这一条活路没别的法子，只有咱们结社，把心肠和肝胆炖在一个锅里，生死共担。"

梵义压抑着内里的激奋，催喊说："把灯点上，点上了再说话。"

"不，不能点！"

"为何？"

"梵义，这结社邑义的事情，自古而来，大多是要冒着被砍头的危险。俗话说，明人不做暗事，此番结社，咱们既不荼毒百姓，也不戕害生灵，只为了拼一条个人的活路，所以也没什么好怕的，心里亮了，就不必点灯。你瞧，既然人世上已经夜黑了，大家就说夜黑的话吧。"蒋斧的嘴像开过光，不容申辩，接续道，"再者，这结社邑义的第一要义，便是守秘。现在的夜已经黑透了，普天下的神仙鬼怪们都已经睡去了，当然是守秘的时辰。梵义，弟兄们就等你一句痛快的话，你首肯了，咱们就点灯盟誓。要是你不肯挑这一副担子，那就等天亮之后，吃完了平伙，大家各走各路，一风吹净，权当没这回事。"

"好我的梵义，你就开一下金口吧。"卡利班哀求。

其他的游击也纷纷抱拳，呼应开来。

梵义格外明白，这一刻，自己站在了分水岭上，一时两难。进一步，将来的日子里，他必定要和这些飞行游击形成一本户头、一册账目，头顶同一颗天雷，脚踩同一堆刀丛。与自己截然两样，这一帮家伙赤条条的，无牵无挂，一直呼啸来去，疾如风，快如电，干的是命悬一线的勾当。倘若现在被裹挟了进去，一个点头，一声然诺，那么曾经的一切无疑将被彻底颠覆，仿佛崩塌的流沙那样，散落无常，覆水难收。再退一步讲，拒绝是容易的，一谈两崩，彼此割断了关联，天亮之后便是路人，从此不相往来。梵义个人的路则是清晰的，守住胡家坊，守住家里的那些田地，那几间店铺和不大不小的贸易，娶妻生子，迟早会成为一介垂垂老矣的财东，像义庄的索敞，也像高房子上的爹老子那样。而眼前的这些游击，无疑将星散各方，有的远走，有的寂灭，从此生死不闻，再难有一个重逢的机缘。梵义静默地坐在黑暗当中，仿佛置身于一叶孤舟，飘失在茫茫的江水之上。

关外三县，尤其在敦煌一带，自古就有结社的旧习。

结社亦称邑义，凡是入伙的同人，人格上一律平等，贵贱一般，总是兄弟。邑义之后，讲求的是遇厄则相扶，遇难则相救，一方有难，八方来助，甚至是割己从他，不生怀惜。往昔中，在那些贫寒苦度的悠长日子里，在那些动荡难安的急迫光阴中，长旅在荒漠大滩上的商贾，往往会成立行人社，一搭里日升而走，日落而栖。一旦遇上了灾年，二十三坊的耆老与乡绅们，也会依据时情和天象，分别建立青苗社、瓜果社、萝卜社和洋芋社等，尽力夺回一分口粮，争取多活下一条人命。义聚立社，必然是有条有格，社团内一般分设三官，依次是社长、社官和录事，另外还设置了一个送转帖（通知）的职位，名曰月直。敦煌一带结社邑义的风气时兴时灭，平时像一股股潜流暗沙，不为人知，只在幕后运作，悄然自肥。然而，也有那些掂不住自己的斤两，辨不清天地尺码的虚张汉子，一俟坐大，便扯起了一面幌子，意欲跟朝廷作对。自康熙以降，清廷以谋逆的罪名，在敦煌剿灭的邑义多达十二三例，世面上好像再也闻听不到结社的动静了。这一日，蒋斧挑头倡议，游击们还使出了逼迫的手段，所以梵义内心的震惊，一时间来得空前而猛烈。

北门外，这一家普通的客栈内漆黑一片，即便月光渗流了下来，也难以一窥其中所酝酿的风暴，照见它所保有的机密。梵义一直犹疑着，不敢盯看黑暗中那些殷勤的眸子，生怕辜负了他们，浇熄了他们心头的烈焰。但是往事般般，梵义的脑海中，忆想起了甘州城下那剧烈的一幕，又念及了在返回的路上，他们对自己的呵护、关爱与襄助。不错，这些游击各安其命，忽而单骑飘失，不知所向，去讨个人活命的本钱，又忽而散沙复聚，拧成一根绳子，形成一个松散的团伙，接纳大单，共谋发财。在他们这种刀口嗜血的生涯中，彼此之间养成了一种鲜明的义气。这义气可以换命，可以割头，可以托付生死，进而在一个荒凉的人世上结伴闯荡，毫无惧色。在先前相处的这一段日子里，梵义对此几乎着了迷，但仅仅出于自己的身份和自尊，他不想融入进去，所以始终保持着一种谨慎的距离。不料想，蒋斧刚才这一席结社邑义的话，等于递来了帖子，发出了邀请，现在就等着梵义的决断了。梵义思忖着，这一条河西大道火烈而危险，充满了未知的不测，却又让人血脉偾张，心向往之。哪怕以后失败了，它都是一种青春的试探，一场属于儿子娃娃的角逐，自己还年轻，也还输得起。就在梵义即将口吐然诺的那一刹，另一个声音突然间闯了过来，笼盖在了头顶。声音断喝说：梵义，你不管爹老子了么？不管娘老子了么？你究竟想怎么活人，你要给弟弟们一个什么样的典范？梵义当即闭上了嘴，目光搜寻着弟弟，但夜太黑，仿佛一切都被隐匿了。恰在这时，犹如心灵感应似的，梵同开口道：

"哥，你曾经对我讲过，父亲希望咱们做什么样的人，你忘了么？"

梵义答："做精良的人，纯明的人。"

"对。父亲也说过，我们这一辈子的光阴，还是活在河西这一条长路上，活在关外的这一片土地上。"梵同款步过来，一双少年的眸子亮若水晶，沉郁地说，"可是，我刚刚蹚过了一遍敦煌以西，去了猩猩峡外的哈密，我吃惊地发现，其实这一条路早就锈死了，此路不通。我揣想，你花了那么长的时间才从焉支山下回来，你也一定感觉到了，整个河西走廊肯定也锈死了。只因为它锈死了，所以日子才这么难辛，百姓才如此苦楚。"

"的确锈死了。不过，现在是改朝换代的年头，等革命军平定了天下，路也就通了。"

梵同却道："非也！依据我在乡学里读过的舆地和历史，也根据我这一趟远行的经验，我不以为谁坐了江山，哪一家一姓的朝廷，就可以替这一条长路，替整个河西走廊除了锈，灌足了生气，让它气血两旺，筋脉舒展。"梵义凝神盯视着弟弟，似乎黑暗退却了，一张生动的表情浮现了出来，激越、青春、率真，充满了任侠之气。梵同接续说："司马迁在《史记·六国年表》中有曰：夫作事者必于东南，收功实者常于西北，故禹兴于西羌，汤起于亳。前明名臣杨一清也这样说：兵粮有备，则河西安，河西安，则关陕安，而中原安矣。事实上，整个中国的重心一直在东，也在南，而黄河以西的这一条孔道，包括广漠的西北山川，其实早就无人体恤，无人心疼，成了一块锈迹斑斑的地带。真的，敦煌是锈带，新疆是锈带，秦州、兰州、凉州、甘州和肃州，乃至整个陕甘一线，统统都是一片锈带。"

"锈带？"

梵义被这个词击中了，也瞬时明白了它的含义。

"但是，苍天有眼，国家有幸，整个西北至今锈而不死，僵而不化，一直掩藏着大好筋骨，保存着中国的最后一份元气。"梵同此刻的表情，俨然是乡学里的一名总教，对着哥哥，对着这一群缄默的游击，笃定道，"西北者，江河之所源，万山之所始，犹如一张张璞玉素笺，等待着一些别具心胸、特加珍视的人去任意刻画，去仔细看护。可惜的是，在过去这一世又一世的光阴中，曼妙河山，化为了修罗之场。老天吝啬，世上再也没有了身具班超、霍去病之才的血勇少年。"

"如何除锈？"梵义催问。

"开路，开一条生路。"

"什么生路？"

"急递！"

"驿使如流星，驿使便是急递？"梵义探问。

"恰是。有了驿使，有了急递，西北这一片锈带的消息，才能广泛地输送出去，贸易也可以畅达，货品开始了交易，真相便能够宣喻，整个中国才能侧目，不至于继续沦陷下去，成为一潭死水。"显然，梵同早已深思熟虑过了，心中仿佛有一册缜密的图谱，一盘雄阔的棋局。在梵义的眼中，这个弟弟竟似一夕之间脱胎换骨了，变得老练，变得澎湃，浑身漾荡着一种与他的实际年龄不相符合的成熟，甚至是一份霸气。此刻，梵义虽不理解这种神秘的力量所为何来，但分明感觉到，一种鬼斧神工，一种天赐，在暗中雕琢着弟弟，在刻画着梵同。梵同又道："天下大势，首要的就是先让消息灵通起来，运转起来，不能再吃这个哑巴亏了。有这么多的游击哥哥在，一旦开始急递，就不愁河西走廊上没有贸易，没有利润。向西，急递可以延伸到迪化，往东，则能够覆盖兰州城和西安城。等将来，咱们的马蹄重新凿通了这一块锈带，开出了一条活路的话，沙州城也许就有救了，敦煌也就血脉贯通了。"

梵义压抑住内心的喝彩，快慰道："梵同，你这些话是从哪达拾来的？"

"榛莽未开，交通不便，只好靠我的一双脚了。"

"用脚？"

"对。只要一上路，这双脚就明辨机微，完全自主了。"梵同的话禅机密布，像他此刻脸上的那一种笑意，"从来志士，最好探奇。只有走在长路上，大地和泥壤才会给你掏出心窝子，阳关唱再叠之音，玉塞壮生还之语。"

"梵同，你的确先行了一步，哥不如你。"梵义终于赞美道。

这一时，门突然开了，一团光亮扑入进来，汹涌异常。一灯破夜，梵义举头，瞭见孔执臣提着一盏牛皮灯笼，立在了众人当中，有些瑟瑟，显然已经在门外候了许久。孔执臣的头上，依旧挂着一根孝布，小白鞋煞是刺眼。幽微的灯光，打在了孔执臣的鼻脸上，好像给窟子里的某一尊塑像，刚刚搽上了一层湿润的粉彩，生动，妩媚，惊艳眼前。一路走来，梵义从没有如此清晰地正视过孔执臣，此刻盯望上去，不由得暗自惊喊了一声，好美的女子呀。虽说孔执臣的身上，犹有一份浓重的悲情，但灯光正在慢慢地解除她的这一身甲胄，让她迎风摇曳，兀自蜕变，滋生出了一些凛然的棱角，一些笃信和坚毅。梵义笑了，轻喊了一声执臣。孔执臣也报之以笑，却忽然捂住了嘴，表情怪异。梵义沮丧地发现，原来自己的身上披着一块大红被面，也不知道是哪个家伙撕开了一床破被子，棉花四溅，令他丢人现眼。梵义被捆缚着，动弹不得，挣了几挣，依旧红袍加身，无可奈何。

这个空隙，原本被鞭子捆住的苏食，不知用了什么法子，竟然挣脱开来。苏食自由了，却没有上前来解救梵义，而是一屁股瘫坐在地，呜咽地哭了起来。哭声吸引了众人，纷纷拢了过来，不明白这个平素里令人畏惧的管家，伤了什么心，错了什么筋，竟然哭得像一个碎娃娃，一点羞臊也没有。孔执臣毕竟是一介女流，眼睛里容不下伤情，忙挂起灯笼，掏了一块手巾，递给了苏食。苏食一边抹泪水，一边嚎啕说：

"我这不是哭，我是高兴。"

孔执臣揶揄道："半夜三更的，有你这样子高兴的嘛。"

"嗯，我在替老东主高兴，他躺在高房子上，一定还没睡着。"苏食咧着嘴，将鞭子抽打在墙上，啪啪啪的，如同喝彩声一般，"梵义跟梵同现在有出息了，像老东主希望的那样，长成了大人物，我刚才都听见了。太高兴呀，我想一醉方休，快拿酒来，今晚夕我请客。"

"此乃君子豹变。"孔执臣道。

"什么？"管家问。

"豹变，真的就可以在一夕之间发生呀。天老爷，你现在降下了一桩奇迹，让执臣目睹了，执臣三生有幸啊。"孔执臣一连喟叹着，根本不顾及他人是否能通晓其中的含义，又趋上前来，解开了梵义手腕上的绳扣。众人悄然静气，似乎孔执臣的身上，有一种强大的气场，慑服着在场的所有异动。孔执臣又道："梵义，还记得在甘州城下，我对你说过的话么？"

梵义笃定道："当然，要做就做一名护法。"

"当世的！"

"对，做当世护法，去开一条生路。"梵义强调。

蒋斧他们类似于陈桥兵变、红袍加身的一整套计划，完全失效了，但孔执臣只费了一阵子口舌，便乖乖地令梵义就范，顺从了大家的意愿，这也是殊途同归的事情。

梵义一吐然诺，面前的一锅水登时滚开了，上灯的上灯，摆席的摆席，斟酒的斟酒。忽然间沸反盈天，嘈杂声起，大炕房里灯光如炽，众人围坐在了炕上，开始打平伙。冒着蒸汽的羊肉和杂碎均分了，每个人一海碗，连汤带水的，上头撒了芫荽和葱花，香气浓郁，惹人馋涎。岂料，饭食搁在了炕桌上，插着筷子，但游击们纷纷素下了脸，没一个人动手。陈小喊被肉香惊醒了，一骨碌过来，刚从碗里抓了一块肉，往嘴里喂时，却被卡利班夺下了，怒目而视。陈小喊哀告说：哎哟喂，是你们的羊肉冒犯我，坏了我的清凉大梦，不赔偿我，我岂能罢休。说着话，另一只爪子又趁机扑了过去，抓起了一只羊蹄子。这一刹，一把匕首突然夺面而来，寒光烁闪，噗的一声，钉在了炕桌上，犹如一声警告。羊蹄子掉了，陈小喊抱怨说：反正是打平伙么，算我一份，我先不客气了。蒋爷断喝道：狗儿子，还有没有规矩，难道非要让刀子见血，等我把你轰出去么？什么规矩，既然你喊我是狗儿子，狗见了羊骨头，莫非先要给你作揖磕头，喊你一声爹，你才会放话，让狗去啃呀？陈小喊的话连毛带草的，不光骂了自己，还一竿子撂倒了蒋爷。众人失笑着，盯看着蒋爷，知道他这回真的动了怒。蒋爷却一反常态，和声说：小喊兄弟，今晚夕的这顿饭分量不轻，因为这是咱们结社邑义的第一顿饭，吃完了它，你我就是同一伙子里的人了，从此打马上路，就要在同一个生死的光阴里结伴，所以……闻听此话，陈小喊忽然抱拳，连连告饶说：哦，那我不吃了，这顿平伙我可真吃不起，吃了也太难消化。蒋爷追问：这话咋讲？还请你当着大家的面，仔细说来。梵义生怕他俩闹僵，伤了情面，忙劝止各方，让彼此都赶紧消停下来，预备开席。不承想，这两个家伙一个是针尖，另一个却是麦芒，各不相让，争得脸红脖子粗的。陈小喊辩白说：反正我不吃了，我也不馋，因为我不是你们一个伙子里的，我也不想跟着结社，随了你们的规矩，任人摆布。梵同有些恓惶，过来搂住了陈小喊的肩膀，哀告说：小喊哥，你不会撇下我就溜了吧？你可答应过我，要带着我上祁连山，带我去马鬃山和万里墙城一带的，你是儿子娃娃，你说话要算数。陈小喊哑默着，拾起鞋子，穿戴了起来。

这个关节上，梵同的眼睛突然一亮，提议道：小喊哥，我给你念一首李白，你是不是就不走了？这句话有魔力，陈小喊停下了手，又抱怨说：哎哟喂，我本来就不走，不会离开敦煌的，我只是不打算入伙，被他们绊住了手脚，因为我有一件顶顶要紧的事要办，这你知道的。梵同听明白了，鬼祟一笑，当场念诵了出来：六驳食猛虎，耻从驽马群。一朝长鸣去，矫若龙行云。壮士怀远略，志存解世纷。周粟犹不顾，齐圭安肯分。抱剑辞高堂，将投崔冠军。长策扫河洛，宁亲归汝坟。当令千古后，麟阁著奇勋。

听罢了李白，陈小喊扔下鞋子，又一骨碌上了炕，蜷缩在炕角中，捂住了被子，从此一语不发。梵同仍不甘心，但见哥哥挥手阻止了自己，也就乖乖地放弃了，一任陈小喊继续使性子。梵义张看着蒋斧，蒋斧却盯视着管家苏食，苏食的目光始终巴望着孔执臣，仿佛有一股秘密的电流，并联了他们，打通了全部的脉息。

火候到了，谁的心中都分外明朗，一清二楚。

门帘一挑，卡利班捧着一只托盘，吆喝着进来，款款搁在了炕桌上。托盘内不是别的，正是一只清水羊头，冒着蒸汽，刚从汤锅里捞出来的样子。羊头囫囵着，眉心里挂着一朵用胡萝卜镌出来的鲜红花瓣，十分喜兴，朝向了梵义。待众人坐定后，蒋斧方开口：弟兄们，一只羊有几个头呀？大家回应说：当然是一个头了。蒋斧又问：今晚夕咱们结社邑义，那么一个伙子里，应该有几个头领呀？一个，必须是一个头领，一个当家人，纷纷附和道。蒋斧再问：那么，咱们的这个头领，这个当家人应该是谁？梵义，姓胡名梵义，胡家坊的胡梵义，众声响应。

蒋斧呵呵一笑，忙将手中的匕首递给了梵义，请他开席。梵义被这种情义和热烈点燃了，但内心局促，连连辞让。一旁的苏食突地沉下了脸，表情像一根鞭子似的，断喝说：这恐怕就是天意吧，梵义你不下第一刀，又如何让弟兄们分享？

梵义肃穆了下来，双手合十，仰看了一眼想象中的夜空与星宿，叨念了一声阿弥陀佛。而后，梵义用刀尖，在羊头的眉心里划开了一个十字，先割下来了四片肉，祭给了天与地，献给了爹娘，最后一片喂给了自己。显然，这是结社邑义的核心步骤，意味着梵义终于接下了这一副担子，开始主持祭拜，行使了当家人的权力。

屋子里悄静极了，每个人都挺直了身板，表情上布满了一种微醺的灯光，沐浴在了这一个特殊的时辰中。梵义又割下了一堆肉，依次喂给了蒋斧、卡利班、昆莫、李无亏、项楚和茹老二。轮到了梵同时，梵义略带激动，认真地切下来一块羊头皮，喂给了他，心里夸念说：好我的弟弟，一日不见，真是如隔三秋，你现在出息了，俨然是一个彪炳的男人，你继续这样走吧，顶天立地地走下去。末了，梵义将羊右耳割了下来，交给了孔执臣，盯着她仔细地吃完。又将羊左耳割下来，蘸了一些盐粒，亲自喂进了管家苏食的口中。梵义的用意再显著不过了，孔执臣的脸腾的一下红透了，赧然无比。一旁的苏食却大不咧咧的，牙齿并未动弹，直接将羊耳朵吞了下去，连一个嗝也没打。

卡利班从来就是一个鬼精灵，消失了片刻，再回到大炕房时，肩膀上居然站着一只公鸡。灯光下，公鸡的冠子殷红饱满，犹如一把张开的蒲扇，硕大无朋。其他的游击早就摆好了大碗，酒水漾荡，散发出一股甜腻的苞谷味道，等待着下一个仪礼。不巧，就在卡利班动手宰杀的一瞬，梵义突然认出了那只公鸡，心中一疼，不由得忆想起了王成彪的面容。那个病死鬼一般的游击，那个延安府东门外王百令大人的后人，在如此重要的时刻，居然缺了席，拒了酒，看不见他的一丝踪迹。倏忽间，梵义顿感空虚无比，怅然极了，生出了一种遍插茱萸少一人的憾意。梵义忙让人多摆了一副碗筷，又在地上泼了一碗酒，祭了祭王成彪。

公鸡雀跃着，不知道大限将至，半夜里打起鸣来。

梵义猜解不透，这一群散漫的游击是如何将这只大公鸡从甘州城运到了敦煌的，自己何以浑然不察，疏忽了过去。这一尖锐的自责，令梵义相信，王成彪并没有死彻底，一直尾随而来，此刻便在这一间大炕房内，就在眼前。梵义想起了什么，喊人将自己的行李抱了进来，急吼吼地打开了。众目睽睽之下，梵义找见了王成彪留下的遗物，一块火印、几颗骆驼的牙齿，双手交给了孔执臣，并简略地讲述了一遍它的来历。游击王成彪在千里路上复命的故事，让孔执臣泪眼婆娑，情难自禁，当即代表亡父，接收了下来。

吊诡的是，这一场交割刚刚完毕，站在卡利班肩上的大公鸡，突然扑闪着翅膀，飞射而下，一头撞在了插在桌面的刀刃上，立时毙命。梵义本想放生它的，却也来不及了，只好悲哀地看着它身首异处，一命呜呼。见了血，梵义方醒悟过来，王成彪这下子走了，彻底走了，说不定这只公鸡就是他的魂魄。

这个插曲过后，卡利班身手利索，割开了公鸡的喉咙，在每个人的额顶上滴了一滴血。在敦煌结社邑义，以血为证，此乃不可更改的铁律。滴完了项楚，下一个是茹老二，不承想，中间的孔执臣也垂下了头，受戒似的。卡利班用目光征询着梵义，梵义点头，但见一滴血淌了下来，滴落在了孔执臣的眉心上。趁着这个机会，梵同揩了一把血，偷偷地抹在了陈小喊的脚心里。后者鼾声大作，也不清楚他究竟是瞌睡装死，还是疲倦如牛。悄寂中，环坐在炕桌上的众人都已经沾了血，记了符，彼此互视着，知道一个清晰的时刻来临了。蒋斧说：

"今日义聚，至诚立社，以胡梵义等一十人心意相随，共同结契。夫邑义者，父母生其身，伴友长其值，从此济苦救贫，互保终身，遇厄则相扶，难则相救，永不食言。"

"……永不食言！"

众人依次重复了这些誓语，无一句错漏。

梵义合十，搓摸了一番手心，顿然觉得有一股岩浆般的强大热力，从身体的各处喷涌而来，凝聚在了手上。梵义捧住了双颊，将额顶上的那一滴血涂抹开来，慢慢地将鼻脸画花了，画成了关公的红色。无疑，这是对日月和忠义的臣服，亦是对邑义与兄弟的效忠。接着，梵同、苏食、孔执臣以及一帮游击，纷纷萧规曹随，也将各自的颊脸全都画红了，好像从同一个血盆子里捞出来的那样。在如水的灯光下，在这一世迫切而荒凉的光阴中，这些结社的兄弟，失去了原来的身份，也失去了性别，吃了一样的咒，发下同样的愿，组成了同一张面孔，握住了共同的拳头。梵义思想了片刻，截铁道：

"就叫急递社吧！"

"对，少年如箭矢，破风而来，急递天下。"孔执臣阐释道。

梵同插嘴："我乐意领取第一块令牌。"

"还轮不到你，你小心吃我的鞭子吧。"苏食打趣说。

蒋斧等一干人纷纷起身，端住了酒碗，簇拥在一起，结伴敬给了梵义。梵义虽不擅酒水，但深知这一碗的意义非比寻常，便也眉头不皱，长鲸饮浪，一口气灌了下去。孔执臣一介女流，但也不让须眉，捧起来就喝。苏食立刻不干了，怕她饮醉，忙抢过了酒碗，给自己拨付了多一半，而后礼貌有加地跟孔执臣碰了杯，报上了自己的名姓，双双饮干。梵义看在了眼里，心中潮起了一股喜悦，不仅为他俩，也为了自己，心知这一桩麻缠的事出现了好的苗头，需要尽快玉成。一群游击陆续喝干了，每个人都碗底朝下，展示给梵义看。这时候，结社邑义的第二步开始了，需要改口。蒋斧率先站起来，抱拳道：

"东主！"

梵义当即拒绝："不行。我声明，大家都是兄弟，不必喊我东主，还是叫我梵义为好。"

"你就答应一声吧，东主。"

游击们纷纷哀恳。

苦劝了半天，梵义坚辞不受，场面迅速冷清了下来，颇显尴尬。还是梵同聪颖，从兜里摸出来一样东西，啪地搁在了炕桌上。众人围拢了过来，细究慢看，才知道这是一方古印，拙朴深沉，分量十足，周身上下弥散着一种典雅而迤逦的光泽。梵义忆想起来了，它应该是上半年时，从沙州城的连公子那个贼娃子的手里购来的，现在弟弟供了出来，竟不知道他要搞什么鬼把戏。梵义猜得不错，因为梵同接下来的话，不仅让他吃了一惊，也令他无法拒绝。梵同说：

"无信，则不立。既然今日结成了急递社，就应当有一个印把子，以资凭据。"

蒋斧道："印信即东主，东主即印信。"

"什么印？"苏食问。

"河西司马！"

孔执臣将汉印捧在灯笼下，一眼就辨识出了那四颗字，然后郑重地交给了梵义。

邑义完毕，其他的弟兄开始猜拳行令，吃肉喝酒，闹腾得不行。梵义简单地吃了几口，喝了酒的缘故吧，心里烧得慌，便悄悄地踅了出来，又攀上梯子，登上了客栈的屋顶。不承想，弟弟梵同却从黑暗中站起了身，鼻脸上一片泪光。刚才太乱，梵义竟也没留意，原来梵同早就溜了出来，在这里躲清静哪。梵同释解道：哥，我刚才朝着胡家坊的方向，给爸和妈磕了三个头，一不小心就哭了出来。傍晚时，梵义已经这样干过了，所以并不惊诧，款款地踅了过去，与弟弟一道并肩，目光眺望着黑夜中的沙州城。足足有半个时辰，胡家的兄弟俩始终哑默着，谁也没有动一下嘴皮子，但心中那些热烈而绵密的辞藻，早已说过了百遍千遍。夜风习习，月亮降下来了一阵阵凉意，梵义脱下了罩衣，披在了弟弟的身上。

这一时，陈小喊从客栈里奔了出来，脚下踉跄着，兀自解开了门端里拴着的雪花豹，拉拽着缰绳，走上了北门外的那一条石渣路。梵义没喊他，梵同也悄静着，只瞭见黑暗中白色的马腿一再地烁闪着，一定是消毒匠将桶子里最黏稠的石灰水刷了上去，浣洗一新。

突然间，陈小喊撕破了声嗓，一口气嚎哭了出来，哭得那么放肆，那么悲切。

在空旷而寂寥的长街上，这哭声仿佛一团又一团的风滚草，布满了荆棘，迎面袭来，令胡家兄弟猝不及防。梵同跟陈小喊一直是伴当，知根知底，遂说：小喊哥有心病，他独来独往惯了，今天唯独他不想邑义，但我已经替他抹了鸡血，那么急递社里就应该有他的一份子。梵义张耳，谛听着远处飞滚而来的哭声，哑摸道，人世上最悲苦的事情，莫过于一个优良的少年，在半夜里如此心碎，如此肝胆俱裂，却无人援手。

刹那间，在东巴兔山洞中的可耻一幕，如电光石火一般，掠过了梵义的脑海。当时的一刻，像极了眼前，自己几乎一样无助，一样地狼狈不堪。即便这么想，但梵义业已懂得了控制自己的情绪，表面上依旧一片冷然，沉静如水。梵义慢慢地偎坐下来，收回了目光，只淡然地说：有了心病并不可怕，我来替他去病吧。梵同发现，哥哥的眸子很白亮，也很英气，便也不再作声，相跟着坐了下去，极目远眺。

夜空下，一粒流星划过，掉在了三危山一带。另一粒也尾了下来，落在了党河的上源，一眨眼即逝。梵义敬畏地瞭看着，忽然被一种前所未有的安全感裹挟，身心之中渐渐地泌出了一份静谧与沉着。广袤的夜色下，整个沙州城犹如一块巨炭，外表黑透了，但里头一定着了火，倔强地暗烧不已。梵义锁住了双手，喃喃道：

我回来了，一切都将与往日不同。


解开的板材，有一股松香的气息，弥漫在义庄内外。

木匠是专门从印经院请来的，弟兄俩，老得看不出样子来了，岁数加在一起，恐怕也在一百五六吧。印经院坐落在敦煌雷音寺的身后，一年到头，生意红火，不仅受理各个寺院里的订单，还承接个人的业务，满足香客们的愿心与供养。在印经院，两个木匠既不是雕版的，也不是印制佛卷的，更不是做装帧修饰的，却以一门出众卓绝的手艺，踏实地干了一辈子，到现在还歇不下手来。其实，弟兄俩平日里只做一样东西，那就是藏经匣。有的寺院要么给佛像装藏，要么在经堂上布置佛经，又唯恐损毁了、玷污了，便要定制材质上佳的藏经匣，以示庄严。一些发愿要供养佛经的香客，买得起马，自然也就不在乎鞍子钱，往往会根据佛经的尺码、个人的喜好，央请木匠们动手，达成这一份念想。藏经匣有普通的，但也有特制的，后者一旦上了锁，除非是刀砍斧劈，外人一般绝难打开。诡谲的是，这种锁钥一不用钉子，二不用金属锁头，只单纯地开了几个榫卯，便构建了一套秘密的机关。名声一大，敦煌人就纷传说，藏经匣的锁钥是三国时的诸葛亮发明的，后来由天水人氏姜维带进了甘省，这才一路西行，落实在了关外三县。对这种传言，两个木匠总是付之一笑，机深莫测，但他们嘴里的一口土话，却分明来自秦州左近，似乎也坐实了人们的猜测。

三天前，义庄的老财东索敞派出了一辆呢子车轿，自千佛灵岩下的莫高窟，接来了这弟兄俩。佛诞日之后的几个月内，印经院有一段清闲，加之义庄的面子颇大，木匠们也就应承了下来。索敞为了个人的意愿，特地买了一根祁连山里的红松，停在了院子当间。两个木匠打了墨线，一左一右，用一张锯子解板。锯末飞溅出来时，一股松香的气息萦回不绝，让院子里的人鼻子很惬意。连着几天放晴，日头像一盆炭火，将板材全晒透了，就等着开工构造。但是义庄的这个单，简直难心死了弟兄俩，害得他们蹲在地上，描摹了不少的图形，擦了画，画了擦。后半天时，木匠们终于将板材架上了工作面，开始下料，开始拆解，这说明他们心里已经有了底，想法成熟了。索敞闻听了凿子和刨子的响声后，亲自熬了一锅茯茶，又端来了一碟子花馍馍、半碗腌萝卜，让匠人们随时歇缓。索敞蔼然地盯看着地上散落的刨花，那么新鲜，那么芳香，先前的愤怒与仇视便也消散了许多，不去想那些泼烦事了。

当初见了木匠兄弟时,索敞交代说,拜托你们给我打一只柜中柜,上三道锁钥,除了我本人之外,哪个狗日的也休想打开。啥叫柜中柜,木匠们一脸疑惑,究问了半天。索敞比画一番,提出了大致的诉求,总之分量要重,约莫一人高,一般人根本扛不动。另一个,必须柜中有柜,外面上一道锁钥,里头再加两道,机关环绕,只能由他一个人掌握开关的诀窍。木匠问:到底做什么使的?你实话说知道,我们心里就有了尺码。索敞不便言明,只喟叹说:唉,这个世上的贼娃子太多了,我怕哪一天,连我都被偷走了,还帮着贼娃子数麻钱哪。听风辨音,木匠们立时懂得了老财东的意思,无非是打制一只百宝柜,储藏下义庄的一些贵重家底罢了。这根本难不倒弟兄俩,既然连供养佛祖的藏经匣都出自他们之手,区区一只木头柜子,自然是不在话下。

事实上,令索敞难以启齿的是,义庄竟然出了一个家贼,而且下手很重,一下子就偷走了二十一块银洋,干得滴水不漏,没留下一点点蛛丝马迹。发现失窃后,索敞干嚎了几嗓子,觉得心都烂透了,活着真是一件太窝囊的事。平素里,索敞习惯于深埋简出,一是因为禀性使然,二者,也是为了义庄的名望,尽量不去外头招摇。就算在家里,索敞也须臾不离开大堂屋,除了上茅厕之外,时刻镇守在里面,于一种漠漠的天光下,独自品咂着那一种销魂的快感。这么些年来,义庄积累的财富大多储藏在堂屋内,要么在夹墙,要么在青砖铺就的地底下,要么存放在炕柜中。今年的藏历新年之前,索敞连着派出了两支骆驼队,通过当金山口,往祁连山的南麓贩去了砖茶和蜂蜜,回返的路上,又贩来了酥油与皮毛,两边吃红,获利甚丰。数完了二十一块银洋后,索敞装入袋子里,锁进了炕柜。不承想,隔了不几天再打开炕柜时,索敞却发现钱袋子失踪了,而门扇好端端的,钥匙也一直挂在裤带上,未曾离开过半步。干嚎完了,索敞并没有爆发,也不曾大张旗鼓地去排查,而是吞下了这个哑巴亏。索敞清楚,隐患未消,那个贼犹在暗处,伺机觊觎着另一个下手的机会。除了等待,索敞也加强了预防,柜中柜当然是措施之一。

起先，索敞将矛头指向了索朗，有一百个理由可以断定是他。索敞心猜，索冯氏落葬后，大儿子腾出了手，现在开始反扑了，二十一块银洋足够他去另家，买一院上好的宅子。可观察了半天，索敞并未拿获证据，因为索朗最近一直将自己关在后院中，鲜少出门，更不会闹腾。做饭的婆子和丫鬟们也称，大少爷天天在念经，在经营细君，如今脾气好多了，对饭食也不挑剔。至于说变化么，大少爷瘦了不少，也黑了许多。剔除了长子后，索敞又将目标盯住了次子，这才震惊地得知，索乘早已人去屋空，连被褥都带走了，一张字纸也没留下。索敞遣人去了乡学里询问，总教亲自跑来义庄回话，言学校的教室开裂了，正在修葺，所以暑假提前放了羊，确然不知。索敞忆想起了那个下雨天，索乘对自己的央求，以及做父亲的不近情理的拒绝，便笃信次子携款遁逃，一定去了玉门镇的同学那里，不把这一笔钱挥霍完，那个贼娃子肯定不会现身。唉，人是一疙瘩肉，谁也看不透，索敞空荒了下来，对堂屋的警戒与防范更加严密了。

木匠们在墨斗中灌了墨汁，扯出来了一根墨绳，砰砰砰地打着线。在沁人的松香中，一种黑色的味道别有韵致，似乎催逼着这一地的板材，散发出更浓烈的气息。索敞舍不得走开，拾起了一卷刨花，窝在躺椅中，将其箍在了眼睛上。这一刹，人世上的一切仿佛都遁匿了，那些腌臜、不快、仇恨和隔阂，包括先时的骄矜与名望，已被这一层轻薄的刨花拒之于外，再也影响不到索敞了。日光很重，打在鼻脸上，打在这一卷刨花上，暴露出了一些绮丽的纹理，一些隐秘的图符来，带给了索敞一阵阵意外的惊喜。索敞思忖道，我跟沙州城，跟整个敦煌，只怕就隔着这么一层刨花的距离了，但这种秘密的活法多么好，这种秘密的生活，让我可以将义庄的传奇续写下去，却又安全无虞，不必付出一丝一毫的代价。

偏在此时，索敞闻听见了一阵脚步声，彭家靴子坊那种特有的腔调，踢踏着过来了。索敞并没有摘掉眼眶上的刨花，继续惬意地躺着，仰头问天，心里却失笑说：这么热的天气，这个猫鬼神还穿着那一双送给他的旧靴子，显然是在示好，向自己表忠心来着。管家站定后，指头上蘸了唾沫，翻看着一册账簿，开始事无巨细地介绍起来。

按丁荣猫的说法，这一场板结雨下得太好，太及时了，城外二十三坊所辖的田地里，土质硬得像石板，各种秧苗基本上沤烂了，再也发不出来。目下，夏粮已然无望，农夫们只有抓紧补秋，所以秋季作物的种子价格翻了几番，甚至到了哄抢的地步。年初时，索家囤积的那几库房的种子，现在全部售罄了，入账不菲，且没有一分一厘的赊欠。另一个，那些手头没有现钱的佃户，急着去补秋，只好将家里储存的菜籽和胡麻籽，纷纷卖给了索家的几座油坊。油坊杀价很凶，几乎是萝卜白菜的价钱，截至今日，已经入库了大约六吨，估计还消停不下来。有了这些存货，待来年的农历春节一到，菜籽油和胡麻油的价格必涨无疑。索敞的眼睛是睁开的，但在管家看来，老财东已经睡熟了，睡在了那一片淡红色的刨花下，眼不见心不烦的样子。丁荣猫合上了账簿，意欲离开时，索敞却突然开了腔：

"那几座石灰窑呢？"

"呃，是这，"管家及时止住了步子，恢复了原状，接续道，"今年抢着盘下来的这三家石灰窑，肯定要烂在咱们的手里了。这场该死的板结雨，让烧好的石灰全炸开了，统统发成了粉末，就算去刷墙，墙也不会白。"管家唏嘘着，大包大揽了起来，"这不关老东主你的事，活该我走了眼，等具体的损失折算出来后，就从我的薪俸里扣吧，也好让我长个记性。"

索敞道："不怪猫子你，怪只怪这一场瘟疫没爆发，石灰没派上用场呀。"

"老东主的确是再世的张良，虽身在义庄，却料事如神。"管家的嘴上抹了蜂蜜水，抬举完索敞后，又绍介说，"这一次的骡马牛羊大瘟疫没爆发，有可能归于天意，但也极有可能是因为那一张疗治瘟疫的方子。真是奇怪了，好像一夜之间，沙州城的四个城门和城外的二十三坊内，都贴满了一样的告示。石灰卖不出去，也肯定跟这个药方子有关吧。"

"什么人干的？"索敞问。

"菩萨吧。"

索敞干咳了一声，又重新箍了一遍刨花，稳静下来。

"唉，这当然是一个说法了。灵台坊的几个碎娃娃，半夜里下河去摸鱼，声称看见了一群红衣裳绿衣裳的菩萨，在走村串坊地贴告示，人们也就信了。"管家是义庄沟通外界的管道之一，大小事情，一般都会连毛带草地供述一番，以不辜负自己的身份。又道："不过哪，有几张告示上戳了大印，落了一枚红款，鸣山书院里的一位先生辨识了出来。"

"说什么？"

"河西司马。"

河西司马，索敞哑摸着这个词，不解其意。管家快慰地说：我猜，这可能是哪个郎中干的，虚张声势罢了。你比如，世兴堂的沈先生免费给人开一张药方，但抓药买丹的钱，还得自己掏，瞎尿的河西司马，大不了就是卖药的幌子，当不得真的。管家的轻率，并没有解除索敞内里的警觉，相反，他留了心，刻了意。不管在沙州城，抑或是城外二十三坊，但凡出现了一个新的苗头，索敞都会本能地觉得，这或许是对义庄的一次叫板、一番挑衅。管家言毕了，也抓起一卷刨花，慢慢抻开，学着老掌柜的样子，籁在了眼睛上。这一时，在主仆二人的眼中，整个义庄无棱无角，消失了具体的形状，只剩下了一派金碧辉煌，犹若一座赞堂。

冷不丁，一只手搭了过来，落在索敞的颊脸上，上下摩挲。

这只手很小，很嫩，也很轻柔，带着嘟哝声。索敞静伫不动，舍不得动弹，甜蜜地享受着这只小手的问候。索敞清楚是谁，又怕惊吓了对方，眼角上忽然沁出了一片湿润，情难自禁。当摘下刨花的一刹，索敞果然看见了孙女细君的小脸，一朵白牡丹，甚至比白牡丹还白，嫩得似乎一指头可以掐出水来。半步之距，长子索朗的双手环住了娃娃的腰，但细君一直在往前拱，挣扎着要到索敞的怀里来，一番急切的样子。索朗面色羞怯，释解说：爸，怪道了，她昨晚夕学会了爷这个字，刚才就哭着来让你抱，可能是心智开了吧。冲突了大半年，又彼此冷落了良久，在索敞听来，索朗的这番话，等于是一次服软，一场示好。索敞的心里潮起了一汪春水，毕竟是父子，血脉牵连，没有跨不过去的坎，也没有消化不了的劫。

这么一思想，索敞忙不迭地接住了细君，安顿在了自己怀里。细君就像一只幼兽，没一点女娃娃的安静，攀上滚下的，嗷嗷嗷地发声。索敞惜疼地捧住了娃娃的脸，额头虚碰了上去，顶了几下牛，惹得细君咯咯咯地笑了出来。末了，细君拽住了索敞的胡子，拽得生疼，但索敞的心里撒了一层砂糖似的，甜得醉人。索敞将细君叉起来，举在了半空中，热络地说：快喊一声爷爷，喊爷爷呀？细君的嘴里含混了一番，竟让索敞恍惚地瞭见，满天空飘下来了无数个爷爷的辞藻，爷爷发光，爷爷就像义庄门楣上的金色匾额，耀得地上的人简直睁不开眼睛了。索敞匹手揽住了孙女，另一只手却伸向了管家，催喊说：快快快，给我几个银坨子，我要给娃娃一个见面礼。丁荣猫摸遍了浑身上下，也没摸出几样值钱的东西，便打算离身去取，却让索敞叫住了。

索敞不假犹豫，径自从自己的指头上，褪下来一枚硕大的扳指，馈赐给了细君，做了见面礼。一旁的索朗立时惊呆了，吼喊道：爸，你可不能这么惯她呀，她一个扎花的，扛不起这么大的福报。索朗知道，那一枚玉石扳指，历来是义庄当家人的佩饰，也是索门的先人们一辈辈地传下来的，等同于一件信物。索朗自小至大，也只触摸过几回，此刻惊见了这一幕，眼珠子快掉下来了，直觉得爹老子脑子发热，才有了这一折子戏。岂料，索敞反驳说：我从小没惯过你，现在惯一惯细君，你是不是吃醋了？索朗嘿嘿地笑着，连称：哪里哪里，我才不跟一个吃屎的娃娃计较哪。

亲昵够了，细君安静地趴在祖父的怀中，咬着一粒纽襻在玩。

索敞斜觑了一眼儿子，见他瘦削削的，好像除了衣裳，剩下的都是干骨头，脸色蜡黄，颧骨凸出着，肃立不语。索敞忍不住感喟：太瘦了，简直对不住粮食，也不知道吃到哪达去了。索朗误解了爹老子的话，以为这是对细君的惜疼，也是对自己的申斥，忙释解道：爸，已经给细君把奶割掉了，眼看着快一周岁了，总不能天天叨个乳头，不吃五谷杂粮吧，你尽管放心。索敞依着儿子的思路，一时动怒：咋了，义庄请不起奶妈子了呀？别说吃到一岁，细君即便想吃到七八岁，我也答应她。管家同样附和说：就是，老东主天天念叨着孙女，雇个奶妈子值几个小钱呀，还抵不上点灯的花销，你就听你爸的话。话像一堆火，有人添了柴，自然也就旺了。索敞截铁地说：这个钱我来掏，你原把奶妈子请回来，先让奶妈子吃饱吃胖，大河里涨了水，小河里才能满，绝对不能亏欠了娃娃。不远处，木匠们又在刨板，一匹匹刨花犹如轻薄而绵长的丝绸，从刨子里飞射了出来，蜷在空中，在庭院中积攒了一大堆。索敞一时兴起，将细君丢在了刨花堆里，看着娃娃一边打滚，一边发笑，精尻子撅起了，无羞无臊的。趁着爹老子高兴，索朗适时地说：爸，最近城外头有一个灵婆子，据说手法很灵验，我已经预约在了秋后，到时间了请你一起去，你给咱们主持，但愿能有一个好兆头。索敞不解，便用目光询问了过去。索朗样子乖顺，答复说：细君到了一岁时，也该抓个周了，这娃娃没个娘，只盼着她能抓住一个不错的命数，省得爷爷操心。

对这些神路魔道的事，索敞一般不信，也不肯信，只当作是乡汉村妇们的一种谈资，一个把戏，听过便罢。不巧的是，前一阵子，世兴堂的沈破奴的一番话，让索敞认了真，开了眼，也长了不少的见识。

依了沈先生的叮嘱，索敞从月牙泉边的道观里，请来了一位法官。那几日，母亲索佟氏的胡话说得更严重了，时时翻着白眼，唾沫渣子乱溅，好像周围都是讨债的人，全是跟她结了冤仇的人，吓得丫鬟们也不敢靠近。法官进了屋，索佟氏还在闹腾，扔过来了几只鞋，啐个不停。孰料，当法官戴上了一顶铃铛帽，掏出一把桃木的法槌时，索佟氏登时像喝下了一大碗哑药似的，一不作声，二不捣乱，直挺挺地躺在了炕上。法官作完法之后，索佟氏一骨碌爬将起来，吆喊说：饿死了，饿死了，快给我煮一锅荷包蛋去。此后的三天内，义庄上下弥漫着一种深刻的饱嗝声，经久不息，空气中飘满了类似于鸡屎的味道。索佟氏彻底醒转了，抓住儿子索敞问：你是不是不养我了，把我丢在了鸡窝里，干么我的嗓眼里总有一股鸡屎味呀？索敞有些欣快，沈破奴不仅会疗病治疾，且谙熟神魔这一方面，那么邀请法官也算是他开出的一张验方了。信则有，不信则无，现在长子索朗开口央求，索敞便痛快地答应下了。

索敞交代说：细君抓周的事，一定要阔气，要热闹，先提前去醉仙楼里订上几桌饭，家里人无论大小，统统都去吃，猫子你先把钱支上，别打住了手脚。管家当即应承下了。索朗却后一步，给爹老子恭顺地鞠了一躬，喊了一声爹。这一时，索敞觉得自己跟儿子之间的一切不快，已然冰释了，消弭了，就如同头顶上这敦煌的天空一般，浩渺，空旷，无波无澜。索朗看破了爹老子的心情，一吐为快地说：爹，我知道家里最近的生意太忙，你都操碎了心，我一个当儿子的，总不能天天洗尿褴子，伺候一个吃奶的娃娃。是这，我想出来干活了，原先归我打理的那几个油坊，原回交在我手上吧。闻听此语，索敞的心上吹过了一阵晴明的风，忙指着管家说：你去，跟着你猫子哥去，你俩一搭里结伙，商量着去办吧。

仿佛迎合了索敞的心情，义庄的院子外，突然响起了一阵阵紧密的锣鼓与唢呐声。

没时没节的，敦煌刚刚遭遇过一场严重的板结雨，荒年在即，又加之一场骡马瘟疫擦肩而过，虽说没爆发出来，但足以掏空了人们的心，灭失了大家的念想。在这样的关口上，唢呐和锣鼓便显得很刺耳，有一种寻衅的味道。索敞撇了撇嘴，支使索朗和管家出去看看，打问个究竟。岂料，他二人刚跑到了门端里，义庄的大门却訇然洞开，一群人泼喇喇地灌了进来，站满了整个庭院，害得两个老木匠也停下了手，躲在了廊檐下，不知底细。末了，一支吹打班子也陆续进入，左锣鼓，右唢呐，犹如一根粗壮而绵延的人链，将义庄的老财东圈在了中央。

索敞定睛望去，却见这打上门来的头领，竟然是陇西坊的李豆灯，遂心下一怔。在李豆灯的身畔，其他敦煌二十二坊的耆老和乡绅们高低错落，站成了一堵人墙，一个个阴沉着脸，拧着眉，好像全天下都亏欠了他们似的。无疑，此乃敦煌文和事老协会的全套人马，悉数出动了。索敞思忖，来者不善，不像是喜鹊临门，倒像是一群野乌鸦来泼粪的。索敞面露尴尬，既没有笑脸相迎，也不曾退缩回去，空荒地站着，仿佛木匠们不久前解下来的一块板材，无依无助。幸运的是，这一刻，趴在刨花堆里玩耍的细君哭开了，哭声缠绵，不谙人世上的是非与恩怨。索敞被恰当地解了围，俯下身子，抱起了细君，紧紧地搂在了怀中，嘴里哄唆着，让娃娃停止了聒噪。

日光瓢泼，天空深得像一口坑井。

人群骚动了一下，豁开了一条缝隙，有人牵拽着一个麻眼瞎汉，逼仄地进来了，立在了众人面前。有人支起一根长条凳，安顿他坐下，耳语了几句。又有人过来，交给他一把弦子琴，喂了一口水。索敞瞥见，长子索朗夹杂在人堆里，跟个看客似的，好像他自己买了票，正在敦煌六合班的戏楼上看戏，事不关己。再寻管家时，却不见了丁荣猫的影子，这个贼，一到了紧要三关，猫的禀性便暴露了出来，令人牙痒。索敞肃然了下来，见瞎汉仰面望天，白眼珠子骨碌碌地乱翻了一气，抿了抿枯燥的厚嘴唇，突然间扯开了声嗓，吼喊起来。在索敞听来，瞎汉的嗓子真不是肉长的，一定是锯下的铁，伐下的石，滚下的木，塌下的山。这种声音硬撅撅的，从他的腔子里滑脱而出，直接摔在了诸人的脸上，耳朵快吵聋了，心也快止息了。这一声声尖厉的吼喊，犹若朝堂上的静鞭，说明好戏就在后头。

果然，瞎汉吼喊完了这一段过门，手指轻拨，琴弦如水，蓦地转入了一节如泣如诉的段落，开始了陈情，也开始了哀告。瞎汉的身体扭曲着，张扬着，摇曳不停，声音忽而由雄变雌，又忽而由雌为雄，好像两个人在对答，在质问，在辩白。

索敞明白过来了，瞎汉唱的是凉州贤孝，恰是《小寡妇伸冤》这一折子。

贤孝乃风行于河西一带的说唱，以凉州最炽，内容不外是劝善抑恶，褒美行，贬无德，一会儿三皇五帝，一会儿佛祖玉皇，一会儿阴曹地府，又一会儿铡刀油锅，说辞颇多，情节连绵。往昔里，遇上好的年成，敦煌一带卖唱贤孝的麻眼们不多，可今年灾荒伊始，瞎汉们的出现也就不值得惊怪了。索敞却不同。当索敞闻听一个小寡妇出场时，仓鼠街上娥娘的面影，便依稀地浮现了出来，令他惜疼了半天。惜疼了没几下，瞎汉的指责与谩骂，又如一块滚石似的，让索敞的内心一瞬间塌掉了，塌得乌烟瘴气，一片尘烟。唱词中，一位新寡的妇人受到了豪门财东的不断骚扰，欲纳其做小，被断然拒绝。这财东一计不成，再生一计，将妇人逼入了绝境，打算悬梁自尽。临死前，妇人呕了心，沥了血，对着苍茫人间控诉了一番。索敞抱着细君，孤独地站着，感觉衣裳下面有一口大铁锅，水刚刚滚开了，自己像一只大蒸馍。索敞盯望着那些七老八十的耆老与乡绅，瞭看着义庄墙头上看热闹的邻舍们，逼视着那个可恶的麻眼艺人，一种广泛的仇意，慢慢地开了刃，磨亮了刀尖。

瞎汉唱毕了，几乎扯断了声嗓，耗尽了最后一丝力气，险些从凳子上摔了下来。几个后生抢过去，连凳子带人，一起抬出了义庄，大概去数赏钱了。索敞纹丝未动，表情上浮出了一层笑意，知道瞎汉的贤孝不过是一篇序章，真正的经文马上就要开唱了。

果然，李豆灯率着耆老和乡绅们，趋前一步，抱了拳，作了揖，一体问候了老财东。索敞没有还礼，也无法还礼，孤傲地贴了贴细君的小脸蛋，认真地亲了一口娃娃。索敞明白，在这种群贤压境的氛围中，在如此兴师伐罪的环境下，谁一旦先开口，谁就注定了失败。细君被索敞的胡子弄痒痒了，咯咯咯地发笑，银铃一般。这个单纯的插曲，让文和事老协会的长老们，一时间面色凋零，手足僵硬，先时的怒容和戾气，一瞬时变成了无源之水，无本之木。饶是如此，李豆灯仍旧在三两个耆老的怂恿下，款款站了出来，从怀里摸出了一纸檄文。

这一刹，管家从灶房里奔了出来，端着一张吃饭的方桌。桌子上摆放着大小茶碗，茶水正烫，刚烧滚的样子。管家将茶桌支在了李豆灯的眼前，拿出一个布袋子，抓了一把砂糖，均匀地撒在了茶碗中。砂糖太黏，手上沾了不少，管家随后将指头含在口中，嘬完了这根，再嘬另一根，脸上挂出了一种甜蜜的表情。索敞瞥望着，心里叫了一声好，暗忖道，这就是义庄的风范，索门的规矩，你待我若仇雠，我视你为上宾。岂想，管家捧起头一碗，恭敬地端给了李豆灯，却被后者粗暴地拒绝了。李豆灯咳了一嗓子，打开檄文，展读道：

"《劝止总渠正纳妾书》。"

管家急了："呔，乱嚼舌头，你们找错了门吧。"

"下去。这达没你一个下人说话的份。"李豆灯断喝道。

该来的，终究还是来了。索敬维持着笑意，一任李豆灯照本宣科，娓娓地陈述着劝止的理由，既不应承，亦不驳斥，一个人高高挂起，已然置身于事外。那些窸窣的刨花，先时还清冽、馨香，仿若丝带，带着一缕隐隐的潮气；现在被日光一炙烤，它们蜷曲着、炸裂着，一个个灰头土脸，粉碎成了一地的木屑。索敬思想，它们原先可是一根百年的红松，站在祁连山顶上，雷没有劈倒，电不曾焚毁，鼓足了精气，囫囵着身子，仿佛义庄这般倔强而挺拔地活着。但是，究竟在哪个关节上出了毛病，这一棵红松被伐了下来，拖进了索门的庭院里，现在尸骸遍地，血肉狼藉。木匠的工作台上，停着一把刨子，深藏着锋刃，不那么显山露水。此刻，索敬找见了根由，笃信道，正是这一把可憎的刨子，一推二刨，将一根完整的红松肢解开，片成了刨花，大卸八块的。对，这就叫凌迟，也叫处斩，与秋后的法典一致，是一场公开的羞辱。李豆灯朗声诵念着，那一根铁锈红的舌头，仿佛一把肉刨子，意欲将义庄先褪了毛，再剥皮，而后挖出内脏，曝尸于光天化日之下。

阴谋，的确是一场阴谋。原来，埋藏在沙州城和敦煌二十三坊的嫉妒，埋藏在每个人心里的仇恨，如此刻骨，这般深邃。目下，他们公然来践踏了，亵渎了，成团结伙地，站在义庄的庭院中，拉屎喷粪，佛面剥金，放肆得可以。在这样的关口上，索敬始终哑默着，一再避其锋芒，又忽而想起了权变这个词。对，曲木方可长寿，细水才能长流。这么着，索敬快慰开来，用指头搔了搔细君的胳肢窝，又贴了贴娃娃的脸蛋。

不出意料，细君一下子笑开了，手脚扑腾，声音虽然低微，却像一阵清凌凌的鸽哨，徜徉在义庄的头顶上。这个襁褓中的女娃子，笑声无邪，全然无视周遭的气氛，用一副稚嫩的小嗓子，解除了义庄的空前压力。李豆灯嗫嚅了半天，终于念不下去了，合上了那一页纸，左右失据，忙跟周围的耆老与乡绅们低首商议了起来。这一时，人群中传来了一声撕裂般的嚎哭，让细君的笑声戛然停下了。索敬瞭看过去，竟灰败地发现，长子索朗一边尖哭，一边扇着自己的耳光，左一下，右一下，下手颇重。鼻血淌了下来，落在了前襟上，索朗拨开了众人，踟蹰到了爹老子的面前，膝盖一软，扑腾跪下去，磕了一个头。

"爸，这是真的么？"

索敞换了一下手，将细君抱在了右边。

"你实话说一声，这究竟是真是假？"

不语。

爸，你是义庄的当家人，是咱索家的主心骨，又是他们陇西坊的总渠正；你是沙州城里的优良典范，又是敦煌的当世义人，更是这关外三县人人景仰的道德君子，处世楷模。你瞧瞧吧，他们都欺凌上门了，当面泼粪来了，你总得开一开金口，要么回一句是，要么说一个否吧？索朗苦苦哀告着，却寸铁杀人，一步步地威逼了上来，令索敞内心昏聩，一时间理屈词穷。又道：爸，究竟有没有那个小寡妇？她姓甚名谁？哪一条街，哪一个坊的？你老人家纳小的事情，我太老奶答应了，我妈点头了，我跟弟弟知道么？索敞张看着远处，一双彭家靴子坊的靴子焊住了他的目光。世事浇漓，人间悲凉。它现在已经旧了，毛糙了，疲沓了，完全丧失了当初的色泽和形状。然而，它先前不是这样子的，它曾经也端庄，也挺括，但上天捉弄，它不知蹚过了什么河，踏过了什么山，如今竟成了这一副衰败的嘴脸。索朗又聒噪：爸，你快给一个回话吧，如果你是蒙冤的，我这就去撕他们的嘴，拔他们的胡子，扯烂他们所谓的廉耻，要是……索敞关闭了耳朵，继续盯视着那一双牛皮靴子。

恍惚中，那个雪后的下午，在仓鼠街的尽头，娥娘用一块抹布擦拭靴子的画面，清晰地出现了。当时，娥娘的手是皲裂的，十根指头冻僵了，犹如透明的胡萝卜。娥娘是一个落怜人，身世清苦，好像已经走到了生命的最窄处，没有了活路。然而，就是那么一介悲哀的妇人，攥着一把雪，擦掉了靴子上的烂泥，又用一块麻布，悉心地遮护住了鞋面。对高高在上的义庄的老财东而言，娥娘的这一举动，让他低首注目，也让他感知到了具体的温暖，这不啻于一幕人间供养。

索朗犹不罢休，追逼道：爸，义庄的这一张脸，就凭你发一句话，你不言传也行，你只要点一下头，我就去摘了门上的牌匾，让狗日的们统统闭嘴；你要是摇头，我就去拔掉他们的牙齿，敲碎他们的膝盖骨，让他们给你下跪，还你一个体面，给你一个清白。这些三千乱语，并不曾飘入索敞的耳中。相反，那一条阒寂而幽深的仓鼠街，以及那一扇静谧的院门，令索敞顿生向往。此刻，索敞恨不得立即投身进入，落下铁锁，插上门杠，在娥娘的怀中美美地恓惶一场。索朗吼喊道：爸，俗话说，有钱不买河边地，有钱不娶活人妻，这个小寡妇究竟底细如何，什么来历，你总得撂下一句准话，给我一个明晰吧？索敞始终木然着，如此凡尘中的纠葛与嘈杂，似乎与己无关。讶异的是，索敞突然瞭见，那一双牛皮靴子跑了过来，脚不沾尘，迅若雷电，径直地奔到了长子索朗的跟前，一记飞踹，将其踢倒在地。

　　就在管家和索朗纠缠不清、翻滚一团、殴斗不休之际，索敞慢慢地敛回了目光，看见怀中的细君嘟着嘴，吮着指头，粉色的脸蛋好像一整块刚刚磨洗出来的羊脂玉。一刹那，索敞忽然爱上了这个女娃子，这个索门的后人，这个扎花的小肉疙瘩。索敞的心里，潮起了一股湿润的激情，思想说，今个天要不是细君做伴，一切都难以逆料，一切亦将覆水难收了。这么着，索敞惜疼地贴了贴细君的小脸，又抠了抠娃娃的脚心。果然，细君咯咯咯地笑开了，嗓音像一只玉制的响铃，在义庄上空的清风中，络绎而来，缠绵不休。索敞搂紧了细君，感觉娃娃尿下了，尿了一大泡，让自己的整个怀里都湿透了，有一种别样的气味。一念至此，索敞再也控制不住自己了，一片老泪重新敷在了鼻脸上，漫溃而下，仿佛心中有一种神秘的东西破了。

　　后来，李豆灯率着敦煌二十二坊的耆老和乡绅，首尾相衔，蝉联过来，依次立在了义庄老财东的跟前。李豆灯满面怆然，合十鞠躬，哀恳说：告罪了，老朽实在是罪不可恕，祈请老东主多多宽谅，多多保重呀。陆陆续续地，这个称一句负疚，那个道一声歉意，尾随而来的又是一大堆吉祥太平的话，好像索敞的身边，围着一大群黑老鸹。索敞挂着笑，频频颔首，但具体闻听见了什么，连他自己也不明白。